Gislinde Maxeiner

BAMBINA

Roman

TRIGA – Der Verlag

Bibliografische Information Der Deutschen Bibliothek
Die Deutsche Bibliothek verzeichnet diese Publikation in der
Deutschen Nationalbibliografie;
detaillierte bibliografische Daten sind im Internet über
http://dnb.ddb.de abrufbar.

1. Auflage 2006
© Copyright TRIGA – Der Verlag
Herzbachweg 2, D-63571 Gelnhausen
www.triga-der-verlag.de
Alle Rechte vorbehalten
Lektorat: Waltraud Steffens, Tavern
Druck: Verlagsdruckerei Spengler, Frankfurt/Main
Printed in Germany
ISBN 3-89774-475-9

Inhalt

Vorwort – Lebenstropfen	7
Der Mann aus dem Süden	9
Kalter Hauch des Lebens	20
Der Gesang der Nachtigall	36
Das Narrenhaus	46
Gevatter Tod	59
Das Haus im Wald	78
Verblühte Blume Liebe	95
Kind der Hoffnung	103
Einsame Heimat	125
Des Teufels Schwiegermutter	144
Fremder Geliebter	165
Abschied von Teresa	188
Die Reise nach Husum	201
Arrivederci Pietro	215
Wahrheiten	225
Großmutters Wiederkehr	244
Alte Bekannte	251
Albergo Bambina	266
Peter Jakobi	278
Verlorene Seele	291
Mea Culpa	303
Verirrungen	316
Liebe und Tod	327
Ciao Amore	347
Portienza	358
Vertreibung aus dem Paradies	371

Vorwort – Lebenstropfen

*Der Dinge sind es viele, die unser Herz berühren
und die wir heiß begehren,
der guten Dinge sind es aber nur wenige, die uns bleiben.
Das Wertvolle zu erkennen, zu hüten und zu bewahren
ist der Achtung höchstes Maß.
Das Wertlose zu erkennen und es dennoch festzuhalten
ist der Wahnsinn des Herzens.
In ihm liegt gleichermaßen alles Menschliche und
Unmenschliche begründet.
Niemals werden wir so klug und weise sein wie Gott,
denn noch immer sind wir im Wachsen begriffen.
Ganz tief in uns wissen wir um unsere Unfertigkeit.
Deshalb verspüren wir eine so große Lust auf dieses
wunderbare Leben.*

Der Mann aus dem Süden

Noch immer höre ich im Geiste die melodische Stimme meines Vaters. Kein anderer konnte jemals das italienische Wort »Bambina« in dieser unnachahmlichen Art aussprechen. Liebe und Gesang waren in ihm zu einer Einheit verschmolzen. Es war meines Vaters Kosename für mich, denn eigentlich heiße ich Anna-Maria Perti. Mein richtiger Vorname diente in dieser Zeit nur für die standesamtlichen Eintragungen und die erforderlichen Personenstandspapiere. Später, nach den schönen Jahren meiner frühen Jugend, hieß ich nur noch Anna-Maria. Dennoch nannte man mich irgendwann auf wundersame Weise wieder Bambina. Dieser Name blieb für mein ganzes Leben die stetige Erinnerung an meinen geliebten italienischen Vater.

Ein Teil meiner Wurzeln liegt im südlichsten Zipfel des italienischen Stiefels. Das winzige Örtchen Portienza ist die Heimat meiner Vorfahren väterlicherseits. Es ist ein hügeliges, sich zum Meer weit ausbreitendes Land. Hier präsentiert sich die Natur im Jahresverlauf einerseits in einer verschwenderischen Blütenpracht und dann wieder in den brennend heißen Sommern braun, karg und ärmlich. Ich habe in Portienza eine Vielzahl von Verwandten. Die Familie Perti ist groß, laut und herzlich. Ich kenne alle und fühle mich stets als ein Teil von ihnen. Für meine Großeltern, Onkeln, Tanten und alle anderen Familienangehörigen waren meine Mutter und wir Kinder damals einfach »die Deutschen«. Auch die Leute im Dorf nannten uns so. Ich spürte ihre Bewunderung, aber auch ihre verborgenen Vorbehalte gegen uns. Sicher meinten sie es nicht böse, denn wir kamen nun einmal aus dem fremden, kühlen Norden Europas. Den Menschen, die ein Leben lang nur in Portienza lebten, erschienen wir schon etwas andersartig, selbst wenn wir es nicht waren. Ich litt unter den prüfenden Blicken meiner Verwandten und den Nachbarn meiner Großeltern, denn mein größter Wunsch bestand darin, ganz und gar zu ihnen zu gehören.

Italien kenne ich nur aus den alljährlichen Ferienwochen in Portienza. Für Vater gab es kein anderes Reiseziel. Das ganze Jahr über legte er jeden Pfennig für diesen Urlaub beiseite. Ich weiß, dass Mutter oftmals nur zu gerne auf diese anstrengende Fahrt in den überaus heißen Süden verzichtet hätte. Sie litt unter der Hitze und verstand selbst nach langen Jahren kaum die italienische Sprache, geschweige denn den besonderen Dialekt der Region. Meinem Bruder Pietro erging es ebenso. Auch er war und blieb ein Nordeuropäer. Ich hingegen spreche fließend Italienisch und kenne mich in allen Gebräuchen bestens aus. Hätte man es nicht gewusst, so wäre es damals kaum jemandem aufgefallen, dass ich aus Deutschland kam.

Meine Mutter wurde wegen ihrer blonden Haare stets angestarrt und auch bewundert, wenngleich sie darüber hinaus keine außergewöhnliche Schönheit war. Ich hingegen kann den großen Anteil meines italienischen Blutes nicht verleugnen. Mein Vater hat mir die dunklen, festen Haare vererbt und auch seine rabenschwarzen, leicht schräg gestellten Augen. Mein Teint sah damals aus wie heller Saharasand, und ebenmäßige Zähne blitzten aus meinem meist lachenden Mund. Dies alles erleichterte mir meine Integration während der Besuche bei meinen Großeltern. Mein Bruder Pietro war mehr in die Art meiner Mutter geschlagen. Er hatte dunkelblonde Haare und blaue Augen. Auch sein bedächtiges, ruhiges Tun und die langsame Sprache waren ihr Erbteil. Dennoch liebte ich meinen Bruder über alles und er mich gleichermaßen. Pietro war nur ein Jahr jünger als ich. Wir fühlten uns stets wie Zwillinge, weil jeder vom anderen genau wusste, was er fühlte und dachte. Überhaupt konnte man uns als eine Bilderbuchfamilie bezeichnen. Vater verkörperte den italienischen

Familienpatriarchen. Meine Mutter und wir Kinder ordneten uns seinen Befehlen unter. Wir taten es ohne Murren, weil wir spürten, wie sehr sein Herz an uns hing. Er war ein Mann, der sehr tief lieben konnte. Sein südliches Temperament passte auf eine ganz besondere Art zu der stillen Strenge meiner Mutter. Wir Kinder hatten stets das Gefühl, dass unsere Eltern selbst nach langen Ehejahren noch immer sehr verliebt ineinander waren. Vater hätte gerne viele Kinder gehabt. Mutter musste ihm diesen Wunsch ausreden. Schließlich sah er ein, dass unsere Einkünfte dafür nie und nimmer gereicht hätten. So blieben Pietro und ich allein.

Spät abends hörten wir Mutter und Vater oftmals im Schlafzimmer kichern. Morgens sahen sich dann beide verschwörerisch lächelnd an, und Vater fasste zärtlich nach Mutters Hand. Diese Eintracht tat unseren kindlichen Seelen gut. In den späteren Jahren, die uns viel Kummer und Leid bescherten, zehrten wir noch immer von dieser Wärme und Geborgenheit, die uns damals umfangen hatte.

Mit Reichtümern waren wir wahrlich nicht gesegnet und Vater, als Ausländer, wurde so manches liebe Mal in unserer kleinen Stadt schief angesehen. Von Italien hatten unsere deutschen Mitbürger zu Beginn der sechziger Jahre des nun schon vergangenen Jahrhunderts eigentlich keine richtige Vorstellung. Es bestand das Klischee des heißblütigen, lebenslustigen und ansonsten etwas schmutzigen Italieners. Dies alles stimmte jedoch nicht, zumindest, was Vater betraf. Er war ein hoch gewachsener, dunkelhaariger Mann mit einem schmalen, sensiblen Gesicht. Dass er als einfacher Arbeiter seinen Lebensunterhalt bestritt, konnte man ihm nicht ansehen. Solange ich mich erinnern kann, umgab ihn das Flair eines Filmstars oder Gelehrten. Etwas Feineres eben. Darauf war ich sehr stolz. Meine Schulfreundinnen beäugten meinen Vater stets mit schwärmerischen Blicken. Ich war mir sicher, dass mein späterer Ehepartner unbedingt meinem Vater ähneln musste. Das war das Ziel meines Lebens. Dennoch kam alles ganz anders.

Im Jahre 1965 war Massimo Perti als Arbeiter nach Deutschland gekommen. Die Not in seiner Heimat ließ ihn mit dem Mut der Verzweiflung dem Ruf der deutschen Regierung folgen, die dringend Arbeitskräfte aus dem europäischen Ausland benötigte. In endlos scheinenden Zügen kamen sie alle und versuchten sich in Deutschland, so gut es ging, zurechtzufinden. Vater litt unsäglich unter Heimweh. Nur der Wille, Geld zu verdienen, um seine alten Eltern unterstützen zu können, ließ ihn durchhalten. Oftmals hat er uns Kindern von der harten Anfangszeit erzählt und von den Menschen, die hier so ganz anders waren als in seiner Heimat. Ihm fehlten die Sonne, die Wärme und das leichte, italienische Lebensgefühl. Er musste sich in so vielen Dingen an das kühle Deutschland gewöhnen.

In der Nähe des kleinen Städtchens Maiberg, am Rande des Taunus, fand er schließlich eine private Unterkunft. Von den obligatorischen Sammelunterkünften hielt er nichts. Er mochte es nicht, mit anderen auf so engem Raum zusammen zu leben. Ein Kollege aus der Fabrik, in der er arbeitete, hatte ihn eines Tages zu einem bescheidenen und recht abseits gelegenen Bauerngehöft mitgenommen. Dort lebten nur zwei Frauen, nämlich Mutter und Tochter Jakobi. Lotte Jakobi, die ältere der beiden, war Kriegerwitwe. Ihr Vater, Ferdinand Herzig, war bereits vor Jahren verstorben. Lotte bewirtschaftete den Hof seit dem Tode des alten Bauern nicht mehr. Sie lebte mit ihrer Tochter von einer bescheidenen Witwenrente, die ihr der ehrenvolle frühe Tod ihres Mannes auf dem Schlachtfeld des Krieges beschert hatte. Dennoch fütterte sie in jedem Jahr einige Schweine fett und hielt Hühner und Gänse. Das wenige Ackerland, das nicht verpachtet war, wurde von einem anderen Bauern für Mutter und Tochter mit bewirtschaftet, damit sie ihre Schweine mästen konnten. Monika Jakobi, Lottes Tochter, war einundzwanzig Jahre alt und arbeitete als Verkäuferin in einem Konsumladen. Die Einkünfte reichten gerade so zum Leben. Deswegen kam es Lotte Jakobi sehr entgegen, ein Zimmer ihres Hauses vermieten zu können. Da es nicht sehr komfortabel war und als Waschgelegenheit lediglich eine Schüssel mit Krug zur Verfügung stand, wie man es aus früheren Zeiten kannte, hätte sie es keinem anderen Menschen als meinem Vater vermieten können. Auch eine Toilette im Haus gab es nicht. Diese befand sich vielmehr als so genanntes »Plumpsklo« in einem winzigen Häuschen neben der Scheune. Im Frühjahr wurde der Toiletteninhalt im Garten als Dung eingegraben.

Lotte Jakobi hatte also gehört, dass die in der nahe gelegenen Fabrik eingestellten Italiener Zimmer suchten und nicht wählerisch waren. So fasste sie sich ein Herz und suchte über Beziehungen einen entsprechenden Mieter. Kurz darauf zog Massimo Perti, mein Vater, dort ein. Ihn störte das ärmliche Umfeld im Hause Jakobi keineswegs. Anderes war er nämlich auch aus seiner Heimat nicht gewohnt. Wichtig war ihm, dass er selbstständig sein konnte. So kamen alle drei im Hause gut miteinander aus. Vor allem auch deswegen, weil mein Vater ein sehr angenehmes Wesen besaß, wenngleich Lotte von Anfang an nur von dem »schmutzigen Italiener« sprach. Sie sah auf eine unangenehme Art auf ihren Mieter herab.

Monika Jakobi wurde später meine Mutter. Doch bis dahin verging noch einige Zeit. Vater konzentrierte sich damals auf seine Arbeit und wollte Geld verdienen. Jeden Pfennig sparte er und schickte ihn nach Hause. Dadurch ging es meinen italienischen Großeltern wirtschaftlich viel besser, und immer mehr italienische Männer machten sich auf den Weg ins gelobte deutsche Land.

Nach einiger Zeit hatte sich Massimo gut eingelebt. Die Leute des Dorfes riefen ihn bei seinem Namen und freuten sich über seine höfliche und lebensfrohe Art. Dennoch blieb er für die Menschen insgeheim immer nur »der Italiener«. Die Mauer des Fremdseins zwischen ihnen und meinem Vater spaltete noch immer unmerklich das Zusammenleben. Es bestand damals eine etwas unterentwickelte Toleranz, die mit einem gehörigen Stück Argwohn gegen alles Neue und Andersartige einherging.

Monika hatte sich sofort in Massimo verliebt, auch wenn sie es natürlich nicht zeigen durfte. Lotte Jakobi, meine deutsche Großmutter, wachte mit Argusaugen über ihre Tochter, denn man erzählte sich, dass die Italiener blonde Frauen besonders bevorzugten und Monika hatte wirklich eine wunderschöne silberblonde Haarpracht. Diese machte ihre im Übrigen recht herben Gesichtszüge wieder wett. So kam es also anfangs kaum zu Kontakten zwischen meinem Vater und meiner Mutter. Zu jener Zeit bestand der seltsame Ehrenkodex, dass sich ein anständiges Mädchen nicht mit einem Ausländer abgab.

Massimo wiederum nahm Lottes Wunsch, nämlich die völlige Ignoranz ihrer Tochter, sehr ernst. Er sagte nur »Guten Tag« oder »Guten Abend«. Es gab keine Gespräche und kein Aufeinanderzugehen. Massimo war ein junger Mann von dreiundzwanzig Jahren. Er sehnte sich nach einer Partnerin und nach Liebe. So bandelte er mal hier und mal da an. Aber es blieb nur bei lockeren Freundschaften. Es war also für meinen Vater sehr schwer, eine Frau nach seinem Herzen zu finden. Er musste auf die leichtsinnigen Flittchen zurückgreifen, die gleichermaßen auch mit den amerikanischen Soldaten der nahe gelegenen Garnison Kontakte pflegten. Unter ihnen war jedoch nicht die Frau seines Lebens. Aber er war noch jung und hatte alle Zeit der Welt. Außerdem konnte er als allein stehender Mann weitaus mehr Geld sparen. Das war für ihn besonders wichtig. Von Monikas stiller Liebe zu Massimo bemerkte die überaus aufmerksame Lotte nichts. Auch Massimo Perti schenkte der jungen Frau keine Aufmerksamkeit. Er sah sie noch nicht einmal an. So konnte er auch nicht die Sehnsucht in Monikas Augen sehen.

Das kulturelle Leben in Maiberg war damals noch nicht so ausgeprägt wie heutzutage. Dennoch gab es wegen der zahlreichen Vereine jede Menge Kurzweil für die Bürger und darüber hinaus die alljährliche Kirmes, durch die sich das Städtchen seinen dörflichen Charakter bewahrte. Auch an Fastnacht, Ostern und Weihnachten veranstaltete man im alten Gasthof »Zur Hoffnung« jeweils einen großen Ball. Zu jener Zeit besaßen noch nicht alle Leute einen Fernseher, sodass man sich das ganze Jahr über auf diese Festlichkeiten freute. So auch Monika. Seit Massimo jedoch bei ihnen wohnte, fühlte sie sich total verstört. Sie konnte anfangs ihre Gefühle nicht richtig einordnen. Doch spätestens, als sie Massimo an Weihnachten mit einigen fremden Mädchen tanzen sah, wuchs in ihr eine große Eifersucht und es wurde ihr endgültig klar, dass sie sehr viel für diesen Mann aus Italien empfand. Lotte hätte sie dies nie und nimmer erzählen können. So trug sie ihr Geheimnis still im Herzen und versuchte, sobald Lotte nicht in der Nähe war, Massimo über den Weg zu laufen. Doch es nutzte nichts. Massimo nickte ihr nur freundlich zu und ging weiter.

Monika war so verliebt und trotzdem so unglücklich. Eines Tages, als Lotte in einer dringenden Grundstücksangelegenheit in die nahe gelegene Kreisstadt fahren musste, nahm Monika ihre Chance endlich wahr. Da Massimo im Schichtdienst arbeitete, hatte er an jenem Tag bis in die frühen Nachmittagsstunden frei. So klopfte sie tapfer an seine Türe, die er sogleich öffnete. Es war ein heißer Sommermorgen und Massimo stand nur mit einem Achselhemd und einer leichten Hose bekleidet vor ihr. Monikas Herz klopfte bis zum Hals, denn er kam ihr plötzlich so schön wie ein griechischer Gott vor. Massimo sah verwundert auf sie herab. Mit ihr hatte er nicht gerechnet. Er fühlte sich plötzlich sehr unbehaglich.

Jetzt erst sah er ihr Gesicht und ihr wunderbares Haar. Er wusste nicht, ob ihm dieses Mädchen gefiel und konnte sich im Augenblick beim besten Willen nicht ausmalen, was sie von ihm wollte. Er dachte voller Angst an Lotte, die ihm Kontakte mit ihrer Tochter eindeutig verboten hatte. Massimo war der deutschen Sprache nur in einer noch etwas holprigen Art und Weise mächtig, aber er verstand alles, was man ihm sagte.

Monika fragte Massimo also mit dem Mut der Verzweiflung, ob sie sich nicht einmal treffen könnten. Dabei überzogen sich in Sekundenschnelle ihre sonst so blassen Züge mit einer peinlichen Röte, die Massimo nicht entgangen war. Fassungslos sah er das Mädchen an und wusste nicht, was er nun antworten sollte. Mit allem hatte er gerechnet, nur nicht mit einer derartigen Einladung. Eine gewisse Panik bemächtigte sich seiner, denn er wollte seine Unterkunft nicht verlieren und konnte deswegen Monikas Angebot auf keinen Fall annehmen. Er zuckte also nur mit den Schultern, als habe er sie nicht verstanden, lächelte ihr freundlich zu und schloss langsam vor ihrer Nase die Türe. Monika war perplex und es schossen ihr die Tränen in die Augen. Zuerst schämte sie sich für diese unwürdige Situation, aber dann wurde sie wütend und schwor sich, Massimo künftig keines Blickes mehr zu würdigen.

Massimo wiederum tat es Leid, Monika so behandelt zu haben. Aber er musste in dieser Hinsicht egoistisch bleiben. Dennoch begann er sich fortan für das Mädchen zu interessieren. Etwas wuchs ganz leise in ihm, ohne dass er sich anfangs dessen bewusst war. Monikas herbe Züge störten ihn nicht und ihre ruhige Art imponierte ihm. Das freud- und ereignislose Dahinleben von Mutter und Tochter Jakobi fiel ihm mit der Zeit auf, nachdem er sich mehr und mehr dieser winzigen Familie zuwandte. Er bedauerte Monika aus vollem Herzen, die anscheinend nur Arbeit kannte, keine Freunde hatte und sich ihrer herrischen Mutter unterordnen musste.

Als dann die alljährliche Kirmes bevorstand, sah er, dass auch Monika mit Lotte zum Gasthof »Zur Hoffnung« ging. Massimo war bei den Mädchen zwar ein beliebter Tänzer, aber längst kein Heiratskandidat. Er spürte deutlich diese Abgrenzung, die er aber ganz einfach ignorierte. Er legte großen Wert auf einen guten Ruf und fiel deshalb niemals durch irgendwelche Zudringlichkeiten auf.

Lotte saß mit Monika an einem Tisch, an dem noch mehrere junge Mädchen Platz genommen hatten. An den Blicken konnte Massimo erkennen, wie wenig Lotte in diesem Kreis gelitten war. Keine der anderen Mütter verhielt sich in einer derart dominanten Art und Weise. Die Chance, Monika um einen Tanz zu bitten, war also gleich null. Massimo suchte sich der Reihe nach andere Partnerinnen und amüsierte sich gut. Monika wurde nur wenig

aufgefordert und saß steif neben Lotte. In ihren Augen lag eine gewisse Verschämtheit, so wenig begehrt zu sein. Sie war sich darüber im Klaren, dass sie im Doppelpack mit ihrer Mutter niemals einen Mann finden würde. Traurig blickte sie auf das Muster der Papiertischdecke und trank aus Verzweiflung eine Cola nach der anderen. Mittlerweile saßen Mutter und Tochter allein am Tisch. Die anderen Mädchen hatten bereits Einladungen in die kleine Sektbar angenommen und waren verschwunden.
Plötzlich steuerte jedoch ein älterer Mann auf den Tisch von Lotte und Monika zu. Er lächelte Lotte an und sie lächelte überrascht zurück. Die Musik begann zu spielen, und Lotte tanzte mit dem Fremden. Monika stand nun auf, nahm ihre Tasche und verließ den Saal. Massimo hatte dies alles genau beobachtet. Das Mädchen tat ihm von Herzen Leid, und er verspürte den Drang, sie auf irgendeine liebe Art und Weise trösten zu müssen. Warum dieser Wunsch plötzlich in ihm so übermächtig war, wusste er nicht zu sagen.
Also lief auch er nach einiger Zeit aus dem Saal und sah sich draußen nach Monika um. Sie war nicht zu sehen. Etwas weiter, vor der großen Scheune des an den Gasthof angebauten landwirtschaftlichen Gehöftes, sah er einen Schatten und vernahm ein leises Weinen. Langsam ging er auf diesen Schatten zu und sah, dass er Monika gefunden hatte. Erschrocken blickte diese hoch und wischte sich mit einem Taschentuch eilig die Tränen ab. Sie sagte kein Wort, aber in ihren Augen sah Massimo eine große Trauer und zugleich Sehnsucht. Er ging auf sie zu und blieb still vor ihr stehen. Sie sahen sich in die Augen und lächelten sich plötzlich an. Massimo nahm Monikas Kopf in seine Hände, und seine Lippen legten sich zart auf ihren Mund. Monika schlang die Arme um seinen Hals, und sie küssten sich wie Verdurstende. Massimo wusste plötzlich, dass er dies und noch viel mehr wollte. Auch Monika, die seinen erregten Körper spürte, hatte die Vorhaltungen ihrer Mutter vergessen. Ihr Liebestraum würde sich nun erfüllen. Sie wollte diesen schönen Italiener mit Haut und Haaren. Beide öffneten vorsichtig das Scheunentor

und schlüpften, sich an den Händen haltend, in die Dunkelheit. Dort ging alles sehr schnell, denn weder Massimo noch Monika konnten warten. Obwohl sie sich in hastiger Begierde liebten und Monika außer einem scharfen Schmerz nicht viel fühlte, war sie dennoch glücklich. Erschöpft und plötzlich erschrocken über das, was nun geschehen war, lagen beide eng beieinander auf den Strohballen. Sie sprachen fast nichts, aber in ihren Augen konnte man das Unausgesprochene lesen. Später schlichen sie vorsichtig in gebührendem Abstand aus der Scheune. Beide hatten nun große Angst, entdeckt zu werden. Monika lief sofort nach Hause, Massimo ging jedoch zurück in den Saal. Lotte hatte nichts bemerkt. Sie saß wieder auf ihrem Platz und wartete scheinbar nervös auf Monika.

Aber Monika kam nicht wieder. Sie lag zu Hause in ihrem Bett und dachte an ihr erstes Erlebnis mit einem Mann. Noch immer fühlte sie Massimo und plötzlich hatte sie Angst vor dem neuen Tag. Wie würde sich Massimo verhalten? War sie vielleicht für ihn nur ein Abenteuer, zumal er ihr sonst keinerlei Beachtung geschenkt hatte? Oder was würde geschehen, wenn sie ein Kind bekäme? Das waren die dunklen Gedanken in dieser ansonsten für sie so wunderbaren Nacht. Monika wusste, dass sie sehr leichtfertig gehandelt hatte und sie schämte sich dafür. Am nächsten Kirmestag ging sie Massimo aus dem Weg. Sie sahen sich auch die kommenden Tage nicht mehr. Beide hatten ein schlechtes Gewissen. Trotzdem sehnte sich Monika nach ihm. Auch er lag auf seinem Bett und dachte an das Mädchen, das sich ihm so bereitwillig hingegeben hatte. Dann aber erinnerte er sich an die Sehnsucht und die Liebe in ihren Augen. Intuitiv wusste er, dass Monika nicht so eine wie die anderen war, die er kannte. In seinem Herzen hatte sie auf wundersame Weise eine ihm noch unbekannte Saite angeschlagen. So begann die Liebe meiner Eltern. Ich, Bambina, war die Frucht dieses ersten Zusammenseins.

Neun Monate später erblickte ich das Licht der Welt. Meine Eltern haben trotz der schrecklichen Häme der Menschen und

dem unerbittlichen Widerstand von Lotte zu ihrer Liebe gestanden und geheiratet. Lotte gebärdete sich einige Zeit wie toll und ließ keine Streiterei aus. Massimo zog mit Monika in ein größeres Zimmer mit einem Ehebett. Es war noch von meinen Großeltern, was die beiden keineswegs störte. Dort stand meine kleine Wiege und auch die meines ein Jahr später geborenen Bruders Pietro. Lotte konnte sich in den darauf folgenden Jahren einfach nicht daran gewöhnen, dass nun ein Mann im Hause war, der sich um alles kümmerte. Sie bekam mit der Zeit einen bösartigen Gesichtsausdruck und fand für uns alle kein gutes Wort. Für uns Kinder entpuppte sie sich als die böse Großmutter aus dem Märchen. Ihre Härte und Kälte ließ uns in den eigenen vier Wänden nahezu erfrieren. Wenn nicht Vater gewesen wäre, hätte sie uns unter Garantie das Leben noch schwerer gemacht. Er war ein starker Mann und verteidigte uns gegen alle Widerstände. Wir spürten seine zärtliche Liebe, und meine Mutter blühte trotz der harten und oftmals unerfreulichen Lebensumstände mit den Jahren auf. Wenn wir unseren Eltern beim Tanz zusahen, wie sie sich aneinander schmiegten, war ihr Glück nicht zu leugnen. Obwohl es für uns alle schwere Jahre waren, da mein Vater ja auch noch seine Eltern in Italien unterstützte, so werde ich dennoch diese schöne Zeit niemals vergessen. Wie gerne denke ich an jene Tage zurück! Vom ersten Augenblick an nannte mich mein Vater Bambina. Es war der zärtlichste Name der Welt. Mit der Zeit nannte mich jeder so, außer meiner Großmutter. Sie konnte sich nicht mit dem Gedanken versöhnen, dass sich ausgerechnet ihre Tochter mit einem Italiener verheiratet hatte. Weder ihren Schwiegersohn noch uns Kinder sprach sie mit ihren Namen an. Für sie schienen wir Fremde zu sein.
Trotz allem waren es glückliche Jahre. Aber sie währten nicht lange. Schon bald legte sich Dunkelheit über unser Leben.

Kalter Hauch des Lebens

Wir saßen zu viert in unserem roten VW-Passat, der keineswegs so komfortabel und bequem war wie die Wagen dieser Kategorie heutzutage. Außerdem schwitzten wir uns schon nach den ersten Kilometern halb tot, denn es war Hochsommer.

Wir schrieben das Jahr 1982, ich war sechzehn und Pietro fünfzehn Jahre alt. Die Sommerferien hatten begonnen, und wir fuhren wie immer nach Süditalien zu meinen nunmehr sehr alten Großeltern. Mein Vater und ich waren voller Vorfreude. Mutter und Pietro schienen, wie eigentlich in jedem Jahr, keine besondere Lust auf unsere Reise zu verspüren. Dennoch gab es kein Halten und wir verstauten alles in unserem Wagen, vor allen Dingen die vielen Geschenke, die wir mitnahmen. Mein Vater hatte ein großes Herz, sodass er jeden, der zu seiner Familie gehörte, mit einer Kleinigkeit erfreute. Mutter sagte stets in ihrer pragmatischen Art, dass wir dieses Geld eigentlich für dringendere Dinge benötigten.
Unser Fahrzeug, welches bereits ein sehr altes Vehikel war, das noch nicht einmal über Kopfstützen verfügte, hatten wir wieder einmal total überladen. Wir hofften inbrünstig, dass uns unterwegs die Polizei nicht anhalten würde. Pietro belagerte außerdem die schmale Ablage vor der Heckscheibe mit zwei dicken Stoffbeuteln voller Konserven. Darunter befanden sich unter anderem einige besonders große Büchsen mit Würstchen. Die beiden Stoffbeutel hatte er zwar zusammengeschnürt, aber, wie sich später auf schreckliche Weise herausstellen sollte, längst nicht fest genug. Mein Vater war davon überhaupt nicht begeistert und

wies auf die Gefahr hin, was geschehen könnte, wenn er plötzlich stark bremsen müsse. Pietro versprach aber, auf die beiden Beutel besonders zu achten. So gab Vater letztendlich nach.
Fröhlich fuhren wir nun die Autobahn entlang und schmetterten Lieder. Es waren italienische Volksweisen, die ich alle auswendig kannte. Ein Autoradio besaßen wir nämlich nicht. Mutter und Pietro sangen nicht mit, weil sie den Text nicht kannten und auch nicht verstanden. Wir näherten uns langsam dem Frankfurter Kreuz. Was danach geschah, werde ich bis zum jüngsten Tag nicht vergessen. Es war das Ende unseres gemeinsamen Lebens. Der Verkehr in diesem Autobahnbereich war sehr stark. Wir fuhren einigermaßen schnell, denn wir hatten schließlich eine große Reise vor uns.
Mein Vater war völlig auf den Verkehr konzentriert. Plötzlich versuchte sich ein Sportwagen zwischen uns und den vor uns fahrenden Wagen zu drängen. Der Fahrer des vorderen Fahrzeuges bemerkte diesen Vorgang anscheinend nicht, sodass er seinen Wagen demzufolge auch nicht beschleunigte. Mein Vater trat also mit aller Verzweiflung auf die Bremse. In diesem Moment wurde unser Fahrzeug wie von Geisterhand nach vorne katapultiert, denn der hinter uns fahrende PKW war mit Brachialgewalt auf unseren Wagen aufgeprallt. Ich sah voller Schrecken, wie sich plötzlich die Beutel mit den Konserven selbstständig machten und die scharfkantigen Büchsen als unglaublich schnelle Geschosse durch das Fahrzeuginnere flogen. Eine der großen Würstchendosen und viele kleine trafen meinen Vater und auch meine Mutter mit enormer Gewalt direkt am Hinterkopf. Da ich den schrecklichen Vorgang bemerkt hatte, versuchte ich die restlichen noch herumfliegenden Büchsen irgendwie aufzuhalten. Aber da war es schon zu spät. Pietro hatte scheinbar völlig vergessen, auf die Beutel aufzupassen, kauerte in panischer Angst zwischen dem Fahrersitz und der Rückbank und schützte mit den Händen seinen Kopf.
Ich sah noch, wie sich meine Mutter mit einem verzweifelten Blick umschaute, währenddessen auch sie von den Büchsen

getroffen wurde. Mein Körper erstarrte zu Eis, als ich als letzte bewusste Wahrnehmung bemerkte, wie Vaters Kopf auf das Lenkrad sank und unser Fahrzeug führerlos zur Seite scherte. Ich sah wie durch einen dichten Schleier, dass meine Mutter und Pietro voller Verzweiflung zu schreien begannen. Dann war es plötzlich still. Als Letztes vernahm ich nur noch ein leises Wimmern, das wohl von meiner Mutter kam.

Es muss ein schrecklicher Unfall gewesen sein, bei dem noch mehr Menschen starben. Später hatte man mir den Vorgang im Rahmen der polizeilichen Vernehmung geschildert. Ich selbst konnte mich kurz danach an nichts mehr erinnern. In meinem Kopf gab es in dieser Hinsicht nur ein großes Vakuum. Erst einige Zeit später setzten sich die schrecklichen Puzzleteile des Unfalls in meinem Gehirn wieder zusammen. Im Krankenhaus wachte ich irgendwann auf. Ich wusste weder Tag noch Stunde, und mein Kopf war bis auf mein Gesicht rundherum verbunden. Ich fragte die Schwestern, was denn geschehen sei, aber sie antworteten mir nur sehr ausweichend. Tröstlich war in diesem Moment lediglich die Tatsache, dass das Personal meinen hessischen Dialekt sprach. Ich befand mich also in der Nähe meiner Heimat.

Körperlich fühlte ich mich schwach und elend, wenngleich ich meine Glieder ohne Schmerzen bewegen konnte. Einzig und allein mein Kopf tat bei jeder Bewegung weh. Seltsamerweise sah ich sofort, dass in meinem Zimmer keine Blumen standen. Also hatte mich wohl in der Zwischenzeit niemand besucht. Bei meinen so besorgten und liebevollen Eltern konnte ich mir dies einfach nicht vorstellen. Zu diesem Zeitpunkt wäre ich niemals auf die Idee gekommen, dass meine Eltern nicht mehr lebten. Ich wartete Stunde um Stunde, aber es kam niemand. Die Schwestern versorgten mich auf eine besonders liebe Art und Weise. Dafür war ich ihnen sehr dankbar.

Erst als der Stationsarzt in mein Zimmer trat und ich in dessen mitleidiges Gesicht blickte, ahnte ich, dass etwas nicht stimmte. Zwischenzeitlich wusste ich allerdings, warum und in welchem Krankenhaus ich mich befand. Maiberg war nicht allzu weit entfernt. Ich sehnte mich nach meinen Eltern. Sobald sich die Türe meines Zimmers öffnete, begann mein Herz erwartungsfroh zu schlagen. Leider aber vergebens.

Doktor Gerber nahm an diesem denkwürdigen Tag meine Hand in die seine, nachdem er sich auf den Rand meines Bettes gesetzt hatte. Er sprach davon, dass ich nun stark sein müsse. Mit unbewegter Miene hörte ich das Grausamste, das man mir je in meinem Leben eröffnete. Vater und Mutter waren gestorben, und wir würden uns niemals mehr wieder sehen. In stummer Verzweiflung hörte ich die Worte des Arztes. Sie schienen mir plötzlich so unwichtig, nachdem der Tod heimlich an mein Bett herangerückt war. Alles erlosch augenblicklich in mir, wurde zu einem Nichts, und ich sehnte mich plötzlich in dieses andere Land, in das meine Eltern gegangen waren. Draußen war Sonnenschein, die Blätter der Birke vor meinem Zimmer wisperten leise im Wind, Vögel schwangen sich mit einem Jauchzer in den blassblauen Sommerhimmel. Ich sah dies alles nicht. Ein dunkler Schatten legte sich über meine Seele, doch keine Träne rann aus meinen Augen.

Doktor Gerber fragte mich, wie er mir helfen und beistehen könne. Es fiel mir schwer zu antworten. Meine Lippen und mein Hals waren trocken. Verzweiflung und Panik machten sich in mir breit. Ich wusste, dass ich mit meinem Schmerz ganz allein sein würde. Kein Mensch der Welt könnte mich künftig von dieser schrecklichen Bürde des Verlorenseins und der Sehnsucht nach den geliebten Menschen befreien. Der Arzt ließ mich nach einiger Zeit des Zuredens mit einem freundlichen Händedruck allein. Dafür war ich sehr dankbar, denn ich brauchte Ruhe zum Nachdenken.

Alles hatte sich von einer Minute zur anderen geändert. Ich wusste, dass ich stark bleiben musste. Dies ganz besonders für Pietro, der nur ein paar Prellungen davongetragen hatte und bereits wieder zu Hause war. Ich ahnte, wie schwer für ihn das Leben nun sein würde. Mir fielen diese beiden schrecklichen Beutel mit den Konserven ein, die möglicherweise unseren Eltern

das Leben gekostet hatten. Wie würde Pietro mit dieser Sache fertig werden?
Mittlerweile waren unsere Eltern in unserem Heimatort beigesetzt worden. Großmutter Lotte musste dies wohl in die Wege geleitet haben. Kein einziges Mal besuchte sie mich. Ich hatte keine frische Wäsche zur Verfügung, sodass ich meine Unterwäsche jeden Abend mühselig im Waschbecken auswusch und über Nacht auf einem Stuhl zum Trocknen aufhängte. Handtücher hatten mir die Schwestern freundlicherweise zur Verfügung gestellt. Ich war erleichtert, dass sie mir keine Fragen stellten, denn ich kam mir so klein und armselig vor. Stets hoffte ich, dass mich wenigstens Pietro besuchen würde. Aber auch er blieb fern. So begann meine Einsamkeit, die Jahre füllen sollte.

Meine äußeren Verletzungen verheilten langsam, aber die Narben in meiner Seele blieben. Wahrscheinlich würden sie bis zum Ende meiner Tage ein Teil von mir bleiben. Vater und Mutter waren aber noch immer bei mir. Sie begleiteten mich fortan bei jedem Schritt in dieses neue, mühselige Leben.
Künftig würde unsere Großmutter Lotte über uns wachen, denn wir waren beide noch nicht volljährig. Nach der Realschule, die ich gerade abgeschlossen hatte, hätte ich eine Lehre als Hotelkaufmann beginnen sollen. Ich wusste, dass dies nicht mehr möglich war. Da Vaters Verdienst nun ausfiel, musste ich so schnell wie möglich Geld verdienen.
Eines Tages wurde ich aus dem Krankenhaus entlassen. Ein paar Narben am Kopf und am Hals waren übrig geblieben. Die Schwestern meiner Station hatten sich freundlicherweise darum bemüht, für mich eine Mitfahrgelegenheit nach Maiberg auszukundschaften. Ich konnte also mit einem älteren Herrn aus dem Nachbarort nach Hause fahren. Er brachte mich sogar bis zu unserem Hof, wofür ich sehr dankbar war, denn ich hatte noch nicht einmal Geld für öffentliche Verkehrsmittel.
Langsam ging ich auf unsere Haustüre zu, an der mich niemand willkommen hieß. Verkrampft hielt ich meine Handtasche unter

dem Arm. Ansonsten hatte ich kein Gepäck. Der Schmerz über den Verlust meiner geliebten Eltern überfiel mich nun mit aller Macht. Ich versuchte die Tränen zurückzudrängen. Heute weiß ich, dass Trauer genauso tief ist wie die Liebe, nur dass die Liebe einen Menschen wachsen lässt, während die Trauer ihn auf groteske Art innerlich wie äußerlich verkleinert. So verkleinert öffnete ich also die Türe und trat in den dunklen Flur meines Elternhauses. Drinnen war Stille wie in einem Grab. Ich ging nun in die Küche. Dort saß meine Großmutter am Tisch. Ohne eine erkennbare Regung blickte sie hoch und meinte, es wäre nun wirklich Zeit, dass ich endlich wieder da sei.

Ich kannte meine Großmutter und deren Gefühllosigkeit. Dennoch weinte mein Herz bei diesem kalten Empfang. Pietro hatte sich in seinem kleinen Zimmer verkrochen. Schweigend stieg ich die knarrenden Holzstufen hinauf. Er lag auf seinem Bett, und seine Augen waren vom vielen Weinen rot und angeschwollen. Mein Herz wurde weich vor Liebe und Mitleid. Ich nahm meinen Bruder in meine Arme und wiegte ihn wie ein kleines Kind hin und her. Er klammerte sich an mich und schluchzte erbarmungswürdig. Immer wieder stammelte er von seiner Schuld und wie sehr er Vater und Mutter vermisse. Mit einem dicken Kloß im Hals versuchte ich ihn zu trösten, indem ich davon sprach, dass Vater wahrscheinlich gar nicht durch die Konservenbüchsen umgekommen sei, sondern vielmehr erst später durch den eigentlichen Auffahrunfall. Aber Pietro ließ meine Erklärungen nicht gelten. Ich betete zu Gott, dass er darüber hinwegkommen möge. Damals wusste ich noch nicht, dass unser künftiges Leben durch diesen Schuldkomplex in eine tiefe Krise geraten würde.

Ich ging anschließend in meine kleine Kammer, vorbei am Schlafzimmer meiner Eltern. Es war mir nicht möglich, die Türe zu öffnen und hineinzusehen. Nachdem ich mich umgekleidet hatte, musste ich wohl oder übel wieder hinab zu meiner missgelaunten Großmutter. Diese saß noch immer am Küchentisch und kramte in einer Flut von Papieren, die sie mir sogleich mit einem bösen Blick zuschob. Ich hatte plötzlich das untrügliche Gefühl, dass sie eigentlich nicht besonders traurig war. Sie eröffnete mir in ihrer gehässigen Art, dass von nun an in diesem Hause ein anderer Wind wehen würde. Dafür könne ich mich bei meinem Vater, diesem »dreckigen Italiener«, am Grabe bedanken. Es schere sie nicht, wie wir künftig zurechtkämen. Sie habe uns gegenüber keine Verpflichtung. Großmutter teilte mir darüber hinaus mit einem hämischen und selbstgefälligen Lächeln mit, dass sie ihre finanzielle Sicherheit habe. Von ihrer Witwenrente könne sie leben. Für Pietros und meinen Lebensunterhalt müsse ich fortan sorgen.

Fassungslos blickte ich in ihre blassblauen Augen, die mich herausfordernd anstarrten, und ich verspürte den Zwang, sie zu fragen, ob sie uns denn kein bisschen liebe? Wir beide seien doch auf ihre Hilfe angewiesen. Meine Stimme klang dünn und zittrig, währenddessen mein Herz hart gegen meine Rippen schlug. Großmutter senkte den Blick und zuckte gleichmütig mit den Schultern. Für mich war es jedoch eine klare Aussage. Von ihr konnten Pietro und ich nichts erwarten. Sie hatte meinen Vater gehasst, weil meine Mutter mit ihm so glücklich gewesen war. Er schien deshalb auch für ihr eigenes Unglück verantwortlich zu sein, denn Monika hätte wohl mit ihr bis ans Ende aller Tage in diesem alten, dem Verfall preisgegebenen Bauernhof leben sollen.

Ersparnisse gab es nicht. Auf Vaters Sparbuch waren noch ganze einhundert Mark. Alles andere hatte er für Geschenke ausgegeben. Diese einhundert Mark zahlte man mir auf der Bank anstandslos aus. Die Hälfte investierte ich ohne nachzudenken in einen großen Rosenstrauß, den ich meinen Eltern auf das noch frische Grab legte. Für eine ganze Stunde setzte ich mich auf die kalte Umrandung des Nachbargrabes und starrte nahezu emotionslos auf die wenigen Kränze. Es erschien mir so unglaublich, dass tief in dieser kühlen Erde nun Vater und Mutter liegen sollten. Ich schämte mich plötzlich, dass ich nicht weinen konnte. Doch alles war in mir zu Eis erstarrt.

Pietro kam nicht mit zum Grab. Er wehrte alles ab, was ich ihm vorschlug. Da wir noch Ferien hatten, gab es für ihn keinen Grund, aus dem Haus zu gehen. Er igelte sich geradezu in seinem Zimmer ein. Ich kam an sein Herz und seine Seele nicht heran. Wenn er einmal etwas sagte, so mündete es stets in dem Vorwurf, dass nicht jeder so stark sei wie ich. Er beneide die Schnelligkeit, mit der ich die Trauer um unsere Eltern abschütteln könne. Dabei war es ihm völlig entgangen, wie sehr ich mit unseren großen existenziellen Problemen zu kämpfen hatte. Pietro wohnte in seinem Elfenbeinturm und pflegte seine Schuldgefühle. Dabei hätte ich seine Hilfe so nötig gehabt. Er lebte fast so wie Großmutter, indem er alles um sich herum einfach ignorierte. Dennoch liebte ich meinen Bruder und verzieh ihm sein Benehmen. Ich wusste in der Tat nicht ein noch aus, denn wir mussten die Beerdigung der Eltern und alles andere darüber hinaus bezahlen. Großmutter interessierte sich fortan nicht mehr für unsere Belange. Sie setzte sich täglich auf unseren einzigen Gartenstuhl unter der großen Tanne im Hof. Kochen, Waschen und Putzen waren für sie fortan tabu. Dies alles waren Arbeiten, die ich nun verrichten musste. Inständig hatte ich sie gebeten, mich nicht allein zu lassen. Schweigend und mit einem bösen Blick wandte sie sich jedoch ab. Sie war in ihrem kalten Egoismus gefangen, und die Welt sollte sich fortan nur um sie drehen. Wie aber sollte ich damit jemals fertig werden?

Pietro konnte sich aus seinem seelischen Tief nicht befreien und schlug sich Tag und Nacht mit seinen Schuldgefühlen herum. Neben den finanziellen Problemen war er für mich in seiner unbeweglichen Art eine besondere Belastung. Mit meinen sechzehn Jahren musste ich von einer Sekunde zur anderen erwachsen werden und hätte demzufolge alle Erkenntnisse und Erfahrungen einer Erwachsenen benötigt. Dieses neue Leben bedeutete für mich eine unglaubliche Kraftanstrengung und Herausforderung und das sollte für lange Jahre so bleiben. Meine Jugend musste ich einfach überspringen. Die schönsten Jahre im Leben eines jungen Mädchens verflüchtigten sich von heute auf morgen.

Sie waren niemals Gegenwart, würden keine Vergangenheit sein und entbehrten für mich jeglicher Erinnerung.
Mir wurde in dieser Zeit wenig Hilfe zuteil. Da wir ziemlich abseits wohnten und meine Eltern generell kaum Kontakte mit den Menschen in der Stadt gepflegt hatten, interessierte sich auch niemand für uns. Keiner ahnte etwas von unserer großen Not und der Zerrissenheit unseres Lebens. Diejenigen, die uns kannten, wähnten uns in Großmutters fürsorglichen Händen. Deswegen hatte das Jugendamt, da Pietro und ich noch minderjährig waren, meine Großmutter als unseren Vormund bestimmt. Diese Regelung bedeutete für uns beide jedoch ein großes Unglück, denn nun konnte sie über uns herrschen wie seinerzeit über unsere Mutter. Obwohl sie mich alle Arbeiten im Haushalt und Garten verrichten ließ, durften Pietro und ich ohne ihre Einwilligung nicht aus dem Haus gehen. Verspäteten wir uns einmal, gab es Schelte und wir hörten stundenlang Großmutters grobe Unfreundlichkeiten. Verbissen versuchte ich über alles hinwegzusehen, um Pietro zu helfen, der von Tag zu Tag stiller und blasser wurde. Wir erhielten eine kleine Waisenrente und schämten uns, darüber hinaus noch Sozialhilfe zu beantragen. Großmutter hatte bei diesem Gedanken, als ich ihn äußerte, fast einen Schreikrampf bekommen. Sozialhilfe käme für dieses Haus nicht in Frage. Dass es so weit gekommen sei, wäre nur die Schuld des dreckigen Italieners, der es zu nichts gebracht habe. Lodernd blickte sie mich bei diesen Worten an, und ich spürte ihren Hass auf meinen Vater bis ins Mark. Die Tränen unterdrückend war ich damals auf mein Zimmer gerannt. Am Fenster stehend überlegte ich, was zu tun sei, um künftig zu überleben.
Den Garten versorgte ich, so gut es mir möglich war, obwohl ich von dieser Arbeit keine Ahnung hatte. Einwecken konnte ich ebenfalls nicht. Meiner Großmutter fiel es nicht ein, mich zu unterstützen, und so lagen das Gemüse und das Obst, welches wir nicht verzehren konnten, faulend auf unserer Miste. Außerdem wucherte mit der Zeit das Unkraut ins Unermessliche. Unser Grasgarten hinter dem Haus nahm in seiner ungehinder-

ten Vitalität enorme Formen an, denn ich verstand es nicht, mit der Sense zu mähen. Einen Rasenmäher besaßen wir nicht. In diesem ersten Sommer nach dem Tode unserer Eltern sah unser alter Bauernhof sehr verwahrlost aus. Meine Großmutter scherte dies überhaupt nicht. In mir wuchs eine tiefe Scham, wenn ich daran dachte, wie weit unten wir angekommen waren. Die Hand unseres Vaters fehlte an allen Ecken und Enden. Ich konnte es nicht ändern. Mein ganzes Begehren war nun auf einen Arbeitsplatz gerichtet, damit Pietro und ich nicht am Ende verhungern mussten. Versicherungen, Strom und Wasser zahlten wir bereits seit Monaten nicht mehr. Wovon auch?

So machte ich mich eines Tages auf den Weg zum einzigen Hotel in unserer Stadt, dem gleichzeitig auch ein größeres Restaurant angegliedert war. Ich wollte mich erkundigen, ob man mich vielleicht als Küchenhilfe oder Bedienung einstellen würde. Angstvoll betrat ich den Gastraum des Hotels »Zur Linde«. Der Besitzer, ein vierschrötiger, rotgesichtiger Mann, kam auf mich zu und musterte mich von oben bis unten. Er kannte mich anscheinend und fragte, was mein Anliegen sei. Ich sagte meinen bereits mehrmals auf dem Weg zum Hotel eingeübten Satz auf und wartete auf eine Reaktion des Mannes. Ich musste ihm mein Alter nennen und er meinte, wenn ich bei ihm arbeiten wolle, brauche er die Zustimmung meiner Großmutter, da ich noch minderjährig sei. Da ich aber mindestens wie eine Achtzehnjährige aussähe, könne ich bei ihm sofort als Bedienung anfangen, vorerst jedoch nur zur Probe. Ob dies rechtens war, entzog sich jedoch meiner Kenntnis. Zum Glück konnte ich diese Arbeit annehmen, denn meine Schulzeit war beendet.
Er nannte mir einen nahezu lächerlichen Stundenlohn, und ich spürte, dass er die Gelegenheit, meine Notlage auszunutzen, beim Schopfe ergriff. Meine Arbeitszeit wurde von abends zwanzig Uhr bis null Uhr in der Nacht festgelegt. Ich war als Bedienung im Restaurant eingeteilt. Obwohl ich voller Angst dieser ungewohnten Aufgabe entgegensah, war ich sehr froh, diese Arbeitsstelle erhal-

ten zu haben. Karl Mewes reichte mir sodann seine feiste Hand und ich schlug ein. Ich würde die Zustimmung meiner Großmutter ganz einfach fälschen. Künftig müsste ich mich abends heimlich aus dem Hause schleichen und genauso leise wieder spät nachts zurückkommen. Lotte ging, Gott sei es gedankt, stets gegen zwanzig Uhr zu Bett und verfiel sogleich in einen tiefen Schlaf. Dies wusste ich deshalb, weil sie, kaum dass sie in ihrem Bett lag, derart laut zu schnarchen begann, dass man es bereits an der Haustüre hören konnte. Durch diesen glücklichen Umstand würde meine abendliche Tätigkeit zumindest in der ersten Zeit nicht auffallen. Pietro weihte ich ein und erklärte ihm immer wieder, was er sagen sollte, falls einmal etwas schief laufen würde. Dennoch machte mein Eifer, unsere schlechten Lebensbedingungen aufzubessern, auf ihn keinen Eindruck. Wie immer sah er mich mit müden, traurigen Augen an und nickte zu allem, was ich sagte.

Mittlerweile waren die Ferien schon lange zu Ende, und ich kämpfte mühselig darum, dass Pietro die Schule besuchte. An vielen Tagen stand er einfach nicht auf, und ich musste ihn krank melden. Lotte interessierte sich nicht für unser Leben. Sie lief an uns vorbei, als seien wir nicht vorhanden. Am Anfang war ich darüber sehr traurig und bemühte mich ständig, ein paar freundliche Worte mit ihr zu sprechen. Bei diesen wenigen Gelegenheiten hörte ich stets dasselbe. Dass wir – nämlich mein Vater, Pietro und ich – ihr die Tochter genommen hätten. Sie verfluche uns deswegen und wünsche uns viel Pech im Leben. Nach diesen Worten erfror ich innerlich und ich fragte mich, was uns außer dem Tod, mit dem wir schon Bekanntschaft gemacht hatten, noch Schlimmeres passieren konnte. Pietro und ich waren jung, aber wir lebten wie alte Greise, vereinsamt und traurig. Es gab keine hellen Lichter an unserem Horizont und in unseren Herzen schon gar nicht. Unsere Großmutter erschien mir mehr und mehr wie ein unmenschliches Monster. Wie war es möglich, dass man Menschen seines eigenen Blutes derart verachten konnte? Schließlich waren wir die Kinder ihrer Tochter und somit ein Teil von ihr. Am Tage arbeitete ich wie besessen in Haushalt und Garten, um eini-

germaßen Ordnung zu halten. Meine Hände wurden rissig und breit. Herr Mewes hatte mich bereits einige Male darauf hingewiesen, dass eine Bedienung gepflegte Hände haben müsse. Also badete ich sie täglich nach getaner Arbeit in Seifenwasser und rieb sie unentwegt mit einer Fettcreme ein, damit sie am Abend einigermaßen ansehnlich waren.
Das Servieren ging mir wider Erwarten recht gut von der Hand. Auch bekam ich des Öfteren ein gutes Trinkgeld, sodass wir zusammen mit unserer Waisenrente mühselig über die Runden kamen. Ich stotterte sogar die rückständigen Gebühren bei der Stadtverwaltung und dem Stromversorgungsunternehmen ab. Großzügigerweise hatte man mir in Anbetracht meiner finanziellen Möglichkeiten Ratenzahlungen genehmigt. Ich versuchte ganz eisern, diesen Verpflichtungen nachzukommen. Es wäre nämlich für Pietro und mich nicht dienlich gewesen, wenn in der Stadt über uns negativ gesprochen worden wäre. Meine Großmutter fragte niemals, wer das Haus mit allen Kosten unterhielt. Sie verzehrte ihre Witwenrente und konnte sich so allerlei besondere Dinge erlauben. Ich sah, wie sie abends in ihrem Zimmer Likör trank und Pralinen aß. Daran konnten Pietro und ich nicht im Traum denken. Ich wusste schon gar nicht mehr, wie Schokolade schmeckte. Pietro hatte Gott sei Dank keine besonderen Wünsche. Er war schon damit zufrieden, wenn er nicht zur Schule musste. Dieser Zustand war für mich besonders belastend.
Eines Tages kam ein so genannter blauer Brief, der direkt an meine Großmutter gerichtet war. Sie las ihn mit unbewegter Miene und als ich fragte, was darin stünde, antwortete sie nicht und ging geradewegs in Pietros Zimmer. Dieser lag wie immer regungslos auf seinem Bett und hatte die Vorhänge am Fenster zugezogen. Meine Großmutter griff plötzlich zu einem Besen, der am Treppenaufgang stand. Mit dem Stiel des Besens begann sie wütend auf den wehrlosen Pietro einzuschlagen. Der Besenstiel traf ihn unerwartet mitten im Gesicht, und seine Nase begann stark zu bluten. Auf seiner Haut konnte man den Abdruck des Holzes sehen, bevor er, als es bereits zu spät war, schützend die

Arme über seinen Kopf hielt. Großmutter benutzte dabei ein mir unbekanntes Vokabular an Schimpfworten. Noch heute friere ich, wenn ich an diese Geschehnisse denke. Ich entriss ihr den Besen und schrie sie weinend an, warum sie so grausam sei. Mit diabolisch verzerrten Gesichtszügen blickte sie mich kalt an und sagte mit lauter Stimme, dass sie diesen Italiener das nächste Mal totschlage. Mit ihrem Finger zeigte sie auf Pietro, der weinend auf dem Bettrand saß und sein Gesicht betastete.
Großmutter ging aus dem Zimmer, und ich nahm Pietro in den Arm. Als ich seine großen Hände vom Gesicht zog, sah ich voller Grauen, wie es zugerichtet war. Es begannen sich bereits Blutergüsse zu bilden, und hellrotes Blut lief noch immer wie ein Strom aus der Nase. Ich suchte verzweifelt nach einem Stück Watte, um die Blutung zu stillen. Mein Herz schrie vor Kummer nach meinen Eltern. Dass es zu solchen Handgreiflichkeiten kommen würde, hätte ich mir niemals vorstellen können. Welcher böse Geist steckte in meiner Großmutter? Warum war sie derart brutal? Was würde sie uns als Nächstes antun? Auf jeden Fall musste ich Pietro für die kommende Woche in der Schule entschuldigen. Dazu suchte ich seinen Klassenlehrer persönlich auf, der mir abnahm, dass mein Bruder wieder nervlich sehr angegriffen sei, da er den Tod der Eltern nicht verwinden könne. Mit Tränen in den Augen hatte ich dies vorgebracht und auch gleichzeitig auf den blauen Brief verwiesen. Der Lehrer war voller Mitleid, das konnte ich spüren. Er versprach mir, den blauen Brief und auch das Fehlen von Pietro nochmals unter den Tisch fallen zu lassen. Ich bedankte mich und ging ein wenig beruhigter nach Hause.
Großmutter verzehrte am Küchentisch genüsslich ein opulentes Mahl. Ich sah ein großes Stück Fleisch, Gemüse und Kartoffeln auf ihrem Teller. Eine Flasche Wein und ein Glas standen daneben. Voller Schmerz dachte ich an meine und Pietros karge Mahlzeiten. Unsere Körper schmolzen regelrecht zusammen, denn unsere Fettreserven waren aufgebraucht. Großmutter interessierte dies nicht.

Ich nahm einen Topf und bereitete eine geröstete Grießsuppe zu, deren Beilage ein mittelgroßes Stück Brot war. Mehr gab es nicht. Erst wenn unsere Rückstände abbezahlt sein würden, konnten Pietro und ich wieder etwas besser leben. Als wir unsere Suppe aßen, saß Lotte noch immer schweigend am Tisch. Sie hatte sich bereits das zweite Glas Wein eingegossen. Früher war mir ein derartiges Verhalten nicht aufgefallen. Vielleicht auch deswegen nicht, weil wir damals noch in einer unbeschwerten Kindheit lebten. Unsere Eltern hatten alles Unliebsame von uns ferngehalten. Ganz vage erinnerte ich mich aber daran, dass es an vielen Tagen zwischen meiner Mutter und Lotte laute Auseinandersetzungen gegeben hatte. Warum dies so war, konnte ich nicht ergründen. Mutter hatte uns gegenüber derartige Dinge stets verschwiegen. Nun aber waren diese goldenen Zeiten vorüber. Der tägliche Kampf mit unserer Großmutter konnte nach dem Tode unserer Eltern noch in ganz anderen Dingen, die wir nicht kannten, begründet sein.

Unsere Armut wäre für mich erträglich gewesen, wenn wir in unseren eigenen vier Wänden friedlich zusammen gelebt hätten. Aber Großmutter stellte die Schlange im Paradies dar. Tagtäglich gab sie in kurzen, knappen Worten ihre Anweisungen. Ich wagte keinen Widerspruch, schon allein um meines Seelenfriedens willen. Pietro kam nur zu den Mahlzeiten in die Küche. Bei Tageslicht betrachtet, wirkte er geradezu ätherisch schmal und es schien, als habe er darüber hinaus auch die Sprache verloren. Sein Kummer war noch gewachsen und seine Schuldgefühle schienen ihn zu lähmen. Ich meinerseits hatte wenig Zeit, mich so richtig in meine unendliche Trauer fallen zu lassen. Das tägliche harte Leben forderte seinen Tribut. Manchmal vergaß ich ganz, was geschehen war und hatte keine Erinnerung mehr an ein anderes Leben.

Ich sah dem Treiben meiner Großmutter mit Verwunderung zu. Es hatte eine frappante Ähnlichkeit mit einer absurden Filmhandlung, die den Kinobesuchern etwas Besonderes bieten sollte. Genauso kam ich mir nun vor. Wir Kinder kannten Lotte zwar als lieblose Person, die für uns kaum ein freundliches Wort fand, aber nun sah ich deutlich, wie schwer meine Mutter unter ihrem Regiment gelitten haben musste. Obwohl ich von derartigen Dingen noch nichts verstand, so konnte ich dennoch paranoide Züge bei meiner Großmutter erkennen. Langsam begann sich eine seltsame Beklemmung in mir breit zu machen, ganz besonders nach dem Vorfall mit Pietro. Dieser ging ihr völlig aus dem Weg. Einmal beobachtete ich sie, als sie in Pietros zerschlagenes und verschwollenes Gesicht blickte. In ihren Augen lag tiefe Befriedigung und sie lächelte hässlich in sich hinein.

Pietro konnte noch immer nicht zur Schule. Sein Gesicht war so bunt wie ein Regenbogen. Wir sprachen aber niemals über diese Sache. Überhaupt wollte er keine Gespräche oder irgendwelche Unterhaltung. Er verhielt sich wie ein Autist. Was war aus meinem freundlichen, ruhigen, aber dennoch lebensfrohen Bruder geworden? Ich konnte ihn nicht aufrichten, dazu fehlte mir einfach die Zeit.

So nach und nach machte sich eine grenzenlose Müdigkeit in mir breit. Ich litt an den Sorgen und Mühen des Lebens. Die Abende im Hotel »Zur Linde« waren anstrengend und kosteten mich viel Kraft. Dennoch war ich froh, diese Arbeit zu haben und auch darüber, dass Großmutter bisher nichts davon erfahren hatte. Ich schleppte mich von einem Tag zum anderen und verspürte keinerlei Hoffnung auf eine baldige positive Änderung unserer Lebensumstände. Freunde besaß ich keine und sie wären mir auch aus Zeitmangel sicher abhanden gekommen. Ich hatte mir nach dem Tode meiner Eltern vorgenommen, alles dafür zu tun, dass wir nicht zum Gegenstand von Geschwätz in unserer kleinen Stadt würden. Ich dachte daran, wie sehr mein stolzer Vater in all den Jahren seine Würde behalten hatte. In seiner Armut war er stets ehrenhaft und bescheiden geblieben. Ich wollte so gerne dieses Erbe weitertragen.

Es wurde immer deutlicher, dass meine italienische Leichtigkeit so allmählich unseren Lebensumständen zum Opfer fiel. Mein

Temperament und mein einstmaliger Frohsinn waren einer nicht mehr fassbaren Müdigkeit und Trostlosigkeit gewichen. Außerdem sprach mein alter Spiegel seine eigene Sprache, denn meine spärliche Garderobe schlotterte mir nur so um den Leib. Mittlerweile war ich spindeldürr geworden und die Knochen stachen regelrecht aus meinem Körper hervor. Mein Gesicht war ätherisch blass und schmal, sodass meine dunklen Augen wie Feuer aus den tiefen Höhlen loderten. Die Menschen sahen mich manchmal prüfend an. Ich hätte mit jedem noch so schlanken Mannequin konkurrieren können. Auch meinem Arbeitgeber, Herrn Mewes, musste es aufgefallen sein. Er rief mich im Laufe der Abende, wenn im Restaurant etwas Ruhe herrschte, in die Küche. Er bestand darauf, dass ich mich an einen Tisch setzte und eine ordentliche Mahlzeit zu mir nahm. Diese genussvollen Minuten erschienen mir wie ein kleiner Ausflug ins Paradies. Dabei dachte ich mit einem schlechten Gewissen an Pietro.

Als hätte Herr Mewes meine Gedanken erraten, überreichte er mir beim Abschied von nun an eine Tasche mit Essensresten. Es waren durchweg gute Dinge und ich war darüber sehr dankbar. Beim ersten Mal brach ich in Tränen aus, aber Herr Mewes strich mir tröstend über die Wangen und meinte, dass ich mir dies verdient hätte. So war ich nun in einer etwas komfortableren Lage und brauchte nicht mehr so fürchterlich zu sparen. Auf Pietro machte dies keinen Eindruck. Er aß nur sehr wenig und schob den Teller meistens mit einem angewiderten Ausdruck von sich. Trotzdem wunderte ich mich über alle Maßen, wie es möglich sein konnte, dass sich sein bisheriger Zustand plötzlich total veränderte. Es war mir unerklärlich. Wie bei einem Rätsel musste ich noch einige Zeit auf dessen Lösung warten. Die Aufklärung dieses Rätsels sollte mir einen Ausblick auf einen weiteren schweren Teil unseres gemeinsamen Lebensweges eröffnen.

Der Gesang der Nachtigall

Fast über ein Jahr war es her, dass wir unsere Eltern verloren hatten. Oftmals stand ich auf dem Friedhof vor dem großen Grabhügel und sprach leise mit ihnen. Ich legte alle meine Sorgen auf diese kühle, stumme Erde, aber ich erwartete keine Antwort. Trotzdem fühlte ich mich getröstet, und auf dem Nachhauseweg war es mir ganz leicht ums Herz, als hätten die Toten in diesem Grab meinen Kummer zu sich hinab gezogen. Ich bildete mir ein, dass Vater und Mutter noch immer schützend ihre Hand über mich hielten. Ich spürte, dass wir uns nicht verloren hatten.

Großmutters Art veränderte sich im Verlaufe der Monate unmerklich. Immer wieder kam es zu kleineren Störungen, die ich jedoch rechtzeitig abfangen konnte, damit sie nicht eskalierten. Pietro sollte nach der Realschule, die er mühsam mit einem denkbar schlechten Zeugnis abgeschlossen hatte, eine Lehre in unserer Stadtverwaltung beginnen. Der Bürgermeister setzte sich, da er unsere Lage hinreichend kannte, für Pietro ein, sodass dieser letztendlich die Lehrstelle bekam. Ich freute mich sehr darüber und war froh, dass diese Hürde genommen war. Es hatte mich viele schlaflose Nächte gekostet, währenddessen Pietro zu diesem Thema stets gleichgültig mit den Schultern gezuckt hatte. Dennoch begann er klaglos seine Ausbildung. Er konnte täglich mit seinem Fahrrad zum Rathaus fahren und in der Mittagspause nach Hause kommen. An seiner Arbeitsstelle selbst verhielt er sich ruhig und unauffällig.

Wäre Großmutter mit ihrer unberechenbaren Art nicht gewesen, hätten wir fast zufrieden sein können. Sie aber war wie ein

Pulverfass. Ihre Befindlichkeiten befanden sich täglich in einem immer schlimmer werdenden Wandel. Ich vermutete, dass sie über den Verlust ihrer Tochter einfach nicht hinwegkam. Zu Mutters Lebzeiten hatte sie stets irgendwelche Medikamente eingenommen. Ich wusste nicht, zu welchem Zweck. Dennoch erinnerte ich mich daran, dass meine Mutter unbedingt auf einer genauen Einnahme beharrt hatte. Meine Großmutter hatte dies damals schon regelmäßig vergessen. Nun schien sie gar nichts mehr einzunehmen. Trotz meiner zeitlich angespannten Lage konnte ich erkennen, dass sie immer nervöser und bösartiger wurde. Da sie ihr Zimmer stets abschloss und den Schlüssel beim Weggehen mitnahm, konnte ich dort nicht nach Medikamenten oder sonstigen Hinweisen suchen. Seit Monaten sprachen wir kaum miteinander und wenn, dann nur das Allernötigste. Ich wollte auch kein Gespräch, denn sie laugte mich mit ihrer Faulheit, Trägheit und ihrer sichtlich zur Schau getragenen Genugtuung in Anbetracht unserer Sorgen regelrecht aus. Sie war mir so fremd geworden, und in meinem Herzen regte sich nichts mehr für sie. Dennoch hoffte ich inbrünstig, dass sich meine Gleichgültigkeit ihr gegenüber nicht in kalten Hass verwandeln würde. Ich wusste, diese Grenze würde fließend sein, und ich musste unbedingt darauf achten, niemals an diesen Scheitelpunkt zu gelangen.

Aus Italien hatte ich seit dem Tode meiner Eltern nichts mehr gehört. Es war so, als habe es meine Verwandten dort niemals gegeben. Ich konnte mir nicht vorstellen, dass meine lieben Großeltern uns so einfach vergessen hatten. Ich hatte ihnen ein einziges Mal geschrieben. Es war ein langer Brief, und darin versuchte ich meinen Verwandten zu erklären, wie schwer nun Pietros und mein Weg sein würde. Ich bat um Verständnis, wenn ich nur noch selten schreiben könne. Auch die dringend benötigte Unterstützung meiner Großeltern konnte ich nicht weiterführen. Dies tat mir sehr weh, da ich wusste, wie wichtig für Vater seine Eltern gewesen waren. Da wir nun aber auch um unser tägliches

Leben kämpfen mussten, standen Pietro und ich an erster Stelle. Ich tröstete mich mit dem Gedanken, dass ich alle Versäumnisse irgendwann nachholen würde.

Pietro eröffnete mir eines Tages, dass er in der Mittagspause nun nicht mehr nach Hause käme. Er wolle in seinem Büro ein Brot essen. Dies genüge ihm und sei viel praktischer. Ich hatte nichts dagegen und war eigentlich ganz froh, mittags nicht mehr kochen zu müssen. Großmutter bereitete sich nach wie vor voluminöse Mahlzeiten zu, die für meine Begriffe eine ganze Familie ernährt hätten. Den größten Teil warf sie mit schöner Regelmäßigkeit in den Mülleimer, ohne auch nur einen Gedanken daran zu verschwenden, Pietro und mich daran teilhaben zu lassen. Machte ich eine kleine Bemerkung in diese Richtung, sah mich meine Großmutter mit verschleierten, bösen Augen an und sagte stets, dass wir italienische Bälger seien, die vor ihren Augen verhungern könnten. Wenn dieser Hof nicht ihr Elternhaus wäre, so hätte sie ihn schon längst angezündet und uns verjagt. Pietro und ich waren in diesem Hause sehr ungelitten und wurden von einem Hass verfolgt, der in keinem Verhältnis zur Realität stand. Über das, was Großmutter sagte, war ich zutiefst traurig, aber dennoch konnte ich diese Worte ertragen, warum auch immer. Niemals erwiderte ich auch nur einen Satz auf ihre Schimpftiraden, um so eine Auseinandersetzung im Keim zu ersticken. Pietro kam mittlerweile abends fast fröhlich und mit roten Wangen nach Hause. Anscheinend gefiel ihm seine Arbeit, dennoch erzählte er nicht viel darüber. Ich freute mich, dass es mit ihm aufwärts ging. Vielleicht würde nun doch noch alles gut! Sein lockerer Zustand hielt auch in den nächsten Monaten an.

Großmutter jedoch verhielt sich immer seltsamer. An warmen Sommerabenden ging sie plötzlich nicht mehr zur gewohnten Zeit schlafen, sondern geisterte ruhelos durch den Garten. Ein paar Mal sah ich, als ich gegen Mitternacht nach Hause kam, wie sie mit unkontrollierten Bewegungen und nur leicht bekleidet auf dem Rasen tanzte. Es war mir unerklärlich, was dies bedeuten sollte. Ich schob ihr absonderliches Verhalten auf ihren reichlichen Weinkonsum. Sie sang mit kreischender Stimme Lieder, die keinen Sinn ergaben, und dazwischen schrie sie immer wieder in die Dunkelheit, eine Nachtigall zu sein. Ich hoffte sehr, dass kein anderer Mensch diesem Treiben zusah und ahnte zugleich, dass dies alles nicht normal sein konnte. Was war mit ihr geschehen? Ich begann die Weinflaschen zu kontrollieren und kam zu dem bedrückenden Ergebnis, dass im Laufe einer Woche eine ganze Menge Flaschen geleert wurden. Eine unbestimmte Angst und Ratlosigkeit machte sich in mir breit.

Am nächsten Tag erschien mir Großmutter wieder einigermaßen normal. Ich verbot mir, mich ständig um sie zu sorgen. Ich empfand plötzlich eine unglaubliche Ferne zwischen uns beiden. Es war wie ein Graben, der mit der Zeit immer breiter wurde. Meine Mutter hatte niemals irgendwelche Details aus der Vergangenheit ihrer Familie erzählt, sodass wir Kinder von unseren übrigen Vorfahren eigentlich gar nichts wussten. Meine italienischen Verwandten kannte ich besser, obwohl ich seit dem Tod meiner Eltern nichts mehr von ihnen gehört hatte.

In den Unterlagen meiner Eltern fand ich kaum familiäre Anhaltspunkte. Vater hatte von Fotos aus vergangenen Tagen nichts gehalten und auch keine Briefe aufbewahrt. Immer wieder hatte er uns Kindern klar gemacht, dass man Vergangenes nur als Erinnerung im Herzen behalten sollte. Die Lebenden wie die Toten seien dort gut aufbewahrt. Es erschien mir zwar einleuchtend, was er sagte, dennoch sah ich die wenigen Fotografien unserer Familie immer wieder gerne an. Besonders jene aus Vaters Heimat. Diese Bilder waren voller Lebensfreude, und ich konnte mich in Gedanken plötzlich in Portienza wieder finden. Für mich war es wie eine Reise in die Ferien.

Soweit ich mich erinnern kann, hat unsere Familie kaum Kontakt mit den Menschen in unserer kleinen Stadt gehabt. Wir kennen nur wenige und nicht ein Einziger ist jemals zu Besuch gekommen. Früher habe ich mir darüber keine Gedanken gemacht, denn ich hatte Pietro und meine Eltern. Die Jungen und Mädchen in meiner Schule haben mich in gewisser Weise akzeptiert, eingeladen wurde ich aber niemals. An meiner Arbeitsstelle im Hotel »Zur Linde« war nur meine Arbeitskraft gefragt. Darüber hinaus gab es kaum Gespräche oder Zusammenkünfte mit den anderen Angestellten. Ab und zu fragte einmal ein Gast, der unsere Familie anscheinend kannte, wie es denn meiner Großmutter ginge. Die Fragestellung war mir auf irgendeine seltsame Art und Weise unangenehm, denn sie beinhaltete etwas Sonderbares, welches ich nicht einordnen konnte. Ich sah bei den Leuten stets etwas Lauerndes in ihren Augen. Meine Antwort fiel deshalb jedes Mal sehr karg aus. Ihr Interesse an Lotte störte mich, warum auch immer. Pietro und ich schienen daneben vollkommen bedeutungslos zu sein. Großmutter war und blieb das einzige Thema, zu dem man mich ständig befragte. Ich fühlte mich in zunehmendem Maße belästigt. Später sollte ich den Grund dafür kennen.

Die Monate flogen damals nur so an mir vorüber. Ich hatte keine Zeit für Freundschaften und es war mir egal, dass mir die Männer immer öfter mit einem bestimmten Blick nachschauten. Ich war gefangen in meiner anstrengenden Arbeit auf unserem Hof, und das Bedienen in der »Linde« höhlte mich zusätzlich aus. Nur meinem ungeheuren Durchhaltevermögen war es zu verdanken, dass wir einigermaßen gut leben konnten. Pietro wurde von Tag zu Tag fröhlicher, wenn nicht gar albern. Auch dies erschien mir unheimlich, genauso wie Lotte, die mich tagtäglich hämisch angrinste. Sobald ich fragte, was los sei, wurden ihre Augen böse und kalt, und sie schrie mir die gemeinsten Pöbeleien entgegen. Großmutter verfügte plötzlich über einen Wortschatz, der seinesgleichen sucht. Oftmals hatte ich das dunkle Gefühl, dass in Pietro und Großmutter etwas Unheimliches vorgehen musste, bei jedem auf eine andere Art und Weise. Nachts war es am schlimmsten. Lotte war in einer grenzenlosen Unruhe gefangen. Sie rannte aus der Küche in den Garten, in die Scheune und auf den Dachboden. Meistens sah ich sie bei meinem späten Heimkommen im Garten in der Erde wühlen. Ich wusste nicht genau, was sie tat. Sie sang immer wieder ihr Lied von der Nachtigall. Es waren Worte und Töne, die sie anscheinend selber in ihrem schrecklichen Zustand komponiert hatte, und sie erschienen mir als ein Durcheinander von Unsinnigkeiten. So nach und nach beschlich mich der Gedanke, dass nicht ausschließlich ihr Weinkonsum dafür verantwortlich war.

Ich wusste mir keinen Rat, was dies alles zu bedeuten hatte und warum es immer mehr zunahm. Furcht vor Großmutter hatte ich bisher nicht gekannt. Dennoch ahnte ich, dass etwas Schreckliches mit ihr geschah. Sobald ich mit Pietro darüber reden wollte, lachte er mich lauthals aus und schalt Großmutter eine Alkoholikerin. Ihn schien ihre unberechenbare Art zu amüsieren und wenn er zu Hause war, begann er ständig Lotte zu provozieren, sodass es in den letzten Monaten immer wieder geschah, dass Großmutter wütend aufsprang, sich auf Pietro stürzte und mit allem, was sie in die Hände bekam, auf ihn einschlug. Meine Aufgabe war es dann, den Streit zu schlichten, wobei auch ich in den meisten Fällen einen derben Schlag hinnehmen musste. Danach rannte ich jedes Mal entnervt aus dem Haus und weinte mich hinter unserer Scheune aus. Pietro war nicht einsichtig, sondern schien diese unschönen Dinge aus tiefstem Herzen zu genießen.

Eines Tages machte ich eine ernüchternde Entdeckung. Aus meinem Portmonee waren einige Geldscheine verschwunden. Ich konnte sie nicht verloren haben, denn erst am Abend zuvor hatte ich von Herrn Mewes meinen Lohn erhalten. Säuberlich hatte er mir die Scheine auf den Tisch gezählt, die ich sofort ins Seitenfach meines Geldbeutels gesteckt hatte. Diesen hatte ich anschließend in meine Tasche gelegt, sie fest verschlossen und war nach Hause gegangen. Allerdings hatte ich die Tasche über Nacht im Flur am Kleiderhaken hängen lassen. Dort musste irgendjemand, wer auch immer, das Geld entwendet haben. In meiner Naivität kam ich gar nicht auf die Idee, dass Pietro oder Großmutter möglicherweise die Übeltäter waren. Ich dachte, dass es ein Fremder gewesen sein musste. Morgens beim Frühstück sprach ich davon. Großmutter blickte stoisch mit undurchdringlicher Miene auf ihr Brot, und ich hatte den Eindruck, dass sie die Dinge, von denen ich sprach, gar nicht registrierte. Pietro grinste in sich hinein und meinte, das Geld werde sich wohl wieder finden. Doch ich wusste, dass es ein für allemal weg war. Zu meinen vielen Problemen kam nun auch noch die Angst hinzu, dass sich Fremde in unserem Haus Einlass verschafften. Doch ich konnte es mir so schlecht vorstellen und fragte immer wieder, ob wir Besuch gehabt hätten. Aber Pietro und Lotte zuckten nur uninteressiert mit den Schultern.

Ich musste davon Abstand nehmen, zu glauben, dass Pietro für mich jemals eine Stütze sein könnte. Er war nicht mehr der Junge, den ich als meinen Bruder von früher gekannt hatte. Ich hatte das Gefühl, dass er sich mit dem gleichen Tempo negativ veränderte, wie es bei Großmutter der Fall war. Pietro nahm alles scheinbar leicht und mit einer für mich nicht zu verstehenden Fröhlichkeit, die ihm selbst zu Kinderzeiten niemals zu Eigen gewesen war. Seine sonderbare, aufgedrehte Art uferte stets in irgendwelchen sinnlosen Dummheiten aus. Auch ich war jung, aber das Lachen hatte ich verlernt. Meine Züge nahmen sich sehr ernst aus, und wenn ich mir einmal der Probe halber vor dem Spiegel entgegenlachte, dann war nur mein Mund beteiligt. Trotz meines schweren und freudlosen Lebens konnte ich feststellen, dass ich mich in meiner Gesamtheit verändert hatte. Früher war ich hager und knochig gewesen, nun aber wurde meine Figur weiblich und mein Gesicht fraulicher. Ich sehnte mich immer öfter auf einen anderen Stern. Es hätte mir nichts ausgemacht, Pietro und Lotte für einige Zeit einfach zu verlassen. Aber ich hatte ein großes Verantwortungsgefühl, welches mir Tag für Tag die Kraft schenkte, weiterzumachen wie bisher.

Lotte wurde mit der Zeit immer wilder und unberechenbarer, sodass ich mich eines Tages, der Not gehorchend, auf den Weg zu unserem Hausarzt machte. Ich wollte mit ihm über meine

Großmutter sprechen. Der Arzt bat mich in sein Sprechzimmer. Ängstlich nahm ich auf dem dargebotenen Stuhl Platz. Ich versuchte nun die richtigen Worte zu finden. Vor allen Dingen bemühte ich mich, alle Vorkommnisse so gut wie möglich zu schildern. Doktor Merz praktizierte schon zwei Jahrzehnte in Maiberg und kannte unsere Familie wohl gut, denn er sprach davon, dass er sich bereits einige Zeit darüber wundere, warum ich nicht gekommen sei, die Tabletten für meine Großmutter verschreiben zu lassen. Meine Mutter habe dies nämlich aus gutem Grunde immer sehr genau genommen. Ein heißer Schreck durchfuhr mich. Ich hatte also etwas Wichtiges versäumt, wenngleich ich gar nicht wusste, was es war. Dr. Merz sagte mir, dass meine Großmutter an einer schweren Psychose leide und dass diese Krankheit ohne Medikamente auf eine ungute Art und Weise ausufern könne. Dies habe sich nun in Anbetracht meiner Schilderungen bereits bewahrheitet.

Ich hatte noch nie etwas von Psychosen gehört, aber der Gedanke daran machte mir Angst. Es war sicher etwas anderes als ein Gallen- oder Herzleiden und musste schlimme Auswirkungen haben. Dr. Merz klärte mich über die Symptome dieser Krankheit genauestens auf und nahm sich dafür sehr viel Zeit. Ich erkannte in seinen Augen tiefes Mitleid und nahm allen Mut zusammen, um zu fragen, wie lange Großmutter denn schon krank sei. Dies konnte er mir allerdings nicht genau beantworten. Es sei aber anzunehmen, dass sie bereits als junge Frau daran gelitten und die Krankheit einen schleichenden Fortgang genommen habe. Meinen fragenden Augen sah Dr. Merz an, dass ich so gut wie gar nichts von Lotte wusste. Auch nicht, dass sie zwei Schwestern gehabt hatte, die in einer Heilanstalt gestorben waren. Die Krankheit musste also einen genetischen Ursprung haben. So konnte auch ich im schlimmsten Falle eine Anwärterin darauf sein, wenn der liebe Gott bei allem was mich bisher schon heimsuchte, kein Einsehen hatte. Dr. Merz meinte aber, dass es hierfür keine eindeutige Regel gäbe. In vielen Fällen würden oftmals Generationen übersprungen. Aber das tröstete mich nicht. Vielmehr war ich zutiefst erschüttert und kämpfte mit den Tränen. Dr. Merz reichte mir ein Glas Wasser und verschrieb anschließend die Tabletten für meine Großmutter. Mit Grauen dachte ich daran, wie ich sie dazu bringen könnte, das Medikament einzunehmen. Ich hatte in dieser Hinsicht wenig Hoffnung. Längst war ihr rationaler Verstand dem tobenden Ungeheuer ihrer Psyche anheim gefallen. So schlug sie mir wenig später die Tabletten mit dem Wasserglas aus der Hand und blickte mich mit irren, weit aufgerissenen Augen an. Damit war die Angelegenheit für mich vorerst erledigt.

Das Kochen ihrer Mahlzeiten hatte sie ganz plötzlich aufgegeben. Sie aß nur noch gierig riesige Stücke Wurst, Käse und Brot, welche sie sich fast täglich aus der Stadt besorgte. Jedes Mal lief sie mit schnellen Schritten aus dem Hof die Straße hinunter. Ihre Kleidung war, wie ich sah, korrekt. Auch ihre Haare hatte sie ordentlich gekämmt. Ich hoffte, dass sie sich in den Geschäften einigermaßen zivilisiert verhielt. Und wenn nicht, so sollten die Menschen doch ihre Schadenfreude haben! Es gab eben Dinge, die ich nicht steuern konnte. Etliche Leute in der Stadt würden sowieso unsere Familiengeschichte kennen. Es war mir jetzt auch klar, warum man uns mied. Es war fast verständlich. Gerne hätte ich gewusst, ob Mutter jemals mit unserem Vater über diese Dinge gesprochen hatte.

Ich konnte meine Großmutter nicht bändigen und musste zusehen, wie ihr Zustand immer groteskere Formen annahm. Zu Dr. Merz ging ich mit meinen Problemen nicht mehr. Ich hatte Angst davor, Lotte in eine Anstalt einweisen zu müssen. Mein unterschwelliger Hass auf sie war mittlerweile einem tiefen Mitleid gewichen. Ich wusste nun, dass sie für ihre Handlungen nicht verantwortlich gemacht werden konnte. Manchmal überflutete mich in dieser Zeit ein Gefühl großer Wärme, sodass ich vorsichtig den Arm um ihre Schultern legte. Sie ließ es wider Erwarten geschehen und ich spürte, wie sich ihr Körper entspannte. Es tat ihr also gut, und ich wiederholte es immer wieder. Eines Tages ließ sie es sogar zu, dass ich meine Wange an die ihre legen durfte. Dabei bemerkte ich, wie plötzlich eine Träne aus ihren Augen lief. Wir standen lange Zeit so beieinander, und ich fühlte in diesen Minuten, dass ein Teil ihres guten Wesens noch nicht ganz verschüttet war. Nun tat ich die Arbeit in Haus und Garten ohne Groll und Gram. Ich wusste, ich musste sie tun, denn Großmutter war wirklich krank.

Das Narrenhaus

Das Jugendamt meldete sich eines Tages mit einem Schreiben bei uns an. Dieser Besuch bereitete mir erhebliche Sorgen. Es würde ein großes Wagnis sein, diesen Leuten Lotte in ihrem desolaten Zustand vorzuführen. So wie es den Anschein hatte, wusste man dort nichts von unserem Familiengeheimnis. Ich hoffte sehr, dass es sich lediglich um eine Routineüberprüfung handelte. Als Erstes fegte und schrubbte ich unser Haus. Vor allen Dingen verbrachte ich mindestens drei halbe Tage damit, das in die Höhe geschossene Unkraut entlang der Hofeinfahrt, an der Treppe und an der Scheune zu beseitigen. Die Erde und das Grün der Pflanzen an meinen Händen waren auch mit meinem täglichen Seifenbad fast nicht mehr zu beseitigen. Ich kehrte sorgfältig den geschotterten Hof und wusch die alte Sandsteintreppe mehrmals auf, um den Grünspan an den Rändern zu entfernen. Es war für mich eine große Schinderei, aber am Ende sah alles einigermaßen ordentlich aus.
Pietro half mir nicht, sondern lachte mich in seiner schrecklichen Art aus. Mit hochrotem Kopf war er am Abend nach Hause gekommen. Er roch erheblich nach Alkohol, und eine große Angst ließ mein Herz bis zum Hals pochen. Ich fragte, was er getrunken habe. Pietro lachte angeheitert und gab mir einen Kuss auf die Wange. Ich solle nicht fragen und mir keine Sorgen machen. Mit den Kollegen gäbe es schließlich immer einmal eine kleine Feier, bei der man sich nicht ausschließen könne. Es war mir nicht möglich zu glauben, dass man Pietro einlud, da ich die Einstellung der Menschen zu unserer Familie kannte. Dennoch hoffte ich, dass ich mich irrte und mein Bruder die Wahrheit sprach.

Pietro stolperte ins Haus und verschwand in seinem Zimmer. Später, bevor ich zur Arbeit ging, sah ich noch einmal nach ihm. Schnarchend lag er auf dem Bett, und das ganze Zimmer war von dem penetranten Geruch starker alkoholischer Getränke erfüllt. Ich fragte mich, ob dieses Szenario wohl ein einmaliger Ausrutscher bleiben würde.

Eines Tages, als ich nach diversen Erledigungen in der Stadt auf unseren Hof fuhr, sah ich, dass an der Haustüre weithin sichtbar ein großes, weißes Pappschild mit roter Beschriftung hing. Erst als ich eilig näher kam, sah ich, dass auf diesem Schild in riesigen Buchstaben »Narrenhaus« stand. Übelkeit machte sich in mir breit. Wer mochte sich einen solchen Scherz erlaubt haben? Ich wollte es herunterreißen, aber es war ganz fest an allen Ecken und Enden im Holz der Türe verankert. Dieses Schild verkörperte für mich etwas Unheimliches und zugleich Bedrohliches. Es schien mir wie der Wegweiser in eine schreckliche Zukunft. Wie ein Geist stand plötzlich mein Bruder vor mir. Sein Gesicht war aufgedunsen, die Augen traten rot und böse hervor. Sein Atem roch wieder streng nach Alkohol. Er schrie mich mit einer fast überschnappenden Stimme an, ich solle nicht wagen, dieses Schild jemals zu entfernen. Jedes Haus habe seinen Namen, auch das unsere. Wir lebten in einem Narrenhaus. Er müsse es mir endlich sagen. Man bezeichne ihn im Rathaus schon lange als den »kleinen Narren«. Schon immer hätten die Leute in der Stadt von unserem abgelegenen Hof als dem Narrenhaus gesprochen. Unsere Familie sei schon seit Generationen eine Idiotenfamilie. Bei diesen Worten, die ich fassungslos anhören musste, verzerrte sich Pietros Gesicht in einer grenzenlosen Qual, und ein Strom von Tränen lief seine Wangen hinab.
Laut weinend hielt er sich an unserer alten Haustüre fest. Sein Körper zitterte und bebte vor Kummer und Erregung. Ich lief hinauf und schloss ihn in meine Arme. Plötzlich ahnte ich, was er bisher still erduldet haben musste. Jeder Tag wurde für ihn an seiner Arbeitsstelle zu einem Spießrutenlauf. Mit der ganzen

Häme der Menschen musste er leben, ohne dass auch nur ein Einziger ihm beistand. Durch Ahnungslosigkeit und die Qualen meines eigenen Lebens war ich bisher mit Blindheit geschlagen gewesen. Das hatte ich in diesen schrecklichen Minuten erkannt. Pietro konnte seinen Kummer nur mit seinen Möglichkeiten bekämpfen. Es wurde mir klar, dass Bruder Alkohol sein einziger Freund war und dass ich nun mit aller Kraft dagegen ansteuern musste. Bei diesem Gedanken war mein Hals wie zugeschnürt, und mein Magen schmerzte wie lange nicht mehr. Was war aus uns geworden? Wie alt waren wir eigentlich? Ich hatte das Gefühl, dass wir schon ewig auf dieser Welt ziellos umherirrten. Nach dem Tode unserer Eltern hatte es für unsere angeschlagenen, noch immer kindlichen Seelen keine richtige Heimstatt mehr gegeben. Wir lebten in diesen Mauern ohne Worte, ohne Liebe und ohne Schutz. Erbärmlicher konnte uns das Schicksal nicht erniedrigen.

Oftmals beobachtete ich junge Pärchen in Herrn Mewes Restaurant, wenn sie verliebt ihre Mahlzeiten zu sich nahmen und unter dem Tisch verstohlen die Hände ineinander flochten. So etwas kannte ich nur aus den Groschenromanen, die ich auf dem Speicher gefunden hatte. Wenn ich nicht einschlafen konnte, las ich darin. Ich sehnte mich nach einem Menschen, der mich liebte, in den Arm nahm und dem ich alles sagen konnte. An die sexuellen Aspekte dachte ich dabei nicht. Mein Körper war total ausgelaugt, sodass ich niemals derartige Sehnsüchte verspürte. Meine Periode blieb oftmals monatelang aus. Ich machte mir darüber keine Sorgen, denn ich wusste, irgendwann würde sich alles wieder regeln.

Nach allem, was ich nun von Pietro auf so grausame Weise gehört hatte, konnte ich nicht mehr so unbefangen durch unsere Stadt gehen. Ich vermutete stets, dass sie alle hinter meinem Rücken tuschelten und vielleicht sagten, da ist sie ja, die aus dem Narrenhaus. Ich wollte die Probe aufs Exempel machen und endlich wissen, ob auch mein Arbeitgeber vom so genannten Narrenhaus wusste. So nahm ich mir ein Herz und sprach Herrn Mewes in einer stillen Minute darauf an. Ich fragte ihn, ob auch er das Narrenhaus kenne. Dabei versuchte ich gleichgültig zu erscheinen und lächelte fröhlich. Herr Mewes blickte mich einen Moment perplex an und ich sah, wie peinlich ihm meine Frage war. Er senkte etwas den Kopf, um Zeit zu gewinnen, eine richtige Antwort zu finden. Ich machte es ihm leicht und sagte ihm, dass Pietro mir davon erzählt habe. Meine Worte klangen gleichgültig und sollten Herrn Mewes signalisieren, dass mir die Bezeichnung unseres Hauses in Wirklichkeit nicht viel ausmachte. Er sah mich an und nickte. Ja, sagte er, es sei ihm bekannt, und er nehme an, dass es die anderen Leute auch wüssten. Unser Haus habe man schon immer im Volksmund als das Narrenhaus bezeichnet. Dies insbesondere wegen der vielen Menschen, die dort im Laufe von Generationen in Heilanstalten eingeliefert werden mussten. Herr Mewes meinte tröstend, ich solle es mir nicht zu Herzen nehmen, denn die Leute meinten es nicht böse. Dieser Name habe sich einfach so fortgepflanzt. Man wisse doch, dass jetzt bei uns alles schon lange in Ordnung sei. Ich nickte und dankte ihm für seine gut gemeinten Worte.

Nun wusste ich es also. Wir mussten fortan mit einem Kainsmal auf der Stirne unsere Tage bestreiten. Es schmerzte mich, dass dieses alte Haus in den vielen Jahren seines Bestehens schon so viel menschliches Unglück gesehen hatte. Nach Pietros schrecklichem Zusammenbruch wurde es noch schwieriger, mit ihm ein vernünftiges Gespräch zu führen. Ich hoffte mit jeder Faser meines Herzens, dass er nur ab und zu einmal seinen Kummer im Alkohol ertränkte. Auf jeden Fall würden die Leute vom Jugendamt zumindest Pietro nicht zu Gesicht bekommen. Was aber sollte ich mit Großmutter tun, damit diese sich ordentlich benahm? An manchen Tagen war es mit ihr auszuhalten, und ich erhielt auf meine Fragen eine einigermaßen verständliche Antwort. Ich zermarterte mir das Gehirn nach einer Lösung des für mich so drängenden Problems, denn der Besuchstag rückte näher und näher.

Eines Nachts, als ich vor Überarbeitung nicht einschlafen konnte, erinnerte ich mich an ein kleines Fläschchen in unserer Hausapotheke. Mutter hatte es immer wie ihren Augapfel gehütet. Den Grund dafür kannte ich nicht. Auf meine Fragen hatte sie damals nur geantwortet, dass diese Tropfen die Menschen ruhiger und ausgeglichener machen. Ich schwang mich aus dem Bett und suchte nach der kleinen Flasche. Sie war Gott sei Dank noch vorhanden und außerdem noch nicht angebrochen. Einen Beipackzettel mit einer Dosierungsanleitung fand ich allerdings nicht. Auf der Flasche war lediglich zu lesen, dass es sich um ein Beruhigungsmittel handelte. Ich ahnte, dass es für meine Großmutter bestimmt war. Was hätte ich darum gegeben, ein paar Ratschläge zur Verabreichung dieser Tropfen zur Hand zu haben! Meine Mutter fehlte mir in diesem Moment unsäglich. Ich legte nun meine ganze Hoffnung in dieses farblose Medikament, das im Übrigen sicher schon ein paar Jahre alt sein musste. Diesen Gedanken schob ich jedoch beiseite und erinnerte mich daran, dass Tropfen und Tabletten aus der Apotheke oftmals mit einem überaus langen Verfallzeitraum gekennzeichnet sind.
Zur Probe träufelte ich am nächsten Tag ein paar Tröpfchen in Großmutters Morgenkaffee. Sie bemerkte es nicht und trank den Kaffee aus. Eine Stunde später saß sie noch immer am Tisch, den Kopf auf die Hände gestützt. Als ich sie ansprach, sah sie mich von unten mit einem verschleierten Blick an. Vorsichtig nahm ich sie am Arm und brachte sie in ihr Zimmer. Dort legte ich sie auf ihr Bett, und sie schlief sofort ein. Ihre sonst übliche Gegenwehr und Bösartigkeit waren wie weggewischt. Trotzdem wurde mir klar, dass die ihr verabreichte Dosis zu hoch gewesen sein musste. Ich entschloss mich, nochmals einen Probelauf zu wagen, um die richtige Menge der Tropfen zu ermitteln.

So kam der Tag, an dem uns das Jugendamt besuchen würde. Morgens gab ich Lotte die Tropfen in den Kaffee. Sie wurde daraufhin sehr ruhig, aber ihre Augen blickten klar, und ein Außenstehender hätte ihren sonstigen psychischen Zustand nicht erkannt.

Sie ließ sich sogar widerstandslos ihr bestes Kleid anziehen, und ich durfte ihre blonden Haare kämmen. Eigentlich sah sie sehr ordentlich aus. Ich begann mich etwas mit ihr zu unterhalten und erklärte ihr, dass man sie heute besonders brauche, da sie ja unser Vormund sei und die Leute vom Jugendamt einmal nach uns sehen wollten. Ich sah ihre Augen in der alten herrischen Art aufleuchten, doch sie nickte schweigend mit dem Kopf. Nun sollte es kommen, wie es kommen musste, sagte ich mir. Mehr konnte ich nicht tun.

Es kamen eine Dame und ein Herr, die beide sehr freundlich zu uns waren. Pietro entschuldigte ich damit, dass er in der Berufsschule sei. Dies entsprach auch den Tatsachen. Großmutter begrüßte die Besucher ernst und ziemlich gleichgültig, wie ich feststellte. Etwas anderes hatte ich auch nicht erwartet. So begann ich meinerseits, unverzüglich das Heft in die Hand zu nehmen und schlug eine Führung durch das Haus vor, damit man sehen konnte, wie wir wirtschafteten. Da ich wusste, dass sich alles in einem ordentlichen Zustand befand, tat ich dies ohne Angst.

Bei einer Tasse Kaffee stellte man dann meiner Großmutter ein großes Lob aus, und ich war außerordentlich überrascht, dass sie sich höflich bedankte und mit schwerer Zunge antwortete, dass sie jeden Tag für uns da sei und wir zusammen ein schönes Leben hätten. Es fehle uns an nichts. Dabei lächelte sie etwas verunglückt, aber dennoch begann ich innerlich zu jubeln. Meine Tropfen hatten uns gerettet.

Unsere Besucher schienen sehr zufrieden und kündigten zu meiner großen Freude an, vorerst von weiteren Kontrollen Abstand nehmen zu wollen. Dies war für mich seit langem die beste Nachricht. Nachdem beide vom Hof gefahren waren, saß ich auf meinem Küchenstuhl und begann vor Übererregung hemmungslos zu weinen. Großmutter blickte mich verständnislos an und begann laut ihr obligatorisches Lied von der Nachtigall zu singen. Ich konnte diese Töne und Worte nicht mehr hören und hielt mir die Ohren zu. Als ich aus der Türe schlüpfen wollte,

traf mich ein harter Gegenstand am Kopf. Großmutter hatte mit einem schweren Topfdeckel nach mir geworfen und schrie unentwegt: »Hier bleiben!« An meinem Hinterkopf rann warmes Blut herab, und ich empfand plötzlich gegenüber dieser alten, verwirrten Frau eine grenzenlose Wut. Als ich mich mit schmerzverzerrtem Gesicht umwandte, stand sie mit einem diabolischen Grinsen am Herd und begann wieder zu singen. Ich wusste, sie hatte mich nur dieses eine Mal vor der Welt gerettet, nun aber würde es wieder im alten Stil zur Sache gehen.
Immer wieder fehlte mir Geld, das wir so nötig gebraucht hätten. Ich hatte mittlerweile Pietro im Verdacht, dass er mich bestahl. Großmutters Witwenrente wurde ihr durch den Postboten gebracht. Stets riss sie eilig das Geld an sich und verschwand damit. Ich wusste nicht, wo sie es versteckte und wie viel sie davon ausgab. Mittlerweile vermied sie es allerdings, täglich in die Stadt zu laufen. Wahrscheinlich fühlte sie sich nicht mehr kräftig genug. Ich wusste es nicht, denn sobald ich Fragen stellte, wurde sie stets ungehalten und böse. Aber der Hunger war stärker. Deswegen durfte ich nunmehr alles für sie einkaufen. Mit großem Argwohn kontrollierte sie jedes Mal meine Abrechnung. Für mich war dieses Misstrauen unerträglich. Ich fühlte eine tiefe Leere in mir, und an manchen Tagen fragte ich mich, wo die Freude meines Lebens geblieben war. Alles um mich herum hatte seinen Glanz verloren, und unser Hof erschien mir grau und unfreundlich.
Einstmals hatte ich unser altes Haus mit meiner ganzen Seele geliebt. Es war ein Fachwerkgebäude, zu dem eine große Scheune mit Speicher und Ställen gehörte. Auch wenn ein ziemlich vorangeschrittener Verfall zu erkennen war, so hatte es doch seinen eigenen unverwechselbaren Charme. Unser Haus wurde von fast ebenso alten Bäumen geschützt. Früher waren Bäume für die Menschen wichtige Bestandteile ihres Lebensraumes. Sie bildeten eine unverbrüchliche Einheit mit denen, die unter ihren weit ausladenden Ästen ihr mühevolles Leben fristen mussten. Nicht nur, dass unsere Bäume wunderschön waren, sie vermit-

telten mir zugleich auch eine unglaubliche Sicherheit. Es gab zwischen uns verschiedenartigen Wesen so etwas wie eine stille Zwiesprache. Später hatte ich in der Schule gelernt, dass ein jedes Blatt für uns Menschen ein unverzichtbarer Helfer ist. In mir erwachte für die grünen Riesen eine große Ehrfurcht. Für mich können sie niemals niedere Wesen sein, nur weil stumm bleiben müssen, ganz gleich, was um sie herum geschieht. Ihre Sprache hat ganz andere Worte und dennoch erreichen sie mich ohne Umwege tief im Herzen. Meine Familie hat unsere Bäume über Generationen hinweg gepflegt und auch ihre Knorrigkeit und Unzulänglichkeiten gelten lassen, ohne sie zu verstümmeln und ihnen Schmerzen zuzufügen.

Vor unserem Hof breitet sich das weite Land aus. Man kann über Wiesen und Felder sehen. Ein kleiner Bach durchpflügt die grünen Weiden. Hinter dem Haus geht es steil bergauf. Dort wogt ein großer Mischwald mit Buchen, Tannen und Eichen. Im Frühling kann man vom hellen sonnenbeschienenen Grün der Buchen übergangslos in den geheimnisvollen Tannenwald gelangen. Als Kinder kannten wir diesen Wald wie unsere Westentasche. Heute noch liebe ich dieses Stückchen Erde, obwohl mir keine Zeit mehr bleibt, auch nur einen Schritt hinauf zu tun.

Der Tod unserer Eltern hatte unserem Leben jegliche Romantik genommen. Lediglich beim Lesen meiner Romane konnte ich in einer anderen, besseren Welt versinken. Ich träumte dann von einem Mann, der stets so aussah wie mein schöner italienischer Vater. Dass das Leben aber ganz anders war, hatte ich bereits erkannt. Selbst zwischen meinem Arbeitgeber und dessen Frau war nicht alles Gold was glänzt. Dabei lebten beide in besten Verhältnissen. Sie besaßen ein wunderbares Haus, einen großen Wagen und ausreichend Geld. Dennoch hörte ich oftmals, wie beide schrecklich miteinander stritten und Frau Mewes kurz darauf wutentbrannt aus dem Hotel rannte. Unter den Angestellten munkelte man, dass Herr Mewes eine Freundin habe. Ich wäre in meiner Einfalt niemals auf den Gedanken gekommen, dass es eine von uns sein könnte. Meine Kolleginnen warnten mich ständig mit einem süffisanten Lächeln vor Herrn Mewes. Ich hatte aber nicht das Gefühl, dass er an mir interessiert war. Wen er nun aus unserem Kreise als seine Geliebte auserkoren hatte, entzog sich meiner Kenntnis, und ich wollte es auch nicht wissen. Ich dachte mir, dass Herr Mewes einer jungen Frau, wie ich es war, die außerdem aus einer ziemlich degenerierten Familie stammte, keine Offerte machen würde. Im Übrigen nahmen auch alle anderen männlichen Gäste aus unserer Stadt von mir keine Notiz. Ich war und blieb ein Nichts. Dennoch entschied ich mich, meinen Stolz, entgegen aller Widerstände des Lebens, nicht aufzugeben.

Wer würde uns schon helfen oder besser gefragt, wer hatte uns jemals geholfen? In der größten Not nach dem Tode unserer Eltern waren wir allein geblieben. Außer dem Bürgermeister, der Pietro zu einer Lehrstelle verholfen hatte, hatte sich keiner um uns geschert. Ich hatte mir für mein weiteres Leben vorgenommen, dies nicht zu vergessen. Wenn man sich auf niemand anderen als auf sich selbst verlassen kann, muss man lernen, stark zu werden. Ich habe es gelernt und mir dennoch ein großes Stück Warmherzigkeit und Mitgefühl für andere Menschen bewahrt. Ausschließlich nur mit dem Herzen zu denken und zu handeln musste ich mir jedoch angesichts meines schweren, anstrengenden Lebens oftmals versagen.

Gedanken, dass alle Menschen nur böse sind, wollte ich nicht zulassen. Sie durften keine Macht in meinem Herzen erringen. Ich weiß, aus einem Wolf wird niemals ein Lamm werden. Trotzdem kann man den Wolf so behandeln, dass er nicht ohne Anlass beißt. In meiner persönlichen Einsamkeit war ich darauf bedacht, so viele Erkenntnisse wie nur möglich zu sammeln. Ich wusste, dass von ihnen die späteren Erfahrungen abhingen. Orientierungshilfen für mein Leben hatte ich nämlich nicht. So habe ich mich in dieser schweren Zeit trotz aller Widerstände stets bemüht, auf eine positive Weise voranzukommen, denn ich hatte die Verantwortung für Pietro und Großmutter. Mein Bruder blieb nach

wie vor verschlossen. Ständig roch ich seinen widerlichen Alkoholatem. Ich wagte nicht, bei seinem Lehrherren vorstellig zu werden, da ich ahnte, dass man mir dort vielleicht unangenehme Dinge sagen würde. So verging wieder einige Zeit, in der ich in ständiger Angst lebte.
Großmutter benahm sich unserem Narrenhaus entsprechend. Nur wenn sie einmal ganz ausrastete, bekam sie einige meiner Wundertropfen verabreicht. Danach hatte ich ein paar Stunden Ruhe. Allerdings musste ich damit sehr sparsam umgehen, denn das Fläschchen war nur noch halb voll. Ohne Rezept würde ich dieses Medikament in keiner Apotheke erhalten. Pietro wiederum verkroch sich abends sofort in sein Zimmer. Es widerstrebte mir nachzusehen, was er trieb. Ich wollte es nicht wissen. Großmutter trank noch immer ihren Wein, den ich von Herrn Mewes kaufte und nach Feierabend, in einer Stofftasche verpackt, mit nach Hause nahm. Oftmals war es mir peinlich, wenn ich in immer kürzeren Abständen einige Flaschen erbat. Ich ahnte ganz tief in meinem Inneren, dass Pietro den überwiegenden Teil des Weines trank. Aber sobald nichts mehr da war, begann Großmutter zu fluchen und auszuflippen. Auch bei Pietro bemerkte ich eine große Unruhe. Dann war es höchste Zeit, Nachschub zu besorgen.
Immer wieder versuchte ich, Großmutter dazu zu überreden, jene Tabletten zu schlucken, die mir Dr. Merz so sehr ans Herz gelegt hatte. Vielleicht würde sich ihr Zustand dadurch wieder einigermaßen normalisieren. Genau besehen wusste ich jedoch, dass es auch mit den Tabletten zu spät gewesen wäre. Ihre Krankheit hatte bereits ein Stadium erreicht, das ganz andere Mittel erforderte. Dennoch musste ich sie beschützen und bei uns im Hause behalten. Es war ein großes Glück, dass sie mittlerweile menschliche Gesellschaft mied. Ich konnte an ihr eine bisher nicht festzustellende Furcht erkennen, denn sobald sie eine fremde Stimme auf dem Hof hörte, rannte sie flugs in ihr Zimmer und verriegelte die Türe. Ihr Interesse an Geld und an den Dingen des täglichen Lebens ließ mit der Zeit nach, sodass es ihr gleichgültig war, was ich ihr vorsetzte. Sie aß alles in

sich hinein, ohne es anzusehen. Der Postbote übergab mir ihre Rente, während sie ruhig am Tisch saß und uns zuschaute. Sie verlangte das Geld nicht, und ich verwahrte es für uns alle. Dadurch konnte ich etwas mehr einkaufen und uns besser ernähren. Dennoch fehlte immer wieder Geld, ganz gleich, wo ich es auch versteckte. Pietro hatte dafür einen untrüglichen Riecher. Wenn ich schimpfte, sah er mich nur traurig an und begann zu weinen. Ich fand es bedenklich, dass ein junger Mann in seinem Alter ständig weinte. Die Albernheiten der letzten Monate hatte er hinter sich gelassen. Er war nicht mehr fröhlich, sondern zeigte eine ungewohnte Hektik und zunehmende Aggressivität. Ständig schwankte ich zwischen Hoffnung und Enttäuschung.

Pietro bereitete mir keine Freude mehr. Aber ich liebte meinen Bruder von ganzem Herzen und konnte sein schreckliches Weinen damals an unserer Haustüre nie mehr vergessen. Dieser Vorfall hatte mich wachgerüttelt und mir gezeigt, dass die Dinge ganz anders aussahen, als ich mit meinem bloßen Auge erkennen konnte. Ich wusste nun, dass wir Menschen zwar einen lebendigen Gesichtsausdruck zeigen, der aber bei weitem keine Schlüsse darüber zulässt, was die Seele wirklich bewegt. Der Erste trägt sein Herz auf der Zunge, der Zweite legt es in seine Augen und der Dritte wiederum zeigt es gar nicht. Bei Pietro hatte ich das Gefühl, mich ständig in einem Irrgarten zu bewegen. Nichts war an ihm gleichmäßig und berechenbar. Genauso irrational konnte man Großmutters Verhalten bezeichnen. Ich wusste, dass beide auf ihre Art krank waren und ich, als einzige Gesunde, konnte ihnen nicht helfen. Ich war eine junge Frau, die noch nicht viel vom Leben wusste. Eine, die weder etwas vom Wesen des Alkoholismus verstand noch sich mit den Krankheiten der Psyche auskannte. Wie sollte ich dem gerecht werden, was sich in meiner Familie in Aggressionen und Widersinnigkeiten manifestierte?

Zu Dr. Merz ging ich nie mehr. Er meldete sich ebenfalls nicht, was mir sehr recht war. Ich musste uns mit meinen geringen

Möglichkeiten über Wasser halten. Dies bedeutete, dass ich Pietro seinen Alkohol besorgen und Großmutters schreckliche Marotten und Ausfälle ertragen musste. Ich dankte Gott dafür, dass uns die übrigen Menschen in Frieden ließen. Wie gut, dass wir niemals Wert auf deren Gesellschaft gelegt hatten! Meine ehemaligen Schulfreundinnen begegneten mir ab und zu in der Stadt. Wir gingen stets mit einem freundlichen Kopfnicken aneinander vorbei. Nur ihr abschätzender Blick, der mich von Kopf bis Fuß musterte, tat mir weh. Ich wusste, wie erbärmlich ich aussah. Manchmal überprüfte ich im Spiegel, wie ich auf andere Menschen wirken mochte. Stets sah mir eine für meine Begriffe über ihre Jahre hinaus älter wirkende junge Frau entgegen. Vielleicht trog mich aber auch meine Wahrnehmung. Ich wünschte mir so sehr, dass ich mich irrte. Auf die Blicke der Männer gab ich nichts. Sie waren eindeutig und lockten mich zu keinem Abenteuer. Was ich ersehnte, waren echte Liebe und Geborgenheit. Großmutters sanftere Zeiten waren längst vorüber. Sie ließ es nicht mehr zu, dass ich sie streichelte und in den Arm nahm, um ihre Aufgeregtheit zu besänftigen. Bei jedem derartigen Versuch schlug sie auf mich ein und beschimpfte mich wie in früheren Zeiten als elendes, italienisches Balg. Manchmal fragte sie sogar, wo dieser dreckige Italiener sei. Dann schweifte ihr Blick ängstlich zur Türe, und sie legte plötzlich in großer Furcht die Arme vor ihre Augen. Danach suchte sie hektisch nach ihrem Weinglas und trank gierig eines nach dem anderen aus, bis kein Tropfen mehr in der Flasche war. Der Alkohol machte sie müde, und ich brachte sie zu Bett, ohne dass sie sich wehrte. Oftmals wartete ich, bis sie eingeschlafen war. Dann lag sie wie ein armes Häuflein Mensch in den Kissen, und ich strich voller Mitleid über ihre noch immer üppigen Haare. Welch ein Leben, dachte ich stets in diesen Momenten. Großmutter existierte nur noch über ihre vielfältigen Befindlichkeiten. Freude kannte sie nicht mehr, genauso wenig wie sie Frühling, Sommer, Herbst und Winter wahrnahm. Sie war wie ein erloschenes Feuer und sah genauso grau aus wie dessen brüchige Asche. Ihr verwirrter Geist bewies andererseits eine Stärke, die uns alle überrundete. Er schenkte ihr ungeahnte Kräfte, und ich fühlte mich an manchen Tagen wie David, der gegen Goliath kämpfen musste.

Gevatter Tod

Wir lebten, nein, wir vegetierten in unserem Haus dahin. Jeder auf seine Art. Ich war einzig und allein der Motor, der noch alles am Laufen hielt und fühlte mich oftmals so müde, dass ich mir wünschte, einfach tot umzufallen. Meine Arbeit im Hotel »Zur Linde« war anstrengend und brachte wenig ein. Dennoch war ich auf diese geringen Einkünfte dringend angewiesen, zumal Pietro immer mehr Wein verlangte. An besonders schlimmen Tagen flehte ich ihn stets an, mit dem Trinken aufzuhören. Meine Worte verhallten aber ohne jegliche Resonanz. Damals wusste ich noch nicht, dass ein Trinker niemals ohne ärztliche Hilfe seine Sucht bezwingen kann. Sobald Pietro wieder seinen notwendigen Alkoholpegel erreicht hatte, benahm er sich fast normal, und man hätte ihm anfangs seine Krankheit nicht angesehen. Da ich bei Herrn Mewes unmöglich diesen vermehrten Bedarf an Alkohol anmelden konnte, hatte sich für mich eine andere Möglichkeit aufgetan.

Eines Tages fuhr laut hupend ein Fahrzeug auf unseren Hof. Ich lief hinaus und sah, dass es sich um einen Verkaufswagen handelte. Peter Lohmeier hieß der junge Mann, der alle möglichen Dinge, vor allem jedoch Wein und Schnaps zum Verkauf anbot. Ich war sehr froh, dass er den Weg zu uns gefunden hatte und ich somit bei ihm fast alles kaufen konnte, was ich für unseren Lebensunterhalt benötigte, insbesondere jedoch den Wein für Pietro und Großmutter. Er erschien mir wie ein Engel, der vom Himmel gefallen war, und so kam Peter Lohmeier wöchentlich einmal auf unseren Hof. Er war ein gut aussehender, kräftiger junger Mann. Mein Interesse an ihm beschränkte sich einzig und allein darauf, dass ich nun Lebensmittel und Wein unbeobachtet von anderen Menschen kaufen konnte. Darüber hinaus gab es nichts, was mich an diesem Mann faszinierte. Aber ich bemerkte, dass ich ihm wohl gefiel oder was auch immer seine Augen mir ständig signalisierten. Ich hatte keine Ambitionen auf eine Liebelei. Dazu war mein Leben zu anstrengend. Außerdem durfte sich uns dreien im Haus kein anderer Mensch nähern. Unser Geheimnis musste gewahrt bleiben.

Peter Lohmeier war sichtlich enttäuscht, dass ich ihm immer wieder die kalte Schulter zeigte und seine Einladungen niemals annahm. Dennoch kam er regelmäßig, denn schließlich war ich kein schlechter Kunde. Pietro ging, wie ich annahm, täglich zu seiner Arbeitsstelle. Vorher hatte er bereits drei Gläser Wein getrunken. Ich sah, dass es ihm danach besser ging. Eine weitere Flasche steckte er sich in seine Tasche. Wenn ich diesen Vorgang beobachtete, weinte mein Herz, und ich dachte voller Kummer an meine Eltern. Dennoch musste ich es so lassen wie es war. Kaum, dass Pietro abends den Fuß in unser Haus gesetzt hatte, rannte er zu seinem Weinvorrat und trank gierig einige Schlucke. Immer wieder fragte ich nach seiner Abschlussprüfung. Irgendwann teilte er mir in kurzen knappen Worten mit, dass er das erste Mal durchgefallen sei und die Prüfung demnächst wiederholen müsse. Ich hatte keinen Mut, seine Angaben zu überprüfen, weil ich einfach nicht mehr ertragen konnte, als ich gerade zu ertragen hatte. Erst als eines Tages das Fahrzeug des Bürgermeisters auf unseren Hof fuhr, ahnte ich die Katastrophe. Großmutter hatte ich ganz schnell in ihr Zimmer geschlossen, und ich hoffte sehr, dass sie Ruhe halten und nicht anfangen würde, zu randalieren. Pietro war noch nicht zu Hause. Ich bot dem Bürgermeister höflich eine Tasse Kaffee an, die er jedoch ausschlug. In seinem Blick lagen Strenge und ein stiller Vorwurf. Ich wusste nicht genau, was er mir sagen würde.

Als Erstes fragte er nach, ob Pietro wieder zurück sei. Fassungslos und irritiert blickte ich den vor mir sitzenden Mann an. Ohne meine Antwort abzuwarten sagte er mit erhobener, zorniger Stimme, dass Pietro bereits seit sechs Wochen nicht mehr im Rathaus zur Arbeit erschienen sei. Er habe ein Schreiben von unserer Großmutter erhalten, wonach diese für ihren Enkel einen unbezahlten Urlaub von vier Wochen beantragt hatte. Als Grund sei der tödliche Unfall der italienischen Großeltern angegeben worden. Deshalb habe er diesem Sonderurlaub zugestimmt. Ich glaubte, meinen Ohren nicht zu trauen. Meine Stimme versagte mir plötzlich, und mein Hals war wie zugeschnürt. Ich wusste nach dem ersten Schrecken nicht, wie ich nun mit dieser Situation umgehen sollte. Dann nahm ich all meinen Mut zusammen und sagte dem Bürgermeister, dass Pietro morgen wieder zur Arbeit erscheinen würde. Es habe sich alles etwas verzögert. Ich schämte mich zutiefst für meine Lüge und ahnte vage, dass es möglicherweise nicht die letzte gewesen sein würde.

Dennoch nahm ich mir ein Herz, fragte nach Pietros Leistungen und nach der Abschlussprüfung. Der Bürgermeister schien, gelinde gesagt, sehr überrascht, dass ich so uninformiert war, wenngleich ich mittlerweile von Pietros Prüfungsdebakel wusste. Dass er allerdings auch die zweite Prüfung nicht bestanden hatte erschütterte mich tief. Dennoch wollte der Bürgermeister ihn behalten, da Pietro in Anbetracht unserer Situation auf einen Arbeitsplatz angewiesen war. Seine Leistungen seien, so der Bürgermeister, nicht gerade überragend. Er gehöre zu denen, die auf Kosten anderer Kollegen ihre Arbeit mehr schlecht als recht erledigten. Künftig habe er sich wesentlich mehr anzustrengen, denn er könne gegenüber den übrigen Mitarbeitern nicht ständig die Hand über Pietro halten. Auf die Dauer störe dies den Betriebsfrieden. Ich bereute es in diesem Augenblick sehr, dass ich für Pietro gelogen hatte, während es dieser Mann so gut mit uns meinte. Das Thema Alkohol sprach der Bürgermeister zum Glück nicht an. Vielleicht war es bisher unentdeckt geblieben, weil Pietro sich gut im Griff hatte.

Nachdem der Bürgermeister wieder gegangen war, kam mir die Tragweite von Pietros Handeln erst richtig zum Bewusstsein. Er hatte Großmutters Unterschrift gefälscht und auch mich schamlos belogen. Wieder schüttelte mich eine tiefe Verzweiflung. Wann würde endlich alles anders werden? Der letzte Rest Respekt und Mitleid für meinen Bruder war in dem Tatbestand begründet, dass ich wusste, wie wenig er bisher mit dem Tode unserer Eltern abgeschlossen hatte. Seine vermeintliche Schuld hatte ihn in den Alkoholismus getrieben. Weil ich den Grund kannte, musste ich weiterhin zu ihm stehen. Plötzlich überflutete mich ein warmes Gefühl der Liebe zu Pietro. Es verstärkte meinen Willen, meinen Bruder durch alle Nöte und Sorgen des Lebens zu schleusen. Doch mir kam diese Aufgabe wie ein riesiger Berg vor, den ich zu erklimmen hatte.

Ich setzte mich an unseren alten Küchentisch und wartete auf Pietro. Dann klapperte das Türschloss und er kam herein. Sein Gesicht war leicht gerötet und auch seine Augen. Um seinen Mund erkannte ich einen bitteren Zug. Wie aus einem Traum erwachend, sah ich plötzlich einen Erwachsenen vor mir, dessen Reifezeit ich nicht bewusst miterlebt hatte. Aus dem stillen, lieben Jungen war ein fremder, schlecht gelaunter Mann geworden.

Nun musste ich das leidige Thema »Arbeitsplatz« anschneiden und ihm sagen, dass uns der Bürgermeister höchstpersönlich aufgesucht hatte. Pietro ließ dies alles unbeeindruckt. Er setzte vielmehr gierig die Weinflasche an seinen Mund und trank den Rest aus. Alles was ich sagte prallte an ihm ab. Er wischte sich mit dem Jackenärmel über das Gesicht und ging in sein Zimmer. Ich hätte vor Kummer und Frust am liebsten laut geweint. Was um alles in der Welt sollte ich bloß tun? Während ich so überlegte, öffnete Pietro plötzlich die Küchentüre und sagte mit leiser Stimme, dass er niemals mehr zu seiner Arbeitsstelle im Rathaus zurückkehren werde. Ich könne dies am nächsten Tag ruhig dem Bürgermeister ausrichten lassen. Müde und deprimiert fragte ich, womit er dann seinen Lebensunterhalt verdienen wolle. Man werde sehen, antwortete er. Großmutters Rente würde ihm reichen, sie brauche ja nicht mehr viel. Ich dachte, mich verhört zu haben und konnte nicht antworten. Seine Worte klangen hart und

rücksichtslos, und ich bemerkte, wie der Alkohol das letzte Stückchen Anstand in ihm zu vernichten begann. Aus dem bescheidenen Jungen von einst war ein kalter Egoist geworden.
Am nächsten Morgen rief ich in aller Frühe den Bürgermeister an und teilte ihm mit, dass Pietro sehr krank aus Italien zurückgekommen sei. In seinem Auftrage wolle ich die Arbeitsstelle zum schnellstmöglichen Termin kündigen. Pietro würde dies schriftlich nachreichen. Der Bürgermeister war über die Art und Weise der Kündigung regelrecht empört und ließ mich wissen, dass er nun seinerseits ebenfalls keinen Wert mehr darauf lege, Pietro nochmals zu sehen. Die Sache habe sich nach dem Motto »Undank ist der Welten Lohn« erledigt. Ein Weinen würgte plötzlich in meiner Kehle. Ich konnte nur ein jämmerliches »Danke« sagen und legte den Hörer auf.
Somit war ein weiterer Hoffnungsschimmer in unserem Leben verblasst. Ich wusste wirklich nicht, wie ich alles noch regeln sollte. Wenn Großmutter plötzlich sterben würde, sähe es mit uns ganz schlecht aus. Wir brauchten ihre Rente so sehr, denn Pietros Sucht schluckte den größten Teil unseres Einkommens. Wie am Anfang musste ich wieder Ratenzahlungen tätigen und außerdem meinen Arbeitgeber um eine Lohnerhöhung angehen. Diese wurde mir nur deshalb gewährt, weil ich bereit war, in ruhigeren Zeiten zusätzlich in der Küche mitzuhelfen. Die Mühsal nahm also kein Ende.
Nun hatte ich am Tage Großmutter und Pietro ständig vor Augen. Alles in mir schrie nach Erlösung. Ich konnte diese beiden zerstörten Menschen beinahe nicht mehr ertragen. Am liebsten wäre ich wer weiß wohin verschwunden. Es gab Tage, an denen ich allen Ernstes daran dachte, meinen Koffer zu packen und zu gehen. Aber dann sah ich Pietro und im Geiste die bittenden Augen meines Vaters. Sie schienen mir zu sagen, dass ich seinen Sohn niemals verlassen dürfe. Es war wirklich so, ich durfte ihn um nichts in der Welt aufgeben. Seine Schwäche musste meine Stärke sein und meine Hoffnung die Lenkerin unseres gemeinsamen Lebens. Wir kamen aus der einen Mutter Schoß,

hatten den einen Vater, also waren wir ein Fleisch und ein Blut. Es durfte nichts geben, das uns trennte. Ich hörte in manchen Nächten die warme Stimme meines Vaters, mit der er »Bambina« rief und wachte plötzlich erschrocken auf, so als sei dieser Ruf Wirklichkeit gewesen. Vielleicht durchdrang die Stimme meines Vaters tatsächlich die Grenze zwischen Diesseits und Jenseits. An derartige Dinge wollte ich in meiner Not so gerne glauben.

Der größte Wunsch meines Lebens gipfelte in dieser für mich so schlimmen Zeit darin, nur ein einziges Mal von meinen Eltern zu träumen. Ich empfand meine Erinnerungen an unsere gemeinsame Zeit so intensiv, dass ich mich verzweifelt nach einer Gegenwart sehnte, die niemals mehr zurückkehren würde. Aber ich wusste, dass ein Traum, der sich ausschließlich in meinem Gehirn abspielen würde, meinem Herzen ein winziges Stück Gegenwart schenken könnte. Still läge ich mit geschlossenen Augen in meinem Bett und wie durch Zauberhand wären wir alle plötzlich ganz real vereint. Dennoch erfüllte sich diese Hoffnung nicht. Vater und Mutter blieben hinter jener großen Wand verschwunden, die als dritte Dimension in unseren Köpfen lebt. Vielleicht waren sie in jenem anderen Land viel glücklicher als auf dieser leidbeladenen Erde.

Großmutters Krankheit nahm immer erschreckendere Formen an. Sie fuchtelte ständig mit einem Messer herum und sprach in unartikulierten Worten. Sah man in ihre Augen, so erkannte man darin deutlicher als je zuvor den Wahnsinn. Ich wusste, sie hätte längst in eine Anstalt gehört. Vielleicht hatte ich mich an ihr versündigt, indem ich ihr keine Chance gab, durch eine geeignete Therapie wieder menschenwürdig leben zu können. Ich tröstete mich mit dem Gedanken, dass ich ihren Widerstand nicht brechen konnte und sah gleichzeitig meine eigene Überforderung und Kraftlosigkeit. Vielleicht würde ich mich doch noch entschließen müssen, Dr. Merz aufzusuchen. Es verstrich wieder eine lange Zeit in der gewohnten Art und Weise, und ich pendelte von einem Schrecken zum anderen. Meine Beruhigungstropfen bedeuteten für mich die einzig wirkliche Hilfe in diesem Chaos. Sie schenkten mir in jenen Tagen, an denen Großmutter über alle Maßen unruhig war, kleine Ruhepausen.

Pietro lag meistens rund um die Uhr betrunken in seinem Bett. Er aß wenig und wurde immer dünner. Mein Schimpfen und Bitten, vom Alkohol zu lassen, fruchteten wenig. Mit verquollenen, roten Augen sah er mich dann stets ausdruckslos an und wandte sich ab. Er sah meinem Bruder, den ich von früher kannte, nicht mehr ähnlich. Sein junges Gesicht begann auf eine seltsame Art zu altern. Manchmal verglich ich ihn mit den Männern, die Abend für Abend in unserem Hotel an der Theke saßen und sich systematisch mit Alkohol voll schütteten. Herr Mewes duldete dies nur deswegen, weil er an ihnen gut verdiente. Dennoch waren sie für unser Restaurant nicht gerade Glanzlichter. An ihre zotigen Sprüche mir gegenüber hatte ich mich gewöhnt. Sie waren eben betrunken und konnten nicht anders. Herr Mewes sagte immer, dass sie alle durchweg Alkoholiker seien. Ich verstand zwar, was er meinte, war mir aber über die tragischen Hintergründe der einzelnen Schicksale nicht so richtig im Klaren. Ich ahnte, dass Herrn Mewes Gäste und mein Bruder ohne fachgerechte Hilfe verloren sein würden. Ich versorgte Pietro regelmäßig mit Wein und bemerkte, dass er dadurch stets ruhig und zufrieden wurde.

Großmutter schloss ich abends, wenn ich zur Arbeit fuhr, in ihrem Zimmer ein. Widerstandslos ließ sie sich zu Bett bringen. Ob sie allerdings später unruhig wurde und randalierte, entzog sich meiner Kenntnis. Fragte ich Pietro danach, schüttelte dieser nur den Kopf und sagte, dass er nichts gehört habe. Ich glaubte es ihm sogar, denn er befand sich in ständiger Umnebelung. Insgeheim sprach auch ich schon von unserem Haus als dem Narrenhaus. Es war in der Tat nicht anders zu bezeichnen. In stillen Stunden erschien es mir wie ein kleines Wunder, dass ich mich in diesem Durcheinander noch immer als normal bezeichnen konnte.

Peter Lohmeier kam nach wie vor jede Woche mit seinem Verkaufswagen auf unseren Hof. Er hörte nicht auf, mich hartnäckig zu umwerben. Aber ich verspürte keine Lust, mit ihm näher in Berührung zu kommen. Er war kein übler Kerl, sah gut aus und hatte eine nette, sympathische Art. Aber jene Gefühle, wie sie in meinen Romanen geschildert wurden, verspürte ich bei seinem Anblick nicht. Mit meinem ablehnenden Verhalten würde ich niemals zur Frau werden. Dieser Gedanke überfiel mich immer dann, wenn ich durch unsere Stadt ging und mir junge Frauen meines Alters begegneten, die verliebt mit einem Mann turtelten. Mein Unvermögen, für Peter Lohmeier etwas zu empfinden, empfand ich allerdings als nicht besorgniserregend. Er war eben nicht mein Typ. Es gab keinen einzigen Menschen, mit dem ich über diese Dinge hätte sprechen können. Mit meinen zwanzig Jahren war ich noch Jungfrau und wusste nicht, wie ein nackter Mann aussah.

Einen Fernseher hatten wir nicht, eine Tageszeitung ebenso wenig. Wäre also plötzlich der Dritte Weltkrieg ausgebrochen, so hätte ich es wahrscheinlich als Letzte erfahren. Ab und zu stahl ich mich in den wenigen ruhigen Minuten während meiner Arbeitszeit im Hotel in das Nebenzimmer des Restaurants, um dort ein paar Fernsehbilder zu erhaschen. Generell hatte ich jedoch dafür keine Zeit. Ich lebte wie auf einem anderen Stern und bemerkte es noch nicht einmal. Bevor ich jedoch etwas an meiner Situation ändern konnte, geschah etwas Schreckliches.

Eines Abends – fast war es wie eine Vorsehung – zog ich mir an der Theke des Hotels durch ein zerbrochenes Glas eine tiefe Wunde an meiner linken Hand zu. Nachdem Herr Mewes die Wunde versorgt hatte, schickte er mich freundlicherweise nach Hause. Noch in der Dämmerung fuhr ich mit meinem Fahrrad hinaus zu unserem Hof. Still lag er vor mir und alles wirkte so friedlich. Keiner hätte jemals ahnen können, was sich in Wirklichkeit hinter diesen Mauern abspielte. Später habe ich den alten Spruch, dass jedes Haus sein eigenes Kreuz trägt, verstanden.

Es gibt bei Häusern wie bei den Menschen ein Äußeres und ein Inneres. Beide haben vielmals nichts miteinander gemein. Ein Haus mit einer traumhaft schönen Fassade sagt nichts darüber aus, wie glücklich oder unglücklich die Bewohner darin sind. So ist es auch mit uns Menschen. Körperliche Schönheit muss längst keine makellose Seele voraussetzen oder umgekehrt. Auf jeden Fall bleiben die tiefen Abgründe letztendlich unsichtbar.
Ich stellte mein Fahrrad in unsere alte Scheune und schloss die Haustüre auf. Drinnen hörte ich lautes, schreckliches Heulen. Es musste Pietro sein. Ich warf meine Tasche achtlos in den Flur und rannte, zwei Stufen auf einmal nehmend, die alte Holztreppe hinauf. Die Töne kamen aus Großmutters Zimmer. Ein heißer Schreck durchfuhr mich. Die Türe stand weit offen, Pietro kauerte mit wirrem Haar und laut schreiend vor meiner Großmutter, die mit verrenkten Gliedern auf dem Holzboden lag. Ich war fassungslos und konnte mir auf das Geschehene keinen Reim machen. Die Türe zu Großmutters Zimmer hatte ich wie jeden Abend abgeschlossen und den Schlüssel abgezogen. Pietro musste das Versteck des Schlüssels gefunden haben. Was aber wollte er bei Großmutter? Was hatte sich ereignet? Pietro zur Seite stoßend, rannte ich zu Großmutter. Ihre Augen standen weit offen, und aus ihrer Nase lief ein kleines Rinnsal Blut. Ich wollte ihren Kopf heben und spürte, wie plötzlich meine Hände feucht wurden. Ein Menge Blut breitete sich auf den Dielen aus. Es tropfte aus ihrem Hinterkopf. Ihren Puls konnte ich nicht mehr spüren. Ich wusste plötzlich, dass sie tot sein musste. In diesem Moment hatte ich keine Gefühle mehr. Es gab in mir nur noch ein großes, schwarzes Loch.
Pietro hatte sein Heulen eingestellt. Noch immer saß er dünn bekleidet auf dem Boden neben Großmutter. Die Schubladen der Kommode und die Schranktüren standen weit offen. Der Inhalt war zum Teil herausgerissen und zerwühlt. Was um alles in der Welt hatte Pietro zu diesem Chaos veranlasst? Dann fiel es mir wie Schuppen von den Augen: Ich hatte am gestrigen Tage vergessen, Pietros dringend benötigten Alkoholvorrat aufzufüllen. Ein fatales

Versäumnis, wie ich nun feststellen musste. Ich wandte mich müde zu ihm um. Er hielt den Kopf gesenkt und sein Körper zitterte. Es waren die mir bekannten Zustände, die ihn jedes Mal überfielen, wenn der Wein zu Ende war. Ich sah seinem Leiden ohne Emotionen zu. Zu Gefühlen irgendwelcher Art war ich in diesem Ausnahmezustand nicht in der Lage. Einzig und allein mein Gehirn arbeitete fieberhaft. Ich entschloss mich, als Erstes Wein zu besorgen, um Pietros Zustand wieder in ein gewisses Gleichmaß zu bringen. Großmutters Leiche musste vorerst liegen bleiben.
Entsetzt fragte ich ihn, was geschehen sei. Seine dunkel umrandeten, tief in den Höhlen liegenden Augen sahen mich verzweifelt an. Seit langer Zeit erkannte ich endlich wieder einmal eine Gefühlsregung in diesem ansonsten so gleichgültigen und stumpfen Blick. Furcht und Grauen lagen darin, aber auch eine Bitte um Vergebung. Pietro stammelte in unzusammenhängenden Worten, mehrmals von einem Schluchzen unterbrochen, dass er in ihrem Schlafzimmer Wein gesucht habe. Nachdem er den Schlüssel zu ihrem Zimmer gefunden hatte, habe er mit seiner Suche begonnen. Großmutter hätte zu diesem Zeitpunkt tief geschlafen. In seinem Eifer, etwas Alkoholisches zu finden, habe er nicht bemerkt, wie sie plötzlich aufgestanden sei. Mit einer Taschenlampe hätte sie ihm unter schrecklichem Geschrei von hinten auf den Kopf geschlagen. Pietro sagte, dass ihre Arme voll ungeahnter Kraft gewesen seien und er sich ihrer fast nicht erwehren konnte. Vor lauter Furcht habe er ihr mit der Faust in das Gesicht geschlagen. Dadurch sei sie rückwärts auf den dicken Knauf des Fußteils ihres Bettes gefallen und dann nochmals mit dem Hinterkopf auf die Dielen. Danach habe sie still und unbeweglich dagelegen.
Ich blickte meinen Bruder an und sagte müde, dass seine Suche nach Alkohol vergebens gewesen sei, denn Großmutter habe schon lange keinen Wein mehr getrunken. Sie sei einen sinnlosen Tod gestorben. Was sollte ich noch mehr erklären! In Pietros Kopf lief das Leben sowieso nach anderen Grundsätzen ab. Ich war ganz allein und musste mit dieser schlimmen Situation irgend-

wie fertig werden. Einen Arzt oder gar die Polizei konnte ich nicht holen. Dann wäre Pietro verloren gewesen. Man hätte ihn mir genommen. Es war meine Verpflichtung, ihn auch weiterhin zu behüten.

Es wunderte mich, dass er plötzlich in die Stille hinein fragte, was wir nun tun sollten. Auch das Zittern seiner Glieder hatte sich etwas gelegt. Angst und Schrecken hatten ihn plötzlich etwas von seiner Sucht abrücken lassen. Aber ich war mir darüber im Klaren, dass dies nur ein momentaner Zustand war. Ohne weiter zu überlegen sagte ich, wir müssten Großmutter verschwinden lassen. Pietro nickte und meinte, in unserer alten Scheune sei Platz für sie. Wir brauchten dort nur ein tiefes Loch zu graben. Das würde genügen. Ich sah Pietro an und war in diesem Augenblick überrascht, wie rational er plötzlich denken konnte. Diese Lösung würde uns vorerst einmal retten.

Es würde sowieso keiner Menschenseele auffallen, dass sie nicht mehr bei uns war. Der Postbote, der die monatliche Witwenrente brachte, übergab mir diese schon lange zu treuen Händen. Er hatte mich sogar eines Tages aufgefordert, der Einfachheit halber mit dem Namen meiner Großmutter zu quittieren. Wir dachten uns damals beide nichts dabei. Der junge Mann wollte nur freundlich und entgegenkommend sein, und ich war ihm dafür dankbar. Jetzt würde es uns sehr nutzen. Die obligatorische jährliche Lebensbescheinigung für Großmutter, die ich von der Stadtverwaltung für den Rentenversicherungsträger einholen musste, hatte man mir auch stets vertrauensvoll ausgestellt. Dies würde wahrscheinlich auch weiterhin der Fall sein. In dieser Hinsicht waren Pietro und ich erst einmal auf der sicheren Seite.

Wir würden also Großmutter in der Scheune beerdigen und für alle Zeiten müssten wir ihr Grab verschweigen. Eine schreckliche Last lag plötzlich auf uns. Ich fühlte seltsamerweise durch den Tod unserer Großmutter, die uns niemals geliebt hatte, keine Befreiung. Es wäre mir lieber gewesen, sie irgendwann auf dem Friedhof der Erde übergeben zu können. Ich wollte in meinem Leben nur noch Normalität. Diese kannte ich seit Jahren nicht mehr und nun gab dieses Wissen um ihr gewaltsames Sterben unseren verwirrten Herzen weitere Nahrung. Pietro saß noch immer auf Großmutters Bett und bat mich flehentlich, Wein zu besorgen. Sonst könne er mit mir nicht das Loch in der Scheune graben. Ich dachte an den seit Generationen festgefahrenen Scheunenboden. Die Erde würde wahrscheinlich hart wie Beton sein. Selbst wenn wir Tage dazu brauchten – Großmutter musste beiseite geschafft werden, zumal es Sommer und sehr warm war. Bevor ich aus dem Zimmer ging, legte ich ein Tuch über ihr Gesicht und bat insgeheim Gott um Vergebung unserer Sünden. Dann dachte ich wiederum an die Bösartigkeit unserer Großmutter, die selbst zu normalen Zeiten kein gutes Wort für uns gefunden hatte. Pietro und ich hatten wenig Schuld an unserem traurigen Leben. Beide waren wir gleichermaßen Opfer, aber Pietro traf es am härtesten. Was mich anging, so besaß ich Gott sei Dank eine große physische und psychische Kraft, die uns beiden nun zugute kam.

Mit dem Fahrrad fuhr ich als Nächstes nochmals in die Stadt zu einer in der Nähe liegenden Tankstelle. Ich fragte nach Wein und mein Herz schlug höher, als der Verkäufer mir einige Flaschen zur Auswahl auf die Theke stellte. Er lächelte mich sehr freundlich an und fragte, ob ich etwa Geburtstag hätte. Der Not gehorchend lachte ich und nickte. Er gratulierte mir herzlich, und ich schämte mich wieder einmal für meine Lüge. Zufrieden fuhr ich mit meinen Einkäufen nach Hause. Pietro trank gierig ein Glas Wein nach dem anderen. Danach erlebte ich, wie er plötzlich wieder Energie bekam. Einerseits war es mir, als säße das reine Wunder in dieser harmlosen Rotweinflasche. Andererseits wusste ich aber, dass der Teufel aus ihr floss, der meinem gepeinigten Bruder nur deswegen neue Kraft schenkte, um ihn irgendwann gänzlich zu vernichten. Es würde so lange dauern, bis der Körper endgültig die Waffen streckte. Das Etikett auf der Flasche mit den verschnörkelten Buchstaben kam mir wie die Schrift der Hölle vor. Ich wandte mich ab und setzte mich müde auf einen Stuhl. In der bereits begonnenen Nacht konnten wir nicht mehr graben. Dazu hätten wir Licht benötigt und möglicherweise wäre dies irgendeinem Menschen aufgefallen. Trotzdem trugen wir Großmutter, eingewickelt in unsere beste und einzige Couchdecke, noch bei tiefster Dunkelheit über den Hof in die Scheune. Wir versteckten ihre Leiche zwischen großen, gepressten Strohballen, die schon seit langen Jahren hier lagen. Dann gingen wir zurück in das Haus und schlossen die Türe hinter uns ab. Still verkrochen wir uns in unseren Betten. Keiner sprach mehr mit dem anderen ein Wort. Von Pietro war ich sowieso nichts anderes gewöhnt. Gerne hätte ich ihn tröstend in den Arm genommen, aber gleich meinem Körper war auch meine Gefühlswelt ausgelaugt. Auf meinem Lager ausgestreckt, empfand ich plötzlich Erleichterung darüber, dass wir wenigstens einen Plan hatten. Man würde Großmutter so schnell nicht finden. Das Loch in der Scheune musste allerdings sehr tief werden. Für einige Zeit, wenn auch nicht für alle Ewigkeit, konnten wir uns sicher fühlen. Nun war ich nur noch für Pietro verantwortlich, doch auch dies würde schwer genug sein.

In jener Nacht schlief ich unruhig. Ich wälzte mich von einer Seite auf die andere. Zwischendurch hörte ich im Traum immer wieder meine Großmutter »Bambina« rufen. Jeder Buchstabe des Namens zog sich in grausamen Tönen auseinander, sodass daraus etwas ganz Hässliches entstand. Schon lange hieß ich nicht mehr Bambina. Für Pietro und Großmutter war ich all die Jahre namenlos geblieben, und an meiner Arbeitsstelle nannte mich Herr Mewes sehr förmlich Fräulein Perti. Für meine Kollegen war ich Anna-Maria. Mit Vaters Tod schien dieser Kosename gleichermaßen von dieser Welt gelöscht zu sein. Ich wünschte mir so sehr, dass ich noch einmal in diesem Leben einen Namen der Liebe erhalten würde. Von wem und wo auch immer. Die Vergangenheit hatte mir gezeigt, dass nichts auf dieser Erde bleibt wie es ist. Immer wieder müssen Menschen neu beginnen oder etwas beenden. So würde es auch für Pietro und mich sein. Ich begann zu hoffen und zu warten, indem ich mich ständig zwischen Schmerz und Erleichterung bewegte. Der sinnlose Tod meiner Großmutter ließ meine Seele in einer kleinen, verschwiegenen Ecke schrecklich weinen.

Am nächsten Morgen stand ich sehr früh auf. Pietro rüttelte ich unsanft an der Schulter und zog ihn aus dem Bett. Ich gab ihm seine Weinflasche, die er mir voller Gier aus der Hand riss. Danach normalisierte sich sein Zustand. Er war in der Lage, mir zuzuhören. Ich zwang ihn, in Anbetracht der schweren Arbeit, die uns nun bevorstand, etwas zu essen. Er sah es ein und aß mit Widerwillen ein Wurstbrot. Ohne große Morgentoilette gingen wir zur Scheune. Die Vögel sangen und die Sonne lachte von einem azurblauen Himmel. Ferienstimmung hätten dies die anderen Leute genannt. Für uns aber war es ein Begräbnistag. Ich dachte voller Kummer daran, dass an einem ähnlichen Sommertag unsere Eltern gestorben waren.

Gerätschaften hatten wir genügend zur Hand. Großmutters Vater musste früher alles angeschafft haben. Pietro versuchte mit Schwung, in die steinharte Erde zu hacken. Die Hacke blieb ohne Nutzen darin stecken, obwohl wir eine Ecke am inneren Rande der Scheune ausgewählt hatten, in der Hoffnung, dass hier der Boden besser zu bearbeiten sei. Aber dies stellte sich nun als Trugschluss heraus. Verbissen und verzweifelt hackten wir die oberen Erdschichten ab und häuften sie am Rande auf. Pietro schwitzte über alle Maßen. Ich sah, dass er kaum über ausreichende Kräfte verfügte. Zwischendurch nahm er immer wieder einen großen Schluck Wein. Ich wagte nicht, ihn anzusehen. Auf jeden Fall mussten wir bis spätestens morgen das Grab ausgehoben haben.

Ich meinte fast, durch das Stroh den Geruch der Leiche in meiner Nase zu spüren. Aber es konnte auch nur Einbildung sein. Pietro schlich plötzlich aus der Scheune ins Haus und ich hörte, wie er sich bereits auf dem Hof übergab. Mit keinem Wort hatte er nochmals die Auseinandersetzung mit Großmutter erwähnt. Ich tat es ebenfalls nicht. Jeder von uns musste auf seine Weise sehen, wie er damit fertig wurde.

Mit dem Mut der Verzweiflung begann ich, auf dem Boden der

Scheune weiter zu graben. Nach Stunden hatte ich dann doch ein recht ansehnliches Loch ausgehoben. Ich entschloss mich, nicht nach Pietro zu sehen, sondern bis in die Dunkelheit weiterzuarbeiten. Ich kam wider Erwarten gut voran. Die zuvor so harte Erde des Scheunenbodens wurde von Mal zu Mal weicher, bis sie infolge der Trockenheit fast wie Sand zu rieseln begann. Mein Herz schlug wie wild, denn ich wollte es vielleicht noch an diesem Tage schaffen. Ich wusste, dass ich ganz tief graben musste, um Großmutter auf ewig unauffindbar zu machen. Die Dämmerung schlich heran und das Licht, das durch die alten Schindeln und Luken in die Scheune fiel, wurde zunehmend weniger. Ich musste meine Augen sehr anstrengen und dachte daran, eine Kerze anzustecken.

Doch dann ging ich abgekämpft ins Haus. Meine Beine waren wie Blei, und meine Arme schmerzten bei jeder Bewegung. Als Erstes sah ich nach Pietro. Dieser lag besinnungslos betrunken auf seinem Bett. Flaschen waren im Zimmer verstreut. Morgen musste ich wieder Nachschub holen. Dieser Exzess vor meinen Augen entsetzte mich. In der Küche nahm ich eine kleine Mahlzeit ein. Danach legte ich mich auf unsere alte Couch im Wohnzimmer. Ich wollte nur ein wenig ausruhen, um Kraft für meine weitere Arbeit zu schöpfen. Aber ich schlief sofort ein und nahm nicht mehr wahr, wie die Nacht verging und der neue Tag graute. Es war wie ein Todesschlaf.

Ich hörte auch nicht die Hupe von Peter Lohmeiers Wagen. Pietro ebenfalls nicht. Als sich keiner meldete, stieg Peter Lohmeier aus seinem Wagen und lief über den Hof, durch die kleine Pforte zu unserem verwilderten Garten. Dann spazierte er zielgerichtet zum Scheunentor und öffnete es. Er sah hinein und ging weiter. Drinnen blickte er sich neugierig um und rief »hallo«. Interessiert blieb er an dem tiefen Loch, Großmutters Grab, stehen und schüttelte verwundert den Kopf. Dann hob er sein Gesicht, und seine Nase schnupperte einen besonderen Geruch. Er wusste aber nicht, was er roch und ging flugs wieder zurück zu seinem Wagen.

In der Zwischenzeit hatte ich mich mit schmerzenden Gliedern von der Couch hochgerappelt. Da ich auf dem Hof etwas hörte, rannte ich zum Fenster. Mein Herz blieb vor Schreck fast stehen, als Peter Lohmeier mir fröhlich von unten zuwinkte. Ich rief ihm zu, dass ich sofort herunter käme. Notdürftig strich ich meine Haare mit einem Kamm nach hinten und verbarg mein schmutziges, zerknittertes Kleid hinter einer alten Schürze, die Großmutter gehört hatte. Peter Lohmeier fiel meine seltsame Kleidung auf, denn er betrachtete mich irritiert von oben bis unten. Ich wusste, dass ich ihm ein sonderbares, ungewohntes Bild bot. Konzentriert notierte er anschließend meine Wünsche. Es freute ihn besonders, dass ich ihm stets so reichlich Wein abkaufte. Diesen hatte er nämlich seinerzeit nur versuchsweise ins Sortiment aufgenommen. Ich ahnte, dass er nur zu gern erfahren hätte, wer diesen Wein in unserem Hause trank.

Plötzlich dachte ich mit Schrecken daran, dass ich heute Abend wieder zur Arbeit musste. Ich verfluchte meine nicht eingeplante Müdigkeit vom gestrigen Tage. Noch niemals in meinem Leben hatte ich so tief und traumlos geschlafen. Fast grenzte es schon an eine Art von Bewusstlosigkeit.

Peter Lohmeier sah mich mit einem lauernden Blick an und fragte in arglosem Ton, wen wir denn in unserer Scheune in dem tiefen Loch begraben wollten? Beinahe hätte ich meine Tasche mit den Flaschen fallen lassen, so groß war mein Schreck. Peter Lohmeier war also in die Scheune gegangen und hatte unser Grab gesehen! Damit hatte ich nicht gerechnet, und ich verfluchte meine grenzenlose Müdigkeit vom gestrigen Abend. Ich lachte ihn etwas hysterisch an, indem ich ihm zu erklären versuchte, dass mein Bruder und ich diese gute, unverbrauchte Erde für ein kleines Blumenhaus benötigten, welches ich mir schon so lange wünschte. Alles was ich ihm sagte, musste sich wie ein dummes Märchen anhören. Kein Mensch würde Blumenerde aus einer alten Scheune graben, und schon gar nicht in Form eines überdimensional großen Loches. Aber es fiel mir nichts anderes ein. Peter Lohmeier lachte über meine Ausrede lauthals und forderte mich auf, die Wahrheit zu sagen.

Ich schwitzte plötzlich über alle Maßen, aber dann sagte ich ihm mit einer überzogenen Fröhlichkeit, er solle sich überraschen lassen. Unser Werk bekäme er rechtzeitig vorgeführt. Es gäbe dann eine Einweihungsfeier, wozu er bereits heute eingeladen sei. Der Gedanke, mir dadurch vielleicht etwas näher kommen zu können, ließ Peter Lohmeier von weiteren Fragen Abstand nehmen. Beim Abschied schaute er mir nur tief in die Augen und hielt meine Hand recht lange in der seinen. Wie ich feststellte, sprang einfach kein Funke über. Es war so, als hätte ich einem x-beliebigen Menschen die Hand gereicht. Dennoch tat sich nun mit Peter Lohmeier ein weiteres Problem auf. Es musste mir in der Zwischenzeit etwas einfallen, denn sonst waren Pietro und ich in höchster Gefahr. Ich dachte sogar schon daran, mich mit ihm, der Not gehorchend, zu befreunden. Dann musste ich alles ertragen, was in meinen Romanen stand, obwohl ich für ihn nichts empfand. Davor graute es mir grenzenlos. Vorrangig war nun vor allen Dingen, Großmutter so schnell wie möglich zu begraben. Ich konnte an nichts anderes mehr denken.

Nachdem Peter Lohmeier vom Hof gefahren war, rannte ich wieder in die Scheune und begann weiter zu buddeln. Später hörte ich Pietros schlurfenden Schritt. Er trat hin zu mir in die Dämmrigkeit des Gebäudes, und ich sah zu meiner großen Erleichterung, dass er einen einigermaßen stabilen Eindruck machte. Schweigend nahm er mir die Schaufel ab und begann, wie ein Wilder die Erde aus dem Loch zu werfen. Wir wechselten uns in den folgenden Stunden ab. Bis zum späten Nachmittag hatten wir ein Loch von fast zwei Metern Tiefe, einem Meter in der Breite und anderthalb Meter in der Länge ausgehoben. Das musste für Großmutter reichen. Erschöpft entfernten wir die Strohballen von Großmutters eingewickelter Leiche und zogen diese hervor. Ein widerlich süßlicher Geruch breitete sich aus. Übelkeit würgte in meinem Hals. Pietro rannte wieder hinaus und übergab sich. Weinend kam er zurück und lehnte sich in einem erbarmungswürdigen Zustand an den alten Leiterwagen. Plötzlich war mein Herz voller Mitleid mit ihm und auch mit mir. Was waren wir nur für Kinder und was hatten wir verbrochen, dass wir ein solch schreckliches Geheimnis mit uns herumtragen mussten?

Mit letzter Kraft zog ich das Bündel mit der blutdurchtränkten Decke an den Rand des Loches. Pietro nahm das eine Ende der Decke und ich das andere. Vorsichtig legten wir Großmutter in die Erde. Alles passte und wir atmeten befreit auf. Pietro fragte plötzlich in die Stille hinein, ob wir aus dem Garten eine Blume holen sollten. Ich verneinte und empfand meine Entscheidung gleichzeitig als sehr hart. Aber Großmutter hatte keine Blume verdient. Mit den Blumen in unserem Garten sprach ich stets ohne Worte. Wenn ich sie im ersten Morgentau anblickte, spürte ich Freude und Hoffnung in mir. Etwas, das keinen Namen hatte, berührte mein Inneres zutiefst. Ihre kleinen bunten Gesichter schienen mich anzulächeln, und ich lächelte stets zurück. Sie standen für Schönheit und Unschuld. Ich konnte meiner Großmutter deswegen keine einzige Blume opfern und empfand es noch nicht einmal als einen Akt von Rachsucht.

Doch Pietro gab nicht nach. Er bestand darauf, dass wir wenigstens ein Gebet sprechen sollten. Ich fragte ihn, welches für Großmutter passend sei und ob er eines kenne. Er zuckte nur mit den Schultern und meinte, wir könnten unsere alte Familienbibel holen. Damit war ich nicht einverstanden. So entschieden wir uns für das »Vaterunser«. Ich sprach es, während ich wie hypnotisiert und ohne jegliches Gefühl auf das leblose Bündel in der tiefen Grube hinab sah. Pietro stand wankend mit ausdrucksloser Miene neben mir. Er hielt die Hände gefaltet und bat Großmutter mit dünner Stimme um Vergebung. Er sagte, dass er nicht gewollt habe, dass sie sterben musste. Dann warf er sich weinend auf die alten Strohballen. Ich sagte nach unserem Gebet nichts mehr, sondern nahm entschlossen die Schaufel und ließ die erste Erde auf Großmutters Leiche fallen. Das Zuschütten ging wesentlich schneller als das Ausheben. Nach einer weiteren Stunde war es geschafft. Wir versuchten die Erde festzutreten, aber es gelang uns nicht besonders gut. Da wir aber keine Zeit mehr hatten, legten wir einfach die Strohballen auf das Grab. Wir verstauten unsere Geräte, und kein Mensch hätte geahnt, was sich zuvor in der Scheune zugetragen hatte. Müde schlichen wir zum Haus und begannen, uns gründlich zu waschen. Danach machte ich mich an Großmutters Zimmer. Ich schrubbte mehrmals den Boden mit Seifenbrühe, um das geronnene und in die Dielen eingedrungene Blut zu beseitigen. Mit letzter Kraft brachte ich diesen Raum noch in Ordnung, sodass er unbewohnt und sauber wirkte. Pietro saß in der Küche vor einer neuen Flasche Wein. Gierig trank er sie bis zur Neige aus. Danach wankte er schweigend in sein Zimmer und legte sich auf sein Bett. Ich hörte sein leises Schluchzen, seine Selbstgespräche und seine Selbstbezichtigungen. Mich hatte alle Kraft verlassen und ich konnte ihn nicht trösten. Fast körperlich und seelisch am Ende, machte ich mich für meinen abendlichen Dienst im Hotel fertig. Ich fuhr, als sei nie etwas geschehen, von unserem Hof auf die Straße hinab. Der frische Abendwind kühlte meine heißen Wangen, und ich kam mir vor Übermüdung wie in einem Traum gefangen vor, sodass ich fast nichts um mich herum wahrnahm. Erst als ich am Hotel ankam, erwachte ich und riss mich eisern zusammen. Keinem würde ich gestatten, an mir eine Schwäche festzustellen. Ich sah aus wie immer und machte meine Arbeit wie immer. Aber in meinem Herzen nagte ein großer Schmerz. Es gab nun nur noch Pietro und mich. Alle anderen hatten uns, ohne dass sie es wollten, verlassen, und wir beide entfernten uns auch immer mehr voneinander. Keiner kannte unsere Not und konnte uns helfen. Meine Kraft musste für uns beide reichen.

Das Haus im Wald

Pietro und ich lebten ein stummes Leben, was bedeutete, dass ich in ihm keinen Gesprächspartner hatte. Obwohl Großmutter nicht mehr unter uns weilte, hörte ich im Geiste noch immer ihre herrische und böse Stimme. Ich roch sie geradezu an manchen Tagen, und in mir begann sich die Furcht zu regen, dass ihr ruheloser Geist für immer bei uns bliebe. Sie würde Rache nehmen wollen und uns so bis in alle Ewigkeit quälen. Wollte ich mit Pietro darüber sprechen, so nickte er nur zustimmend und in seine Augen traten Tränen. Ich hätte mir so gewünscht, dass er ein einziges Mal sein Inneres nach außen kehren würde, damit ich beginnen konnte, seine tiefen Wunden zu behandeln. Aber er konnte es nicht. Es lag nicht in seinem Wesen und ich erkannte, dass es ein Erbteil unserer Mutter war. Auch sie hatte sich stets verschlossen gezeigt und sich nur Vater öffnen können. Ich wiederum hätte mich so gerne einem anderen Menschen anvertraut. Aber weit und breit gab es keinen.

Nach einigen Wochen nahm ich mir ein Herz und durchsuchte Großmutters Zimmer. Viel fand ich nicht. Im Bettkasten hatte sie eine mittelgroße Blechdose versteckt, in der sich einstmals Gebäck befunden haben musste. Ich öffnete sie, und es fielen mir viele Briefe entgegen. Sie waren allesamt in Italien abgestempelt und kamen aus Portienza. Ich sortierte sie dem Datum nach und begann zu lesen. Keinen einzigen hatte ich jemals erhalten. Großmutter hatte sie einfach verschwinden lassen. So wusste ich zum Beispiel auch nicht, dass meine Großeltern mittlerweile verstorben waren. In Portienza hatte es in der Zwischenzeit jede

Menge Veränderungen gegeben. Gute und schlechte, wie es eben in Familien gang und gäbe ist. Ich nahm mir viel Zeit, um alles zu lesen und in mir aufnehmen zu können. Voller Zorn dachte ich an die böse, alte Frau, die dort draußen in der Scheune begraben lag. Warum hatte sie uns dies alles angetan? Ich wünschte ihr in diesem Moment einen besonders heißen Platz in der Hölle und schämte mich nicht eine Sekunde für meine schlimmen Gedanken. Pietro brauchte ich von diesen Briefen nichts zu erzählen. Ich wusste, dass es ihn nicht interessiert hätte. Er befand sich weit weg von normalen Eindrücken und Empfindungen.

Ich entschied, keinen Brief mehr nach Italien zu senden, denn meine engsten Angehörigen waren mittlerweile in alle Winde verstreut. Ich war der Ansicht, dass die von mir keinesfalls gewünschte und dennoch durch traurige Umstände erfolgte Unterbrechung unserer verwandtschaftlichen Kontakte nun für alle Zeiten Bestand haben sollte. Dass dies so gekommen war, hatte sicher auch sein Gutes. Vielleicht wären anderenfalls irgendwann Verwandte aus Italien bei uns erschienen. Was hätte ich ihnen bieten können? Mit einem ständig betrunkenen Pietro konnte ich gewiss keine Ehre einlegen. Ich schlug das Buch meiner Vergangenheit rigoros zu. Ganz unten in Großmutters Dose lagen noch ein paar Familiendokumente. Es waren Bescheinigungen und Sterbeurkunden von ihren Geschwistern und Eltern. Auch die Geburtsurkunde meiner Mutter war darunter. Ansonsten gab es keine Hinweise auf irgendwelche Familiengeheimnisse. Im Schlafzimmer von Vater und Mutter hatte ich damals nur unsere eigenen Dokumente gefunden. Ich legte alles in die Dose zurück und stellte diese wieder in ihr Versteck. Dort konnte sie ewig bleiben, ich mochte sie niemals mehr anfassen.

Zwischenzeitlich waren einige Monate vergangen. Pietro und ich lebten in einer seltsamen Zweisamkeit, in der ich voller Sorge feststellte, dass er immer mehr trank. Ich ahnte, dass ich ihn nicht heilen konnte und schämte mich dafür, dass ich es war, die ihm das Gift regelmäßig zuführte. Wenn es so weiter ging, würde auch er eines vorzeitigen Todes sterben. Trotz allem war ich sehr dankbar für die Tatsache, dass er ein ruhiger Trinker war und niemals ausrastete oder randalierte. Nach Großmutters Anfällen hätte ich dies nicht noch einmal ertragen können. Ich dankte Gott für meinen Arbeitsplatz im Hotel »Zur Linde«. Durch Pietros Sucht mussten wir nach wie vor auf vieles verzichten. Mittlerweile schämte ich mich, immer wieder meine alten Kleider zu tragen. Ich sah oftmals, wie mich Herr und Frau Mewes mit einem besonderen Blick musterten. Aber ich blieb eisern, denn wir durften nicht auffallen. Durch finanzielle Schwierigkeiten würde man uns vielleicht auf die Spur kommen. Noch war es unentdeckt geblieben, dass Großmutter nicht mehr unter uns weilte. Ich kassierte Monat für Monat deren Rente, die uns half, über die Runden zu kommen. Da wir unauffällig und weit draußen lebten, waren wir aus dem Gesichtsfeld der Menschen verschwunden. Sie hatten uns einfach vergessen. Darüber war ich sehr froh.

In unserer Nachbarschaft gab es seit einigen Jahren eine wunderschöne, große Waldhütte. Aus Neugierde war ich einmal daran vorbeigelaufen. Sie war aus dicken Holzstämmen gezimmert und hatte wunderbare Verzierungen. Alles vermittelte einen natürlichen, aber dennoch edlen Eindruck. So etwas Schönes hatte ich noch nicht gesehen. Gerne wäre ich in diese Hütte hineingegangen. Ich stellte mir im Geiste deren Innenleben vor und dachte neidvoll daran, wie glücklich die Menschen sein mussten, die darin wohnten.

Pietro und ich waren in vielerlei Hinsicht nicht verwöhnt. Unsere Eltern hatten uns in dem bescheidenen Bauerhaus großgezogen, und wir lebten immer noch mit denselben Dingen wie eh und je. Alles was ich betrachtete, machte einen verwohnten Eindruck. Couch und Sessel im Wohnzimmer hatten durchgesessene Dellen, und der Stoff war mit der Zeit blass und unansehnlich geworden. Fäden lösten sich immer mehr aus ihrer vorgesehenen Bahn. Wenn ich sie abschnitt, bildete sich ein kleines Loch, das leider immer größer wurde. Unsere Betten knarrten aus Altersgrün-

den. Die Schränke waren aus längst vergangener Zeit, so wie die Lampen und Nachtschränke. Auch unsere Wäsche trug den Makel eines langsamen Verfalls. Die Bettbezüge zeigten durch das jahrzehntelange unentwegte Waschen fast keine Farbe mehr und griffen sich schleierhaft dünn an.
Unsere Küche war total veraltet. Wir hatten keinen Elektroherd und auch keinen Kühlschrank, von einer Waschmaschine ganz zu schweigen. Ich nehme an, dass wir die allerletzten in unserem Lande waren, die fast so gar nichts von den wunderbaren Errungenschaften des modernen Lebens besaßen. Es hätte eines Wunders bedurft, um all diese Dinge anzuschaffen. Ich wusste, bei uns war die Zeit stillgestanden und nichts würde sich in den nächsten Jahren daran ändern. Mit meinen geringen Einkünften konnte ich gerade so unser tägliches Leben mit allen Verpflichtungen bestreiten. Großmutters Rente wurde für Pietro zu Wein. Ich wagte nicht daran zu denken, was wir täten, wenn unser Betrug eines Tages auffliegen würde. Ich betete zu Gott, dass er uns noch eine Weile beschützen möge.
Immer wieder dachte ich an das schöne Haus im Wald. Eines Tages saß ein Herr im besten Alter in einer eleganten Jagduniform an einem unserer Tische im Restaurant. Ich hatte ihn bislang noch nie gesehen. Herr Mewes sagte mir, dass dies der neue Jagdpächter sei, dem im Übrigen die Waldhütte gehöre.
Heimlich beobachtete ich den Mann. Er sah sehr gut und gepflegt aus und war nun unser nächster Nachbar. Regelmäßig kam er abends und nahm eine Mahlzeit ein. Insgeheim fragte ich mich, was ihn in unser nicht gerade gemütliches Restaurant trieb. Normalerweise interessierte ich mich nicht für unsere Gäste. Es war mir vollkommen gleich, wen ich zu bedienen hatte. In diesem Falle jedoch übte dieser fremde Mann auf mich eine gewisse Magie aus. Fast schien es mir, als habe tief in meinem Inneren etwas zu leben begonnen, das ich noch nicht kannte. Meiner Schätzung nach musste der Fremde vielleicht zwischen fünfunddreißig und vierzig Jahre alt sein. Wenn er seinen Jagdhut abnahm, kamen dunkle, wellige Haare zum Vorschein. Seine

Augen waren fast so schwarz wie die meinen. Die Form seines Gesichtes war harmonisch und seine Züge ebenmäßig, genauso wie seine Zähne. Er war ein gut aussehender Mann und wahrscheinlich ein Frauentyp. Wenn er mich zu seinem Tisch heranwinkte, begann mein Herz wie wild zu klopfen und ich errötete leicht. Mittlerweile war ich kein Teenager mehr und schämte mich insgeheim, so unerfahren und gehemmt zu erscheinen. Wo aber sollte ich den letzten Schliff erhalten haben? Mein Leben bewegte sich schließlich nur zwischen dem Hotel und unserem abseitigen Bauernhof. Andere jungen Frauen in meinem Alter hatten längst die Liebe gekostet und waren in die Welt hinausgekommen. Ich aber kannte nur Sorgen und lebte in einem Haus der Absonderlichkeiten. Normalität war für mich auch noch nach Jahren ein Fremdwort. Oftmals fürchtete ich mich davor, dass man mir mit der Zeit mein trauriges Leben ansehen würde. In der Toilette betrachtete ich mich im Spiegel und sah zu meiner Beruhigung das gleichmütige, wenn auch ernste Gesicht einer jungen Frau. Ich wirkte so durchschnittlich wie alle anderen. Es war mir ein besonderes Anliegen, dass keiner bemerkte, wie traurig und mühselig jeder Tag für mich war.

Unser neuer Gast gab mir jedes Mal ein überaus großzügiges Trinkgeld, das ich ihm mit einem zaghaften Lächeln belohnte. Ich bemerkte zu meiner Überraschung, dass sein Blick viele Male versonnen auf mich gerichtet war. Wenn ich an seinem Tisch vorbeilief, lächelte er mich stets an. Sobald ich abends das Hotel und meinen Arbeitsplatz im Restaurant betrat, bebte ich vor Aufregung. Sofort suchte ich mit den Augen nach ihm. War er nicht da, so fühlte ich mich sehr enttäuscht. Insgeheim schalt ich mich eine dumme Gans. Wie konnte ich annehmen, dass sich dieser elegante und wahrscheinlich reiche Mann für mich graue Maus interessierte! Bisher war ich keinem einzigen außer Peter Lohmeier als begehrenswert erschienen. Mein fröhliches italienisches Temperament hatte sich unter der übermäßigen Last meiner Tage verkrochen. Ich hatte das Lachen verlernt, allenfalls lächelte ich der Höflichkeit halber unseren Gästen zu. Meine Augen blieben dabei jedoch ernst und völlig unbeteiligt.

Es vergingen in diesem Gleichmaß wieder einige Monate. Der Fremde kam fast jeden Tag, aber er sprach niemals ein Wort mit mir. Dennoch sah ich, wie unverhohlen sein Interesse an mir in der Zwischenzeit gediehen war. Jeden Abend bemühte ich mich, für ihn ansprechend auszusehen. Ich wusch täglich meine rabenschwarzen Haare und bürstete sie, bis sie Funken sprühten. Meine Haut war durch die erwartungsfrohe Aufregung gut durchblutet, und ich sah plötzlich wie eine erblühte Rose aus. Im Stillen fragte ich mich, ob ich in diesen Mann verliebt war. In meinem Körper machte sich oftmals ein sehnsüchtiges Ziehen breit und ich musste mir eingestehen, dass ich etwas haben wollte, das ich noch nicht kannte. Wenn ich tagsüber an diesen Mann dachte, wurden meine Beine ganz schwach und ich ahnte, dass ich ihm, so er es wollte, wie eine reife Frucht in die Arme fallen würde. Ich spürte eine nie gekannte und unbedingte Bereitschaft in mir. Stets hatte Pietro an erster Stelle in meinem Leben gestanden. Nun aber verweilten meine Gedanken nur noch bei diesem fremden Mann und dessen Haus im Wald. Pietro spürte meine Veränderung trotz seines ständig umnebelten Geistes. Er wurde oftmals ungehalten und bösartig, wenn er spürte, dass ich ihn weit weniger beachtete als früher. Obwohl er nicht über die Maßen aufmerksam war, konnte er dennoch meinen Gefühlsaufruhr intuitiv in sich aufnehmen. Ich sah nicht mehr so oft nach ihm, wenngleich ich sein Alkoholdepot immer fleißig auffüllte.
Mein Leben hatte nun etwas Glanz erhalten. Ich fühlte mich in dieser Zeit so gut und voller Hoffnungen. Die übliche Tristesse meiner Tage wechselte sich nun immer mehr mit einem spannungsgeladenen Hochgefühl ab. Ich war mir zwischenzeitlich ziemlich sicher, dass ich mich in diesen Mann verliebt hatte. Bisher hatten sich unsere persönlichen Kontakte auf besondere Gesten beschränkt, aus denen sich jedoch bereits einiges erkennen ließ. Ansonsten sprach ich mit ihm nur so viel wie mit allen

anderen Gästen unseres Hauses. Ich wusste von diesem Mann nichts, genau wie er von mir nichts wusste. Dennoch war es bei mir wohl die Liebe auf den ersten Blick, die wie ein Blitz einschlägt und fortan ihre eigenen Regeln hat. So hoffte ich, dass er an irgendeinem Tage die Initiative ergreifen würde. Aber er tat es einfach nicht. Ich zappelte wie ein Fisch an der Angel. Die Blicke, die er mir zuwarf, hatten eine gewisse Tiefe, und ich konnte Wünsche darin erkennen. Es mussten die gleichen sein, wie ich sie verspürte. Ich war längst nicht von jener offenen Art und Raffinesse anderer junger Frauen meines Alters, um einen Mann zu umgarnen. Ich entschloss mich deshalb schweren Herzens und mit ein wenig Liebeskummer, der Sache von mir aus ein Ende zu bereiten, bevor überhaupt etwas geschehen war. Ich versuchte, meinem besonderen Gast künftig nur noch wenig Aufmerksamkeit zu schenken. Gleichgültig ging ich im Lokal an ihm vorüber. Höflich und sachlich servierte ich ihm sein Essen. Immer wieder sahen mich seine dunklen Augen fordernd an, und er lächelte wissend. Ich aber wandte mich schnell ab und ging meiner Arbeit nach. Eines Abends, es war kurz vor Weihnachten und es hatte leicht geschneit, empfing mich Herr Mewes bereits am Hauseingang. Er hatte einen Korb gepackt, den er mir reichte. Verständnislos sah ich ihn an. Herr Mewes meinte, es sei bei diesem Wetter zwar eine Zumutung, aber ich müsse wieder zurückfahren. Herr Förster aus dem Waldhaus benötige etwas zu essen, denn er habe sich den Fuß verstaucht und könne deswegen nicht kommen. Er, Mewes, sei derzeit leider ohne Fahrzeug. Einem guten Gast wie Herrn Förster müsse man diesen Gefallen tun.
Er bat mich inständig, ihm seinen Wunsch trotz des schlechten Wetters zu erfüllen. Damit sei im Übrigen mein Dienst für heute beendet. Mein Herz raste vor Freude und ich sagte ihm, dass es für mich keine Zumutung sei. Schnell verstaute ich den Korb auf meinem Gepäckträger und verabschiedete mich von Herrn Mewes. Dieser rief mir noch voller Erleichterung zu, dass er mir dieses Entgegenkommen bei Gelegenheit belohnen werde. Er wusste nicht, wie sehr er mich mit dieser Bitte beglückt hatte.

Ich trat wie eine Verrückte in die Pedale und begann plötzlich zu schwitzen.
Endlich sah ich durch die Zweige der Bäume das Licht des Hauses. Alles leuchtete hell und der Eingang war weihnachtlich geschmückt. Ich lehnte mein Fahrrad an die Hauswand und schüttelte den Schnee von meiner Mütze und meinem Anorak. Dann nahm ich den Korb und ging zur Haustüre. Ich drückte auf die große schmiedeeiserne Klingel, und wie durch Geisterhand öffnete sich sofort die Türe. Gerd Förster stand in legerer Kleidung vor mir und lächelte mich an. Er nahm mir den Korb ab und ich hoffte sehnlichst, dass er mich in das Haus bitten würde. Er tat es, indem er meinen Arm nahm und in der großen Diele meinen Anorak aufhängte. Ich schämte mich plötzlich meiner bescheidenen Kleidung. Schließlich waren Pullover und Hose schon einige Jahre alt. Aber es schien ihn nicht im Geringsten zu interessieren. Er schaute mir nur tief in die Augen. Ich errötete wie ein Schulmädchen und blickte zur Seite.
Seine warmen Hände umschlossen meine kalten. Ein heißer Strom durchfuhr meinen ganzen Körper. Er blieb vor mir stehen, und wir sahen uns an. Ich war so unsicher und wusste beim besten Willen nicht, ob ich weinen oder lachen sollte. Kein Wort kam über meine Lippen. Auch er sagte nichts. Wir sprachen stumm durch unsere Augen miteinander. In mir war ein Aufruhr von nie gekanntem Ausmaß. Angst, Sehnsucht und Liebe wechselten sich in Windeseile ab. Es war um mich geschehen, das wusste ich. Ich würde mich meiner ersten Liebe fügen.
Ehe ich mich versah, legte er seine Arme um meinen Körper, und seine Lippen begannen mich zu küssen. Erst war ich wie versteinert, aber als sein Mund immer verzweifelter versuchte, ein Echo zu finden, wurde alles an mir ganz weich, und mein Körper begann vor Sehnsucht zu zittern. Ich erwiderte zaghaft seine Küsse und spürte plötzlich seine Erregung. Zärtlich blickte er mich an und begann mir meinen Pullover über den Kopf zu ziehen. Er nahm meine Hand und führte mich in sein Schlafzimmer.

Ich erlebte nun die Liebe und eigentlich war ich viel zu aufgeregt, um alles richtig genießen zu können. Ich fühlte mich wie aus meinem Körper getreten. Die Zärtlichkeiten des Mannes taten mir gut und ich fühlte mich unendlich beschenkt. Als wir uns ermattet voneinander lösten, sagte er mir unglaubliche Liebesworte. Noch immer hatte ich eine große Scheu, ihn anzusprechen, obwohl wir uns gerade so nah gewesen waren. Er aber sprach davon, dass er schon lange in mich verliebt sei und mein heutiger Besuch in seinem Hause habe nichts mit einem Zufall zu tun. Seine Sehnsucht sei übermächtig gewesen. Ich antwortete ihm mit etwas spröder Stimme, dass es mir genauso ergangen sei.
Wir verbrachten die ganze Nacht miteinander und als ich im Morgengrauen aus dem Hause schlüpfte, übermannten mich plötzlich wieder die alten Sorgen und Ängste. Vor allen Dingen hatte ich Pietro einfach allein gelassen und hoffte, dass ihm mein nächtliches Ausbleiben nicht aufgefallen war. Als ich nach Hause kam, bemerkte ich zu meiner Beruhigung, dass er noch den Rausch des vergangenen Tages ausschlief. Mit jedem Tag mehrten sich meine innerlichen Bedenken, Pietro auf diese Art weiterleben zu lassen. Über Alkoholismus wusste ich nicht viel, aber mein logischer Verstand sagte mir, dass ein Mensch im Laufe der Zeit zwangsläufig daran zugrunde gehen musste. Ich entschloss mich wieder einmal, Pietro in einer seiner halbwegs normalen Phasen zu bitten, in eine Entziehungskur einzuwilligen. Im Hotel lagen oftmals Zeitschriften für unsere Gäste aus, und Herr Mewes erlaubte mir, sobald sie nicht mehr ganz aktuell waren, diese mit nach Hause zu nehmen. Dadurch erweiterte sich mein Horizont und ich staunte, wie wenig ich in den letzten Jahren vom Leben in der weiten Welt mitbekommen hatte.
Noch am selben Tage, nachdem Pietro aus dem Bett gekrochen war und lustlos in seinem Essen stocherte, machte ich einen derartigen Vorstoß. Still hörte er meinen Worten zu, doch ich vermutete, dass er von dem was ich sagte, nur wenig verstanden hatte. Er antwortete nicht, aber er sah mich mit seinen tief in den Höhlen liegenden, rot geäderten Augen unverwandt an.

Mit rauer Stimme fragte er plötzlich in die Stille hinein, ob ich ihn loswerden wolle. An eine derartige Auslegung meines Vorschlages hatte ich niemals gedacht. Ich liebte ihn und wünschte mir, dass er noch lange bei mir leben würde. Erschrocken sah ich in sein Gesicht, welches sich plötzlich voller Schmerz und Verzweiflung verzogen hatte. In seinen Augen glitzerten Tränen. Ich nahm über den Tisch hinweg seine Hand und sagte ihm, dass er die wichtigste Person in meinem Leben bliebe. Ein menschenwürdiges Leben führen zu können sei doch eines der erstrebenswertesten Ziele und gerade deshalb bedeute eine Entziehungskur die allergrößte Chance.

Pietro schüttelte daraufhin müde den Kopf und sagte leise, dass der Alkohol nur einen Teil seines Lebens ausmache. Viel schwerer wiege seine Schuld. Er habe Vater, Mutter und Großmutter umgebracht. Für diese Last gebe es auf dieser Erde keine Entziehungskur. Ich solle alle meine Pläne einfach vergessen und ihm helfen, seiner Sucht bis zum bitteren Ende gerecht zu werden. Ich wusste, dass dies der einfachste Weg für Pietro, aber für mich der schwerste war.

Noch immer hielt ich seine magere, große Hand in der meinen und betrachtete seinen schmalen gebeugten Körper. Pietro hatte noch gar nicht gelebt. Ich wusste nicht, ob er überhaupt Freude empfinden konnte. Fröhlich und unbeschwert lachen gesehen hatte ich ihn das letzte Mal auf unserer so tragisch geendeten Fahrt nach Italien. Dann niemals wieder. Gerne hätte ich ihn so vieles gefragt, aber er verweigerte sich mir. Wir waren zusammen und doch getrennt. Ich konnte diesen Gedanken fast nicht mehr ertragen. Viele Nächte weinte ich in meine Kissen und wusste gar nicht, was ich zuerst beweinen sollte. Es gab in unserem Leben ein Übermaß an Schmerz. Dennoch taten mir diese Gefühlausbrüche gut, und ich fühlte mich morgens etwas befreiter.

Nun aber hatte ich Gerd Förster kennen und lieben gelernt. Wir verabredeten uns fast jeden Tag in seinem Haus im Wald. Es lag schließlich nur ein Katzensprung von unserem Hof entfernt. Spät in der Nacht fuhr ich nach meiner Arbeit stets mein Fahrrad in die Scheune und lief zu ihm. Ich fühlte keine Furcht, denn ich war beseelt von einer grenzenlosen Sehnsucht. Plötzlich erschien mir alles leicht, und auch mein Leben kam mir nicht mehr so beschwerlich vor. Gerd wartete in seiner Küche auf mich, und wir nahmen gemeinsam einen späten Imbiss zu uns. Dann liebten wir uns bis in die Morgenstunden. So ein Glück hatte ich noch nie erlebt. Nach und nach sah ich nun, wie wunderbar dieses Haus eingerichtet war. Alles vermittelte eine gemütliche Ländlichkeit, ohne kitschig zu wirken. Ich fühlte mich dort zutiefst zu Hause und träumte davon, für immer hier leben zu können. Gerd erzählte mir, dass er vor zwei Jahren bei einem Segelunfall seine Frau verloren habe. Sie hatten keine Kinder gehabt. Er sprach mit großer Hochachtung und Liebe von dieser Frau, deren großes Foto an der Wand hing. Ich ähnelte ihr in gewisser Weise, und in mir keimte der Verdacht, dass Gerd sich vielleicht durch mich im weitesten Sinne seine Frau zurückholen wollte. Wenn es so war, so hätte ich es nicht ertragen, aber ich verbot mir diesen Gedanken.

Gerd Förster war in unserer Kreisstadt ein bekannter Psychotherapeut und Psychiater und führte eine große Praxis. Meinerseits hatte ich jedoch noch niemals von diesem Arzt gehört. Nach dem Tode seiner Frau fuhr er täglich nach Feierabend in sein Waldhaus, um sich entspannen zu können. Am frühen Vormittag wurde er wieder in seiner Praxis erwartet. Wir hatten also lediglich die halbe Nacht und die ersten Stunden des frühen Morgens für uns. Sein Abendbrot nahm er, um mir nahe zu sein, nach wie vor im Hotel »Zur Linde« ein. Ich bediente ihn unauffällig in der gleichen Art wie immer, und so bemerkte keine Menschenseele unser inniges Verhältnis. Es war eine wunderbare Zeit, und ich hätte alles darum gegeben, sie festhalten zu können. Gerd verwöhnte mich mit allen möglichen Luxusgütern. Er schenkte mir Schmuck und Kleidung. Geld allerdings nahm ich nicht an. Ich duldete, dass ich für meine Liebe beschenkt wurde, bezahlt werden wollte ich jedoch nicht. Mein alter, fast blinder Spiegel im Mittelteil meines wackligen Kleiderschrankes sagte mir, dass ich mich verändert hatte. Meine nunmehr in der Tat verführerischen Formen zusammen mit meinen ausgeprägten südländischen Zügen hätten einem Filmstar zur Ehre gereichen können. Gerd machte mir immer wieder Komplimente und ich hörte es so gerne.

Dennoch erzählte ich ihm nichts von meinem Leben, und er fragte auch kaum danach. Nach einer längeren Zeit störte mich dieses Verhalten ein wenig, denn ich hätte erwartet, dass auch Gerd alles von mir wissen wollte. Er machte keinerlei Andeutungen darüber, wie es mit uns weitergehen würde. Wie eine Waldfee war ich in sein Haus geschneit, und er hatte dieses Wesen hereingelassen, wohl wissend, dass es nur ein Abenteuer sein würde. Leider wusste ich wenig von der Liebe und legte in dieses Wort alle Ehrlichkeit der Welt. Später wurde mir klar, dass eine körperliche Anziehungskraft nichts mit Tiefe zu tun haben musste. Wenn die Körperlichkeit ausgereizt war, dann konnte alles zu Ende sein. Das waren Dinge, die ich noch lernen musste. Es war geradezu lächerlich, dass ich in meinen fortgeschrittenen Jahren noch immer mit so viel Naivität gesegnet war. In dieser Zeit mit Gerd verbot ich mir jeden trüben Gedanken und jede Einschränkung, was meine Liebe betraf. Ich wünschte mir zwar, dass es immer so bleiben möge, doch hatte ich die Wandelbarkeit des Lebens längst erkannt.

Pietro wusste nichts von meinem geheimen Leben. Er sah auch die schönen Dinge nicht, die sich in meinem Zimmer befanden und so gar nicht in diese bescheidene Umgebung passten. Seine Götter waren die Flaschen. Sie lagen tagtäglich immer griffbereit neben seinem Bett. An manchen Tagen konnte ich ihn nicht dazu bewegen, in die Küche zu kommen, um etwas zu essen. Dann schrie ich ihm in meiner Not oftmals laut entgegen, dass er ohne Essen sterben werde. Das sei die beste Lösung, sagte er dann stets mit einem leisen Lachen. Ich kam immer weniger an ihn heran und wusste tatsächlich nicht, wie seine Welt aussah, die sicherlich mit großer seelischer Pein gepflastert war. Dennoch bemerkte ich, dass der Alkohol ein gnädiger Freund für

Pietro war, denn er führte ihn immer wieder in das Land des Vergessens. Ich war in der Lage, meinen Bruder zu verstehen, aber helfen konnte ich ihm nicht. Dieser Gedanke nagte Tag und Nacht an mir. Selbst während meiner Liebesstunden mit Gerd musste ich daran denken.

An manchen Tagen verspürte ich den Drang, Gerd von Pietro zu erzählen. Schließlich verstand er etwas von den desolaten Seelenzuständen der Menschen. Vielleicht hätte er ihm helfen können. Aber ich konnte ihm meinen verwahrlosten Bruder unter keinen Umständen zeigen. Deshalb war es gut, dass Gerd niemals auf unseren Hof zu sprechen kam. Mein Umfeld interessierte ihn in keiner Weise.

Pietro wusch sich nur widerwillig, und wenn ich ihm wieder einmal die Haare schneiden wollte, wehrte er sich energisch. Sein Körper dünstete einen strengen Geruch aus und seine ständige Alkoholfahne tat ihr übriges. Oftmals verschmutzte er das ganze Zimmer mit Erbrochenem. Ich musste mich sehr zusammennehmen, um meine eigene Übelkeit beim Reinigen zu überwinden. Dann begann ich mit ihm zu schimpfen, doch er lachte mich auf eine schauerliche Art und Weise aus. Es war eigentlich kein Lachen, sondern der Schrei eines Menschen, der sich aus seinem schrecklichen Gefängnis nicht befreien kann.

Ich musste einfach alles so lassen wie es war und betete inbrünstig zu Gott, mir diese schöne Zeit, die ich nun mit Gerd verlebte, nicht wegzunehmen. Ich wollte weiterlieben und ein kleines Stück von dem großen Kuchen des Glücks behalten. Gerd verwöhnte mich in gewisser Weise und freute sich stets auf mein Kommen. Ich wusste längst, dass er nicht mehr zu heiraten gedachte. Diese Aussage gehörte zu den ersten Dingen, die er mich wissen ließ. Weitere folgten, um nicht eine Nähe zwischen uns aufkommen zu lassen, die möglicherweise meinerseits weitergehende Wünsche ins Spiel gebracht hätte. Es gab also eine Wand, die auch die intimsten Liebesstunden nicht niederreißen konnten. In dieser Hinsicht war ich machtlos und unerfahren. Ich wusste nicht, wie man mit einem Liebhaber umging. Gerd wiederum hatte mit mir leichtes Spiel. Als einziges Zugeständnis hatte er mir ganz am Anfang unserer Beziehung Bilder seines Hauses und seiner Praxis in der Stadt gezeigt. Auch sein Ferienhaus auf Ibiza kannte ich. Die Menschen auf den Fotos waren durchweg mit Schönheit und Eleganz gesegnet. Hier war die bessere Gesellschaft unter sich.

Gerd hielt mich versteckt und ich konnte sicher sein, dass außer uns beiden kein Mensch von unserem Verhältnis wusste. Zwar war ich zwischen Kränkung und Erleichterung ständig hin und her gerissen, dennoch war ich letzten Endes mit dem derzeitigen Stand der Dinge zufrieden. Wir vermieden es zum Beispiel, gemeinsam aus dem Haus zu gehen oder uns davor zu zeigen. Morgens, wenn ich mich verabschiedete, trat er erst einmal allein aus der Türe, um zu sehen, ob die Luft rein war. Es hätte ja durchaus sein können, dass ein Förster oder Waldarbeiter zu dieser frühen Stunde den Weg entlang gingen. Ich war also sein Geheimnis, doch immer weniger wollte ich verstehen, warum ich es bleiben musste.

Meine Liebe zu ihm war so tief, dass es mir im Herzen beinahe wehtat. Was er empfand wusste ich nicht. Zwar sprach er zärtliche Worte in unseren Liebesstunden, sodass ich mir ein Herz fasste und ihm meine Liebe gestand. Darauf erhielt ich keine Antwort, sondern er lächelte nur auf mich herab. Ich war für ihn nicht jene Frau, die ich so gerne sein wollte. In seinem Herzen blieb ich nur ein blasser, ferner Stern. Meine einnehmende Art, die alles begehrte, machte mich wütend. Warum konnte ich nicht ganz einfach mit dem Gebotenen zufrieden sein?

Einstmals war ich Bambina gewesen, und mein über alles geliebter Vater hatte mir immer wieder seine Liebe versichert. Ich hatte in dieser Liebe eine so große Geborgenheit und Wärme gefunden, dass meine diesbezügliche Sehnsucht nun bei Gerd ihre Erfüllung suchte. Ich wollte, wenn auch auf eine andere Art, wieder jene Bambina für einen Menschen sein. Wie hatte ich nur Gerd mit meinem Vater vergleichen können? Ich hatte einen Liebhaber, der mich als Frau lieben und nicht eine Vaterrolle übernehmen wollte. In dieser Hinsicht spürte ich wieder meine Verlorenheit in diesem Leben und wusste, wie dumm meine Gedanken waren. Ich hatte Gerd erzählt, dass ich früher immer Bambina gerufen worden war. Ihm erschien dieser Name zu romantisch, wenn nicht gar kindisch. Er meinte, mein eigentlicher Name Anna-Maria stünde mir weitaus besser. Ich bereute, dass ich mit ihm darüber gesprochen hatte.

In der letzten Zeit hatte ich Großmutter fast vergessen. Seit jenem denkwürdigen Tag, als Pietro und ich sie in der Scheune begraben hatten, hatte ich diese Stelle nicht mehr aufgesucht. Ein leichter Schauder lief mir stets über den Rücken, wenn ich mein Fahrrad aus gutem Grunde ganz am Eingang der Scheune deponierte. Jedes Mal vermeinte ich wieder jenen süßlichen Leichengeruch zu riechen. Es konnte jedoch nicht sein, und meine Fantasie spielte mir wahrscheinlich einen schlechten Scherz.

Großmutters Rente floss noch immer und kein Hahn krähte danach. Dennoch kam mir eines Tages in den Sinn, dass der Hof eigentlich noch meiner Großmutter gehörte. Aus Hass auf meinen Vater hatte sie ihn niemals auf meine Mutter überschreiben lassen. So konnte es in der Zukunft gut sein, dass man eines Tages nach meiner Großmutter forschen würde. Da Pietro und ich keinerlei Recht auf diesen Hof hatten und Lotte Jakobi offiziell noch lebte, könnte es zu größeren Verwirrungen kommen.

Ich hoffte, dass noch eine lange Zeit vergehen würde, bis man auf Großmutters lebendige Anwesenheit Wert legen würde. Es war schon wundersam, dass alles in dieser Hinsicht so glatt lief. Wir hatten Großmutter nicht ermordet, denn es war mehr oder weniger ein Unfall, der aus purer Notwehr geschehen war. Dennoch hatten wir es unterlassen, den Vorfall den Behörden zu melden und sie stattdessen einfach in der Scheune verscharrt. Außerdem betrogen wir den Staat nach wie vor um viele unrechtmäßige Rentenzahlungen. Wir würden dafür sicher bestraft werden. Verkörperte Pietro für mich nicht schon jenes unsägliche Damoklesschwert, das ständig drohend über mir schwebte, so tat es meine tote Großmutter nun ebenfalls.

Ich wagte nicht, mit Gerd über diese Dinge zu sprechen. Einmal begann ich zaghaft auf dieses Thema zuzusteuern. Ehe ich jedoch zur Sache kommen konnte, wandte er sich irgendwie uninteressiert ab. Er spürte nicht, wie wichtig mir diese Beichte gewesen wäre, denn ich hatte die Hoffnung, dass er mich vielleicht verstehen und trösten könnte. Aber er wollte anscheinend von meinen Problemen nichts hören, geschweige denn von meinem Leben generell. Es schien ihm relativ gleichgültig zu sein. Trotzdem wollte ich um jeden Preis die Stunden mit Gerd auskosten. Wenn wir uns auf Liebesstunden und allgemeine Dinge beschränkten, schienen wir ein Herz und eine Seele zu sein. Wir waren fröhlich und taten meistens das, von dem alle Verliebten nicht genug bekommen konnten. Ich sah, dass Gerd die Leichtigkeit des Lebens liebte. Auch ich fand die Liebe einfach grandios. In diesen Stunden verloren alle meine inneren Stimmen ihre Sprache.

Wenn das Telefon klingelte, nahm es Gerd stets mit in ein anderes Zimmer. Ich versuchte ab und zu einmal zu lauschen und stellte fest, dass es sich zum größten Teil nicht um dienstliche Gespräche handelte. An seiner Stimmlage konnte ich recht gut erkennen, dass sich am anderen Ende der Leitung wohl eine Frau befand. Es waren zärtliche Worte, die er sprach und ab und zu lachte er scheinbar glücklich auf. In meinem Herzen wütete eine große Eifersucht, weil ich die Einzige für ihn sein wollte. Ich wusste, dass ich noch lange nicht erwachsen und noch immer nicht im wirklichen Leben angekommen war. Meinem untrüglichen Gefühl zufolge gab es noch andere Frauen in seinem Leben.

Die Heimlichkeiten mit mir waren für ihn wohl von besonderem Reiz und das Salz in der Suppe. Wie gerne hätte ich einmal einen Blick in die Zukunft gewagt. Was würde sie uns beiden bringen? Unsere Gespräche drehten sich in den meisten Fällen um Nichtigkeiten. Gerd formulierte seine Gedanken immer sehr ausgewogen und ich bemerkte, dass er zwar sprach, aber im Grunde seine persönlichen Dinge aussparte. Von seinem Leben und seinen Wünschen gab er nichts preis.

Später, als alles vorüber war, erinnerte ich mich wie erwachend an das, was wir gesprochen hatten und stellte nun fest, dass ich über lange Monate mit einem konsequenten Missverständnis gelebt hatte. Es war ein Wechselbad der Gefühle, in dem ich mich ständig befunden hatte. Ich wusste, dass ich meine Erfahrungen in Liebesdingen machen musste, so schmerzlich sie auch sein würden. In meinem so allmählich begonnenen Reifeprozess vermutete ich zum Beispiel, dass an irgendeinem namenlosen Tag unsere Liaison zu Ende sein würde. Es war so ein bestimmtes Gefühl in mir, das sich vorerst jedoch durch die Zerrissenheit meines Lebens nur unklar und in einem diffusen Licht darstellte. Nach Jahren der Armut und dem abgeschiedenen Leben auf unserem Hof hatte sich mein Selbstbewusstsein in einem Meer von Selbstzweifeln aufgelöst. In vielen Dingen blieb mir mein Geliebter fremd und oft kam es mir vor, als schlüge ich immer wieder ein unbekanntes Kapitel in einem Buch auf. Ich sehnte mich so sehr nach Kontinuität, nach Verlässlichkeit und wollte keine Fremdheit in unserer Beziehung zulassen. Ich fühlte das Bedürfnis, nicht nur körperlich mit Gerd eins sein zu wollen, sondern auch in der Seele. Aber es trennten uns Welten und ich war dafür dankbar, dass er mich in seiner Verliebtheit so nahm wie ich war. Wahrscheinlich würde ich ihm nie genügen. Zwar war ich durch mein hartes Leben in den letzten Jahren sehr stark geworden, dennoch wusste ich nicht, wie es sein würde, wenn wir uns trennten. Vorerst schob ich diese trüben Gedanken beiseite, lebte und zehrte von jedem neuen Tag. Niemals habe ich mehr im Heute existiert als damals. Wenn ich Gerd am Morgen verließ, dachte ich nur noch an den Abend, und jede Stunde ohne ihn erschien mir unendlich lang. Er war die erste und vielleicht vorerst letzte Liebe in meinem Leben, denn schon zogen wieder dunkle Wolken am Horizont herauf.

Verblühte Blume Liebe

Lange Zeit hatte ich nicht mehr an Peter Lohmeier gedacht. Der Grund war, dass er bereits seit Monaten nicht mehr selbst mit seinem Verkaufswagen kam. Durch einen Unfall hatte er sich einen komplizierten Beinbruch zugezogen, sodass sein Cousin Max die Kundschaft anfahren musste. Darüber war ich sehr erleichtert, denn das Gefühl, dass er etwas von unserem Geheimnis in der Scheune ahnte, konnte ich niemals mehr ganz abschütteln. Am liebsten wäre es mir gewesen, ihn gar nicht mehr sehen zu müssen. Dies war leider ein Wunsch, der sich nicht erfüllte. An einem Frühlingstag fuhr der Wagen wie gewohnt auf unseren Hof und zu meinem Erschrecken winkte mir ein strahlender Peter Lohmeier entgegen. Etwas langsamer als gewöhnlich sprang er aus dem Fahrzeug. Mit dem rechten Bein hinkte er ein wenig und er erklärte mir, dass dies vielleicht so bleiben würde. Mit einem breiten Lächeln fragte er, ob ich dies als abstoßend empfände. Ich verstand seine Frage im ersten Moment nicht richtig und meinte, dass es doch unwichtig sei, ob mich seine Behinderung störe oder nicht. Er sah mich mit blitzenden Augen an und meinte, dass wir vielleicht heiraten sollten. In den langen Monaten im Krankenhaus habe er ständig daran denken müssen. Ich sei für ihn die richtige Frau. Vor allen Dingen könne ich zupacken, das habe er bemerkt. Über diesen unerwarteten und für mich völlig absurden Heiratsantrag war ich zutiefst erschrocken. Was sollte ich ihm antworten? Er war mir so gleichgültig wie ein Stein am anderen Ende der Welt. Eine Ehe mit Peter Lohmeier konnte ich mir beim besten Willen nicht vorstellen. Die Liebe, die ich mit Gerd Förster lebte, war meine Erfüllung. Ich stellte mir plötz-

lich vor, wie Peter wohl nackt aussehen würde und fror bei dem Gedanken, dass ich nach einer Heirat seine Berührungen legalisiert zulassen müsste. Plötzlich verspürte ich den Wunsch, so schnell wie möglich meinen Einkauf zu beenden. Als ich bezahlen wollte, legte Peter seinen Arm um mich.
Zutiefst erschrocken wich ich zurück. Ich reichte ihm einen Geldschein und rannte mit meiner schweren Tasche ins Haus. Er schrie mir nach, dass ich noch Geld zurückbekäme. Aber ich schlug einfach die Haustüre zu. Im Flur ließ ich mich erschöpft auf der untersten Stufe unserer Holztreppe nieder. Was wollte dieser Mann von mir? Konnte er mich denn nicht in Ruhe lassen! Aber dann dachte ich mit Schaudern an unser Geheimnis in der Scheune. Unter Garantie würde Peter irgendwann diesen Joker ziehen.
Es dauerte eine weitere Woche, bis ich seinen Wagen wieder hupend auf unseren Hof fahren sah. Genau zwei Tage früher als gewöhnlich. Ich wusste, er würde mich wieder bedrängen. Müde ging ich auf ihn zu. Breitbeinig stand er an der Fahrertüre und erwartete mich. Ich sagte kühl und beiläufig, dass er sich wohl im Termin geirrt habe, denn er sei zwei Tage zu früh. Darüber lachte er und meinte, mein Einkauf interessiere ihn heute nur zweitrangig. Er wolle sich erst einmal erkundigen, was aus unserem Erdloch in der Scheune geworden sei. Ich spürte, dass mein Gesicht plötzlich feuerrot anlief. Dadurch erkannte er mit Sicherheit, dass mir diese Frage sehr unangenehm war. So ruhig wie möglich antwortete ich ihm, dass wir die Erde nun doch nicht benötigt hätten. Unsere Planung sei aus Zeitgründen nicht zu realisieren gewesen. Grinsend machte sich Peter unverzüglich auf den Weg zur Scheune. Zuerst wollte ich ihn an seiner Jacke zurückhalten, dann aber entschloss ich mich, ihn gehen zu lassen.
Er riss das Scheunentor auf, und Licht fiel in die staubige Dunkelheit. Vor Aufregung meinte ich plötzlich, wieder jenen schrecklichen Leichengeruch wahrzunehmen. Übelkeit breitete sich in mir aus. Dennoch nahm ich mich zusammen und sah ihm bei seiner Suche zu. Eilig durchmaß er die Scheune von einem Ende zum

anderen und musste feststellen, dass es kein Loch mehr gab. Er drehte sich um und fragte, wo es sei. Ich zuckte gleichgültig mit den Schultern. Dann stieß er mit seinem gesunden Bein gegen die übereinander gestapelten alten Strohballen. Wegen ihrer Trockenheit war es ein Leichtes, sie umfallen zu lassen. Sie purzelten einfach nach allen Seiten in die Scheune. Ein Strohballen fiel uns plötzlich vor die Füße, und ich stellte mit Grauen fest, dass an einem Teil des Strohs noch Großmutters Blut klebte. Es hatte eine schwarze Farbe angenommen, aber nur wer Böses dachte, würde vielleicht darauf kommen.

Peter nahm sich nun den Ballen vor und untersuchte eingehend die dunklen Stellen. Dann sah er mich an und fragte ironisch, wen wir hier geschlachtet hätten, es sei doch Blut an diesem Stroh. Seine Worte, die in der fast leeren Scheune seltsam hohl und bedrohlich klangen, erregten mich über die Maßen und meine Stimme klang ungewohnt hell und brüchig. Ich sagte ihm, dass wir früher immer Schweine geschlachtet hätten, und wenn es sich auf dem Stroh überhaupt um Blut handele, dann könne es nur aus jener Zeit stammen. Es gäbe keine andere Erklärung. Nun nahm er sich die Strohballen auf Großmutters Grab vor. Er lachte und meinte, dass unser Geheimnis bald auch seines wäre. Seine Worte hörten sich irgendwie spaßig an, dennoch wusste ich, dass alles, was nun geschah, bitterer Ernst war. Am liebsten wäre ich in diesen Minuten zu Großmutter ins Grab gesunken. Irgendwie beruhigte mich aber der Gedanke, dass man ohne eine genauere Untersuchung nicht erkennen würde, dass sich an den herumliegenden Strohballen tatsächlich Menschenblut befand. Aber wenn es Peter auch heute nicht feststellte, so würde er künftig nicht rasten und ruhen, bis er das Rätsel gelöst hatte. Die Erde auf Großmutters Grab war noch immer locker, und Peter versank plötzlich mit seinem Schuh an der einen oder anderen Stelle. Sein spöttischer Blick sprach Bände.

Innerlich aufgewühlt und wütend fragte ich mich, was diesen fremden Mann unsere Angelegenheiten angingen. Mit welchem Recht suchte er vor meinen Augen nach Dingen, mit denen er mich gefügig machen wollte? Noch immer stocherte er mit seinem Schuh in der Erde herum und ich erkannte, dass er fieberhaft nachdachte. Ich ging auf ihn zu und forderte ihn mit erregter Stimme auf, dass er die Scheune verlassen solle. Wir hätten nämlich nichts zu verbergen. Es sei unser Grundstück, und kein anderer habe dort grundlos herumzuschnüffeln. Noch immer grinsend sagte Peter nun, dass es für ihn schon einen Anlass gäbe, einmal nachzusehen, was bei uns bei Nacht und Nebel geschähe. Er erinnere sich genau an diesen heißen Tag, als er das große, tiefe Loch vorgefunden habe. Vor allen Dingen säße ihm noch heute dieser widerliche Geruch in der Nase. Nach seiner Meinung müsse es Leichen- oder Kadavergeruch gewesen sein. Ich lachte ihn hysterisch aus und schalt mich innerlich eine Närrin, dass mich dieser schreckliche Mann derart in die Enge treiben konnte.

Plötzlich schnappte er mich und umklammerte mit seinen Armen meinen Körper wie mit einem Eisengürtel. Ich war nun völlig außer Gefecht und konnte mich nicht wehren. Sein Mund legte sich auf den meinen, und mit seiner Zunge versuchte er ihn zu öffnen. Ekel kroch in mir hoch. In diesem Moment dachte ich an Gerd Förster und daran, wie gern ich ihn roch und seine Lippen spürte. Dieser Mann aber dünstete einen animalischen Geruch aus, ein Zwischending aus Schweiß und ungewaschener Kleidung. Er atmete plötzlich schwer und ich wusste, dass dies für mich nichts Gutes verhieß. Ich musste von ihm loskommen, um mit ihm am Ende nicht noch in diesem Stroh zu landen.

Erst beabsichtigte ich, mit meinem Knie zwischen seine Beine zu stoßen. Dann aber entschied ich mich für die weniger brutale Komponente und biss ihm leicht auf seine in meinem Mund unentwegt rotierende Zunge. Er stöhnte vor Schreck auf und ließ mich los. Ich rannte so schnell meine Beine mich trugen aus der Scheune, blieb jedoch an seinem Wagen stehen. Ich durfte ihn nicht völlig verärgern, sondern musste so tun, als sei mein Verhalten nur ein neckischer Spaß gewesen. Schnaufend folgte er mir und drohte mir mit seiner Faust. Dann aber ging wieder

ein Lachen über seine Züge und er kündigte an, dass er mich irgendwann doch noch bekommen werde. Wenn nicht, werde er das Loch in der Scheune öffnen. Peter begann also, mich zu erpressen und ich wusste, dass ich alles tun musste, damit unser Geheimnis nicht ans Licht kam.
Ich hatte mir diesen widerlichen Geruch damals also nicht eingebildet. Großmutter war an einem ungewöhnlich heißen Tag gestorben. Sie lag, genau genommen, fast noch zwei Tage, nur in eine dünne Couchdecke eingewickelt, an der Luft, und der Zersetzungsvorgang hatte wahrscheinlich längst begonnen. Peter Lohmeier wusste also ganz genau, wovon er sprach. Dennoch konnte ich nicht glauben, dass er tatsächlich annahm, dass wir möglicherweise einen Menschen in jenem Loch verbuddelt hatten. Außerdem wusste er nichts von Großmutter. Er hatte sie niemals zu Gesicht bekommen. Vielleicht dachte er, dass wir heimlich wilderten und einen Teil der Tierkadaver in der Scheune vergruben. Ich musste unbedingt erfahren, mit welchen Gedanken er umging. Als Peter Lohmeier von unserem Hof fuhr, ließ ich mich ermattet auf die Stufen unserer alten Steintreppe fallen und blickte ratlos auf meine Schuhe. Ich wusste, dass er bald wiederkommen würde und fragte mich, was dann geschähe.
Einen Tag und eine Nacht sann ich über eine Lösung nach. Es fiel mir nichts ein. Ich hätte mir gewünscht, dass Peter aus irgendeinem Grunde niemals mehr zu uns kommen würde. Aber das schien ausgeschlossen. Ich konnte nichts mehr ungeschehen machen. Großmutters Tod und Peters Misstrauen gehörten fortan untrennbar zu meinem Leben. Ich musste eine Entscheidung treffen. Mit Pietro darüber zu sprechen würde sinnlos sein.
Wenn Peter Lohmeier mich immer weiter erpresste, würde ich ihn der Not gehorchend heiraten müssen. Der Gedanke daran ließ mich frösteln. Aber dann redete ich mir wider besseres Wissen ein, dass er an und für sich vielleicht doch kein so übler Mensch wäre. Er hatte freundliche Augen, schien arbeitsam und ehrlich zu sein. Im Hinblick auf meine Verheiratung erhoffte ich mir auch einen ganz persönlichen Vorteil. Ich lebte in der Erwartung,

dann nicht mehr im Hotel arbeiten zu müssen. Vielleicht konnte ich mich dadurch wieder mehr Pietro widmen. Aber Pietro war der nächste Stolperstein. Ich musste Peter Lohmeier unsere Situation erklären. Sicher würde er aus allen Wolken fallen. Er hatte meinen Bruder, der so gut wie nie vor die Türe ging, noch nicht kennen gelernt. Was würde er wohl über einen Trinker in seiner neuen Familie sagen? Ich konnte es mir im Geiste bereits ausmalen. Aber ich wusste, dass ich für Peter Lohmeier nicht allein des Pudels Kern war. Er dachte vor allen Dingen an unseren Hof, den er immer wieder eingehend besichtigen würde. Hier existierten in seinem Kopf irgendwelche Pläne, die ich noch nicht kannte. Verliebt war er sicher nicht in mich.

Die heimlichen Treffen mit Gerd Förster hatten für mich in zunehmendem Maße etwas Unrealistisches. Einerseits kamen sie mir vor wie ein Märchen, andererseits fühlte ich so etwas wie Abschiedsschmerz. Ich wusste, dass Gerd Förster mich niemals heiraten würde, deshalb hatte ich mich der Not gehorchend für Peter Lohmeier entscheiden müssen. Längst waren die Nächte im Waldhaus nicht mehr Glück pur. Gerd bemerkte meinen inneren Aufruhr nicht. Er genoss, was ich ihm so freizügig bot. Meine erste große Liebe würde nun ohne Happyend bleiben. Ich erkannte mit der Zeit, dass ich für Gerd Förster nicht mehr als eine unbedeutende Affäre am Rande seines Lebens war. Diese Erkenntnis wog sehr schwer, denn meine Gefühle ließen sich nicht auf Knopfdruck ausschalten. Die Freude, die ich in der letzten Zeit so oft und tief verspürt hatte, erlosch immer mehr, und wenn ich wieder zu Hause war gab ich mich meinen dunklen Gedanken hin. Es schien mir nicht gegeben, einmal für eine lange Zeit glücklich zu sein. So weinte ich nachts oftmals in meine Kissen und entschied, so lange es möglich war, zu Gerd in das Waldhaus zu gehen. Insgeheim hoffte ich, dass er eine Trennung inzwischen vielleicht doch nicht mehr zulassen würde. Ich träumte sogar von noch viel mehr. Dann könnte mir Peter Lohmeier gestohlen bleiben. So schlich ich nach Feierabend, tief in der Nacht, wieder zum Haus am Wald. Es überraschte mich, dass ich keinen Lichtschein sah. Gerd Förster empfing mich nicht in der gewohnten Weise an der Haustüre. Mein Herz klopfte zum Zerspringen. Was war geschehen? Ich betätigte mehrmals die Klingel. Aber es blieb ruhig und dunkel. Ich ging verstört um das ganze Haus herum. Er war nicht da, und er hatte auch keine Nachricht für mich hinterlassen. Ich ahnte vage, was dies bedeutete. Mit meiner Taschenlampe den Weg beleuchtend, rannte ich mit vor Enttäuschung tränennassen Augen zu unserem Hof zurück. Ich schloss die Haustüre auf und warf mich mit der Kleidung auf mein Bett. Es verbitterte mich maßlos, dass mich Gerd wie eine verliebte Hündin vor der Türe stehen ließ. Ich erkannte wieder einmal meinen niederen Stellenwert.

Jeden Abend ging ich nun mit einer gewissen Erwartung zur Arbeit. Der Platz von Gerd Förster blieb im Restaurant jedoch auch weiterhin leer. Mein Geliebter hatte sich von heute auf morgen in Luft aufgelöst. Ich fragte Herrn Mewes, warum Herr Doktor Förster in der letzten Zeit nicht mehr käme. Er sagte mir, dass dieser das Haus im Wald verkauft habe und künftig wieder ständig in der Stadt leben würde. Die neuen Besitzer seien schon eingezogen. Herr Doktor Förster habe ihm dies kürzlich mitgeteilt. Ich fühlte mich so verletzt und gedemütigt, weil andere Menschen plötzlich mehr wussten als ich. Meine Gedanken an den Mann, den ich so liebte, würden von nun an voller Bitternis sein.

Mein Magen zog sich schmerzhaft zusammen, und ich kämpfte mit den Tränen. Tonlos nickend ging ich wieder meiner Arbeit nach. Mein Herz weinte und schrie vor Enttäuschung. Ich kam mir unendlich betrogen und belogen vor. Mit keinem Wort hatte Gerd den wahrscheinlich schon längst ausgehandelten Verkauf des Waldhauses erwähnt und auch nicht den Tatbestand, dass er künftig wieder in der Stadt leben würde. Er hatte mich in seine Dispositionen mit keinem Gedanken einbezogen. Ich war ihm noch nicht einmal ein Abschiedswort wert. In den letzten Monaten hatte er nur die kleine Hure in mir gesehen, die ihm in aller Heimlichkeit schöne Stunden bereitete. Warum hatte ich es nicht vermocht, mich seinem Herzen zu nähern? Meine Zweifel, die mich so oft geplagt hatten, schienen sich nun zu bestätigen. Männer seines Schlages konnten mit einer Frau, wie ich sie war, über das Bett hinaus nichts anfangen, obwohl ich mir so viel Mühe gegeben hatte, ihm in allen Dingen zu genügen. Aber ich wusste nun, dass es nicht ausgereicht hatte. Meine wunderbaren Träume verflüchtigten sich von einem Moment zum anderen wie Geister. Ich fiel plötzlich in ein tiefes dunkles Loch.

Sobald Peter Lohmeier wieder auftauchte, würde ich Nägel mit Köpfen machen. Pietro teilte ich meinen Plan in einem günstigen Augenblick mit. Er sah mich müde an und nickte zustimmend. Ich hätte mir denken können, dass es ihn überhaupt nicht berührte. Wichtig war für ihn nur das Trinken. Sein Sinnen und Trachten galt einzig und allein diesen schrecklichen Flaschen mit ihrem vernichtenden Geist. Ich hatte mir vorgenommen, Peter nicht die ganze Wahrheit zu offenbaren. Ich würde versuchen, das erschreckende Ausmaß der Alkoholsucht meines Bruders vorerst unter den Tisch zu kehren.

In den kommenden Tagen begann ich mit Feuereifer das Haus gründlich zu reinigen, um Peter Lohmeier alles noch schmackhafter zu machen. Ich war fest entschlossen, diesen Mann auf dem schnellsten Wege zu heiraten. Als Letztes suchte ich noch ein geheimes Depot für Pietros Weinflaschenvorrat. Ich wusste im Übrigen nicht, was Peter immer dachte, wenn ich jedes Mal eine ganze Tasche mit Rot- und Weißwein bei ihm kaufte. Irgendwie musste es ihm doch aufgefallen sein. Aber er sah diesen Weinkonsum anscheinend als Normalität an. Ich versteckte also die Flaschen ganz unten in der alten Truhe in Pietros Zimmer. Obenauf legte ich ausgemusterte Bekleidungsstücke. Ich erklärte Pietro immer wieder, dass die neuen und die ausgetrunkenen Flaschen unbedingt in diese Truhe zu legen seien. Zumindest bis zur Hochzeit musste ich unser Geheimnis verbergen.

Kind der Hoffnung

Die Tage bis zum neuerlichen Eintreffen von Peter Lohmeier kamen mir sehr lang vor. Fast war es so, als wartete ich auf einen Geliebten. Aber meine Gefühle wurden von anderen Beweggründen getragen. Ich konnte die Eile, die sich in mir festgesetzt hatte, selbst nicht begreifen, zumal ich nicht wusste, was die Zukunft mir mit diesem Mann bringen würde. Trotzdem erschien mir eine Heirat plötzlich so notwendig wie das tägliche Brot. Irgendetwas trieb mich, ohne dass ich mich dagegen wehren konnte.

Peter Lohmeier fuhr eines Morgens wieder mit lautem Hupen auf unseren Hof. Sofort rannte ich mit meiner Tasche hinaus und winkte ihm freudig zu. Eine derartige Begrüßung musste ihn sicher verwundern. Etwas überrascht sah er mich an und nahm sofort die Gelegenheit wahr, wieder seine kräftigen Arme um mich zu schlingen. Er hielt mich fest und blickte mir herausfordernd in die Augen. Ich lächelte ihn milde an. Er roch wieder genauso streng wie beim letzten Mal. Dann küsste er mich, und ich erwiderte mit einem Schauder seinen Kuss. Ich fühlte plötzlich seine Wildheit, sein Begehren und bereute plötzlich meine Zugänglichkeit. Mit einiger Kraft gelang es mir, mich zu befreien und ich sagte ihm, dass wir derartige Dinge hier draußen auf dem Hof nicht tun sollten. Ich war entschlossen, ihn bis nach der Hochzeit hinzuhalten.
Während meines Einkaufs musste ich ihn eisern auf Distanz halten, da ich bemerkte, dass seine Erregung nicht abebben wollte. Auf keinen Fall durfte ich es riskieren, dass er mit mir schlief, bevor wir verheiratet waren. Ich wollte nicht noch einmal, nachdem ich einem Mann alle Wünsche erfüllt hatte, ver-

lassen werden. Dennoch dachte ich plötzlich voller Schrecken an seine Drohungen und unser Geheimnis in der Scheune. Ich musste sehr diplomatisch vorgehen. Als Peter plötzlich wieder auf mich zukam, küsste ich ihn leidenschaftlich. Ich umarmte ihn so fest, dass er plötzlich nicht mehr dazu kam, meine Bluse aufzuknöpfen. Ich hielte seine Hand fest umklammert und heizte mit meinen Küssen seine Begehrlichkeit immer weiter an. Er stöhnte plötzlich auf, und ich sah die nassen Flecken an seiner Hose. Hektisch löste er sich von mir, so als wolle er etwas Lästiges abschütteln. Dennoch erfüllte mich eine große Erleichterung. Ich war nochmals davongekommen. Peter schien nun etwas verlegen, dass unser so genanntes »erstes Mal« auf diese unprofessionelle Art und Weise zustande gekommen war. Es musste ihn in seinem männlichen Selbstbewusstsein sehr getroffen haben.

Lachend sah ich ihm in die Augen und sagte scherzend, dass er mich nun heiraten müsse. Er blickte mich ohne Ausdruck an und ging nicht darauf ein. Genau betrachtet, wirkte er plötzlich ziemlich verstört. Er hatte es nun wahnsinnig eilig, vom Hof zu kommen. Seine Reaktion enttäuschte mich, denn ich hatte mir vorgenommen, heute in dieser Sache zu einem eindeutigen Ergebnis zu kommen. Aber das eine hatte das andere Ergebnis einfach vorweggenommen, wenn auch nicht in allerletzter Konsequenz. Entweder kam Peter Lohmeier nun niemals mehr auf unseren Hof oder ich musste der Not gehorchend nochmals einen ähnlichen Anlauf nehmen, sobald er wieder auftauchte.

Vorerst fühlte ich mich ein wenig befreiter. Hätten wir Großmutter nicht auf diese schreckliche Art und Weise beerdigen müssen und wäre dieser Mann nicht ausgerechnet an jenem bedeutenden Tag auf unseren Hof gefahren, würde sich unser Leben einfacher gestalten. Ich hätte mich einzig und allein nur um Pietro zu sorgen. Dies war schon an jedem Tag, den Gott werden ließ, eine aufreibende und unerfreuliche Angelegenheit. Pietro benahm sich sehr widerspenstig, wenn es um seine Reinlichkeit ging. Ich war oftmals am Rande der Verzweiflung. Ich bettelte und flehte. Doch nur dann, wenn er noch nicht ganz und gar betrunken war, ließ er sich von mir waschen. Von selbst tat er es nicht. Auch das Rasieren musste ich übernehmen. Mehr als zweimal in der Woche durfte ich ihm allerdings mit dem Rasierapparat nicht zu nahe kommen. Haare schneiden war das besondere Problem. Ich hatte mir der Not gehorchend angewöhnt, die Schere nur dann zu zücken, wenn er in fast besinnungslosem Rausch im Bett lag. Dann rollte ich den nahezu bewegungsunfähigen Pietro von einer Seite auf die andere und schnitt seine Haare ab. Danach legte ich ihn auf den Rücken oder auf den Bauch, wobei ich allerdings alle meine Kräfte mobilisieren musste. Er bemerkte diese Vorgänge nicht, und ich musste mich anschließend schweißgebadet erst einmal ausruhen. Es waren alles in allem grausame Torturen, aber ich war entschlossen, meinen Bruder nicht verwahrlosen zu lassen. Ich liebte ihn, und es quälte mich Tag und Nacht, dass er sich selbst in das sichere Verderben stürzte. Meine Beteiligung sah ich mittlerweile als die größte Sünde an. Wenn ich die Flaschen nach Hause trug, so fühlte ich beim Berühren des kalten Glases ein Stück Tod.

Immer mehr zog es mich zur alten Kirche in unserem Ort, an der ich täglich vorbeifuhr. Eines Tages nahm ich mir ein Herz und öffnete das große, schwere Portal. Stille und jener undefinierbare Geruch, der allen Kirchen anhaftet, umfasste mich. Es war das einzige evangelische Gotteshaus in Maiberg. Auf leisen Sohlen bewegte ich mich durch den Mittelgang auf den Altar zu. Die Kirche war menschenleer. Ich sah das riesige Kreuz mit dem gepeinigten Herrn. In mir würgte eine Kraft, die mich aufzufordern schien, in diesem Augenblick alle Sorgen meines Lebens herauszuschreien. Aber auch hier vor Gottes Angesicht durfte ich mich nicht gehen lassen. Mit einem tiefen Ausatmen und einem trockenen Schluchzer setzte ich mich auf die erstbeste Bank. Ich faltete meine Hände und versuchte, meinen Geist zu einem Gebet zu ordnen. Es fiel mir nichts ein, und mein Körper zitterte plötzlich unkontrolliert. Was war mit mir geschehen? Ich wusste nur, dass ich am Ende meiner Kräfte war.

Diese Kirche sollte mich aufrichten, aber sie konnte es anscheinend nicht. Der Gekreuzigte sah gleichmütig auf den Altar hinab, und wir konnten, selbst in Anbetracht unserer geringen Distanz, kein Gespräch miteinander führen. Leise weinte ich und bemerkte nicht, dass der Pfarrer näher kam. Vorsichtig nannte er meinen Namen, und ich blickte ihm direkt in die Augen. Ich wusste gar nicht, dass er mich noch kannte, denn es war Jahre her, seit ich diese Kirche das letzte Mal betreten hatte. Trotzdem gab es eine bleibende Verbindung, denn unsere Eltern waren hier getraut worden, außerdem war sie Pietros und meine Tauf- und Konfirmationskirche. Auch der Pfarrer war derselbe geblieben, nur dass er alt und grau geworden war. Sein Gesicht strahlte eine freundliche Ruhe aus. Eigentlich wollte ich mich nicht unterhalten. Was hätte ich ihm sagen sollen? Kannte er sich mit einem solchen Elend, wie es über uns hereingebrochen war, überhaupt aus?

Plötzlich begann er leise zu sprechen. Sein sich unentwegt öffnender Mund erschien mir wie das Tor zur Hölle, und seine Stimme schallte in meinem Ohr überaus laut und anklagend. Er fragte mich nämlich, wo meine Großmutter sei. Sie habe lange Jahre fast jeden Tag vor diesem Altar gebetet. Alles habe sie ihm anvertraut, und nun warte er schon so lange auf Lotte, denn beerdigt habe er sie bisher noch nicht. Seine Augen waren vorwurfsvoll auf mich gerichtet. Ich hatte mir Ruhe in diesem Gotteshaus erhofft. Stattdessen wurde ich an Großmutter erinnert, und dieser Pfarrer wollte sie anscheinend mit aller Gewalt in sein Haus zurückholen. Kein Mensch auf Gottes Erden durfte wissen, was mit ihr geschehen war, auch der Pfarrer nicht. Mein Herz schlug bis zum Halse, und ich fühlte mich äußerst unbehaglich. Zuerst wollte ich vor den prüfenden Augen des Mannes weglaufen, dann aber besann ich mich eines Besseren und sagte mit ruhiger Stimme, dass Großmutter sich schon seit längerer Zeit bei ihrer kranken Schwester aufhalte. Ich konnte den Pfarrer bei meiner Lüge nicht anschauen und verabschiedete mich mit einem knappen »Auf Wiedersehen.« Wahrscheinlich wusste er, dass Lotte keine weitere Schwester hatte, die noch am Leben war.

Ich ahnte, dass mein Verhalten auf ihn sehr seltsam gewirkt haben musste, denn er lief kurzerhand hinter mir her und bot mir Hilfe an, falls ich sie benötige. Während meiner schnellen Schritte schüttelte ich nur den Kopf, ohne zu dem alten Pfarrer zurückzublicken. Schwindel erfasste mich plötzlich mit aller Gewalt. Beinahe hätten mir meine Beine den Dienst versagt. Aber ich musste unbedingt aus der Kirche hinaus. Ich warf das Portal mit einem lauten Knall zu. Niemals mehr würde ich hierher kommen! Es sollte zwar ein Haus für alle Sünder und Hilfesuchenden sein, aber für mich war es dennoch nicht die richtige Adresse. Warum konnte mich der Pfarrer nicht einfach in Ruhe lassen? Ich brauchte keine Vergebung, denn ich hatte nichts Böses getan. Vielmehr wollte ich nur ein stilles Gebet sprechen, doch die Erinnerung an Großmutter hatte plötzlich alles zunichte gemacht. Mit großer Furcht war ich aus der Kirche gelaufen. Es gab wohl keinen Ort, an dem ich Frieden finden würde.

Die kommenden Tage waren, was meinen Seelenzustand anging, nicht viel besser als die vergangenen. Ich dachte voller Kummer an meine verlorene Liebe. Immer wieder hatte ich gehofft, von Gerd wenigstens noch einen Abschiedsbrief zu erhalten. Aber es kam nichts. Es war so, als hätten wir uns nie gekannt. Wieder einmal erfuhr ich am eigenen Leibe, wie grausam und gedankenlos Menschen sein können. Die Aufgabe meines Lebens schien darin zu bestehen, demütig und mit geduckter Haltung den Ausbeutern und Erpressern, die meine Wege kreuzten, zu dienen. Ich denke oft über das göttliche Strickmuster unseres Lebens nach, denn wir alle tragen anscheinend schon bei unserem ersten Schrei das Programm für diese Erdenzeit in uns. Es gehört untrennbar zu unserer Anatomie. Wir handeln nach diesen unsichtbaren Vorgaben und sind ständig bemüht, ohne dass wir es wissen, diesem Programm zu genügen. Im Volksmund heißt es, dass keiner aus seiner Haut heraus kann. Daran erkenne ich die Wahrheit meiner Gedanken. Gemäß diesem Plan musste ich also weiter arbeiten, trauern, mich sorgen und alles vergessen, was das Leben an Schönheit zu bieten hat.

Die Tage und Wochen vergingen im ewigen, mühseligen Gleichmaß. Ich arbeitete den ganzen Tag auf dem Hof, um ihn so recht und schlecht in Ordnung zu halten. Abends fuhr ich ins Hotel und wenn ich nachts nach Hause kam, spürte ich meine Beine kaum noch. Sehnsüchtig ging mein Blick hinauf zum Waldhaus, wo ich einige Zeit so glücklich gewesen war. Warum musste alles ein so bitteres Ende haben? Ich konnte es noch immer nicht verstehen, und heiße Sehnsucht und Trauer durchschnitten mein Herz. Ich verbot mir zu weinen, denn dadurch hätte ich nichts ändern können. Meine Erfahrungen mit Gerd waren Lehrstücke für mein Leben. Daran sollte und musste ich reifen.

Wenn die Zeit, wie man sagt, Wunden heilt, so brauchte sie in meinem Falle sehr lange. Ich konnte Gerd Förster nicht vergessen. Einige Wochen waren bereits vergangen, als ich eines Abends wieder wie üblich zum Hotel fuhr. Ich ging ahnungslos in unser Restaurant, und wie vom Blitz getroffen sah ich, dass Gerd Förster an seinem alten Platz saß. Neben ihm befand sich eine schöne, junge Frau mit hellblonden Haaren. Sie war so etwas wie ein Marilyn-Monroe-Verschnitt und höchst elegant gekleidet. Gerd sah ihr verliebt in die Augen und streichelte zärtlich ihre Hände. Mit diesem besonderen Blick hatte er auch mich einstmals angesehen. Ich spürte, wie Leid und Verzweiflung von mir Besitz ergriffen. Meine Hände zitterten, und ich schaute wie hypnotisiert immer wieder zu diesem Tisch.
Gerd und seine Begleiterin hatten bereits gegessen, und ich brauchte auch keine weiteren Getränke mehr servieren. Er aber übersah mich geflissentlich. Als ich direkt an ihm vorbeilief, schaute er gleichgültig in den Gastraum. Ich war für ihn nicht vorhanden. Plötzlich übermannte mich eine grenzenlose Übelkeit, und ich rannte, so schnell es mir möglich war, auf die Toilette. Ich erbrach mich im Waschbecken, und es wollte kein Ende nehmen. Zuletzt kam nur noch weißer Schleim aus meinem Magen, und meine Glieder zitterten vor Erschöpfung. Als ich in den Spiegel schaute, meinte ich, eine Tote zu sehen.

Vergeblich versuchte ich, mit dem Handtuch meine Wangen so fest zu reiben, damit sie Farbe bekämen. Aber es entstanden nur zwei hektische rote Flecken in meinem ansonsten blütenweißen Gesicht. Ich wollte nur noch nach Hause und diesen Mann niemals mehr sehen!
Mit wackligen Schritten ging ich hinüber zur Küche und fragte Herrn Mewes, der mich erstaunt und beunruhigt anschaute, ob ich meinen Dienst beenden dürfe. Ich würde mich sehr schlecht fühlen. Herr Mewes nickte zustimmend, denn mein Zustand war nicht zu übersehen. Eilig stieg ich auf mein Fahrrad und fuhr wie eine Verfolgte, so schnell es ging, die Straße entlang. Mein Herz kam mir vor wie eine einzige blutende Wunde. Der alte Kummer war wieder zu neuem Leben erwacht.
Irgendwann sah ich direkt neben mir den offenen Wagen von Gerd Förster mit seiner Begleitung. Die Frau sah mich kurz an, aber Gerd blickte mit einem lachenden Gesicht geradeaus. Er hatte seinen rechten Arm um die Schulter seiner Beifahrerin gelegt. Wieder durchfuhr mich ein maßloser Schreck, und ich begann über meinem Lenkrad verzweifelt und zutiefst gedemütigt zu weinen. Warum musste er ausgerechnet heute noch einmal an mir vorbeifahren? War es nicht genug, dass er mich nicht mehr kannte? In den kommenden Tagen fühlte ich mich elend und ausgehöhlt. Immer wieder wurde mir am Tage übel, und ich musste mich erbrechen. Ich schob es auf dieses entwürdigende und unverhoffte Wiedersehen mit Gerd.
Im Laufe der folgenden Woche fuhr Peter Lohmeier mit lautem Hupen auf den Hof. Darüber erschrak ich etwas, denn ich hatte in einer plötzlichen Anwandlung, entgegen meiner vorherigen Heiratsabsicht, nunmehr den Wunsch, diesen Mann niemals mehr sehen zu müssen. Aber jetzt musste ich das Beste aus der Situation machen. Peter war wie immer fröhlich und gut aufgelegt. Insgeheim verglich ich ihn wieder einmal mit Gerd Förster. Natürlich kam Peter dabei nicht gut weg, und ich dachte zum soundsovielten Male mit einem Gefühl des Unwohlseins daran, dass nähere Kontakte mit ihm vielleicht doch bald zur Tagesord-

nung gehörten. Ich war hin und her gerissen, denn ich durfte ihn auf keinen Fall verärgern.

Peter kam auf mich zu und ich hielt, wie zum Schutze, meine große Einkaufstasche vor meinen Körper. Er sah mich mit einem seltsamen Blick an und fragte gerade heraus, ob ich meine damalige Andeutung hinsichtlich einer Heirat ernst gemeint habe. Nun war ich doch etwas überrascht und bekam einen ganz trockenen Mund. Mit dem Mut der Verzweiflung fragte ich ihn, ob ihm etwas daran gelegen sei. Peter schaute auf seine staubigen Arbeitsschuhe und meinte mit einem spöttischen Lachen, dass er mein Geheimnis gerne mit mir teilen wolle. Ich erschrak, denn es war wieder eine Drohgebärde, und ich konnte nicht anders, als ihm schnippisch zu antworten, dass es kein Geheimnis gäbe. Er lachte und sagte mit gefährlich leiser Stimme, den Kopf wie eine Schlange auf mich zu bewegend, dass ich ihn nicht hindern könne, noch heute in der Scheune zu graben. Hilflos war ich ihm ausgeliefert. Dabei dachte ich an Pietro, der dort oben im Haus selig seinen Rausch ausschlief.

Obwohl ich einerseits Angst in mir verspürte war ich andererseits auf Peter sehr böse. Dennoch entschied ich mich, sanft mit ihm umzugehen. Ich nahm seine große, schwielige Hand und sagte, dass ich ihn sehr gerne heiraten würde. Daraufhin ging ein Leuchten über seine Züge, und er schwenkte mich samt Einkaufstasche urplötzlich durch die Luft. Nachdem ich wieder auf dem Boden angelangt war, begann er mich zu küssen, und ich spürte seine Hände auf meinem ganzen Körper.

Es begann wieder dieses Spiel wie beim letzten Mal, doch ich war nicht gewillt, dass es auf irgendeine Weise vor unserem Hause ausuferte. Ich bat ihn, er möge mich erst meine Einkäufe erledigen lassen. Dann dürfe er auf eine Tasse Kaffee mit mir in das Haus kommen. Ich wusste, es würde bei der Tasse Kaffee nicht bleiben, und ich fürchtete mich vor dem, was kommen würde. Peter trug meine Tasche ins Haus und sah sich dort neugierig um. Ich wusste nicht, was er dachte, als er unsere altertümliche und verwohnte Einrichtung sah. Eigentlich waren mir seine Gefühle

aber sowieso vollkommen gleichgültig. Ich machte uns einen Kaffee, den wir beide schweigend und etwas verlegen tranken. Dann stand er abrupt auf, nahm meine Hand und ging mit mir die knarrende Treppe hinauf. Ich wusste, dass er mein Schlafzimmer suchte. Voller Erschrecken dachte ich im gleichen Atemzug an Pietro, der wahrscheinlich wie immer volltrunken in seinem Bett lag. Ich musste Peter also sofort in mein Zimmer lotsen. Alles in allem empfand ich sein Vorgehen als ernüchternd und peinlich. Ich dachte an den ersten Abend mit Gerd und wusste in diesem Moment, dass es heute ganz anders sein würde.
Es gelang mir ohne große Schwierigkeiten, Peter in mein Schlafzimmer zu schieben. Bar jeglicher Romantik begann er sich sofort zu entkleiden. Ich sah seinen tatsächlich sehr gut gebauten Körper, und in mir begann sich zu meinem größten Erstaunen eine gewisse Sehnsucht breit zu machen. So war ich wider Erwarten tatsächlich für ihn bereit. Wenn ich später an diese Stunden dachte, wusste ich, dass ich mich damals das erste und letzte Mal diesem Mann ohne Zwang körperlich hingegeben hatte. Danach war es nie wieder vorgekommen.
Später, nachdem wir beide befriedigt und schläfrig in meinem Bett lagen, öffnete sich wie durch Geisterhand die Zimmertüre. Pietro sah mit einem erstaunten Blick auf den Mann neben mir. Bisher war er niemals in mein Zimmer gekommen. Wahrscheinlich hatten ihn unsere Laute zum Nachsehen animiert. Eigentlich war ich stets davon ausgegangen, dass ihn noch nicht einmal eine Bombe aus seinem Alkoholnebel aufrütteln könnte. Doch anscheinend hatte ich mich getäuscht.
Peter erwachte und setzte sich voller Schrecken im Bett auf. Er fragte, wer dieser Mann sei. Ich sagte ihm, dass es sich um Pietro, meinen Bruder handele, der bei mir lebe. In Peters Augen erkannte ich das Entsetzen, das jeden befallen musste, der meinen Bruder sah. Er wirkte wie ein Außerirdischer. Für mich war sein Anblick etwas Alltägliches und hatte nichts Abstoßendes mehr.
Wortlos schloss Pietro wieder die Türe, und Peter stieg aus dem

Bett. Er sagte und fragte nichts, sondern kleidete sich an. In mir machte sich Panik breit. Vielleicht wollte mich Peter nun nicht mehr heiraten. Irgendwie hätte ich es sogar verstanden. Auch ich zog mich wieder an, und wir gingen in die Küche hinab. Peter goss sich noch eine Tasse Kaffee ein und meinte, dass wir unsere Heirat besprechen sollten. Ein Stein fiel mir vom Herzen. Er schien die Anwesenheit von Pietro nicht tragisch zu nehmen. Noch lange saßen wir beieinander und planten unser gemeinsames Leben. Von Liebe war jedoch nicht die Rede. Auch verschwieg ich jetzt noch die Trunksucht meines Bruders. Später, nach unserer Hochzeit, würde ich Peter darüber aufklären. Seltsamerweise erwähnte er Pietro auch weiterhin mit keinem Wort.

Als Peter bereits vom Hof gefahren war, ließ ich unsere Gespräche nochmals Revue passieren. Es war zwischen uns keine besondere Freude und Nähe darüber aufgekommen, unseren Lebensweg von nun an gemeinsam gehen zu wollen. Peter hatte vielmehr nur von seinen Plänen gesprochen, von dem Land, das er mit mir bewirtschaften wolle. Was mich im Nachhinein sehr beschäftigte, war seine immer wieder gestellte Frage, wem denn der Hof eigentlich gehöre. Ob Pietro und ich gemeinschaftliche Eigentümer seien? Darauf konnte ich nur mit einer Lüge antworten, denn noch immer gehörte der Hof unserer toten Großmutter, die aber niemals tot sein durfte. Es kam mir so vor, als habe er sich statt meiner in unseren alten, heruntergekommenen Hof verliebt, und ich war die nicht zu umgehende Zugabe. Ich wusste, dass Peter aus sehr einfachen Verhältnissen stammte. Seine Eltern wohnten in Maiberg in einem kleinen Siedlungshaus ohne Garten. Er hatte noch vier Geschwister, zwei Schwestern und zwei Brüder. Seine Mutter war nie berufstätig gewesen, und der Vater arbeitete als Maurer bei einer größeren Baufirma in der Großstadt.

Peter hatte mir erzählt, dass sein großer Traum ein Bauernhof mit Tieren und viel Land sei. Zu Hause könne man gerade einmal um das Haus herum laufen. Es waren die anderen Leute, die einen Garten besaßen. Seine Mutter habe oftmals Salat und Gemüse von den Nachbarn erbettelt, weil sie es sich nicht leisten konnte, vitaminreiche Kost auf dem Markt zu kaufen. Ich verstand, dass Peter sich mit unserem Hof seine Wünsche an das Leben erfüllen wollte. Obwohl ich nicht in ihn verliebt war, überfiel mich eine eigenartige Trauer, wenn ich daran dachte, wie wenig ich ihm selbst bedeutete. Nicht mehr und nicht weniger, als ich auch für Gerd wert war. Ich wusste, auch bei Peter musste ich meine geduckte Haltung bewahren. Für ihn kam ich erst an zweiter oder gar dritter Stelle. Da mich diese Gedanken frustrierten und auch ein wenig wütend machten, fühlte ich plötzlich eine meinem Wesen gänzlich fremde Schadenfreude. Ich freute mich, dass er die Wahrheit nicht kannte und dieser Hof ihm niemals gehören würde. Großmutter musste bis in alle Ewigkeit unter der Erde weiterleben.

Am nächsten Tag holte mich Peter am frühen Vormittag mit seinem Verkaufswagen ab, um mich seinen Eltern vorzustellen. Es war Samstag, und sein Vater war zu Hause. Nun befiel mich eine große Nervosität und ich fragte mich, auf welches Abenteuer ich mich eingelassen hatte. Ich wollte einen Mann heiraten, der mir nichts bedeutete und den ich darüber hinaus gar nicht kannte. Würden wir überhaupt auf die Dauer miteinander auskommen? Auf jeden Fall befanden sich für meine Begriffe einige schwarze Punkte auf seiner Seele, denn sonst hätte er sich nicht durch Erpressung an mich herangemacht. Obwohl er nichts Genaues wusste, fühlte er intuitiv meine Angst und Schwäche und machte sich diese zunutze.
Wir fuhren schweigsam in die Stadt. Peter hatte mich wider Erwarten bei seinem Eintreffen nicht angerührt. Wahrscheinlich war sein Hunger nach mir erst einmal gestillt. Dies kam mir sehr entgegen. Seine Eltern nahmen mich freundlich, aber distanziert auf. Obwohl ich ihre Schwiegertochter werden sollte, gaben sie sich nicht die geringste Mühe, mich wie ein neues Familienmitglied zu behandeln. Dieser Gedanke schien sie überhaupt nicht zu beeindrucken. Wir saßen am Tisch in der kleinen Küche. Elli,

wie seine Mutter hieß, hatte noch nicht einmal zur Feier des Tages eine Decke aufgelegt. Ich musste vielmehr auf die vielen verschmierten Marmeladeflecken vom Frühstück blicken. Alles in allem wirkte das Haus ärmlich und ungepflegt. Es roch, wie auch Peter roch. Ich konnte nicht erkennen, woraus diese Mischung bestand, und am liebsten hätte ich augenblicklich das Fenster weit geöffnet. Vater Bernhard war ein kleiner, feister Mann mit einem roten Gesicht. Ich kannte mich mit derlei Gesichtern aus und mir war klar, dass auch er dem Alkohol erheblich zusprach. Heute jedoch schien er sich zu zügeln und nippte mit Widerwillen an einer Tasse Kaffee. Diese Zurückhaltung war wohl sein einziges Zugeständnis an meinen Besuch.
Peters Eltern fragten mich nicht nach persönlichen Dingen. Sie überließen Peter das Wort, der nun mitteilte, übrigens ohne mich zu fragen, dass er bereits beim Standesamt des Rathauses um einen Aufgebotstermin für heute nachgesucht habe. Darüber war ich etwas böse, aber ich beherrschte mich und blieb still. Wir saßen wie Fremde nebeneinander und in Wirklichkeit waren wir es auch. Die Eltern hörten ihrem Sohn mit stoischer Ruhe zu und blickten nur dann und wann verstohlen zu mir herüber.
Der Besuch bei Peters Eltern erschien mir wie ein Albtraum. Diese Stunden hatten etwas Unwirkliches. Keiner in dieser Familie machte sich die Mühe, mich kennen lernen zu wollen. Ich ahnte, dass dies so bleiben würde. Das Interesse galt bei Eltern und Sohn wahrscheinlich einzig und allein nur unserem Hof. Wenn Peter das Gespräch auf sein künftiges Leben lenkte, wurden Vater und Mutter plötzlich lebendig. Sie diskutierten eifrig und konnten nicht satt werden, alles in einem leuchtenden Licht zu sehen. Still musste ich ihren Plänen lauschen, als gäbe es mich nicht, denn keiner hielt es für nötig, das Wort an mich zu richten. Aber ich hatte meinen Joker noch in der Tasche, und der hieß Großmutter Lotte. Sie würde ganz am Ende meine Rache sein. Wir bestellten also das Aufgebot und würden in drei Wochen heiraten. Von einer Feier, geschweige denn einer kirchlichen Hochzeit, wollte Peter nichts wissen. Er meinte, dafür kein Geld zu

haben. Ich war damit einverstanden. Außerdem wehrte sich alles in mir, noch einmal dem Pfarrer zu begegnen. Aber da ich tief im Herzen christlich geprägt war, bedauerte ich dennoch Peters Entscheidung. Auf der anderen Seite wäre aber eine Hochzeit vor Gottes Angesicht nur Heuchelei gewesen, denn keiner liebte den anderen.

Am Nachmittag fuhr mich Peter wieder nach Hause. Mein Magen knurrte entsetzlich, denn seine Eltern hatten es nicht für nötig befunden, mich an ihrer Mahlzeit teilnehmen zu lassen. Man hatte mich während des Essens in das Wohnzimmer verfrachtet und dort allein sitzen lassen. Peter schien es allerdings peinlich zu sein und er entschuldigte seine Mutter damit, dass sie auf meinen Besuch nicht eingerichtet gewesen sei. Ich wusste mit einem Male, wo ich gelandet war. Was würde es für ein Leben werden? Fast alles hätte ich dafür gegeben, Bernhard und Elli niemals mehr wieder sehen zu müssen. Sie hatten mir gleich beim ersten Treffen alle Demut dieser Welt abverlangt. Während unserer schweigsamen Fahrt dachte ich daran, wie gut es wäre, Denken und Fühlen wie eine Maschine abstellen zu können. Aber ich hatte einen hellen Geist für dieses Leben erhalten und sah mit offenen Augen, wie die Menschen mit mir umgingen. Ich war dem Bösen in dieser Welt nicht gewachsen, dessen war ich mir schon lange bewusst. Es machte mich hilflos und wehrlos. Ewig würde ich eine Ausgelieferte bleiben. Auch Peter hatte es in seiner Bauernschläue sofort erkannt.

Auf unserem Hof angekommen, hüpfte ich mit steifen Gliedern aus dem Wagen. Ich hatte gehofft, dass Peter sofort wieder nach Hause fahren würde. Stattdessen stieg er aus und folgte mir in das Haus. Stille umfing uns dort. Pietro schien wieder seinen Rausch auszuschlafen, den er sich bereits in den frühen Morgenstunden angetrunken hatte. Im Flur, in der Dunkelheit, griff Peter nach mir. Er nahm meine Brüste in die Hand und fuhr mir unter den Rock. Darüber war ich zutiefst erschrocken. Dann zog er mich die Stiege zu meinem Zimmer hinauf. Heute schob er den Riegel der Türe zu. Seine Augen blickten mich weit offen an und ich wusste, dass er sofort mit mir schlafen wollte. Ich fügte mich in mein Schicksal und entkleidete mich. Liebe und Zärtlichkeit hatte ich mir einstmals für mein Eheleben erhofft. Diese Wünsche würden sich, so wie die Dinge nun lagen, niemals erfüllen. Dabei dachte ich an die liebevolle Zweisamkeit meiner Eltern und Tränen drückten in meinen Augen. Ich durfte nicht weinen, denn es wäre vergeblich gewesen. Ein Mann wie Peter würde mich nicht verstehen.

In der darauf folgenden Woche besuchte mich Peter täglich, und ich musste ihm stets zu Willen sein. Früher war er mir wesentlich fröhlicher erschienen. Nun aber war er hektisch und durchsuchte alle Winkel des Hauses. Er maß den Garten aus und nahm alle Gerätschaften, die zum größten Teil verrostet im Schuppen lagen, in Augenschein. Er wollte sofort nach unserer Hochzeit damit beginnen, das Land und den Garten umzupflügen, um in der kommenden Zeit Salat, Gemüse und Kartoffeln anzubauen. Dies sollte künftig unsere Einkommensquelle werden. Ich hatte gehofft, dass er mich bitten würde, meine Arbeit im Hotel aufzugeben. Davon konnte jedoch nicht die Rede sein, denn er meinte, jeder Pfennig sei willkommen. Ich war darüber sehr enttäuscht.

Pietro hatte ich von meiner bevorstehenden Hochzeit erzählt. Erst dachte ich, dass er darauf böse reagieren würde, dann aber schüttelte er nur traurig seinen Kopf und fragte, ob ich auch wisse, was ich tue. Ich musste ihn zum wiederholten Male daran erinnern, dass uns Peter auf irgendeine Art und Weise auf der Spur war und uns anderenfalls sicher Schwierigkeiten bereiten würde. Meine Heirat mit diesem Mann sei der einzig richtige Weg.

An manchen Tagen konnte ich morgens nur sehr schlecht aufstehen. Ich fühlte mich wie ausgebrannt und gar nicht gut. Meine Brüste spannten seit Wochen und wurden groß und prall. Auch meine Tage waren schon sehr lange ausgeblieben. Darüber hatte ich mir aber keine Gedanken gemacht, da dies in der Vergangenheit immer wieder vorgekommen war. Etwas hatte sich in meinem Körper dennoch verändert, und so kam ich mehr und mehr zu der Überzeugung, dass ich schwanger sein musste. Nach den täglichen Liebesstunden mit Peter durfte dies nicht verwundern. Außerdem dachte ich dabei aber auch an jene Nächte mit Gerd Förster. Ich musste mir eingestehen, sehr leichtsinnig gehandelt zu haben. Vorerst verschwieg ich Peter meine Vermutung. Erst nach unserer Hochzeit würde ich mit ihm darüber sprechen. Ich traute ihm ohne weiteres zu, dass er mich in der letzten Minute noch sitzen ließ, denn ich konnte mir nur zu gut vorstellen, dass ihm zum gegenwärtigen Zeitpunkt ein Kind nicht in den Plan passte.

Seltsamerweise fragte er niemals nach Pietro, als wisse er gar nicht mehr, dass dieser in unserem Hause existierte. Ich konnte mir auf dieses Verhalten keinen Reim machen. Vielleicht war Pietro für ihn nicht wichtig. Die Mahlzeiten brachte ich ihm wie bisher auf sein Zimmer. Meistens schlief er und ließ das Essen unberührt stehen. Jeden Abend brachte ich heimlich aus dem Hotel Flaschen mit, denn ich wagte nun nicht mehr, Peter um Wein anzugehen. Es würde langsam ein Problem werden, zumal mich auch Herr Mewes oftmals mit einem seltsamen Blick ansah. Da er daran jedoch nicht schlecht verdiente, schwieg er dazu.

Der Tag unserer Hochzeit rückte näher. Ich hatte mir ein neues Kleid gekauft, und auch Peter trug seinen besten Anzug. In der nahe gelegenen Gärtnerei erstand ich einen kleinen Maiglöckchenstrauß. Wir waren ein sehr einfaches Hochzeitspaar, und Peters Eltern sahen gleichermaßen bieder und bescheiden aus in ihrer bereits reichlich abgetragenen Sonntagskleidung. Trauzeugen waren die beiden Brüder von Peter, die ich an diesem Tage kennen lernte. Seine Schwestern waren erst gar nicht gekommen. Sie wohnten weiter entfernt und hatten sich mit Zeitmangel entschuldigt. Geschenke irgendwelcher Art gab es nicht. Elli drückte Peter nach unserer Trauung einen Geldschein in die Hand, den er sofort in seiner Hosentasche verschwinden ließ.
Es ging alles so schnell und wir standen, ehe wir uns versa-

hen, wieder vor dem Portal des Rathauses. Elli ging auf mich zu, ergriff mit einem nüchternen Blick meine Hand, tätschelte sie und nuschelte etwas von einem glücklichen Leben. Bernhard wiederum nahm mich in den Arm und gab mir einen nassen, nach Bier riechenden Kuss auf die Wange. Mein Mann wiederum sah mich nur an wie eine Schlange das Kaninchen. Ich wünschte mir in diesem Moment nichts mehr, als nach Hause zu dürfen. Diese Menschen um mich herum ängstigten mich auf eine ganz besondere Art. Ich dachte, dass meine neuen Schwiegereltern uns wenigstens zu einer Tasse Kaffee einladen würden. Aber dies war ein Trugschluss. Peter zog mich stattdessen zu unserem Auto, und wir fuhren zurück zum Hof. Die Maiglöckchen auf meinem Schoß ließen bereits ihre Köpfchen hängen. Sie sahen genauso aus, wie ich mich in meinem Herzen fühlte. Plötzlich dachte ich an meine geliebten Eltern. Ich sah meinen schönen, warmherzigen Vater vor mir, der die Lippen zu einem so unsagbar zärtlichen »Bambina« öffnet. Tränen flossen ungehindert wie ein Bach aus meinen Augen und Peter, der neben mir saß, sah mich verwundert an. Er legte seine Hand während der Fahrt auf die meine, und ich war dankbar für diese kleine Geste der Anteilnahme. Für eine ganz lange Zeit sollte ich einen derartigen Trost nicht mehr erfahren.

Unser Hochzeitstag verging wie alle anderen Tage auch und ich dachte an meine Schwangerschaft. In den nächsten Tagen ging ich zu einem Gynäkologen. Ich fuhr abends etwas früher in die Stadt. Der Arzt bestätigte meine Vermutung und wunderte sich, dass ich ihn erst jetzt aufsuchte. Er meinte, immerhin befände ich mich bereits im dritten Schwangerschaftsmonat und eigentlich hätte ich doch die Veränderungen in meinem Körper erkennen müssen. Zum besseren Verständnis schilderte ich ihm meine jahrelangen Probleme mit meiner Periode. Er schien es zu verstehen. Bei meinem nächsten Besuch würde man mir einen Mutterpass aushändigen. Außerdem sollte ein Ultraschallbild des in mir wachsenden Kindes angefertigt werden. Der Arzt bat mich, nun unbedingt regelmäßig zu den weiteren Untersuchungen zu kommen.

Auf dem Weg zu meiner Arbeit im Hotel begann ich aufgeregt zu rechnen. Es wurde mir plötzlich siedend heiß, als ich mir eingestehen musste, dass dieses Kind möglicherweise von Gerd Förster war. Sollte es so sein, dann war es ein wirkliches Kind der Liebe und ich hatte es mit tiefen Gefühlen empfangen. Ein klein wenig kroch Freude in mir hoch. Dieses Baby wäre nicht vom Stamme Lohmeier, von einem Mann der mir nichts bedeutete und einer Familie, die ich abstoßend fand. Ich musste nun hinsichtlich des Geburtstermins etwas schwindeln. Dies würde sicher nicht schwierig sein. Peter war kein Mensch, der sich um Dinge, die ihn nur bedingt interessierten, große Gedanken machte. Ihn würde dieses Thema wahrscheinlich kaum beschäftigen. Ich legte während des Fahrens meine Hand auf meinen Bauch und versprach diesem Kind unter meinem Herzen alle Liebe dieser Welt. Damals war ich mir sicher, dass wir uns niemals trennen würden. Aber das Schicksal hatte einen anderen Plan. Ich wollte diese Bambina, denn ich war mir sicher, es würde eine »Sie« werden, behüten und beschützen. Später wurden wir allerdings nur Mutter und Kind auf Zeit.

Als ich auf den Hof fuhr, umfasste mich wie immer tiefe nächtliche Dunkelheit. Nur in der Scheune flackerte ein Licht. Erschrocken lief ich auf leisen Sohlen zum Tor. Ich schaute vorsichtig durch dessen schadhafte Stellen und beobachtete meinen Mann, wie er immer wieder die alten Strohballen umwarf, von allen Seiten betrachtete und sogar daran roch. Dies tat er mit äußerster Konzentration. Er bemerkte mich nicht, denn er schien total in seine Suche nach dem Unbekannten versunken. An seiner Körperhaltung konnte ich aber bald erkennen, dass er zu keinem Ergebnis gekommen war, denn er blickte ratlos auf den Scheunenboden, der sein Geheimnis nicht preisgab. Trotzdem schlug die alte Bedrohung wieder über mir zusammen, und es machte keinen Unterschied, dass dieser Mann dort in der Scheune nun mein Ehemann war. Ich konnte ihm nicht vertrauen, denn er gab sich mir nicht zu erkennen. Wer war dieser Peter Lohmeier? Später erkannte ich, dass es nicht der Mühe wert war, nach seinem Charakter zu forschen. Bisher hatten sich unsere Unterhaltungen nur auf das Nötigste beschränkt. Keiner sagte dem anderen, was er fühlte oder dachte. Peter schien mit mir keine Seelenfreundschaft anzustreben. Er war mit einer ausgeprägten Kargheit hinsichtlich seines Gefühlslebens gesegnet und vermisste anscheinend nicht jenes Band von Verständnis und Offenheit, das in einer Ehe oftmals segensreicher als die körperliche Liebe wirken kann. Spätestens, als ich seine Eltern gesehen hatte, überfiel mich eine gewisse Ahnung unserer künftigen Zweisamkeit.

Es kam nicht sehr oft vor, dass ich meine Schwiegermutter Elli ertragen musste. Aber wenn ich sie bei diesen spärlichen Gelegenheiten beobachtete, konnte ich nicht glauben, dass diese Frau Kinder geboren hatte. Ohne Emotionen verteilte sie ihre eiskalte Gewogenheit gleichermaßen gerecht an Familienmitglieder oder andere Menschen. Jeder x-beliebige Nachbar und jeder ihrer Verwandten wurde mit derselben befremdlichen Art behandelt. Ich blieb für sie eine unnötige Familienzugabe, um die man sich nicht scheren musste. Seltsamerweise war ich darüber kein bisschen traurig, denn ich brauchte unter diesen Umständen nicht um Ellis Liebe zu buhlen.

Bernhard, mein Schwiegervater, war wiederum von einer groben und äußerst saloppen Freundlichkeit. Er klopfte jedem bei jeder Gelegenheit heftig auf den Rücken, um so seine Sympathie kundzutun. Dabei lachte er laut und heftig, sodass sein rotes Gesicht nun wie eine Fackel anlief. Seine Töchter erhielten als Liebesbezeugung noch im fortgeschrittenen Alter einen Klaps auf den Po. Dies befand er stets für so gelungen, dass er sich jedes Mal vor Lachen ausschütten musste. Auch mir blieb nichts anderes übrig, als mich dieser unappetitlichen Umgangsart meines Schwiegervaters zu fügen. Selbst während der Zeit meiner Schwangerschaft nahm er davon keinen Abstand.

Ich hatte diese mir so fremd gebliebenen Menschen mitgeheiratet und gab mir alle Mühe, ihre Art zu akzeptieren. Von heute auf morgen sollten sie nun meine Familie sein. Ich ahnte, dass für mich nun eine andere Zeit begonnen hatte. Pietro war mir als mein einziger Blutsverwandter geblieben und stellte zugleich auch mein größtes Problem dar.

Nun musste ich aber erst einmal meinem Mann meine Schwangerschaft beichten. Ich hatte von seiner Reaktion keine Vorstellung, denn ich wusste nicht, ob er sich Kinder wünschte. Zurzeit befand ich mich seelisch in einem vollkommenen Vakuum. Mein einziger Freund lag tagtäglich sturzbetrunken in seinem Bett. Ich brauchte ihm also gar nichts von meinem neuen Leben zu erzählen. Es würde an ihm vorbeigehen und nicht in sein Herz dringen, selbst wenn er mich noch so liebte.

So fasste ich mir eines Tages, als Peter mich wieder einmal geliebt hatte, ein Herz und legte seine Hand auf meinen rundlichen Bauch. Irritiert sah er mich an und wollte seine Hand wegziehen. Ich aber hielt sie eisern fest und sah ihm in seine an sich so schönen blauen Augen. Leise fragte ich ihn, ob er nicht ahne, was in meinem Bauch wachse? Erstaunt und überrascht blickte er mich an. Nüchtern und ohne erkennbare Freude nickte er und meinte, es sei in Ordnung, wenn wir ein Kind bekämen. Das gehöre schließlich zu einer Ehe. Eigentlich überraschte mich dieses Verhalten. Ohne ein weiteres Wort darüber zu verlieren, schwang sich mein Mann eilig aus dem Bett. Es erschien mir sinnlos, weiter mit ihm über dieses für mich so elementare Thema sprechen zu wollen. In seiner Familie bekam man anscheinend so ganz nebenbei Kinder. Sie waren einfach nicht wichtig. Es war so schwer für mich, dies alles zu verstehen. Schon jetzt gab es keinen Willkommensgruß von ihm für dieses Kind in meinem Bauch.

Es kränkte mich, dass mein Ehemann es nicht für nötig hielt, mich zu fragen, in welchem Monat ich war und wann das Kind geboren werden sollte. Innerlich übte ich für sein Verhalten Rache, indem ich mich freute, dass es nicht sein Kind war. Ich schwor mir, über sein Verhalten niemals mehr traurig zu sein. Die nächste Hürde, die ich zu nehmen hatte, war das Problem mit Pietro. Ich musste Peter von Pietros Krankheit erzählen. Auf die Dauer würde dieser Zustand nicht zu verheimlichen sein. Da mein Ehemann aber von morgens bis abends mit Feuereifer damit beschäftigt war, unseren Hof umzukrempeln, zeigte er an der Anwesenheit meines Bruders so gut wie kein Interesse. Vielleicht hatte er ihn sogar ganz und gar vergessen, denn wir nahmen unsere Mahlzeiten alleine ein und im Übrigen störte er uns nicht. Nach wie vor brachte ich Wein vom Hotel mit und mittlerweile mopste ich immer wieder in Abständen einige Flaschen von Peters Vorrat. Ich betete, dass er meinen Diebstahl nicht bemerkte. Irgendwie mussten Pietro und ich über die Runden kommen.

Zum Monatsende lauerte ich stets wie ein Luchs auf den Postboten, der Großmutters Rente brachte. Noch immer zeigte dieser mir gegenüber grenzenloses Vertrauen und zahlte mir ahnungslos das Geld aus. Hoffentlich flog unser Betrug nicht spätestens während der Zeit meiner Entbindung auf. Ich würde nicht immer auf dem Hof sein. Peter käme dann sicher unserem Geheimnis ein Stück näher. Obwohl er keineswegs besonders intelligent war, so war er dennoch schlau wie eine Schlange. Ich wollte an eine solche Katastrophe aber vorerst gar nicht denken.

In jenen Stunden, in denen Peter seinen Trieb wieder einmal ausleben wollte, war er stets besonders zahm und zugänglich. Diesen Umstand nutzte ich, um ihm von Pietro zu erzählen. Alles was in dieser Hinsicht zu sagen war, offenbarte ich. Ein Verschweigen der Tatsachen hätte auf die Dauer zu nichts geführt. Wortlos hörte Peter meinen Ausführungen zu. Als ich geendet hatte, blickte ich voller Angst in sein Gesicht. Es war relativ ausdruckslos, und er sah einfach nur aus dem Fenster. Dennoch ahnte ich, dass es in seinem Kopf rotierte. Er wusste nun auch, warum ich stets so viel Wein benötigt hatte. Von Großmutters Geld hatte er keine Ahnung. Aber ich war mir fast sicher, dass er in diesem Zusammenhang an sein eigenes Geld dachte.

Ich kannte meinen Mann so wenig und erwartete demzufolge, dass er auf meine Offenbarungen sehr böse reagieren würde.

Stattdessen stellte er mit ruhiger Stimme fest, dass er nicht bereit sei, die Sucht meines Bruders zu finanzieren. Künftig werde er eine gemeinsame Kasse im Hause einrichten. Die Einkünfte aus meiner Tätigkeit im Hotel und seine Gelder würden nun zusammengelegt. Meine diesbezüglichen Ahnungen hatten mich also nicht getrogen. Peter würde alles Geld verwalten und den Schlüssel zur Kasse in seiner Hosentasche verwahren. Mir bliebe dann nichts anderes übrig, als ihn um jeden Pfennig zu bitten. So log ich, indem ich ihm sagte, dass ich den Wein für meinen Bruder im Hotel geschenkt bekäme. Es seien immer nur die Reste. Er hörte sich dies ohne eine Reaktion an. Wer jedoch wusste, was ein alkoholkranker Mensch benötigt, um ohne Entzugserscheinungen leben zu können, dem wäre sofort klar gewesen, dass hierfür keine Reste ausreichten. Aber Peter kannte sich in derartigen Dingen nicht aus.

Ich stimmte seinen Vorschlägen notgedrungen zu und beließ es einfach bei diesem einen Gespräch. Allerdings würde ich nun Peters Weinvorrat nicht mehr angreifen können. Unter Garantie würde er künftig seine Flaschen zählen und ich beobachtete ihn eines Tages, als er genau dies tat. Er notierte seine Einkäufe und Verkäufe und legte den Zettel in die kleine Kasse. Den Schlüssel behielt er in seiner Hosentasche. Wenn ich ihn um einen Geldbetrag bat, öffnete und verschloss er eigenhändig die Kasse, damit ich nicht sehen konnte, wie viel Banknoten er bereits angesammelt hatte. Innerlich war ich darüber sehr böse, denn er brachte mir keinerlei Vertrauen entgegen. Peter verhielt sich mir gegenüber mit einer Selbstverständlichkeit, als gehöre alles ihm. Dabei waren er und seine Eltern in Wirklichkeit arme Leute, die nun versuchten, an mein Erbteil zu kommen. Ich dachte voller Häme, dass sie sich noch wundern würden.

Mehr und mehr begann sich in mir eine tiefe Verzweiflung auszubreiten. Mit meiner Heirat war ich vom Regen in die Traufe gekommen. Verbessert hatte sich meine Situation nämlich nicht. Ich musste versuchen, noch an anderen Stellen in der Stadt Wein

zu kaufen. Deshalb fuhr ich abends sehr früh zum Hotel bzw. in eine der nahe gelegenen Tankstellen. Dort holte ich einige Flaschen. Am anderen Tag kaufte ich wieder im Hotel ein. Nachts, wenn ich mit meinem Fahrrad auf den Hof fuhr, nahm ich die Flaschen leise, damit sie nicht klapperten, vom Fahrrad und versteckte sie unter dem Müll der alten Miste. Hier würde sie selbst Peter nicht finden und ich konnte heimlich immer wieder eine Flasche ins Haus schmuggeln, ohne dass es auffiel.
Meine Organisation in dieser Richtung lief in der kommenden Zeit recht gut. Solange Pietro versorgt war, benahm er sich ruhig. Seinen Schwager Peter hatte er bisher nur ein einziges Mal an jenem Abend, als er in mein Schlafzimmer schaute, gesehen. Peter seinerseits fragte auch weiterhin nicht nach meinem Bruder. Ich wusste allerdings, dass sich dies spätestens dann ändern würde, wenn ich keinen Nachschub mehr kaufen konnte. Diese Katastrophe wagte ich mir nicht auszumalen. Ich betete jede Nacht zu Gott, dass er uns auch weiterhin beschützen möge und dass Großmutters Rente uns noch lange erhalten bliebe. Dem netten Postboten wünschte ich Gesundheit und ein glückliches Leben. Dieser gutmütige Mann war zu einem wichtigen Bestandteil unseres Lebens geworden. Wenn er plötzlich nicht mehr käme, würde Schreckliches auf uns zukommen.

Einsame Heimat

Mein Bauch rundete sich nun immer mehr. Regelmäßig ging ich zu meinem Arzt und konnte auf dem Bildschirm das überaus rege Leben in mir erkennen. Das Ultraschallbild zeigte ich keinem. Irgendwann in dieser Zeit erfuhr ich dann auch, dass ich Mutter eines Mädchens würde. Mein tiefster Wunsch war in Erfüllung gegangen. Eine neue Bambina würde auf unserem Hof aufwachsen. Zwar erzählte ich Peter von meinen Arztbesuchen, aber richtig zu interessieren schien es ihn nicht. Dieses Verhalten kannte ich und es war in der Tat für mich nicht mehr wichtig.
An und für sich lebten wir friedlich miteinander. Peter war kein aufbrausender und zänkischer Mensch. Diesen Vorteil sah ich mit einiger Beruhigung. Dennoch fehlte mir so vieles. Geld war für mich an und für sich nicht der Dreh- und Angelpunkt meines Lebens, denn ich hatte schon immer sparen müssen. Wärme und Liebe, die ich von meinen Eltern gewohnt war, fehlten mir indes unendlich. In unseren Liebesnächten dachte ich an Gerd Förster. Eigentlich war er es, der stets bei mir lag. In Gedanken betrog ich meinen Ehemann. Nur so konnte ich seinen animalischen Liebeshunger ertragen. Zärtlichkeiten waren in unserem Ehebett nicht an der Tagesordnung. Für Peter war ich so etwas wie ein Gebrauchsgegenstand. Er benutzte mich als billige Arbeitskraft, Liebesdienerin, und ansonsten schielte er gierig auf den Hof samt dem dazugehörigen Land. Er war von dem Wunsch beseelt, endgültig Besitzer des Anwesens zu werden. Es störte ihn zunehmend, dass er in dieser Sache auf der Stelle trat, und ich war nicht bereit, ihn auf irgendeine Weise zu unterstützen. Auch Pietro lebte ein kaltes Leben, obwohl ich viele Male seinen

knochigen Kopf an meine Brust legte und ihn lange streichelte. Er hat es in seinem Rausch niemals bemerkt, und so konnte meine Liebe sein Herz nicht berühren. Immer wieder gab es aber auch Stunden, wo es möglich war, mit ihm zu sprechen. Sobald Peter mit seinem Wagen vom Hof gefahren war, versuchte ich Pietro aufzuwecken und ihn in unser kleines Bad zu schaffen. Schlurfend und dürr hing er dann an meinem Arm und brabbelte unverständliche Dinge in seinen Bart. Aber er wurde nie böse oder ausfällig. Ich setzte ihn, obwohl er bedenklich schwankte, auf den Wannenrand und versuchte unter Aufbietung aller Kräfte, ihn in das warme Wasser gleiten zu lassen. Dieses Bad dauerte meistens sehr lange, denn es war für mich sehr schwer, Pietro wieder aus der Wanne zu schaffen. Obwohl er fast nur ein Fliegengewicht war, meinte ich eine zentnerschwere Last aus der Wanne ziehen müssen. Dennoch schaffte ich es immer wieder. Allerdings lagen meistens drei Wochen und mehr zwischen unseren Badetagen. Längst hatte mein Bruder jedes Schamgefühl abgelegt. Er war zu schwach und zu müde für die täglichen Dinge des Lebens. Trotzdem gab es ab und zu auch einmal mit Pietro ein erfreuliches Erlebnis. In seinen etwas klareren Stunden nahm er oftmals meine Hand und streichelte sie. Dann erkannte ich in seinen Augen meinen Bruder, wie er wirklich war und sah darin für mich Liebe und Dankbarkeit. Ich spürte, dass das Band unserer geschwisterlichen Einheit noch nicht zerrissen war. Da er ansonsten nie ein Wort sprach, war es für mich jedes Mal ein Wunder, wenn er mit ungeübter und heiserer Stimme leise sagte, dass er ohne mich verloren sei. Ich hätte so gerne mehr von ihm erfahren, von diesem grausamen Leben als Trinker, zu dem ich schon lange keinen Zugang mehr fand. Aber er blieb stumm und ich wusste nicht, was er dachte und fühlte. Er nahm überdies nicht zur Kenntnis, dass ich schwanger war, obwohl ich immer runder und runder wurde. Gleichgültig blickte er an mir herab. Nie in meinem ganzen Leben hatte ich eine Vorstellung davon gehabt, wie weit sich Menschen voneinander entfernen können, obwohl sie fast Tür an Tür leben. In Gedanken suchte ich diesen besonderen Platz zwischen Himmel und Erde, der Geister wie meinen Bruder Pietro in seinen verborgenen Winkeln aufnahm. Dieses Wissen würde mir wahrscheinlich niemals zuteil werden.

Ich war so einsam in meinem Elternhaus und sprach immer nur mit meinem ungeborenen Kind. Dieses Kind kannte alle meine Geheimnisse und wusste schon in meinem sicheren Leib von der Grausamkeit des Lebens. Ich betete oft, dass mir Gott wegen dieses Kindes frohe Gedanken schenken möge. Aber in mir war es zumeist dunkel und grau. Ich konnte diesem kleinen unschuldigen Wesen in mir keine Farben vermitteln, weder das Licht der Sonne noch das Blau des Himmels oder den glänzenden Sternenschein bei Nacht. Meine Augen sahen zwar, aber nichts reflektierte in meiner Seele. Mit aller Kraft, die mir zur Verfügung stand, begann ich in manchen Stunden leise die mir noch gut bekannten italienischen Volkslieder zu singen. Aber irgendwann riss mein Gesang inmitten eines Stroms von Tränen ab. Dann weinte ich, ohne aufhören zu können und ohne eigentlich zu wissen warum. Danach fühlte ich mich befreit, so als habe sich das Eisenband, das sich um mein Herz geschlungen hatte, plötzlich gelockert. Ich spürte jedes Mal nach diesen Gefühlsausbrüchen, wie mein Kind in meinem Leib heftig zu treten begann. Es sprach mit mir auf seine Art und ich hätte so gerne gewusst, ob es mich vielleicht trösten wollte.

Ich freute mich auf dieses Wesen und suchte im Geiste einen passenden Namen aus. Gerne hätte ich es Bambina genannt. Aber als ich Peter darauf ansprach, sah er mich einigermaßen fassungslos an und meinte, das sei doch kein Name! Wie immer senkte ich den Kopf und fügte mich. Letztendlich sprach Schwiegermutter Elli in dieser Sache das entscheidende Wort und wieder musste ich klein beigeben. Das Kind sollte Teresa heißen. Da es auch ein italienischer Name war, konnte ich mich schweren Herzens damit abfinden, obwohl mir Angelina sehr gut gefallen hätte.

Meine Schwiegereltern kamen in der letzten Zeit immer öfter auf den Hof. Es graute mir vor ihren Besuchen. Schwiegermutter Elli fragte stets mit einem ganz besonderen Blick nach Pietro, den sie noch niemals gesehen hatte. Ich gab nur einsilbige Antworten, da beide sicher wussten, wie es um Pietro bestellt war. Obwohl Peter bei mir nicht viel sprach, so würde er dennoch alles, was bei uns vorging, seinen Eltern erzählen. Dessen war ich mir sicher. Mein Schwiegervater trank auch nicht gerade wenig. Trotzdem hatte er keine Hemmungen, abfällige Bemerkungen über Pietro zu machen. Eines Tages fragte er mich, wer früher in unserer Familie getrunken habe. Pietros Trunksucht könne auch genetisch bedingt sein. In Italien, so meinte er nebenbei, trinke man sowieso eine Menge Wein. Für seinen kleinen Horizont war dies die passende Erklärung, doch ich hätte ihn für diese Worte erwürgen können. Was wusste dieser primitive Mann von unserem Leben und von Pietros Schuld, die ihn und mich in dieses Unglück gestürzt hatte? Von Bernhard und Elli hatten Pietro und ich nichts zu erwarten.

Peter hatte in der Zwischenzeit Ordnung auf dem Hof geschaffen. Ich musste zugeben, dass nun alles viel gepflegter aussah. Auch die Scheune war aufgeräumt. Jene Stelle, unter der Großmutter begraben war, sah nun ganz harmlos aus. Trotzdem erinnerte mich mein Mann immer wieder an diese Sache, indem er bei bestimmten Situationen wie früher drohte, die Stelle aufzugraben. Obwohl ich aufbrausend dagegen angehen wollte, gab ich mir einen Ruck und blieb still. Ich hoffte, durch meine Gleichmütigkeit irgendwann bei Peter einen Punkt zu erreichen, wo er einfach aufgab. Aber das war natürlich vorerst Zukunftsmusik. Das Land um unseren Hof herum hatte Peter gepflügt und darauf Kartoffeln gesteckt, die er im Herbst als Bio-Kartoffeln verkaufen wollte. Das Stück Rasen und die Gartenfläche dienten nun zum Gemüseanbau. Ich wusste, dass dies alles viel Arbeit und Mühe für ihn bedeutete und oftmals sah er etwas knurrig auf meinen dicken Bauch, wegen dem ich nicht mehr viel arbeiten konnte. Bei passender Gelegenheit drohte er mir an, dass das schöne Leben nach der Geburt unserer Tochter vorbei sei. Dann müsse ich auf dem Hof wieder zupacken. Er wolle außerdem auch

Tiere anschaffen. Dies bedeutete für mich, dass ich künftig Kühe melken, Schweine füttern und Hühner versorgen musste. Darüber hinaus hatte Peter festgelegt, dass ich auch für den Gemüseanbau zuständig sein sollte. Außerdem oblag mir dann noch die Versorgung des Haushaltes und unseres Kindes, von Pietro ganz zu schweigen.

Peter ließ keinen meiner Einwände gelten. Er hatte sich vorgenommen, weiterhin seine Waren zu verkaufen, und ich sollte überdies nach meiner Entbindung wieder im Hotel arbeiten. Mein Leben würde sich somit um einiges schwerer als bisher gestalten. Wenn ich gegen halb eins in der Nacht nach Hause käme, müsste ich spätestens um sechs Uhr morgens wieder auf den Beinen sein, um die Tiere zu füttern. Ich konnte nur hoffen, dass mich mein kleines Mädchen dann wenigstens in dieser kurzen Zeit schlafen ließ. Sonst würde ich wahrscheinlich alle Anstrengungen auf die Dauer nicht verkraften. Wie ein dunkler Schatten lag die kommende Zeit vor mir, sodass die Freude auf mein Kind darin unterging. Herr Mewes war sehr erfreut, als er hörte, dass ich nach der Geburt sofort wieder bei ihm arbeiten wolle. Peter hatte darauf bestanden und ich wagte nicht, ihn zu bitten, mich noch ein paar Wochen zu Hause zu lassen. Unerbittlich und hart waren seine Vorschriften. Daran erkannte ich, wie gleichgültig ich ihm war.

Einmal, als ich nichts mehr von seinen Plänen hören wollte, fragte ich ihn, ob er für mich keinerlei Gefühle hege. Er blickte mich überrascht an und meinte, er habe schon gewisse Gefühle für mich. Dabei grinste er widerwärtig und schielte anzüglich auf meinen prallen Busen. Ich müsse einsehen, so erklärte er mir weiter, dass mit Gefühlen allein dieser heruntergewirtschaftete Hof nicht in Ordnung zu bringen sei. Mein Bruder und ich hätten schließlich alles verkommen lassen. Ich fühlte mich von seinen Worten tief getroffen und hätte so gerne geweint. Dann aber kam wieder einmal die dunkle Seite meiner Seele zum Vorschein und ich dachte mit einem inneren hämischen Lachen daran, wie groß am Ende seine Enttäuschung sein würde. Alle Mühe und Arbeit auf diesem Hof könnte sich als fruchtlos erweisen. Solange Großmutter nicht für tot erklärt werden konnte, war sie noch immer die Eigentümerin. Dann erst kämen Pietro und ich als gemeinschaftliche Erben zum Zuge. Selbst danach wäre er von meiner Gewogenheit abhängig, wenn ich ihm die Hälfte meines Anteiles überließe. Ein kleiner Teufel freute sich in mir.

Der Tag der Geburt rückte immer näher. Peter blieb in dieser Zeit zu Hause, damit er mich rechtzeitig ins Krankenhaus fahren konnte. Ich hoffte, dass ich nicht ausgerechnet während Großmutters Rentenzahlung abwesend war, denn der gutmütige Herr Meister würde unter Garantie auch Peter das Geld auszahlen. Dann hätte ich allerdings ein wirkliches Problem. Im Geiste sah ich Peter schon in der Scheune graben. Vielleicht würde er Pietro und mich bei der Polizei anzeigen oder uns auf eine weitere schlimme Art erpressen. Das Letztere konnte ich mir lebhaft vorstellen. Er würde alles daran setzen, den Hof und das Land in seine Hände zu bekommen.

Aber ich hatte wieder einmal Glück. Teresa wurde an einem Tag mitten im Monat geboren. Es war eine leichte Geburt, und ich durfte schon nach wenigen Tagen wieder nach Hause. Als dann Herr Meister mit der Rente kam, war Peter wie immer auf Tour. Ich war noch einmal davongekommen und atmete vor Erleichterung tief durch.

Mein kleines Mädchen war ein wonniges Kind. Es hatte mein dunkles italienisches Aussehen und rabenschwarze Augen. Sie konnten von mir, aber auch von Gerd Förster stammen. Eine Familienähnlichkeit mit den Lohmeiers war nicht zu erkennen. Sofort nach der Geburt wusste ich definitiv, dass Teresa Gerds Kind war, denn sie hatte das gleiche Muttermal an der rechten Schulter wie er. Bei dieser Feststellung durchflutete mich plötzlich eine tiefe Freude. Zwar hätte ich auch Peter Lohmeiers Kind geliebt, aber nun war es etwas ganz anderes. Ich schwor mir, niemals mehr schwanger zu werden und besorgte mir heimlich die Antibabypille. Peter wusste davon nichts. Er würde es nicht erfahren. Teresa sollte mein einziges Kind bleiben.

Meine Schwiegereltern hatten sich wahrscheinlich ein kleines Blondchen vorgestellt und waren sichtlich schockiert, dass Teresa mir so ähnlich sah. Ihre Freude hielt sich also in Grenzen und sie ignorierten künftig das Kind. Ich war so froh, dass es hier keinerlei Blutsbande gab und es störte mich nicht, dass Elli und Bernhard für ihre Enkelin wenig übrig hatten. Im Übrigen verhielten sie sich auch ihren anderen Nachkommen gegenüber in der gleichen unterkühlten Art.

Teresa war ein sehr ruhiges Kind und ließ mich außerhalb ihrer Mahlzeiten ein paar Stunden in der Nacht ungestört schlafen. Ich stillte sie, denn ich produzierte sehr viel Milch. Dadurch konnte ich Peter noch ein paar arbeitsfreie Wochen abtrotzen, was mich anderenfalls sehr viel Überzeugungsarbeit gekostet hätte. Auch Herr Mewes verhielt sich wieder einmal wunderbar und war sehr dafür, dass ich mir noch ein paar Ruhetage gönnte.

Eines Tages, als Peter wieder seine Tour fuhr, nahm ich Teresa und ging mit ihr zu Pietro in sein Zimmer. Wider Erwarten saß er auf dem Bett und starrte aus dem Fenster. Im Licht sah ich nun seinen gelben Teint und auch die gelbliche Verfärbung im Inneren seiner Augen. Ich war darüber erschrocken, denn dies war ohne Frage kein gutes Zeichen. Seine Haut sah aus wie Pergament und die Knochen stachen aus allen Körperteilen hervor. Mein Herz schmerzte plötzlich vor Erbarmen. Erstaunt blickte er auf das Kind in meinem Arm. Ich sagte ihm, dass dieses winzige Wesen seine Nichte Teresa sei. Er solle sie sich anschauen, denn sie müssten sich doch endlich kennen lernen.

Wie erwachend sah er mich an und konnte anscheinend nicht glauben, dass ich eine Tochter geboren hatte. Seine magere Hand nahm die meine und er bat mit brüchiger Stimme um Vergebung, dass er von meiner Schwangerschaft nichts bemerkt habe. Er sei glücklich über Teresa und strich meinem Kind zärtlich über die rosigen Wangen. Ich freute mich darüber, dass Pietro in diesem Moment so wach und interessiert war. Es grenzte für meine Begriffe fast schon an ein kleines Wunder, so als habe ihn irgendetwas für kurze Zeit dem Leben um ihn herum wiedergegeben. Danke, Vater im Himmel, dachte ich nur, du hast mir ein großes Geschenk bereitet.

Dann aber begann Pietro schrecklich zu schluchzen. Sein Weinen war so laut und kummervoll, dass ich es beinahe nicht mehr ertragen konnte. Er vergrub seinen Kopf in die Kissen und es wollte kein Ende nehmen. Es waren die Laute eines Gepeinigten und Hoffnungslosen. Ich legte Teresa auf den kleinen Sessel am Bett, setzte mich zu Pietro und zog ihn in meine Arme. Er klammerte sich mit einer ungeahnten Verzweiflung und Not an mich. »Verlass mich nicht, verlass mich nicht«, flüsterte er in mein Ohr. »Ohne dich bin ich verloren.« Ich antwortete, indem ich über seine Haarflut strich, dass ich bei ihm bliebe, so lange ich lebe. Teresa sah uns mit ihren großen, dunklen Augen unverwandt an, als habe sie alles verstanden.

Nach ein paar Minuten stürzte Pietro an seinen Schrank und riss eine Flasche heraus, die ich für ihn dort am Morgen deponiert hatte. Gierig trank er den blutroten Wein und ließ sich sodann erschöpft auf das Bett fallen. Bis zum letzten Tropfen trank er die Flasche aus. Die Klarheit seiner Augen verschwand immer mehr hinter dem Schleier seines Rausches. Ich wusste, dass er nun seine Ruhe brauchte, nahm Teresa und ging wieder hinab in die Küche.

Zu meinem großen Erschrecken saß dort Bier trinkend mein Schwiegervater Bernhard. Es war mir nicht klar, wie er in das Haus gekommen war. Dann dachte ich mir, dass Peter seinen Eltern wohl einen Schlüssel überlassen hatte. Ich versuchte, mich nicht zu ärgern. Auch darüber nicht, dass er sich so selbstverständlich mit unserem Bier versorgte. Etwas pikiert fragte er, wo ich denn gewesen sei. Ich antwortete ihm wahrheitsgemäß. In seinen Augen lag ein feuriger Glanz, als ich den Namen Pietro erwähnte. Er fragte gerade heraus, was Pietro eigentlich zu unserem Lebensunterhalt beitrage. Sein Sohn müsse ihn doch wohl nicht durchfüttern? Ich antwortete mit fester Stimme, dass ihn dies nichts anginge.

Mit einem drohenden Blick sagte Bernhard, dass er in der Erntezeit dafür sorgen werde, dass Pietro sich an der Arbeit beteilige. Peter sei ebenfalls dieser Auffassung. Man könne einen Trinker schließlich nicht so verwöhnen und pflegen, wie ich es täte. Arbeit sei die beste Medizin. Vielleicht habe man früher versäumt, ihm den Hintern zu versohlen. Faulheit könne nicht belohnt werden. Er, Bernhard, sehe doch, was sein Sohn arbeiten müsse. Kein Hof im Umkreis habe so ausgesehen wie der unsere. Ein Mann wie Peter habe erst einmal kommen müssen, um der Verwahrlosung ein Ende zu bereiten. Ich müsse nicht glauben, so schwadronierte Bernhard weiter, dass ich etwas Besonderes sei, Jedermann kenne schließlich unsere Geschichte. Selbstgefällig hatte er sich vor mir aufgebaut.

Mir wurde plötzlich siedend heiß und Zorn stieg in mir auf. Ich sagte ihm, dass wir fast noch Kinder gewesen seien, als unsere Eltern umkamen und ich hätte all die Jahre für unseren Lebensunterhalt gesorgt. Zu mehr habe es niemals gereicht. Ich fühlte, dass ich ihn mit bösen Augen ansah, denn seine rote Gesichtsfarbe wurde immer dunkler. Bernhard fühlte sich aber im Recht, denn sie alle waren davon überzeugt, dass sie mir und meinem Bruder die Rettung gebracht hätten. Aber längst kannte ich ihre Pläne und Beweggründe.

Ich stand vor Bernhard, der noch immer auf seinem Stuhl saß und sagte ihm in ruhigem Ton, unsere Heirat sei sowieso nicht auf einer soliden Basis begründet. Sein Sohn habe sich, ohne überhaupt einen Funken menschliches Interesse für mich zu empfinden, auf eine unschöne Weise an mich herangemacht und meine Notlage ausgenutzt. Noch gehöre dieser Hof und das Land meiner Großmutter und danach Pietro und mir. Ich sagte dies mit dem Brustton der Überzeugung, auch wenn es nicht stimmte. Bernhard schwieg, denn wahrscheinlich war er ziemlich überrascht von meinem plötzlichen Aufbegehren und meinen harten Worten. Seltsamerweise gab er anschließend klein bei und meinte, wir sollten diese Auseinandersetzung vergessen. Er habe seine Worte nicht so gemeint. Ich drehte mich schweigend mit meinem Kind um und ging wieder nach oben. Mein Herz klopfte vor Erregung bis zum Hals und ich ahnte, dass ab heute, entgegen Bernhards Beteuerung, der Krieg zwischen uns ausgebrochen war. Meine Schwiegereltern würden mir künftig noch feindlicher gesonnen sein. Dieser Gedanke bereitete mir große Angst.

Als ich wieder nach unten ging, war Bernhard verschwunden. Ich dachte an Peters Reaktion, wenn er von unserer Auseinandersetzung erfahren würde. Vielleicht würde ich ihn, je nachdem wie er sich verhielt, durch Liebesentzug bestrafen. Dies wäre für ihn eine wirkliche Strafe, denn es gab keine Nacht, in der ich nicht herhalten musste. Sein unterentwickelter Intellekt wurde von einer umso größeren Sexualität beherrscht. Hier lebte er sich aus und nahm auf mich keinerlei Rücksicht. Ich ließ es über mich ergehen, weil es einfach keinen anderen Ausweg gab.

Bei der nächsten Gelegenheit kam die Auseinandersetzung zwischen mir und Bernhard zur Sprache. Peter reagierte sehr ungehalten über das, was ich seinem Vater gesagt hatte. Er sprach von Undankbarkeit und ähnlichem mehr. Da ich wusste, dass jegliche Erwiderung einen Kampf gegen Windmühlenflügel bedeuten würde, schwieg ich und ließ ihn weiter reden. Am Abend, als er mich im Bett zu sich ziehen wollte, wand ich mich aus seiner Umklammerung. Er war sehr erregt und wäre nur zu gerne sofort zur Sache gekommen. Ich wehrte mich zum ersten Mal in unserer Ehe und sagte ihm, dass ich erst wieder mit ihm schlafen würde, wenn er sich mir gegenüber besser benahm. Plötzlich winselte er wie ein Hund, sah mich mit starren Pupillen an und versprach mir, dass alles anders werden sollte. Ich spürte, dass ich in solchen Momenten Macht über ihn hatte. Einen derartigen Zustand würde ich beim nächsten Mal besser zu nutzen wissen. Es war heute so etwas wie eine Probe gewesen. Ich tat, was er wollte. Danach legte ich mich still zur Seite und sah ihn nicht mehr an. Ich fand meinen Ehemann widerlich und abstoßend. An keinem Tag meines Lebens würde ich ihn vermissen, wenn er mir abhanden käme. Aber ich wusste, dass dies nicht geschehen würde.

Unmerklich veränderte sich das Klima in unserem Hause. Bernhard und Elli waren die Auslöser. Sie versuchten ihren Sohn hinter meinem Rücken gegen mich aufzubringen. Zum Glück war Peter kein allzu bösartiger Mensch, sondern nur gefühl- und gedankenlos. Ihn interessierte im Übrigen mein und des Kindes Befinden in keiner Weise. Auch die Hetzereien seiner Eltern vergaß er nach einigen Stunden wieder. Um Teresa bemühte er sich erst gar nicht. Wenn das Kind mit seinen Händchen nach ihm greifen wollte, übersah er es geflissentlich. Liebe und Zärtlichkeit waren nun einmal nicht sein Ding.

Ich konnte nicht umhin, ihm für seine viele Arbeit, die er leistete, meine Achtung zu zollen. Er war Tag und Nacht bei seinen Kartoffeln und seinem Gemüse. Schon bald hatte er sich als Lieferant bei vielen Hotels durch vorzügliche Qualität einen Namen gemacht. Er verdiente sehr gut und sparte eisern. Wenn er einmal seine Kasse, die er mittlerweile durch eine weitaus größere ersetzt hatte, in meiner Anwesenheit öffnete, quollen viele Geldscheine hervor. Es war ihm nicht recht, dass es ich es sah, und so stopfte er das Geld schnell in die untere Etage der Kasse. Ich schlug ihm vor, ein Bankkonto in der Stadt zu eröffnen. Dazu schüttelte er nur den Kopf.

Von diesen Einnahmen sah ich keinen Pfennig. Er gab mir nur so viel in die Hand, wie ich für meine Einkäufe benötigte. Alles, was ich bei Herrn Mewes so schwer verdiente, nahm er mir ebenfalls noch am Zahltag ab. Dabei lachte er stets verlegen und versprach, das Geld für Teresa zu sparen. Das wiederum glaubte ich ihm nicht. Er wollte es mir einfach abnehmen, um mich klein zu halten. An diesen Tagen durfte er mich zur Strafe nicht lieben. Gehässig freute ich mich, wenn er sich nachts im Bett unruhig hin und her warf, denn ich hatte ihm sein Schlafmittel verwehrt. Ein gewisser Anstand in seinem Wesen hielt ihn davon ab, mich mit Gewalt zu nehmen. Dieser Umstand war das einzig Gute an unserer Verbindung.

Mit Großmutters Rente, die noch immer floss, konnte ich Pietro versorgen. Mein System, meinem Bruder seine Droge zu beschaffen und ihm diese heimlich zuzuschleusen, war bis ins Kleinste ausgeklügelt. Dennoch fragte ich mich, wie lange dies noch so bleiben würde. Wenn Herr Meister in seiner Postuniform um die Ecke bog, wusste ich, dass wieder ein Monat unseres Lebens gerettet war.

Teresa war ein braves Kind, das viel schlief. Kaum dass sie laufen konnte, folgte sie mir wie ein Hündchen überall hin. Ich hatte mehr Arbeit als mir gut tat, und mein Mädchen musste viele Stunden in unserem großen Gemüsegarten oder im Stall zubringen. Ich hatte einfach keine Zeit, mit dem Kind zu sprechen, zu malen oder ihm vorzulesen. Es wuchs in einer gewissen Wildheit auf und ich sah es mit verzagtem Herzen. Peter duldete es nicht, dass ich mich nur im Haus aufhielt. Nach dem Essen gab es keine Mittagspause. Dann musste ich für seine Kunden Gemüse stechen und den Wagen beladen. Selbst in der heißesten Sommerhitze kannte er keine Gnade. An diesen Tagen hasste ich ihn zutiefst. Mein Körper wirkte ätherisch schmal, meine Hände waren verarbeitet, und mein Gesicht schien nur aus Knochen zu bestehen. Meine schönen Haare hatte ich zu einem stets ungepflegten Pferdeschwanz zusammengebunden. Was war nur aus mir geworden?
In den vergangenen Wochen konnte ich eine besondere Betriebsamkeit an Peter feststellen. Unruhig durchsuchte er unseren alten Speicher und nahm das ehemalige Schlafzimmer meiner Eltern unter die Lupe. Er riss die Schränke und Kommoden auf und warf deren Inhalt auf den Boden. Als ich ihn fragte, warum er das tue, sah er mich nur zornig an und schrie mit lauter Stimme, wo die Unterlagen für den Hof und das Land seien. So etwas müsse es doch geben. Er habe diesen Hof nicht umsonst wieder zu dem gemacht, was er nun darstelle. Diese Ungewissheit müsse sich ändern. Sein Anteil stehe ihm nämlich nach der großen Kraftanstrengung, die er unternommen habe, endlich zu. Ich antwortete erschrocken auf seinen unerwarteten Gefühlsausbruch, dass ich diese Papiere noch nie gesehen hätte. Tatsäch-

lich fand Peter nichts. Selbst mir kam dies seltsam vor, und ich hegte plötzlich den nicht unberechtigten Verdacht, dass Großmutter Lotte diese Unterlagen vielleicht versteckt oder ganz und gar vernichtet hatte.
Peter beruhigte sich in den kommenden Tagen wieder und wurde von seinen Geschäften abgelenkt. Ich wusste, dass er im Rathaus auf entsprechendes Befragen eine eindeutige Antwort hinsichtlich unserer Besitzverhältnisse erhalten hätte. Wider Erwarten kam er jedoch nicht auf die Idee, dort Erkundigungen einzuholen. Nach wie vor war er der Ansicht, dass diese Papiere irgendwo in unserem Haus versteckt seien. Das Suchen würde also meines Erachtens weitergehen. Wahrscheinlich würde er sich als Nächstes Pietros Zimmer vornehmen. Es war nur eine Frage der Zeit.
Wären die ganzen Umstände für mich nicht so Angst beladen gewesen, so hätte ich über die Betriebsamkeit der Familie Lohmeier schadenfroh lachen können. Ich überlegte oftmals, wie es wäre, wenn unser Geheimnis plötzlich an das Tageslicht käme. Für Pietro und mich würden dann noch weitaus schlimmere Tage folgen. Ich dachte an die möglicherweise nur kurze Pause, die uns von dem eigentlichen Verhängnis trennte.

Ein heißer Sommer neigte sich dem Ende zu, als plötzlich meine Kraft für die viele Arbeit nicht mehr ausreichte. Ich war physisch wie psychisch erloschen. Meine Nächte waren mit Albträumen gespickt, und morgens zitterten meine Hände. Mein Zustand ähnelte auf frappante Weise dem meines Bruders, nur mit dem Unterschied, dass ich keinen Alkohol trank. Sogar Teresa spürte meine Not, denn sie weinte in dieser Zeit sehr viel. Ich war für mein Kind keine gute, ausgeglichene Mutter.
Auch Herr Mewes beschwerte sich im Hotel über meine langsame Arbeitsweise, die er von mir nicht kannte. Aber ich konnte nicht schneller laufen, und immer wieder brachte ich Geschirr und Gläser zu Bruch. In einer stillen Minute sprach er mit mir und fragte, was los sei. Da er immer gut zu mir war, wollte ich ehrlich antworten und sagte ihm, dass ich zu Hause so schwer

arbeiten müsse und mein Mann keine Gnade kenne. Fassungslos sah er mir in die Augen und erkannte, dass ich die Wahrheit sprach. Herr Mewes war stets der Meinung gewesen, dass ich mit Peter Lohmeier, der einen so sanften Eindruck vermittelte, das große Los gezogen hatte. Nun wusste er, dass es nicht so war. Ich erzählte ihm einfach alles von meiner Schinderei auf unserem Hof.
Alle dachten, so auch er, dass Großmutter Lotte noch auf dem Hof lebte. Ich musste ihn auch in dem Glauben lassen. Er meinte, dass sie vielleicht meinen Mann zu einem Sinneswandel bewegen könne. Wieder musste ich lügen, indem ich antwortete, dass Großmutter dazu zu alt und zudem zu verwirrt sei. Bei diesen Worten sah ich an Herrn Mewes mit einem schlechten Gewissen vorbei. Ich bemühte mich nun, abends im Hotel das Letzte aus mir herauszuholen, denn ich durfte diese Arbeitsstelle auf keinen Fall verlieren. Wie hätte ich sonst täglich Pietros Wein besorgen können!
Ich musste künftig versuchen, tagsüber meine Kräfte einzuteilen und mich etwas zu schonen. So entschloss ich mich, das Haus nur noch alle drei bis vier Wochen gründlich aufzuwischen. Bisher hatte ich es jeden Freitag getan. Nun würde ich einfach mit dem Besen durchkehren. Unsere Wäsche, auf die ich sehr viel Wert legte, wäre nun ein Stück länger zu tragen. Das Wechseln der Bezüge unserer Betten wollte ich ganz weit hinausschieben. Lediglich auf Teresas Sauberkeit war ich nach wie vor bedacht. Ich hatte in den vergangenen Jahren sehr gut kochen gelernt. Es schien mir irgendwie zu liegen, und mir flogen während der Zubereitung der Mahlzeiten alle möglichen Ideen zu. Peters enormer Appetit waren in der Tat ein Indiz für meine Kochkunst, wenngleich er mir niemals dafür ein Kompliment machte. Künftig würde ich mir bei den Mahlzeiten weniger Mühe geben. Andere Frauen kauften, wie ich immer wieder feststellte, ab und zu Fertiggerichte oder Fertigsuppen. Ich entschloss mich, nun auch keine Suppen mehr selbst herzustellen, sondern solche aus der Tüte auf den Tisch zu bringen. Peter würde es vielleicht gar

nicht bemerken. So gab es noch andere Dinge, die ich nun vernachlässigte. Lediglich das, was Peter mir auftrug, erledigte ich wie immer. Doch auch unsere Tiere fütterte ich einmal weniger, außer, Peter war in der Nähe. Sogar das Jäten in unserem großen Gemüsegarten machte ich mir einfacher. Statt das Unkraut herauszureißen und wegzutragen, trat ich es mit meinen Schuhen platt und harkte Erde darüber. So verschwand es für einige Zeit.

Durch all diese Einsparungen konnte ich meine Kräfte wieder auf ein halbwegs normales Maß bringen, und meine Arbeit im Hotel klappte besser. Herr Mewes sagte mir dies, und ich freute mich darüber.

Teresa war jedoch für mich ein besonderes Problem. Sie war ein sehr ruhiges Kind und weigerte sich, mit dem Sprechen zu beginnen. Stattdessen deutete sie mit ihren kleinen Händen nur auf die Dinge, die ihr im Moment einfielen oder wichtig erschienen. Ihre Augen hatten einen wachen und lebendigen Ausdruck, der mir sagte, dass vieles in ihr schlummerte, welches einfach nicht zum Vorschein kommen konnte. Dies war eindeutig meine Schuld. Wegen meiner ständigen Überarbeitung hatte ich mich nur sehr wenig mit dem Kind beschäftigt. Auf dem Speicher kramte ich meine alten Kinderbücher und das abgegriffene Spielzeug hervor. Still blätterte Teresa ein Blatt nach dem anderen um. Sie war voller Interesse für die Dinge, die sie sah. Sie wusste nicht, was eine Katze, ein Hund oder ein Vogel war. Ich sah mit tiefem Schmerz und einer grenzlosen Liebe, dass ich dieses kleine Wesen in seiner winzigen Welt allein gelassen hatte. Wie ein Vogel war Teresa in sich gefangen. Nur ich konnte mein Kind befreien.

So begann unser Tag, sobald Peter vom Hof gefahren war, mit einem Spaziergang durch die alten Bilderbücher. Ich erklärte Teresa alles und später nahm ich ihre kleine Hand, und wir gingen in den Stall zu unseren Tieren. Auch hier nannte ich ihr die Namen der Tiere, und wir streichelten ihr Fell oder das Gefieder. Voller Glück lachte sie und schaute mit großer Aufmerksamkeit auf alles, was ich ihr zeigte. Mein Herz wollte mir fast versagen, als ich an meine bisherigen Versäumnisse dachte.

Nach und nach sprach Teresa einige Wörter und gar nicht lange darauf sogar kleine Sätze. Ich war überglücklich über diesen wahrhaft rasanten Fortschritt. Peter fiel Teresas neues Verhalten nicht auf. Ab und zu lächelte er zwar dem Kind zu, aber als Teresa eines Tages Papa zu ihm sagte, hob er nicht einmal den Kopf von seinem Teller. Darüber war ich sehr böse, denn das Kind sah ihn unverwandt an und wartete auf eine Reaktion. Trotzdem verhielt ich mich still und ging wie immer einer Streiterei aus dem Weg. Mein einziger Trost war der Gedanke, dass er nicht Teresas leiblicher Vater war. Ich dachte an meinen ehemaligen, hoch gebildeten Geliebten und vernahm dabei noch immer ein leises Klingen in meinem Herzen.

Als Teresa drei Jahre alt war, wollte ich sie in Maiberg im Kindergarten anmelden. Ich sprach mit Peter darüber. Er befand dies als äußerst überflüssig. Schließlich wären er und seine Geschwister auch niemals in einem Kindergarten gewesen. Es sei eine unnötige Geldausgabe. Hier auf dem Hof habe Teresa alles, was sie brauche. Später würde sie sowieso das Übrige in der Schule lernen. Wieder war für mich und das Kind ein Traum wie eine Seifenblase zerplatzt. Ich hatte nämlich die Hoffnung gehegt, dass sich Teresa über ihre derzeitigen Fortschritte hinaus im Kindergarten weiter positiv entwickeln würde. Nun war es an mir, am Ball zu bleiben und mit dem Kind zu arbeiten, um keinen Stillstand zu erlangen.
So nach und nach trat meine Nachlässigkeit im Haushalt offen zutage. Es roch in den Räumen ungelüftet und nach ungewaschener Kleidung. Aus Pietros Zimmer schlug mir stets ein strenger Geruch nach Alkohol und Unsauberkeit entgegen. Dafür schämte ich mich zutiefst, denn meine Mutter hatte uns Kinder zur Reinlichkeit erzogen. Aber es war mein Notopfer, um nicht selbst zugrunde zu gehen, und ich tat es auch vor allem für Teresa. Ich hatte einen uneinsichtigen Mann an meiner Seite, der bei mir wahrscheinlich das gleiche Kraftpotential voraussetzte, welches ihm von der Natur geschenkt war.

Unsere Schweine nahmen aufgrund meiner mangelhaften Fütterung nicht besonders zu. Sie brauchten sehr viel länger, um die nötige Speckschwarte anzusetzen. Ich sah dies mit Erschrecken und wusste, dass derartige Dinge auch Peter auffallen würden. Schließlich bedeutete unsere Schweinezucht eine zusätzliche Einnahmequelle. Wenn es um Geld ging, verstand mein Ehemann keinen Spaß.

Eines schicksalhaften Tages hörte ich in den frühen Morgenstunden unseren Wagen wieder auf den Hof fahren. Peter war bereits um fünf Uhr morgens gestartet, um in der nahe gelegenen Großstadt den Gemüsemarkt zu bedienen. Etwas musste passiert sein. Mit langen Schritten kam er ins Haus. Ein heißer Schreck durchfuhr mich, als ich daran dachte, dass Teresa mit ihren Büchern in der Küche saß und draußen die Kühe laut schrien, denn ich hatte vergessen, mit dem Melken zu beginnen. Ich konnte mir denken, dass deren Euter langsam von der Milchflut wehtaten.

Peter kam hektisch in die Küche und rannte zielgerichtet, seinen Schlüsselbund schon in der Hand, auf den kleinen Schrank zu, in dem er seine Kasse und seine Unterlagen verwahrte. Draußen wurde es immer lauter, da nun auch die Schweine aufgeregt grunzten, deren Fütterung ich ebenfalls vernachlässigt hatte.

Peter stutzte, horchte und blickte mich fassungslos an. Seine Stimme wurde laut, als er mich fragte, ob ich mit dem Melken und Füttern noch nicht fertig sei. Schweigend und angstvoll nickte ich. Er sah auf unsere Küchenuhr, und zum ersten Mal, seit wir verheiratet waren, wurde sein Gesicht blutrot und seine Adern an der Schläfe schwollen gewaltig an. Seine Hände hatte er zu Fäusten geballt, und ich begann mich zu fürchten.

Teresa blätterte lachend in ihren Büchern und jauchzte bei jedem Bild. Peter blickte sich nach dem Kind um und riss das Buch aus den kleinen Händen. Vor Teresas Augen schnitt er es mit der auf dem Tisch liegenden Schere in kleine Stücke und warf diese über das Kind. Mein Mädchen begann zu weinen und rutschte voller Angst von seinem Stuhl unter den Tisch. Es umklammerte seine kleinen Beine und legte den Kopf schluchzend dazwischen.

Nun stand Peter vor mir und fragte mich fast schreiend, zu was ich denn jemals gut gewesen sei. Nun wisse er, was ich in seiner Abwesenheit täte, nämlich gar nichts. Mit lächerlichen Bilderbüchern triebe ich mich im Haus herum und vernachlässige den Hof. Nun wisse er, warum die Tiere so gar nicht gediehen. Es sei meine Schuld. Ich hielt meinen Kopf gesenkt, damit er mir nicht in die Augen sehen konnte. Sicher hätte er sonst meinen Widerstand darin erkannt und auch meinen Widerwillen gegen ihn. Trotzdem hielt ihn meine demütige Haltung nicht davon ab, mir mit seinem dicken Schlüsselbund voller Wut auf den Kopf zu schlagen.

Ich glaubte in diesem Moment, vor Schmerz ohnmächtig zu werden. Er hatte mit großer Gewalt zugeschlagen, und es war nun das erste Mal, dass er mir gegenüber handgreiflich geworden war. Ich ahnte, dass nach einem ersten Mal auch ein zweites Mal kommen konnte. Teresa zuliebe musste ich nun darauf achten, dass ich alles tat, was er für notwendig hielt. Die kurze Zeit der Ruhe war aber endgültig vorüber. Noch wusste ich allerdings nicht, wie schnell sich alles ändern würde.

Anschließend ging Peter mit weit ausladenden Schritten in den Stall und begann mit der Fütterung. Ich folgte ihm mit Teresa, um die Kühe zu melken. Aus meinem Kopf lief ein Rinnsal Blut in meine Haare. Ich fühlte mich plötzlich wie ausgelaugt, und in meinem Gehirn verspürte ich einen heftig klopfenden Schmerz. Wir sprachen kein Wort miteinander und ich erkannte noch immer einen großen Zorn in seinen Zügen. Nichts mehr ähnelte in diesem Moment dem jungen Mann, der vor Jahren auf unseren Hof gefahren war. Peter hatte sich als liebloser, kleinlicher und geldgieriger Mann entpuppt. Er wurde mit der Zeit seinen Eltern immer ähnlicher. Für Teresa war diese Familie kein leuchtendes Beispiel. Ich mochte es nicht, wenn Elli das Kind in einem Anfall von Großmütterlichkeit auf den Arm nahm. Teresas Abwehr konnte ich in ihren Augen erkennen. Niemals hörte ich, dass sie freiwillig die Anrede Oma oder Opa benutzte. Dazu musste man sie erst auffordern.

In der kommenden Zeit begann Peter das Haus auf den Kopf zu stellen. Er räumte alle leeren Zimmer aus und begann mit dem Tapezieren. Wenn ich fragte, was dies zu bedeuten habe, bekam ich die Auskunft, dass ich es schon rechtzeitig erfahren würde. Fast schien es, als verfolge er einen bestimmten für ihn sehr wichtigen Plan. Für uns selbst hätte er sich nämlich dieser Mühe garantiert nicht unterzogen. Die bewohnten Zimmer unseres Hauses waren seit unserer Hochzeit nicht mehr renoviert worden. Dementsprechend sahen sie auch aus. Unser altes Haus war in der Tat sehr geräumig. Es waren zwar alles kleinere Zimmer, aber dennoch zahlreich. Gut und gerne konnte hier noch eine Familie mit Kindern leben. Über den Sinn und Zweck seiner Aktion zerbrach ich mir den Kopf, kam aber letztendlich nicht auf das nahe Liegende. Peter fühlte sich schon lange als Besitzer des Hofes und es wäre ihm deshalb niemals in den Sinn gekommen, mich bei irgendwelchen Entscheidungen einzubinden.
Ständig fuhr er zu seinen Eltern oder Bernhard und Elli tauchten bei uns auf. Sie gingen mit Besitzerstolz durch das Haus und gaben an, was noch zu tun sei. Nach Peters Tapezierarbeiten musste ich den Schmutz beiseite schaffen. Wieder hatte ich für Teresa nur wenig Zeit. Das Kind fiel plötzlich in seine alte Lethargie zurück. Verzweiflung machte sich in mir breit, weil mir einfach keine Lösung einfiel, wie ich Teresas Leben ändern könnte.

Des Teufels Schwiegermutter

Wie es tatsächlich weitergehen würde ahnte ich spätestens an jenem Tag, als in aller Herrgottsfrühe ein großer Lastwagen mit der Aufschrift »Meiers Umzüge« auf den Hof fuhr. Das Wort »Umzüge« ließ Böses erahnen. Aus dem Führerhaus stiegen der Fahrer, mein Schwiegervater und meine Schwiegermutter. Peter war heute zu Hause geblieben. Da dies äußerst selten vorkam, musste dieser Tag etwas Besonderes bringen. Als er den Wagen hörte, sprang er eilends vom Tisch auf und rannte auf den Hof. Lachend kamen er und meine Schwiegereltern anschließend in die Küche. Sie postierten sich vor mir auf, und Peter teilte mir nun mit dürren Worten mit, dass Elli und Bernhard unsere neuen Mitbewohner seien. Da ich, wie er festgestellt habe, nicht mehr in der Lage sei, die tägliche Arbeit zu bewältigen, sollte ich Unterstützung erhalten. Darüber könne ich im Übrigen sehr froh und dankbar sein. Er erwarte von mir ein dementsprechendes Verhalten seinen Eltern gegenüber. Auf keinen Fall könne es angehen, dass ich mich seinem Vater gegenüber bösartig wie damals verhalte.
Es war die erste größere und zusammenhängende Rede meines Ehemannes seit unserer Hochzeit. Ich konnte nicht verhehlen, dass ihm dies wider Erwarten recht gut gelungen war. Nachdem er seine Ansprache beendet hatte, reichte mir Elli plötzlich die Hand und wünschte uns allen ein gutes Zusammenleben. Ich nahm ihre Hand und sagte leise nur das Wort »gleichfalls«. Zu mehr war ich in diesem Moment nicht in der Lage. Trübsal machte sich in mir breit. Alles, was ich für mich und Teresa nun in der Zwischenzeit aufgebaut hatte, fiel wie ein Kartenhaus

zusammen. Nun war ich Tag für Tag und Stunde um Stunde unter Beobachtung. Auch für Pietro drohte Gefahr. Unsere friedliche Zeit war zu Ende. Es war nun gleichgültig, ob Peter morgens aus dem Hause ging oder nicht.

Den ganzen Tag über musste ich mit Peter, Elli und Bernhard Möbel und Wäsche aus dem Transporter in den ersten Stock unseres Hauses schleppen. Gegen Abend, nachdem der Umzugswagen noch zweimal bei uns abgeladen hatte, war alles im Haus verstaut. Elli und Bernhard hatten sich im ganzen oberen Stockwerk breit gemacht. Die Küche würden wir gemeinsam benutzen und auf Ellis Wunsch auch gemeinsam wirtschaften. Ich war nun völlig außer Gefecht gesetzt und würde in meinem eigenen Haus nicht mehr bestimmen können.

Abends in meinem Bett, als ich neben mir Peter schnarchen hörte, musste ich daran denken, wie meine Eltern über die Zustände in unserem Haus geurteilt hätten. Mein Vater wäre sicher sehr traurig darüber gewesen, wie man seine Kinder behandelte. Zwar hatte uns diese Familie Lohmeier noch nicht vollständig in ihren Händen, aber wir waren auch nicht mehr weit davon entfernt.

Die kommenden Wochen waren ein einziges Spießrutenlaufen. Wenn ich die winzige Hoffnung im Herzen gehegt hatte, dass Elli und Bernhard eine wirkliche Unterstützung sein würden, so musste ich diese sehr schnell begraben. Elli gab zwar den Ton an, aber von Arbeit hielt sie nicht viel. Alles was schwer und schmutzig war, gehörte zu meinem ausschließlichen Aufgabenbereich. Dieser umfasste darüber hinaus auch das Füttern und Melken der Tiere. Kam ich vollkommen erschöpft aus dem Stall, rauchte Elli am Küchentisch genüsslich eine Zigarette und beobachtete dabei meine total verschüchterte Teresa. Das Kind saß jedes Mal auffällig unbeweglich auf seinem Stuhl und wagte nicht, den Kopf zu heben. Wenn ich fragte, was mit Teresa sei, sagte Elli lachend, sie habe sich vorgenommen, Teresa ordentlich zu erziehen. Am Tisch würde kein Buch aufgeschlagen und nicht gesprochen. Teresas einziges Buch, das ich damals vor Peter gerettet hatte, lag halb aufgeweicht in der Spüle. In diesem Moment hätte ich meine

grinsende und paffende Schwiegermutter erwürgen können. Es war mir plötzlich nach Gewalttätigkeit zumute. Wäre Teresa nicht bei uns gewesen, so hätte ich mich wahrscheinlich auf Elli gestürzt. Ich wollte meiner Kleinen jedoch derartige Szenen ersparen und schluckte meine Riesenwut einfach hinunter.
Ich gewöhnte mir an, selbst unter Ellis striktem Protest das Kind wieder wie früher mit in den Stall zu nehmen. Es war es zufrieden und taute plötzlich auf. Ich versuchte trotz meiner Sorgen und meines Kummers fröhlich mit Teresa umzugehen, und ab und zu sangen wir gemeinsam Kinderlieder. Dennoch war das Klima in unserem Hause alles andere als gut. Am meisten spürte die Kleine diese unguten Strömungen. Sie weinte sehr viel und war oftmals launisch und unausgeglichen. Dieser Zustand war für Elli ein Indiz, dass ich nicht in der Lage wäre, ein Kind zu erziehen. So wartete ich darauf, dass Peter sich einmischte. Später würde dann wahrscheinlich auch Bernhard dazu seinen Kommentar abgeben. Alle hatten sich gegen uns verschworen, und die Leidtragende war einzig und allein Teresa.
Bernhard musste zum Glück jeden Morgen aus dem Haus zu seiner Arbeitsstelle im Rhein-Main-Gebiet. Abends gegen achtzehn Uhr traf er mit einem kleinen Firmenbus wieder ein. Während der heißen Sommermonate hatte er, bedingt durch seinen durchgängigen Bierkonsum tagsüber, stets einen gehörigen Schwips. Dann klopfte er mir wie in früherer Zeit bei jeder Gelegenheit auf den Po. Keiner in dieser Familie fand etwas dabei. Selbst Peter lachte grölend zu seines Vaters derben Späßen. Um das dünne Eis des Friedens in unserem Hause nicht zu zerbrechen, ging ich lächelnd auf Bernhards Grobschlächtigkeiten ein. Ich bemühte mich mit all meiner psychischen Kraft um Ruhe und Frieden. Mit der Zeit bemerkte ich eine seltsame Stille in mir, als sei etwas Lebenswichtiges zerbrochen. Es war eine grenzenlose Gleichgültigkeit, die mich umfangen hielt und der ich nichts entgegenzuhalten hatte.
Die letzten Jahre kamen mir wie eine einzige Folter vor. Wenn ich darüber nachdachte, wie viel Freude mir in dieser Zeit zuteil

geworden war, so konnte ich nur an Gerd Förster und an die Geburt von Teresa denken. Diese Geschehnisse waren alles, was ich an guter Erinnerung besaß. Seltsamerweise gehörte das eine unverbrüchlich zum anderen. Ich fand diesen Gedanken tröstlich, und er wärmte mich in kalten Stunden.
Elli hatte nun das ganze Haus im Griff. Selbstverständlich fragte sie tagtäglich nach Pietro. Ich erklärte ihr, dass er die Mahlzeiten in seinem Zimmer einnehmen wolle. Außerdem, so log ich zugunsten meines Bruders, sei er darauf bedacht, die anderen im Hause nicht zu stören. Ich trug ständig den Schlüssel zu seinem Zimmer in meiner Hosentasche, denn es war nicht auszuschließen, dass Elli ganz einfach in das Zimmer gehen würde. Traurig dachte ich daran, dass mein Bruder eigentlich wie ein lebendiger Toter lebte. Es wurde für mich immer schwieriger, seinen Weinnachschub zu organisieren. Elli hörte und sah einfach alles. Im frühen Morgengrauen, wenn alle garantiert noch schliefen, schlich ich auf leisen Sohlen hinab zur Miste und zog jedes Mal zwei Flaschen Wein hervor, die nun durch den frischen Mist widerwärtig stanken. Ich steckte links und rechts eine in meine Hosentaschen. Darüber trug ich eine sehr weite Bluse, sodass es nicht auffiel, was ich transportierte. Gott sei Dank gelang mir diese Aktion stets, ohne dass mich ein Hausbewohner sah.
Unser Zusammenleben war auch deswegen besonders schwierig, weil meine Schwiegereltern wenig Anstand besaßen. War ich in unserem Bad und hatte vergessen abzuschließen, so kam es garantiert vor, dass Elli oder Bernhard einfach hereinsahen. Sie machten auch vor unserer Schlafzimmertüre nicht halt. Peter weigerte sich, das Zimmer abends von innen abzuschließen. Sie hatten uns bereits mehrfach beim Liebesakt gestört, was meinem Mann jedoch nicht das Geringste ausmachte. Anscheinend war dies bei ihnen schon immer gang und gäbe gewesen.
Elli rührte nach wie vor keinen Finger. Stolz erzählte sie stattdessen ihrem Sohn, dass sie die Erziehung seiner Tochter übernommen habe, damit ich meiner Arbeit nachgehen könne. Peter lächelte seine Mutter voller Dankbarkeit an und meinte, ich

könne mit dieser Schwiegermutter wahrhaftig zufrieden sein. Ich nickte und rang mir bei dieser Lüge ein mattes Lächeln ab. Elli war zu Teresa sehr streng und hart, und ich konnte nichts dagegen tun. Wagte ich einen Vorstoß, um mit Elli einmal vernünftig zu sprechen, so fauchte sie mich sofort mit der Entgegnung an, dass ich weiß Gott nichts von Kindererziehung verstünde. Sie habe schließlich fünf Kinder geboren und zu anständigen Menschen erzogen. Ich wusste aber, dass dies nicht stimmte, denn ich hatte es täglich vor Augen, dass ihre Kinder nicht besser als sie und Bernhard waren. Es war mir nicht klar, woher sie diese Selbstüberschätzung nahm.

Teresa entwickelte sich rückwärts. Sie sprach zum Beispiel nicht mehr klar und deutlich. Ihre Wortwahl erinnerte an Ellis primitiven Sprachschatz. In Teresas Verhalten konnte ich seit einiger Zeit eine gewisse Aggressivität erkennen. Diese ließ den Schluss zu, dass Elli das Kind ständig unterdrückte und vielleicht auch auf irgendeine hinterhältige Weise quälte. Ich hatte keine Wahl und musste einfach alles geschehen lassen. Weit und breit gab es für mich keine Hilfe. Wen hätte ich einweihen sollen? Ich besaß keine persönlichen Freunde, und Pietro war mir schon lange entglitten.

Nach dem Abendbrot saßen Peter und meine Schwiegereltern stets Bier trinkend beieinander. Mich lud man dazu nicht ein. So ging ich mit Teresa in ihr kleines Zimmerchen. Ich brachte das Kind zu Bett und betete noch mit ihm. In der letzten Zeit wollte sie aber nicht mehr beten und begann jedes Mal zu weinen. Ich fragte, was sie habe. Aber Teresa schüttelte nur den Kopf. Ihr Verhalten wurde in vielen Dingen sonderlich und ich vermutete, dass Elli ihre Hände im Spiel hatte. So auch, dass Elli und Bernhard nichts von Gott und der Kirche wissen wollten. Deshalb durften Peter und ich uns seinerzeit nicht kirchlich trauen lassen. Teresa war nicht getauft und ich schämte mich dafür. Andererseits fürchtete ich mich vor dem Pfarrer und dachte dabei an meinen letzten Besuch in der Kirche.

Eines Abends kam ich noch einmal in die Küche zurück und sah, wie plötzlich alle drei erschrocken zusammenfuhren. Sie hielten ihre Köpfe über einen Stoß von Banknoten gebeugt und schienen diese zu zählen. Meines Erachtens musste es eine Menge Geld sein. Peter verwahrte es noch immer in seiner altmodischen Kasse. Manchmal, wenn ich auf ihn sehr böse war, wünschte ich, dass ein Einbrecher käme und ihm alles stehlen würde. Bevor ich etwas sagen konnte, hatte Peter das Geld zusammengerafft, in den Behälter geworfen und den Deckel mit einem Knall zufallen lassen. Ich tat so, als habe ich nichts bemerkt, holte mir ein Glas Wasser und verließ die Küche. Elli und Bernhard waren also auch Herr über unsere Einkünfte, an denen ich durch meine Schufterei maßgeblich beteiligt war.

Ab und zu gab Peter mir einen Geldschein, damit ich für Teresa und mich etwas zum Anziehen kaufen konnte. Dieses Geld reichte leider nie, sodass ich dabei immer zu kurz kam. Großmutters Rente ging hingegen nach wie vor völlig für Pietro drauf, sodass ich in der letzten Zeit sogar wieder einmal etwas von Peters Alkoholvorräten stehlen musste. An Bernhards voluminöse Biervorräte wagte ich mich nicht heran.

Eines Tages musste ich bereits am frühen Morgen hinaus auf das Land zur Kartoffelernte. Elli durfte wie immer zu Hause bleiben. Teresa wollte unbedingt mit mir gehen und klammerte sich weinend und bettelnd an meine Schürze. Doch Elli zog das Kind zur Seite und ging nicht auf Teresas Bitten ein. Noch weit draußen hörte ich ihr jämmerliches Schluchzen. Ich wusste, dass unser Leben so nicht mehr weitergehen konnte. Entweder wehrte ich mich endlich, was uns letztendlich aber auch nichts bringen würde, oder ich musste mit Teresa weggehen. Aber das war leichter gesagt als getan, denn noch immer war Pietro da, und ich hatte geschworen, bei ihm zu bleiben. Wenn ich aber weiterhin alles zuließ, würde ich mich an meinem Kind zutiefst versündigen. Es hatte in seiner Unschuld weitaus Besseres verdient. Ich fühlte mich plötzlich als schwache und müde Mutter. Warum konnte ich mich nicht verteidigen und ließ stattdessen

alles mit mir geschehen? Ich erkannte, dass Großmutters Unfall und unsere Ängste, diesen den Behörden zu melden, für unser heutiges Unglück ursächlich waren. Niemals wären wir sonst in die Hände dieser schrecklichen Familie Lohmeier geraten. Stunde um Stunde las ich Kartoffeln auf, und die Säcke wurden voller und voller. Mein Rücken tat mir entsetzlich weh, aber Peter kannte kein Erbarmen. Ich war die ganze Zeit so in meinen düsteren Gedanken gefangen und erinnerte mich deshalb nicht daran, dass ich vergessen hatte, den Schlüssel zu Pietros Zimmer abzuziehen. So wurde es Mittag und ich fuhr mit Peter nach Hause. Elli würde keine Hand gerührt haben, und mir käme es nun zu, das Essen zu kochen. Vor Anstrengung zitterten mir Arme und Beine, und Tränen der Erschöpfung brannten in meinen Augen. Zu Hause angelangt, beeilte ich mich, in die Küche zu kommen. Wie immer saß Elli dick und rund am Tisch und zog genüsslich an der obligatorischen Zigarette. Von Teresa war keine Spur zu sehen. Ich fragte, wo sie sei. Elli lachte spöttisch und meinte, da Teresa den ganzen Morgen anscheinend nur schreien wollte und ich überdies das Zimmer zu meinem Trunkenbold, wie sie es bezeichnete, dieses Mal nicht verschlossen habe, wäre ihr die Idee gekommen, Teresa zu Pietro zu sperren. Das würde für das Kind sehr heilsam sein. Im Übrigen, so sprach sie grinsend weiter, habe sie einen derartig verkommenen Menschen noch niemals gesehen. Er gehöre in eine Anstalt und nicht in ein ordentliches Haus wie das unsere. Hier müsse bald etwas geschehen.
Ich sah die Frau vor mir wie durch einen Schleier und wähnte mich plötzlich wie in einem bösen Traum. Was hatte sie Teresa bereits angetan? Und was wollte sie Pietro antun? Zuerst ging ich einen Schritt auf sie zu. In meinen Händen kribbelte es und ich war bereit, zu einem Schlag auszuholen. Hass schüttelte mich und der Wunsch nach Vergeltung. Aber etwas hielt mich in letzter Minute zurück. Ich wandte mich um und rannte nach oben in Pietros Zimmer. Es war abgeschlossen, aber der Schlüssel steckte. Als ich in das Zimmer trat, saß Pietro auf dem Bettrand. Er war nur noch ein Knochengerüst, und seine wilden Haare und der

lange Bart ließen ihn tatsächlich wie einen bösen Mann aus den Kindermärchen erscheinen. Er blickte mich ohne Emotion an. Daran erkannte ich, dass er sich wieder auf einem Trip befand. Die Flaschen im Schrank würden wohl leer sein. Dann suchte mein Blick Teresa. Sie kauerte in der hinteren Ecke des Zimmers. Ihre Augen waren weit geöffnet, und ihre kleinen Hände zuckten in spastischen Bewegungen. Ich hob sie hoch und trug sie in unser Schlafzimmer. Pietro sah uns ausdruckslos nach. Es wäre zwecklos gewesen, ihn zu fragen, was geschehen war.
Teresa sah mich weiterhin starr an und ich fühlte, wie sie zitterte. Ich nahm sie auf meinen Schoß und schaukelte sie sanft in meinen Armen. Dabei sang ich ihr Lieblingslied »Guten Abend, gute Nacht«. Bald darauf schloss sie die Augen, und ich legte sie in ihr Bett, obwohl sie noch nicht zu Mittag gegessen hatte. Vor allen Dingen musste ich nun die Vorgänge in Pietros Zimmer recherchieren. Teresa hatte Pietro in der Zwischenzeit nur einmal gesehen und sich damals schon vor seinem Aussehen gefürchtet.
Ich setzte mich an Teresas Bett und blickte müde auf sie herab. Mein kleines, schönes Mädchen, dachte ich, was musst du alles erleiden! Ich schämte mich dafür, dass ich ihr ein solches Leben zumutete. Plötzlich hörte ich Ellis laute Stimme. Sie erinnerte mich daran, das Mittagessen nicht zu vergessen. Langsam ging ich in die Küche und begann mit meiner Arbeit. Zum Glück verflüchtigte sich Elli nach draußen. Ich konnte diese grausame Frau nicht ansehen, die ein kleines Mädchen so in Angst und Schrecken versetzt hatte. Bevor wir wieder auf den Acker fuhren, schloss ich Pietros Türe fest ab. Im Übrigen hoffte ich sehr, dass Elli Teresa schlafen ließ.

Nach diesem Vorfall war das Kind nicht mehr dasselbe. Teresa veränderte sich von Tag zu Tag weiter zu ihrem Nachteil. Seit dem Einzug meiner Schwiegereltern schien sie wie verwandelt. Mehrmals begann ich abends, wenn ich meinen Mann wieder einmal befriedigt hatte, von Teresa zu sprechen. Nach ein paar

Sätzen fiel er mir aber dann immer mit der lapidaren Erklärung ins Wort, seine Mutter wisse genau, wie man Kinder erziehe. Ich solle ihre Arbeit vielmehr anerkennen, anstatt ständig ein Haar in der Suppe zu suchen. Mein Ehemann sah einfach nicht, was um ihn herum vorging. Seine Lieblingsbeschäftigung war das Anhäufen von Geldnoten.

Als meine Eltern, Pietro und ich noch vereint gewesen waren, hatten wir wenig Geld gehabt und uns dennoch stets froh und zufrieden gefühlt. Längst wusste ich, dass manche Menschen nur in den materiellen Werten des Lebens ihr Glück finden. Dazu gehörte auch Peter. Mein kluger Vater hatte immer dann, wenn es uns besonders schlecht gegangen war, gesagt, dass nichts bleibt wie es ist. Diejenigen, die sich oben befänden, kämen nach unten und die von unten würden sich nach oben erheben. So, wie mein Leben derzeit aussah, müsste für mich eigentlich der Aufwärtsgang vorgesehen sein. Ich trug mich jeden Tag mit der Hoffnung, dass dereinst ein Morgen anbrechen würde, mit dem sich alles änderte. Ich hatte die Erfahrung gemacht, dass sich die schlechten Zeiten im Leben besonders ausdehnen, während die schönen, sorglosen Tage wie im Fluge entschwinden. Doch lange wollte ich nicht mehr auf eine wundersame Veränderung warten. Teresa, Pietro und ich waren am Scheideweg angelangt.

Am Tag nach dem Vorfall mit Teresa ging ich zu Pietro und traf ihn einigermaßen normal an. Es erschien mir momentan wie ein Glücksschimmer in Anbetracht dessen, was ich nun hören würde. Ich fragte, was geschehen sei. Seine Augen schwammen in Tränen, als er mir schilderte, wie brutal Elli das Kind in sein Zimmer gestoßen hatte. Teresa habe schrecklich geweint und gezittert. Voller Erbarmen habe er sie in den Arm nehmen und trösten wollen. Aber nachdem sie ihn gesehen hatte, wären ihre Schreie noch viel lauter geworden. Pietro meinte, dass sie sich sehr vor ihm gefürchtet habe. Als das Weinen des Kindes nicht aufhörte, sei Elli mit einem Reiserbesen auf sie beide losgegangen. So gut er konnte, habe er Teresa beschützt. Danach sei Elli wieder aus dem Zimmer verschwunden, das sie von außen abgeschlossen habe. Die Schimpfworte, mit der sie ihn betitelte, wollte Pietro mir aus Scham nicht sagen. Teresa habe sich allmählich beruhigt und dann nur noch still vor sich hingeblickt. Pietro zeigte mir die Verletzungen an seinem Rücken durch den Reiserbesen. Ich war sprachlos über so viel Brutalität. Schweigend und tief getroffen verließ ich meinen Bruder. Dieser schreckliche Vorgang erinnerte mich plötzlich an meine Großmutter. Warum musste sich in diesem Hause alles wiederholen?

Teresa sprach von diesem Tage an niemals mehr ein Wort und blickte keinen von uns an. Ihre Augen waren vielmehr müde in die Ferne gerichtet. Ich sah, dass mein Kind eine Wunde an seiner Seele davongetragen hatte. Diesen Schock konnte auch ich nicht mehr heilen. Peter sah sich aufgrund meiner dringenden Bitte das Kind an, welches stundenlang regungslos auf seinem Stuhl saß. Er meinte, die Kleine sei nur verstockt. Man müsse ihren überaus großen Willen brechen. Es sei wichtig, dass sie zu gehorchen lerne. Kalt überging er meine heftigen Vorwürfe gegen seine Mutter und ließ mich nach einiger Zeit einfach stehen. Nun waren auch hier die Fronten geklärt. Ich hatte von meinem Ehemann keine Hilfe zu erwarten. Aber meine Kleine musste in ärztliche Behandlung. Peter stimmte dem nicht zu. Was sollte ich nun tun? Vorerst entschied ich, noch einige Tage zu warten, um zu sehen, wie es mit Teresas Verhalten weiterging. Dann würde ich mich für eine Maßnahme entscheiden, ganz gleich, was meine schreckliche Familie auch tat.

Unsere Erntezeit war noch nicht zu Ende, sodass ich jeden Morgen wieder auf das Feld musste. Gerne hätte ich Teresa mitgenommen, aber Elli ließ es, wie so oft, nicht zu. Darüber war ich zutiefst verzweifelt. Ich wagte nicht, gegen Ellis Entscheidung zu opponieren, um diese nicht unnötig zu reizen. Diesmal hatte ich allerdings Pietros Zimmer verschlossen, den Schlüssel eingesteckt und hoffte so, dass sich ein derartiger Eklat nicht wiederholte. Trotzdem änderte sich nichts an Teresas Verhalten. Mehrmals hatte ich an ihrem kleinen schmalen Körper etliche blaue Flecken entdeckt. So auch an ihrer Schläfe. Als ich mit dem Waschlappen darüber fuhr, schrie das Kind laut auf. Empört fragte ich Elli, warum Teresa solche Blutergüsse habe. Sie blickte mir mit ihrem harmlosesten Gesichtsausdruck in die Augen und sagte, dass Teresa mehrmals beim Spielen hingefallen sei. Ich wusste genau, dass dies eine Lüge war, denn Teresa spielte nicht und besaß darüber hinaus nicht ein einziges Spielzeug. Meine alten Sachen vom Speicher hatte Elli schon lange auf den Müll geworfen. Teresa hatte nur noch das alte Bilderbuch, dessen Papier durch das Bad in der Spüle vollkommen wellig und unansehnlich geworden war. In dieser so reichen Welt war mein kleines Mädchen ganz arm. Andere Kinder besaßen Berge von Spielzeug und wussten es noch nicht einmal richtig zu schätzen.

In unserer Familie gab es auch keine Geschenke. Elli duldete es nicht, dass das kleine Mädchen mit was auch immer verwöhnt wurde. Dies gehörte zu ihren besonderen Erziehungsversuchen. Von Peter hätte ich niemals Geld für Spielsachen erbitten können. Es gab nichts in unserem Hause, was meinem Kind zu seiner so notwendigen Weiterentwicklung genutzt hätte. In zweieinhalb Jahren würde Teresa eingeschult werden. Was sollten die Lehrer von solchen Eltern denken, deren Kind so weit zurück war! Es würde kein gutes Licht auf uns fallen.

Die blauen Flecken in Teresas Gesicht und am Körper nahmen nicht ab, eher noch zu. Ich fragte das Kind, ob es Schmerzen habe. Teresa schüttelte nur den Kopf, denn noch immer sprach sie kein Wort. Elli empörte sich über mein Misstrauen und drohte mir, mit Peter darüber zu sprechen. Ich war in dieser Sache so ratlos und kam keinen Schritt weiter. Wenn Elli mit einem Besen auf Pietro und auf das Kind eingeschlagen hatte, so würde sie sicher auch keine Hemmungen haben, Teresa darüber hinaus zu misshandeln.

Ich beobachtete, dass das Kind bei den Mahlzeiten mit völlig steifem Körper am Tisch saß und artig aß. Sobald Elli den Raum verließ, lockerte sich Teresas Haltung. Angstvoll blickte sie dann ständig zur Türe. Wenn Elli zurückkam, senkte sie den Blick und erstarrte wieder auf diese besondere Art. Ich wusste, meine Schwiegermutter tat Teresa nicht gut. Ich ahnte, dass sie von ihr schlecht behandelt wurde. Abends, wenn ich das Kind zu Bett brachte, wehrte es sich gegen meine Liebkosungen. Es wandte sich von mir ab und regte sich so lange nicht, bis ich den Raum verlassen hatte. Teresa spürte, dass ihre Mutter zu schwach war, um ihr zu helfen. Mein Scheitern machte mich sehr unglücklich.

Je störrischer Teresa in Ellis Augen wurde, desto brutaler ging meine Schwiegermutter vor. So passierte es wiederum, dass sie das Kind in Pietros Zimmer sperrte und von außen abschloss. Ich konnte mir keinen Reim darauf machen, wie sie an einen zweiten Schlüssel gekommen war, denn seit dem ersten Vorfall nahm ich den Schlüssel abends sogar mit in mein Bett. Aller Wahrscheinlichkeit nach musste irgendwo ein Ersatzschlüssel aufgetaucht sein. Ich wusste genau, dass die Schlüssel der anderen Türen nicht in Pietros Schloss passten. Diese Probe hatte ich bereits gemacht. Nun konnte Elli bei Pietro ein- und ausgehen, und sie hatte sicher auch schon längst sein Alkoholdepot ausspioniert. Sie betitelte mich stets als empfindliche Person. Das Kind könne doch ruhig einmal eine Weile bei meinem Trunkenbold bleiben. Schließlich sei er ja sogar Teresas Onkel. Dabei wusste Elli ganz genau, was sie Teresa damit antat. Je öfter Teresa zu Pietro gesperrt wurde, desto mehr verschlechterte sich ihr Zustand.

Nachts hörte ich ihre Schreie und sprang jedes Mal verstört in ihr Zimmer. Schwitzend und zitternd lag das Kind in seinen Kissen. Die Augen standen vor Furcht weit offen und ihr Atem ging stoßweise. Dann nahm ich sie auf meine Arme und trug sie in mein Bett. Hier fand sie Ruhe und schlief wieder ein. Morgens schimpfte mich Peter dafür aus und knurrte bösartig, dass aus Teresa eine verweichlichte Göre würde. Ein Kind gehöre in sein eigenes Bett. Ich entschloss mich, seine Worte zu ignorieren und holte Teresa fast jede Nacht zu mir. Es tat uns beiden sehr gut und ich fühlte, dass sie sich ein wenig erholte.

In meinen schlimmsten Stunden dachte ich immer wieder an Gerd Förster. Ich wusste, dass er Teresa als Arzt helfen könnte. Dennoch fühlte ich mich nicht in der Lage, seine Praxis aufzusuchen. Außerdem war es ein aussichtsloses Unterfangen, unter Ellis Argusaugen aus dem Haus zu kommen. Ich schämte mich im Übrigen vor Gerd, dieses Kind in einem solchen Zustand zu präsentieren. Garantiert würde er die blauen Flecken auf Teresas Körper mir zurechnen. Ich konnte nicht darauf hoffen, dass dies alles für mich ohne Konsequenzen bleiben würde. Immer wieder fand ich irgendwelche Einwände und Entschuldigungen, um mich vor weiteren Maßnahmen zu drücken. Feige sah ich zu, wie mein Kind langsam zugrunde ging.

Ich konnte einzig und allein in unserem Hause dafür sorgen, dass Teresa wenigstens nicht mehr zu Pietro gesperrt wurde. So entschloss ich mich, Elli den Schlüssel abzunehmen. Sie war als Großmutter so gnadenlos, also gab es für mich keinen Grund, sie zu schonen. In einem Geistesblitz erinnerte ich mich an Großmutters Tropfen, die diese damals auf so perfekte Weise schachmatt gesetzt hatten. Das kleine Fläschchen existierte noch in meinem Nachtschrank in einer entfernten Ecke. Ich glaubte nicht, dass Elli auch unser Schlafzimmer ins Visier genommen hatte. Die Tropfen waren nun wirklich steinalt, aber dieser Umstand kümmerte mich nicht. Sie mussten mir einfach noch einmal einen guten Dienst erweisen. Ich wollte Elli lediglich zu einer wunderbaren Müdigkeit verhelfen, sodass ich ihr den Schlüssel zu Pietros Zimmer abnehmen konnte.

Am nächsten Morgen bereitete ich wie stets unser gemeinsames Frühstück zu. Elli trank immer gerne einen starken Kaffee mit viel Milch und Zucker. Ich beeilte mich, ihre Tasse, in die ich heimlich bereits die Tropfen gegeben hatte, zu füllen und schob sie ihr mit einem freundlichen Lächeln zu. Auch den anderen füllte ich die Tassen, wie ich es immer tat. Elli trank mit Genuss ihren Kaffee und merkte nichts. Zum Glück hatte ich mit diesen Tropfen meine Erfahrungen und wusste, dass die Wirkung erst nach fast einer Stunde eintreten würde. Mit einem harmlosen

Gähnen würde es beginnen und so nach und nach zu einer großen Müdigkeit ausufern, sodass der Betroffene nur noch Sehnsucht nach seinem Bett verspürte. Spannungsgeladen wartete ich nun ab, was geschehen würde.
Bernhard verabschiedete sich zur Arbeit, und auch Peter zog seine Ackerstiefel an. Ich sagte, dass ich nun in den Stall gehen würde. Das hatte ich jedoch nicht vor. Erst musste ich sehen, was mit Elli geschah. Ich versuchte, die Zeit mit emsigem Arbeiten in der Küche zu überbrücken. Plötzlich stützte Elli ihre Arme auf den Tisch und gähnte herzerfrischend. Ich freute mich, denn dies waren die ersten guten Anzeichen. Sie sagte plötzlich in die Stille hinein, dass sie heute noch sehr müde sei.
Ich meinte, sie könne sich ruhig noch einmal in ihr Bett legen. Teresa schliefe ebenfalls noch. Mit verschleierten Augen blickte sie mich dankbar an und erhob sich. Schwankend, als habe sie einen Rausch, ging sie die Treppe hinauf. Ich hörte sie in ihr Zimmer gehen und die Türe schließen.
Ich wartete noch eine gute halbe Stunde, bevor ich nach Elli sah. Vorsichtig öffnete ich die Türe und erblickte sie ruhig atmend in ihrem Bett liegen. Ich konnte erkennen, dass sie tief in ihrer Betäubung gefangen war, denn normalerweise schnarchte Elli entsetzlich. Sie machte einen nahezu bewusstlosen Eindruck, aber es ängstigte mich nicht, denn ich kannte diesen Zustand von Großmutter.
So machte ich mich flugs daran, in Ellis Schürze nach dem Schlüssel zu suchen. Aber ich fand ihn nicht. Nun war guter Rat teuer. Wo war er geblieben? Der Gedanke, Elli am Körper abzusuchen, ließ mich frieren. Aber dennoch musste ich es tun. Sie lag voll angekleidet auf ihrem Bett. Das Kleid hatte keine Taschen. Plötzlich sah ich im Ausschnitt etwas blitzen und fasste vorsichtig unter den Stoff. Eine kleine schmale Kette wurde sichtbar. Ich betete vor Aufregung, dass Elli nicht wider Erwarten erwachen würde. Aber sie schlief wie eine Tote. Langsam zog ich das Kettchen hoch und sah, dass an ihm ein verrosteter Schlüssel hing. Er war es, den ich suchte. Ich öffnete den Verschluss des Kett-

chens und zog es von Ellis Hals. Ich würde es samt Schlüssel verschwinden lassen, sodass sie annehmen musste, es irgendwann verloren zu haben.

Mit einem Aufatmen ging ich die Treppe hinab und holte Teresa aus ihrem Zimmer. Schweigend wie immer nahm sie ihr Frühstück ein. Ich setzte mich ruhig zu meinem Kind und legte den Arm um seine mageren Schultern. Teresa kuschelte sich plötzlich seit langer Zeit wieder einmal an mich, und wir saßen ganz eng beieinander. Dann nahm ich ihre Hand und wir gingen hinüber zum Stall. Sie wirkte wacher und ich sah mit Freude, wie sie mit den Tieren spielte und ab und zu sogar einmal lachte. Aber dieser Tag, das wusste ich, würde eine Ausnahme sein. Schon morgen würde alles wieder anders aussehen. Ellis tiefer Schlaf bis in den späten Vormittag würde sich so schnell nicht mehr wiederholen.

Überraschenderweise rührte sie sich bis in die Mittagsstunden nicht. Als ich nach ihr sah, schlief sie noch immer tief und fest. Ich entschied, Elli wachzurütteln, damit sie das Gefühl bekam, dass ich mich um sie sorgte. Ich rief laut ihren Namen und klopfte energisch auf die Bettdecke. Sie bewegte sich und riss plötzlich erschrocken die Augen auf. Großmutter hatte ich damals nur die halbe Menge Tropfen verabreicht, um sie lediglich zu beruhigen. Bei Elli rechnete ich die Anzahl der Tropfen aufs Geradewohl aus. Ich atmete auf, als sie etwas mühselig aus ihrem Bett stieg. Verwundert blickte sie an sich herab und konnte sich im Moment nicht erklären, warum sie angezogen zu dieser Tageszeit geschlafen hatte. Ich erklärte ihr, dass sie sich am Morgen nicht ganz wohl gefühlt habe und deswegen nochmals zu Bett gegangen sei. Nun aber hätte ich mir Sorgen gemacht und nach ihr sehen wollen.

Arglos blickte sie mich an, und ich hatte das Gefühl, dass sie sich an die Vorgänge am frühen Morgen nicht mehr erinnern konnte. Ich nahm sie mit in die Küche und kredenzte ihr einen frischen und sehr starken Kaffee. Danach war sie bald wieder die Alte und gab ihre lauten Anweisungen. Dies störte mich heute nicht, denn ich hatte mein Ziel erreicht. Bevor sie sich andere schlimme Dinge ausdachte, würde sie zuerst einmal im ganzen Haus nach ihrem Schlüssel suchen. Ich wusste, dass ihr dieser Schlüssel sehr wichtig war. Dadurch besaß sie noch mehr Macht über mich.

Teresa saß auf der Treppe vor dem Haus und spielte versonnen mit einem Stock. Sie wirkte irgendwie ruhig, aber Elli suchte nach ihr und ging auf das Kind von hinten zu. Teresa wandte sich um, erschrak zutiefst und schrie vor Angst auf. Sie hielt die Hände vor ihr Gesicht und stürzte im gleichen Moment die Stufen hinab. Ihr Kopf stieß mehrmals an das alte Eisengeländer, bis ihr kleiner Körper endlich im Schmutz vor der Treppe landete.
Elli blieb wie angewurzelt stehen, ich aber stieß sie vor Aufregung grob zur Seite. Ich rannte zu Teresa die Treppe hinab. Das Kind lag mit einer blutenden Kopfwunde bewusstlos und seltsam verrenkt vor der untersten Treppenstufe. In diesen Sekunden bildete ich mir ein, dass dies die Strafe dafür sein musste, was ich heute Elli angetan hatte. Diese schien jedoch sprachlos und starrte unentwegt auf das leblose Kind. Meine Tropfen zeigten wohl noch eine gewisse Nachwirkung.
Sie ließ es zu, dass ich zu unserem Telefon lief und eine Ambulanz bestellte. Einen direkten Hausarzt hatten wir nicht, denn keiner durfte es sich in unserem Hause erlauben, einen aufzusuchen. Krankheiten wurden ignoriert. Ich wusste noch nicht einmal, ob Peter uns in seinem grenzenlosen Geiz überhaupt krankenversichert hatte. In diesem Moment betete ich, dass dies der Fall sein möge. Die Sanitäter waren sehr schnell da und ich zog nur eine Jacke über und fuhr mit meinem Kind zum Krankenhaus nach Maiberg. Den Schlüssel und die Kette von Elli fühlte ich in meiner Hosentasche. Es konnte nichts passieren, Pietro war für heute sicher.
Teresa lag bleich und ohne Bewusstsein auf der Bahre. Die beiden Sanitäter hatten sie an einen Tropf angeschlossen und kontrollierten ständig ihren Blutdruck. Die Wunde am Kopf wurde vorerst notdürftig versorgt. Mein Herz war voller Kummer und Sorge,

als ich meine Kleine so armselig vor mir liegen sah. Auf dieser Fahrt kam es mir so richtig zum Bewusstsein, welch trauriges Leben dieses Kind führte. Wo waren die freudigen Ereignisse eines Kinderlebens? Wo gab es einen lieben Vater und liebe Großeltern? Wo gab es ein Zuhause mit Spielsachen, Süßigkeiten und Geschenken? Für Teresa waren dies Dinge, die sie nicht kannte und ich war zu schwach und verängstigt, um für sie kämpfen zu können. Ihre kleine Kinderseele hatte bereits viel Leid und Angst zu bewältigen. Wie sollte mit diesen Vorbedingungen einmal ihr Leben verlaufen? Wäre es im Sinne von Gerd Förster, dass man sein Kind so aufzog?
Ich konnte mir ausmalen, was er darüber denken würde. Warum aber hatte er mich damals ohne ein Wort des Abschieds verlassen? Alles was ich an Liebe und Zärtlichkeit zu geben in der Lage war, hatte er mit Geschenken bezahlt, nicht aber mit dem Herzen. Musste nun auch seine Tochter eine derartige Lebenskälte ertragen, nur dass die Verursacher andere Menschen waren? Ich glaube irgendwie an die Maßgabe des Schicksals, an seltsame Wiederholungen von Dingen, die in einem skurrilen Zickzackkurs immer wieder in unserem Leben auftauchen.
Im Krankenhaus wurde Teresa sofort untersucht. Man sah die blauen Flecken am Körper des Kindes, und ich errötete vor Scham. Dennoch rechnete man diese mehr oder weniger dem Sturz auf der Steintreppe zu. Wieder einmal kam ich gut dabei weg. Der untersuchende Arzt bewegte vorsichtig Teresas Arme und Beine und teilte mir mit, dass nichts gebrochen sei.
Später brachte man das Kind in die Kinderabteilung des Krankenhauses. Teresa zog in ein Zimmer ein, in welchem das zweite Bett leer war. Darüber war ich sehr froh, denn Teresa sollte Ruhe haben. Ich setzte mich zu ihr und nahm ihre kleine schmale Hand. In der Stille betete ich zu Gott und bat ihn, unser Leben in eine neue Bahn zu lenken. Ich war so müde von allen Anstrengungen, die mir täglich seelisch wie körperlich zuteil wurden. Alt und schrecklich wissend kam ich mir plötzlich vor. Auf einmal war ich am Bettrand bei Teresa eingeschlafen. Irgend-

wann weckte mich sanft eine Schwester. Zuerst wusste ich vor Erschöpfung gar nicht, wo ich mich befand. Die Schwester sah mitleidig auf mich herab und streichelte plötzlich meine Hand. Es werde alles gut. Teresa habe wahrscheinlich nur eine gehörige Gehirnerschütterung.
Ich fragte, ob mein Mann angerufen habe. Die Schwester schüttelte nur stumm den Kopf und ich bat darum, zu Hause anrufen zu dürfen. Es wurde mir gerne erlaubt. Am anderen Ende meldete sich Elli. Sie fragte, was mit Teresa sei. Ich teilte ihr alles mit, was der Arzt mir gesagt hatte. Sie schien zufrieden. Dann verlangte ich Peter. Dieser wollte aber anscheinend gar nicht mit mir sprechen. Elli entschuldigte ihn eilig damit, dass er heute Abend noch Rüben einzufahren habe. Er könne deswegen nicht nach Maiberg kommen. Beinahe hätte ich vor Enttäuschung geweint. Ich flehte Elli an, Bernhard zu schicken, denn ich müsse dringend zu Hause ein paar Sachen für Teresa packen, und im Übrigen sei der Weg zum Hof doch so weit. Elli versprach murrend, mit Bernhard zu sprechen und legte einfach auf.
Traurig ging ich in Teresas Zimmer zurück. Keiner aus meiner Familie hatte sonderliches Interesse am Zustand des Kindes. Als ich zurückkam, sah ich voller Freude, dass sie die Augen geöffnet hatte. Doch ihr Blick war seltsam starr und als ich sie ansprach, schien sie mich nicht zu hören. Ihre Augen fixierten stets den gleichen Punkt. Vor Verzweiflung begann ich ihr Lieblingslied zu singen und legte meinen Kopf auf ihr Kissen, damit sie mich spüren konnte. Doch Teresa schien sich weit weg an einem Ort zu befinden, den ich nicht kannte. Ich tröstete mich mit dem Gedanken, dass sie ja noch verletzt sei und sich alles wieder geben würde. Dann wiederum dachte ich an die vielen schlimmen Geschehnisse zu Hause, die aus dem einst fröhlichen Kind ein sonderbares Wesen gemacht hatten.
Ich wartete zwei, drei Stunden. Bernhard kam nicht. Liebevoll streichelte ich Teresa über den Kopf und sagte dem Pflegepersonal Bescheid, dass ich morgen wieder käme. Freundlich verabschiedeten sich die Schwestern von mir. Meine Beine trugen

mich kaum, und ich dachte voller Grauen an den weiten Weg zu unserem Hof. Ich verbot mir, meiner Schwäche nachzugeben und ging unter Aufbietung aller Kräfte die Straße entlang. Meine Füße schmerzten entsetzlich und ich fror in diesen kalten Abendstunden. Wäre Pietro nicht auf unserem Hof gewesen, so hätte ich erwogen, niemals mehr zurückzugehen. Aber ich musste um jeden Preis an den Ort meiner Qualen.
Die Zeit meiner Wanderung erschien mir endlos. Täglich fuhr ich einen Teil des Weges mit meinem Fahrrad. Nun aber konnte ich feststellen, wie weitab von der Stadt unser Hof lag. Deswegen nahm uns niemand zur Kenntnis oder interessierte sich für uns. Wir waren fast wie Waldmenschen, fernab von jeder Zivilisation. Kein einziges Auto fuhr an mir vorbei, dessen Fahrer mich vielleicht mitgenommen hätte. Es gab nur diese geisterhafte Stille des Waldes und meine leisen Schritte auf dem Asphalt. Furcht kannte ich eigentlich nicht, wenn ich nachts auf meinem Fahrrad nach Hause fuhr. Nun aber, zu Fuß, kroch die Angst frostig über meinen Rücken und ich fühlte mich dieser Dunkelheit wehrlos ausgeliefert.
Von Ferne sah ich endlich den Lichtschimmer unserer Hoflampe. Nun hatte ich es nicht mehr weit. Müde ging ich die Treppe hinauf, auf der vor Stunden Teresa verunglückt war. Im Haus waren alle in der Küche versammelt. Erstaunt blickten sie mir entgegen. Mit keinem Wort des Vorwurfs begegnete ich Elli. Sie sah mich, da sie ein schlechtes Gewissen hatte, mit einem herausfordernden Blick an. Ich ignorierte ihn. Elli schien erleichtert und begann ein Gespräch mit mir. Peter und Bernhard hörten still zu. Keiner sagte ein Wort des Bedauerns über den Unfall des Kindes. Teresa war in dieser Runde genauso ungelitten wie ich. Mit einem frohen Gefühl dachte ich zum tausendsten Male daran, dass in ihren Adern zum Glück kein Blut von diesen Menschen floss.
Später ging ich nach oben, um mich zu waschen. Es hätte mich sehr interessiert zu wissen, ob Elli ihren Schlüssel inzwischen vermisste. Ich schloss die Türe zu Pietros Zimmer auf und sah,

dass er wach am Fenster stand. Schon lange hatte ich ihn nicht mehr aufrecht stehen sehen. Als er sich umdrehte, erschien mir sein Verhalten fast normal. Er lächelte mich an und ich strich ihm über seine eingefallenen Wangen. In die Stille des Zimmers sagte er ganz leise, dass er mich so unendlich liebe. Ich sei schon lange Vater und Mutter für ihn und er habe mich zum Dank stets allein gelassen. Mein Herz war übervoll und wir nahmen uns in die Arme. Ich fühlte seinen knochigen Körper, und Tränen flossen aus meinen Augen über das Elend, das uns umfangen hielt. Nun erzählte ich Pietro von Teresa und er war darüber sehr traurig. Er sagte mir, dass er, seit Elli das Kind in seinem Zimmer eingesperrt hatte, weil sie wusste, wie groß dessen Angst vor Pietro war, versucht habe, seinen Alkoholkonsum einzuschränken. Es sei aber sehr schwer, meinte er, und ich glaubte es ihm. Ich war in diesem Moment so voller Hoffnung. Die Sache mit Ellis Schlüssel schilderte ich ihm, und wir freuten uns beide von Herzen, sie überlistet zu haben. Dennoch war ich mir sicher, dass diese Sache noch ein Nachspiel haben würde.

Ich war nicht mehr in der Lage, hinunter zu gehen und legte mich in mein Bett. Nach einiger Zeit hörte ich, wie sich Peter mit schleppendem Schritt näherte. Mit Grausen dachte ich daran, ihm nun wieder, wie fast an jedem Abend, zu Willen sein zu müssen. Er machte sich schon lange nicht mehr die Mühe, sauber zu mir in das Bett zu kommen. Der Schweiß des Tages hing schwer an seinem Körper. Er strömte einen widerwärtigen Raubtiergeruch aus. Wieder musste ich an Gerd Förster denken, wie gut er gerochen und sich angefühlt hatte. Ich wünschte mich zurück in eine andere Zeit.

Peter kroch zu mir herüber. Sein Atem ging schwer und ich wusste, er würde nicht eher Ruhe geben, bis ich ihn befriedigt hatte. Seine letzte Kraft für diesen Tag ließ er dann mit animalischen Geräuschen bei mir. Danach fühlte ich mich wie besudelt und hatte nur den einen Wunsch, mich gründlich zu waschen. Als ich mich wieder in mein Bett legte, schnarchte mein Mann bereits laut. Wir hatten an diesem Tag kein Wort miteinander gesprochen. Und gerade heute war so viel passiert! Unser Kind war verunglückt, doch Peter ließ dieser Umstand anscheinend kalt. Wahrscheinlich träumte er stattdessen von seiner großartigen Rübenernte und vor allem davon, was sie einbringen würde. Ich hatte es aufgegeben, über unsere misslungene Ehe traurig zu sein.

Am nächsten Morgen war Elli unruhig und rannte ständig im Haus herum. Ich ahnte, was sie bedrückte. Das Kettchen mit dem Schlüssel war nämlich nicht mehr an ihrem Hals. Anscheinend glaubte sie, es verloren zu haben, denn mit keinem Wort sprach sie mit mir darüber. In mir keimte die Hoffnung, dass sie mich mit dieser Sache nicht in Zusammenhang brachte.

Als ich begann, das Mittagessen vorzubereiten, stand Elli plötzlich vor mir und bat mit energischer Stimme um Pietros Zimmerschlüssel. Verwundert blickte ich sie an und fragte, was sie in diesem Zimmer suche. Sie sagte, dass sie einfach nur den Schlüssel wolle. Ich schüttelte den Kopf und fasste den Mut, ihr mit fester Stimme zu antworten, dass außer mir keine Menschenseele etwas bei meinem Bruder zu suchen habe. Wenn ihr Schlüssel verloren gegangen sei, so wäre es nicht meine Schuld. Seltsamerweise entspann sich nun kein Wortgefecht. Aber gerade dieser Umstand schien mir besonders bedenklich. Wahrscheinlich würde sie Peter mit dieser Angelegenheit betrauen.

Als ich nach oben ging, nahm ich ihre Kette mit dem Schlüssel und versteckte sie in einem kleinen Loch in den Holzdielen unseres Schlafzimmers. Darüber lag ein schmaler, abgewetzter Läufer. Hier würde ihn unter Garantie niemand suchen. Ich wusste, dass Elli die Herrin über das ganze Haus sein wollte. Aber das war nur die eine Komponente. Was Elli, Peter und Bernhard aber darüber hinaus mit Pietro vorhatten, konnte ich nicht ergründen. Ich musste auf der Hut sein, denn immer wieder fielen während unseres gemeinsamen Essens böse Worte über meinen Bruder. Elli war in der Tat des Teufels Schwiegermutter in unserem Haus geworden.

Fremder Geliebter

Am frühen Nachmittag packte ich für Teresa eine kleine Tasche mit Wäsche, die ich auf mein Fahrrad klemmte. Ich meldete mich bei Pietro ab, der jedoch wieder einmal seinen Rausch ausschlief. Elli sagte ich, dass ich vor Antritt meiner Arbeit im Hotel noch zu Teresa in das Krankenhaus fahren wolle. Sie nickte nur und schien froh zu sein, mich für heute nicht mehr sehen zu müssen.
An diesem Tag war außerdem Peters Geburtstag. Ich hatte völlig vergessen, ihm zu gratulieren. In unserem Hause kam es andererseits auf diese Dinge überhaupt nicht an, sodass ich kein schlechtes Gewissen haben musste. Trotzdem fuhr ich mit einem unguten Gefühl von zu Hause fort. Ich hatte Pietro zwar wie immer eingeschlossen, aber ich traute Elli zu, dass sie notfalls die Türe zu seinem Zimmer mit Gewalt öffnen würde. Dann beruhigte ich mich mit dem Gedanken, dass alles was kommen würde, sowieso nicht zu verhindern war. Nur mit der relativen Kraft meiner Jugend konnte ich alles ertragen. In den letzten Jahren hatte ich mehr erlebt als andere Menschen in ihrem ganzen Leben.
Teresa war der einzige Lichtblick in meinem trostlosen Dasein. Trotzdem musste ich sie immer wieder, ohne dass ich eine andere Möglichkeit gehabt hätte, sträflich vernachlässigen. Als Pietro und ich in ihrem Alter waren, bestanden unsere Tage aus Lachen und Fröhlichkeit. Unser alter Hof war unsere Spielwiese und unsere Eltern taten alles, um uns glücklich zu machen. Unter der großen Tanne vor unserem Haus dachten wir uns die schönsten Geschichten aus. Unser Leben erschien uns in einem goldenen

Licht. Schatten gab es darin nicht. Vater schickte uns in die Realschule, damit wir später einen guten Beruf ergreifen konnten. Er wusste, dass Wissen stark und sicher macht. Vater kam aus einer ganz anderen Welt. Dort mussten sogar die Kinder schon schwere Arbeiten verrichten. Für das tägliche Brot zu sorgen war für jedes Familienmitglied oberstes Gebot.
Der Start in unser Leben war also viel versprechend gewesen. Niemals wären wir auf den Gedanken gekommen, dass sich alles auf eine schreckliche Art und Weise ändern könnte. Es ist von unserem Schöpfer schon wunderbar eingerichtet, dass wir Menschen überwiegend dem positiven Denken den Vorrang einräumen. In den frühen Jahren unseres Lebens erscheint uns alles wunderbar. Der Drang, das Dargebotene in jeder Hinsicht auszukosten, wird in uns übermächtig. Später, wenn wir unsere Erfahrungen gesammelt haben, gehen wir wieder einige Schritte zurück. Erst dann werden wir zu Pessimisten und Weltuntergangspropheten. Auch Pietro und ich hatten uns damals eine glänzende Zukunft erhofft. Geblieben ist uns nur die Erinnerung an unsere Pläne. Fast schien es mir, als habe ich in einem Buch gelesen und es dann für immer zugeschlagen.

Ich radelte weiter die Straße entlang und musste daran denken, was aus uns beiden geworden war. Pietro war ein Gefangener seiner Sucht und ich die billige und willige Magd meines Ehemannes. Ich rechnete im Geiste nach, wie viel Jahre mein Leben im Normalfall noch dauern könnte. Es kamen einige Jahrzehnte zusammen. In Anbetracht meiner häuslichen Qualen erschreckte mich diese Zahl. Aber dennoch sah ich darin auch eine Chance, denn sowohl das Gute wie auch das Böse haben ihre Zeit. Nichts würde also für immer so bleiben.
Ich fuhr auf den Hof des Krankenhauses und beeilte mich, zur Kinderstation zu kommen. Bei der zuständigen Stationsschwester meldete ich mich. Diese sah mich in Anbetracht meines abgehetzten und durch den Fahrtwind zerfledderten Aussehens etwas irritiert an. Ich überhörte den kleinen Vorwurf in ihrer Stimme,

als sie sagte, dass man mit mir gar nicht mehr gerechnet habe. Üblicherweise blieben die Eltern der Kinder entweder im Krankenhaus oder sie kämen bereits am frühen Morgen. Ich schämte mich und wusste nicht, was ich antworten sollte. Die Schwester machte es mir leicht und begann sofort zu erzählen, dass Teresa leider noch immer nicht spreche. Möglicherweise gingen ihre Verletzungen doch über eine bloße Gehirnerschütterung hinaus. Eine tiefe Angst legte sich um mein Herz und ich folgte der Schwester in Teresas Zimmer. Sie lag entsetzlich klein und schmal in dem weiß bezogenen Bett und war an alle möglichen Apparaturen angeschlossen. Dunkle Schatten umrahmten ihre derzeit geschlossenen Lider. Teresas Züge waren leichenblass und erschienen mir trotz ihres Schlafes angespannt.
Wie wenig wusste ich über das Seelenleben meines Kindes! In der Vergangenheit hatte ich mir vor lauter Mühe und Arbeit darüber keine Gedanken machen können. Ich hatte es einfach verdrängt.
Dennoch war ich mir darüber im Klaren, dass man mir ganz allein den Zustand des Kindes anlasten würde. Durch die Geburt neuen Lebens wird man Mutter und ist damit für das Kind die wichtigste und einmalige Person auf Erden. Die Mutter ist aber auch die erste Instanz, der man Unzuverlässigkeit und Nachlässigkeit nicht nachsieht. Deswegen hatte mich die junge Schwester so streng angeblickt. Teresas Leiden zeichnete ein Bild unseres Lebens und ich war die Hauptperson, die versagt hatte.
Ich setzte mich zu Teresa und hielt ihre kleine Hand. Ihr Gesichtchen blieb unbeweglich. Ich hörte nur das leise Rumoren der Apparaturen. Ansonsten umfing mich eine geisterhafte Stille. Bei dem Gedanken, Teresa schon bald wieder verlassen zu müssen, liefen mir die Tränen aus den Augen. Schnell nahm ich mein Taschentuch und wischte sie ab. Ich hatte mir vorgenommen, tapfer zu sein. Mit dem Mut der Verzweiflung suchte ich das Schwesternzimmer auf. Freundlich kam mir eine junge Frau entgegen. Ich erzählte ihr, dass ich später noch zur Arbeit müsse und leider erst am nächsten Nachmittag wiederkommen könne. Die Schwester nickte ernst und bat um meine Telefonnummer,

falls sich Teresas Zustand verändern würde. Ich gab ihr unsere Telefonnummer vom Hof und die meiner Arbeitsstelle.

Später, als ich fast eine Stunde bei Teresa gesessen hatte, trat der behandelnde Arzt in das Zimmer. Ich kannte ihn nicht und er reichte mir förmlich die Hand. Mit ernster Miene erläuterte er mir Teresas Zustand, den er keinesfalls als besonders stabil ansah. Für den nächsten Tag waren einige Untersuchungen vorgesehen. Der Arzt fragte mich, warum ich so wenig Zeit für das Kind hätte. Es wäre für Teresa so wichtig, dass ich in ihrer Nähe sei oder vielleicht auch der Vater. Schamröte trat in mein Gesicht, und ich versuchte, dem Arzt meine Situation in abgemilderter Form zu schildern. Unter anderem auch, dass mein Mann nicht vom Hof weg könne. Ich schob unsere Ernte und Peters Fahrgeschäft vor, als seien das die wichtigsten Dinge auf Erden. Auch meine Arbeit im Hotel erwähnte ich und die Tatsache, dass ich nur mit dem Fahrrad zum Krankenhaus gelangen konnte. Alles in allem waren es läppische Gründe, und ich konnte in den Augen des Mannes lesen, was er dachte. Er sah mich mit einem seltsamen Blick an und schien sehr enttäuscht. Andere Menschen sorgten sich viel mehr um mein Kind, als ich es nach außen hin tat. Für den Arzt war ich wohl die Rabenmutter schlechthin.

Später, während der Fahrt zum Hotel, überlegte ich, ob ich Herrn Mewes bitten sollte, mich für ein Woche zu beurlauben. Er war immer gut zu mir gewesen und würde mich auch dieses Mal sicher nicht im Stich lassen. Dann hätte ich die Möglichkeit, sogar über Nacht bei Teresa zu bleiben. Pietro war allerdings das nächste Problem, welches ich lösen musste. Zum ersten Mal verspürte ich einen heißen Zorn auf ihn und seine Trinkerei. Er hatte mich einfach all die Jahre im Stich gelassen und nun, wo ich so in Nöten war, musste ich mir auch noch um ihn ständig Sorgen machen. Von meinem Mann und seinen Eltern konnte ich nichts erwarten. Peter war kein Vater und Elli und Bernhard keine Großeltern. Alle drei kreisten als schwarze Raben über unserem Hof und unserem Leben, ständig bereit, alles zu greifen, was sich ihnen bot.

Ich sprach an diesem Abend mit Herrn Mewes und, wie ich erhofft hatte, war er bereit, eine Woche lang auf mich zu verzichten. Er versprach mir sogar, diese Zeit ausnahmsweise nicht von meinem Lohn abzuziehen. Obwohl mir dies sehr großzügig erschien, musste ich andererseits doch daran denken, mit welchem Hungerlohn er mich abspeiste. Eine derartig billige Bedienung würde er nach mir niemals mehr bekommen. Ich freute mich, nun für Teresa da sein zu können und würde bereits am Mittag des kommenden Tages in das Krankenhaus fahren. Ich musste Elli gegenüber eisern bleiben und auf meinem Plan bestehen. Auch Peter konnte im Moment nicht mit meiner Arbeitskraft auf den Feldern rechnen. Dies alles würde einen weiteren Kampf bedeuten. Als ich meine Arbeit beendet hatte, nahm ich noch eine Tasche mit einigen Flaschen Wein mit nach Hause. Heimlich deponierte ich die eine Hälfte wie immer unter der Miste. Die andere Hälfte verpackte ich vorsichtig in meiner Jacke. Im Haus war alles ruhig und ich schlich leise in unser Schlafzimmer. Peter erwartete mich. Er lag gähnend in seinen Kissen und sah mir zu, wie ich mich auskleidete. Meine Beine brannten vom vielen Laufen und mein Rücken tat mir vom schnellen Fahrradfahren weh. Es war wie in jeder Nacht. Kaum hatte ich die Decke gehoben, sagte er in knappen Worten, dass ich mich zu ihm legen solle. Ich tat es widerwillig und wünschte ihm in diesem Moment ein totales Versagen. Wie immer war die Angelegenheit schnell erledigt, und ich kroch müde und deprimiert in mein Bett zurück.
Am kommenden Morgen informierte ich Elli über meinen Tagesplan. Peter hörte schweigsam zu, doch machte seinerseits keine Anstalten, einen Besuch bei Teresa anzukündigen. Stattdessen knurrte er mich wegen meines Ausfalls als Arbeitskraft böse an. Bernhard kaute mit rotem Gesicht sein dick belegtes Wurstbrot und interessierte sich ebenfalls nicht für seine Enkelin. Lediglich Elli fragte vorsichtig, wie es Teresa gehe. Wahrheitsgemäß antwortete ich, doch keiner der Anwesenden stellte weitere Fragen. Ich dachte, dass damit die Angelegenheit erledigt sei, aber Peter

nahm plötzlich den Faden wieder auf und begann wiederum sein Missfallen über meine frühzeitig geplante Fahrt in das Krankenhaus zum Ausdruck zu bringen. Er sagte, dass der Hof Vorrang habe, das Kind sei im Krankenhaus gut versorgt. Wer solle meine Aufgaben erledigen, wenn ich nicht da sei, fragte er mit erregter Stimme. Ich antwortete so ruhig, wie es mir möglich war, dass mich vielleicht Elli einmal vertreten könne. Mit diesem Vorschlag war ich nun in ein Wespennest getreten. Elli hüpfte vom Stuhl auf und beschwerte sich keifend darüber, dass sie nicht noch mehr arbeiten könne.
Wäre das Ganze nicht so grenzenlos traurig gewesen, hätte ich laut lachen müssen. Elli riss sich in Wahrheit in unserem Haus kein Bein aus. Die meiste Zeit verbrachte sie rauchend in der Küche oder setzte sich faul auf die Bank unter der Tanne. Alle Arbeit kam im Großen und Ganzen mir zu. Ohne mich gäbe es kein Essen, keine frische Wäsche und keine gereinigte Wohnung.
Mein Ehemann baute sich urplötzlich drohend vor mir auf und meinte, es werde so laufen, wie er es wolle. Ich könne in das Krankenhaus fahren, aber nur nachmittags für zwei Stunden während der regulären Besuchszeit. Ich wagte den Einwand, dass es auf der Kinderstation anders gehandhabt würde und man mich um Teresas Gesundheit willen gebeten habe, viel Zeit mit ihr zu verbringen. Peter meinte, das müsse man ihm persönlich sagen, wenn er es glauben solle. Ich konnte nicht umhin zu erwidern, dass man auch nach ihm als Teresas Vater gefragt habe. Alle Väter der Kinder, die auf der Station lägen, seien ständig präsent. Zumindest einmal am Tag. Das werde vom Personal erwartet.
Peter ließ sich nicht aus der Reserve locken, und auch Elli und Bernhard waren während unserer Auseinandersetzung ausnahmsweise still. Plötzlich stellte mir Peter in Aussicht, dass ich machen könne, was ich wolle, wenn mein Bruder sich dafür auf dem Hof nützlich machen würde. Mit einem scheußlichen Grinsen sahen mich alle drei voller Erwartung an. Das war es also, was sie wollten! Pietro sollte in seinem desolaten Zustand

auf dem Hof arbeiten. Man hatte sich anscheinend vorgenommen, ihn wie einen Sklaven zu schikanieren. Ich war mir sicher, dass dieser Plan schon lange bestand, und nun kam diese günstige Gelegenheit. Aus meinen Augenwinkeln heraus sah ich, wie Bernhard seinem Sohn verschwörerisch zuzwinkerte. Ich durfte also wählen. Aber ich war nicht bereit, mich auf diese schäbige Art erpressen zu lassen. Ich würde meinen Bruder nicht opfern und ihn zum Fraß in ihre Hände geben. Selbst um Teresas willen nicht. Meinen Schwur, auf Pietro zu achten, würde ich um nichts auf der Welt brechen. Nur mein eigener Tod würde mich daran hindern können.

Ich sagte, dass Teresas Gesundung nichts mit meinem Bruder zu tun habe. Er könne die schwere Arbeit auf dem Hof nicht leisten. Schließlich würde ich für ihn mitarbeiten. Keine junge Frau mit einem kleinen Kind müsse derart schwere Arbeiten verrichten. Die ganzen Jahre hätte ich für Pietro allein gesorgt und er sei wahrhaftig keinem in diesem Hause zur Last gefallen. Meine Stimme zitterte vor unterdrücktem Weinen. Am liebsten wäre ich in diesem Moment für immer in der Erde versunken. In Peters Augen sah ich plötzlich so etwas wie Mitleid. Ich erkannte einige Sekunden wieder das gutmütige Gesicht des jungen Peter von damals. Hoffnung keimte in mir auf, dass sich mein Mann doch eines Besseren besinnen würde. Dann aber machte Elli alles wieder zunichte. Sie ging auf ihren Sohn zu und klopfte energisch auf seinen Arm. Er solle jetzt nur nicht klein beigeben. Dem Trunkenbold dort oben, sagte sie, gehörten endlich einmal Beine gemacht. Arbeit sei zur Ablenkung von der Flasche sehr gut.

Ich machte diesem Auftritt ein Ende und ging müde aus der Küche. Bei Pietro angekommen sah ich, dass dieser sich wieder einmal einigermaßen aufgerappelt hatte. Er sah mich an und ich setzte mich zu ihm auf den Bettrand. Ich bat ihn, mir ganz genau zuzuhören und erzählte ihm von den Plänen unserer Mitbewohner. Pietro begann danach zu weinen. Ich tröstete ihn und sagte ihm, dass ich dies alles niemals zuließe. Keine Menschenseele hätte ihn in seinem derzeitigen Zustand jemals wieder erkannt. Sein Körper trug die Anzeichen von Magersucht, und seine Züge waren alt und verhärmt. Er sah wirklich so aus, wie ein über Jahre hindurch alkoholkranker Mensch einfach aussehen musste. Ich glaubte nicht, dass er auch nur einen Eimer würde tragen können, geschweige denn auf den Feldern arbeiten. Beim Füttern würde er zu den Kühen ins Stroh fallen und zu den Schweinen kopfüber in den Trog. Vor meinem geistigen Auge konnte ich mir diese Katastrophen ausmalen. Also durfte es niemals geschehen.

Ich sagte ihm, dass unser Schlüssel nicht die Gewähr dafür sei, dass Peter, Elli und Bernhard nicht doch in sein Zimmer gelangen konnten. Wir beratschlagten und kamen zu dem Entschluss, dass er zusätzlich, sobald ich ihn verlassen hatte, den einzigen Stuhl im Raum unter die Türklinke schieben sollte. Das würde im schlimmsten Falle die Angelegenheit doch erheblich erschweren. Wir vereinbarten, dass ich am kommenden Tag, bevor ich wegfuhr, alles Notwendige bei ihm deponieren würde. Einen Toilettenstuhl hatte ich Pietro schon vor langer Zeit heimlich organisiert, sodass er alles in seinem Zimmer erledigen konnte.

Für mich selbst packte ich ein paar Sachen zusammen und fuhr nach dem Mittagessen kommentarlos vom Hof. Keiner der Anwesenden sprach nochmals über unsere abendliche Auseinandersetzung. Beim Frühstück hatte ich nur bemerkt, dass mich Peter einige Male sehr lange ansah. Wieder erkannte ich in seinen Augen etwas Mildes und da dies so ungewöhnlich war, traten mir wieder Tränen in die Augen. Bei jeder besonderen Gelegenheit spürte ich, dass sich mein Nervenkostüm auf dem untersten Niveau bewegte.

Dennoch fühlte ich mich gut, weil ich endlich zu Teresa konnte. Ich hatte das Gefühl, dass mein Fahrrad heute viel schneller fuhr als gewöhnlich und ehe ich mich versah, erblickte ich bereits das Krankenhaus. Wieder rannte ich atemlos zur Kinderstation. Dieses Mal meldete ich mich erst gar nicht bei den Schwestern, sondern betrat sofort das Zimmer von Teresa. Ich war sehr erschrocken, als ich sah, dass sich in der Zwischenzeit

nichts geändert hatte. Mein Kind erschien mir plötzlich noch viel elender.
Die Herbstsonne blinzelte warm in das Zimmer und konnte dennoch das apathisch daliegende Kind nicht erreichen. Alles war so hell und freundlich in diesem Raum. Auf dem Nachttisch stand zu meiner Überraschung sogar ein kleiner Asternstrauß. Ich konnte mir beim besten Willen nicht denken, von wem er war. Wer wusste von Teresa außer Peter, Elli und Bernhard? Dennoch freute ich mich über diesen kleinen Liebesbeweis. Derartiges hätte eigentlich mir einfallen müssen, wenn ich nicht so in meiner Angst und Hetze gefangen wäre.
Ich zog meine Jacke aus und kämmte meine Haare ordentlich zu einem Pferdeschwanz. Im Spiegel blickte mir ein verhärmtes Gesicht entgegen. Es glich für meine Begriffe fast dem Aussehen meines Bruders, nur auf eine andere hässliche Art. Beide waren wir von heute auf morgen unserer Lebenszeit davongeeilt. Jahre, wenn nicht Jahrzehnte, mussten wir einfach überspringen. Ich war regelrecht verwundert, wie so etwas möglich sein konnte. Aber der Spiegel log nicht, ich sah schonungslos mein erschöpftes Konterfei. Ich stellte fest, dass Essen und Trinken nicht genügen, um einem Menschen ein Gesicht zu geben. Dazu gehört viel mehr. Ich wusste, dass Liebe und Geborgenheit auch einen Teil der Nahrung darstellen. Für Pietro und mich gab es dies alles schon lange nicht mehr. Wir entbehrten so vieles bitterlich.
Ich wollte mich aber nicht grämen, vor allen Dingen durfte sich mein Gemütszustand nicht auf Teresa übertragen. Wenn sie aufwachte, sollte sie heute eine lachende Mutter sehen. Nach einiger Zeit erschien Schwester Marita, die mir am Vortag den unerfreulichen Vortrag gehalten hatte. Heute lächelte sie mir sehr lieb entgegen und reichte mir die Hand. Vielleicht plagte sie ein wenig das schlechte Gewissen. Ich war nicht verwöhnt und freute mich sehr über diese freundliche Geste. Wir sprachen eine Weile und Schwester Marita lobte mich dafür, dass ich heute Nacht bei Teresa bleiben wollte. Ich durfte sogar das zweite leere Bett benutzen. Später brachte mir eine andere Schwester ein Tablett

mit einem guten Abendbrot. Vor Dankbarkeit hätte ich weinen mögen. Ich fühlte mich plötzlich so verwöhnt und umsorgt. Stunde um Stunde saß ich so bei meinem kleinen Mädchen.

Am späteren Abend teilte man mir mit, dass der Chefarzt noch einmal nach Teresa sehen wolle. Ich wartete deshalb und fragte mich insgeheim, ob dieser Arzt alt oder jung sei. Im Prinzip war es gleichgültig, aber ich hatte immer meine Vorstellungen von Menschen, die ich noch nicht kannte. Ich entschied mich für einen älteren, korpulenten Arzt mit einem kleinen silbergrauen Oberlippenbart.

Bevor der Chefarzt eintraf, begann sich unter dem Pflegepersonal eine emsige Geschäftigkeit zu entwickeln. Teresas Bett wurde nochmals bezogen, alle Apparaturen, an die man das Kind angeschlossen hatte, unterzog man einer weiteren Überprüfung. Den Namen des Arztes hörte ich nicht, denn die Schwestern sprachen nur vom »Chef«. Er schien entweder eine besonders geachtete oder gefürchtete Persönlichkeit zu sein. Den Gesprächen der Schwestern war dies nicht zu entnehmen.

Nach einiger Zeit öffnete sich die Türe, und ein Mann in weißer Kleidung trat zusammen mit Schwester Marita ins Zimmer. Ich konnte infolge des ungünstigen Lichteinfalles sein Gesicht nicht richtig sehen, aber seine Stimme erkannte ich sofort. Mein Herz setzte fast aus, als ich sah, dass Gerd Förster vor mir stand. Auch seine Augen waren vor Erstaunen groß. Er reichte mir die Hand und sagte, wie für sich selbst, dass ich also Frau Lohmeier sei und Teresa meine Tochter. Wir standen voreinander und blickten uns in die Augen. Fast so wie damals, als wir uns kennen lernten. Schwester Marita schien uns interessiert zu beobachten. Ich senkte meinen Blick, und Gerd Förster ging an Teresas Bett. Zum ersten Male sah er sein eigenes Kind, wenngleich er davon wohl keine Ahnung hatte. Er strich Teresa sachte über die Wangen, und seine Augen blickten mich sorgenvoll an. Man habe Teresa, so erklärte er mir, heute mehrmals untersucht. Der Sturz habe ein kleines Blutgerinnsel im Gehirn verursacht und man wisse nicht genau, wann das Kind wieder sprechen könne.

Ich nickte nur, denn ich war in diesem Moment meiner Stimme nicht mächtig. Gerd Förster meinte, ich solle nicht den Mut verlieren. Ich senkte den Kopf und versuchte verzweifelt, meine Tränen zu unterdrücken.
Seine Augen sahen mich forschend an. Ich konnte nichts in ihnen erkennen, was mich an unsere frühere Beziehung erinnert hätte.
Sie waren geschäftsmäßig kühl, und wieder traf mich dieses Verhalten, wie damals bei seinem allerletzten Besuch im Hotel, wie ein Keulenschlag. Wie konnte ein Mann einfach alles vergessen, was ihm nach seinem eigenen Bekunden so unendlich kostbar war? Nach seinen Worten war ich sein Diamant, sein Edelstein, einfach das Wertvollste, was er je besessen hatte. Ich hörte es in diesem Moment laut in meinem Kopfe schallen. Dann aber, wieder in der Realität angekommen, vernahm ich nur noch ein höfliches auf Wiedersehen und sah seinen weißbekleideten Rücken aus der Türe verschwinden.
Mit zitternden Beinen ließ ich mich auf den nächstbesten Stuhl fallen. Ich hätte nicht beschreiben können, in welch einem Aufruhr sich mein Inneres befand. Herzergreifende Liebesgeschichten hatte ich vor langer Zeit in meinen Groschenromanen kennen gelernt. Die eigene Liebesgeschichte aber war zu einer Leidensgeschichte ausgeartet. Es gab kein Happyend. Nach einiger Zeit beruhigte ich mich und beschloss, Gerd Förster künftig genauso kühl entgegenzutreten. Dennoch war ich froh, dass er unser Kind betreute. Am liebsten hätte ich ihm diese Nachricht ins Gesicht geschleudert. Aber ich fand, dass er es nicht wert war, von seiner Tochter etwas zu wissen.
Ich fragte Schwester Marita bei passender Gelegenheit ein wenig über ihren Chef aus. Sie gab bereitwillig Auskunft. Gerd hatte nicht mehr geheiratet und es gab auch keine Kinder. Teresa war also seine einzige Tochter. Schadenfreude kam in mir auf, dass er dies nicht wusste. Gerd Förster besaß in Maiberg eine große Praxis, die allerdings mittlerweile von einem Partner geführt wurde. Da es in diesem Krankenhaus eine psychiatrische Kinderabteilung gab, war er auch hier der zuständige Chefarzt. Ich

würde also mit ihm immer wieder in Verbindung treten müssen. Meiner Seelenruhe kam dies sicher nicht zugute. Die Gedanken an vergangene, glückliche Zeiten ließen mich nicht los. Vielleicht wäre dies anders gewesen, wenn mich meine Ehe ausgefüllt hätte. Schon am frühen Morgen dachte ich bereits an Gerd und so ging es fast den ganzen Tag. Wo immer ich auch war, er war stets präsent. Seine Augen verfolgten mich bis in meine Träume, und ich schalt mich eine dumme Gans.
In meinem geistigen Sprachgebrauch war er für mich nun zu dem »fremden Geliebten« geworden. Einer, dessen Herz ich nur gestreift, aber nie erreicht hatte. Unsere Körper waren sich anscheinend nur als Spielgefährten begegnet, ohne jemals den Wunsch zu haben, sich für immer zu besitzen. Teresa war das bleibende Ergebnis einer einseitigen Liebe. Wenn ich nachdachte, war ich irgendwie froh darüber, dass aus meinem jetzigen Leben die Liebe verschwunden war. Keiner konnte mir in dieser Hinsicht wehtun. Gerd Förster war die Liebe meines Lebens gewesen, und sie würde wohl niemals ganz vergehen. Aber ich erwartete längst keine Erfüllung mehr und hegte stattdessen in diesen schwierigen Stunden die Hoffnung, dass die Gedanken an diesen Mann endgültig neuen Dingen in meinem Leben weichen würden.

Teresa blieb auf der Station das Sorgenkind, obwohl sie nun ab und zu ihrer Umwelt gegenüber etwas mehr Aufmerksamkeit zeigte. Alle hofften, das Kind recht bald wieder im Leben willkommen heißen zu können. Ihr Blick irrte im Raum umher, ruhelos und weit weg von der Realität. Sie sah mich und ich wusste dennoch, dass mein Anblick sie nicht berührte. Meine unsäglich schreckliche Familie hatte Teresa Stück für Stück zerstört, ohne dass es mir gelungen war, dies abzuwenden. Nun war es zu spät, und ich musste gemeinsam mit den Ärzten das Beste für mein Kind erreichen.
Ein Tag nach dem anderen verging, ohne dass sich bei Teresa etwas Umwälzendes ereignete. In der ganzen Zeit meiner Anwe-

senheit beschäftigte ich mich mit ihr. Ich erzählte ihr Märchen und sprach von vielen schönen Dingen. Mein Herz war voller Trauer, denn ich wäre so gerne den ganzen Tag über bei Teresa geblieben. Aber ich musste wieder nach Hause zu Pietro. Sobald ich von ferne unser Gehöft sah, überkam mich ein kaltes Gefühl der Angst. Es bereitete mir keine Freude, nach Hause zu kommen. Am liebsten wäre ich auf Nimmerwiedersehen zurück in die Stadt gefahren. Das Glück meiner Kinderzeit erschien mir beim Anblick des Hofes wie ein ferner Traum. Sobald ich durch die Haustüre ging, schlug mir ein Eishauch entgegen. Ein schrecklicher Geist hielt dieses alte Haus umfangen. Wann hatte er Einlass erhalten? Ich wusste es nicht. Vielleicht war er schon immer da gewesen und nur besonders starke Menschen konnten ihn in Schach halten.

Sobald ich in die Küche eingetreten war, begann Elli mit mir darüber zu hadern, was alles zu tun sei. Sie hatte in der Zwischenzeit, wie nicht anders zu erwarten, dem Müßiggang gefrönt. Die Küche sah unaufgeräumt und schmutzig aus. Die Wäsche lag in Körben neben der Waschmaschine. Noch nicht einmal hier hatte Elli etwas angerührt. In den darauf folgenden Stunden machte ich mich daran, alle Rückstände aufzuarbeiten. Verschwitzt und müde begann ich anschließend das Mittagessen zuzubereiten. Elli saß am Küchentisch und rauchte eine Zigarette nach der anderen. Unentwegt sprach sie mit Belanglosigkeiten auf mich ein. Nicht ein einziges Mal hatte sie sich nach Teresas Befinden erkundigt. Zum wiederholten Male schien es mir, als hätten alle in diesem Haus das kleine Mädchen vergessen, als habe es niemals existiert. Ich fühlte über meinen Gram hinaus immer wieder einen übermächtigen Hass in mir. Diesen Hass verteilte ich gerecht auf Peter, meinen Ehemann und auf meine Schwiegereltern. Ich war in manchen Situationen nicht mehr in der Lage, christlich und menschlich zu denken. Ich erschrak darüber, dass ich mir ihren Tod wünschte, um endgültig von ihnen befreit zu sein. Es war ein Gedanke, der sich wie eine giftige Natter in meinem Gehirn festsetzte und mir meine eigenen Abgründe vor Augen hielt. Realis-

tisch war, dass nicht alle drei von heute auf morgen aus meinem Leben verschwinden würden.
Pietro fand ich wie stets total berauscht vor. Eigentlich hatte ich mich darauf verlassen, dass er, wie vereinbart, die Türe von innen mit einem Stuhl zusätzlich verriegeln würde. Aber er schien es vergessen zu haben. Meine Weinvorräte reichten noch für einige Tage aus. Dann musste ich zusehen, woher ich Nachschub bekam. Ich stellte neben Pietros Bett Essen und Wasser zum Waschen bereit, bevor ich das Zimmer mit einem mulmigen Gefühl verließ.

Mittags kam Peter von seiner Verkaufsfahrt zurück und legte mit zufriedenem Gesicht einen Bündel Geldscheine in seine Kasse. Ich hätte so dringend ein paar Dinge für Teresa kaufen müssen, aber ich wagte nicht, ihn um Geld zu bitten. Beim Essen fragte er, undeutlich in seinen Bart murmelnd, was mit Teresa sei. Ich erzählte es ihm und er nickte nur dazu. Schon lange konnte mir Peter nicht mehr in die Augen sehen und ich ahnte, dass er sich für vieles schämte, was in unserem Leben aus dem Ruder gelaufen war. Aber er war ein schwacher Mensch, der sich nur seinem Drang nach materiellen Gütern unterordnete. Ohne die ständige Anwesenheit von Elli und Bernhard hätten wir unsere Ehe vielleicht positiv verändern können. Doch alle Chancen waren uns mit der Zeit aus der Hand geglitten. Traurigkeit empfand ich darüber schon lange nicht mehr. Ich hatte Peter nie geliebt, doch nun hasste ich ihn und seine Eltern mit der gleichen Intensität, wie man lieben kann. Sie alle hatten Teresas Untergang mitbegründet. Kein noch so großes Wunder konnte mich dazu bewegen, diesen Menschen jemals zu vertrauen.

Ich fuhr wieder zum Krankenhaus und dachte an die Begegnung mit Gerd Förster. Die Schwestern baten mich, nachdem ich wieder in der Station angekommen war, zu einer Besprechung mit »dem Chef«. Nun würde ich Gerd wieder gegenüber stehen. Mit zitternden Knien näherte ich mich dem Chefarztzimmer. Ich klopfte an, und eine Sekretärin bat mich herein. Sie schleuste mich sofort in das Zimmer nebenan, in dem Gerd Förster hinter einem riesigen Schreibtisch saß. Wie immer sah er sehr gut aus, aber seine Augen schauten mir kühl und unbeteiligt entgegen. Er bat mich, Platz zu nehmen und begann sofort über den Zustand von Teresa zu sprechen. Auch jetzt vermied er jegliches persönliche Wort. Die Kälte seines Umganges mit mir hätte jedem Schauspieler zur Ehre gereicht. Nichts, aber auch gar nichts, was ihn möglicherweise in diesen Minuten bewegte, äußerte sich in seinem gleichmütigen Blick.

Er habe feststellen müssen, so begann er leise, dass meine Tochter psychisch gestört sei und dies habe keineswegs mit dem erlittenen Sturz zu tun. Das Blutgerinnsel im Gehirn habe man mittlerweile ohne weitere Schäden auflösen können. Dennoch nehme Teresa ihre Umwelt nur bedingt wahr, als wolle sie sich vor etwas schützen. Sie sei einfach nicht ansprechbar und wehre sich sogar dagegen, angefasst zu werden. Gerd sah mir mit einem anklagenden Blick in die Augen. Er fragte mich, was mit dem Kind geschehen sei und ich spürte, dass auch er in mir die Rabenmutter sah. Ich war für ihn der Schlüssel zu Teresas Leiden, und ich schämte mich, dass er so über mich dachte. Dennoch entschloss ich mich, ihm nichts von unserem schrecklichen Leben zu erzählen. Vielleicht wäre es anders gewesen, wenn er nicht von sich aus jene Fremdheit zwischen uns gestellt hätte. Wie sehr hätte ich gerade ihn gebraucht! Aber so, wie er sich benahm, konnte ich kein Vertrauen fassen. Dachte er etwa, dass ich ihn wiederhaben wollte? Meine Liebe zu ihm lebte noch in einem Winkel meines Herzens. Trotzdem hatte ich dieses Kapitel ein für allemal zugeschlagen. Meine Antwort auf seine Fragen beschränkte sich lediglich auf ein müdes Schulterzucken und er verabschiedete mich nicht gerade freundlich. Er kündigte an, dass man Teresa noch heute in die psychiatrische Abteilung verlegen würde. Außerdem müsse ich damit rechnen, dass er ab sofort Recherchen anstellen werde, was mit dem Kind in der Vergangenheit geschehen sei, nachdem ich mich so wenig kooperativ gezeigt habe. Ich nickte nur und verließ den Raum. Tränen brannten in meinen Augen. Schwester Marita nahm mich tröstend in den

Arm, und ich weinte zum ersten Mal seit langer Zeit Herz zerbrechend. Danach fühlte ich mich besser.
Die ganze Nacht saß ich neben Teresas Bett und blickte auf ihr kleines, ausdrucksloses Gesichtchen. Ich dachte plötzlich daran, wie einfach es wäre, Tabletten einzunehmen und zu sterben. Fast war ich überzeugt, dass dies der einzige Ausweg für mich war. Am nächsten Morgen verwarf ich dies alles wieder, denn ich dachte an Teresa und Pietro. Ich musste einfach für beide durchhalten. Die Dunkelheit der Nacht ist wie ein Gespenst und lässt Gedanken zu, die durch die Helle des Tages wieder verschwinden. Dafür war ich dankbar. So wurde Teresa also in die psychiatrische Kinderabteilung verlegt. Ich konnte wenig für sie tun, da ihre kleine Seele auch mich nicht akzeptierte. Es ging ihr unverändert schlecht, und Gerd Förster bestand darauf, den Vater des Kindes, also Peter, persönlich zu sprechen. Als ich ihm dies zu Hause eröffnete, begann er wütend zu schimpfen. Was solle er denn in diesem Krankenhaus, in dem ich mich bereits Tag und Nacht herumtreibe und dadurch die Arbeit in Haus und Hof vernachlässige? Ich bat ihn fast auf Knien, mit mir in das Krankenhaus zu kommen, doch mein Weinen rührte ihn nicht.
Er wehrte sich vehement, sodass ich bei Gerd Förster ohne ihn vorstellig werden musste. Wahrheitsgemäß teilte ich ihm Peters Entscheidung mit. In seiner Stimme lag nun unverhohlener Ärger, und er drohte mir, das Kind dem Jugendamt zu übergeben. Man müsse im Falle von Teresa nicht nur von einer körperlich-seelischen Verwahrlosung, sondern auch von einer möglichen Gewaltausübung sprechen. Mit zitternder Stimme sagte ich ihm, dass die Sachlage eine ganz andere sei und ich leider nichts darüber sagen dürfe. Gerd sah mich mit einem seltsamen Blick an und meinte, vor dem Jugendamt werde man mir die Wahrheit schon zu entlocken wissen. Es waren für mich demütigende Minuten und ich hatte plötzlich das Gefühl, als ob er mein größter Feind sei, denn er gebärdete sich erbarmungsloser als alle anderen.
Man behielt Teresa in der kommenden Zeit weiter in der psychiatrischen Abteilung. Ich besuchte sie nur jeden zweiten Tag,

weil ich sah, dass meine Anwesenheit ihren Zustand kaum verbesserte. Teresa blickte mich zwar an, sprach aber nicht mit mir. Wenn ich sie liebevoll streicheln wollte, schob sie meine Hand energisch weg, als gebe sie mir alle Schuld für ihr Leiden. Aber wie sollte ein so kleines Mädchen etwas von Schuld oder Nichtschuld wissen! Vielleicht war ich aber ihr Erinnerungsträger an das Haus mit ihrer schrecklichen Großmutter. Wie tief man sie verwundet hatte, konnte ich nicht wissen, denn so vieles war in meiner Abwesenheit geschehen. Die Schwestern sprachen immer wieder von einer Furcht in diesem Kind, die seine Psyche total in Schach halte.

Gerd Förster hatte ich nicht mehr gesehen. Ich konnte mir vorstellen, dass er mit mir auch nicht zusammentreffen wollte, nachdem ich bei ihm wahrhaftig keinen guten Eindruck hinterlassen hatte. Sicher bereute er es längst, mit mir jemals eine Affäre gehabt zu haben. Mittlerweile konnte ich ihm gegenüber auch keine liebevollen Gedanken mehr hegen. Ich war ihm gram über seine Verhaltsweise mir gegenüber.

Zu Hause ging mein ungutes Leben weiter. Da ich wieder im Hotel arbeitete, konnte ich meinen Bruder mit Wein versorgen. Sein Zustand befand sich im ständigen Wechsel zwischen Trinken und Schlafen. Pietro aß sehr wenig und an eine gewisse Körperreinlichkeit dachte er schon lange nicht mehr. Es ging so weit, dass ich ihn oftmals im Zustand völliger Trunkenheit von Kopf bis Fuß waschen musste. Ich tat es, wenngleich Ekel in mir hochstieg. Aber er war mein Bruder und ich liebte ihn. Diese Worte soufflierte ich mir ständig, um auf keinen Fall wankelmütig zu werden oder in meiner Sorge für ihn nachzulassen. Ich wunderte mich schon lange, dass Peter und seine Eltern gar nichts mehr über ihren stillen Mitbewohner im Obergeschoss sagten. Dies beruhigte mich nur bedingt, denn es konnte genauso gut die Ruhe vor dem Sturm bedeuten. Und so war es dann auch. Sie warteten nur auf eine gute Gelegenheit, um Pietro zu demütigen und zu quälen.

Dieser Tag kam, als ich vom Krankenhaus gebeten wurde, nochmals eine Woche rund um die Uhr bei Teresa zu bleiben, damit sie sich wieder richtig an mich gewöhnen und ihre Angst, die sie auch vor mir hatte, verlieren sollte. Ich wusste, wie wichtig dies war, doch gleichzeitig fürchtete ich mich vor der neuerlichen Auseinandersetzung mit meiner Familie. Peter blieb bei meiner Bitte außergewöhnlich milde gestimmt und ließ mich ohne ein böses Wort gehen. Auch Elli äußerte sich nicht. Dieses Verhalten meiner ansonsten so hinterhältigen Familie hätte mich eigentlich warnen müssen. Aber ich dachte nur an mein Kind. Herr Mewes gab mir nochmals eine Woche frei, und ich fuhr freudig mit meinen Habseligkeiten zu Teresa ins Krankenhaus. Es kam mir vor wie eine Fahrt in die Freiheit oder in den Urlaub. Nach drei Tagen wollte ich zwischendurch einmal nach Pietro sehen. Dass ich ihn so lange allein lassen musste, behagte mir ganz und gar nicht. Aber Teresa hatte nun oberste Priorität.

Ich durfte bei ihr übernachten und wurde auch von den Schwestern reichlich verpflegt. Sie waren voller Mitleid und nahmen mich sehr warmherzig in ihrem Kreise auf. An allen guten Dingen ließ man mich teilhaben, und sie schenkten mir mehr Aufmerksamkeit, als mir zustand. Ich fühlte mich in diesen Tagen so wohl wie lange nicht mehr. Endlich konnte ich einmal aufatmen, und ich verbot mir, ständig sorgenvoll an zu Hause und meinen Bruder zu denken.

Peter hatte mittlerweile so viel Geld verdient, dass ich für mich und Teresa die schönsten Dinge hätte kaufen können. Aber an uns sparte er, wenngleich er auch für sich wenig ausgab. Geld hatte für Peter eine große Anziehungskraft und jeder Pfennig, den er hergeben musste, bedeutete für ihn eine mittlere Katastrophe. Sein Gott war seine große Stahlkassette mit den Scheinen und Münzen darin.

Gerd Förster kümmerte sich rührend um Teresa, das hörte ich von den Schwestern. Das Kind reagierte auf ihn mit einer gewissen Freude, was man als einen riesigen Fortschritt ansah. Teresa liebte also ihren leiblichen Vater und ich fragte mich nun, ob es doch so etwas wie Blutsbande gab, von denen immer gesprochen wird. Ich blieb allerdings für sie noch immer die traurige Erinnerung an ihr vorheriges Leben. Man hatte mir anheim gestellt, das Kind in eine Pflegefamilie zu geben, da man annahm, dass ich für Teresa nicht ordentlich sorgen konnte. Alles in mir wehrte sich dagegen, das Kind in fremde Hände zu geben. Sie war neben Pietro das Wertvollste was ich besaß. Ich durfte nicht an den Tag denken, an dem Teresa das Krankenhaus verlassen musste. Wohin sollte ich das Kind bringen? Ich kannte keine Menschenseele, die mir helfen würde.

Man hatte sich hier im Krankenhaus von mir ein sehr deprimierendes Bild gemacht und ich meinte, an jedem Tag vor Scham in der Erde versinken zu müssen. Dabei war ich so voller Unschuld, denn ich hatte immer nur das Beste gewollt. Keiner ahnte, dass mir bereits in den frühen Jahren meines Lebens eine so große Last aufgebürdet worden war, die ich kaum tragen konnte. Ich achtete darauf, dass niemand mein Geheimnis erfuhr. Herr Mewes hatte mir anvertraut, dass Gerd Förster eines Tages mit einer Dame wieder einmal im Lokal erschienen sei. Er habe sich nach mir und meinen Lebensumständen erkundigt. Mit dieser Recherche hatte ich längst gerechnet. Es berührte mich nur am Rande, denn Herr Mewes kannte die eigentlichen Verhältnisse auf unserem Hof nicht und konnte somit auch nichts Nachteiliges sagen. Ich bildete mir auch nicht ein, dass Gerds Nachforschungen aus einem Interesse an mir heraus erfolgt waren, sondern ich wusste, dass er dies wegen Teresa tat. Selbst wenn er im schlimmsten Falle unseren Hof aufgesucht hätte, so wäre ihm unter Garantie nichts Besonderes aufgefallen. Alles, was mit Teresa geschehen war, würde wie Pech an mir kleben bleiben.

Teresas Zustand hatte sich verändert. Sie begann wieder zu sprechen und lächelte mich sogar ab und zu an. Ich durfte sie aber nicht in den Arm nehmen, dann wehrte sie sich. Kamen die Schwestern, blühte mein Kind auf und besonders Schwester

Margit durfte mit Teresa kuscheln. Meine Tochter war ein außergewöhnlich hübsches Mädchen und der Liebling der ganzen Station. Ich sah in ihr einen gelungenen Mix zwischen mir und Gerd. Immer wieder musste ich an das verräterische Muttermal an Teresas Schulter denken. Es befand sich exakt an der gleichen Stelle wie bei ihrem Vater. Ich fragte mich, ob es ihm überhaupt aufgefallen war, denn Männer sind nun einmal von Natur aus keine guten Beobachter.
Nach zwei Tagen Krankenhaus fuhr ich dann doch früher als geplant mit meinem Fahrrad wieder zurück zum Hof. Etwas zog mich nach Hause und dieses unbestimmte Gefühl verhieß nichts Gutes. Als ich unsere Haustüre öffnete, hörte ich bereits ein entsetzliches Weinen. Es kam aus Pietros Zimmer und ich rannte, so schnell meine Beine mich trugen, nach oben. Mein Herz klopfte vor Schreck, denn ich ahnte, dass etwas Böses geschehen sein musste. Als ich vor Pietros Türe stand, sah ich voller Entsetzen, dass diese nur angelehnt war und mich dort, wo sich einstmals das Türschloss befunden hatte, ein großes Loch wie ein geöffneter schwarzer Mund angähnte. Ein eisiger Luftzug kam mir entgegen, als ich das Zimmer betrat. Trotz der kalten Witterung stand das Fenster sperrangelweit offen.
Peter, Elli und Bernhard hatten sich also auf diese Art und Weise Einlass verschafft. Deswegen durfte ich widerspruchslos einige Tage zu Teresa in das Krankenhaus! Mein Bruder lag nackt, wie Gott ihn schuf, auf dem Bett. Wer weiß, wie lange schon. Man hatte ihm die Bettdecke weggenommen. Seinen Körper hielt er zusammengerollt wie ein Embryo im Mutterleib. Arme und Beine zitterten unkontrolliert, und aus seinem Mund kam ein schreckliches Wimmern. Am Rücken waren blutunterlaufene Striemen, die von Schlägen mit der Peitsche herrührten. Sie hatten Pietro in meiner Abwesenheit misshandelt und gequält. Ich schloss das Fenster, holte meine eigene Bettdecke und legte sie über seinen mageren Körper. Er hatte gar nicht bemerkt, dass ich es war, die sich nun über ihn beugte. Erst als er meine Stimme hörte, nahm er seinen Arm von seinem Kopf. Auch im Gesicht hatten

sich blutunterlaufene Stellen gebildet und in seinen Zügen war eine unglaubliche Angst zu erkennen. »Hilf mir, hilf mir!« waren seine einzigen Worte. Er musste unter schrecklichen Schmerzen leiden und ich ahnte, dass man ihm den Wein weggenommen hatte. Pietro litt unter grausamen Entzugserscheinungen, und ich befürchtete fast, dass er es nicht aushalten würde. Seine gelbrot unterlaufenen Augen traten vor Qual fast aus den Höhlen. Niemals in meinem Leben hätte ich mir unter normalen Bedingungen eine Vorstellung davon machen können, was Alkoholismus bedeutet. Es ist die Hölle auf Erden!

Leise schlich ich die Treppe hinab. Ich öffnete die Türe zur Küche und sah, dass Elli nicht anwesend war. Sicher hatten sie mit mir an diesem Tag nicht gerechnet. Ich nahm deshalb, ohne lange zu überlegen, zwei Flaschen Bier aus Bernhards Vorrat und brachte sie Pietro. Gierig trank er beide Flaschen hintereinander aus. Da der Wein aus dem Schrank verschwunden war, holte ich nochmals zwei Flaschen Bier. Aber diese Menge würde nicht allzu lange vorhalten. Dennoch fühlte sich Pietro danach besser und fiel, nachdem ich ihm Hose und Hemd angezogen hatte, in einen tiefen Erschöpfungsschlaf. Ich war gerade noch einmal zur rechten Zeit gekommen.

Ein guter Geist hatte mich nach Hause geschickt, wie sonst hätte ich diese plötzliche Eingebung haben können? In der Küche setzte ich mich müde auf den erstbesten Stuhl und überlegte, was ich nun mit Pietro anfangen sollte. Es war mir klar, dass er auf keinen Fall in diesem Hause bleiben konnte. Ich musste versuchen, ihn irgendwo zu verstecken. Aber das war leichter gesagt als getan. Wo gab es ein geeignetes Fleckchen für meinen Bruder? Erst dachte ich an unseren Keller, aber dort würden sie ihn suchen und finden. Pietro musste an einer Stelle untergebracht werden, an die keine Menschenseele dachte. Im Geiste durchkämmte ich alle Feldscheunen in der Nähe. Aber da wir derzeit die kalte Jahreszeit hatten, war dies nicht möglich.

Ich entschied, nicht mehr nachts bei Teresa im Krankenhaus zu bleiben und am Tage nur noch zu den regulären Besuchszeiten

am Nachmittag zu kommen. Ich würde es den Schwestern entsprechend erklären. Außerdem ging es Teresa schon viel besser. Bis auf diese Stunden wäre ich tagsüber zu Hause und könnte auf Pietro achten und ihn versorgen. Spätestens, wenn es draußen wieder warm würde, müsste ich für ihn endgültig eine neue Bleibe suchen.
Da sich Elli anscheinend nicht im Hause oder auf dem Hof befand, holte ich, mich vorsichtig umblickend, Wein aus meinem Depot. Ihn versteckte ich nun so gut, dass ihn wahrscheinlich keiner finden würde. Pietros Zustand schien sich mittlerweile normalisiert zu haben, denn seine Muskeln zuckten nur noch geringfügig. Später am Tag verabreichte ich ihm noch einmal einiges an Weißwein. Dankbar sah er mich an und drückte meine Hände an sein Herz.
Elli kam gegen Abend mit Peter auf den Hof gefahren. Anscheinend hatten sie an diesem Tag eine gemeinsame Tour unternommen. Sie waren auf jeden Fall bester Stimmung und sahen mich überrascht an, als sie in die Küche traten. Bei beiden konnte ich keinerlei Freude über meine Anwesenheit erkennen, und wieder überflutete mich mein alter Hass. Was hatten sie meinem armen Bruder angetan! Er war ihnen zu keiner Stunde zur Last gefallen, dennoch hatten sie dem Wehrlosen Prügel verabreicht. Ich wünschte Peter wie Elli die Pest an den Hals. Was auch immer den beiden jemals Schreckliches passieren würde, es wäre nur die gerechte Strafe, dachte ich. Mit keinem Wort erwähnte ich die Vorkommnisse mit Pietro. Ich wusste, mit dummen und bösen Menschen war jede Diskussion sinnlos. Dummheit ist wie eine Krankheit, die nicht geheilt werden kann und Bösartigkeit wie eine Sucht, die stets nach Befriedigung schreit. Wie hätte ich also bei meiner schrecklichen Familie jemals Verständnis erwarten können!
Niemals würde ihnen dieser Hof gehören, so wenig wie ich ihn am heutigen Tage besaß. Aber das wussten Peter und Elli noch immer nicht. Ihr ganzes Sinnen und Trachten war auf den Besitz des Anwesens gerichtet. Peter dachte, wenn er Pietro erst einmal

von Halse hätte, wäre ich eine leichte Beute. Aber er hatte nicht mit unserer verstorbenen Großmutter in der Scheune gerechnet, die auf dem Papier noch immer lebte. Diese Gedanken waren meine einzige Freude in dieser grauen Zeit. Ganz gleich, wie sich alles entwickelte, ich wollte diesen Hof nicht haben. Er war für Pietro und mich mit der Zeit ein Ort des Grauens und der Qual geworden. Für uns beide schied er unumstößlich und endgültig als ein Stück Heimat aus. Was bedeutet schon ein Elternhaus? Nur dort, wo menschliche Wärme von Generation zu Generation weitergegeben wird, hat es diesen Status verdient. Für mich war dieses Haus nicht nur ein Narrenhaus, sondern auch ein Totenhaus. In ihm hatte man tagtäglich meine Gefühle und meine Selbstachtung zerstört.

Abschied von Teresa

Eines Tages, als es bereits Frühling war, bekamen wir Besuch. Eine große Limousine fuhr auf den Hof. Dies war außergewöhnlich, denn zu uns kam so gut wie niemand. Teresa war noch immer im Krankenhaus und sollte in Kürze entlassen werden. Dieser Gedanke bereitete mir große Sorgen. Auch wenn das Kind mittlerweile einen stabilen Eindruck machte und sich wieder vollkommen normal verhielt, wusste ich, dass Teresa in dieses Haus nicht zurückgebracht werden durfte. Außerdem hatte keiner Interesse an dem Kind. Peter und seine Eltern verhielten sich in dieser Hinsicht mehr als gleichgültig.
Aus dem wunderbaren Wagen stieg eine elegante, jüngere Dame, die mir seltsam bekannt vorkam. Ich wusste aber nicht, woher. Sie trat in unser Haus und fragte nach mir. Ich reichte ihr die Hand, und sie stellte sich mit Frau Doktor Marian vor. Sie sei eine Kollegin von Herrn Doktor Förster. Bei der Nennung des Namens errötete ich voller Schrecken. Um ihn kreisten immer wieder meine Gedanken, und ich verfluchte meine so tief verankerte Liebe zu ihm. Oftmals hatte ich geglaubt, endlich frei zu sein und jegliches Gefühl für ihn verloren zu haben. Aber dann kamen wieder die anderen Stunden.
Ich bot Frau Doktor Marian einen Stuhl an. Ihre Augen glitten durch den Raum und begutachteten unsere mehr als bescheidene Einrichtung. Obwohl Peter zwischenzeitlich jede Menge Geld angesammelt hatte, wohnten wir noch in den Möbeln meiner Eltern und meiner Großmutter. Es war deshalb nicht verwunderlich, dass alles verwohnt und schäbig wirkte. Frau Doktor Marian sah mich freundlich an und fragte gleichzeitig nach meinem Ehe-

mann. Ich antwortete ihr, dass er zurzeit auf dem Feld sei, aber sicher bald nach Hause käme. Sie meinte, dass sie mit uns beiden sprechen müsse, denn es beträfe Teresa. Mein Herz machte vor Schreck einen Satz. Ich war froh, dass Elli nicht wie üblich rauchend in der Küche saß. Sie war glücklicherweise heute zu ihren Verwandten nach Maiberg gefahren. Frau Doktor Marian sah mich prüfend an und ich überlegte wiederum, woher ich sie kannte. Dann fiel es mir wie Schuppen von den Augen: Ich hatte sie einstmals mit Gerd Förster in unserem Hotel gesehen. Damals hatte er mich nicht eines Blickes gewürdigt und beide hatten sehr verliebt getan. Diese Frau vor mir war wohl meine Nachfolgerin, und ich musste neidlos bekennen, dass zwischen ihr und mir wirklich Welten lagen. Dennoch fühlte ich einen kleinen Stich der Eifersucht im Herzen. Dann wieder rief ich mich zur Ordnung, denn ich hatte gewiss ganz andere Probleme.

Doktor Marian machte einen sehr warmherzigen Eindruck und sprach mit viel Liebe von Teresa. Vor allen Dingen sagte sie mir, wie gut sich das Kind in der langen Zeit seines Klinikaufenthaltes entwickelt habe und man diesen wunderbaren Erfolg nicht aufs Spiel setzen dürfe. Sie neige nämlich dazu, uns zu empfehlen, Teresa vorübergehend in dem der Klinik angeschlossenen und ausgezeichnet geführten Kinderheim unterzubringen. Frau Doktor Marian meinte weiter, dass sie sich für dieses Heim verbürgen könne und dass sie es darüber hinaus ständig ärztlich betreue. Sie sehe Teresa fast täglich, und wir könnten das Kind, wann auch immer, besuchen.

Plötzlich erschien mir diese nette Ärztin wie ein Engel vom Himmel, denn nun wusste ich, was mit Teresa geschehen würde. Zwar weinte mein Herz, wenn ich daran dachte, dass mein kleines Mädchen bei fremden Menschen leben sollte. Aber ich konnte ihr kein ordentliches und geregeltes Leben bieten. Auf jeden Fall erschien mir diese Lösung besser, als das Kind in eine Pflegefamilie zu geben. Ich entschied mich für das Kinderheim und war sicher, Peter würde sich dem ebenfalls anschließen.

Dann gab es für ihn einen Esser weniger am Tisch. Er liebte dieses Kind genauso wenig wie mich. Glücklich sah mein Ehemann nur dann aus, wenn er schmunzelnd den Inhalt seiner Kasse begutachtete. Seine Liebe gehörte ausschließlich dem Mammon. Selbst in unseren Liebesstunden strahlten seine Züge Kälte aus. Das Lachen des jungen Mannes von einst war erloschen. Ich fühlte mich daran nicht schuldig.

Da Peter noch immer nicht eingetroffen war, bot ich Frau Doktor Marian eine Tasse Kaffee an, für die sie dankbar war. Ich hatte den Eindruck, dass sie sehr viel Zeit mitgebracht hatte, denn sie fragte nach diesem und jenem und ich antwortete ihr, so gut ich dazu in der Lage war. Mehrmals nahm sie meine von der vielen Arbeit zerschundenen Hände in die ihren und drückte sie voller Anteilnahme. Ich konnte wirkliches Mitleid in ihren Augen erkennen. Sie vermittelte plötzlich den Eindruck, als ob sie in dieser kurzen Zeit mehr bei uns gesehen habe als irgendein anderer Mensch vorher. Vielleicht witterte sie den Geruch unseres tragischen Lebens. Von Pietro erzählte ich ihr nichts. Ich erwähnte nur den alltäglichen Teil unserer Arbeit auf dem Hof. Unser Zusammenleben sparte ich aus. Irgendwann würde ich Gerd Förster alles in einem Brief erzählen. Damit hätte er die Möglichkeit, sein falsches Bild von mir zu korrigieren und zu seiner Tochter zu stehen. So weit wollte ich bei Frau Doktor Marian jedoch nicht gehen.

Schon früh hatte ich mir eingeprägt, dass Worte, in welchem Zusammenhang auch immer, nicht wegzulöschen sind. Sie bleiben und haben damit ihre Auswirkungen. Spätere Korrekturen sind völlig nutzlos und verändern in den meisten Fällen das Gesagte nur negativ. Ich habe mich deshalb schon lange zur Zurückhaltung in diesen Dingen entschieden und bin damit stets gut gefahren. Ich hatte keinen, der mir derartige Weisheiten beigebracht hat, aber ich besaß ein untrügliches Gefühl für Zwischenmenschlichkeiten, für Spannungen und Gedanken anderer Menschen. Meine Familie war für mich die wahre Schule des Lebens. Hier habe ich gelernt, auf was man achten muss, um nicht unterzugehen.

Später kam Peter vom Feld und setzte sich in seiner schmutzigen Arbeitskleidung zu uns an den Tisch. Er benahm sich gegenüber Frau Doktor Marian höflich, aber wenig kooperativ. Er hörte sich ihre Vorschläge an, doch er zuckte nur mit den Schultern. Ich hatte die undankbare Aufgabe, ihn zu einem eindeutigen Ja oder Nein zu bewegen. Frau Doktor Marian war von dem Verhalten meines Mannes wenig angetan. Ich sah es in ihren Augen. Dennoch bewies sie viel Geduld, und am Ende unterschrieb Peter mit mir gemeinsam die Zustimmungserklärung für Teresas Einweisung in das Kinderheim. Frau Doktor Marian meinte, wohl um meinen störrischen Mann etwas gewogener zu stimmen, dass dies wirklich die beste Lösung für uns alle sei. Sie habe es uns im Auftrag von Doktor Förster so einfach wie möglich machen wollen. Für Teresa sei diese Übereinkunft auf jeden Fall ein Gewinn. Deswegen bliebe sie dennoch unsere Tochter. Nachdem wir unterschrieben hatten, kämpfte ich mit den Tränen und Peter, der dies sah, versetzte mir unter dem Tisch einen groben Stoß, um mir zu signalisieren, dass ich mich zusammennehmen solle. Frau Doktor Marian blickte sehr überrascht von einem zum anderen und schloss ihre Aktentasche.

Sie verabschiedete sich freundlich und blickte uns beide noch einmal prüfend an. Tief in meinem Herzen hatte ich plötzlich das schreckliche Gefühl, mein Kind verkauft zu haben. Ich fragte Peter, ob unsere Entscheidung gut gewesen sei. Er sah mich ziemlich gleichgültig an und meinte, es sei tatsächlich das Beste für uns alle. Für ein kleines Kind hätten wir keine Zeit. Es reiche schon, meinen nutzlosen Bruder durchfüttern zu müssen. Obwohl mich seine Worte wütend machten, schwieg ich und dachte voller Dankbarkeit an Großmutters Rente. Sie wurde im wahrsten Sinne des Wortes zu Wein und hatte bisher unsere Rettung bedeutet. Es hatte sich in der Vergangenheit zum Glück so gefügt, dass Peter und meine Schwiegereltern von der Rente meiner Großmutter noch immer nichts wussten. Sobald der Tag der Auszahlung nahte, setzte ich mich unter einem Vorwand auf mein Fahrrad und fuhr in die Stadt, geradewegs Herrn Meister in die Arme. Dieser war darüber stets hoch erfreut, denn nun brauchte er nicht mehr den weiten Weg zu unserem Hof auf sich zu nehmen. Artig fragte er jedes Mal nach Großmutter und ich antwortete ihm, dass sie noch einige Zeit bei ihrer Schwester in Husum bleiben müsse. Er meinte, man könne vielleicht die Rente direkt nach Husum schicken. Ich sagte ihm, dass dies mehr Umstand mache als es am Ende nütze, denn vielleicht wäre Großmutter schneller wieder zu Hause als voraussehbar. Es erschien mir wie ein Wunder, dass nach dieser langen Zeit die Rentenzahlung noch immer reibungslos ablief. Der liebe Gott hatte uns anscheinend in unserer Not nicht vergessen. Dennoch liefen wir in dieser Hinsicht wie auf einer dünnen Eisdecke. Jederzeit konnte sie einbrechen. Wir eilten in einer schnelllebigen Zeit dahin, in der sich die Aufmerksamkeit der Menschen auf die unterschiedlichsten Dinge konzentrieren musste, sodass Großmutters Rentenzahlungen ohne genauere Kontrolle einfach weiterliefen. Keiner ahnte, dass ich seit Jahren bei der Entgegennahme des Geldbetrages stets Großmutters Unterschrift fälschte

Peter, Elli und Bernhard ahnten nicht im Entferntesten, dass es eine Großmutter Lotte auf unserem Hof gegeben hatte oder vielmehr nach außen hin noch gab. Seltsamerweise war ihnen Derartiges nicht zu Ohren gekommen. Da Peter immer unter Menschen kam, war dies schon außergewöhnlich. Also schwieg ich all die Jahre, denn mein bauernschlauer Mann wäre sicher sofort auf die Idee verfallen, in der Scheune zu graben. Lange schon hatte er dieses Thema nicht mehr angeschnitten. Seit er gut verdiente und sich wohlhabend wähnte, schienen für ihn die anderen Dinge in den Hintergrund getreten zu sein. Er war in seiner Einfalt sogar der Auffassung, dass ihm von Rechts wegen längst die Hälfte des Hofes zustehe, weil er ihn schon jahrelang beackerte. Peter hatte von vielen Dingen einfach keine Ahnung. Ich ließ ihn, wann immer er auch davon sprach, in seinem Glauben und freute mich bereits auf sein bitteres Erwachen. Pietro kam für ihn als weiterer Erbe des Hofes schon lange nicht mehr in Frage. Mein Ehemann war der Auffassung, dass dieser den Anspruch auf seinen Anteil dadurch verloren habe, weil er nicht mitarbeitete. Mit Pietro hatten er und seine Eltern ganz andere Pläne. Ohne Teresa wäre nun künftig mein Leben sehr traurig, aber dennoch zugegebenermaßen viel leichter. Seit den letzten schlimmen Vorfällen mit Pietro war etwas Ruhe eingekehrt. Peter und Elli hatten nichts Derartiges mehr versucht. Man dachte wohl, dass ich mit der Zeit meine »Habachtstellung« aufgeben würde, damit sie bei passender Gelegenheit wieder zuschlagen konnten. Bernhard kümmerte sich weniger um diese Dinge. Er arbeitete tagsüber schwer am Bau und wollte abends nur noch in Ruhe sein Bier trinken. Nach zwei oder drei Flaschen begann er bereits am Küchentisch zu schnarchen.

Elli schaffte ihn sodann in sein Bett. Aber Peter und sie saßen die halbe Nacht beratschlagend beieinander, und ich hätte nur zu gerne gewusst, was sie im Schilde führten. Teresa war nun bereits seit einigen Wochen im Kinderheim. Es war laut Frau Doktor Marian ein Übergang ohne besondere Komplikationen. Sie fand sich gut in das Team der Kinder ein und wurde mit der Zeit immer fröhlicher und aufgeschlossener. Man hatte mir in Anbetracht von Teresas dürftiger Ausstattung nahe gelegt, dem Kind etliche Sachen zu kaufen. Da ich wusste, wie Peter auf seinem Geld saß, bat ich Frau Doktor Marian um eine schriftliche Aufforderung. Peter las mit in Falten gelegter Stirne das Schreiben. Ohne Kommentar schloss er seinen Schrank auf. Dort lagen säuberlich aufeinander gestapelt ganze Berge von Banknoten, die er einfach hier hortete, statt sie Zins bringend bei der Sparkasse zu deponieren. Sein kleiner Geist konnte derartige Gedankensprünge nicht vollziehen. Er zählte genauestens das Geld ab und gab es mir. Dabei sah er mir drohend in die Augen. Ich wusste nicht, was es bedeuten sollte. Aber bei Geld verstand er keinen Spaß. Ich kaufte für Teresa viele schöne Sachen, sodass Frau Doktor Marian und die Betreuerinnen im Kinderheim nun voll des Lobes waren. Endlich konnte ich einmal als Mutter Eindruck machen. Teresa probierte alles an und küsste mich auf die

Wange. So langsam begann sie sich mir wieder etwas zu öffnen. Sie hatte ihre Odyssee wahrscheinlich längst vergessen. An vielen Tagen, wenn ich sie besuchte, erzählte sie unentwegt von Onkel Gerd. Ich fragte Frau Doktor Marian, obwohl ich es genau wusste, wer denn dieser Onkel Gerd sei. Sie eröffnete mir nun, wohl auch der Ehrlichkeit halber, dass Doktor Förster ihr Lebensgefährte und für Teresa einfach Onkel Gerd sei. Er habe das Kind sehr in sein Herz geschlossen und würde es in jeder freien Minute besuchen. Darüber war ich sehr überrascht, aber auch voller Eifersucht. Eigentlich wehrte sich etwas in mir dagegen, dass er sich so intensiv um Teresa kümmerte. Ich wollte es aus dem Grunde nicht, weil er mir wiederum überhaupt keine Aufmerksamkeit schenkte. Noch immer gingen wir sehr förmlich miteinander um und ich war zum wievielten Male wieder einmal fest entschlossen, das Thema zwischen uns für immer zu vergessen.

Eines Tages, an einem milden Sommerabend, wollte ich Teresa besuchen. Im großen Park des Kinderheimes vergnügten sich die kleinen Insassen. Ich stellte mein Fahrrad am Zaun des Parks ab und blickte neugierig in die Runde, um zu sehen, ob auch Teresa in der Nähe war. Nicht weit entfernt, hinter einigen Büschen, sah ich den roten Rock von Doktor Marian leuchten. Daneben lief Gerd Förster und auf der anderen Seite hatte er Teresa an der Hand. Alle drei lachten fröhlich und hoben die Kleine abwechselnd in die Höhe, bis sie laut jubelnd wieder auf der Erde aufsetzte. Plötzlich schlang das Kind seine Arme um Gerd Förster und küsste ihn innig. Er erwiderte lachend Teresas Zärtlichkeiten. Danach legte er den Arm um Doktor Marian und zog diese an sich. Mein Herz fuhr in diesen Minuten Achterbahn und ich bemerkte nicht, wie ein Strom von Tränen aus meinen Augen floss. Immer wieder sah ich auf die drei Menschen, die sich anscheinend so gut verstanden. Mich trennte von ihnen nicht nur jener Zaun, sondern das ganze schreckliche Leben, das mir aufgebürdet worden war. Mein Kind hatte sich, ohne es zu wissen, seinem leiblichen Vater zugewandt und mich fast vergessen. Jene Distanz zwischen Teresa und mir, die sich heimlich aufgebaut hatte und deren Ursache nur das Kind selbst kannte, empfand ich als großen Mühlstein auf meinem Herzen. Alles, was in meinen schwachen Kräften stand, hatte ich für meine Tochter getan. Aber es war, wie ich wusste, letztlich viel zu wenig.

Ich lehnte mich, gefangen in meinem grenzenlosen Schmerz, an den Zaun und sah leer und ausgebrannt in den glutroten Sonnenuntergang. Dann setzte ich mich auf die kleine Steinbank in der Nähe und legte meinen Kopf auf den Schoß. Mein Kleid war nass von meinen Tränen, die sich einfach nicht mehr eindämmen ließen. Ich fühlte im ganzen Körper eine unendliche Schwäche und hatte das Gefühl, jeden Moment ohnmächtig zu werden. Die Bäume des Parks und die vielen blühenden Büsche drehten sich plötzlich im rasenden Wirbel vor meinen Augen. Eine seltsame Leichtigkeit durchfloss meine Glieder. Es kam mir vor, als ob ich schwebte. Plötzlich verdunkelte sich das Licht der Sonne und eine tiefe Finsternis umfing mich. Ich kippte von meinem Platz auf der Steinbank und blieb auf dem Rasen liegen.

Ich muss wohl einige Zeit so gelegen haben, bis mich einige Kinder sahen und sofort Gerd Förster und Frau Doktor Marian herbeiholten. Vorher hatten sie die noch immer fröhlich lachende Teresa ins Haus gebracht. Mit einer Bahre wurde ich in die Ambulanz der nahe gelegenen Klinik getragen. Doktor Förster untersuchte mich eingehend. Eine Schwester schloss mich anschließend an ein EKG an. Nachdem ich wieder zu mir gekommen war, wusste ich zuerst nicht, wo ich mich befand. Als ich plötzlich Gerds Stimme hörte, erinnerte ich mich an meinen seltsamen Zustand auf der kleinen Bank im Park.

Er sah mir in die Augen, die mir plötzlich vom vielen Weinen grässlich wehtaten. Ich war mir sicher, dass er in diesem Moment meinen jämmerlichen Seelenzustand erkannte. Ich blickte ohne jegliche Emotion in seine Augen, die mich heute zum ersten Mal, seit wir uns wieder gesehen hatten, anlächelten. Es war das Lächeln von damals. Genauso betörend und schmelzend. Aber ich nahm dieses Lächeln nicht mehr an, sondern spürte nur eine große Gleichgültigkeit und Müdigkeit. Es war mir egal, wer sich um mich kümmerte. Von einer Minute zur anderen schien mein Herz gebrochen, und ich fühlte mich plötzlich frei von aller Liebe, von aller Sehnsucht und verspürte keinen einzigen Wunsch nach irgendetwas auf dieser Erde.

Nach dem EKG erhob ich mich, zog mein Kleid wieder an und nahm am Schreibtisch von Gerd Förster Platz. Wieder sah er mich mit einem zarten Lächeln an und fragte plötzlich, ob ich Sorgen habe oder in Not sei. Mein körperlicher und wohl auch seelischer Zustand lasse sehr zu wünschen übrig. Ich müsse mehr essen und auf meine Gesundheit achten, nachdem ich Teresa doch nun in guten Händen wisse. Alles andere würde sich regeln lassen. Beinahe hätte ich gelacht. Was wusste er von meinen Sorgen, die weit über Teresas Befinden hinausgingen! Nicht einen Bruchteil dessen, was ich bisher ertragen musste, hätte er je nachvollziehen können. In meinem freudlosen Leben genügte ich mir selbst, indem ich mir auf meine Fragen auch gleichermaßen die Antworten gab.

Was er sagte waren die abgedroschenen Phrasen, mit denen er wohl alle seine erschöpften Patienten beruhigte. Es war mir so gleichgültig, was er dachte und mir vermitteln wollte. Er war für mich nur ein Arzt wie jeder andere und ich bedankte mich, ohne auf seine Worte zu antworten, erhob mich und verließ den Raum. Noch nicht einmal auf Wiedersehen sagte ich, da ich es für völlig überflüssig hielt. Ich lief wieder hinüber zum Kinderheim und wurde zu Teresa gebracht. In ihren Augen leuchtete noch der vergangene Sommertag. Ihr kleines Gesicht war leicht gebräunt und die Wangen rot vom fröhlichen Toben. Ich bemerkte, als ich in das Zimmer trat, dass Teresas Augen mich ohne Freude ansahen. Noch immer war ich der Stachel in ihrem Fleisch. Später taute sie dann etwas auf und sie nahm mich an der Hand, um mir ihre neuen Freunde zu zeigen. Beim Abschied gab sie mir artig ein Küsschen, doch als ich sie innig in den Arm nehmen wollte, wehrte sie sich unmerklich. Frau Doktor Marian hatte den Vorgang und auch den Schmerz in meinen Augen beobachtet. Sie nahm mich am Arm und ging mit mir in einen kleinen Besprechungsraum. Sie versuchte mir klarzumachen, dass Teresa nur deswegen ein wenig Abstand von ihrer Mutter gewonnen habe, weil sie nun in einer gänzlich neuen Umgebung lebe. Ein Kind ihres Alters sei noch nicht in der Lage, für seine Gefühle die richtige Dimension zu finden. Dieses Verhalten stelle sich als vollkommen normal dar und ich solle mich nicht grämen. Aber ich grämte mich dennoch und schenkte ihren Worten keinen Glauben. Sie und Gerd machten mir das Kind abspenstig. Von dieser Einschätzung wollte ich nicht abrücken, selbst wenn sie falsch sein sollte. Es war mein eigener Schutzreflex, damit ich mich nicht immer wieder daran erinnern musste, dass ich für mein Kind in Wirklichkeit nicht richtig sorgen konnte. Ich entschied mich, Teresa dort zu lassen, wo sich ihr kleines Herz am wohlsten fühlte. Schließlich war Gerd ja auch ihr Vater. Ich hatte also nur noch Pietro, für den ich wirklich wichtig war. Es erschien mir grausam, dass das Leben mir so viel genommen hatte und ich im Gegenzug nichts zurückbekam.

Traurig fuhr ich anschließend zu Herrn Mewes ins Hotel. Mit einigen Flaschen Wein beladen traf ich spät in der Nacht zu Hause ein. Ich bemerkte, dass alles friedlich war. Pietro lag ebenfalls ruhig in seinem Bett. Ich hoffte so sehr, dass Peter mein Kommen nicht bemerken würde. Stattdessen erwartete er mich bereits mit einem lüsternen Blick. Ich zog mich aus und legte mich automatisch zu ihm. Ich spürte ihn, doch ich empfand nichts als Langeweile und Ekel. Je apathischer ich mich benahm, umso mehr quälte er mich. Manchmal übertrieb er es derart, dass ich noch am nächsten Tag blutete. Immer öfter hatte ich den Wunsch, ihm einige von Großmutters Tropfen zu verabreichen, damit er wenigstens ein einziges Mal schlief, wenn ich total erschöpft in der Nacht von meiner Arbeit kam. Obwohl Peter am Tage so schwer arbeitete, hielt ihn nichts davon ab, mit mir noch spät nachts Liebe zu machen. Ich konnte mir nicht vorstellen, dass Gerd Förster in dieser primitiven Art mit mir umgegangen wäre. Vor allen Dingen wäre er niemals schmutzig und schlecht riechend zu mir gekommen. Dabei kann Liebe so wunderbar und erfüllend sein, besonders wenn Zärtlichkeit und Respekt vor dem Partner bestehen.

Ich hatte Gott sei Dank wenigstens eine einzige Vergleichsmöglichkeit. Die Familie, die ich mitgeheiratet hatte, kannte anscheinend nur die animalische Version der Liebe. Das war unter Garantie bei Elli und Bernhard genauso. Elli hatte insofern Glück, dass Bernhard abends einige Flaschen Bier trank und dadurch in den Schlaf der Seligen fiel. Ich konnte mir nicht vorstellen, dass sich bei ihnen danach im ehelichen Bett noch etwas tat. Mein Pech war, dass Peter Alkohol ablehnte. Deswegen war er noch spät nachts so munter. Er ließ es nicht gelten, wenn ich ihn ab und zu einmal bat, mich zu schonen und bestand auf meinen ehelichen Pflichten. Wenn meine Tage kamen, war ich glücklich, denn in dieser Zeit rührte er mich nicht an.

Obwohl ich in der nächsten Zeit großes Heimweh nach Teresa verspürte, ging ich fast zwei Wochen nicht in das Kinderheim. Zu tief saß meine Frustration gegenüber Doktor Marian und Gerd Förster. Ich fühlte mich von ihnen nach wie vor betrogen. Dennoch machte ich mich eines Tages auf den Weg und besuchte meine Tochter. Die gewohnte Fremdheit stand plötzlich wieder zwischen uns. Das Kind schien in seiner Umgebung glücklich zu sein und ich sah, dass sie sich sogar ihren Betreuerinnen gegenüber aufgeschlossener benahm. Wieder überflutete mich eine unendliche Trauer und ein nicht zu beschreibendes Gefühl des Verlassenseins, verbunden mit einem Gefühl des endgültigen Verlustes. War Teresa für mich tatsächlich für immer verloren? Für alles, was geschehen war, trug ich nur in eingeschränktem Maße Schuld. Über diese für mich so wichtigen Fragen hätte ich gerne nur ein einziges Mal mit einem verständnisvollen Menschen gesprochen. Außer Doktor Marian fiel mir niemand ein. Aber mit ihr konnte und wollte ich nicht mehr sprechen. Sie würde alles Gerd Förster verraten. Das kam für mich nicht in Frage. Also blieb ich allein mit meinen Gedanken, Mutmaßungen und grässlichen Vorwürfen.

So entschloss ich mich eines Tages, Teresa nicht mehr zu besuchen. Gab es schriftliche Dinge zu erledigen, die ihre Unterbringung im Heim betrafen, so warf ich diese Papiere stets nur in den Postkasten des Heimes und fuhr wieder weg. Später kam gar nichts mehr und ich vermutete, dass Gerd Förster alles in eigener Regie für Teresa regelte. Ich hatte mich sozusagen als Mutter mit einem äußerst schlechten Gewissen abgemeldet. Was sollte das Kind letztendlich mit einer Mutter, für die es keine Liebe empfinden konnte! Schon bei Gerd Förster hatte ich erkannt, dass Liebe oft die Einseitigkeit für sich in Anspruch nimmt.

Pietro dämmerte Tag für Tag volltrunken vor sich hin. Es war schlimmer als je zuvor. Da es nun draußen wieder warm war, verwirklichte ich den Plan, ihn außer Haus zu schaffen. Einige Kilometer von unserem Hof entfernt gab es im tiefsten Wald eine alte Holzhütte mit einem Tisch und einem Bett darin. Früher hatte dort der zuständige Förster ab und zu einmal übernachtet. Es würde keinem so schnell auffallen, dass Pietro hier hauste. Dennoch wusste ich, dass dies nur eine Lösung für ein paar Monate im Sommer war. Im Winter würde Pietro dort jämmerlich erfrieren. Bis dahin musste ich etwas anderes gefunden haben. War Teresa nun nicht mehr mein Problem, so trat Pietro umso mehr in diese Lücke. Für ihn lauerte mittlerweile in unserem Hause tagtäglich eine drohende Gefahr für Leib und Leben. Ich wusste nicht, was Elli und Peter in dieser Hinsicht noch einfallen würde. In der langen Zeit seiner Trunksucht hatte Pietro nie den Wunsch geäußert, sich außerhalb seines Zimmers aufzuhalten. Er wehrte sich zuletzt sogar dagegen, über den Flur zur Toilette zu gehen. Er hatte ein Angstsyndrom und bei jedem ungewöhnlichem Laut hielt er sich ständig die Ohren zu. Manchmal konnte ich meinen Bruder mit seinen Absonderlichkeiten nicht mehr ertragen. Oftmals dachte ich, dass Pietro vielleicht auch von Großmutters Genen etwas abbekommen hatte. Ich war mir darüber im Klaren, dass ich meine bisher nur im Geiste bestehenden Pläne nun baldigst in die Tat umsetzen musste und beschloss, in etwa zwei

Wochen mit Pietros heimlichem Umzug zu beginnen. In meiner kargen Freizeit, sobald die Luft rein war, fuhr ich mit dem Fahrrad zur alten Hütte und begann mit diversen Aufräumungsarbeiten. Ein paar Decken hatte ich schon mitgenommen und auch etwas Geschirr. Wenn alles wider Erwarten schnell gehen musste, hatte ich wenigstens entsprechend vorgearbeitet.

Die Reise nach Husum

Es war nun Mitte des Sommers und wir mussten das viele Gemüse und die Blumen ernten, die Peter als fahrender Händler verkaufte. Er hatte sich einen nagelneuen und weitaus größeren Verkaufswagen angeschafft. Geld dafür besaß er genügend. Nun bauten wir noch viele andere Gemüse- und Salatsorten an und konnten in das riesige Fahrzeug dreimal so viel Frischware wie in den alten Wagen verladen. Peter war ständig schlechter Laune und schrie mich viele Male am Tag an. Elli hingegen frönte ihrem guten Leben. Anscheinend wollte Peter dies nicht sehen. So gewöhnte ich mir an, einfach zurück zu schreien. Es waren bitterböse Dinge, die ich meinem Mann an den Kopf warf. Ich wartete jeden Tag auf das Resultat meiner Worte. Aber es tat sich nichts, da mein Mann keine Zeit hatte, seine Frau zu strafen. Dennoch rächte er sich auf eine ganz andere Art an mir.

Es waren einige Tage vergangen, und ich musste an einem frühen Nachmittag dringend in die Stadt zu meinem Gynäkologen. Dieser Termin war für mich sehr wichtig. In der Eile hatte ich aber vollkommen vergessen, Pietros Weinnachschub aus meinem geheimen Depot zu holen. Obwohl ich wusste, dass ein solches Versäumnis für meinen Bruder und mich schlimme Folgen haben würde, hatte ich dieses Mal gedankenlos gehandelt. Selbst auf der Fahrt in die Stadt fiel mir meine Unterlassung nicht ein. So fuhr ich ahnungslos am späten Nachmittag wieder Richtung Hof. Zuerst fiel mir gar nichts auf. Es herrschte eine gespenstische Ruhe. Doch kurz darauf vernahm ich ein lautes Schreien. Ich warf meine Tasche einfach auf die Treppe und lief hinter unsere

Scheune. Was ich sah, konnte ich im ersten Moment nicht glauben. Durch die Salatbeete taumelte, nur mit einer Unterhose bekleidet, mein Bruder Pietro. Hinter ihm lief wütend mein Mann Peter, der knallend eine Peitsche schwang. Mit einem Messer bemühte sich mein Bruder verzweifelt, Salatköpfe abzuschneiden. Bei jedem Versuch torkelte er und schien kopfüber in die Beete stürzen zu wollen. Schnitt er einen Kopf nicht ordentlich ab, erhielt er einen Schlag mit der Peitsche. Der Rücken meines Bruders bestand mehr oder weniger nur noch aus Knochen. Einmal habe ich in einer Zeitung Bilder von Menschen gesehen, die man nach dem Zweiten Weltkrieg aus den Konzentrationslagern befreit hatte. Es waren Knochengerüste mit Köpfen. Genauso sah Pietro aus. Er befand sich in einem jämmerlichen Zustand. Wenn die Peitsche auf seinen Rücken knallte, schrie er wie ein Tier. Jedes Mal bildete sich auf seiner dünnen Haut eine weitere blutende Strieme. Es musste schrecklich wehtun.

Wie versteinert blieb ich stehen und sah diesem grausamen Treiben zu. Doch dann rannte ich quer über das Feld und riss Peter einfach die Peitsche aus der Hand. Mein ganzer Körper zitterte, und ich musste mich anstrengen, dem Wunsche zu entsagen, meinem bösen Ehemann die Peitsche ins Gesicht zu schlagen. Aber ich zügelte mich, denn ich hatte gelernt, dass die eigene Beherrschung zugleich auch die Beherrschung über andere bedeutete. Und so bekam ich nun die Oberhand. Peter reagierte relativ gelassen. Er lachte uns hämisch nach, als ich Pietro mühsam stützend in das Haus brachte. In seinem Zimmer untersuchte ich die Wunden auf seinem Rücken und wusch seinen verschwitzten und schmutzigen Körper mit kaltem Wasser ab. Ich fragte ihn, was denn geschehen sei, und er antwortete mit schwerer Zunge, dass er keinen Wein gehabt habe. Deswegen sei er in die Küche gegangen und habe Bernhards Bier gefunden. Elli habe ihn dabei erwischt und sofort Peter geholt.

Wieder einmal hatte ich versagt, und es war nicht das erste Mal. Ich schwor mir, in Zukunft noch mehr aufzupassen. So lange es in meinen Kräften stand, musste ich für meinen Bruder sorgen und ihn retten. Tief in mir wusste ich aber auch, dass er eines Tages, vielleicht lange vor mir, sterben würde. Dann hätte ich meinen Schwur erfüllt. Nach diesem schrecklichen Vorfall entschied ich, Pietro umgehend in die Waldhütte zu bringen. Laufen konnte er diesen weiten Weg auf keinen Fall, sodass ich erwog, ihn auf unseren alten Karren zu setzen. Ich musste ihn schieben, ganz gleich, wie lange es dauern würde. Elli war das einzige Problem bei dieser Angelegenheit. Peter hatte für den heutigen Tag seine große Verkaufsfahrt geplant und war bereits um sechs Uhr morgens davongefahren. Nun musste ich wieder zu Großmutters Tropfen greifen. Beim Frühstück erhielt Elli eine passende Portion in ihren Kaffee. Es dauerte kaum zwanzig Minuten und sie begann zu gähnen. Ich wusste, nun würde es nicht mehr lange dauern, bis sie sich schläfrig in ihr Schlafzimmer zurückzog. Ich hatte Recht. Nach fast einer Stunde schnarchte Elli selig in ihrem Bett und ich hatte für mein Vorhaben freie Fahrt. Der alte Karren stand bereits vor der Treppe. Pietro war nur noch ein Fliegengewicht. Der Transport würde also nicht allzu schwierig werden. Es durfte uns nur niemand erwischen. Pietro wusste von meinem Plan und war damit einverstanden. Auch er lebte täglich in großer Angst vor Elli und Peter.

Ich wusch meinen Bruder und zog ihm ordentliche Kleidung an. Auf mich gestützt gingen wir die Treppen hinab. In einer weiteren Tasche hatte ich noch verschiedene Dinge verstaut, die Pietro in seinem Waldexil vielleicht benötigen würde. Er setzte sich mit angezogenen Beinen auf den mit Decken ausgepolsterten Karren. Ich schob unser primitives Fahrzeug an und es fuhr sogar leichter, als ich gedacht hatte. Bald befanden wir uns auf dem kleinen Waldweg zur Hütte. Obwohl mein Bruder so wenig wog, begann ich nach und nach zu schwitzen, und meine Beine zitterten vor Anstrengung. Aber ich war entschlossen, es zu schaffen. Pietro blickte mich mit traurigen Augen an und ich spürte, dass er sich schämte. Ständig schaute ich mich vorsichtig um, denn es durfte uns keine Menschenseele sehen.
Nach einigen Pausen erreichten wir endlich unser Ziel. Pietro

stieg vom Karren und ich half ihm in die Hütte. Er legte sich auf sein provisorisches Bett und ich bat ihn inständig, sich ruhig zu verhalten und auf keinen Fall nach draußen zu gehen. Ich wies ihn an, falls jemand wider Erwarten an der Türe rütteln sollte, diese nicht zu öffnen. Damit ich Pietro während meiner Abwesenheit sicher wähnen konnte, sagte ich ihm, dass es besser sei, wenn ich von außen das Schloss zuschließen und den Schlüssel mitnehmen würde. Damit war er einverstanden. Ein stabiles Schloss hatte ich bereits im Vorfeld besorgt. Es war unsere einzige Sicherheit. Die Dinge, die er benötigte, hatte ich ordentlich in der Hütte aufgebaut. Vom Essen bis zum Wasser war alles vorhanden. Vor allen Dingen gab es jedoch eine Menge Wein. Es war der eiserne Vorrat, falls ich einmal nicht kommen konnte. Wir mussten uns auf alle Eventualitäten einrichten. Mein Flaschendepot in der Miste hatte ich aufgelöst und alles in dieser Hütte verstaut. Vorerst war Pietro gut untergebracht, und ich fuhr beruhigt mit dem Karren nach Hause. Ich hatte diese Hütte als Unterkunft ausgewählt, weil sie in einer kleinen Senke stand. Um sie herum gab es viele hohe Büsche, sodass man sie nur sehr schwer entdecken konnte. Sie hatte sich regelrecht in ihre grünen Nachbarn hineingekuschelt, und man konnte sie fast als einen Teil des Waldes betrachten. Selbst Wanderer würden möglicherweise nicht hierher kommen. Es war ein wilder, feuchter und nicht besonders romantischer Teil des Forstes.

Bei meiner Rückkehr schlief Elli noch immer den Schlaf der Gerechten. So konnte ich in aller Ruhe Pietros Zimmer aufräumen und mich ein wenig ausruhen. Ich war mir sicher, dass meine Familie es kaum bemerken würde, dass Pietro nicht mehr da war. Es sei denn, sie hätten wieder einen Plan ausgeheckt. Sollte es auffallen, würde ich ihnen mitteilen, dass er sich ohne Abschied aus dem Staube gemacht habe. Sie würden darüber sicher sehr froh sein, und damit wäre vorerst einmal die Angelegenheit erledigt. Nun konnte ich den kommenden Tagen in Ruhe entgegensehen und vor allen Dingen meine Arbeit im Hotel sorgloser verrichten. Die Flaschen, die ich bei Herrn Mewes kaufte, lagerte ich am Rande des Weges in einem großen Holzstapel. Immer wenn ich zu Pietro fuhr, würde ich sie von dort mitnehmen. Vorausschauend hatte ich sogar in der mir bekannten Tankstelle vermehrt Wein eingekauft, sodass ich mittlerweile über einen größeren Vorrat verfügte.

Die kommenden Tage erschienen mir wie eine Erholung. Pietro gefiel es in seiner Hütte recht gut. Er trank und schlief immer im gleichen Trott. Es war, wenn man es genauer betrachtete, ein Dahinsiechen bis zu irgendeinem schrecklichen Ende. Wie lange würde seine Gesundheit noch der Droge Alkohol standhalten? Ich hatte in diesen Dingen keine Erfahrungen und wusste auch nichts darüber, wie das Ende eines Trinkers aussieht. Daran wollte ich heute noch nicht denken.

Aber es war wieder einmal die Ruhe vor dem Sturm. Hatte ich das eine in trockenen Tüchern, so tat sich das nächste Problem auf. Diesmal ging es um Großmutters Rente, auf die wir so dringend angewiesen waren. Am Tag der Auszahlung fuhr ich wie immer Herrn Meister entgegen. Ich wusste, wie dankbar er für dieses Entgegenkommen war. Energisch trat ich in die Pedale, denn Peter durfte meine Abwesenheit nicht bemerken. Aber nirgendwo weit und breit konnte ich meinen lieben alten Postboten sehen. Ich fuhr die Strecke ab bis in die Stadt. Traurig und angstvoll trat ich den Rückweg zum Hof an. Dort angekommen, erkannte ich das gelbe Postfahrrad, welches an der Treppenmauer lehnte. Es war mir unbegreiflich, und eine schreckliche Kälte erfasste mich von oben bis unten. Nun war also jener Tag »X« gekommen, den ich schon so lange angstvoll erwartet hatte. In der Küche saß ein fremder junger Mann in adretter Postuniform und legte gerade die gegenzuzeichnende Quittung auf den Tisch. Elli sah höchst interessiert darauf, und Peter blieb geradezu der Mund offen stehen. Alle sahen mich erwartungsvoll an, und ich riss mich eisern zusammen. Meine Stimme war klar und deutlich, als ich dem Postboten mitteilte, dass meine Großmutter derzeit bei ihrer Schwester in Husum lebe. Er könne mir ruhig die Rente auszahlen, ich würde sie quittieren und das Geld weitersenden. Der junge Mann sah mich ruhig an und fragte, ob ich von meiner Großmutter eine entsprechende Vollmacht besäße. Leider musste ich dies verneinen. Ich sagte ihm noch, dass Herr Meister mir immer das Geld im Vertrauen übergeben habe. Elli und Peter sahen sich überrascht und ungläubig an. Der Postbote informierte uns darüber, dass Herr Meister plötzlich verstorben sei, und wie dieser die Sache geregelt habe sei für ihn nicht maßgebend. Er werde nur nach Recht und Ordnung handeln. Damit diese Rentenzahlung nicht nach Husum transferiert werden musste, bat ich den Postboten, die Rentenzahlung bis zur Rückkehr meiner Großmutter wegen der fehlenden Unterschrift in Obhut zu nehmen. Der junge Mann war damit einverstanden, versah die Unterlagen mit einem entsprechenden Vermerk und verabschiedete sich. Elli und Peter forderten mich nun zu einer Erklärung auf. Ich durfte keinen Fehler machen und musste sie mit einer glaubhaften Geschichte über meine Großmutter besänftigen, damit sie keinen Verdacht schöpften. Schlimm war für mich einzig und allein die Tatsache, dass das schöne Geld für mich und Pietro nun verloren war. Es würde sich zeigen, wie wir künftig zurechtkommen würden. Ich setzte mich also zu den beiden an den Tisch und erzählte ihnen von Großmutter, die schon länger in Husum lebe. Peter war äußerst erbost über den Tatbestand, dass ich ihn in dieser Sache in Unkenntnis gelassen habe. Ich redete ihm jedoch mit angstvollem Herzen sehr überzeugend ein, dass ich sehr wohl vor unserer Hochzeit mit ihm darüber gesprochen hätte. Er könne sich wahrscheinlich nur nicht mehr erinnern. In diesen Minuten legte ich mein ganzes Selbstbewusstsein in meine Stimme, sodass die Zweifel in Peters Gesicht dahin schmolzen. Plötzlich war er milder gestimmt. Es begann ein längeres Palaver über meine Großmutter und vor allem auch darüber, wer eigentlich der Besitzer des Hofes sei. Nun sagte ich wahrheitsgemäß, dass Großmutter Lotte sicher noch das Anwesen auf ihrem Namen habe. Genaueres wisse ich jedoch auch nicht.

Elli meinte spitz, dass ich doch recht hinterhältig mit ihrem Sohn umgegangen sei. Er habe seine ganze Kraft in diesen Hof gesteckt und in Wirklichkeit bestimme eine alte Frau über alles. Ich zuckte nur mit den Schultern und antwortete, dass man in der Vergangenheit kaum Wert darauf gelegt habe, mit mir zu sprechen. Alle wichtigen Dinge habe Peter doch mit ihr besprochen. Ich sei niemals gefragt oder hinzugezogen worden. Deshalb hätte ich auch geschwiegen. Ich betete innerlich, dass es keine größere Auseinandersetzung geben würde.
Als Nächstes erwartete ich die Frage nach Großmutters Rentenzahlungen. Aber es tat sich nichts Derartiges. Ellis und Peters Gedanken befassten sich einzig und allein mit den Besitzverhältnissen unseres Hofes. Für Peter musste dies heute ein Schock gewesen sein. Ich fühlte plötzlich ein wenig Schadenfreude. Nun war es an den beiden oder auch an Schwiegervater Bernhard, sich den Kopf zu zerbrechen, wie sie an das Anwesen herankamen. Ich beteiligte mich nicht an ihren Gesprächen, sondern ging nach oben. Ich wusste, dass Elli nun maßlos gegen mich hetzen würde. Im Endeffekt war Peter aber zu feige, mit mir einen größeren Streit zu beginnen. Obwohl er sich in unserer Ehe sehr zu seinem Nachteil verändert hatte, wagte er es nicht, gegen mich noch einmal die Hand zu heben. Er war kein Schläger und in diesem Umstand sah ich den einzigen Pluspunkt unserer Ehe. Mit Vertrauen und Liebe hätten wir alles, was jetzt so hässlich zutage trat, im Vorfeld schon bereinigen oder verhindern können. In der Habgier meines Mannes sah ich die größte Verfehlung. Er hatte keinen Sinn für die wirklich wichtigen Dinge des Lebens. Eine Ehe war für ihn eine Zweckgemeinschaft, einmal zur Befriedigung der eigenen Sexualität und zum anderen zur Erledigung aller notwendigen Dinge des täglichen Lebens. Auch Kinder waren für ihn nur eine lästige Beigabe. Hätte Peter seinerzeit seiner Mutter verboten, so grausam mit Teresa umzugehen, so befände sich diese nun nicht bei fremden Menschen. Auch Pietro hätten wir gemeinsam helfen können. Stattdessen konnte ich Peter kein Vertrauen schenken und musste ihm stets mehr ver-

schweigen, als mir lieb war. Ich sehnte mich nach einem Menschen, der alles mit mir tragen würde. Aber weit und breit gab es ihn nicht.
Nun war ich an einem äußerst kritischen Punkt angelangt. Woher sollte ich künftig das Geld für Pietros Wein nehmen? Doch dann kam mir augenblicklich die zündende Idee, dass ich mich an Peters fabelhaftem Gelddepot bedienen würde. Großmutters Tropfen mussten mir auch in dieser Angelegenheit nochmals helfen. Bei diesem Gedanken wurde es mir etwas leichter ums Herz. Am Abend, als ich zum Hotel fuhr, saßen alle drei einträchtig beieinander und beratschlagten. Ich konnte mir denken, um was es ging und dass man es mir unter Garantie am kommenden Tage eröffnen würde. Vor allen Dingen war es wichtig, die Adresse von Großmutters Kusine ohne Zögern nennen zu können. Ich entschied mich, sollten meine Recherchen ohne Ergebnis bleiben, irgendeine beliebige Anschrift aus dem Hut zu zaubern, denn ich war mir sicher, dass jene Husumer Verwandten längst nicht mehr lebten. Ich kannte sie nicht und wusste nur vom Hörensagen von deren Existenz. Peter würde nun nicht rasten und ruhen, um Großmutter zu finden. Nirgendwo im Hause fand ich Adelheids Anschrift, und so musste ich tatsächlich irgendeine Straße und Hausnummer in Husum erfinden. Das Allerschlimmste aber, nämlich den Verlust seines Geldes, würde ich meinem Ehemann als Schlussakkord in dieser Sache präsentieren. Ich musste Ruhe bewahren und durfte mir nichts anmerken lassen.
Am nächsten Tag fragte mein Mann sogleich nach der Anschrift von Großmutters Kusine. Ich nannte sie ihm wie aus der Pistole geschossen. Peter teilte mir mit, dass er mit Bernhard nach Husum reisen werde, damit er mit Großmutter wegen des Hofes sprechen könne. Er wolle sie bitten, einer Überschreibung auf uns beide zu gleichen Teilen zuzustimmen. Innerlich lächelte ich über dieses Ansinnen, das zum gegenwärtigen Zeitpunkt völliger Unsinn war, nur dass es Peter noch nicht wusste. Gerne wäre er jedoch aufs Ganze gegangen und hätte sicher am liebsten alles auf sich überschreiben lassen. Aber er musste schließlich einen

guten Eindruck hinterlassen. Nur ich wusste, wie vergeblich seine Hoffnungen und Gedanken waren. Peter und Bernhard würden umsonst in Husum nach der genannten Anschrift suchen. Wer weiß, wo jene Kusine Adelheid einstmals gewohnt hatte. Bereits jetzt konnte ich mir vorstellen, mit welcher Wut beide wieder zurückfahren würden. Dann begänne für mich eine gefährliche Phase. Selbst irgendwelche neue Erfindungen würden nicht die Rettung aus dieser unglaublichen Situation bedeuten. Niemals würde ich Großmutters unterirdischen Aufenthaltsort preisgeben. Ich musste also ebenfalls von der Bildfläche verschwinden. Gott sei Dank hatte ich Pietro in Sicherheit gebracht, sodass auch ich weggehen konnte. Bevor dies geschah, würde ich noch Peters Geld mitnehmen. Ich war mir darüber im Klaren, dass für Peter eine Reise ohne seinen Geldschrankschlüssel niemals in Frage käme. Da mein Ehemann aber kein besonders heller Kopf war, würde er nie auf den Gedanken kommen, dass man seinen Geldschrank auch ohne den Schlüssel öffnen könnte.

Wenn Elli außer Gefecht gesetzt wäre, würde ich genügend Zeit haben, den Schrank aufzubrechen und könnte in aller Ruhe die ganze Barschaft ausräumen. Das wäre dann mein gerechter Anteil für all die Jahre der Schinderei. Fast freute ich mich schon auf mein Vorhaben. Als ich später wieder bei Pietro in der Hütte war, erzählte ich ihm von Peters Plänen. Er wurde blass und sah mich in panischer Angst an. Großmutter stand in seinem Geiste wieder aus ihrem Grab auf. Ich versuchte, ihn so gut es möglich war zu beruhigen. Dennoch erkannte ich, dass ich in ihm wieder ein Feuer angezündet hatte, dessen Brand sich unweigerlich ausbreiten würde.

Ich sprach auch von meinen Fluchtplänen und davon, dass wir demnächst gemeinsam von hier weggehen würden. An diesem Abend trank er ungemein viel, sodass er die ganze Hütte verschmutzte. Ich hatte später meine liebe Not, alles wieder zu reinigen. Das Geld von Großmutters vorletzter Rente hatte ich Pietro zur Aufbewahrung gegeben und legte außerdem noch meinen Lohn von Herrn Mewes dazu. Ich würde Peter dieses

Geld nicht mehr geben. Da er im Moment nur noch an seine und Bernhards Reise dachte, fragte er glücklicherweise auch nicht danach. Pietro verwahrte es in einem Lederbeutel, welcher an seiner Brust hing.
Auf dem Hof machte sich mittlerweile eine große Unruhe breit. Bernhard hatte sogar seinen Sommerurlaub genommen, um vor der Reise nach Husum noch alles verderbliche Gemüse und Obst zu ernten. Peter beeilte sich, dieses noch an den Mann zu bringen und war tagtäglich auf Fahrt. Seine Banknoten mehrten sich und ich freute mich schon darauf, ihm alles wegnehmen zu können. Elli wäre gerne mit nach Husum gekommen, aber sie musste leider auf mich aufpassen. Das hatte ich heimlich belauscht. Im Grunde störte mich Elli nicht. Mit meinen Tropfen, die mir immer wieder geholfen hatten, würde ich sie, so lange ich wollte, außer Gefecht setzen. Ich sah plötzlich keinen Grund mehr, nervös zu werden. Der Zeitpunkt unserer endgültigen Befreiung nahte. Wenn ich das Geld besaß, konnte ich Pietro wieder aus dem Wald auf den Hof bringen. Mit einer Taxe würden wir dann gemeinsam in ein neues Leben fahren. Peters Geld würde uns eine längere Zeit von allen Sorgen befreien.
Plötzlich hatten wir in diesem Haus allesamt Pläne, jedoch ganz unterschiedlicher Art. Peter, Elli und Bernhard nahmen unsere längst verweste Großmutter ins Visier, und ich badete mich in dem seltsamen Wohlgefühl unserer endgültigen Flucht aus den Fesseln dieser Familie. Dieses Vorhaben faszinierte mich derart, dass ich ganz lange nicht ein einziges Mal an Teresa und an Gerd Förster dachte. Je weniger ich nun zu meiner Tochter in dieses Kinderheim ging, desto größer wurde mein innerlicher Abstand. Dafür schämte ich mich zutiefst. Ich besänftigte mein schlechtes Gewissen damit, dass ich in ferner Zeit alles wieder gutmachen würde. Meine Liebe war ja nicht vergangen, sondern brauchte nur eine Weile zum Atemholen. Dennoch mahnte ich mich, Teresa nicht ganz aufzugeben und entschloss mich, in der wenigen Zeit, die mir noch bliebe, sie wieder regelmäßig zu besuchen.
So machte ich es mir zur Aufgabe, vor Antritt meiner Arbeit im

Hotel erst einmal in das Kinderheim zu fahren. Dort war man einigermaßen überrascht, dass ich plötzlich wieder auftauchte. Die Freundlichkeit der Betreuerinnen mir gegenüber hatte aus gutem Grunde nachgelassen. Frau Doktor Marian sah ich nur sehr selten. Auch sie suchte nicht meine Nähe, sondern winkte mir nur kurz zu. Gerd Förster hingegen begegnete ich nicht mehr.

Teresa blickte mir stets sehr ernst entgegen. Es waren weiß Gott keine Kinderaugen, die mich jedes Mal so vorwurfsvoll und traurig anschauten. Plötzlich loderte mein Herz vor Liebe zu meinem Kind. Aber etwas hielt mich zurück, Teresa spontan in die Arme zu schließen. Ich fürchtete mich mehr als alles andere auf der Welt vor ihrer Ablehnung. Wir sprachen miteinander und ich versuchte, ihr ein wenig von meinem Leben zu erzählen. Viel war es nicht und Teresa wandte dann stets den Kopf ab, als sei es ihr lästig, etwas von mir zu hören.

Fragte ich nach ihrem Leben im Heim, so begann sie sofort fröhlich und aufgeschlossen zu plaudern. Jedes zweite Wort endete mit Onkel Gerd und Tante Vera – so musste wohl Frau Doktor Marian heißen. Für mich war es immer wie ein Dolchstoß ins Herz. Dennoch rief ich mich zur Ordnung, da ich sah, dass es dem Kind in dieser Umgebung wirklich sehr gut ging. Manchmal fragte ich mich, ob Gerd das Muttermal an Teresas Schulter mittlerweile aufgefallen war. Aber ich entschloss mich, meine Mutmaßungen aufzugeben und ihm die Wahrheit in einem Brief mitzuteilen. Es wäre die fairste und beste Lösung für mein kleines Mädchen. Was konnte ich Teresa bieten? Ich lebte nur mit Problemen und Sorgen. Liebe zeigt sich auch im Verzicht, dachte ich, denn es war mir keineswegs gleichgültig, was mit meinem Kind geschah. Es sollte ein gutes Leben führen und dieses konnte ihm nur Gerd Förster garantieren.

Peter und Bernhard wollten in den nächsten vierzehn Tagen nun endlich nach Husum fahren. Ich kündigte meine Arbeitsstelle bei Herrn Mewes und bat um Verständnis, dass ich nun mehr und mehr auf dem Hof gebraucht würde. Peter habe mit seinem

Gemüseanbau expandiert. Herr Mewes war damit einverstanden, und ich fuhr also jeden Abend wie gewohnt in die Stadt, jedoch nur noch in das Kinderheim und zur Tankstelle wegen meines Weinvorrats. Ich besaß nicht mehr viel Geld, sodass ich den Rest in einem Geschenk für Teresa anlegte. Es war eine kleine, fein gekleidete Puppe, die ich ihr beim nächsten Mal überreichte. Sie lächelte mich freundlich an und bedankte sich höflich. Nachdem sie die Puppe angesehen hatte, legte sie diese achtlos in die Ecke. Sie blickte an mir hoch und sagte in wohlgeformten Worten, dass sie keine Puppe wolle. Alle Kinder hier im Heim wünschten sich eine Mutter und einen Vater, sie auch. Ich setzte mich vor das Kind und nahm ihre beiden Hände in die meinen. Tränen brannten in meinen Augen, als ich ihr sagte, dass sie doch eine Mutter habe. Ich sei ihre Mutter. Sie müsse es doch wissen. So, als habe sie die Vergangenheit vollkommen verdrängt, schüttelte das Kind energisch seinen Kopf und antwortete mit einer fast erwachsenen Entschiedenheit, das stimme nicht; Kinder, die eine Mutter und einen Vater hätten, lebten nicht in einem Heim.

Teresa stand so klein und zerbrechlich vor mir, und ihre schönen schwarzen Augen leuchteten wie Sterne. Sie war ein so wunderbares Kind, und ich hatte sie verloren. Wann immer dies geschehen war, wusste ich nicht zu bestimmen. Was ich ihr bedeutete blieb mir unbeantwortet. Als ich sie fragte, ob sie mich denn nicht ein klein wenig lieb habe, musste Teresa einen Moment überlegen. Dann sagte sie zögernd, sie habe mich schon ein wenig lieb, weil ich immer so traurig sei. Teresa hatte, so klein sie auch noch war, mit mir Mitleid. Eigentlich hätte es umgekehrt sein müssen. Sie war viel glücklicher als ich, und dieses Glück hatten ihr fremde Menschen beschert. Ich erkannte plötzlich meine Bedeutungslosigkeit im Leben des Kindes. Ich hatte es geboren und einige Jahre, so gut ich konnte, aufgezogen. Meine Liebe war wie ein Geist, der keinen Einlass im Herzen von Teresa gefunden hatte. Es war mir nichts geblieben als eine weitere Türe, die sich vor mir verschloss. Dieses Schicksal musste ich annehmen, um weiterleben zu können.

In den kommenden Tagen fuhr ich nicht mehr in das Heim. Ich wollte Teresa nur noch in meiner Erinnerung sehen und ihr täglich meine Liebe durch die Lüfte zusenden. In unserem Haus war das Kind längst Vergangenheit. Dafür hasste ich meinen Mann und meine Schwiegereltern. Der Gedanke, dass ich Peter schamlos ausrauben würde, obwohl er sich dieses Geld wahrlich sauer und mühsam verdient hatte, setzte in mir keine Emotionen frei. Einmal wollte ich mich für allen Kummer und Schmach rächen. Auch den allerletzten Pfennig würde ich aus dieser Kasse nehmen. Damit wären Peter und ich quitt. Mit dieser Barschaft konnten Pietro und ich einige Zeit über die Runden kommen. Ich glaubte nicht, dass man lange nach uns suchen würde. Und wenn doch, so wäre es sicherlich schwer, uns zu finden. Ich plante, nach Frankfurt zu gehen. Diese große Stadt sollte uns erst einmal Unterschlupf bieten.

Da ich nun nicht mehr zu Herrn Mewes ins Hotel fuhr, radelte ich stattdessen jeden Abend in die Hütte zu Pietro. Ich stellte fest, dass er seit der Geschichte mit Großmutters Rentenzahlung verändert wirkte. Die Angst, die er damals gezeigt hatte, hatte sich nicht verflüchtigt. Ständig zuckte er zusammen und hielt sich bei jedem lauten Geräusch die Ohren zu. Es war ein Verhalten, das ich von Großmutter kannte. Als ich ihn fragte, was dies alles zu bedeuten hätte, sah er mich mit verschwommenen, gelb gefärbten Augen an und antwortete mit schwerer Zunge, er könne durch das Zuhalten seiner Ohren ganz einfach die Welt abstellen. Seine Erklärung erschien mir einfach zu simpel, um sie akzeptieren zu können, aber dann erkannte ich, dass es Pietros Schutzreflex war. Mehr konnte er für sich selbst nicht tun. Er fühlte Hilfe in dieser so nutzlosen Gestik. Ich sah mit einem Male, wie wenig es bedarf, sich selbst in der Waage zu halten.

Von meinem Plan, nach Frankfurt zu gehen, erzählte ich ihm vorerst nichts, denn ich konnte mir denken, wie er darauf reagieren würde. Dennoch fragte er ständig danach, wann Peter und Bernhard nach Husum reisen würden. Es waren nur noch ein paar Tage und ich sagte zu ihm, dass er sich nicht zu fürchten brauche. Alles werde wieder gut. Doch Pietro schüttelte langsam den Kopf und begann zu weinen. Ich wusste, dass mein Trost vergeblich war. Außerdem glaubte ich selbst nicht daran. Wo sollte der berühmte Lichtschein am Horizont für uns herkommen? Seit dem Tode unserer Eltern hatten wir nur mit Schwierigkeiten gekämpft. Wir hatten uns ständig im freien Fall befunden. Bei anderen Menschen wechselten sich die schlechten Zeiten wenigstens mit den guten ab. Aber die Gleichmäßigkeit unseres Lebens bestand nur aus schlechten Zeiten. Ich ahnte, dass wir dies alles nicht mehr lange ertragen würden.

Mittlerweile hatte ich alle Weinflaschen in die Hütte geschafft. Pietro sah meinem Treiben ausdruckslos zu. Er fragte nichts und er sagte auch nichts. Ich dachte, dass es ihn nicht besonders zu interessieren schien. Dennoch befand sich Pietro innerlich in einem großen Aufruhr. Ich bemerkte es damals nicht, weil ich zu sehr mit meinen eigenen Aktivitäten beschäftigt war. Wie in den langen schweren Jahren zuvor führte ich stumm und automatisch meine Pläne durch. Ich war mit allen Sinnen ausschließlich mit unserer Lebensrettung beschäftigt. Immerzu wünschte ich mir, dass dieser Hof meiner schrecklichen Familie kein Glück bringen möge. Der Verzicht hierauf würde mir und meinem Bruder nicht schwer fallen. Mit aufgeregtem Herzen sah ich den kommenden Tagen entgegen. Nun würde sich für uns alles endgültig entscheiden.

Arrivederci Pietro

Der Tag der Abreise von Peter und Bernhard war gekommen. Elli verabschiedete die beiden mit einer großen Tasche Proviant. Ich hielt mich im Hintergrund und sagte nur leise: »Auf Wiedersehen«. Niemals mehr wollte ich einen von ihnen wieder sehen. Mit bösen Gedanken im Herzen stellte ich wieder einmal fest, dass Peter und seine Eltern nicht mit Intelligenz gesegnet waren, denn sonst hätten sie sich im Vorfeld etwas mehr über ihren Zielort und die Zielperson informiert. Stattdessen fuhren sie einfach ins Blaue hinein. Sie glaubten mir, dass Kusine Adelheid noch lebte, leider aber kein Telefon besaß. Als sie vom Hof fuhren, hätte ich am liebsten laut gelacht.

Am nächsten Morgen wollte ich meine Pläne in die Tat umsetzen. Zuerst würde ich Elli meine Wundertropfen verabreichen. Diesmal plante ich für sie einen längeren Schlaf. Ich musste die Dosis erhöhen, damit ich in Ruhe alle Dinge erledigen konnte. Meine wenigen Habseligkeiten hatte ich schon in eine kleine Reisetasche gepackt und unter meinem Bett deponiert. In einer Plastikmappe verwahrte ich darüber hinaus die wichtigsten Papiere und nahm außerdem noch alle Dokumente, die ich über den Hof finden konnte, mit. Diese Unterlagen würden für mein späteres Leben von großer Wichtigkeit sein. Ich wusste, ohne amtliche Papiere kämen nur unnötige Scherereien mit den Behörden auf mich zu. Gott sei Dank hatte ich in der Vergangenheit so nach und nach alles gesammelt. Ich würde also niemals mehr in dieses Haus zurückkehren müssen.

Am Morgen saß Elli wie gewöhnlich schlecht gelaunt am Frühstückstisch und wartete Zigaretten rauchend auf ihren Kaffee.

Ich hatte bereits meine Wundertropfen in die Tasse getan, und nun kippte ich das starke Getränk darüber. Elli nippte gierig daran und meinte, dass der Kaffee heute etwas bitter schmecke. Ich hätte entschieden zu viel Pulver hinein gegeben. Ohne mich umzuwenden antwortete ich ihr, dass dies schon mal passieren könne. Mein Herz schlug bis zum Halse, denn Elli musste unter allen Umständen den Kaffee austrinken, sonst käme mein ganzer Plan ins Wanken. Doch ausgerechnet heute ließ sie sich sehr viel Zeit. Sie hatte die Tasse erst zur Hälfte geleert, als sie schnurstracks zur Toilette rannte. Als sie zurückkam, sah sie mich vorwurfsvoll an und sagte, dass sie einen schrecklichen Druck in den Därmen verspürt habe. Ich gab nun insgeheim den Tropfen die Schuld und betete zum Himmel, dass Elli den Rest ihres Kaffees noch austrank. Freundlich schüttete ich noch ein wenig heißen Kaffee auf den Rest in der Tasse. Anscheinend schmeckte ihr nun das Getränk besser und sie schlürfte auch den letzten Tropfen aus.

Dann begann sie die Müdigkeit zu übermannen. Mit einem lauten Gähnen begab sie sich wortlos in ihr Schlafzimmer. Sie musste sich in der Tat schrecklich schlapp fühlen. Nach einigen Minuten schlich ich mich nach oben und horchte an ihrer Zimmertüre. Ich hörte nichts, noch nicht einmal ihr obligatorisches Schnarchen. Vorsichtig öffnete ich ein wenig die Türe und sah, dass Elli auf dem Rücken und mit gespreizten Beinen quer über dem Bett lag. Ich machte mir zu diesem Zeitpunkt darüber keine Gedanken. In diesen Minuten war mir nur Ellis Regungslosigkeit wichtig.

Es gab keinen Zweifel, sie musste wie ein gefällter Baum urplötzlich nach hinten auf das Bett gefallen sein. Ich wagte es nicht, sie anzufassen, um sie in eine ordentliche Lage zu bringen. Alles in mir wehrte sich dagegen, denn Elli war für mich der Teufel in Person. Mein schlechtes Gewissen rührte sich dennoch ein wenig, denn ich hatte die Befürchtung, dass die Menge der verabreichten Tropfen vielleicht doch zu hoch gewesen war. Elli hielt die Augen geschlossen. Vorsichtig neigte ich mich über sie. Zu meiner Beruhigung sah ich, dass sie leise atmete. Doch ihre Gesichtsfarbe war leichenblass und ihre Lippen hatten einen bläulichen Schimmer. Ich konnte ihr nicht helfen und hoffte sehr, dass sie ohne großen Schaden irgendwann wieder aufwachen würde. Auf keinen Fall wollte ich sie umbringen. Ich tröstete mich mit diesem Gedanken und ging hinab zu Peters Kassenschrank. Da ich keinen Schlüssel hatte, holte ich ein kleines Beil aus dem Werkzeugschuppen. Ohne Rücksicht auf den Schrank schlug ich die Vordertüre ein. Mit einem großen Krachen splitterte das Furnier. Den Rest erledigte ich mit meinem Fuß. Es war geradezu ein Kinderspiel, an Peters Geld zu kommen. Ich führte meinen Raub mit großer Genugtuung durch, obwohl mein Herz vor Aufregung wie wild in meiner Brust pochte, denn ganz tief in meinem Inneren war ich ein ehrlicher Mensch. Trotzdem musste ich nun allen Anstand beiseite schieben und das nehmen, was ich so dringend benötigte. Mein Ehemann hatte mir stets nur die Mittel für die allernötigsten Anschaffungen gegeben, sodass ich am Ende als junge Frau nichts von dem besaß, was in der heutigen Zeit selbstverständlich ist. Ich hatte mich der mir von Peter auferlegten Bedürfnislosigkeit beugen müssen. Die große Geldkassette öffnete ich nun mit der gleichen rohen Gewalt.

Bevor ich mit dem Zählen der Scheine und Münzen begann, sah ich noch einmal nach Elli. Ihr Zustand war unverändert. Sie befand sich scheinbar in einer anderen Welt. Ich schloss zur Sicherheit ihre Schlafzimmertüre von außen zu. Das Gleiche tat ich auch mit unserer Haustüre. Ich würde keiner Menschenseele öffnen, wenngleich ich genau wusste, dass sowieso keiner käme. Zu unserem Hof verlief sich niemand. Ab und zu sah ich von weitem ein paar Spaziergänger in Kniebundhosen auf dem Weg zwischen den Wiesen entlang marschieren. Es mussten Urlauber sein, denen es genügte, unseren alten Hof von weitem zu sehen.

Dann aber setzte ich mich an den Tisch und zählte das Geld. Es war für meine Begriffe ein Riesenbetrag, der mir und Pietro über eine lange Zeitspanne das Leben erleichtern würde. Ich nahm alles, auch die Münzen, und verstaute meine Barschaft in einem

alten, recht großzügigen Lederbeutel, den ich auf dem Speicher gefunden hatte. Früher musste sich darin wohl Tabak und Proviant befunden haben, denn es waren einige Tabakreste heraus gefallen. Wem hatte einstmals dieses Teil gehört? Meinem Vater sicherlich nicht, dazu war das Leder viel zu alt und verblichen. Meines Erachtens musste dieser Beutel aus Kriegszeiten stammen. Irgendein bedauernswerter Soldat meiner Familie hatte ihn wahrscheinlich getragen. Mit Mühe verstaute ich das viele Geld in dem Beutel. Ich steckte ihn in meine Tasche und achtete peinlich darauf, dass sich nichts mehr in der Kasse befand. Damit würde Peter nun die größte Strafe seines Lebens zuteil. Ich hatte ihn seines Gottes beraubt, und alles Gemüse der Welt konnte diese Menge Geld nicht mehr so schnell wiederbringen. Er musste wieder von vorne anfangen. Im Geiste sah ich ihn tagein, tagaus verbissen schuften. Nach seiner Reise wäre er wieder dort angelangt, wo er einstmals begonnen hatte. Es würde eine lange Zeit vergehen, bis er wieder so wohlhabend wäre wie ehedem.
Vorsichtig schlich ich nochmals nach oben. Elli hatte sich nicht bewegt und lag noch immer ziemlich verrenkt auf dem Bett. Es fiel mir auf, dass sich ihre Hände in den Stoff der Decke verkrampft hatten. Also musste sie sich zwischenzeitlich bewegt haben. Ich ging näher heran und sah zu meinem grenzenlosen Erschrecken, dass ihre Augen offen standen und mich auf eine seltsame Art anstarrten. Warum schläft sie nicht, dachte ich. Schließlich hatte ich zur Sicherheit die Dosis der Tropfen um einiges erhöht. Ellis Mund öffnete sich plötzlich und sie versuchte zu sprechen. Aber es kam nur ein schreckliches Gurgeln zustande. Etwas war mit ihr geschehen und ich wusste nicht, was. Andererseits sagte ich mir, dass meine Tropfen an ihrem Zustand nicht allein schuld sein konnten. Ich war in diesen Minuten ziemlich ratlos.
Ich sah, dass sie sich mit aller Gewalt bewegen wollte, was aber misslang. Sie hatte ihren schweren Körper nicht im Griff und musste deshalb in der bisherigen Stellung ausharren. Ich war auch jetzt nicht bereit, ihr zu helfen und vermied es, in ihre wie

in Panik aufgerissenen Augen zu blicken. Dann wieder überkamen mich Skrupel über meine Verhaltensweise und ich hörte, wie mein Vater sagte, dass alles Böse, das wir anderen Menschen antun, wieder auf uns zurückfalle, selbst wenn ein halbes Leben darüber vergeht. Als anständiger Mensch müsste ich nun hier bleiben, einen Arzt holen und Elli beistehen, dachte ich, wusste andererseits aber auch, dass Elli mir meine Hilfe niemals vergelten würde. Dann sah ich in einem Gedankenblitz Teresa vor mir. Elli hatte mein unschuldiges Kind ohne Not gequält. Nein, sie verdiente mein Erbarmen nicht.

Ich entschied mich, sofort das Haus zu verlassen, und es war mir plötzlich vollkommen gleich, wann und wie mich das Böse einholen würde. Ich nahm meine Tasche mit dem Geld und schwang mich auf das Fahrrad. Den Haustürschlüssel hatte ich als letztes Souvenir mitgenommen. Ich radelte wie eine Wilde zur Hütte. Dort musste ich mit Pietro endlich meine Pläne besprechen. Es war notwendig, dass wir noch heute oder spätestens morgen aus dem Wald verschwanden. Pietro mit in die Stadt zu nehmen war für mich eine weitere, schwere Hürde. Ich hoffte inbrünstig, dass er sich von mir so herrichten lassen würde, dass die Menschen ihn ohne Angst ansehen konnten.

Schweren Herzens stieg ich vor der Hütte ab und blickte mich vorsichtig um, ob niemand in der Nähe war. Erschrocken bemerkte ich, dass das Türschloss zwar nach wie vor unversehrt war, aber einige Holzschindeln an der einen Seite der Hütte herausragten. Ein mittelgroßes Loch tat sich auf. In Panik und mit zitternden Händen schloss ich nun die Türe auf. Ich ahnte nichts Gutes, wusste aber dennoch nicht, was es sein würde. In der Hütte war Stille und Leere. Pietro war nicht da. Er hatte die Holzschindeln von innen heraus gebrochen und die Hütte verlassen. Es war das erste und zugleich letzte Mal, dass mein Bruder etwas ohne mein Einverständnis tat. Niemals hätte ich mit Derartigem gerechnet, denn Pietro hatte sich mir gegenüber immer sehr gehorsam verhalten. Nun aber musste ich feststellen, dass sich auch die Schwachen erheben können. Fassungslos stand ich

in dem dunklen Raum, der nach einem ungewaschenen Menschen und Alkohol roch. Wo war Pietro? Wo sollte ich ihn suchen? Meine Gedanken befanden sich in einem unglaublichen Chaos und ich fühlte mich so hilflos wie seit Jahren nicht mehr.
Erregt und entmutigt ging ich zu seinem Lager. Darauf lag ein Zettel mit einigen Zeilen. In zittriger Schrift teilte mir Pietro mit, dass er mit dem Geld in seinem Brustbeutel weggegangen sei. Er habe sich mit der kleinen Schere, die ich in seiner Tasche deponiert hatte, die Haare und den Bart geschnitten. Ich solle mir keine Sorgen machen. Er wolle nicht in die Hände von Peter und Bernhard fallen, wenn diese unverrichteter Dinge von Husum zurückkämen. Ich wisse ja gar nicht, so schrieb er weiter, was diese Menschen ihm angetan hätten! Immer und immer wieder sei er geschlagen worden und hauptsächlich dann, wenn ich abends ins Hotel gefahren sei. Er habe es mir niemals erzählt, um mich nicht noch mehr zu belasten. Bevor er seinen Peinigern wieder in die Hände falle, wolle er lieber ins Ungewisse gehen oder sterben.
Pietro schrieb, dass er mir für alles danke, für all meine Liebe und Sorge um ihn. Er habe die beste Schwester der Welt und er bete täglich zu Gott, dass mir das Leben irgendwann einmal seine Sonnenseite zuwenden möge. Ich solle nicht nach ihm suchen. Er wolle endlich einmal selbst für sich eintreten, so schwer es auch sein würde. Er habe eingesehen, dass Vater und Mutter niemals wieder kämen, ganz gleich, ob er an deren Tod Schuld trage oder nicht. Er wolle wenigstens einmal den Versuch wagen, ein Stück im Leben selbst zu gehen. Vielleicht würde es misslingen. Aber das sollte nicht meine Sorge sein.
Pietro wollte mir mit diesen Worten Trost spenden, aber meine Gefühle bewegten sich in einem Strudel. Mein Bruder, den ich so liebte und den ich über Jahre hinweg wie einen Augapfel gehütet hatte, verabschiedete sich auf diese Art und Weise von mir. Alle, die ich liebte, wandten sich von mir ab. Zuerst hatte der Tod mir Vater und Mutter genommen, später war Fred Förster ohne ein Wort gegangen. Danach hatte mir Teresa gezeigt, wie wenig ich

ihr bedeutete, und als Letzter war nun Pietro gegangen. Ich setzte mich auf das Bett und beschloss, nicht zu weinen. Es würde nichts nützen. Pietro war ein erwachsener Mensch und hatte einen eigenen Willen, um über sich selbst zu bestimmen. Wäre nur nicht der Alkohol gewesen! Hierin lag meine ganze Sorge begründet. Was sollte aus ihm werden, wenn ich nicht mehr alles für ihn regelte? Nicht einen Moment dachte ich daran, dass sein Weggehen für ihn möglicherweise auch einen neuen, besseren Weg bedeuten könnte.

Seine Worte auf diesem winzigen Zettel waren für mich so voller Liebe und vielleicht das letzte Vermächtnis meines Bruders. Schwer wog für mich die Erkenntnis, dass ich Pietros Geheimnisse letztendlich doch nicht gekannt hatte. Meine schreckliche Familie war immer wieder über ihn hergefallen, und er hatte es mir gegenüber verschwiegen. Mit welchen Ängsten musste er tagtäglich gelebt haben! Ich konnte nun verstehen, dass er einfach weggehen musste.

Nun war ich allein. Ich räumte die Hütte auf und versteckte die Decken und anderen Dinge in einer kleinen Höhle, die irgendwann einmal ein Tier gegraben haben musste. Dort würde sie niemand finden. Am Ende sah der Raum wieder wie in früheren Zeiten aus. Ich hatte die Spuren meines Bruders getilgt. Später stieg ich auf mein Fahrrad und radelte nach Maiberg. Dabei musste ich noch einmal an unserem Hof vorbei. Still und friedlich schaute das Haus auf mich herab, als könne es kein Wässerchen trüben, als sei in seinen alten Mauern nicht so viel Schreckliches geschehen. Ich fror bei diesen Gedanken und dachte an Elli, die verrenkt auf ihrem Bett lag. »Adieu, du altes Narrenhaus«, rief ich leise in den Fahrtwind hinein. Niemals mehr wollte ich hierher zurückkehren. Meine Liebe zu diesem Haus war erloschen. Auch zum Friedhof, zum Grab meiner Eltern, fuhr ich nicht mehr. Was war schon ein Grabhügel gegen die lebendige Erinnerung an diese Menschen! Ich brauchte dort nicht zu stehen. Unten in der kalten Erde würden nur noch ihre Knochen existieren. Vielmehr sah ich nach oben. Dort durften sie wieder leben und

mich vielleicht erwarten. Keiner würde den Hügel künftig pflegen und bepflanzen. Grünes Gras ohne Blumen würde ihm den Grad der Vergessenheit einräumen. Ich war bereit, dies alles zu akzeptieren.
Am Bahnhof kaufte ich mir eine Fahrkarte nach Frankfurt. Ich kannte diese große Stadt nicht und ich fürchtete mich davor. Zuerst war ich mir über meine Handlungsweise unschlüssig, denn ich fühlte den Drang in mir, in unserer Gegend nach Pietro zu suchen. Dann wieder dachte ich an seine Worte auf dem Zettel und verbot mir deshalb, wieder in sein Leben einzugreifen. Mein Fahrrad, das mir all die Jahre so gute Dienste erwiesen hatte, ließ ich achtlos am Bahnhof stehen. Wer immer es sah konnte es haben. Ich brauchte es nicht mehr.
Es schien, als hätte ich mich wie eine Schlange gehäutet. Alles wollte ich abstreifen und zurücklassen. In meinem Herzen stieg plötzlich ein winziges Gefühl der Freude auf. Ich fühlte mich auf einem neuen Weg und auf irgendeine Art geborgen, als habe mich plötzlich ein guter Geist in Empfang genommen. Aus dem tiefen Tal der Erniedrigung, Demütigung und der vielen Sorgen war es mir, als sei ich endlich ans Licht getreten. Ich konnte plötzlich die Welt um mich herum wahrnehmen, konnte fühlen, riechen und tasten. In meiner jahrelangen Not war so vieles verschüttet gewesen, von dem ich gar nicht mehr wusste, dass es in uns Menschen vorhanden ist.
Die stille Zeit in dem Zug hatte auf mich eine heilende Wirkung. Ich konnte plötzlich klare Gedanken fassen und mich auf das neue Abenteuer meines Lebens einlassen. Es gab keine Einschränkungen, denn alles war noch offen. In mir wuchs das Gefühl, noch einmal auf diese Welt gekommen zu sein. Das Geld in meiner Tasche beruhigte mich ungemein. Davon konnte ich lange leben und mir außerdem das Nötigste kaufen. Meine Kleidung ließ sehr zu wünschen übrig, sodass ich mir vornahm, mich baldigst neu einzukleiden. Als Erstes würde ich mir ein kleines Zimmer in irgendeiner Pension mieten.
Meine Pläne nahmen mich derart in Anspruch, dass ich plötz-

lich nicht mehr an Pietro und unseren Hof dachte. Auch Teresa und Gerd hatten sich von mir entfernt. Aber ich wusste, dass alle irgendwann wieder über meine Schwelle treten würden. Spätestens in meinen Träumen wären meine Quäler wieder präsent, und meine Sehnsüchte würden mit Teresa und Pietro gleichermaßen an meinem Bett stehen. Menschen können sich räumlich voneinander entfernen, aber die Erinnerung lässt keine Entfremdung oder Flucht zu. Ob dies gut ist oder nicht vermochte ich in diesen Stunden nicht zu entscheiden.

In Frankfurt angekommen, stieg ich nervös und angespannt aus dem Zug. Ich stand verloren in dem riesigen Bahnhofsgebäude und sah die Menschen durch vielerlei Ausgänge strömen. Es fuhren Rolltreppen hinauf und hinab, immer wieder beladen mit vielen Reisenden. Ich entschied mich, den nächstbesten Ausgang zu nehmen. Gegenüber sah ich eine große Leuchtreklame mit der Aufschrift »Hotel garni«. Ich atmete auf und steuerte zielgerichtet auf das Haus zu. Es war ein großes, altes Gebäude aus der Gründerzeit und im Inneren entsprechend düster. Im Parterre saß ein distinguiert wirkender Herr hinter einem großen Empfangstresen, der sicher ebenfalls aus einer längst vergangenen Zeit stammte. Daneben befand sich eine kleine Gruppe mit Sesseln und einem winzigen Tisch. Auch diese Möbel wirkten höchst unmodern und verfügten über eine reichlich verwohnte Patina. Fast erinnerte es mich an mein bisheriges Zuhause. Ich fühlte mich in dieser fremden Umgebung unwohl, denn ich war in meinem Leben niemals weiter als bis nach Maiberg gekommen. Die Fahrten mit meinen Eltern nach Portienza zählte ich nicht mit. Das war in einem ganz anderen Leben gewesen.
Ich trat an den mächtigen Tresen und fragte den Herrn höflich, ob ich ein Zimmer mieten könne. Dieser war sichtlich erfreut und nickte beflissen. Auf seine Frage, wie lange ich bliebe, nannte ich ihm erst einmal einen Zeitraum von vier Wochen. Dies war ihm sehr recht, denn er blickte zufrieden in sein Aufnahmebuch. Nachdem er meine Personalien aufgenommen hatte, nahm er

einen Schlüssel und bat mich, ihm zu folgen. Wir stiegen die knarrende Treppe hinauf, die mit einem blassen, etwas verschmutzten Teppich belegt war. Es war ein vierstöckiges Haus mit langen, schmalen und vor allem düsteren Gängen. Fast hätte man sich fürchten können. Ich war nun Mieterin des Zimmers mit der Nummer 24. Herr Kretler, wie sich der Portier nun vorstellte, schloss auf und ging mir voran in den Raum. Er zog die Vorhänge zurück und ich sah, dass es sich um ein recht geräumiges Zimmer mit einfacher Ausstattung handelte. Ein Bad oder eine Dusche gab es nicht, dafür aber ein Waschbecken mit Spiegel, welches durch einen Vorhang verdeckt war. Da ich auf großen Komfort schon aus finanziellen Erwägungen keinen Wert legte, war ich eigentlich ganz zufrieden. Ich dankte Herrn Kretler und dieser verabschiedete sich sodann. Nun hatte ich eine Bleibe und konnte am kommenden Tag meine Umgebung durchforsten. Später zahlte ich meine Miete bei Herrn Kretler schon im Voraus und gab diesem ein recht großzügiges Trinkgeld. Darüber schien er sich sehr zu freuen und ich hatte plötzlich das Gefühl, dass wir künftig gut miteinander auskommen würden.

Neben einem Kleiderschrank verfügte ich auch über eine kleine Sitzecke mit einer vorsintflutlichen Stehlampe. Abends, als es dunkel wurde, verbreitete diese Lampe ein warmes, gemütliches Licht. Dieses Licht half mir, Ruhe in mein aufgewühltes Innere zu bringen. Sehnsucht nach Pietro und Teresa zerriss mir plötzlich fast das Herz. Wie hatte ich es nur über mich bringen können, mein Kind in fremde Hände zu geben! Ich musste schnellstens an Gerd Förster einen Brief schreiben und ihm alles Ungeklärte zwischen uns schildern. Vor allen Dingen wollte ich dadurch Teresa in Sicherheit bringen. Danach würde für ihn, falls er es nicht selbst schon erahnt hatte, eine ganz andere Verantwortung für das Kind entstehen. Außerdem wollte ich nicht als Rabenmutter in seiner Erinnerung existieren.

Wahrheiten

Nach einer sehr unruhigen, mit schrecklichen Träumen durchlebten Nacht, stand ich am nächsten Morgen wie zerschlagen auf. Mein Hotel mit dem schlichten Namen »Gerdi«, war ein so genanntes Hotel garni. Ich konnte also morgens mein Frühstück hier einnehmen, ansonsten gab es keine weiteren Mahlzeiten. Noch niemals in meinem Leben war ich bedient worden und es schmeckte mir ausgezeichnet. Nun hatte ich mehr Zeit als jemals zuvor. Ich musste für keinen Menschen sorgen, außer für mich. Dies war ein ganz neues Lebensgefühl, aber ich hatte, warum auch immer, plötzlich ein schlechtes Gewissen. Doch ich verbot mir diese Gedanken und kam letztendlich zu dem Schluss, dass auch ich Ansprüche an dieses Leben stellen durfte. Bisher waren es stets die anderen, die derartige Rechte besaßen. Mein Leben war von Pflichten geprägt gewesen und von einer Menge Entsagung. Ich rechnete im Stillen nach und stellte fest, dass ich noch immer eine junge Frau in den allerbesten Jahren war. Wenn ich wollte, konnte ich noch vieles nachholen, wenngleich ich danach keine Sehnsucht fühlte. Vor allen Dingen dachte ich dabei nicht an einen Mann. Ich hatte mit der Liebe nichts mehr im Sinn. Die große Liebe meines Lebens war vorbei, und meine Erinnerungen daran kannten nur Bitterkeit.
Gerd Förster hatte mir deutlich gezeigt, dass ich nur eine Gespielin auf Zeit war. Mit unpersönlicher Kälte hatte er mich später in gebührendem Abstand gehalten. Ich gebe zu, dass dies für mich eine schlimme Erfahrung war, aber andererseits hat sie mich stark und unverletzlich gemacht. Niemals wieder sollte Gerd Förster Zugang zu meinem Herzen finden! Ich redete mir

dies ein, aber würde es auch so sein? In Anbetracht der Erfahrungen mit meinem schrecklichen Ehemann konnte ich froh sein, nun allein leben zu dürfen. Für ihn war ich nur eine x-beliebige Frau, die seinen Trieb befriedigte und die er im Übrigen wie eine Leibeigene behandeln durfte. Ich schwor mir, niemals mehr mit einem Mann zusammenzuleben. Wie in meinen Groschenromanen beschrieben, sind es immer die Frauen, die unter den Trennungen am meisten leiden. Ich wusste, dass es stimmte. Männer hingegen kommen und gehen, ganz wie es ihnen beliebt. Was bedeutet für sie eigentlich die Liebe? Nur zu gerne hätte ich darüber einmal einen Mann befragt.

Am kommenden Tag suchte ich eine Bank in der Nähe des Hotels auf. Ich eröffnete ein Girokonto und außerdem noch ein Sparkonto, auf dem ich den größeren Teil von Peters Geld einzahlte. Ich zählte meine erhebliche Barschaft auf den Tresen der Bank. Der junge Mann schaute mich interessiert an und lächelte dabei. Er meinte, dass ich wirklich ordentlich gespart habe. Fröhlich nickte ich und unterschrieb die Eröffnungsunterlagen. Nun war ich Inhaberin eines stattlichen Bankkontos. Einen Teil des Geldes hatte ich allerdings für meine geplanten Einkäufe zurückbehalten. Am frühen Nachmittag kam ich, beladen mit vielen Taschen, in meiner Pension an. Alles hatte sich sehr gut angelassen, und ich erfreute mich an meinen neuen Kleidern. Ich überlegte sogar, ob ich nicht einen Friseur wegen einer anderen Frisur aufsuchen sollte. Das würde mein Plan für den nächsten Tag sein. Außerdem musste ich mich noch polizeilich anmelden. Dieser Gedanke behagte mir allerdings nicht, denn dadurch bestand die Möglichkeit, dass mich Peter fand. Dennoch musste ich es darauf ankommen lassen. Ich wollte mein neues Leben ordentlich organisieren. Im Übrigen war mein Ehemann geistig nicht beweglich genug, um in der geeigneten Form nach mir zu forschen. Der Schock über das Fehlen seiner Barschaft würde alles andere in den Hintergrund treten lassen.

So nach und nach lief nun alles in geregelten Bahnen. Allerdings musste ich mich nach einer entsprechenden Arbeit umsehen. Ich dachte dabei an eine Stellung als Küchenhilfe oder Zimmermädchen in einem der vielen Hotels. Eine Tätigkeit als Bedienung kam nicht mehr in Frage. Es würden mich zu viele Menschen sehen, vielleicht auch solche, die mich aus Maiberg kannten. Ich musste so gut wie möglich unentdeckt bleiben.

Ich fragte eines Tages Herrn Kretler, ob er mir vielleicht in dieser Hinsicht einen Tipp geben könne. Herr Kretler lachte breit und meinte, es sei sogar in unserer Pension Gerdi ein Job frei geworden. Darüber war ich sehr überrascht und fragte, um was es sich hierbei handele. Er antwortete, dass er eine Kraft suche, die überall im Hotel einzusetzen sei. Am liebsten wäre ich Herrn Kretler um den Hals gefallen. Ich nahm also sein Angebot freudig an und wir kamen auch hinsichtlich meines Lohnes überein. Später erfuhr ich dann, dass Herr Kretler der Besitzer dieses Hotels war. Obwohl er allein lebte und es sicher nicht nötig hatte, weiter zu arbeiten, hing sein Herz noch immer an diesem alten Haus. Weil er den Kontakt mit seinen Gästen liebte, arbeitete er als sein eigener Empfangschef. Ich gab mir fortan alle Mühe, damit Herr Kretler mit mir zufrieden war. Morgens erschien ich als Erste in der Küche und konnte bald mit meinen ausgezeichneten Kenntnissen im Servicebereich Eindruck machen. Obwohl mein Eifer grenzenlos war, schien Herr Kretler davon relativ unbeeindruckt. Ich wollte so gerne, dass er meine Anstrengungen anerkannte.

Von meinem Leben wusste Herr Kretler nicht viel und ich machte auch keine Anstalten, ihm davon zu erzählen. Es war zu traurig und hätte wieder die alten Wunden in mir aufgerissen. Dennoch vermutete ich, dass er ahnte, wie es in mir aussah. Oftmals bemerkte ich seinen prüfenden und mitleidigen Blick. Anscheinend konnte ich nicht alles verbergen, was mich innerlich beschäftigte. Noch immer kämpfte ich gegen die riesigen Windmühlenflügel meiner Vergangenheit. Die nagende Sorge um Pietro bereitete mir schlaflose Nächte. Wie würde es ihm in seiner Hilflosigkeit ergangen sein? Vielleicht befand auch er sich in dieser großen Stadt? Dennoch entschied ich wieder einmal,

ihn vorerst nicht zu suchen, obwohl dieser Wunsch oftmals in mir übermächtig wurde.
Stattdessen nahm ich mir ein Herz und schrieb eines Tages einen Brief an Gerd Förster. Da er mich niemals mehr mit dem vertrauten »du« angesprochen hatte, tat ich dies ebenfalls nicht. Ich wollte ihn ein für allemal aus meinem Herzen tilgen. Meine Zeilen waren nur für Teresas weiteres Leben wichtig. Für ihre Zukunft musste ich die Wege ebnen und Klarheit schaffen. Ich schrieb also Folgendes:

»Sehr geehrter Herr Doktor Förster,

sicher werden Sie sich gewundert haben, dass ich niemals mehr meine Tochter Teresa besucht habe. Möglicherweise ist es Ihnen aber auch nicht aufgefallen. Erlauben Sie mir, Ihnen und Frau Doktor Marian für die liebe Aufnahme und Betreuung von Teresa im Kinderheim Maiberg zu danken. Besonders jedoch dafür, dass Sie mir damals alle Formalitäten abgenommen haben. In einer Zeit großer persönlicher Not war dies für mich eine kaum zu beschreibende Hilfe.

Ich schreibe Ihnen erst heute, denn nun habe ich zu meiner traurigen Vergangenheit etwas Abstand gewonnen. Sie sollen die Wahrheit über mein und Teresas Leben kennen. Ich habe mich stets darüber gegrämt, als Rabenmutter angesehen zu werden, die nicht in der Lage ist, ihr Kind zu versorgen.

Das Leben, welches ich viele Jahre ertragen musste, können Sie sich, sehr geehrter Herr Doktor Förster, nicht im Entferntesten vorstellen. Es war eine Zeit ohne Liebe, Freude und Anerkennung. Vielmehr kann ich heute diesen Abschnitt als die dunkelste Zeit meines Daseins bezeichnen. Ich hatte niemals Menschen, denen ich mich in meiner Verzweiflung anvertrauen konnte. Vater und Mutter habe ich sehr früh durch einen Verkehrsunfall verloren. Aber dies hatte ich Ihnen vor langer Zeit bereits erzählt.

Was Sie nicht wissen ist, dass mein Bruder bereits mit siebzehn Jahren alkoholabhängig wurde, dadurch seine Ausbildung nicht beenden konnte und anschließend seine Arbeitsstelle verlor. Wir lebten in tiefster Armut und Not auf unserem alten Hof. Sie haben mich dann in jenem Maiberger Hotel als Bedienung kennen gelernt.

In unserem Haus lebte zu dieser Zeit noch meine Großmutter Lotte, die mir ganz besonders zusetzte. Nach einiger Zeit erfuhr ich durch einen Zufall, dass meine Großmutter an Psychosen litt und dadurch immer unberechenbarer wurde. Ich hatte also einen Trinker und eine halb Wahnsinnige zu versorgen. Dies alles ging fast über meine Kräfte. Unser Hof verfiel in dieser Zeit immer mehr. Ich hatte kein Geld, etwas reparieren zu lassen, denn einen Teil dessen, was ich verdiente und sogar die Rente meiner Großmutter benötigte ich für den Alkoholkonsum meines Bruders.

Immer wieder fragte ich Pietro, ob er sich nicht für einen Entzug entscheiden wolle, da dies seine einzige Chance sei, von der Sucht loszukommen. Aber er hat sich stets geweigert, sodass ich später derartige Versuche nicht mehr unternahm. Ich musste zusehen, wie ein junger Mann langsam dahinsiechte und verwahrloste. Jeder Tag hatte in dieser Zeit seine eigene Plage, und ich vergaß darüber gänzlich meine Jugend. So kam es, dass ich die schönste Zeit im Leben eines Menschen einfach übersprungen habe.

Erst als ich Sie kennen lernte, kehrte ein kleines Stück davon zurück und ich wusste endlich, was Glück bedeutet. Ich liebte Sie mit aller Ausschließlichkeit und ich schwöre Ihnen heute, dass ich niemals Ihren persönlichen Weg behindert hätte. Es wäre nicht nötig gewesen, mich so abrupt, wie Sie es damals taten, von sich zu stoßen. Aber nein, es ist verkehrt, was ich schreibe. Sie haben mich gar nicht von sich gestoßen, sondern mir die Türe vor der Nase zugeschlagen. Von heute auf morgen war Ihr schönes Haus im Wald verkauft und Sie verschwanden auf Nimmerwiedersehen. Als ich Sie ein letztes Mal mit Frau Doktor Marian im Hotel in Maiberg sah, nahmen Sie mich nicht zur Kenntnis. Ich war für Sie eine Fremde wie jede andere. Sie waren meine erste Liebe, und ich hatte so gar keine Erfahrungen mit Männern. Ich wusste nicht, dass man vielleicht nur eine Gespielin ist, wenn man im Bett eines Mannes liegt.

Ist es nicht zum Lachen, wie naiv eine Frau sein kann? Auch Sie, Herr Doktor Förster, waren für mich so etwas wie die Schule des Lebens. Ich habe diese besondere Lektion durch Sie gelernt und bete zu Gott, dass ich niemals mehr durch die Hölle einer verschmähten Liebe gehen muss.
Bitte verzeihen Sie, dass ich in unsere gemeinsame Zeit mehr hineingelegt habe als Sie! Ich hatte von der Liebe noch nichts erfahren und die gewissen Spielarten waren mir unbekannt. Heute weiß ich es besser.

Aber nun weiter in meinem Lebenslauf, der uns zu Teresa führen soll. Nachdem ich Ihr schönes Haus im Wald nicht mehr betreten durfte, fuhr ein junger Mann mit seinem Verkaufswagen auf unseren Hof und umwarb mich. Ich aber liebte nur Sie und hatte kein Interesse an diesem Mann. Wäre nicht etwas Schreckliches passiert, so hätte ich Peter Lohmeier wahrscheinlich niemals geheiratet.
Wie bereits ausgeführt, lebte meine Großmutter in ihrer eigenen Welt und weigerte sich darüber hinaus, die für sie lebensnotwendigen Medikamente einzunehmen. Ihre Aggressivität nahm gefährliche Formen an, sodass sie eines Tages, als ich abwesend war, meinen Bruder bedrohte. Es kam zu einer Auseinandersetzung, und Großmutter fiel rückwärts auf Pietros Bett und dann auf den Boden. Sie war sofort tot. Wahrscheinlich hatte sie sich das Genick gebrochen. Es war wirklich ein Unfall. Mein Bruder und ich hatten nicht den Mut, den Arzt zu rufen, der möglicherweise sofort die Polizei alarmiert hätte. So entschlossen wir uns, Großmutter in der Scheune zu begraben. Es war damals eine ungewöhnlich heiße Zeit und wir machten uns daran, ein tiefes Loch in dem harten Boden der Scheune auszuheben. Pietros Kräfte waren gering und meine ebenso. So vergingen fast zwei Tage, bevor wir Großmutter beerdigen konnten. Wir hatten sie zwischenzeitlich unter den alten vertrockneten Strohballen versteckt.
Jener Peter Lohmeier, den ich der Not gehorchend später geheiratet habe, kam in diesen Tagen durch einen unglücklichen Zufall in unsere Scheune und sah, dass wir dort ein großes Loch gegraben

hatten. Weil dies alles recht außergewöhnlich war, wurde er misstrauisch und wollte wissen, was in dieser Grube verschwinden sollte. Ich konnte ihm nicht die Wahrheit sagen. Dennoch spürte er intuitiv, dass wir etwas nicht Rechtsmäßiges beabsichtigten. Dies insbesondere, weil die Scheune mittlerweile von einem leichten Verwesungsgeruch durchflutet war. Immer wieder kam er auf dieses Thema zu sprechen und drohte mir sogar, nachzusehen, was es mit diesem Loch auf sich habe. Er erpresste mich damit und machte mir einen Heiratsantrag. Schweren Herzens nahm ich ihn an, um Pietro und mich zu schützen.

Peter wollte aber in Wirklichkeit nicht mich, sondern unseren Hof. Er hatte damit große Pläne. Ich war auf ihn hereingefallen und sollte dies über lange Jahre sehr bereuen. Vor allen Dingen war ich kurz nach unserer Hochzeit schwanger. Ich rechnete genau nach und kam zu dem Schluss, dass jenes Kind, das ich unter dem Herzen trug, nicht von meinem angetrauten Ehemann sein konnte. Es war Ihr Kind, Herr Doktor Förster, das ich gebar. Peter zu erklären, dass das Kind etwas früher gekommen sei, war nicht schwer. Außerdem interessierte er sich nicht dafür. Wir waren für ihn Nebensache. Er dachte nur an das Geldverdienen und gab mir fast nichts zum Leben. Meine kleine Teresa wurde in unserem Hause wahrlich nicht verwöhnt.

Später, als meine Schwiegereltern in unser Haus einzogen, begann unser Leidensweg erst richtig. Ich hatte deshalb Pietro gebeten, sich in Zukunft ruhig und unauffällig zu verhalten. Er lebte isoliert wie ein Tier in einem Käfig, denn ich musste nun täglich seine Schlafzimmertüre abschließen.

Meine Schwiegermutter übernahm das Regiment und ließ mich wie eine Magd auf dem Hof schuften, was meinen Ehemann nicht störte. Für ihn war ich nur ein Sexobjekt für nachts, und er war in dieser Hinsicht unersättlich. Ich ekelte mich vor ihm und war verzweifelt. Teresa, Pietro und ich führten ein hartes Leben und keiner Menschenseele konnten wir uns anvertrauen. Mein kleines Mädchen war ganz besonders die Leidtragende, obwohl ich mir alle Mühe gab, sie zu behüten und zu beschützen. In den Zeiten, wo ich sie bei

meiner Schwiegermutter lassen musste, begann so allmählich die systematische Zerstörung ihrer kleinen Seele. Vieles erfuhr ich erst gar nicht, da ich tagtäglich auf den Feldern meines Mannes bis zum Umfallen arbeiten musste. Elli, meine Schwiegermutter, ging mit Teresa hart um und quälte sie, wann immer sich die Möglichkeit ergab. Ich sah mit Schrecken den Verfall des Kindes, seine Angst, und dennoch konnte ich nur einen kleinen Teil seiner Not ermessen. Ich liebte Teresa über alle Maßen und ich wünschte mir so sehr, dass sie diese Liebe ganz tief in ihrem Herzen aufnehmen würde.
In diesen Zeiten habe ich gelitten wie ein Tier, und ich weiß heute nicht mehr, wie ich dies alles überstehen konnte. Für Teresa und Pietro musste ich am Leben bleiben. Ich hatte nach dem Tode meiner Eltern diesen Schwur abgelegt, und dennoch habe ich alles verloren, an dem mein Herz hing.

Ich habe mein Elternhaus nur mit einer kleinen Tasche verlassen. Ein paar Papiere und Fotos sind meine ganze Habe. Manchmal wünsche ich mir, dass alles, was ich erlebt habe, mit einem Streich für immer aus meinem Gehirn zu tilgen wäre. Welch schreckliches Paradies doch die Erinnerung ist!
Ich musste Teresa hergeben, mein Bruder ist verschwunden, und ich arbeite nun einsam mit schmerzendem Herzen in einer Stadt. Dennoch weiß ich, dass es sich damals für Teresa so gefügt hat, in Ihre Hände, in die Hände ihres richtigen Vaters, zu gelangen. Dafür danke ich meinem Gott im Himmel und zünde so oft es mir möglich ist, in der Kirche eine Kerze an.

Sehr geehrter Herr Doktor Förster, falls Sie meinen Worten nicht glauben, so sehen Sie sich Teresa einmal genau an. Sie hat an der Schulter das gleiche Muttermal wie Sie. Ich schwöre, dass sie Ihr Kind ist. Aber es gibt auch noch andere Möglichkeiten, eine Vaterschaft festzustellen. Dies sei Ihnen überlassen.
Meine Besuche bei Teresa blieben in ihrem Herzen scheinbar ohne Widerhall. Alle Liebe, die ich für sie spürte, schien niemals anzukommen, als sei der Strom, durch was auch immer, unterbrochen

worden. Meine Trauer darüber war unendlich, und ich fühlte oftmals eine große Eifersucht, wenn ich Sie und Frau Doktor Marian mit Teresa zusammen sah. Können Sie verstehen, wie armselig ich mir in diesem Moment vorkam? Deswegen habe ich mein Kind nicht mehr besucht. Teresa wird auch ohne mich leben können, wenn Sie sich ihrer weiter annehmen. Gerne würde ich mich nun finanziell an Teresas Unterbringung beteiligen, denn ich verdiene genügend Geld. Ich bitte Sie, mir mitzuteilen, wie wir hier verfahren wollen. Sie können mir postlagernd schreiben, wenn Sie mögen. Falls ich nichts von Ihnen höre, so will ich es auch akzeptieren. Ich lege nun das Leben unseres Kindes ein weiteres Mal in Ihre Hände. Jetzt ist es meine unumstößliche Entscheidung.

Anna-Maria Lohmeier«

Ich sandte den Brief noch am gleichen Tage ab und fühlte so etwas wie eine Befreiung. Endlich konnte ich mich auf diese Weise rehabilitieren. Was Gerd Förster mit diesem Schreiben tun würde war für mich nicht mehr wichtig. Ich hatte ihm nun Teresa endgültig übergeben. Dennoch blieb dieser leise Schmerz in meinem Herzen, der mein täglicher Begleiter wurde.

Nachdem ich mich einigermaßen in Frankfurt eingelebt hatte, wurde der Gedanke an Pietro noch drängender. Was war mit ihm geschehen? Wohin hatte ihn sein Weg geführt? In unregelmäßigen Abständen ging ich zur Post, rief der Reihe nach Krankenhäuser in Frankfurt oder Umgebung an und fragte nach Pietro Perti. Doch keiner hatte diesen Namen je gehört, und auch meine Beschreibung führte nicht zum Ziel. Entweder behandelte man ihn irgendwo oder er war am Ende gestorben. Ich mochte an dieses schreckliche Wort »sterben« nicht denken, und es lief mir kalt den Rücken hinab. Mein geliebter Bruder musste leben, ich hatte es doch geschworen!

Meine Recherchen verliefen immer wieder im Sand. Mittlerweile lief ich fast täglich zum Bahnhof und suchte all jene Orte auf, an denen die Obdachlosen und Trinker kampierten. Nachts schlich ich die Straßen entlang, und wenn ich eine arme Seele entdeckte, die auf einer Bank oder im Innenhof eines Geschäftes lag, musste ich nachsehen, ob es nicht mein Bruder war. Selbst die Obdachlosen am Mainufer suchte ich auf und fragte nach Pietro. Aber immer wieder schüttelten alle den Kopf. Ich zeigte stets ein Foto von ihm, doch niemand schien ihn zu kennen. Manchmal mutmaßte ich, dass er vielleicht doch in Maiberg oder Umgebung geblieben war. Aber wie konnte er ohne Alkohol existieren? Er musste in die Nähe von Menschen und brauchte ihre Hilfe.

Meine Arbeit im »Hotel Gerdi« lenkte mich ein wenig von meinen trüben Gedanken ab. Herr Kretler war sehr zufrieden mit mir. Auch meine Arbeitskolleginnen akzeptierten mich, denn ich versuchte ihre Gewogenheit damit zu erhalten, indem ich ständig für sie in Notfällen einsprang. Ich übernahm jeden noch so schwierigen Part im Hotel. So reinigte ich zum Beispiel die Toiletten. Jene, die eigentlich dafür zuständig waren, hatten mich eines Tages gefragt, ob man nicht den Dienst irgendwie tauschen könne. Ohne ein Widerwort ging ich auf ihre Wünsche ein, wenngleich ich sah, wie rigoros sie mich ausnutzten. Auch hier lief es fast wie zu Hause, denn ich unterwarf mich demütig dem Willen anderer Menschen. Ich war von dem Gedanken beseelt, dass man mich dadurch vielleicht ein wenig lieben würde.

Herr Kretler registrierte dies alles, aber er sagte kein Wort dazu. Solange das Geschäft lief, konnte ihm alles andere gleichgültig sein. So übernahm ich letzten Endes alle Arbeiten, die den anderen zu schmutzig waren. Es vergingen täglich Stunden, bis ich die vielen Toiletten gereinigt hatte. Jede bot mir einen anderen Anblick, und oftmals überfiel mich ein grenzenloser Ekel. Dann sagte ich mir aber zum Trost, dass das Leben weitaus Schlimmeres bringen könne. In der Küche war ich für den Abfall zuständig und in den Zimmern für das Abziehen und Neubeziehen der Betten. Diese Tätigkeiten führten meine Kolleginnen ebenfalls nicht gerne aus. Durch meine Gefügigkeit gab es für mich keine Feinde im Hotel. Jeder ging mit mir nett um, und ich kannte wenigstens den Grund. Die Gewogenheit meiner Umwelt hatte ich mir auf meine Weise erkauft.

Ich hatte längst erkannt, dass fast alles im Leben auf irgendeine Art und Weise einem Geschäft ähnelt. Liebe und Zuneigung gab es anscheinend nicht zum Nulltarif, und wenn man einigermaßen gut behandelt werden wollte musste man vieles in Kauf nehmen. Längst hatte ich den Glauben daran verloren, dass mich jemals eine Menschenseele ohne Eigennutz lieben würde. So lange ich denken konnte, war ich bemüht gewesen, meinen Mitmenschen zu dienen. Meine grenzenlose Bereitschaft zur Unterwerfung war ein Teil meines Charakters.

In meiner freien Zeit saß ich oftmals mit den anderen jungen Frauen in der Küche und hörte still zu, wie sie von ihren Liebesabenteuern erzählten. Zu diesen Gesprächen konnte und wollte ich nichts beitragen. Ich kannte nur meine Arbeit im Hotel, meine einsamen Nächte mit den dunklen Gedanken und der stets wiederkehrenden Reise in die Vergangenheit. Oftmals überlegte ich, ob Peter mittlerweile Großmutter ausgegraben hatte. Die Reise nach Husum musste schon eine herbe Enttäuschung gewesen sein, dessen war ich mir sicher. Peter saß nun auf einem Hof, der ihm nicht gehörte und jene, die seine Besitzer waren, hatten sich verflüchtigt. Überdies war er durch mich von heute auf morgen zu einem armen Mann geworden. Es musste für ihn verdammt hart gewesen sein, aber ich hielt es für eine gerechte Strafe.

Von Peters Geld besaß ich noch sehr viel, denn ich war sparsam damit umgegangen. Mein Bankkonto erfreute sich sogar Zuwächsen, denn von meinem Lohn sparte ich eisern. Ich dachte an Teresa und wollte für sie, sofern mir Gerd Förster auf meinen Brief überhaupt antwortete, einen Teil nach Maiberg überweisen. Aber ich hörte nichts mehr von ihm. Es war so, als hätte ich diesen Brief nie geschrieben oder ihn ins Niemandsland geschickt. Ich verbot mir, mich darüber zu grämen.

Dennoch lag ich in vielen Nächten wach und dachte an mein

Kind, an meine schöne Teresa. Sie hatte Vaters italienisches Erbe weitergetragen, und sie erschien mir stets wie eine Blume aus dem Süden. In diesen Stunden erinnerte ich mich auch an Portienza und an meine Verwandten, von denen ich lange Jahre nichts mehr gehört hatte. Ich sehnte mich nach der warmen Sonne, der Fröhlichkeit und der Herzlichkeit der Menschen. In diesen Stunden schwor ich mir, noch einmal in meinem Leben dorthin zurückzukehren.

In der Halle unseres Hotels lagen täglich die neuesten Tageszeitungen, die ich abends zum Lesen mit in mein Zimmer nahm. Die anderen Mitarbeiter legten darauf keinen Wert, sodass Herr Kretler mir dies genehmigte. Ich musste alle Spuren verfolgen, um vielleicht doch noch auf Pietro zu stoßen. Alle Anzeigen durchforstete ich sorgfältig und las den Regionalteil sehr eingehend, da in diesem auch der Bereich Maiberg abgedeckt war. Aber die Dunkelheit über meinem Bruder lichtete sich nicht. Ich wusste, dass ich nicht mehr tun konnte. Pietro und ich waren getrennt und würden es vielleicht für immer bleiben. Er war jener Teil von mir, der mir so unendlich fehlte. Dennoch sagte ich mir, dass noch nichts entschieden war. Noch immer gab es eine realistische Hoffnung. Ich bemühte mich, Pietros lange Abwesenheit in einem positiven Licht zu sehen.

Immer wieder lief ich zur Post und fragte nach einem Brief. Zu gerne hätte ich etwas von Teresa gehört. Ich war nun schon so lange von zu Hause fort. Warum hielt es Gerd Förster nicht für nötig, mir auch nur die kleinste Antwort zu senden? Oder war mein Brief am Ende gar nicht angekommen? Diesen Gedanken wollte ich aber ausschließen. Auch hier zeigte er wieder sein wahres Gesicht.

Mittlerweile hatte ich mich körperlich gut erholt und wenn ich in den Spiegel sah, schaute ich in ein typisch italienisches Frauengesicht mit leuchtend schwarzen Augen, einem Teint wie goldene Seide und strahlend weißen Zähnen. Ich wusste plötzlich, dass ich schön war. Die Männer sahen mir nach und lächelten mich stets auffordernd an. Doch dies alles prallte an mir ab. Ich fühlte keine Sehnsucht nach einem Partner. Fast war es so, als sei ich in dieser Hinsicht völlig erloschen. Das Wort Liebe hatte für mich seinen Zauber und seinen Wert verloren. Alles was in dieser Hinsicht zu erleben war, hatte ich erlebt. Mehr erwartete ich nicht. Zwischenzeitlich hatte ich mir einen Fernseher in meinem Zimmer installieren lassen. Dies war der einzige Luxus, den ich mir gönnte. So war es mir möglich, endlich am Leben in unserem Lande teilzuhaben. Besonders gerne sah ich Krimis; Liebesfilme mochte ich nicht. Ich konnte die Gefühle, die diese Filme vermittelten, nicht ertragen.

Wir hatten viele Gäste in unserem »Hotel Gerdi«, die in regelmäßigen Abständen kamen. Es waren vor allem Versicherungsagenten, Vertreter jeder Art, die sich fortwährend durch die deutschen Lande bewegten. Man machte mir trotz meiner niederen Arbeit ständig Komplimente, und ich erhielt fast täglich eine Einladung zum Essen. Jedes Mal, wenn ein Mann vor mir stand und mich werbend ansah, fühlte ich die Kälte einer Grabkammer. Ich blickte dann auf mein Gegenüber und sortierte gleichzeitig kühl taktierend die Fakten. Zuerst würde man mich mit einem feinen Essen und Champagner beeindrucken wollen, als Nächstes folgten die üblichen nichts sagende Artigkeiten und später, auf dem Heimweg, würde mein Begleiter zur Sache kommen. In meinen Augen war einer wie der andere. Ich wollte meine Seelenruhe durch nichts stören lassen.

Mein Leben lief nun in geregelten Bahnen, und eines Tages bot sich mir eine unverhoffte Chance. Unsere Köchin, die das morgendliche Frühstücksgeschehen steuerte und vor allen Dingen das reichhaltige Büfett herstellte und dekorierte, hatte einen schweren Autounfall erlitten. Sie würde wahrscheinlich über Monate hinweg ausfallen. Herr Kretler wurde bei dieser Nachricht blass und ich ahnte, dass er nun ein Problem hatte. Da auch er sparsam sein musste, konnte er sich keine teure Ersatzkraft leisten. Ich sah ihn mit sorgenvoller Miene hinter seinem Empfangstresen sitzen.

Bisher hatte er sich wenig mit mir befasst, selbst dann nicht, als er sah, dass ich die eigentliche Schmutzarbeit des Hotels übernommen hatte. Dieses Verhalten verwunderte mich einigermaßen, aber ich nahm es ihm nicht übel. Er war ein Unternehmer, der in anderen Dimensionen dachte. Durch meine Bereitwilligkeit, den Anforderungen meines Chefs und vor allem meiner Kollegen gerecht zu werden, hatten wir ein gutes Betriebsklima. Ich war einzig und allein von dem Wunsch beseelt, mir diese Arbeitsstelle zu erhalten.

Herr Kretler tat mir in seiner Not sehr Leid, denn keiner wollte oder konnte für die erkrankte Köchin einspringen. Ich dachte eine Nacht darüber nach, und am nächsten Morgen bat ich ihn um ein Gespräch. Erstaunt sah er mich an und nahm mich mit in sein Büro. Ich erzählte ihm, dass ich lange Jahre in einem gut geführten Restaurant bedient und darüber hinaus in der Küche mitgearbeitet hätte. In dieser Zeit sei es mir möglich gewesen, einiges vom Koch abzuschauen und vor allem das Anrichten der Speisen mit der erforderlichen Dekorationstechnik zu erlernen. Ich schlug Herrn Kretler vor, falls er daran interessiert sei, mich einmal probeweise für ein paar Tage als Vertretung der Köchin in die Küche zu lassen. An Herrn Kretlers Augen konnte ich die Freude über meinen Vorschlag erkennen. Er überlegte gar nicht lange und sagte, er wolle er mir sehr gerne die Küche für die nächste Zeit anvertrauen. Im Übrigen wundere er sich, dass ausgerechnet ich es sei, die ihm ihre Hilfe anbiete. In der Tat musste es ihm seltsam erscheinen, zumal ich vor seinen Augen nur die wirklich niederen und schmutzigen Arbeiten im Hotel ausführte.

Ich hatte gelernt, dass die Urteilsfähigkeit der Menschen sehr beschränkt ist und sich oftmals nur auf das stützt, was ihre Augen sehen. Insofern hatte ich nun meinen Chef in höchste Verwirrung gestürzt und hatte plötzlich das Gefühl, dass er mich heute eigentlich zum ersten Mal richtig wahrnahm. Ich wurde plötzlich für ihn zu einem Wesen aus Fleisch und Blut, das darüber hinaus auch noch mit Verstand gesegnet schien. Es war für mich ein erster Sieg in meinem neuen Leben. Ich fand es gut, dass ich

mich von mir aus angeboten hatte und nicht umgekehrt. Dies bedeutete für mich ein Stück persönliche Freiheit. Es war so, als habe sich der Phönix ein Stück weit aus der Asche erhoben. Von meinen anderen Arbeiten wurde ich von Herrn Kretler ab sofort freigestellt. Diese mussten nun wieder meine Kolleginnen erledigen, worüber natürlich eine leichte Frustration herrschte. Am nächsten Morgen konnte es also losgehen. Ich wusste genau, was den Gästen geboten werden sollte. In kurzer Zeit hatte ich das übliche Frühstücksbüfett in der Küche zubereitet, aufgebaut und bediente überdies gleichzeitig die Gäste. Dies tat ich in einer derart geübten Art und Weise, dass Herr Kretler mir plötzlich mitten in meiner Arbeit anerkennend applaudierte. Am späten Vormittag musste ich die Einkäufe erledigen. Ich schrieb mir eine große Liste, und Herr Kretler fuhr mit mir in die Stadt. Mit seinem Einverständnis kaufte ich einige neue Dinge hinzu, die für unsere Gäste attraktiv sein würden. Vor allen Dingen machte ich ihm klar, dass die Tischdekoration einer Überholung bedürfe. So kaufte ich neue Tischgarnituren und kleine Väschen, in die ein über den anderen Tag frische Blumen kamen. Bisher waren verstaubte Seidenblumen im »Hotel Gerdi« Standard gewesen. Selbst meine Kolleginnen staunten am nächsten Tag, wie gepflegt plötzlich unser sonst so karger und altmodischer Frühstücksraum wirkte. Herr Kretler fand dies auch und brauchte somit seine Ausgaben keinesfalls zu bereuen. Am Nachmittag hatte ich begonnen, einige Salate zu schneiden. Es gab einen Eiersalat, einen Rindfleischsalat, einen Nudelsalat und einen gemischten Karotten-Selleriesalat, die ich nach meinem eigenen Rezept herstellte. Erst befürchtete ich, dass Herr Kretler meine Aktivitäten missbilligen würde. Aber als ich ihm erklärte, dass wir vielleicht nach dem ersten frühen Frühstück auch noch ein zweites, fast schon einen Minibrunch, anbieten sollten, fand er diese Idee hervorragend. Innerlich schien er aufzuatmen, und ich hatte endlich eine Arbeit gefunden, die mich unglaublich ausfüllte.
Wir überprüften im Anschluss daran unsere Speisekarte, aber vor allen Dingen erhöhten wir die Preise für Zimmer und Früh-

stück, sodass alle Gäste, die sich im Hause befanden, sogar an beiden Frühstücksvarianten ohne größeren Aufschlag teilnehmen konnten. Wir waren laut Herrn Kretler nun das erste Hotel garni in Frankfurt, welches seine Gäste auf diese vielfältige Art verwöhnte.

Ich gab mir bei der Herstellung meiner Salate, die ich nach und nach noch ergänzte, alle erdenkliche Mühe. Außerdem kochte ich noch zwei bis drei köstliche Suppen, die zum wahren Renner wurden. Kein einziger unserer Gäste nahm an den erhöhten Preisen Anstoß. Unsere langjährigen Besucher kamen mehr und mehr allein schon wegen unseres Frühstücks. Ich hatte mir eine Menge Arbeit aufgebürdet, und Herr Kretler räumte mir dafür eine großzügige Lohnerhöhung ein. Darüber freute ich mich sehr. Es war das erste Mal in meinem Leben, dass ich eine derartige Anerkennung fand. Ich war voller Elan und Stolz, und die Küche des »Hotel Gerdi« wurde nun mein heiß geliebtes Refugium.

Das Kochen wurde in diesen Monaten zu meiner wahren Leidenschaft. Darüber vergaß ich oftmals meinen persönlichen Kummer. Dieses Abschalten vom Druck des eigenen Lebens tat mir so unendlich gut. Körperlich wie seelisch begann ich mit einem Male aufzuatmen. So langsam erkannte ich, was Leben eigentlich bedeutet, selbst wenn ich noch so viel Arbeit hatte.

Unser altes Hotel war plötzlich in unserer unmittelbaren Umgebung in Aller Munde. Gegen Mittag tauchten alle möglichen Leute aus den umliegenden Büros auf und bestellten Suppen oder Salate. In dieser Zeit standen die Abholer Schlange. Darüber waren wir natürlich sehr überrascht, aber auch erfreut. Es gab an keinem Tag auch nur einen Rest. Alles wurde verkauft, und Herr Kretler rieb sich viele Male die Augen, wenn er seine Kasse überprüfte. Wir verdienten sehr gut, und somit war es möglich, das Hotel endlich außen renovieren zu lassen. Die altersgraue Fassade wurde hellgelb angelegt und als das Geld noch reichte, entschloss sich Herr Kretler, den Empfangs- und Frühstücksraum in der gleichen Farbe anpinseln zu lassen. Unsere nächste Anschaffung gipfelte in einer neuen, eleganten Sitzgarnitur und

einer schönen Stehlampe für unseren bisher sehr vernachlässigten Empfangsbereich.
Herr Kretler bedauerte es, nicht noch jünger zu sein. Er meinte, dann würde er mich glattweg heiraten, denn so ein Juwel wie mich gebe es nur einmal auf Gottes Erden. Wir waren in dieser Zeit sehr fröhlich. Ich hatte gar nicht mehr gewusst, wie gut ein Lachen sein kann! Dadurch, dass alle anderen nun auch eine Lohnerhöhung erhalten hatten, konnte Herr Kretler den wachsenden Neid auf mich eindämmen. Was hatte sich nicht alles verändert! Ich war nun zur ersten Kraft nach dem Chef in unserem Hotel avanciert. Es gab nichts, was Herr Kretler nicht mit mir besprach. Ich wurde seine Vertrauensperson und ich war bemüht, mich dieses Vertrauens würdig zu erweisen.
Längst gab es für mich keine geregelte Arbeitszeit mehr. Von sechs Stunden, wie ganz am Anfang vereinbart, war sowieso nicht mehr die Rede. Um die vielen Speisen herzustellen arbeitete ich bis spät in den Abend. Ich tat es sehr gern und freute mich, wenn ich am nächsten Tag sah, mit welcher Begeisterung unsere Gäste frühstückten.

Da ich Wert darauf legte, weiterhin im Service zu arbeiten – denn dies war nun einmal meine alte Leidenschaft – hatte ich mir einige gute Sachen angeschafft. Ich trug nun schöne Blusen und elegante Hosen. Es machte mir Freude, in den Kaufhäusern zu stöbern. Plötzlich hatte ich den Wunsch, mich zu schmücken und schön zu machen. Ich ging nun regelmäßig zum Friseur und trug eine flotte Kurzhaarfrisur.

Als Herr Kretler einmal an einer Grippe erkrankte, übergab er mir kurzerhand die Geschäfte. Ich konnte schalten und walten wie ich wollte. Schon lange war dieses Hotel auch zu meinem Hotel geworden. Ich kannte keinen besseren Platz für mich und gab meine letzte Kraft für meine Arbeit. Die Monate vergingen und unsere alte Köchin kam nicht mehr wieder. Ihre Verletzungen waren derart gravierend, sodass für sie künftig eine Arbeit in der Küche nicht mehr in Frage kam. Herr Kretler war über diese Wendung der Dinge eigentlich sehr froh und beeilte sich,

mit mir einen neuen Arbeitsvertrag abzuschließen. Ich verdiente nun sehr gut und freute mich über meinen Erfolg. Die größte Überraschung war jedoch für mich, dass mir Herr Kretler anbot, mit ihm zusammen künftig das Hotel zu leiten. Ich würde also gleichberechtigt mit ihm oder auch alleine entscheiden können. Aus den Einkünften sollte ich über mein Gehalt hinaus einen guten Prozentsatz erhalten.
Ich wusste nicht, was ich sagen sollte. Zuerst fand ich keine Worte, und heiße Tränen traten in meine Augen. So gut wie Herr Kretler hatte mich noch niemals ein Mensch behandelt. Er war ehrlich und gerade und nahm von mir nicht mehr, als er auch bezahlen konnte. So hatte ich mir immer einen anständigen Menschen vorgestellt. Ich war mir darüber im Klaren, dass dieses große Vertrauen seinen Preis in meiner unbedingten Loyalität haben musste. Dafür würde ich eintreten.
In einer kleinen Betriebsversammlung teilte Herr Kretler den übrigen Angestellten diese Neuerung in seinem Hotel mit. Zwar sahen diese sehr überrascht aus, dennoch gratulierten sie mir alle herzlich. Ich gab mir in der Folgezeit sehr viel Mühe, mir die alte Sympathie meiner Kolleginnen zu erhalten. Ich kehrte niemals die Vorgesetzte heraus, sondern nahm, wenn es nötig war, selbst den Besen in die Hand oder ich putzte bei personellen Engpässen einfach die Zimmer. Eine innere Stimme sagte mir, dass es sich auszahlen würde, bescheiden zu sein. Ich fühlte, dass es wichtig war, nicht nur nach oben zu schauen, sondern stets auch nach unten. Dies würde bedeuten, in die Augen der anderen zu blicken, um ihre Sprache zu verstehen.
Herr Kretler wurde auch in den schriftlichen Dingen von mir entlastet. Ich verwandte alle Kräfte darauf, mich in dieses Metier einzuarbeiten, Nach einer längeren Zeit fühlte ich mich auch diesen Aufgaben voll und ganz gewachsen. Von heute auf morgen wäre es mir ohne weiteres möglich gewesen, allein einem Hotel vorzustehen. Es war unglaublich, was ich in der letzten Zeit gelernt hatte. Endlich besaß ich eine Sicherheit und wusste, wo mein Platz im Leben war. Die Dunkelheit über meiner Seele lichtete

sich allmählich. Dennoch quälten mich die Gedanken an Teresa und Pietro. Sie waren mir beide aus den Händen geglitten, ohne dass ich sie halten konnte. Nachdem so viel Zeit vergangen war, sah ich alles mit dem nötigen Abstand und erkannte plötzlich, dass nichts, aber auch gar nichts nach dem Zufallsprinzip funktioniert.

Großmutters Wiederkehr

Längst hatte ich meinen Brief an Gerd Förster vergessen. Es war inzwischen so viel Zeit vergangen, ohne dass ich jemals etwas von ihm gehört hatte. Meine Gedanken pendelten nur noch zwischen Teresa und Pietro, andere Menschen ließ ich ganz einfach vor meinem Seelentor stehen. Ich ging nur noch sporadisch zur Post und erwartete keinen Brief in meinem Fach. Ich hatte mich an diese ewige Leere gewöhnt. Daher war ich ziemlich überrascht, eines Tages einen Brief von Gerd Förster in den Händen zu halten. Was würde ich nun erfahren? Waren es gute oder schlechte Dinge? Wie in früheren Zeiten klopfte mein Herz verräterisch. Zitternd öffnete ich das Kuvert, und es fielen mir einige dicht beschriebene Seiten in die Hände. Es war Gerds Handschrift. Ich las:

»Liebe Anna-Maria,

Du wirst Dich sicher wundern, nun so lange nach Deinem Brief etwas von mir zu hören. Ich bitte Dich von Herzen, mir dies nachzusehen. Entschuldige auch, dass ich Dich im Gegensatz zu Dir nun so persönlich anspreche. Aber anders kann ich Dir einfach nicht schreiben.

Mit den Jahren verändert sich die Sichtweise eines Menschen, und manchmal kann man sein Verhalten und seine Beweggründe von früher nicht mehr nachvollziehen. So geht es mir schon ganz lange, und ich denke so oft an Dich. Glaube bitte nicht, dass unsere gemeinsame Zeit nichts wert war oder dass Du mir niemals etwas bedeutet hättest! Ich habe Dich auf eine bestimmte Art geliebt, aber ich musste mich anders entscheiden.

Dies vorausgeschickt, möchte ich dir mitteilen, dass Teresa nun schon zu einem schönen, jungen Mädchen herangewachsen ist. Dass sie unser Kind ist habe ich vom ersten Augenblick an gespürt. Das Muttermal wäre gar nicht notwendig gewesen. Außerdem konnte ich auch rechnen, und ich nahm nicht an, dass du während unserer Zeit mit einem anderen Mann geschlafen hast. Zur Sicherheit habe ich dennoch einen Vaterschaftstest vorgenommen. Das, was ich längst wusste, wurde mir noch einmal der Form halber bestätigt.

Ich habe Teresa danach aus dem Kinderheim zur mir in mein Haus genommen und ihr, sobald sie etwas verständiger war, erklärt, dass ich ihr Papa sei. Leider hat sie von Dir nie mehr gesprochen. Ich nahm an, dass sie sich nicht mehr erinnern konnte. Nach Deinem Brief, der mich im Übrigen zutiefst erschüttert hat, erkannte ich, dass Du wirklich alles getan hattest, Dein Kind zu lieben und zu versorgen. Du hast mit Deinem Bruder ein trauriges Schicksal erlitten, das man keinem Menschen wünschen sollte. Ich bedauere es sehr, dass auch ich in gewissem Sinne zu jener Unerträglichkeit Deines Lebens beigetragen habe. Deine Einschätzung war nicht ganz falsch, dass Du für mich nur eine Episode warst.

Später hast Du ja auch erfahren, dass es sich bei Frau Doktor Marian um meine Lebensgefährtin handelte. Damals, als wir uns kennen lernten, befand sich Eva für ein halbes Jahr in den USA. Ich war einsam und Du gefielst mir auf den ersten Blick. Ich verliebte mich in Dich und Dir erging es genauso. Zuerst dachte ich nicht an unsere Trennung, obwohl ich wusste, dass sie unabänderlich war, denn es bestand zwischen Eva Marian und mir eine Bindung. Sie hat sich nach dem Tode meiner Frau sehr um mich gekümmert, bis irgendwann Liebe daraus wurde. Du siehst, ich hätte sie niemals so einfach aus meinem Leben verbannen können. Deswegen kam es zwischen uns so, wie es kommen musste.

Ich weiß, dass ich mich schlecht benommen habe. Du hättest von mir selbst hören müssen, warum unsere Trennung sein musste. In meiner Feigheit dachte ich nämlich, Du würdest mit allen Mitteln dafür sorgen, dass ich bei Dir bliebe. Davor fürchtete ich mich.

Andere Frauen hätten sich sicher so verhalten, aber später, besonders nach Deinem Brief, erkannte ich, dass meine Einschätzung falsch war. Du bist sehr wertvoll, Anna-Maria.

Nun ist alles Vergangenheit und diese soll man ruhen lassen und nicht mehr an ihr anknüpfen wollen. Eva Marian hat sich, nachdem ich Teresa als meine Tochter zu mir ins Haus genommen hatte, von mir getrennt. Es erschien mir als eine gerechte Strafe. Damals war ich sehr verzweifelt. Nun hatte ich eine Tochter, aber keine Lebensgefährtin mehr. Mein Haus erschien mir ohne Eva leer. An eine andere Frau dachte ich nicht. Ich habe viele Fehler in meinem Leben zu beklagen und ich ahne, dass noch weitere hinzukommen werden. Vielleicht war auch unsere kurze Verbindung ein Fehler, denn ich hätte niemals Hoffnungen in Dir wecken dürfen. Mein Ruf als Arzt war mir sehr teuer, und persönlich wollte ich ebenfalls untadelig erscheinen.

Nun lebe ich schon lange mit unserer wunderbaren Tochter ganz allein in meinem Haus und bin noch nicht einmal unglücklich darüber. Wir haben eine tüchtige Haushälterin, sodass unser Leben gut verläuft. Teresa besucht das Gymnasium. Sie ist eine gute Schülerin und ein wunderschönes Mädchen. Ich denke, dass sie eine kleine Italienerin ist, so wie Du und Dein Vater, von dem Du damals mit so großer Liebe gesprochen hast. In Teresa habe ich nur gute Anlagen kennen gelernt. Im Übrigen war sie bereits als kleines Mädchen sehr gut erzogen und ich weiß, dass dies ganz allein Dein Verdienst war. Sei versichert, dass Du Teresa nicht für immer verloren hast. Ich hoffe für sie, dass sich unsere Wege noch einmal kreuzen.

Das war aber noch nicht alles, was ich dir mitteilen möchte. Ich nehme an, dass Du zu Deinem Ehemann und dessen Familie keinen Kontakt mehr aufgenommen hast. Wegen Teresa bin ich mehrmals zu eurem Hof gefahren, da ich die Unterschrift deines Mannes benötigte. Ich muss sagen, dass ich mich nur sehr ungern dorthin auf den Weg gemacht habe, weil ich wusste, was ihr unter diesen Menschen erlitten hattet. Aber ich war gezwungen, ein gewisses Ein-

vernehmen aufrecht zu erhalten. Außerdem ahnte niemand etwas von unserem Geheimnis. So kam es, dass man mir nach und nach einige Dinge erzählte. Wahrscheinlich nur deswegen, weil es keine anderen Menschen gab, die etwas davon hören wollten.
Auf dem Hof hat man über die Jahre nicht viel verändert. Noch immer baut dein Mann Gemüse, Salat und Kartoffeln an. Ich habe deine Schwiegereltern nie zu Gesicht bekommen. Aber ich wusste, dass sie noch immer auf dem Hof wohnten.
Dein Mann machte stets einen sehr abgearbeiteten Eindruck. Seine Haltung war die eines alten, gebeugten Mannes. Dennoch nahm er sich immer Zeit, mich anzuhören und mit mir zu sprechen. Ich ahnte, wie froh er war, nicht mehr für Teresa sorgen zu müssen. Deswegen war er auch mit allem einverstanden, was ich ihm vorschlug. Teresa erinnerte sich nicht mehr an ihren ehemaligen Vater und auch nicht an die Großeltern. Ich habe dieses Thema niemals angesprochen, um keine schmerzlichen oder aufregenden Erinnerungsstücke zu produzieren.
Peter Lohmeier erzählte mir eines Tages, dass er einst mit seinem Vater nach Husum gereist sei, um deine Großmutter aufzusuchen. Diese Fahrt sei aber vergeblich gewesen, denn jene Kusine Adelheid, deren Anschrift Du genannt hattest, gab es nicht. Zwar hatte man eine ähnlich klingende Straße gefunden, aber keine derartige Hausnummer. Weit und breit gab es in Husum keinen Hinweis auf deine Großmutter und deren Verwandtschaft. Unverrichteter Dinge seien Peter und Bernhard dann wieder nach Hause gefahren.
Dort angekommen habe man den nächsten Schock erlitten, denn Du warst mit Deinem Bruder und Peters sämtlichen Ersparnissen verschwunden. Ich glaube, dies war für Deinen Mann die schlimmste Strafe. Dass Du weg warst, schien ihn nicht besonders zu berühren.
Ich denke, Du hast das Richtige getan, indem Du Dir das genommen hast, was Peter Lohmeier Dir stets vorenthalten hatte. Dadurch konntest Du diesem Gefängnis entfliehen. Ich kann Deine Handlungsweise nachvollziehen, und Du solltest nun auch kein schlechtes Gewissen mehr haben.*

An jenem Tag der Rückkehr auf den Hof habe Peter seine Mutter hilflos und geschwächt auf dem Bett liegend vorgefunden. Sie sei kaum ansprechbar gewesen und musste mit der Ambulanz ins Krankenhaus gebracht werden. Dort stellte man einen schweren Schlaganfall fest. Nun sitzt Deine Schwiegermutter Tag für Tag in einem Rollstuhl in der Küche des Hauses. Peter und Bernhard versorgen sie abwechselnd. Sie hat die Sprache nicht wieder gefunden und musste später auch gewindelt werden. Es war plötzlich viel Elend über die Familie gekommen.
Im Geheimen entschied ich bei diesen Schilderungen, dass sie es, so wie es gekommen war, verdient hatten. Dabei dachte ich stets an Teresa, die ja mein eigen Fleisch und Blut ist und von diesen Menschen misshandelt wurde. Ich ließ mir meine Emotionen nicht anmerken und habe mich aus all diesen Dingen herausgehalten. Dein Mann leidet insbesondere sehr darunter, dass er nicht Besitzer des Hofes werden konnte.
In der Zwischenzeit hatte er erfahren, dass Dein Bruder und Du die rechtmäßigen Eigentümer sind, denn man hatte endlich eure Großmutter gefunden. Nachdem die beiden von Husum zurück waren, kam Peter die Erleuchtung. Er dachte plötzlich wieder an die Vorfälle in jenen heißen Sommertagen in der alten Scheune.
Irgendwann hatten Peter und Bernhard an der bekannten Stelle zu graben begonnen. Nach einigen Stunden war es so weit. Bernhard stieß mit seiner Schaufel auf einen Gegenstand. Er strich die Erde zur Seite und sah, wie ein Knochen zum Vorschein kam. Danach legten beide das Skelett eines Menschen frei. Peter ahnte wohl, wer es war.
Bernhard bestand darauf, dass man die Polizei holte. Daraufhin gab es Ermittlungen in viele Richtungen. Nach einer genauen Obduktion wurde allerdings festgestellt, dass der oder die unbekannte Tote durch einen Genickbruch gestorben war. Man hielt einen Unfall für nicht ausgeschlossen, da sonst keinerlei gewaltsame Einwirkungen an den Knochen festgestellt werden konnten. Nach einem Vergleich des Gebisses mit den Unterlagen des Zahnarztes konnte man eindeutig sagen, dass es sich um die Leiche von Lotte Jakobi handelte.

Nun begann man nach Dir und Deinem Bruder zu suchen, um zu erfahren, was damals geschehen war. Man machte sich dabei aber keine besondere Mühe, denn sonst hätte man zumindest Dich finden müssen. Später stellte die Staatsanwaltschaft das Verfahren ein und Peter war nun so schlau wie vorher. Ohne Dich und Pietro konnte er weiterhin nicht Besitzer des Hofes werden. Diese Gedanken verbitterten ihn mit der Zeit. Eine neue Partnerin hat er sich im Übrigen auch nicht gesucht. Aus seinen Worten war immer wieder die Hoffnung zu entnehmen, dass Du vielleicht eines Tages zurückkehren würdest. Aus welchen Gründen Peter Lohmeier sich dies wünschte, konnte ich nie ergründen.

Deine Großmutter wurde im Grab deiner Eltern beigesetzt, welches ein paar mitleidige Menschen in der Zwischenzeit aufgrund seiner totalen Verwahrlosung gepflegt hatten. Ich habe, da es sich letzten Endes um Teresas Großeltern handelt, dafür gesorgt, dass das Grab einen Stein und eine Aufschrift erhielt. Die Pflege des Grabes wurde einer Gärtnerei übertragen. Dies zu Deiner Beruhigung.

Du siehst, dass alles wieder in irgendeiner Weise seine Ordnung gefunden hat. Ich hatte nun doch das Bedürfnis, Dir dies alles mitzuteilen. Dennoch habe ich aber auch gleichzeitig eine große Bitte an Dich: Ich möchte Teresa so gerne adoptieren. Sie sollte schon den Namen ihres richtigen Vaters tragen. Peter ist mit einer Adoption einverstanden, ohne natürlich den eigentlichen Grund zu kennen. Er hat bereits eine Einverständniserklärung unterschrieben. Ich würde mich freuen, wenn auch Du mit dieser Adoption einverstanden wärest. Es würde wohl keine Schwierigkeiten geben, insbesondere in Anbetracht der traurigen Verhältnisse auf eurem Hof. Überlege es Dir in aller Ruhe und gib mir dann Deine Entscheidung bekannt. Teresa ist und bleibt Deine Tochter, daran ändert auch diese Formalie nichts. Ich möchte mein Leben in Ordnung bringen, damit Teresa später einmal nach meinem Tode keine Schwierigkeiten hat.

Liebe Anna-Maria, ich hoffe, Du verstehst mich und wirst mich in dieser Sache unterstützen. Es geht dabei nicht um unsere Gefühle, sondern nur um Teresa. Wir sollten vergessen, was geschehen ist und gemeinsam unserem Kind das Tor zum Leben zu öffnen.

Gerd Förster«

Ich las diesen überaus langen Brief und stellte mit Verwunderung fest, dass er in mir nichts bewirkte. Mein Inneres blieb einfach stumm. Es kam mir vor, als hätte ich einen unwichtigen Geschäftsbrief erhalten. Allerdings musste ich zugeben, dass ehrliche Worte darin standen. Gerd Förster hatte nichts beschönigt, und ich war noch nicht einmal überrascht, dass ich in vielen Dingen richtig gelegen hatte.
Ich legte das Schreiben erst einmal zur Seite und ging hinab in meine Küche. Bei meiner Arbeit konnte ich am besten nachdenken. Generell hatte ich nichts dagegen, dass Gerd Teresa adoptierte. Das hätte er längst in die Wege leiten können. An der ganzen Sache störte mich jedoch seine Ignoranz, mit der er meinen damaligen Brief unbeantwortet gelassen hatte. Wieder einmal erkannte ich, dass ich immer erst dann wichtig wurde, wenn man etwas von mir wollte, auch wenn es in diesem Falle unser gemeinsames Kind betraf. Ärger stieg in mir hoch und ich beschloss, sein Schreiben unbeantwortet zu lassen. Ich nahm es und zerriss es in viele kleine Stücke. Ich wollte so tun, als habe er mir nie geschrieben.
An meinem freien Nachmittag machte ich mich schön und setzte mich in ein großes feudales Café, um auf andere Gedanken zu kommen. Seit langen Jahren spürte ich wieder ein starkes Gefühl des Hasses in mir. Mein Adressat war Gerd Förster, der so selbstherrlich über Teresa verfügte. Auch vor Jahren war ich schon die Mutter des Kindes gewesen, dennoch war ich erst heute diese Zeilen wert. Das Leben hat mich irgendwie hart gemacht, das spürte ich an meiner Reaktion auf diesen Brief. Ich traf also meine unumstößliche Entscheidung ohne Rücksicht auf deren Richtigkeit.

Alte Bekannte

In der kommenden Zeit verfolgte mich der Gedanke, wie meine Tochter heute wohl aussehen würde. Vielleicht ähnelte sie mir, meinem Vater oder auch nicht. In mir keimte der abenteuerliche Gedanke, heimlich nach Maiberg zu fahren und Gerds Haus zu beobachten. Vielleicht würde ich Teresa zu Gesicht bekommen. Ich entschloss mich also, genau dies zu tun. Unsere dreiwöchigen Betriebsferien standen vor der Türe. Mittlerweile hatte ich den Führerschein gemacht und fuhr einen kleinen, praktischen Wagen, den ich mir leisten konnte. Mit ihm würde ich nach Maiberg fahren. Meinem lieben alten Kompagnon erzählte ich von einer kleinen Reise zu meiner Kusine in den Taunus. Er war mit dieser Auskunft zufrieden und wünschte mir eine gute Fahrt.

Herr Kretler war für mich mittlerweile so etwas wie ein Vater geworden. Er achtete zum Beispiel darauf, dass ich ordentlich aß und genug Schlaf bekam. Schaute ich ab und zu einmal etwas traurig aus, so nahm er meine Hand und fragte, ob ich Sorgen habe. Dabei wusste er so gut wie gar nichts von meiner Vergangenheit. Er war ein sehr diskreter Mensch und kannte keine Neugierde. Warum sollte ich ihn mit meiner Seelenlage belasten? Ich war ihm von Herzen dankbar, dass er mir eine neue Heimat geschenkt hat und mich sogar an seinem Hab und Gut teilhaben ließ. Ich liebte ihn sehr und wünschte ihm noch ein langes Leben.

So packte ich eines Morgens meine kleine Reisetasche für mein Unternehmen »Teresa«. Ich zog meine elegantesten Sachen an und besorgte mir eine teure, blonde Perücke. Mit dieser getarnt würde ich nach Maiberg fahren. Ich schminkte mich sorgfältig und war der Ansicht, dass mich keine Menschenseele in dieser Maskerade erkennen würde. Aus der kleinen, verhärmten Anna-Maria war ein schöner, stolzer Schwan geworden. Eine tiefe Freude durchflutete mich, als ich daran dachte, dass es mir am Ende doch noch gelungen war, aus meinem Leben etwas zu machen. Nun war ich Geschäftspartnerin eines gutgehenden Hotels in Frankfurt. Ich besaß einen schönen Batzen Geld, den ich mir zum größten Teil in der Zwischenzeit selbst erarbeitet hatte. Es wäre mir ein Leichtes gewesen, Peter die von mir gestohlene Barschaft auf Heller und Pfennig zurückzuzahlen. Aber ich dachte nicht daran. Es war als Strafe gedacht und durch nichts auf der Welt wollte ich sie momentan aufheben. Hass und Groll gegenüber meinem Ehemann waren mit den Jahren schwächer geworden. Aber gänzlich hatte die Zeit diese Wunden nicht heilen können. Tiefe Narben sorgten an manchen Tagen noch immer für Schmerzen in meiner Seele.

Es bewegten mich dunkle Gedanken, wenn ich an Gerd Förster dachte. Hatten mich Peter und seine Familie damals auch noch so sehr gequält, so erschien mir Gerds Verhalten viel grausamer. Er hatte mich, mit seinem Intellekt weit über mir stehend, benutzt und weggeworfen. Peter mit seinem beschränkten Geist wiederum konnte nicht anders handeln, und vor allem liebte ich ihn nicht. Beide Dinge grenzte ich also diffizil ab.

Gerd würde ohne mein Zutun Teresa nicht adoptieren können. Ich war entschlossen, diese Angelegenheit einfach von mir zu schieben, denn ich fühlte mich sehr verletzt. Andererseits wusste ich aber auch, dass ich in dieser Sache boshaft und kontraproduktiv handelte, dennoch konnte ich noch nicht einmal meiner Tochter zuliebe über meinen Schatten springen.

Langsam fuhr ich an diesem wunderschönen Vorsommertag in Richtung Taunus. Ich nahm mir alle Zeit der Welt und erkannte, wie schön doch unsere Gegend ist. Mittags aß ich in einem alten Waldgasthof, der mich intensiv an unseren Hof erinnerte. Seltsamerweise wurde ich mit jedem Kilometer, den ich mich Maiberg näherte, nervöser. Was würde mich dort erwarten? Die Anschrift von Gerds Haus und Praxis hatte ich mir herausgesucht. Ich wusste also so ungefähr, wohin ich fahren musste. Maiberg hatte sich in den letzten Jahren verändert. Es gab eine Menge Geschäfte, doch auch mein Hotel »Zur Linde« bestand noch. Gerne wäre ich hineingegangen, aber dies wollte ich mir für einen späteren Besuch aufsparen. Ich drehte also ein paar Runden durch die Stadt und fuhr dann zielgerichtet zu Gerd Försters Haus. Ich war sicher, dass man mich nicht erkennen würde. Unter meinem blonden Pagenkopf fühlte ich mich gut versteckt. Gerds Haus war ein großer, eleganter Bungalow, an den ein weitläufiges, flaches Praxisgebäude angebaut war. Rundherum blühten eine Menge Büsche in verschwenderischen Farben. Alles wirkte äußerst gepflegt, für meine Begriffe sogar regelrecht steril. Ich liebe hohe Bäume und dazwischen grünes Gras. So bin ich es von unserem Hof gewöhnt. Nur ein paar Büsche und ansonsten Pflastersteine sind nicht nach meinem Geschmack. Hinter dem Haus konnte man noch ein großes, flaches Gebäude erkennen. Vielleicht hatte man darin ein Schwimmbad untergebracht. Dieses feine Anwesen war also das Zuhause meiner Tochter Teresa. Augenblicklich kam mir mein Verhalten wie ein Traum vor. Konnte dies alles jemals geschehen sein, sodass ich heute den Aufenthaltsort meines Kindes heimlich aufsuchen musste? Warum war ich zu feige, an der Türe zu klingeln und einfach hineinzugehen? Ein Leben lang hatte ich Mut und Courage besessen. Nun aber streckte ich die Flügel und begann mich verstohlen heranzutasten. Ärger über mich selbst kam in mir hoch.

Aber ich wollte niemals wieder eine Zurückweisung erleben, weder von Gerd noch in den Blicken meiner Tochter Teresa. Das war des Pudels Kern, und deshalb gab es keine andere Entscheidung für mich. Ich parkte meinen kleinen Wagen auf der anderen Straßenseite, denn ich konnte ja schlecht auf einen der Parkplätze fahren, die den Patienten vorbehalten waren. Außerdem musste ich sicherheitshalber Abstand vom Haus halten. Ich setzte meine nur leicht getönte Sonnenbrille wieder auf und nahm eine

Zeitung zur Hand. Ich tat so, als ob ich eifrig läse, beobachtete jedoch aus den Augenwinkeln heraus jede Bewegung am Haus. Es gingen Leute hinein und es kamen welche heraus. Niemals waren jedoch Teresa oder Gerd zu sehen. In den offenen Garagen standen zwei Wagen. Ein großer, der wohl Gerd gehörte und ein Golf, den ich Teresa zurechnete. Lange Zeit sah ich nichts Interessantes, und vor Müdigkeit fiel mir beinahe der Kopf auf das Lenkrad. Immerhin saß ich nun schon über eine Stunde in meinem kleinen, engen Wagen. Doch ich rappelte mich wieder auf und setzte meine Beobachtungen fort.

Endlich öffnete sich die Türe des Bungalows und als Erstes erblickte ich Gerd Förster. Er trug eine dunkle Sonnenbrille und sah fast genauso aus wie damals. Ihm folgte meine Tochter Teresa. Sie war ein hoch gewachsenes, rassiges Mädchen und verfügte auf den ersten Blick über eine außergewöhnliche Schönheit, die ich selbst in dieser Art und Weise nie besessen hatte. Mein Herz tat einen ungewöhnlichen Sprung und ich hatte plötzlich Mühe, Luft zu holen. Es hämmerte wie wild in meiner Brust, und eine seltsame Schwäche bemächtigte sich meiner. Nach langen Jahren sah ich nun Teresa wieder.

Sie hielt ihren Vater fürsorglich untergehakt, und beide gingen auf den großen Wagen zu. Statt Gerd setzte sich Teresa an das Steuer, und er nahm auf dem Beifahrersitz Platz. Ich fand dies recht ungewöhnlich, da ich wusste, dass Väter ihre Kinder nicht gerne mit ihren Wagen fahren lassen. Als das Fahrzeug auf die Straße fuhr, konnte ich Teresa direkt in das Gesicht sehen. Auch sie blickte mich kurz ohne besonderes Interesse an. Nun hatte ich eigentlich mein Ziel erreicht. Beide Menschen, die mir einst so viel bedeutet hatten, hatte ich wieder gesehen. Was also sollte ich noch in dieser Straße? Trotzdem kam in mir keine Freude auf, denn die Erfüllung, die ich mir erhofft hatte, war ganz einfach ausgeblieben. Leer und ausgebrannt fuhr ich zurück. Immer wieder musste ich mich fragen, welche selbstzerstörerische Kraft mir den Mut verliehen hatte, dieses Vorhaben durchzuführen. Auf jeden Fall konnte ich mich davon überzeugen, dass sich seit

damals eigentlich nichts geändert hatte. Sie brauchten mich nicht, wie ich sie gleichermaßen nicht brauchte. Dennoch musste ich weinend meinen Wagen auf einem kleinen Parkplatz abstellen. Alles was es an Gefühlen gab, wühlte sich durch meine Seele, als sei heute deren Ausverkauf. Ich weinte und weinte. Meine Tränen wollten kein Ende nehmen. Es war, als müsste ich in ihnen ertrinken. Alle Einsamkeit dieser Welt brach über mir zusammen. Wo war die Stärke der letzten Jahre geblieben, meine Geduld und Kraft? Warum blieb ich so unversöhnlich? Je größer der zeitliche Abstand zwischen mir, Gerd und Teresa wurde, umso mehr dachte ich an beide. In meinen Träumen erlebte ich immer wieder die gleichen Geschichten. Ich rüttelte an der verschlossenen Türe des Hauses im Wald, und mein verzagtes Mädchenherz verging fast vor Kummer. Immer wieder sah ich Gerd dann mit einem steinernen, fremden Gesicht, ohne mich erkennen zu wollen, an mir vorübergehen, genauso, wie ich es in der Realität erlebt hatte. Wenn ich dann aufwachte und mein Bett im Hotel erkannte, atmete ich auf und war froh, dass dies alles schon vor einer Ewigkeit geschehen war. Ich erkannte, dass Zeit relativ ist und sie uns oft durch seltsame Vorgänge und Empfindungen einen Streich spielt. Heute, gestern und morgen sind Begriffe, die sich plötzlich vermischen und uns zum Opfer unserer eigenen Irritationen machen.
Ich stieg aus meinem Wagen und setzte mich auf eine Holzbank, vor der ein großer Steintisch stand. Plötzlich erkannte ich voller Wehmut, was Heimat bedeutet. Ich konnte, da die Straße ziemlich bergauf ging, nun in das tiefe, grüne Tal blicken. Unter mir gab es Wälder, Wiesen und kleine Gehöfte. Niemals mehr in meinem Leben habe ich ein derartiges Gefühl in mir verspürt. Dennoch wusste ich nicht genau, wo ich mich wirklich befand. Auf jeden Fall war es ein idyllischer Ort, der meiner angeschlagenen Seele sehr gut tat. Ich suchte eine Zigarette und trank eine Tasse Kaffee aus meiner Thermoskanne. Es würde noch lange dauern, bis die Dunkelheit käme und so entschloss ich mich, noch ein Weilchen diese wunderbare, warme Luft zu genießen.

Ab und zu hörte ich ein Fahrzeug vorüberbrausen, dann war es wieder still und nur die Vögel zwitscherten leise. Meine Nase sog plötzlich den Geruch von Jasmin ein und ich sah, dass direkt neben mir ein Strauch weiß wie eine Braut blühte. Ich brach mir ein winziges Ästchen ab und roch daran. Es war ein Duft wie aus dem Paradies. Wie konnte es sein, dass diese Welt so schön war und ich gerade jetzt erst mit dem Staunen begann? Auf einmal schmerzte mein Kopf vom vielen Weinen und ich suchte in meiner Tasche nach einer Tablette. Bevor ich diese jedoch einnehmen konnte, hörte ich ein Fahrzeug auf den Parkplatz fahren. Ich sah mich nicht um, denn es war mir gleichgültig, wer hier hielt. Dann hörte ich die Stimme eines jungen Mädchens und ich vernahm Schritte, die auf dem Kies knirschten.

Mein Herz setzte fast aus, als ich Teresa vor mir stehen sah, die mich freundlich fragte, ob ich etwas dagegen hätte, wenn sie sich mit ihrem Vater zu mir setzte. Diese Bank sei nämlich ihr Lieblingsplatz und jeden Tag gegen Abend würden sie hierher kommen. Neben Teresa stand ganz still Gerd, der noch immer die dunkle Brille trug. Nun würde er mich erkennen und ich musste aus meiner Situation das Beste machen. Ich rückte ein Stück weiter und lud beide zum Sitzen ein. Teresa sah mich fragend an, als hätte sie mich schon einmal gesehen. Aber ich wähnte mich sicher, dass ein Erkennen ausgeschlossen war. Gerd setzte sich sehr unsicher auf die Bank und Teresa half ihm fürsorglich. Etwas war mit ihm nicht in Ordnung. Teresa erzählte nun, nachdem sie meinen fragenden Blick erkannt hatte, dass ihr Vater erblindet sei. In Anbetracht seines unsicheren Ganges hatte ich mir schon fast so etwas Ähnliches gedacht. So war ich noch einmal davongekommen!

Er sprach kein Wort und ich wusste nicht, was er fühlte und dachte. Mein Herz war voller Aufruhr, aber nicht wegen ihm, sondern weil Teresa mir so nahe war. Immer wieder sah ich mein Kind an und dankte Gott dafür, dass sie so lebensbejahend und glücklich wirkte. Als ich Gerd von der Seite betrachtete, dachte ich mit einem schlechten Gewissen, ob seine Blindheit vielleicht die für ihn vorgesehene Strafe war. Aber sofort schalt ich mich wegen meiner bösen Gedanken. So würde es sicher nicht sein, denn ich wusste, dass im Leben meistens nur die guten Menschen bestraft werden. Teresa legte ihre langen, schlanken Hände auf die von Gerd und streichelte sie zärtlich. Gerds Mund, den ich einst voller Liebe und Glück geküsst hatte, lächelte nun und er sprach ganz leise mit Teresa. Ich hatte plötzlich das Gefühl, zu stören und wollte meine Sachen zusammenräumen und gehen. Aber Teresa bat mich zu bleiben und sah sehnsüchtig zu meiner Thermoskanne mit Kaffee. Ich bot ihr einen Becher an und sie nahm diesen mit strahlendem Lächeln entgegen. Genau dieser Schluck Kaffee würde ihr im Moment fehlen, sagte sie und Gerd meinte, wenn noch etwas übrig wäre, würde auch er nicht nein sagen. Wir lachten alle drei und auch er trank von meinem Kaffee. Unser zufälliges Zusammentreffen hatte für mich etwas Unwirkliches. Wie konnte es sein, dass wir drei uns nach Jahren plötzlichen am selben Tag, zur selben Stunde und am selben Platz begegneten? Ich nahm diese Minuten dankbar als Geschenk des Schicksals entgegen. Wir waren uns so nah und kannten uns dennoch nicht.

Meine Tochter stellte sich nun mit Teresa Lohmeier vor und ihr Begleiter wurde mir als Doktor Gerd Förster vorgestellt. Ich musste blitzschnell überlegen, welchen Namen ich nun meinerseits nennen sollte. Meine Mutter hieß einstmals Monika Jakobi, also nannte ich diesen Namen und sagte, dass ich ein paar Tage Urlaub im Taunus verbringen wolle. Ich sah, wie Gerd bei meiner Stimme aufhorchte. Er fragte, ob wir uns schon einmal begegnet seien, denn meine Stimme käme ihm so bekannt vor. Ich lachte und meinte, es gäbe in dieser Hinsicht sicher jede Menge Doppelgänger. Dies räumte er freundlich nickend ein. Wir verbrachten fast zwei Stunden gemeinsam auf dieser Bank und haben uns gut verstanden. Gerd lauschte immer wieder sehr angestrengt meiner Stimme und ich fühlte, dass ihn etwas bewegte.
Für mich war dieses Zusammentreffen einerseits ein großes

Wunder, andererseits litt ich unter der Tragik dieser Situation. Außer unserer Tochter waren Gerd und ich auf irgendeine besondere Weise gehemmt. Wieder einmal bestätigte es sich, dass es Dinge zwischen Himmel und Erde gibt, die wir nicht kennen. Dazu gehören ohne Zweifel die unsichtbaren Ströme zwischen Menschen, deren Seelen sich noch nicht endgültig voneinander gelöst haben. Ich ahnte, dass zwischen Gerd und mir noch nicht die nötige Entfernung lag. Vielleicht würde dies endlos dauern, möglicherweise bis zu unserem Tode. Es war mir klar, dass ich der eigentliche Verursacher war, denn mir war es noch immer nicht möglich, zu vergessen und zu verzeihen. Ich dachte in diesen Stunden daran, dass wir eigentlich zusammengehörten und ganz alte Bekannte waren. Diesem schönen Mädchen vor mir hatte ich einst unter Schmerzen das Leben geschenkt, aber es erkannte mich nicht. Der Mann neben mir war einstmals mein Geliebter gewesen, aber er sah mich nicht. Nur ich kannte beide und musste mit unserer Fremdheit umgehen. Als ich mich verabschiedete, bat mich Teresa, sie und ihren Vater doch einmal zu besuchen. Gerd nickte zu dieser Einladung auffordernd und meinte, solch eine unverhoffte und nette Begegnung sollte man nicht so ohne weiteres vergessen. Teresa lud mich deshalb ganz spontan für den kommenden Nachmittag in das Haus Förster ein.

Mein Herz jubelte bei diesen Aussichten. Ich würde also mit eigenen Augen sehen können, wie mein Kind lebte. Was Gerd mir damals nie angeboten hatte, geschähe nun nach so langer Zeit. Ich faltete plötzlich meine Hände und begann voller Dankbarkeit zu beten. Mein Herz war so weit wie lange nicht mehr, als habe es wie ein Adler die Flügel geöffnet. Ich saß noch einige Zeit auf der Bank und genoss die wunderbar frische Luft des herannahenden Abends. Danach stieg ich in meinen Wagen und fuhr weiter.

Ich übernachtete in einer kleinen Pension in Maiberg. Es erkannte mich keine Menschenseele. Spät abends wanderte ich durch die Straßen und schaute mir die Geschäfte an. Viele der alten Läden gab es nicht mehr, dafür aber jede Menge neue. Alles hatte sich verändert. Aus der kleinen, ländlichen Stadt war ein Mittelpunkt der Region geworden. Ich nahm mir vor, am kommenden Morgen einmal am Hof vorbeizufahren. Dies hatte ich mir auferlegt, so schwer es auch sein mochte. Erst danach konnte ich zufrieden nach Frankfurt zurückkehren.

In meiner Pension erkundigte ich mich vorsichtig nach dem Hof Lohmeier, der weit außerhalb lag. Meiner Wirtin war dies ein Begriff, denn sie erhielt wöchentlich von Peter Lohmeier Eier und Gemüse. Da sie Zeit hatte, setzte sie sich zu mir an den Tisch und begann frisch und frei die ganze traurige Geschichte der Familie zu erzählen. Sie begann mit Großmutter Lotte, den beiden verwahrlosten Kindern des Italieners, dem so genannten »Mord« an der Großmutter und dem Verschwinden der jungen Frau, die früher im Hotel »Zur Linde« bedient habe. Auch der Bruder sei seit damals unauffindbar. Sonderbare Dinge sollten sich in diesem Hause ereignet haben. Heute rackere sich der Peter auf fremden Grund und Boden ab, meinte meine Wirtin und blickte mich empört an. Nichts gehöre ihm. Seine Mutter sei vor zwei Wochen nach langer schwerer Krankheit gestorben und Vater Lohmeier könne wegen eines Bandscheibenvorfalles kaum noch laufen. Die beiden Männer würden alleine auf dem Hof hausen. Peter Lohmeier sei noch immer nicht geschieden. Aber er habe auch keine Freundin.

Nun war ich einigermaßen informiert und gab mich außerordentlich interessiert, denn gerne hätte ich noch mehr erfahren. Elli war also gestorben, und ich war darüber kein bisschen traurig. Mit ihrem Einzug hatte unser eigentliches Unglück begonnen. Wir hätten noch heute einträchtig mit unserem Kind dort leben können. Was wäre uns alles erspart geblieben! Nun wusste ich, dass Peter noch immer dasselbe Problem mit sich herumtrug. Er war ein Fremder auf dem Grund und Boden, den er so eifrig beackerte. Wenn ich an die Mühsal dieser Zeit dachte, kam ich zu dem Ergebnis, dass es mir heute wesentlich besser ging. Das Leben hatte mich wieder fürsorglich in seine Arme genommen, auch wenn es keine Liebe mehr über mich ausschüttete. Bescheiden wie ich war, nahm ich dankbar das Gute wie das Schlechte an. Ich hatte gelernt, dass nicht nur ein Tag über das Leben entscheidet, sondern dass es viele Tage sind. Am kommenden Tag frühstückte ich rechtzeitig. Beinahe hätte ich vergessen, meine blonde Perücke aufzusetzen. Danach fuhr ich in Richtung unseres Hofes. Die Straße war holprig und uneben wie eh und je. Die Bäume des Waldes schienen noch dieselben wie damals zu sein, als ich Tag für Tag bei Wind und Wetter an ihnen vorbeiradelte. Hier hatte sich nichts verändert. Man konnte sehen, dass die Natur um uns herum die größte Beständigkeit besitzt. Alles war für mich so vertraut, als sei ich niemals auch nur einen Tag weg gewesen.

Ich beschleunigte mein Fahrzeug und stellte fest, dass es doch ein langer Weg bis zum Hof war. Damals hatte ich es nicht so empfunden. Wahrscheinlich wird eine Strecke in der Einbildung kleiner, wenn man sie ständig gefahren ist. Es kamen mir weder Fahrzeuge noch Wanderer entgegen. Bald erkannte ich den Dachfirst unseres Hauses. Ich hoffte sehr, dass niemand auf dem Hof zu sehen war. An der Scheunentüre hing ein großes, weißes Schild. Es interessierte mich, was darauf stand. Da ich im Fahrzeug immer einen guten Feldstecher mit mir führte, nahm ich diesen und sah, dass man den Besuchern mitteilte, dass der Betrieb heute geschlossen sei. Augenblicklich musste ich in diesem Moment an jenes Pappschild denken, das Pietro vor Jahren an unsere Haustüre genagelt hatte. Damals war unser Haus zum »Narrenhaus« geworden. Fast erschien es mir, als sei es gerade eben erst geschehen. Zu gerne wäre ich ausgestiegen und in das Haus hineingegangen. Da ich wusste, dass Elli nicht mehr lebte, hätte ich es riskieren können. Aber dann dachte ich, dass es besser sei, wieder zurückzufahren. Was sollte ich in diesem Haus? Dort hatte ich die schlimmste Zeit meines Lebens verbracht. Ich empfand beim Anblick des verfallenden Hofes nur Bedauern und noch nicht einmal Zorn.
Was konnten diese leblosen Gebäude für die bösen Menschen,

die sich ihrer bemächtigten? Unser Hof war so gut und schlecht wie jeder andere, und er hätte es sicher nach so langen Generationen verdient, wieder ordentlich instand gesetzt zu werden. Ich sah, dass auch ich in der Pflicht war. Es war notwendig, die Eigentumsrechte zu klären, und ich musste mir Gedanken darüber machen, wie Peter hier einzubinden war. Sollten noch weitere Jahre verstreichen? Der Hof würde immer weiter dem Verfall preisgegeben. Dennoch war ich niemandem Rechenschaft schuldig. Mit Peter würde ich mich ohne Elli einigen können. Entschlossen fuhr ich weiter. Mein Weg führte zum Friedhof. Ich fand das Grab meiner Eltern, das jetzt auch die letzte Ruhestätte unserer Großmutter Lotte war. Was hätte sie wohl dazu gesagt, dass sie nun im Tode mit diesem »dreckigen Italiener« vereint war? Auch mein Vater wäre davon nicht erbaut. Doch man konnte sie nicht mehr um ihr Einverständnis bitten, und letzten Endes löscht der Tod das Leben selbst und alle Vorgänge aus diesem Leben ein für allemal aus. Es sind nur die Vorstellungen der Lebenden, denen derartig kleinliche Gedanken etwas bedeuten.

Vater, Mutter und Großmutter waren längst in einem anderen Land. Hier unten, tief in der Erde, lagen nur noch ihre kümmerlichen Reste. Insofern waren sie alle drei wirklich tot. Aber ich selbst glaube an eine Auferstehung und an ein Wiedersehen mit allen geliebten Menschen. Selbst in den schlimmsten Jahren meines Lebens habe ich nie von Gott gelassen und ich machte die grandiose Erfahrung, dass auch er mich nie verließ.

Als am kommenden Tag der Nachmittag immer näher rückte, begann ich nervös zu werden. Ich kaufte für Teresa einen kleinen, gebundenen Rosenstrauß. Lachsrote Rosen waren meine Lieblingsblumen. Ich richtete mich elegant her und schminkte sorgfältig mein Gesicht. Als ich zu Gerds Haus fuhr, wartete Teresa schon vor der Türe. Ich ging langsam auf meinen eleganten Pumps die Sandsteintreppe hinauf. Unverwandt blickte meine Tochter mich an und ich sie. Oben angekommen, nahm mich Teresa ganz selbstverständlich in die Arme. Ich erwiderte ihre Umarmung, während ich eine Flut von Tränen unterdrücken musste. Obwohl ich einerseits in diesem Moment so unendlich glücklich war, erdrückte mich andererseits diese seltsame Situation. Für Teresa war ich nur eine Fremde, der sie trotzdem so viel Wärme entgegenbrachte. Voller Schmerz dachte ich daran, wie sie als kleines Mädchen meine Nähe nicht hatte ertragen können. Strahlend nahm Teresa mir meine Rosen ab. Sie sagte, dass es ihre Lieblingsblumen seien, woher ich dies wisse. Ich antwortete, dass ich es geahnt habe und Teresa lachte fröhlich. Sie geleitete mich durch helle, lichte Räume, die mit weißen Möbeln ausgestattet waren. Überall lagen rote und blaue Kissen, und die Teppiche auf den Marmorböden waren von edelster Qualität. Alles in diesem Hause atmete Reichtum und zeugte von einem ausgezeichneten Geschmack. Dies war also Gerds Reich, das er mir einstmals vorenthalten hatte. Dafür war ich, wie er damals wohl richtig erkannt hatte, zu einfach gestrickt. Frau Doktor Marian bot mit ihrer Persönlichkeit den weitaus besseren Rahmen für dieses Haus mit all seinem Luxus. Ich verbot mir jedoch, wieder in meine alte Bitternis zurückzufallen, und schon gar nicht an diesem besonderen Tag. Wir gingen anschließend auf eine große Terrasse hinaus, die zu einem gepflegten Garten mit vielerlei Koniferen und Pflanzen führte. Ich war von der Schönheit des Anwesens nun doch sehr angetan. Gerd saß mit seiner dunklen Brille in einem der großen Gartensessel und wartete auf uns. Er stand höflich auf und reichte mir die Hand.

Es war die erste körperliche Kontaktaufnahme seit unendlicher Zeit. Ich zog meine Hand vielleicht etwas zu schnell zurück, denn ich sah, dass er etwas stutzte. Es ärgerte mich, dass ich mich nicht im Griff hatte. Ich musste lernen, kühl und überlegt mit dieser Situation umzugehen. Schließlich gab es nichts, was ich zu befürchten hatte. Meine besondere Sicherheit war die Tatsache, dass Gerd mich nicht sehen konnte. Selbst meine Stimme würde niemals ein endgültiges Indiz für ein Erkennen sein. Mit diesen Gedanken stützte ich mein inneres Gleichgewicht.

Nachdem ich ebenfalls Platz genommen hatte, brachte uns eine freundliche Haushälterin Kaffee, Tee, Kuchen und kleine belegte Brote. Teresa bediente uns auf eine ausgezeichnete Art, sodass ich am Ende mehr gegessen hatte, als ich wollte. Wir unterhielten uns wiederum sehr kurzweilig. Gerd erzählte von einem Unfall, bei dem er Verletzungen an seinen Augen davongetragen habe. Dennoch gebe es für ihn berechtigte Hoffnungen, irgendwann wieder sehen zu können. In den USA habe man mittlerweile eine besondere Operationsmethode entwickelt und damit bereits sehr gute Erfolge erzielt. Er werde dort im kommenden Jahr eine Untersuchung und möglicherweise auch eine Operation durchführen lassen. Leider könne er derzeit seine Arbeit nur sehr eingeschränkt ausüben. Auch anderen Verpflichtungen habe er mittlerweile entsagen müssen. Lachend meinte er, dass dies vielleicht auch gut sei, denn mit zunehmendem Alter müsse man mit seinen Kräften haushalten. Er fragte sehr interessiert, wie mein Leben aussähe.

Ich erzählte, dass ich als Partnerin eines Hoteliers arbeitete und diese Tätigkeit mein Lebensinhalt sei. Vorerst sagte ich nichts davon, wo sich dieses Hotel befand. Ich wollte vorsichtig sein und seltsamerweise fragten weder Teresa noch Gerd danach. Beide hörten meinen Schilderungen voller Anteilnahme zu und ich spürte, dass Gerd von mir beeindruckt war. Ich stellte fest, dass er auch dieses Mal meiner Stimme sehr angespannt lauschte, und zu gerne hätte ich seine Gedanken lesen mögen.

Teresa erzählte von ihren Bekanntschaften und Plänen für die Zukunft. Ich war von ihrer Intelligenz sehr angetan und stellte fest, dass in ihrem Wesen eine gehörige Portion vom Erbteil meiner Mutter vorhanden war. Teresa hatte zwar äußerlich die Rassigkeit ihrer italienischen Vorfahren geerbt, aber längst nicht deren Leichtigkeit. Trotzdem konnte ich stolz auf meine Tochter sein und ein klein wenig dankte ich auch Gerd dafür. Je öfter ich mit ihm wieder in Berührung kam, desto mehr schmolzen Hass und Groll zu einem Nichts zusammen. Ich fürchtete mich vor mir selbst, wenn ich daran dachte, dass ich mich noch einmal in ihn verlieben könnte. Dies wäre für mich der Weg in eine weitere Katastrophe.

Teresa war geradezu traurig, als ich aufbrechen wollte. Sie fragte nach meiner Adresse und der Pension in Maiberg. Ich versprach ihr, ohne jedoch meine Anschrift zu hinterlassen, mich bald zu melden. Zum Abschied nahmen wir uns nochmals spontan in die Arme. Gerd stand neben mir und suchte nach meiner Hand. Zitternd reichte ich sie ihm und er zog sie an seine Lippen. Ein heißer Strom überzog meinen Rücken, und ich hatte das Gefühl, auf meinem Handrücken eine Brandwunde erlitten zu haben. In diesem Moment wusste ich nicht, ob dieser Gunstbeweis mich freuen sollte oder nicht. Ich war trotz meiner reiferen Jahre in dieser Hinsicht ein junges, unerfahrenes Mädchen geblieben und sehr froh, dass Gerd nicht in mein Gesicht blicken konnte.

Danach kam es mir vor, als hätten wir uns niemals verlassen. Plötzlich schien es die Zeit zwischen Gestern und Heute nicht mehr zu geben. Dann aber schalt ich mich energisch eine dumme Gans, die mal wieder begann, Dinge in dieses Treffen hineinzuinterpretieren, die der Realität einfach nicht entsprachen. Niemals hätte ich mir vor meiner Reise vorstellen können, was nun geschah. Es kam mir vor, als habe man mich ferngesteuert. Wie konnte es sein, dass ich in Maiberg eine persönliche Begegnung mit Teresa und Gerd erlebte, andererseits von meinem Ehemann Peter nichts hörte und nichts sah? Dennoch war ich entschlossen, die Verbindung zwischen mir, Gerd und Teresa nicht aufrecht zu erhalten. Ich würde mich nicht mehr melden, denn nun hatte ich alles erfahren, was mir wichtig erschien. Eigentlich konnte ich mit dem Ergebnis mehr als zufrieden sein. Aber ich musste mir eingestehen, dass trotzdem ein klein wenig Sehnsucht blieb. War es die Sehnsucht nach Teresa – oder auch nach Gerd? Ich wollte nicht in mich dringen und vor allen Dingen niemals mehr meine Vorsicht vergessen. Monika Jakobi musste wieder in der Versenkung verschwinden, Gerd bekäme sein Augenlicht zurück, und Teresa würde ihre Studien in Frankreich aufnehmen. Alles hätte seine Ordnung, und ich war in der Pflicht, meinen alten Partner im Hotel zu unterstützen.

Diese wenigen Tage in meiner alten Heimat waren unendlich schön und dennoch so schmerzlich. Ich brauchte nun Zeit, um alle Geschehnisse zu verarbeiten. Dabei dachte ich sehr viel an Pietro, von dem ich noch immer nichts gehört hatte. Lange Jahre hatte ich mich wegen ihm mit einem großen Schuldkomplex herumgeschlagen, den ich so allmählich zu überwinden begann. Nun aber, nachdem ich unseren Hof gesehen hatte, war alles wieder wie durch Geisterhand lebendig. Nacht für Nacht sah ich im Traum in Pietros traurige, mutlose Augen und ich versuchte, ihn zu umarmen. Aber es kam niemals dazu. Immer entwand er sich meinen Berührungen. Ich glaubte, dass dies ein Zeichen für mich war, dass er nicht mehr lebte. Mein Schmerz um meinen Bruder kehrte mit großer Macht zurück. Fast kam es mir vor, als habe ich die alten Trauerkleider wieder hervorgekramt. Ich konnte mich nicht dagegen wehren und stürzte mich wie eine Wilde in meine Arbeit.

Albergo Bambina

Ich verbrachte die Nächte entweder in der Küche des Hotels oder im Büro. Mein lieber alter Freund sorgte sich um mich. So kam es, dass ich ihm im Laufe einer Nacht meine ganze Vergangenheit erzählte, bis hin zu meiner letzten Reise in den Taunus. Der alte Mann kannte das Leben und war dennoch von meinem Schicksal tief berührt. Dankbar sagte ich ihm aber auch, dass er in diesem Tagebuch wohl die beste Rolle spiele. Er habe sich an mir einen wunderbaren Platz im Himmel verdient. In diesen Stunden waren wir uns so nahe wie Vater und Tochter. So kam es, dass er mich bat, ihn Onkel Friedel zu nennen und er nannte mich, ohne dass ich ihn dazu aufforderte, Bambina. Endlich war ich wieder Bambina und ich weinte, als ich diesen Namen das erste Mal seit so langer Zeit wieder hörte.

Meine Kolleginnen, die mir auch noch nach Jahren verbunden waren, bestanden darauf, mich ebenfalls Bambina nennen zu dürfen. Ich konnte ihnen diesen Wunsch nicht abschlagen. Es war ein Teil ihrer Wertschätzung mir gegenüber. Onkel Friedel, der noch immer unser Concierge war, kam eines Tages auf die Idee, wir sollten unser mittlerweile bekanntes Hotel umbenennen. »Hotel Gerdi« sei doch unmodern. Er habe sich gedacht, es müsse nun »Albergo Bambina« heißen, also »Hotel Bambina«. Ich wurde vor Aufregung blass. Alle Mitarbeiter klatschten begeistert zu diesem Vorschlag und ich konnte nicht umhin, mich dem mit Freude anzuschließen. Nun hatte ich meinem geliebten Vater öffentlich die Ehre erwiesen, denn unser Hotel trug einen italienischen Namen. Es war für mich und auch für alle anderen wie ein Aufbruch in eine neue Zeit. So gab es anschließend nichts

Schöneres, als unseren neuen Namen auf allem, wo es notwendig erschien, zu präsentieren. Auch Onkel Friedel zeigte sich nicht wenig stolz, denn er trug nun eine nagelneue Livree, auf der kunstvoll »Albergo Bambina« aufgestickt war.
Dies alles war mir Ansporn genug, noch mehr zu arbeiten. Ich stöberte in allen möglichen italienischen Kochbüchern, schrieb mir Rezepte auf und probierte alles der Reihe nach aus. So hatte ich nach einigen Monaten das Know-how für viele italienische Kleinigkeiten, die einerseits köstlich schmeckten, andererseits aber auch preiswert waren. Ich nahm sie in unsere Speisekarte auf. Mit unserem Hotel garni, das sich im Übrigen mehr und mehr zu einem Restaurant mauserte, lagen wir nun vollkommen im Trend der Zeit. Onkel Friedel hatte mir zwischenzeitlich die hälftige Teilhaberschaft an unserem »Albergo Bambina« übertragen. Mein Stolz kannte keine Grenzen, denn arm wie eine Kirchenmaus und nur mit gestohlenem Geld in der Tasche war ich einst in die Welt gezogen.
Noch immer wohnte ich in meinem bescheidenen Zimmer. Ich hatte nichts verändert und fühlte mich eigentlich nach wie vor sehr wohl. Onkel Friedel empfand dies allerdings für mich nicht mehr als angemessen, schließlich sei ich die Chefin des Hauses. Er bot mir an, in sein Haus am Rande der Stadt umzuziehen. Es war ein altes, aber sehr gut renoviertes Fachwerkhaus mit einem großen Garten. Darüber hinaus sehr geräumig und fast schon herrschaftlich zu nennen. Vor allen Dingen verbreitete es den gemütlichen Charme einer längst vergangenen, ruhigeren Zeit. Die Möbel stammten durchweg aus dem letzten Jahrhundert. Das obere Stockwerk war schon lange unbewohnt. Onkel Friedels Ehe war kinderlos geblieben. Alles, was er an väterlicher Liebe in sich fühlte, übertrug er nun auf mich. Dies ganz besonders, seit er mein Leben kannte.
So überlegte ich einen Tag, ob ich das Angebot annehmen sollte. Ich hätte nun eine eigene Wohnung, die ich mir mit meinem verdienten Geld einrichten könnte. Onkel Friedel hatte Recht, ich sollte endlich auch in dieser Hinsicht selbstständig werden. So

nahm ich sein großzügiges Angebot an. Gemeinsam besprachen wir die Renovierung. Es gab in diesem Stockwerk weitere wunderbare Einrichtungsgegenstände, die Onkel Friedel allerdings auszuräumen gedachte, da er annahm, dass sich eine junge Frau modern einrichten würde. Aber ich fand diese Möbel so ausnehmend schön, dass ich ihn bat, sie mir zu überlassen. Als ich ihm einen Preis vorschlug, wurde Onkel Friedel geradezu böse. Niemals nähme er von mir auch nur einen Pfennig! Es sei für ihn ein großes Glück, wieder einen Menschen um sich zu haben. Es wurde alles in allem eine gelungene Wohnung. Sie war gemütlich, aber trotzdem elegant und vornehm. Onkel Friedel benahm sich sehr rücksichtsvoll und ließ mir meine Privatsphäre. Dennoch hatte ich ständig den Wunsch, zu ihm hinab zu gehen. So saßen wir oftmals nach unserem Heimkommen aus dem Hotel noch spät nachts bei einem Glas Wein beieinander und sprachen über Gott und die Welt. Der alte Mann erzählte viel aus seinem Leben und ich stellte fest, dass ein jeder seine Sorgen hatte und keiner ungeschoren davon kam. Eines Tages tauchte Onkel Friedel mit lachendem Gesicht in meiner Hotelküche auf. Ich hatte ihn schon vermisst, denn er war morgens stets als Erster an seinem Empfangsbereich präsent. Daher hatte ich mir schon Sorgen gemacht und immer wieder zur Türe geblickt. Später sah ich ihn mit flottem Schritt auf meine Küche zusteuern. Er hatte eine Mappe unter dem Arm und sah sehr elegant aus. Mit dem Zeigefinger und einem vergnügten Lächeln winkte er mich in unser Büro. Ich warf meine Schürze auf den Stuhl und folgte ihm mit mehlverschmierten Händen. Er lachte und sagte, ich solle mir ruhig erst noch die Hände waschen. So viel Zeit müsse sein. Ich tat es und kam wieder zurück.
Onkel Friedel hatte eine Flasche Sekt mit zwei Gläsern auf dem Tisch stehen. Ich war, ehrlich gesagt, sehr verwundert. Er goss den Sekt ein und legte nun die besagte Mappe vor mir auf den Tisch. Ich möge lesen, forderte er mich auf. So öffnete ich den roten Deckel mit der goldglänzenden Aufschrift. Nun war meine Neugierde doch angeregt, und ich begann zu lesen. Je mehr ich

las, desto aufgeregter klopfte mein Herz. Unglaubliches geschah mir! Onkel Friedel hatte mir sein wunderschönes Haus geschenkt und für sich nur ein lebenslanges Einsitzrecht vorbehalten. Das Hotel und alles was damit zusammen hing, würde ich nach seinem Tode ebenfalls erhalten. Ich las mit Verwunderung, dass er sogar einige Grundstücke im Taunus besaß, die sehr wertvoll waren. Auch hierüber konnte ich nach seinem Ableben verfügen. Von so viel Güte und Liebe überwältigt, rannen mir die Tränen wie Bäche aus den Augen. Auch Onkel Friedel weinte. Ich setzte mich zu meinem Freund und nahm in ganz fest in meine Arme. Meine Hände strichen voller Liebe über seine grauen, lockigen Haare und ich spürte, wie aufgewühlt auch er war. Wie konnte es sein, dass er mir, der kleinen unbedeutenden Anna-Maria Perti aus Maiberg alles schenkte, was er ein Leben lang mit viel Mühe und Kraft aufgebaut hatte?

Ich sah ihn an und sagte, dass ich eines derartig großen Geschenkes gar nicht würdig sei. Eigentlich dürfte ich es nicht annehmen. Doch Onkel Friedel schüttelte nur lächelnd den Kopf und sagte, dass niemand außer mir hierfür jemals in Frage käme. Er habe erkannt, dass mit mir der erste Mensch in sein Hotel gekommen sei, zu dem er aufschauen könne. Er habe von mir Dinge gelernt, die er vorher nicht gekannt habe. Sein Leben sei durch mich reicher und lebenswerter geworden. So sei sein Herz mit der Zeit ganz nah an mich herangerückt, um von meiner Wärme umfangen zu werden.

Nun musste ich lachen und sagte ihm, dass mein Herz für ihn voller Dankbarkeit und tiefer Freundschaft schlage. Er habe mir etwas geschenkt, was ich schon so lange verloren geglaubt habe. Und in der Tat war es auch so. Ich konnte wieder an die Menschen glauben und mein Misstrauen vergessen. Ohne dass ich es je so richtig bemerkte, hat er mein am Boden liegendes Selbstbewusstsein aufgebaut. Wenn ich das Gestern mit dem Heute vergleich, so musste ich erkennen, dass dieser väterliche Freund mich geformt und wie neu erschaffen dem Leben übergeben hat. Wir

ließen nun fröhlich unsere Gläser klingen und als ich wieder in meine Küche ging, hatte ich plötzlich ein Lied auf den Lippen. Ein Lied aus meines Vaters Heimat, und mir kam plötzlich die Idee, meine Gäste mit Volksweisen aus Süditalien zu erfreuen. Sie würden wunderbar zu unserem Hotel passen.
Da wir gut verdienten, wollten wir den ganzen unteren und oberen Hotelbereich renovieren und neu einrichten. Um der altertümlichen Enge der Räume zu entfliehen, begannen wir ganze Wände herauszureißen und Durchbrüche vorzunehmen. Vor allen Dingen erweiterten wir das viel zu enge Treppenhaus. Durch diese Maßnahmen bekamen wir einen hellen, weitläufigen Gastbereich. Onkel Friedel fragte mich schelmisch, ob mir dabei nicht ein ganz besonderer Gedanke käme. Erst wusste ich nicht, was er meinte, dann verwies er auf den Namen unseres Hotels und plötzlich fiel es mir wie Schuppen von den Augen. Natürlich würden wir uns mit Möbeln und Gemälden aus Italien vollkommen neu einrichten!
Wir nahmen uns eines Nachmittags Zeit und fuhren zu Frankfurts renommiertestem Möbelhaus. Natürlich standen diese speziellen Möbel, die wir suchten, nicht zur Ansicht in den Präsentationsräumen. Aber man gab uns jede Menge Kataloge mit nach Hause. Nun hatten wir abends einiges zu tun. Stundenlang blätterten wir darin und diskutierten eifrig. Billig waren unsere Ansprüche nicht, das mussten wir uns beide eingestehen. Dennoch meinte Onkel Friedel, dass wir zugreifen sollten. Noch hätten wir dazu die Mittel. Heute gelte es, auf Qualität und Schönheit der Einrichtung Wert zu legen. Er hatte Recht und wir entschieden uns für Möbel aus leichtem Pinienholz, die dem Geschmack der Italiener des letzten Jahrhunderts nachempfunden waren. Die Teile strahlten Wärme und Eleganz aus, und als wir nach Monaten endlich alles eingeräumt hatten, stellten wir mit Stolz fest, dass unser Ambiente mit jedem Luxushotel konkurrieren konnte.
Ich suchte außerdem die passenden Gardinen und auch neue Tischwäsche aus. Immer mehr Gäste riefen an und fragten, ob wir nicht auch abends geöffnet hätten. Noch immer waren wir

im weitesten Sinne ein Hotel garni, obwohl wir mehr und mehr unseren Frühstücksraum auch mittags geöffnet hatten. Wir wollten unsere Kundschaft aus den Büros gerne behalten, denn wir wussten, dass wir dadurch gut im Geschäft blieben. Onkel Friedel meinte, dass wir gezwungen seien, zu expandieren. Zwar hatten wir unseren Gastraum platzmäßig und auch optisch durch Versetzen von Wänden und Durchbrüchen vergrößert, aber dies reichte auf die Dauer nicht. So nahmen wir einen neuen Anlauf und planten, einige Abstellkammern und jenen so genannten ehemaligen Wintergarten, der sich in einen winzigen Hinterhof zwischen weitere hohe alte Häusern schob und der eigentlich unser Vorratsraum war, als zusätzlichen Gastraum einzurichten.

Alles zusammen würde ein großräumiges Restaurant ergeben. Onkel Friedel, der in seinem Eifer keine Grenzen kannte und mich völlig mit neuen Ideen überrumpelte, war entschlossen, nun mittags und abends zu öffnen. Es sei eine einmalige Gelegenheit, da unser Hotel mittlerweile sehr gut eingeführt sei. So war unsere erste Tat, dass wir die Bezeichnung »Hotel garni«, welches wir noch unter unserem neuen Namen »Albergo Bambina« führten, verschwinden ließen. Nun waren wir ein richtiges Hotel mit Restaurant. Ich dachte plötzlich an Herrn Mewes und hätte mit ihm nicht tauschen wollen.

In den kommenden Monaten bauten wir also wieder um, und ich räumte zwischen Kochen und Servieren jede Menge Schutt weg. Auch hier war ich mir für die schweren Arbeiten nicht zu schade. Als meine Mitarbeiter sahen, wie ich mich plagte, griffen plötzlich alle zu. Sogar ihre Freizeit opferten sie für unseren Umbau. Darüber war ich sehr gerührt und zahlte am Ende an alle eine außerplanmäßige Gratifikation aus. Außerdem schlossen wir unser Hotel für einen Tag und luden alle zu einem Betriebsausflug ein. So etwas hatte es bei uns noch nie gegeben und die Freude war sehr groß. Onkel Friedel lächelte und meinte, dass ich ein Händchen für unsere Mitarbeiter hätte. In der Tat war unser Betriebsklima sehr gut. Wir waren eine Gemeinschaft und

ich stand weder oben noch unten, sondern gleichberechtigt in der Mitte. Wir weihten unser »Albergo Bambina« gebührend ein und verschickten an alle, die in Frankfurt Rang und Namen hatten, eine Einladung. Es wurde ein rauschender Abend und ich hatte alle meine Künste in einem riesigen deutsch-italienischen Büfett ausgelebt. Wir boten Weine und Sekt aus allen italienischen Lagen an und leise rieselten italienische Liebeslieder durch unsere Räume. Onkel Friedel und ich waren hoch zufrieden. Die Presse fotografierte uns unentwegt und nun begann unser eigentlicher Aufstieg.
Ich hatte zwei junge, agile Köche engagiert. Der eine kam aus Italien und der andere war Deutscher. Dies stellte sich als ein Glücksgriff heraus. Durch sie wurde unser Hotel in Frankfurt »die« angesagte Adresse. Wenn man vom »Albergo Bambina« sprach, erstarrten alle vor Ehrfurcht. Außerdem arbeiteten wir uns in der »Sterne-Hierarchie« stetig nach oben. Unser Restaurant war Bestandteil der einschlägigen Literatur über besondere gastronomische Erlebnisse. Manchmal konnte ich meine Karriere überhaupt nicht begreifen. So viele Jahre war ich eine regelrechte Pechmarie gewesen und nun wurde ich vom Glück so maßlos verwöhnt. Onkel Friedel schüttelte über meine Gedanken den Kopf. Er war der simplen Auffassung, dass ich nur das getan hätte, was ich tun musste. Alles sei meiner großen Kraft, Ausdauer und Freude zu verdanken und habe schon ganz lange in mir geschlummert. So etwas habe man oder man habe es eben nicht.
Onkel Friedel hatte einen Nachfolger für den Empfang erhalten, darauf hatte ich eisern bestanden. Zu seinem neuen Aufgabenbereich gehörte nun, ständig die Gäste zu umhegen und diesen die größtmögliche Aufmerksamkeit zukommen zu lassen. Onkel Friedel wandelte nun elegant gekleidet von Tisch zu Tisch, und jeder Gast fühlte sich geehrt, vom Chef selbst angesprochen zu werden. Selbstverständlich hätte ich dies auch tun können, aber ich konnte und wollte meine geliebte Küche nicht verlassen. Außerdem befand ich mich bei meinen beiden jungen Kollegen

in der Lehre. Ich wollte viele Kniffe erlernen, um auftretende Engpässe in der Urlaubszeit durch meine Mithilfe überbrücken zu können. Onkel Friedel fand, dass dies eine gute Idee war. Unser kometenhafter Aufstieg erschien mir unheimlich und ich dachte, dass dies doch nicht einfach so weitergehen konnte. Irgendetwas würde sicher geschehen, was uns wieder auf die Erde brächte. Ich war in dieser Hinsicht abergläubisch geblieben. Der mittlerweile weit verbreitete Ruhm unseres »Albergo Bambina« machte es unumgänglich, dass wir zu bestimmten Tagungen und Festlichkeiten eingeladen wurden. Onkel Friedel wollte diesen Part nun nicht mehr übernehmen. Ich musste mich also, so ungern ich es auch tat, in die Höhle des Löwen begeben. Nach wie vor liebte ich mein zurückgezogenes Leben. Ich vermisste außer Onkel Friedel keine anderen Menschen. Meine schöne Wohnung und meine Arbeit genügten mir vollends. Unangenehm war mir der Gedanke, ständig fotografiert zu werden. Noch immer hatte ich Angst und wusste eigentlich nicht wovor. Was konnte mir passieren, wenn man mich vielleicht erkannte? Alles, was zurücklag, war schon so lange her und außer mir würde sich wahrscheinlich keiner mehr daran erinnern. So musste ich mich wohl oder übel daran gewöhnen, in der Frankfurter Gesellschaft mitzumischen und präsent zu sein. Schließlich waren diese Menschen unter anderem auch unsere Gäste.
Ich besaß mittlerweile viel Geld und hatte es unter Mithilfe von Onkel Friedel gewinnbringend angelegt. Mit einem schlechten Gewissen dachte ich an Peter Lohmeier, mit dem ich noch immer verheiratet war. Ich überlegte, ob ich ihm das Geld, das ich damals mitgenommen hatte, nun doch zurückgeben sollte. Es würde ihm sicher helfen. Dabei erinnerte ich mich an den Hof, der immer mehr verfiel. Verdient hatte es das Anwesen nicht, dass wir Menschen so mit ihm umgingen, denn ohne unsere Hilfe würde es in einigen Jahren endgültig dahin sein. Irgendwie musste ich diesen Gordischen Knoten durchschlagen und mich dazu entschließen, Peter persönlich aufzusuchen. Mein Herz tat mir weh, wenn ich an zu Hause dachte.

Mein Hass auf Peter und seine Familie war vollkommen erloschen. Seit ich wusste, dass Elli gestorben war, war in mir Ruhe eingekehrt. Für Peter empfand ich tiefes Mitleid. Eigentlich hatte sich alles verändert. Nicht nur die Menschen, die Häuser, das Land, sondern auch meine Seele hatte eine Wandlung durchgemacht. Mit den Jahren waren Schuld und Angst leichter geworden. Sie nahmen mich nicht mehr so gefangen wie vorher. Daran erkannte ich, wie wahr es ist, dass die Zeit Wunden heilt. Aller Schmerz und alles Leid, aber auch alle Erinnerungen rücken immer weiter von uns ab. Wenn sie uns nicht mehr berühren können, sind wir geheilt. Ich war also auf dem besten Wege dahin.

Der einzige Stachel in meinem Fleisch war mein Bruder Pietro. Sein Verschwinden hatte ich nie vollkommen verwunden. Er war nach wie vor ein Teil meiner täglichen Gedanken. Alle anderen Menschen begegneten mir auf irgendeine wundersame Art und Weise wieder, nur Pietro blieb tonlos und körperlos in all den langen Jahren. Er würde nun auch längst ein Mann im mittleren Alter sein, doch ich konnte mir sein Aussehen eigentlich nicht richtig vorstellen. Wenn ich an ihn dachte, schob sich das Bild eines heruntergekommenen und verwahrlosten jungen Mannes vor mein geistiges Auge. Mein Herz rief noch immer in stillen Stunden nach ihm und ich versuchte, so intensiv wie möglich an ihn zu denken. Meine einzige Hoffnung war das nicht Sichtbare zwischen uns Menschen, das so wahrhaftig ist wie der Strom in der Steckdose, der plötzlich die Dunkelheit erhellt. Genauso würden meine Gefühle vielleicht ein Licht in meines Bruders Seele anzünden. Ich wollte mich dem Gedanken, dass er vielleicht längst tot sei, nicht hingeben. Er musste einfach noch leben. Es konnte nicht sein, dass ich ihn für immer verloren hatte.

Nun war für mich eine anstrengende Zeit gekommen. Ich musste ständig zu Tagungen und anderen übergeordneten Veranstaltungen, die unser Hotel betrafen. Am liebsten werkelte ich jedoch in unserer Küche und es graute mir, wieder den Friseur aufsuchen zu müssen und vielleicht auch noch eine Kosmetikerin. Dennoch freute ich mich abends, wenn ich mich vor dem Spiegel in meiner Festgarderobe sah. Ich war eine beeindruckende Erscheinung, und ich versuchte, Selbstbewusstsein zu zeigen. Jedes Mal, wenn ich einen Saal betrat, betete ich, dass mich keiner erkennen möge. Dann beruhigte ich mich damit, dass es wohl niemanden in dieser Runde gab, mit dem ich früher einmal in Berührung gekommen war. Wer hätte sich auch jemals an die kleine, bescheidene Bedienung Anna-Maria Perti aus Maiberg erinnert!

Eines Tages wurde ich wieder zu einer Preisverleihung eingeladen. Derartige Veranstaltungen waren in unserem Metier gang und gäbe. Ich saß in dem riesigen Saal eines Kongresszentrums in der ersten Reihe, was mir nicht sonderlich behagte, aber man hatte mir diesen Platz angewiesen. Der Moderator sprach im Übrigen von einer Preisverleihung, die bisher noch ein gut gehütetes Geheimnis war. Ich dachte mir nichts dabei, denn derartige Dinge kamen immer wieder vor. Meine Gedanken schweiften in alle Richtungen und ich bemerkte, dass ich gar nicht wahrnahm, was jener elegante Herr am Mikrofon sprach. Erst als ich erschrocken den Namen »Albergo Bambina« hörte, erwachte ich aus meiner Trance. Der Moderator beugte sich mir plötzlich von oben herab entgegen und bat mich lächelnd, doch heraufzukommen. Dies war natürlich das Allerletzte, was ich wollte. Ich musste nun vor diesen vielen Menschen so leichtfüßig wie möglich die Stufen zur Bühne hinaufgehen. Im Geiste sprach ich auf mich ein, die Contenance zu bewahren und nicht zu stolpern. Noch immer wusste ich nicht, was man mit mir vorhatte. Man reichte mir die Hand und zog mich hinter das ausladende Rednerpult. Die Menschen im Saal begannen plötzlich zu klatschen, und eine junge blonde Frau kam mit einer wunderbar gerahmten Urkunde auf uns zu. Ich konnte nicht erkennen, was darauf stand und bereute es nun, dass ich so unaufmerksam gewesen war. Es hatte auf jeden Fall mit unserem Hotel zu tun.
Der Mann neben mir begann mein geliebtes »Albergo Bambina« in den höchsten Tönen zu würdigen. Fast schämte ich mich ein

wenig für diese Lobeshymnen. Anschließend überreichte mir die junge Frau die Urkunde. Onkel Friedel und ich hatten heute den Ersten Preis der Deutschen Gesellschaft für Gastronomie in Anbetracht unserer außergewöhnlichen mediterranen Küche und der weit über dem Durchschnitt liegenden Serviceleistungen errungen. Als Untertitel wurde des Weiteren das Ambiente unseres Hauses prämiert. In diesem Moment erschien es mir unglaublich, dass ich den wichtigsten Preis in der Gastronomiebranche in den Händen hielt und wir nun endgültig im Spitzenklassement der deutschen Hotels angekommen waren. Ich dachte nur, großer Gott, und schon schob man mich, nachdem ich die Urkunde in den Händen hielt, an das Rednerpult mit der Bitte, ein paar Worte an die Festgesellschaft zu richten. Natürlich musste ich nun etwas sagen. Noch nie in meinem Leben hatte ich vor so vielen Menschen auch nur einen Ton gesprochen. Es sammelte sich plötzlich eine Unmenge Speichel in meinem Mund und ich schluckte krampfhaft.

Aber ich hätte mich in der Tat selbst verleugnet, wenn es mir nicht möglich gewesen wäre, über meinen eigenen Schatten zu springen. Nach einem kurzen Räuspern und einem verlegenen Lächeln bedankte ich mich für diese großartige Auszeichnung. Plötzlich hatte ich Lust auf mehr, und mein Mund bewegte sich wie von selbst. In kurzen Zügen sprach ich von unseren Anfängen und vor allen Dingen von Onkel Friedel. Ich erzählte den gebannt zuhörenden Menschen im Saal eine richtige Erfolgsgeschichte und verhehlte nicht, wie armselig meine eigene Karriere begonnen hatte. Sogar die in dieser Zeit für mich obligatorische Toilettenbürste sparte ich nicht aus. Bei diesem Part hörte ich ein fröhliches Lachen aus dem Saal. Meine Rede war ein Stück Wahrheit und dennoch ein Märchen. Als ich geendet hatte, standen die Leute auf und applaudierten minutenlang. An diesem Abend war ich die begehrteste Gesprächspartnerin und als Bambina in aller Munde. Die Gäste rissen sich um mich, und ich fühlte mich dennoch so allein ohne Onkel Friedel. Mein Herz ging in diesen Minuten einen weiten Weg zurück. Zu meinen

Eltern und zu Pietro, denn kein Geld und kein Preis auf Gottes Erden konnten sie mir wiederbringen. Ich sah, wie relativ alles ist und was Glück wirklich ausmacht. Plötzlich kämpfte ich zwischen all diesen gut gekleideten Menschen und dem gebotenen Luxus mit den Tränen. Aber ich wollte ja gar nicht traurig sein. Onkel Friedel würde wieder einmal mit dem Kopf schütteln. Warum konnte ich mich nicht einfach nur freuen? Warum waren die alten Geschichten immer in meinem Gepäck? Ich wusste plötzlich die Antwort darauf. Der Kreis hatte sich nämlich noch nicht geschlossen. Einer, dessen Schicksal noch ungeklärt war, fehlte in dieser Reihe der Lebenden und der Toten. Niemals werde ich vergessen, dass die Ungewissheit ein besonders schlimmer Teil unseres Lebens sein kann. Sie bedeutet nicht Tod, aber auch nicht Dasein, sie ist ein Element, das uns oftmals den Himmel auf Erden verwehrt.

Peter Jakobi

Nach einigen Stunden ging ich aus dem Nobelhotel und blieb draußen ein paar Minuten stehen. Ich wollte nach diesem aufregenden Abend noch eine Zigarette rauchen. In meinem Wagen hasste ich den Geruch des kalten Rauches. Längst fuhr ich ein elegantes Cabriolet, zu dem mir Onkel Friedel geraten hatte, denn er liebte es, dass ich mich endlich mit etwas Luxus umgab. Ohne ihn hätte ich mir so manches wohl nicht angeschafft. Wahrscheinlich würde ich mein Leben lang an mir sparen, weil ich es von Anfang nicht anders kannte.

Dennoch war ich nicht geizig. Befand sich eine oder einer unserer Angestellten in Not, so griff ich großzügig in die Kasse und half. Es gab nichts, mit dem mich meine Angestellten nicht behelligen konnten. Ich war an vielen Tagen oftmals die Anlaufstelle für Sorgen und Probleme. Dies sah ich als meine besondere Aufgabe an, und ich legte Wert darauf, so nach und nach die Familien meiner Leute kennen zu lernen. Meine ehemaligen Kolleginnen waren allesamt noch bei uns, und ihre Familien waren mir von jeher vertraut. Aber auch die Menschen, die in unserem Hotel neu hinzukamen, nahm ich unter die Lupe und sah mir ihr persönliches Umfeld an. Bemerkte ich, dass sich hier die eine oder andere Not auftat, griff ich ein. Man schätzte mich für mein soziales Engagement, und Onkel Friedel war darauf sehr stolz. Mein Glück wollte ich mit anderen teilen, weil es so einzigartig und wunderbar war.

Ich setzte mich auf eine Bank, die ganz in der Nähe des Hoteleinganges stand. Die kühle Luft, wenn auch benzingeschwängert, tat mir gut. Wie zufällig schaute ich mich um und bemerkte einen Mann, der an der gegenüberliegenden Wand lehnte. Er trug einen grauen Arbeitskittel und machte sich in dieser spätabendlichen Stunde vor dem festlich beleuchteten Hotel und den eleganten Menschen etwas seltsam aus. Erst dachte ich, dass er sich vielleicht nicht wohl fühlte, denn seine Haltung war gebeugt und angespannt. Ich konnte mir auch nicht vorstellen, dass er zu dieser nächtlichen Zeit vor dem Hotel etwas zu arbeiten hatte. Eigentlich hätte ich mich in diesen Minuten mit ganz anderen Dingen beschäftigen müssen. Seltsamerweise interessierte mich aber nur dieser fremde Mann.

Er verbarg seine Hände in den Taschen seines Arbeitskittels und ich sah, dass sie geballt waren. Etwas stimmte mit diesem Mann nicht, das fühlte ich. Ich warf den abgerauchten Zigarettenrest in den Abfall und lief auf den Fremden zu. Als ich näher kam sah ich, dass er dunkelblonde Haare und einen rabenschwarzen Bart hatte. Seine Augen waren blau und leuchteten aus einem weißen Gesicht. In seinen Zügen war eine unglaubliche Anspannung zu erkennen. Ich sah, wie er schluckte, und ich hatte das Gefühl, als wenn er plötzlich davonlaufen wollte.

Unter normalen Umständen hätte ich mich vielleicht doch noch umgewandt und diesen Fremden einfach unbeachtet zurückgelassen. Aber meine Beine liefen wie von selbst weiter auf ihn zu. Eigentlich wollte ich es nicht, dennoch war ich eigenartig willenlos. Ich blieb vor dem Mann stehen, dessen Hände ich nun sah. Sie zitterten und waren von schwerer Arbeit groß und breit. Er sah mich an, und ich meinte, Tränen in seinen Augen zu erkennen. Da dieser Teil des Hotels nicht mehr so gut beleuchtet war wie der Eingangsbereich, erschien mir mein Sehvermögen etwas eingeschränkt.

Wie in einem Traum hörte ich plötzlich eine heisere, erregte Stimme »Bambina« rufen. Ich erstarrte augenblicklich und ging noch einen Schritt auf den Fremden zu. Woher kannte er mich? Vielleicht hatte er mich vorher im Hotel gesehen? Dies war im ersten Moment meine Erklärung zu diesem seltsamen Vorgang. Als ich nicht weiter darauf reagierte und mich erst einmal sammeln musste, vernahm ich wiederum seine leise Stimme. Er rief: »Anna-Maria«, und ich wusste nun, dass er mich aus einer anderen Zeit gut kennen musste. Dann sagte er ganz leise, dass er Peter Jakobi heiße. In mir breitete sich plötzlich eine ungeheure Hoffnung aus. Ich nahm den Mann an der Hand und zog ihn unter eine Laterne. Still stand er vor mir und lächelte. Ich schrie plötzlich: »Pietro, Pietro, mein Bruder, du lebst!« Die Menschen um uns herum schauten neugierig herüber. Ich aber lag weit weg von dieser Welt in den Armen meines Bruders. Der Kreis hatte sich geschlossen, wir waren wieder vereint. In diesem Augenblick gab es diese langen Jahre der Trennung nicht mehr und alles, was gewesen war, wurde mit einem Male bedeutungslos.

Wir weinten und lachten im Takt und hielten uns immer wieder umschlungen. Nun würde ich Pietro nicht mehr loslassen. Etwas Ähnliches wie jene Freude unseres Wiedersehens habe ich nie mehr erlebt. Ein Glück dieser Art ist einmalig. Er hielt immer noch meine Hände fest und streichelte sie. Dann sah er in mein Gesicht und flüsterte fast andächtig, dass ich so unendlich schön sei. Er sagte, dass er mich so gerne im Saal hatte sehen wollen. Sein Kollege habe von einer Bambina geschwärmt, die in Frankfurt ein feines Hotel führe und unter diesem Namen sehr bekannt sei. Sie habe heute einen Preis erhalten. Zwar hätte er keine besondere Hoffnung gehegt, dass ich es wirklich sein könnte, sondern er wollte sich nur zur Sicherheit diese Frau einmal anschauen. Mit einem Male habe ihn eine riesige Sehnsucht und Freude umfangen. Es konnte nur die Vorahnung von etwas Wunderbarem sein.

Es war unglaublich, dass Vaters Kosename uns nach Jahren wieder zusammengebracht hatte. In der letzten Zeit hatte er mir immer nur Glück gebracht, als führe Massimo Perti aus dieser anderen Welt die Regie über mein Leben.

Pietro und ich standen noch immer dicht beieinander, um dieses Wunder, was uns zuteil geworden war, zu genießen. Wir sprachen nichts mehr, und ich legte meinen Kopf an seine Brust.

Seine schwielige Hand streichelte über mein tränenüberströmtes Gesicht. Ich dachte nur, lieber Gott, wie danke ich dir und allen guten Geistern, die uns beschützt haben! Was würde Onkel Friedel dazu sagen? Ich sah bereits sein überraschtes, gütiges Gesicht vor mir und die Freude, die er dann mit mir teilen würde.

Pietro fragte mich nun, ob ich noch etwas Zeit hätte. Ich sah ihn verwundert an und sagte, dass uns alle Zeit dieser Welt gehöre. Er nahm meine Hand und führte mich zurück zum Hotel. Wir gingen durch einen Hintereingang zum Personaltrakt. Pietro arbeitete also hier, stellte ich fest. Er schloss eine Türe auf, und wir standen in einem kleinen, bescheidenen Zimmer. Eine derartige Einfachheit war ich nicht mehr gewohnt, und ich schämte mich für den Luxus, der mich mittlerweile umgab.

Ich setzte mich auf einen kleinen Sessel, und Pietro kochte für uns beide einen Kaffee. Meinen Mantel hatte ich abgelegt und auch meine Schuhe ausgezogen. Ich fühlte mich bei Pietro sofort zu Hause. Er war meine fehlende Hälfte all die Jahre geblieben, und nun fanden beide Hälften wieder zueinander. Heute war ein besonderer Tag, einer, den ich niemals mehr vergessen würde. Ich musste daran denken, wie sehr ich an die unsichtbaren Ströme geglaubt hatte. Nur sie konnten uns auf diese Art zueinander gebracht haben.

Still tranken wir die ersten Schlucke unseres Kaffees, dann blickten wir uns voller Liebe in die Augen. Wir brauchten keine Worte, unsere Herzen sprachen stumm miteinander. Ich wollte nun unbedingt alles aus Pietros Leben wissen, damit wir endlich begraben konnten, was zu begraben war. Es sollte ein Neuanfang sein. Ich forderte meinen Bruder auf, mir alles von Anfang an zu erzählen. Nach einigem heiseren Räuspern wurde seine Stimme voll und klar und ich hörte ihm angespannt zu.

Nachdem ich ihm damals in der Hütte von Peters und Bernhards Reise nach Husum erzählt hatte, habe er nur noch in großer Angst gelebt. Er habe sich über alle Maßen vor diesen Menschen gefürchtet, die ihn, wie er sagte, monatelang abends, sobald ich nicht mehr da war, mit der Peitsche quälten. Sein Rücken sei heute noch von diesen Schlägen vernarbt. Pietro hatte dies damals vor mir geheim gehalten und sich wegen der starken Wundschmerzen nicht mehr waschen lassen. Ich war in dieser Zeit derartig in meiner eigenen Not gefangen, dass viele Dinge, die ihn betrafen, von mir unbemerkt blieben. Pietro hatte sich mir zuliebe nie zur Wehr gesetzt, denn sonst wäre vielleicht noch Schlimmeres passiert. Er wollte verhindern, dass sich ein ähnliches Unglück wie mit Großmutter wiederholte. Still ertrug er seine Peiniger, die mit der Zeit immer brutaler mit ihm umgingen. Meine Schwiegermutter Elli war hierbei die treibende Kraft. Meinen Mann Peter hatte Pietro nur als feigen Schwächling kennen gelernt.

In dieser Zeit versuchte er unter großen Qualen seinen Alkoholkonsum einzuschränken. Aber es gelang ihm, bis auf einige spärliche Fortschritte, nicht besonders gut. Ich hatte nicht bemerkt, dass sein Weinverbrauch stagnierte, sondern war davon besessen, so viel wie möglich für ihn zu verstecken. Er aber sah meine Mühe und schämte sich dafür. Die schlimmsten Stunden waren für ihn, wenn Elli meine kleine Teresa zu ihm ins Zimmer sperrte. Pietro lag meistens im Bett und versuchte, sich dann nicht zu rühren. Er bewegte sich kaum und sprach das Kind auch nicht an. Außerdem hatte er stets die Augen geschlossen, damit Teresa denken sollte, dass er schliefe.

Aber das kleine Mädchen habe sich grenzenlos gefürchtet und stundenlang in höchster Panik geschrieen. Zuerst wollte Pietro es beruhigen, dann aber sah er, dass ihre Angst dadurch nur noch größer wurde. Teresa habe versucht, an der Türklinke zu rütteln und sei mit ihren kleinen Beinen zum Fenster gerannt, habe den Stuhl davor geschoben und versucht, das Fenster zu öffnen. Es sei ihr zum Glück nicht gelungen, weil sie noch zu winzig war. Wurde das Schreien des Kindes übermäßig, habe Elli Teresa verprügelt. Allerdings habe sie bei ihr nicht die Peitsche benutzt, denn sonst wäre es aufgefallen. Dies ging in dieser Art und Weise über eine lange Zeit, bis sogar Pietro bemerkte, dass Teresa psychisch am Ende war. Das Schreien in seinem Zimmer hatte aufgehört, dafür riss sie sich an den Haaren und schlug ihren Kopf in einer Tour gegen sein Bett. Dabei habe sie leise gejammert, ohne dass eine Träne über ihr ausdrucksloses blasses Gesichtchen lief. Es war für Teresa ein großes Glück, dass sie stürzte, denn sonst hätte sie in diesem Haus niemals überlebt, meinte Pietro.

Als Pietro mir dies schilderte, war ich fassungslos, denn das ganze Ausmaß der Quälereien hatte ich nicht gekannt. Nun wurde mir vieles im Verhalten des Kindes klar. Trotzdem blieb für mich die Frage offen, warum es mich nicht mehr als seine Mutter annehmen wollte. Anscheinend hatte ich die Strafe für das Böse erhalten, was andere ihm angetan hatten. Alles Schwere, das ich erlebt hatte, kroch wieder heimtückisch auf mich zu. Nochmals erlebte ich die Stunden der Pein, und mein Körper überzog sich mit eisiger Kälte.

Pietro erzählte weiter. Allmählich habe er damals in der Hütte seinen Plan zur Flucht gefasst. Er wollte es ganz allein versuchen, auch wenn er mir damit sehr viel antun würde. Damals hielt er es für den richtigen Weg. Es war ein Glück, dass ich ihm unsere restliche Barschaft übergeben hatte. Dadurch konnte er sich sicherer fühlen. So gut es ging habe er sich vor dem Verlassen der Hütte gereinigt. Haare und Bart habe er mit zittrigen Händen notdürftig gestutzt. Seine Kleidung sei sauber gewesen und sein Schuhwerk einigermaßen stabil. Danach sei er mit etwas Proviant und drei Flaschen Wein aus der Hütte gegangen. Seine Papiere habe er in ein Loch im Waldboden geworfen. Er hatte den Wunsch, sich auch davon zu befreien und wollte fortan ein Nichts und ein Niemand sein. Die ersten Schritte außerhalb eines Raumes seien ihm nach all den Jahren seiner Gefangenschaft sehr schwer gefallen. Er habe sich unsicher und fremd gefühlt. Aber eine ungeheure Kraft sei in ihm gewachsen, ein Wille, den er sich niemals zugetraut hatte. An diesem Tag wusste er nicht, wohin er gehen würde. Ziellos war er durch den Wald gewandert. Die Luft tat ihm gut, und er teilte seine Vorräte ein. Erst als das übliche Zittern seiner Muskeln begann, musste er einige Schlucke Wein trinken.

In der Nacht legte er sich auf einen in der Nähe befindlichen Hochsitz. Er fror entsetzlich, und am Morgen verschwammen die Bäume vor seinen Augen. Seine Glieder waren wie Blei, und beinahe wäre er die letzten Stufen der Leiter hinabgestürzt. Unten angekommen, schleppte er sich mühsam durch den Wald weiter. Die Müdigkeit seines Körpers war grenzenlos. Am liebsten wäre er wieder zur Hütte zurückgekehrt. Aber das blieb ausgeschlossen. Er lief weiter und weiter, bis er von einer Minute auf die andere auf einem kleinen Wiesenstück im Wald ohnmächtig umfiel und liegen blieb. Wie lange er dort gelegen hatte, wusste er nicht. Später war er in einem warmen Bett aufgewacht. Der Förster des Reviers hatte ihn gefunden. Man fragte nach seinem Namen, denn der Förster hatte in der kleinen Tasche keinerlei Papiere gefunden. Damals hatte Pietro überlegt, ob er seinen richtigen Namen nennen sollte. Doch dann hätte man ihn wahrscheinlich auf den Hof zurückgebracht. Also sagte er dem Förster, dass er Peter Jakobi heiße und seine Papiere verloren habe. Man fragte auch, woher er komme. Es fiel ihm nichts anderes als Husum ein. Ausgerechnet dieser Ort, der alles ins Rollen gebracht hatte! Die Förstersleute glaubten ihm. Allerdings bemerkten sie seinen außergewöhnlichen Zustand und erkannten, dass er alkoholabhängig war.
Sie wussten sich keinen anderen Rat, als Pietro in den kommenden Tagen in ein Krankenhaus zu bringen. Zum Glück fuhr man ihn nicht nach Maiberg. Demzufolge hatte sich Pietro entgegen seines Eindruckes doch weiter von unserem Hof und der Stadt entfernt. Der Förster ließ nicht locker und tat alles, dass man ihn im Krankenhaus aufnahm. Erst als er dort in seinem Bett lag, verabschiedete er sich.
Nun begann, wie Pietro erzählte, eine ganz besonders schlimme Zeit. Man begann ihn zu entgiften. Sein Körper habe unendliche Qualen erlitten, und am liebsten wäre er gestorben. Obwohl er keine Krankenversicherung vorweisen konnte, setzte sich das Krankenhaus für ihn ein, damit er in eine Suchtklinik eingewiesen werden konnte. Bis heute sei es ihm nicht klar, wer damals

für die Kosten aufgekommen war. Vielleicht gab es einen besonderen Sozialfonds für außergewöhnliche Fälle, denn er hatte angegeben, keine Angehörigen mehr zu haben. Sicher hatte man von Amts wegen hinsichtlich seiner Identität nachgeforscht und vielleicht auch bemerkt, dass einiges an den Angaben nicht stimmte. Aber die Menschlichkeit hatte letztendlich gesiegt. So wurde er in ein großes Klinikum im Schwarzwald gebracht. Er erkannte die Chance, wieder trocken zu werden und vielleicht ein normales Leben führen zu können. In dieser Zeit habe er jeden Abend stumm mit seiner Schwester Zwiesprache gehalten und sie immer wieder um Verzeihung gebeten. Pietro war fest entschlossen, nach diesem Klinikaufenthalt Anna-Maria zu suchen. Er litt unter großem Heimweh und Zukunftsangst. Dennoch habe ihm die lange Zeit in dieser Klinik gut getan. Sein schlechter körperlicher Zustand regenerierte sich allmählich und er kam zu Kräften. Sein Aussehen wurde wieder normal. Kleidung hatte ihm die Klinik aus einer Kleiderkammer besorgt. Auch für neue Papiere auf den Namen Peter Jakobi hatte man sich verwandt. Allerdings gestaltete sich die Zusammenarbeit mit den zuständigen Ämtern als sehr schwierig, nachdem diese in Husum keinen Peter Jakobi gefunden hatten. Immer wieder musste er in dieser Sache neue Geschichten erfinden. Zu guter Letzt und weil er dringend die erforderlichen Papiere brauchte, stellte man ihm diese aus. Es waren Menschen, die sich für ihn aus Mitleid über Recht und Ordnung hinwegsetzten und sich gleichermaßen in Gefahr brachten. Für ihn seien es die ersten positiven Erfahrungen seit Jahren gewesen.

Dann kam der Tag, an dem er wieder in die Freiheit entlassen wurde. Sein Weg führte zum Arbeitsamt Freiburg. Er suchte eine Arbeitsstelle, gleich welcher Art. Pietro erzählte, dass ihm jede Arbeit recht gewesen sei. Und wieder war ihm das Glück hold, denn er fand beim städtischen Bauhof eine auf zwei Jahre befristete Stelle. Er fühlte sich dort sehr wohl und die Kollegen nahmen ihn sofort in ihren Kreis auf. Außerdem vermittelte ihm die Stadtverwaltung ein Zimmer ganz in der Nähe des Bauhofes. Abends fiel er wie tot in sein Bett, sodass er oftmals sogar vergaß, etwas zu essen. Bisher hatte er keine Lust auf Alkohol verspürt und er vermied jeden Gedanken daran. Bei der Arbeit trank er Wasser oder Limonade. Boten ihm die Kollegen etwas Alkoholisches an, so lehnte er mit der Erklärung ab, dass er ein Leberleiden habe. Dies entsprach sogar der Wahrheit. Pietros Gesundheit war durch das lange Trinken sehr geschädigt. Leber, Bauspeicheldrüse und Magen hatten sich verändert und bedurften unbedingter Pflege.

Oftmals überfiel ihn eine bleierne Müdigkeit, und es ekelte ihn vor dem Essen. In diesen Zeiten achtete er sehr auf seine Ernährung, und nach einigen Wochen ging es wieder besser. Er hatte sich sogar ein Buch über Leberleiden beschafft und wusste, dass seine Zustände damit zusammenhingen.

Für Pietro waren es anstrengende und mühselige Jahre. Sein Verdienst war gering, sodass er sich vieles nicht leisten konnte. Noch immer besorgte er sich Kleidung aus den Kleiderkammern der Stadt oder des Roten Kreuzes. Neue Sachen waren für seinen Geldbeutel tabu. Er versuchte von dem wenigen, was er verdiente, wenigstens etwas zurückzulegen. Immer wieder dachte er an eine Heimkehr nach Maiberg und vor allem an seine Schwester. Er wusste von zu Hause nichts, genauso wie man von ihm nichts wusste. Er fragte sich immer wieder, wohin seine Schwester damals gegangen sein mochte.

Die Monate vergingen nur langsam und die Einsamkeit fraß an Pietro. Es gab keinen Menschen, dem er sich anvertrauen konnte. So sprach er abends in seinem Zimmer oftmals mit sich selbst oder schrieb lange Briefe an Bambina, die er am nächsten Tag wieder zerriss. Die Ketten seiner Sucht hatte er gesprengt, aber die Ketten der Verlorenheit hielten ihn umso enger umschlungen.

Oftmals sah er den jungen Mädchen nach und stellte sich vor, wie es wäre, verheiratet zu sein. Diesen Gedanken ließ er aber sofort wieder fallen. Wovon sollte er eine Familie ernähren? Die Armut würde nur noch größer werden. Sein Leben musste noch

Jahre in dieser Art und Weise weitergehen oder seine Gesundheit ließe ihn vorzeitig im Stich. Manchmal wünschte er sich den Tod, dann wieder wuchs Hoffnung in seinem Herzen wie eine Sommerblume, Hoffnung auf ein Wiedersehen mit seiner Schwester. Es gab nur diesen einzigen Wunsch. Mehr erwartete Pietro nicht mehr vom Leben.
In diesen Jahren hatte er keine persönlichen Kontakte geknüpft, denn er fühlte sich dazu außerstande. Wenn ihn die Kollegen an Feiertagen einluden, lehnte er immer freundlich ab. Es wurden für ihn stets trübe und traurige Stunden. Die zwei Jahre in Freiburg vergingen wie im Flug. Leider gab man ihm keinen neuen Arbeitsvertrag. Enttäuscht lief er wieder zum Arbeitsamt. Er fand in der ersten Zeit nichts und schlich deprimiert durch die Straßen. Dann ergab sich auf die Schnelle für ihn ein Arbeitsplatz in einer Großmetzgerei. Pietro war entschlossen, diesen Job anzunehmen, egal um welchen Preis.
Es war ein Unternehmen mit insgesamt acht ausgebildeten Metzgern. Ihn, Pietro, hatte man für die Schmutzarbeiten eingestellt. Den ganzen Tag verbrachte er in den dunstigen, nach Wurst und Fleisch riechenden Räumen. Abends rochen seine Kleider nach der Wurstküche und es ekelte ihn. Überhaupt nahm ihm diese Arbeit jeglichen Appetit. Mehrmals war es vorgekommen, dass er sich auf der Toilette übergeben musste, denn er konnte seiner Übelkeit nicht Herr werden. Er nahm sich in Acht, damit die anderen nichts davon erfuhren.
Alles in allem war es ein unschöner Arbeitsplatz. Ständig wurde er von irgendeinem der Metzger lautstark herumkommandiert. War er einmal nicht schnell genug, gab es Schelte. Diese grobe Art seiner Kollegen irritierte und ängstigte ihn. Er konnte dieses ewige Blut und die toten Tiere einfach nicht mehr sehen.
Wieder ging er zum Arbeitsamt und fragte nach einer anderen Arbeitsstelle. Er hatte sich vorgenommen, so lange weiterzusuchen, bis er in der Metzgerei ohne Sorgen wieder kündigen konnte. Aber die Stellen waren nicht dicht gesät. Er musste noch einige Zeit in der Metzgerei ausharren. Mehrmals war es ihm

nicht möglich, zur Arbeit zu erscheinen, da er sich körperlich schlecht fühlte. Obwohl er nie unentschuldigt oder ohne ärztliches Attest weggeblieben war, hatte man ihm eines Tages gekündigt. Einerseits machte sich in ihm Betroffenheit breit, andererseits aber auch eine große Erleichterung. Nun musste er nicht mehr in diese schreckliche, feuchtwarme Wurstküche.

Wieder lief er ziellos durch die Straßen bis zu dem Tag, an dem er sich entschloss, Freiburg ganz zu verlassen. Er packte kurz entschlossen seine Reisetasche mit den wenigen Habseligkeiten, die er besaß und kaufte am Bahnhof eine Fahrkarte nach Frankfurt. Etwas Unbestimmtes hatte ihn davon abgehalten, Maiberg anzusteuern. Es waren noch immer viele Fragen seit damals offen geblieben, und er fürchtete sich vor den Menschen in dieser Stadt.

In Frankfurt angekommen, führte sein erster Weg wieder zum Arbeitsamt. Dort gab es jede Menge Stellen. Er hätte in den Markthallen arbeiten können, in Kaufhäusern oder Lokalen. Er entschied sich, die Arbeitsstelle in einem Hotel anzunehmen. Hier war er in der hauseigenen Wäscherei tätig. Es war eine angenehme und saubere Arbeit. Er bekam dieses Zimmer, in welchem beide nun saßen, und verdiente mit der Zeit auch etwas besser. Zwischenzeitlich hatte er ein wenig Geld gespart, immer von dem Gedanken getragen, dieses einmal mit seiner Schwester zu teilen.

Lange Zeit hatte Pietro in seinen freien Stunden die Telefonbücher der Stadt Frankfurt studiert sowie die aller anderen Großstädte inklusive Maiberg. Es gab jede Menge Lohmeiers, aber keine Anna-Maria Lohmeier oder Anna-Maria Perti. Niemals im Leben habe er daran gedacht, dass seine Schwester in Wirklichkeit fast um die Ecke lebte.

Pietro hatte geendet und meinte, das sei sein unspektakuläres Leben gewesen. Niemals mehr habe er Alkohol angerührt. Jenem Förster, der ihn damals in das Krankenhaus gebracht habe, verdanke er sein Leben. Er würde ihn, falls er noch lebte, so gerne einmal besuchen. Ich versprach Pietro, mich darum zu kümmern.

Ich sah meinen Bruder, dessen Worte wie ein Wasserfall sprudelten, still an. Er war, wie ich feststellen musste, früh gealtert. Man würde ihn wesentlich älter schätzen. Seine Haltung war leicht gebeugt und sein Gesicht offenbarte den Ausdruck tiefster Resignation. Man konnte die Freud- und Ereignislosigkeit seines Lebens erkennen. Das Weiße in seinen Augen besaß noch immer diese gelbe Färbung, die ich schon damals festgestellt hatte. Seine Haut zeugte ebenfalls von einer angegriffenen Gesundheit. Ich konnte mir denken, dass mein Bruder oftmals um sein Leben hatte kämpfen müssen. Nun aber würde alles anders werden. Dazu war ich fest entschlossen.

Als ich mich von ihm verabschiedete und wir uns nochmals fest in die Arme nahmen, versprach ich, am nächsten Tag wiederzukommen. Dann wollten wir alles Weitere besprechen. Pietro nickte bedächtig und hätte am liebsten meine Hand nicht mehr losgelassen. Ich stieg in meinen eleganten Wagen und schämte mich plötzlich dafür. Dann aber schalt ich mich eine dumme Gans, denn alles, was ich nun besaß, hatte ich in langen Jahren hart erarbeitet und vor allem Onkel Friedel zu verdanken.

Es war sehr spät in der Nacht, als ich zu Hause ankam. Unten, bei Onkel Friedel, war noch Licht. Darüber freute ich mich. Als ich die Haustüre öffnete trat er mir völlig aufgelöst entgegen und fragte, wo ich um Gottes Willen so lange gewesen sei. Er habe vor Sorge nicht schlafen können. Ich nahm meinen lieben Freund in die Arme und sagte, dass mir an diesem Abend Unerhörtes widerfahren sei. Ich überreichte ihm die Urkunde über den uns zugesprochenen fantastischen Preis. Fassungslos blickte Onkel Friedel mir in die Augen. Ein Leuchten der Freude und des Stolzes ging über seine Züge. Er sagte, dass er nie in seinem Leben damit gerechnet habe, einmal Besitzer eines derart gewürdigten gastronomischen Betriebes zu sein.

Dann ging Onkel Friedel zu seinem Schrank und holte seine beste Flasche Cognac hervor. Wir stießen auf unseren Erfolg an und ich insgeheim auf das Wiedersehen mit meinem Bruder. Später kam ich dann auch darauf zu sprechen. Onkel Friedel weinte beinahe, als er erfuhr, dass ich Pietro gefunden hatte. Wir waren uns sofort einig, dass er in unser Haus einziehen solle, denn wir besaßen noch eine gemütliche Einliegerwohnung, die direkt an unser Fachwerkhaus anstieß und leer stand. Diese Wohnung hatte man irgendwann einmal angebaut, und nun konnten wir sie auf diese Weise wunderbar nutzen. Noch in der Nacht gingen wir hinüber und sahen uns um.

Eigentlich hatte ich mir diese Wohnung bisher nur sehr oberflächlich angesehen. Nun aber freute ich mich, als ich feststellte, wie großzügig ihr Zuschnitt war. Es gab ein geräumiges, helles Wohnzimmer mit einer breiten Fensterfront zum Garten, ein Schlafzimmer, eine wunderschöne Wohnküche, ein geräumiges Bad, ein Gästezimmer und ein kleines, intimes Esszimmer. Pietro würde mit den entsprechenden Möbeln fürstlich wohnen.

Ich wollte ihn fortan mit allem, was es Gutes in diesem Leben gab, verwöhnen. Onkel Friedel ging sogar noch ein Stück weiter und meinte, wir sollten uns, da wir nun drei Personen waren, eine Haushälterin besorgen. Es wäre doch schön, wenn Pietro ein geregeltes Leben führen könnte, ganz besonders wegen seiner angegriffenen Gesundheit. Außerdem würde es uns beiden auch nicht schaden. Diese Entlastung käme unserem spärlichen Privatleben zugute, da ich in der Vergangenheit auch für Onkel Friedel die hausfraulichen Pflichten übernommen hatte. Oftmals fühlte ich mich von der vielen Arbeit ausgehöhlt und müde. Ich brauchte unbedingt ein wenig Schonung. So war ich letzten Endes mit diesem Vorschlag sehr einverstanden und legte die Angelegenheit in Onkel Friedels bewährte Hände. Er würde schon die richtige Person für uns aussuchen.

Verlorene Seele

Pietro zog ohne einen Einwand zu uns, und Onkel Friedel war voller Erbarmen für meinen Bruder. Er nahm ihn väterlich unter seine Fittiche. Wir forderten Pietro auf, sich die Möbel für seine Wohnung selbst auszusuchen. Damit beabsichtigten wir, ihm ein wenig Lebensfreude zu vermitteln. Ich fuhr mit ihm in ein großes Möbelhaus, und wir liefen stundenlang durch die Gänge, bis uns die Füße schmerzten.
Bei allen Einrichtungsgegenständen, die ich ihm als passend vorschlug, nickte Pietro nur und ging einfach weiter. Am Ende hatten wir nichts ausgesucht, und er zuckte nur müde mit den Schultern. Meine Aktivitäten interessierten ihn nicht. Ohne Zweifel hatte er verlernt, sich etwas zu wünschen. Das armselige Leben in all den Jahren hatte in meinem Bruder Spuren hinterlassen. Ich konnte es nicht nachvollziehen, weil ich einfach zu wenig von ihm wusste. Als ich fragte, ob ich die Einrichtung seiner Wohnung übernehmen sollte, schien er sehr froh darüber. Fast konnte ich sein inneres Aufatmen spüren. Über den Ausgang dieser Angelegenheit war ich im Endeffekt plötzlich etwas enttäuscht. So richtete ich Pietros Wohnung mehr oder weniger nach meinem Geschmack ein. Ob es ihm so richtig gefiel konnte ich nicht ergründen. Pietro war schon immer ein sehr ruhiger Mensch gewesen, nun aber zeigte er wieder jene autistischen Züge, die mir bereits nach dem Tode unserer Eltern aufgefallen waren. Ich dachte ganz kurz an Großmutter und deren Erbe. Vielleicht war nun mein Bruder an der Reihe, dieser Krankheit zum Opfer zu fallen? Aber es konnte auch Einbildung sein, und möglicherweise hatte nur die große Einsamkeit der letzten Jahre ihre tiefen Spuren hinterlassen.

Pietro lebte nun mit uns zusammen. Das hieß, dass er nur dann zu mir und Onkel Friedel kam, wenn Frau Martens, unsere neue Haushälterin, zum Essen rief. Von selbst verließ er sehr selten seine Wohnung. Die vielen Worte während unseres unverhofften Wiederfindens waren versiegt. Nichts folgte mehr und ich bemühte mich ständig, eine Unterhaltung in Gang zu bringen. Onkel Friedel sah während unserer Mahlzeiten stets prüfend vom einen zum anderen. Mitleid lag in seinen Augen und ich fühlte, dass er genau wusste, was ich empfand. Mein Herz tat mir weh, wenn ich meinen gebeugten Bruder ansah. Mit zitternden Händen aß er seine Mahlzeit und wenn man ihn ansprach, schaute er uns, wie aus einem Traum erwachend, erschrocken an.

Ich hatte darauf bestanden, dass er vorerst nicht arbeiten sollte. Mindestens ein Jahr hatte ich für seine Ruhepause vorgesehen. Erst wollte er dies nicht annehmen, aber als ich massiv auf ihn einwirkte, war er damit einverstanden. Ich versprach ihm danach eine Stelle in unserem Hotel. Darüber freute er sich und lächelte mich dankbar an.

Wie oft hatte ich mir in den vergangenen Jahren unser Wiedersehen vorgestellt und vor allen Dingen im Geiste geplant, was Pietro und ich danach tun würden. In meiner Fantasie erschuf ich mir eine heile Welt ohne jeglichen Realitätsbezug. Ich dachte nicht einen Moment daran, wie lange wir schon getrennt waren und wollte einfach wieder an jenem Punkt anknüpfen, an dem damals unser Abschied erfolgt war. Es war eine lange Lebensstrecke, in der Pietro und ich neue Erfahrungen gesammelt und uns dadurch auch selbst verändert hatten. Nichts konnte sich im täglichen Leben so entwickeln, wie ich es mir erträumt hatte.

Noch immer setzte ich meine Hoffnung auf den Faktor Zeit und redete mir ein, dass jeder Mensch seine individuelle Eingewöhnungsphase benötige. Ich verschwendete in meiner Naivität keinen Gedanken daran, dass sich Pietro vielleicht in diesem ungewohnten Luxus nicht wohlfühlen könnte. Onkel Friedel nahm sich meines Bruders sehr an und überredete ihn vielmals zu kleinen Ausflügen in die Stadt oder in das Umland. Dafür war ich sehr dankbar, denn wieder hatte ich, wie einst, nur wenig Zeit für Pietro. Unser Hotel fraß mich mit Haut und Haaren auf. Es erschien mir manchmal wie ein unersättlicher Moloch. Trotzdem freute ich mich darüber, dass ich meinem Bruder nun alles geben konnte, was sein Herz begehrte. Mein Mangel an Zeit quälte mich sehr, doch dieser Umstand wäre für mich nur halb so schwer gewesen, wenn Pietro etwas mehr Lebensgeist gezeigt hätte. Indem er sich aber in seiner Wohnung verkroch, überfiel mich umso mehr ein Gefühl des Versagens.

Wie schön hatte ich mir unser neues Leben nach unserem Wiedersehen vorgestellt! Aber auf irgendeine seltsame Art und Weise fanden wir nicht mehr den richtigen Schlüssel zu einer neuen Gemeinsamkeit. Pietro blieb ernst und verschlossen. Dennoch erkannte ich in seinen Augen noch immer die alte Liebe zu mir. An manchen Tagen fuhr er mit mir in unser Hotel. Dort wurde er von allen liebevoll umsorgt, und Onkel Friedel widmete ihm den ganzen Tag über seine Zeit.

Wenn ich ab und zu aus meiner Küche trat, beobachtete ich, wie Pietro ohne Emotion dem geschäftigen Treiben im Restaurant zusah. In seinem Blick lag keinerlei Interesse für die Menschen und die Abläufe. Ab und zu senkte er müde seinen Kopf, und mein Herz war voller Angst und Erbarmen. Abends aßen wir dann gemeinsam in unserem gemütlichen Büro. Immer wieder versuchten Onkel Friedel und ich, mit Pietro ein durchgängiges Gespräch zu führen. Es wurde zur unsäglichen Qual, denn plötzlich kam alles ins Stocken, weil wir beide mit Schrecken bemerkten, dass sich Pietro gar nicht daran beteiligen wollte. Wir verfielen wieder in unser Schweigen, und nur unsere Bestecke klapperten in die Stille hinein.

Fast ein halbes Jahr war vergangen und eigentlich hätte sich in dieser Zeit alles ändern müssen. Aber davon waren wir weit entfernt. Pietro saß nach wie vor still in seiner Wohnung und blickte tagein, tagaus in den Garten. Die Euphorie der ersten Zeit war bei uns allen verschwunden.

Ich wusste dies alles von Frau Martens, die ich in dieser Hinsicht eingeweiht hatte. Pietro äußerte keine Wünsche. Er ließ uns nicht wissen, was ihm wirklich gefiel oder schmeckte. Dennoch machte sein warmes Lächeln, das er mir immer wieder einmal schenkte, alles wieder wett und ich war glücklich. In der wenigen Zeit, die ich zur Verfügung hatte, versuchte ich Pietro immer wieder mit Fragen und Anekdoten, die unsere Kinderzeit betrafen, aus der Reserve zu locken. Doch auch hier scheiterte ich und erhielt nur einsilbige Antworten. Dann wieder schob ich alles auf seine angegriffene Gesundheit. An manchen Tagen nahm ich über seiner ehedem schon bleichen Gesichtsfarbe wieder jenen unheilvollen, gelblichen Schleier wahr. Pietro lag dann meistens auf der Couch und schlief wie ein Toter. Frau Martens kochte für ihn schon lange Diät. Trotzdem schien dies alles nichts zu nutzen. Pietros Befinden blieb gleichmäßig unbefriedigend.

Seine alte Reisetasche mit den Papieren hatte Pietro unter seinem Bett stehen, so als wolle er sich jeden Moment verabschieden. Ich wagte nicht, ihn zu bitten, die Papiere in sein abschließbares Schreibtischfach zu legen. All dies erweckte in mir den Eindruck, dass er sich bei uns nicht richtig zu Hause fühlte. Er benahm sich wie ein Hotelgast. Dabei hatte ich alle Mühe darauf verwandt, ihm eine Heimat, ein wirkliches Nest zum Leben zu schaffen, das ihm ganz allein gehören sollte. Ich konnte nicht verstehen, warum er darauf so gar keinen Wert legte. Mit keinem Wort hatte mein Bruder jemals wieder den Tod von Vater, Mutter und Großmutter erwähnt. Es schien, als habe es diesen Teil unserer gemeinsamen Vergangenheit nie gegeben. Konnte es sein, dass er noch immer darunter litt? Unsere beiden Welten klafften auseinander. Verzweiflung überflutete mich jedes Mal, wenn ich feststellte, dass wir wie zwei Königskinder waren, die nicht mehr zusammenkommen konnten. War wirklich so viel geschehen? Worin lagen die Unterschiede? Es konnte nicht nur seine Gesundheit sein, die ihn so sehr auf der Erde hielt. Wann war dieser tiefe Graben zwischen uns entstanden und wer hatte es zu verantworten? Ich dachte in meinen schlaflosen Nächten unentwegt über dieses Phänomen nach und kam einfach zu keinem Ergebnis. Lange Jahre hatte mich die Ungewissheit über Pietros Leben gequält. Nun hatte ich ihn wieder gefunden, doch die Sorgen setzten sich auf eine andere Art und Weise fort. Würden sie niemals enden?

In der Zwischenzeit hatte sich wieder etwas ereignet, was mich zutiefst berührte. Über Pietros Wiederkehr hatte ich alles andere vergessen. Ich dachte nicht mehr an die damalige Preisverleihung und auch nicht daran, dass mein Bild in allen Zeitungen erschienen war. Onkel Friedel machte sich die Mühe, alle Artikel säuberlich auszuschneiden und in ein Buch zu kleben. Um ihm die Freude nicht zu verderben, hatte ich kurz hineingesehen. Für mich war dies in meiner uneitlen Art unwichtig. Noch lange kamen Glückwunschschreiben und Einladungen zu allen möglichen Events. Onkel Friedel bat mich, ich solle mich wieder mehr in der Öffentlichkeit zeigen. Schließlich sei ich als Bambina doch mittlerweile eine Institution. In der Tat sprach man mich selbst in Fachkreisen nur noch mit diesem Namen an. Murrend und knurrend fügte ich mich Onkel Friedels Willen und tat alles, was unserem Hotel diente. Tatsächlich wurde unsere Küche immer mehr zu einer wahren Sensation, denn unsere beiden Köche waren kleine Genies. Gemeinsam waren wir an den Kochtöpfen ein eingeschworenes Team. Außerdem vertrauten wir uns sehr. So allmählich hatten wir in einer wirklichen Freundschaft zueinander gefunden. Diese Freundschaft pflegte ich auch mit deren Ehefrauen.
Meine beiden Köche waren nämlich verheiratet und hatten Kinder. Jedes Jahr bezahlte ich den beiden Familien eine mehrwöchige Reise in den Süden. Ich wusste, dass dies außerordentlich großzügig war, und meine Angestellten würdigten es entsprechend. Darüber hinaus erlaubte ich ihnen, sofern großer Überfluss bei den Speisen bestand, die Reste mit nach Hause nehmen zu dürfen. Ich hatte mich am Anfang unserer Zusammenarbeit sehr gefreut, als eines Tages die Ehefrauen meiner Köche

im Hotel auftauchten und mir mit einem riesigen Blumenstrauß für alles dankten. Dadurch war zwischen uns jenes nun schon lange bestehende herzliche Einvernehmen entstanden. Einmal im Monat lud ich sie zu einem Kaffeenachmittag mit ihren Kindern ein. Onkel Friedel betreute und bewirtete dann alle.
Ich wusste, worauf es ankam und schaute oftmals nicht darauf, was es kostete. Es zahlte sich im Endeffekt immer wieder aus. Wir waren nun einmal auf die Treue unserer Angestellten angewiesen und selbstverständlich auch auf deren Ehrlichkeit. Da ich noch immer aktiv mit ihnen zusammenarbeitete, gab es keine Reibereien. Darüber hinaus spürte ich, dass sie mir voller Hochachtung begegneten. Längst hatte ich erkannt, dass in der heutigen modernen Zeit eine Hierarchie in einem Unternehmen nicht mehr funktionieren kann. Das Verstehen und Lenken von Menschen war mir immer schon als eine besondere Kunst erschienen. Wer dies beherrschte war der König unter den Wölfen.

So trat nun etwas ein, das mich einerseits beglückte und andererseits erschrecken ließ. Eines Mittags saßen Onkel Friedel und ich bei einer Tasse Kaffee in unserem Büro und besprachen die wichtigsten Dinge des Tages. Plötzlich klopfte es, und gleichzeitig öffnete sich die Türe. Meine Tochter Teresa trat freudestrahlend herein und überreichte mir mit einem herzlichen Händedruck einen großen Blumenstrauß. Meine Beine zitterten vor Aufregung und meine Handflächen waren feucht, als ich sie so unvermittelt vor mir stehen sah. Teresa war schön und strahlend wie immer und richtete mir auch Grüße von ihrem Vater aus.
Ich nahm nun meine Tochter am Arm und führte sie hinaus in unser Restaurant. Ihre Augen blickten neugierig in die Runde, und sie nickte anerkennend. Ich fragte, ob sie schon etwas gegessen habe und sie verneinte. Wir nahmen an unserem schönsten Tisch Platz und ich reichte ihr die Speisekarte. Ich sah, dass sie total überrascht war und zuerst gar nicht wusste, was sie bestellen sollte. Ich schlug ihr vor, etwas ganz Besonderes herrichten zu lassen. Strahlend nickte sie und bedankte sich.

In meinem Herzen war eine so große Freude, dass ich mein Kind wieder bei mir hatte, und ich griff spontan über den Tisch nach ihren Händen. Vertrauensvoll ließ sie es geschehen und blickte mir freundlich in die Augen. Etwas Heißes kam in mir hoch, und ich schluckte wieder einmal meine Tränen herunter. Heute war für mich fast so ein wundersamer Tag wie damals, als ich sie und Gerd auf jenem Parkplatz in Maiberg getroffen hatte. In meinem Leben hatte es stets ein Kommen und Gehen gegeben. Ich schwor mir, dass ich irgendwann alles klären würde, damit wir endlich wussten, dass wir wirklich zueinander gehörten. Irgendwie erschien mir unser Zusammentreffen wie ein falsches Spiel. Aber ich hatte nicht den Mut, diese Sache offensiv anzugehen. Ich tröstete mich mit dem Gedanken, dass auch dafür die rechte Zeit kommen würde.

Teresa sagte nun, wie schön unser Hotel sei. Ihrem Vater würde es sicher auch sehr gefallen. Damals hätte ich leider meine Anschrift nicht hinterlassen. Sie habe überall geforscht und sei einfach auf keine Monika Jakobi gestoßen. Erst in den Zeitungen habe sie mich erkannt. Aber auch hier erschien der Name nicht. Jetzt, nachdem sie das »Albergo Bambina« kenne, wisse sie auch, warum alle nur von einer Bambina schrieben. Ihr Vater habe ihr dann erzählt, dass er einmal ein Mädchen gekannt habe, dessen Kosename Bambina gewesen sei. Ihm habe der Name damals nicht gefallen. Teresa meinte, dass es schon seltsame Zufälle gäbe. Ich lächelte und nickte stumm dazu.

Teresa aß voller Begeisterung Albertos vorzügliche italienische Kompositionen. Sie meinte, nun könne sie verstehen, warum alle vom »Albergo Bambina« als »dem« Gourmettempel schlechthin sprachen. Sie werde, sobald ihr Vater an den Augen operiert sei, mit ihm hierher kommen. Ich antwortete, dass es mir eine große Ehre sei, sie dann beide begrüßen zu dürfen. Etwas geschwindelt war es schon, denn Gerd wollte ich eigentlich nicht mehr wieder sehen. Ich tröstete mich mit dem Gedanken, dass darüber wohl noch viel Zeit vergehen würde.

Nachdem Teresa gegessen hatte, führte ich sie durch unser

Hotel. Mittlerweile waren alle Zimmer des Hauses hochelegant und supermodern ausgestattet. Die Bäder waren kleine Erholoasen. Überall standen riesige Grünpflanzen, und an den lichten Fenstern blühten alle möglichen Exoten. Wir hatten mit den Jahren dieses sehr alte Haus mit viel Mühe und Erfindungsgeist total umgestaltet. Stolz zeigte ich dies alles meiner Tochter, die immer wieder in Jubelrufe ausbrach, wenn ihr etwas besonders gefiel. Ich hatte aus Italien viele schöne Skulpturen und andere landestypische Gegenstände kommen lassen, die ich wie selbstverständlich auf den Treppenaufgängen und in den Fluren dekorierte. Die Innenwände des Hauses, hauptsächlich entlang der Marmortreppen, die wir alle mit strahlend roten Teppichen belegt hatten, waren mit ländlichen Szenen aus sämtlichen italienischen Regionen bemalt. Diese Wandmalereien hatten Onkel Friedel und mich eine Menge Geld gekostet. Aber es zahlte sich aus. Wir waren mit unserem stilechten italienischen Ambiente in der ganzen Stadt und dem Umland einzigartig. Onkel Friedel sagte immer lachend, dass dies mein Verdienst sei. Er hätte sicher alles so eingerichtet wie vor hundert Jahren und nur alte Greise wären als Gäste gekommen. Es stimmte schon, ich brachte frischen Wind und gute Ideen ein. Aber ich wusste auch, dass dies eben das Privileg der Jugend war.

Teresa blieb noch den ganzen Nachmittag, und ich wich nicht von ihrer Seite. Jede Minute mit meiner Tochter wollte ich auskosten, und ich lud sie ein, so schnell wie möglich wiederzukommen. Traurig erzählte sie mir, dass sie demnächst in Paris zu studieren gedenke. Aber sobald sie wieder zu Hause wäre, würde sie mich besuchen. Damit musste ich zufrieden sein. Der Höflichkeit halber fragte ich nach Gerd, obwohl mir dessen Wohlergehen gleichgültig war. Teresa sagte, dass er in vier Wochen nach Miami fliegen müsse. Danach entscheide es sich, wann die Augenoperation durchgeführt würde. Ich war froh, wenigstens in der nächsten Zeit vor ihm sicher zu sein. Meine Seelenruhe war mir nämlich sehr wichtig.

Ich ließ der Höflichkeit halber Grüße ausrichten. Mein alter Groll gegen Gerd, den ich nunmehr überwunden wähnte, kam plötzlich wieder hoch. Ich sagte mir, dass alles längst vorüber war und ich nun mit ihm konkurrieren konnte. Aus dem grauen Entlein war ein schöner, wohlhabender Schwan geworden. Gehässig dachte ich, dass Gerd diesen Schwan heute sicher in sein feines Haus hereinließe. Seine Türe würde weit offen stehen. Dennoch verbannte ich meine dunklen Gedanken und freute mich darüber, Teresa gesehen zu haben. Alles Weitere legte ich getrost in die Hände der Zukunft. Ich hatte durch Pietro gelernt, dass man keine Pläne schmieden sollte, sondern mit Geduld dem Unabwendbaren entgegensehen muss.

Teresas Besuch war ein wunderschönes Intermezzo in meinem sonst so angespannten Leben. In einer der Nächte, in denen ich keinen Schlaf finden konnte und mich die alten Schatten wieder heimsuchten, dachte ich plötzlich an meinen Ehemann Peter. Ich erinnerte mich daran, dass ich mir vor langer Zeit vorgenommen hatte, endgültig eine Regelung über die Besitzverhältnisse des Hofes herbeizuführen. Allerdings musste ich vorher das Einverständnis meines Bruders einholen. Eigentlich wusste ich nicht, wie er darüber dachte. Aber auch er würde unter Garantie niemals mehr auf unseren Hof zurückkehren wollen. Bei dieser Gelegenheit könnte der hierzu notwendige Notar auch Pietros Identität rechtlich wieder in Ordnung bringen.

So fasste ich mir ein Herz und suchte Pietro umgehend auf. Ich fragte ihn zuerst, wie er heute zu Peter Lohmeier stehe. Erstaunt sah er mich an und antwortete, dass er ihn schon längst vergessen habe. Er sei für ihn nur noch ein Stück böser Vergangenheit, gesichtslos und fern. Er, Pietro, verschwende nicht die kostbare Zeit der Gegenwart mit Rachegedanken.

Pietro erzählte ich von meinem damaligen Besuch und auch von dem schlimmen Zustand des Hofes. Ich machte ihm klar, wie viel Peter und seine Familie auch mir und meinem Kind angetan hatten. Dennoch sei ich der Meinung, wir sollten Böses nicht mit Bösem vergelten. Das Leben habe uns beiden wieder auf die Beine geholfen, sodass wir uns vielleicht entschließen sollten, Peter Lohmeier den Hof zu überschreiben. Ich wartete mit Anspannung auf Pietros Reaktion. Möglicherweise war dieser Vorschlag unserem Peiniger gegenüber etwas zu großzügig. Doch mein Bruder sah mich mit seinen ruhigen Augen an und meinte, dies sei eine sehr gute Idee. Der alte Hof verdiene es nicht, langsam zu sterben, nur weil die Menschen, die ihn bewohnten, miteinander Krieg führten. Er denke an die vielen Generationen, die vielleicht unter großen Opfern Haus und Land für ihre Nachkommen erhalten hatten.

Er betrachte diesen Hof schon lange nicht mehr als seine Heimat und sein Zuhause. Niemals mehr würde er diese Erde betreten. Er wolle, dass Peter Lohmeier zu seinem Recht komme, ganz gleich, ob er es verdient hätte oder nicht. Immerhin habe er Jahrzehnte auf diesem Land gerackert und es sei grausam, ihn am Ende damit zu bestrafen, indem wir ihm den Hof vor der Nase wegschnappten.

Pietro sprach langsam und bedächtig, aber seine Hände zitterten bei seinen Worten. Ich dachte in diesem Moment, dass es ihm möglicherweise doch schwer zu fallen schien, Gnade vor Recht ergehen zu lassen. Müde stand er aus seinem Sessel auf und ging zum Fenster. In die Stille hinein sagte er, wir sollten diese Angelegenheit schnellstens klären. Man wisse nie was geschähe. Ich fragte ihn erstaunt, was noch geschehen solle, wir seien doch zusammen. Er zuckte nur mit den Schultern, und ich wusste eigentlich nicht, was er wirklich meinte.

Da wir nun endlich wieder einmal miteinander sprachen, fragte ich, was ihn bedrücke. Er lebe so einsam in seiner Wohnung, als seien ich und Onkel Friedel gar nicht vorhanden. Er wandte sich zu mir um und ich sah Erstaunen in seinen Augen. Ihn bedrücke nichts, antwortete er. Er sei nur müde. Zufrieden stellte mich diese Antwort nicht. Ich sagte, wir könnten uns doch öfter einmal zusammensetzen. Es gäbe doch noch so vieles zu erzählen. Wir seien beieinander und wiederum doch nicht. Pietro sagte, ich könne nicht alles erwarten. Er habe das Sprechen verlernt, schon vor langen Jahren. Ich möge mich erinnern, wie einsam und verlassen er auf dem Hof gewesen sei. Er wisse, dass ich damals mehr habe ertragen müssen, als man einem Mädchen meines Alters zumuten kann, und er habe es verstanden, dass ich niemals Zeit gehabt hätte, ihn täglich länger als jeweils ein paar Minuten zu besuchen. Schon zu dieser Zeit sei ihm die Sprache irgendwie abhanden gekommen. Man gewöhne sich eben an das Schweigen.

Ich erschrak über seine Worte, aus denen ein winzig kleiner Vorwurf herausklang und antwortete ihm, dass er damals durch seinen Alkoholkonsum mehr geschlafen habe, als dass er wach gewesen sei. Pietro nickte und sagte, ich solle mir das Herz darüber nicht mehr schwer machen. Alles sei im Leben festgelegt und keiner könne über seine Kräfte handeln. Er habe auch Jahre danach niemals mehr einen Menschen gefunden, der sich für ihn und sein Leben interessiert habe. Alle seien so gleichgültig gewesen. Pietro schlang seine Hände ineinander, sodass man die Knöchel weiß hervortreten sah. Seine Haltung war angespannt und ich fühlte, dass ihn dieses Gespräch sehr aufwühlte.

Ich nahm nochmals einen Anlauf, um ihn zu bitten, mehr Onkel Friedels und meine Gesellschaft zu suchen. Er solle uns nicht das Gefühl einer für uns unbegreiflichen Fremdheit vermitteln. Es stimme, antwortete mein Bruder darauf, er fühle sich fremd. Diese Welt sei nicht die seine und seine Schwester von damals gebe es auch nicht mehr. Zwar hätte ich mich in meiner Liebe zu ihm nicht verändert. Trotzdem blicke er nicht mehr in die Augen jener Bambina von damals. Aber er wisse, dass das Leben Veränderung bedeute. Dies beträfe gleichermaßen die Menschen wie alle toten Dinge.

Ich war von seinen Worten zutiefst betroffen und bemerkte nun zum ersten Mal, dass ich vielleicht wirklich eine andere geworden war. Dennoch haderte ich mit seiner Einschätzung und sagte, dass auch er nicht mehr jener Bruder aus der Jugendzeit sei. Aber wäre dies nicht normal? Beide hätten wir nach unserem unverhofften Wiedersehen den fatalen Fehler begangen, jene lange Zeit, die sich zwischen uns gestellt hatte, einfach zu ignorieren. Wir waren nicht bereit, das Neue in uns selbst und um uns herum zu akzeptieren. Pietro sagte, ich möge Recht haben, dennoch brächte es seine Sprache nicht mehr zurück. Ich bot an, mit ihm einen Arzt aufzusuchen, der ihm helfen würde. Aber dies lehnte er strikt ab und meinte, ich verstehe ihn nicht richtig. Es gäbe für ihn keinen geeigneten Arzt oder ein Medikament. Sein Leben sei für ihn in dieser Weise gut und richtig. Ich solle ihn einzig und allein nur lieben. Er kam plötzlich auf mich zu, nahm mich in die Arme und begann zu schluchzen, so wie damals, als Großmutter tot vor uns lag. Ich wusste, dass seine Seele für alle Zeiten verloren war. Er konnte sich auch heute noch nicht über die Toten erheben, die ihm seine Lebenskraft geraubt hatten. Ich musste meinen Bruder freigeben. Im Herzen würde ich ihn immer bewahren, doch ich sah ein, dass nur die Starken ihren Weg aus der sie umfangenden Dunkelheit finden. Ich gehörte zu ihnen und dennoch konnte ich mich in diesem Augenblick nicht darüber freuen. Pietro und ich gingen schweigend voneinander. Es gab nichts mehr zu sagen.

Mea Culpa

Am nächsten Tag erzählte ich Onkel Friedel von meinem Gespräch mit Pietro und auch davon, dass wir endlich mit unserem Hof klar Schiff machen wollten. Onkel Friedel hörte mich still an. Er meinte, dass Pietro und ich gewiss nicht so großzügig zu Peter Lohmeier sein müssten. Andererseits bringe eine gute Tat auch wieder Segen. Gleich mir war mein alter Freund der Auffassung, dass das Gute wie auch das Böse im Leben eines Menschen Früchte tragen. Jeder Einzelne wird seine Ernte gemäß seinen Taten einfahren müssen.
Onkel Friedel schlug vor, ich solle mich mit Peter Lohmeier wegen unserer Scheidung einigen. Ich könne nicht weiter mit diesem Mann verheiratet bleiben. Unsere Ehe bestehe doch schon so lange Jahre nicht mehr. Oftmals hatte ich schon daran gedacht, und ich entschloss mich nun, mit Peter auch dies zu besprechen. Ich fragte mich, für wen ich frei sein wollte? Alle Bewerber in dieser Hinsicht hatte ich in die Flucht geschlagen. Bei dem Gedanken an eine Partnerschaft mit dem einen oder anderen Mann aus meinem Bekanntenkreis kam in mir kein Enthusiasmus auf. Insgeheim erschien mir mein Verhalten als ziemlich verschroben. Nur einmal, damals bei meinem Besuch in Gerds Haus, als er mir zum Abschied meine Hand küsste, war mir ein seltsamer Schauer über meinen Rücken gelaufen. Immer wieder hatte ich mich danach gefragt, ob er tatsächlich noch Macht über mich hatte? Eine eindeutige Antwort darauf war mir nicht möglich. Die Liebe zu einem bestimmten Menschen kann wie eine Sucht sein und es ist nicht ausgeschlossen, dass eine Frau immer wieder demselben Mann wie eine reife Frucht in die Hände fällt.

Ich legte meine Angelegenheiten in die bewährten Hände meines Notars, darunter auch das Problem einer Scheidung von Peter. Dr. Felden kam schneller voran, als ich dachte. Er hatte in Maiberg die Eigentumsrechte über den Hof eindeutig abklären lassen und seine Vorbereitungen getroffen. Ich konnte also sofort nach Maiberg fahren. Ich wollte mich bei Peter nicht telefonisch anmelden. Es sollte für ihn eine Überraschung werden. Am Abend überlegte ich noch einmal, ob ich meinem Ehemann das damals gestohlene Bargeld wieder zurückgeben sollte.
Onkel Friedel war davon nicht erbaut, denn er war der Ansicht, dass mir dieses Geld von Rechts wegen ohnehin zugestanden hätte. Ich sah es jedoch mit den Augen von damals und auch unter dem Aspekt, dass ich Peter vorübergehend sicher in große finanzielle Not gebracht hatte. Mir nichts dir nichts war er um seine gesamten Ersparnisse gekommen. Heute, nach langen Jahren, tat es mir Leid. So hob ich diesen Betrag mit den mittlerweile angefallenen Zinsen von meinem Konto ab und ließ ihn mir bar auszahlen. In einer kleinen Mappe verstaute ich den dicken Batzen Geld. Irgendwie freute es mich plötzlich, endlich mein Vergehen wieder gutmachen zu können. Was mich auf dem Hof tatsächlich erwarten würde, darüber machte ich mir keine Gedanken. Ich war mir auf jeden Fall sicher, dass mir dort nichts mehr geschehen konnte.
Nachdem auch Pietro alles unterschrieben hatte, nahm ich die Schenkungsdokumente und machte mich auf den Weg nach Maiberg. Ich wollte mir Zeit lassen und hatte mich bei Onkel Friedel und meinem Bruder für einige Tage abgemeldet. Beim Abschied nahm mich Pietro in die Arme und hielt mich lange fest. Er sah mir ernst in die Augen, und ich war über diese Gefühlsregungen sehr überrascht. Ich lachte und meinte, ich käme doch in Kürze wieder. Nach ein paar Tagen läge endlich alles hinter uns, was uns noch mit unserer Vergangenheit in Maiberg verbinde. Mein Bruder nickte stumm und hielt noch immer meine Hände in den seinen. Ich redete mir ein, dass für sein Verhalten meine Reise in unsere gemeinsame dunkle Zeit auf dem Hof ursächlich

sei. Warum uns beide plötzlich diese Wehmut überflutete, war mir unerklärlich, und ich fuhr etwas traurig, aber auch innerlich erregt, in Richtung Maiberg. Mein Plan war, nicht direkt in die Stadt hinein zu fahren, sondern gleich den Hof anzusteuern. Ich war begierig darauf, diese noch offene Rechnung aus meinem alten Leben mit Anstand zu begleichen. Ich freute mich über mein gut gemeintes Vorhaben. Mein Fahrzeug war diesmal ein kleiner Golf aus unserem Hotel, und auch meine Kleidung war leger und relativ einfach. Ich wollte nicht großartig auftreten, um von vornherein eine friedliche Gesprächsbasis mit meinem Mann zu finden.

Wie vor Jahren erschien mir die Straße zum Hof unverändert. Sogar die Schlaglöcher waren noch dieselben. Ich kannte sie gut, denn mit meinem Fahrrad hatte ich jedem einzelnen korrekt ausweichen müssen. Ich sah keinen Menschen und kein Fahrzeug. Als Erstes erblickte ich den First unseres Hauses. Danach öffnete sich vor meinen Augen der große Hof mit den Gebäuden. Die riesige Tanne, unter der wir als Kinder immer gespielt hatten, existierte noch immer. Was würde sie denken, mich nun wieder zu sehen? Die Sandsteintreppe zur Haustüre war wie in früherer Zeit voller Grünspan, und man konnte erkennen, dass hier die Hand einer Frau fehlte. Wie mochte Peter heute aussehen? Mit jedem Meter, den ich mich dem Haus näherte, empfand ich wieder jenes Unbehagen aus vergangener Zeit. Mein Herz klopfte wie wild, und eine peinigende Nervosität nahm mich gefangen. Dabei wollte ich doch nur die alten Schatten zwischen meinem Ehemann und mir verscheuchen. Die Haustüre öffnete sich mit einem wütenden Knarren. Ich trat ein, und der alte muffige Geruch von Jahrzehnten umfing mich. Der Flur wirkte verwohnt, und die Tapeten hatten eine gelbliche, schmutzige Farbe. Lange hatte man in diesem Hause nichts mehr renoviert. Vielleicht waren es sogar noch die Tapeten von damals, als ich weggegangen war. Ich konnte mich auf einmal so schlecht an Einzelheiten erinnern. Es musste mit meiner Aufregung zu tun haben.

Ich klopfte an die Küchentüre. Da niemand antwortete, öffnete ich sie und sah in den Raum. Am Tisch hatte ein Mann sein ergrautes Haupt auf die Arme gelegt und schien zu schlafen. Es musste Peter sein. Ich rief leise »hallo« und wartete auf eine Reaktion. Plötzlich fuhr der Schlafende hoch, und ich sah geradewegs in Peter Lohmeiers veilchenblaue Augen. Sie waren dieselben geblieben, aber sein Gesicht hatte sich total verändert. Seine Züge waren von Müdigkeit und Teilnahmslosigkeit geprägt. Sie schienen weder alt noch jung zu wirken. Perplex blickte er mich an und ich hatte das Gefühl, dass er mich im ersten Moment gar nicht wieder erkannte. Dann aber sprach er meinen Namen aus. Stumm blickten wir uns in die Augen. Ich empfand nichts für diesen Mann vor mir, noch nicht einmal einen Hauch von Sympathie. Die Nähe, die uns einstmals in unserer Ehegemeinschaft notgedrungen verbunden hatte, war nicht einmal mehr Erinnerung. Kälte und Anspannung lag plötzlich zwischen uns. Es war ein überaus unemotionales, kühles Wiedersehen.
Peter schaute mich nur prüfend an und bat mich Platz zu nehmen. Ich setzte mich und er sagte, dass er mir leider keinen Kaffee anbieten könne, da er seine Einkäufe noch nicht erledigt habe. Ich blickte in sein Gesicht, das von einem Meer von Falten durchzogen war und einen mürrischen Ausdruck trug. Seine schwieligen Hände erschienen mir doppelt so groß wie damals. Die Fingernägel hatten wie ehedem schwarze Ränder. Es waren die Hände eines schwer arbeitenden Mannes.
Ich sah mich in der Küche um und erkannte, dass alles noch so war, wie ich es verlassen hatte. Das Gefühl, niemals von hier weggegangen zu sein, wurde in mir übermächtig und ich wehrte mich dagegen, indem ich plötzlich, wie in früheren Zeiten, unvermittelt zu schwitzen begann. Meine Hände lagen leucht auf der Tischplatte und dieser Mann, der noch immer mein Ehemann war, sah mich unverwandt an, bevor er fragte, was ich wolle. Seine Stimme war nicht freundlich, aber auch nicht unfreundlich, und sein Gesicht sagte nichts darüber aus, was er dachte oder fühlte. Gerne hätte ich ergründen mögen, wie groß sein

Hass mir gegenüber war. Schon lange hatte ich mit diesem Teil meines Lebens abgeschlossen. Mittlerweile kommt es mir oftmals vor, als sei es eine Vergangenheit, die zu einem ganz anderen Menschen gehört. Ich wünschte mir plötzlich, dass auch ich für ihn in der Zwischenzeit nur noch zu einer fernen Erinnerung geschrumpft war.

Ich räusperte mich und sagte mit etwas rauer Stimme, er möge sich keine Mühe wegen mir machen, ich wolle nur etwas mit ihm besprechen. Nachdem ich dies gesagt hatte, nahm ich kurz entschlossen die kleine Mappe mit dem Geld aus meiner Tasche. Ich legte sie vor ihn auf den Tisch. Konsterniert sah er darauf, und ich bat ihn, hineinzusehen. Mit seinen großen Händen öffnete er den Reißverschluss und blickte stumm auf die Geldscheine. Dann sah er mich an, und in seinen Augen blitzten Tränen. Dieser Anblick ließ mich erschrecken, und ich fühlte wieder mein schlechtes Gewissen. Niemals hätte ich angenommen, dass dieser Mann weinen könnte. Ich kannte ihn nur als hart und unbarmherzig, sodass ich mich stets gefragt hatte, wo er sein Herz versteckt hielt. Seine mühsam zurückgehaltenen Tränen waren nur Selbstmitleid. Er bemühte sich um Haltung und fuhr mit seiner Hand über die Nase. Wie immer gab es bei ihm kein Taschentuch. Er hatte sich um keinen Deut geändert. Innerlich wie äußerlich war er der Sohn von Elli und Bernhard geblieben.

Es fiel mir in diesem Moment sehr schwer, mutig darüber zu sprechen, dass ich ihm das Geld zurückgeben wolle, das ich damals mitgenommen hatte. Es sei an der Zeit, Ordnung in die Dinge zu bringen. Es fielen mir aber einfach nicht die richtigen Worte ein. Ich versuchte verzweifelt, dem Mann vor mir klar zu machen, warum ich damals nicht anders handeln konnte. Es war nicht feststellbar, ob meine Erklärungen überhaupt bei Peter ankamen. Nach meinen Worten sah er wieder schweigend auf den Tisch. Nervös rutschte ich auf dem Stuhl hin und her und wartete begierig auf eine Resonanz. Peter sagte jedoch nichts. Stattdessen schob er die Mappe zur Seite. Ihm lag scheinbar nichts daran, dass ich nun vor ihm saß und das Geld zurückgeben wollte. Was hatte ich eigentlich erwartet? Dann nahm ich mir ein Herz und fragte, wie es ihm so gehe. Überrascht und finster blickte er mich an, fast so, als wolle er sagen, dass es mich gar nichts anginge. Entsprechend barsch fiel seine Antwort aus. Aber ich sah mit offenen Augen, wie er lebte und dass in diesem Hause wie ehedem vieles im Argen lag. Man konnte die Männerwirtschaft an allen Ecken und Enden erkennen. Es war mir ein Rätsel, warum Peter nicht von sich aus die Scheidung betrieben hatte. Niemals wäre es mir in den Sinn gekommen, dass dieser Mann ohne Frau leben konnte. Dabei erinnerte ich mich mit Schaudern an seinen riesigen sexuellen Appetit. Ekel kroch in mir hoch, wenn ich daran dachte.

Ich nahm die zweite Mappe aus meiner Tasche und eröffnete ihm nun geschäftsmäßig, dass der Hof mittels Schenkungsurkunde auf ihn übergehen werde, wenn er mit seiner Unterschrift die Schenkung annehme. Pietro und ich hätten uns dazu entschlossen, weil er, Peter, schon so lange Jahre hier lebe und das Land in Ordnung gehalten habe. Er könne nun schalten und walten, wie er es für richtig halte. Der Hof solle sein Eigentum sein. Die Worte sprudelten in einer seltsamen Hast aus mir heraus. Sie klangen wie auswendig gelernt. Dabei sah ich Peter nicht an, sondern sprach regelrecht gegen die Wand. Ich legte ihm die Unterlagen vor. Er sah die Mappe an, ohne sie jedoch zu berühren. Es schien ihn nicht zu interessieren. Überhaupt konnte ich nicht erkennen, was er in diesem Moment dachte. Stumm blickte er unentwegt auf die Tischplatte. Seine groben Hände bewegten sich nicht. Wie zu einer Salzsäule erstarrt, saß er auf seinem Stuhl. Ich hatte den Eindruck, dass ihn meine und meines Bruders großzügige Handlungsweise überhaupt nicht beeindruckte. Übergangslos begann ich wieder einen Satz zu formulieren und kam plötzlich auf unsere Scheidung zu sprechen.

Nun sah er mich an und begann plötzlich laut zu lachen. Er lachte immer weiter, und ich empfand über diesen unerwarteten und überzogenen Gefühlsausbruch einen großen Schrecken. Dann sagte er mit schneidender Stimme, für den Hof und

das Geld wolle ich mir wohl meine Freiheit erkaufen. Dazu sei es aber zu spät. Er brauche den Hof genauso wenig wie mein Geld, und von einer Scheidung könne nicht die Rede sein. Plötzlich purzelten die Worte nur so aus seinem Mund. Empört blickten mich seine Augen an. Ich hörte seinen Vorwürfen verblüfft zu. Er sagte, dass ich ihn vor Jahren ruiniert hätte. Noch heute zahle er Monat für Monat jenen Kredit zurück, den er damals habe aufnehmen müssen, als ich ihm seine Ersparnisse gestohlen hatte. Nur wegen meiner Pläne hätten er und sein Vater die weite Reise nach Husum antreten müssen, die ohne jegliches Ergebnis verlaufen sei. Außerdem habe er nach unserem Verschwinden großen Ärger wegen der unrechtmäßig kassierten Rentenzahlungen für die tote Großmutter in Kauf nehmen müssen.
Seine Mutter wäre beinahe gestorben, weil ich sie einfach halbtot habe liegen lassen. Auch mein Trunkenbold von Bruder sei nicht mehr auffindbar gewesen. Später habe er das Skelett der Großmutter in der Scheune ausgegraben. Bis zur eindeutigen Klärung der Todesursache sei ihm großer Ärger mit den Behörden entstanden. Weiter sagte er in immer erregterem Tonfall, dass Dr. Förster Teresa nicht adoptieren konnte, weil ich dies bösartig zu verhindern wusste. Diesem Kind habe man dadurch die Chance seines Lebens genommen. Teresa hätte sowieso nicht auf diesen Hof gepasst. Alle diese schlimmen Dinge seien einzig und allein meine traurige Hinterlassenschaft.
Ich hörte mir Peters Vorwürfe ruhig an. Seine Stimme war laut, und seine Züge nahmen eine ungesunde rote Farbe an. Ein paar Mal griff er sich an die Herzgegend. Ich konnte nichts dafür, dass er sich nun so aufregte, sondern hatte es nur gut gemeint. Ich erkannte, dass sein Hass grenzenlos war und er dafür sogar auf den Hof und das Geld verzichten wollte. In seiner ablehnenden Haltung bezüglich einer Scheidung sah ich keine besondere Tragik. Nach wie vor war es nicht mein Thema. Von mir aus konnten wir Eheleute bis in den Tod bleiben. Er wusste nicht, wie wenig mir nach dem Desaster mit ihm und Gerd Förster an Männern, geschweige denn an einer neuen Ehe, lag. Er ließ mich

nicht zu Wort kommen und begann mich als eine Schlampe und Hure zu beschimpfen, die in Frankfurt ein gewisses Etablissement betreibe. Bei diesen Worten hätte ich beinahe laut gelacht, denn ich dachte an mein feines »Albergo Bambina«. Aber er wusste es sicher nicht anders. Seine Vorwürfe gipfelten darin, dass ich die Schuld für sein zerstörtes Leben trage. Dabei dachte er sicher nur an das gestohlene Geld. Was jedoch die seelische und körperliche Zerstörung eines Menschen bedeutet, konnte dieser Mann in seiner geringen Intelligenz nicht wissen. Er und seine Eltern hatten systematisch mich, meinen Bruder und Teresa zerstört.

Er gab mir keine Gelegenheit, auch einmal meine Sicht der Dinge darzulegen. Sobald ich anfing ein Wort zu sprechen, verbot er mir mit einer energischen Handbewegung den Mund. Er verhielt sich wie ehedem, indem er alle Rechte für sich in Anspruch nahm. Schon früh hatte ich erkannt, dass Peter das Denken um das richtige Erkennen und Einordnen von Tatsachen und Vorgängen äußerst schwer fiel. Ich wusste längst, dass man mit derartigen Menschen keinen Streit ausfechten konnte und unterließ deshalb alle weiteren Erklärungsversuche. Ich wollte so gerne meine Schuld begleichen und hatte den Wunsch, mit Peter endlich Frieden zu schließen, mit oder ohne Scheidung. Dies sagte ich ihm nun und betonte besonders, dass ich nicht beabsichtigte, noch einmal zu heiraten. Wir könnten ruhig ein Ehepaar bleiben. Er dürfe nun entscheiden, ob er die Schenkung und das Geld annehme oder nicht. Im letzteren Falle würde ich die Schenkungsunterlagen vernichten. Hier an diesem Tisch müsse dies sofort geklärt werden, denn ich würde nicht mehr wiederkommen. Seine Boshaftigkeit hatte sich etwas gelegt, und ich wunderte mich sehr, dass er mir das Geld und die Mappe mit der Schenkungsurkunde kommentarlos zuschob. Er sagte ruhig, dass er dies nicht annähme. Ich hätte ihm nur Unglück gebracht und würde es nun sicher wieder tun. Er habe bereits den zweiten Herzinfarkt erlitten, den ersten nach meinem Weggang, einen weiteren später durch das schwere Leiden seiner Mutter. Er wisse, dass dadurch die Zeit seines Lebens begrenzt sei. Jetzt sei ihm der Hof gleichgültig und das Geld ebenfalls. Ich konnte in diesem Moment nicht ergründen, ob seine Worte der Wahrheit entsprachen.

Ich könne, wenn ich wolle, einmal nach oben gehen. Im Zimmer meines Trunkenboldes, so nannte er wiederum meinen Bruder, läge sein Vater. Er sei ein Pflegefall und völlig verwirrt. Seit zwei Jahren müsse er ihn rund um die Uhr versorgen. In diesem Hause lebe ein böser Geist, der alle zerstöre. Ich sei ein Teil davon und er habe immer dafür gebetet, dass mich einstmals der Teufel holen möge. Plötzlich erwischte ich mich wieder in meinem damaligen Verhaltensmuster. Ich zog die Schultern ein und ließ alles über mich ergehen. Die bösen Worte hatten sich nicht verändert, und auch die Grobheit meines Mannes war geblieben. Seine veilchenblauen Augen blickten mich voller Hass an und ich begann mich zu fürchten. Meine gute Tat, die mich wieder in dieses Haus gebracht hatte, erschien mir nun als sinnloses Unterfangen.

Ich nahm meine Tasche und wollte mich erheben. In diesem Moment sprang Peter auf und ergriff mein Handgelenk. Grob zog er mich in das nächste Zimmer. Wie aus meinem eigenen Körper getreten, erlebte ich diese Minuten. Ich war außerstande, mich gegen die Brutalität meines Mannes zu wehren. In jenem Raum stand noch das alte Sofa, das ich so gut kannte. Dort hatte ich ihm viele Male zu Willen sein müssen. Ich spürte plötzlich wieder das gleiche maßlose Entsetzen wie einst. Eine derartige Komponente meines Besuches wäre mir niemals in den Sinn gekommen. Ich ahnte, was er von mir wollte, und es wurde mir plötzlich klar, dass ich mich nicht wehren konnte. Er zerrte mich zum Sofa, und als ich zu schreien begann, hielt er mir seine große Hand auf den Mund.

In meiner Pein hörte ich auf zu schreien, weil ich wusste, es würde mich sowieso niemand hören. Er riss meine Bluse auf und streifte mit einer ungeahnten Schnelligkeit meine Hose herab. In seinem Gesicht lag eine Gier, die ich niemals mehr vergessen werde. Wie lange hatte dieser Mann keine Frau mehr gehabt, fragte ich mich. Immer wieder sagte er, dass ich ihm gehöre, noch immer sei ich seine Frau, und er bestehe auf den ehelichen Pflichten. Für meine Begriffe waren wir längst keine Eheleute mehr, die von Pflichten sprechen konnten. Er benahm sich wie ein Rasender, und ich beschloss in meiner grenzenlosen Angst, mich so ruhig wie möglich zu verhalten. Er öffnete seine Hose und es kam, wie es kommen musste. Er tat mir sehr weh. Danach wandte er sich von mir ab und ich konnte aufstehen. Mein Körper brannte wie ein Flammenmeer. Peter wusste, wie er mich am meisten treffen konnte. Diese brutale Vergewaltigung war für mich die größte Demütigung. So schnell ich konnte, richtete ich meine Kleidung und rannte nochmals in die Küche, um meine Unterlagen zu holen.

Aber er war um einiges schneller, denn er stand nun wider Erwarten mit beiden Mappen in der Hand vor mir und lachte mich hämisch an. Er sagte mit Hohn triefender Stimme, dass er es sich, nachdem er mich als Zugabe erhalten habe, anders überlegte hätte. Gerne nähme er die Schenkung und das Geld an. Dann unterschrieb er die Annahmeerklärung, während ich wie versteinert an der Türe stehen blieb. Er warf mir das Dokument entgegen, und ich fing es automatisch auf. Laut lachend sagte er, dass er heute endlich einmal dem Teufel auf den Kopf getreten habe. Ich möge nun das Haus verlassen. Ein grenzenloser Zorn überflutete mich und ich hätte diesen grausamen, primitiven Mann in diesen Minuten ermorden können. Ich schrie ihn an, dass er ein grobschlächtiger Primitivling sei, der mit seinem durchgedrehten Vater in die Hölle fahren möge.

Ich wollte mich noch einmal umwenden, als urplötzlich die grobe Hand meines Mannes nach mir fasste und mich mit ungeahnter Kraft zur Haustüre schob. Draußen versetzte er mir noch einen Schlag in den Rücken, sodass ich die Außentreppen hinabstürzte. In meiner Angst und Panik hörte ich nur noch, wie die Türe hinter mir mit einem großen Krach ins Schloss fiel. Ich aber lag unten auf der letzten Treppenstufe wie einstmals die kleine Teresa, und mein ganzer Körper war ein einziger Schmerz. Mein Gehirn schien kurzzeitig außer Gefecht gesetzt, denn ich

konnte keinen klaren Gedanken fassen. Ich hatte nur den einen Wunsch – von diesem schrecklichen Haus wegzukommen. Es war und blieb für mich ein Ort des Entsetzens. Die Dinge, denen ich vor Jahren entflohen war, hatten mich mit ihrer Gewalttätigkeit wieder eingeholt. Niemals wäre mir ein derartiges Ende unserer Begegnung in den Sinn gekommen. Es war wie in einem schlechten Film und ich erkannte, dass ich meine Naivität noch immer nicht verloren hatte.
Mühsam bewegte ich nun meine Glieder und stellte fest, dass sie noch heil waren. Mein Hinterkopf blutete aus einer Wunde. Auch mein rechtes Bein war zerschunden und ich musste humpeln. Mein Rückgrat brannte wie ein Feuerball, und ich schlich wie ein körperliches Wrack zu meinem Wagen. Zum Glück fand ich meine Tasche neben der Treppe sowie die total zerknitterte und schmutzige Annahmebestätigung der Schenkung. Ich fuhr vom Hof und hielt in der nächsten kleinen Parkbucht im Wald, denn ich hatte den übermächtigen Wunsch, erst einmal zur Ruhe zu kommen.
Heute war mir die totale Erniedrigung als Frau und Mensch zuteil geworden. Mein Körper schmerzte bis in die tiefsten Tiefen, und ich hatte noch immer den strengen Geruch meines Peinigers in der Nase. Wenn ich mich nicht schnellstens reinigen konnte, würde ich den Verstand verlieren. Keiner Menschenseele durfte ich erzählen, was mir widerfahren war. Auch Onkel Friedel nicht. Es musste mein Geheimnis bleiben. Nun konnte ich Pietro verstehen, dass ihn keine zehn Pferde jemals wieder auf diesen Hof bringen konnten. Ihn hatte sein Gefühl wenigstens nicht getrogen. Ich nahm nun endgültig Abschied von meinem Elternhaus. Es stimmte, dieser Hof wurde von keinen guten Geistern bewohnt und wer weiß, wie lange schon.
Ich würde nun also bis zum bitteren Ende Frau Lohmeier bleiben, und Peter wäre endlich von Rechts wegen der Besitzer des Hofes. Trotzdem fühlte ich keinen Zorn in mir, dass es so gekommen war. Sollte er das »Narrenhaus« ruhig behalten. Glück hatte es uns beiden nicht gebracht. Nur jene brutale Vergewaltigung

würde ich ihm nie verzeihen. Das Tischtuch war endgültig zwischen uns zerschnitten. Er würde mein Feind für alle Ewigkeit bleiben. Mein einziger Wunsch bestand darin, diesen Menschen bis zum Lebensende nicht mehr sehen zu müssen. Er hatte mir als junge Frau und Mutter sehr viel angetan und erst als ich mich in größter Not befand, hatte ich erwogen, ihn zu bestehlen. Er hatte meine fast noch kindliche Verzagtheit und Unwissenheit zu seinen Gunsten ausgenutzt, denn er wollte zeitlebens einzig und allein nur unseren Hof. Peter war es, der sich von Anfang an nur in einem bösen Gewand gezeigt hatte, einer, der keine Liebe und keine Güte kannte. Aber ich war gewillt, nicht aufzurechnen, bis auf den einen letzten Punkt.

Langsam fuhr ich nach Maiberg und suchte nach einem Hotel. Bei Herrn Mewes konnte ich mich in meinem desolaten Zustand nicht sehen lassen. Im anderen Falle wäre es für mich sehr schön gewesen, einmal dort zu logieren. Herrn Mewes hatte ich in der Zwischenzeit unverhofft bei einem Gastronomenball getroffen, und er schien äußerst überrascht, mich als Inhaberin des bekannten »Albergo Bambina« vorgestellt zu bekommen. Er war damals so perplex gewesen und hatte vor lauter Aufregung gestottert. Ich hatte ihn gebeten, mich ruhig wie früher Anna-Maria zu nennen, denn schließlich habe er mir in größter Not eine Arbeitsstelle geboten, für die ich heute noch sehr dankbar sei. Da wir in Frankfurt gewesen waren, hatte ich ihn am Arm genommen, ihn in meinen Wagen verfrachtet, und wir waren ins »Albergo Bambina« gefahren.
Herr Mewes konnte nicht aufhören, zu schwärmen und immer wieder sah er mich an. Meine Karriere erschien ihm unglaublich. Ich stellte ihm Onkel Friedel vor und erzählte ihm meinen Lebensweg, insbesondere jedoch sprach ich davon, was ich dem alten Herrn zu verdanken hatte. Nach diesem Abend besuchte uns Herr Mewes mit seiner Frau in regelmäßigen Abständen, sodass Onkel Friedel und ich mit beiden fortan ein freundschaftliches Verhältnis pflegten. Herr Mewes war sich nicht zu fein,

einiges von uns abzuschauen. Die Küche mit meinen beiden Köchen faszinierte ihn besonders. So manchen Kniff hat er von dort mit nach Maiberg genommen.

Heute musste ich mir also eine andere Bleibe suchen. Ich fand eine kleine Pension in der Nähe des Waldes, der sich zu unserem Hof hinaufzog. Selbst diesen Wald konnte ich nicht ohne Emotionen anblicken, wobei die Bäume wahrhaftig an meinem Zustand unschuldig waren. Ich duschte mich dreimal hintereinander, um Peter Lohmeier abzuwaschen. In der Nacht hatte ich schreckliche Albträume, und als ich morgens erwachte, erfasste mich eine grenzenlose Erleichterung, dass ich in meinem Bett lag. Nach dem Frühstück verspürte ich nur den einen Wunsch, nämlich nach Hause zu fahren. Ich wollte Maiberg nie mehr sehen. Ich schwor mir, dass dies nun mein allerletzter Besuch gewesen war.

Verirrungen

Dann dachte ich plötzlich an Gerd Förster und fühlte ein Drängen in mir, einmal an seinem Haus vorbeizufahren. Teresa hielt sich in Paris auf und so wie ich von ihr gehört hatte, würde sich Gerd in Miami operieren lassen. Ich brauchte also nicht zu befürchten, dass man mich sehen würde. Teresa hatte sich bei ihrem Besuch in unserem Hotel noch nicht einmal gewundert, dass ich nun schwarze Haare hatte. Gerd würde mich auf Anhieb erkennen.
Ich fuhr also unverdrossen in die Seitenstraße zu Gerds Haus. Auf der einen Seite verabscheute ich diesen Mann, auf der anderen Seite wünschte ich ihn zu sehen. Was sollte aus diesem Gefühlsmix werden? Verspürte ich in den tiefsten Abgründen meiner Seele doch noch ein Interesse an ihm? Immerhin war er einmal meine ganz große Liebe gewesen und gleichzeitig jener Mensch, der mich am tiefsten verletzt hat. Selbst Peters Vergewaltigung stellte ich erst an die zweite Stelle. Gerds damaliges Schreiben konnte nichts heilen, nachdem er sich in vielen Dingen sogar geoutet hatte.
So stand ich nun, wie schon einmal, gegenüber dem Hofeingang und schaute zum Haus. Erst sah alles so verlassen aus, genau wie ich es mir vorgestellt hatte. Dann aber erschrak ich, als sich die automatische Garage öffnete. Es traf mich wie ein Schock, als ich sah, dass Gerd seinen Wagen aus der Garage fuhr. Er trug keine dunkle Brille mehr und schien wieder sehen zu können. Aus der Haustüre trat sodann eine elegante junge Frau. Gerd ging auf sie zu und nahm sie zärtlich in die Arme. Sie küssten sich hingebungsvoll. Ich konnte nicht aufhören, hinzuschauen, denn

ich sah seinen besonderen Blick, mit dem er Frauenherzen zum Schmelzen bringen konnte. Fröhlich stiegen beide in den Wagen und als sie an mir vorbeifuhren, blickte ich auf meine Fußmatte. Ich hoffte, dass mich Gerd nicht erkannt hatte und wenn, so war es mir gleichgültig. Trotzdem befand sich mein Herz in großer Verwirrung. Ich hatte stets gedacht, dass ich diesen Mann nicht mehr lieben würde. Heute musste ich erfahren, dass mir mein realer Verstand einen Streich gespielt hatte. Ich war voller Eifersucht auf diese andere Frau, und ich spürte eine ungeheure Sehnsucht nach Gerd. Wie eine reife Frucht würde ich ihm wieder in die Hände fallen. Dieser Umweg hatte mir nun endlich Klarheit gebracht. Ich ärgerte mich plötzlich über meine Zielstrebigkeit, die meine Vernunft auf irgendeine sonderbare Art und Weise außer Kraft setzte. Ich fragte mich, ob es nach dem unerfreulichen Vorfall mit Peter nicht besser gewesen wäre, direkt nach Frankfurt zurückzukehren. Ich begann allen Ernstes auf mich böse zu sein.

Meine Fahrt in die Vergangenheit hatte vieles ans Licht gebracht. Gutes und Böses und Erinnerungen allemal. Ganz gleich, wie wir Menschen unser Zusammenleben planen, zu allem gehören zwei, wenn nicht gar mehrere und alle sind letztendlich nicht berechenbar. Der liebe Gott hat in seiner Schöpfung darauf Wert gelegt, dass aus jedem einzelnen ein Unikat wurde. Ich durfte also weder auf Peter noch auf mich böse sein. Seit unserem Kennenlernen hatten wir keine Ebene gefunden, auf der wir miteinander kommunizieren konnten. Wir waren füreinander taub und stumm geblieben.

Nun wusste ich, woran ich war und beschloss, mit Gerd innerlich Frieden zu schließen. Selbst wenn er nun eine andere liebte, und dies war sicher sein gutes Recht, wollte ich künftig nur noch ohne Groll an ihn denken. Damit glaubte ich dem nagenden Ungetüm in meinem Herzen begegnen zu können. Er war Teresas Vater und hatte überdies für unsere Tochter bisher großartig gesorgt. Dadurch standen meinem Kind die guten Wege des Lebens offen. Eines Tages würde Teresa sogar mein geliebtes

»Albergo Bambina« erben. Auf meiner Heimfahrt war ich voller froher Gedanken und hatte fast die schrecklichen Vorgänge mit Peter vergessen. Ich ahnte, dass mich die Bitternis über die Geschehnisse auf dem Hof zu einem späteren Zeitpunkt wieder einholen würde. Ich kannte mich schließlich und wusste, dass es mir selbst bei den besten Vorsätzen nicht möglich war, besonders schwerwiegende Dinge aus meinen Gedanken zu verbannen. Der Papierkorb meines Lebens war deswegen nicht sonderlich voll. Vieles bewahrte ich unnachgiebig und wohlgeordnet noch in meiner geistigen Wiedervorlage auf, um es zu einer passenden oder unpassenden Zeit wieder zu aktivieren. War ich einerseits entschlossen, das eine oder andere endgültig zu den erledigten Dingen meines Lebens zu geben, so kam andererseits garantiert der Tag, wo ich entschied, dass sie noch einer Überarbeitung bedurften. Kenne einer des Menschen Herz!

Völlig aufgewühlt fuhr ich zurück nach Frankfurt. Ich freute mich auf Onkel Friedel, dessen wunderbare Ausgeglichenheit meinen Seelenzustand beruhigen würde. Dann dachte ich an meinen Bruder, und ein seltsames, angstvolles Gefühl nahm von mir Besitz. Ich erinnerte mich plötzlich an seine Zurückgezogenheit, sein Desinteresse an meinem Leben und an die mühseligen gemeinsamen Stunden. In der Zwischenzeit hatte es nicht nur Pietro die Sprache verschlagen. Auch mir erging es nicht anders. Was sollte ich ihm viel erzählen, wenn doch alles ohne Resonanz blieb!
Zuerst führte mein Weg ins »Albergo Bambina«. Dort empfingen mich alle mit freudigen Gesichtern. Onkel Friedel dagegen blickte mir sehr ernst entgegen und ich ahnte, dass etwas passiert sein musste. Wir setzen uns in unser Büro und er fragte, ob nun alles erledigt sei. Ich nickte und gab mich entspannt und fröhlich, obwohl mich das hässliche Zusammentreffen mit Peter noch fest umschlungen hielt. Ich erzählte Onkel Friedel, dass alles nun seine Ordnung habe. Ich sei zufrieden und habe meine Schuld getilgt. Der alte Mann vor mir blickte mir dennoch tief in

die Augen, und ich hatte plötzlich das Gefühl, dass er mir nicht ganz glaubte. Konnte er in meine angeschlagene Seele blicken? War ich so leicht zu durchschauen?

Ohne weitere Fragen von Onkel Friedel zuzulassen wechselte ich zu einem anderen Thema und fragte, was sich zwischenzeitlich ereignet habe. Mein lieber Freund hielt plötzlich seinen Kopf gesenkt, so als fiele es ihm schwer, mich anzusehen. Angst kroch in mir hoch und ich dachte an tausend Dinge, die vielleicht schief gelaufen waren. Onkel Friedels Stimme erhob sich krächzend vor unterdrückter Aufregung. Ich hörte nun wie im Traum, dass uns Pietro verlassen habe. Es erschien mir unglaublich, und ich fragte mich, ob ich Friedels Worte richtig verstanden hatte. Warum sollte Pietro fort gegangen sein? Ein besseres Leben konnte es für ihn nicht mehr geben. Ich hatte alles getan, um ihn wieder glücklich zu machen! Dennoch wusste ich, dass es mir in Wirklichkeit nicht gelungen war.

Ich lauschte wie in Trance völlig versteinert Onkel Friedels Worten. Er erzählte mir, dass Pietro ihn gestern am frühen Morgen in seiner Wohnung aufgesucht habe. Er hatte seine alte Reisetasche dabei. Ich hatte ihn damals, als er in seine Wohnung eingezogen war, nicht dazu überreden können, diese Tasche ordentlich im Dielenschrank zu verwahren. Meine Wortwahl ließ, da mir sein Verhalten absurd vorkam, sehr zu wünschen übrig. Warum er sich so verhielt, war mir stets ein Rätsel geblieben. Gab ihm diese alte Tasche aus seiner Vergangenheit vielleicht jene Nähe, die ich ihm nicht geben konnte? War es möglich, dass ein lebloses Erinnerungsstück über mehr Macht verfügte als ein lebendiger Mensch? Ich wusste, dass ich in dieser Sache mit Pietro etwas hart umgegangen war, denn mein Bruder hatte mich danach mit hängenden Schultern und traurigen Augen verlassen.

Onkel Friedel erzählte, dass Pietro wieder seine alten Kleider getragen habe, mit denen er damals gekommen war. Es sei ihm auf den ersten Blick alles sehr sonderbar erschienen. Mein Bruder habe ihm danach die Hand gereicht, sich für alles bedankt und ihm mitgeteilt, dass er für immer gehen werde. Bei dieser

Schilderung traten Onkel Friedel die Tränen in die Augen. Pietros Weggehen hatte den alten Mann sehr erschüttert. Ich aber fand keine einzige Träne und badete in einem Meer von Unverständnis und Frustration.

Er legte nun einen Brief für mich auf den Tisch. Onkel Friedel liefen ungehindert die Tränen über die Wangen, denn er hatte Pietro wie einen Sohn lieben gelernt. Er gehörte zu ihm, genauso wie ich seit Jahren zu einem Teil seines Lebens geworden war. Wir beide konnten diesen abrupten Abschied nicht verstehen. Friedel sagte plötzlich in die Stille hinein, dass er wohl niemals wieder das Gesicht meines Bruders vergessen werde, in dem so viel Trauer und Verzweiflung offen zutage getreten sei. Dies habe ihn sprachlos gemacht und Pietro sei wie gejagt aus dem Haus verschwunden. Mit vor Aufregung zitternden Beinen habe er versucht, Pietro nachzulaufen. Obwohl sich dieser schon weit entfernt hatte, habe Onkel Friedel ihm nachgerufen, wohin er denn wolle. Aber Pietro habe sich nur noch einmal mit einem Winken zu ihm umgedreht. Mit großer Angst habe er plötzlich an meine Reaktion gedacht und sagte, dass er froh sei, dass ich es nun wisse.

Ich fühlte mich plötzlich so, als habe man mir bei lebendigem Leibe das Herz aus der Brust geschnitten. In den letzten Tagen war das Karussell meines Lebens wieder einmal in Fahrt gekommen. Dennoch hob ich trotzig den Kopf und sah Onkel Friedel in die Augen. Ich sagte ihm, indem ich seine runzlige, blau geäderte Hand in die meine nahm, dass man Wanderer nicht aufhalten dürfe. Daran glaubte ich in diesem Moment fest. Onkel Friedel sah mich nur still an, denn er wusste, dass sich mit diesem Tag für mich die Welt wieder einmal verändert hatte und mein Leben von neuem um einen tiefen Schmerz reicher sein würde.

Noch hielt meine Seele inne, hielt still wie in einem Schockzustand. Ich wusste aber, dass mich dieser Kummer um Pietro nun nie mehr loslassen würde. Schweigend nahm ich den weißen Umschlag und ging mit zitternden Beinen in mein Schlafzimmer. Ich schloss die Türe, ohne Onkel Friedel eine gute Nacht zu wünschen.

Müde setzte ich mich mit meiner Reisekleidung auf mein Bett und blickte auf das leuchtende Weiß des Umschlages. Was hatte mir Pietro zum Abschied geschrieben? Konnten mich seine Worte jemals trösten? Warum war es ihm nicht möglich, meine Liebe zu ertragen? Wusste er denn noch immer nicht, dass ich genug gelitten hatte? Am liebsten hätte ich das Kuvert gar nicht geöffnet. Niemals. Aber ich musste die Wahrheit kennen und ich wusste, dass diese Zeilen das Letzte waren, was mir noch von Pietro blieb. Meinen Schwur, ihn niemals zu verlassen, konnte ich nun nicht mehr einlösen. In meinem Herzen bat ich Gott und meinen Vater um Vergebung. Pietro schrieb mir:

»*Meine über alles geliebte Bambina,*

ich sage Dir heute Adieu, nicht auf Wiedersehen, denn unsere gemeinsame Zeit ist nun zu Ende. Wir werden uns auf dieser Welt nicht mehr wieder sehen, vielleicht aber dort droben, wohin wir unsere Gebete schicken. Es sollte uns Trost genug sein und Dir ganz besonders, die Du immer Deine Pflichten sehr ernst genommen hast. Nie durftest Du jung sein und es gab keinen, der Dir die Lasten des Lebens tragen half. Deine Sorge um mich hat nun ein Ende, verwende Deine Kraft für Dich, denn Du brauchst sie.
Wie lange habe ich nach Dir voller Sehnsucht gesucht und Dich erst so spät wieder gefunden. Damals, als wir uns trennten, hätte ich Deine Kraft gebraucht und nun, nachdem wir wieder vereint waren, war dies nicht mehr notwendig. Alles geschah in unserem Leben stets zu einem falschen Zeitpunkt. Ich hatte immer das Gefühl, dass zwischen uns ständig die verkehrten, nicht passenden Teile, zusammengefügt wurden. Unser Dasein war in der Tat ein Puzzle, das niemals zu einem ordentlichen Bild werden konnte. Es fehlten überall die richtigen Bausteine. Ob es den anderen Menschen genauso ergeht? Vielleicht ist ein vollständiges Lebenspuzzle nur ein Wunschtraum. Wenn es wirklich so wäre, könnte ich es akzeptieren und zufrieden sein.

Liebe Bambina, ich danke Dir für all Deine Liebe und Güte, die Du wie ein Füllhorn über mich ausgeschüttet hast. Du warst immer ein starker und liebevoller Mensch. Selbst in unseren schlimmsten Zeiten auf unserem Hof hast Du die Sprache des Herzens nicht verlernt. Dafür habe ich Dich grenzenlos bewundert. Deine Demut und Duldsamkeit diesem Leben gegenüber hat Dich vor der Vernichtung bewahrt. Immer wieder bist Du aufgestanden und hast mutig Dein Gesicht den Stürmen dargeboten. Bambina, verzeih mir, dass ich Dir so viel aufgebürdet habe! Einstmals wirst Du im Paradies den allerschönsten Platz erhalten, davon bin ich überzeugt.

Die Zeit in Deinem Hause mit Onkel Friedel war für mich eine wunderbare Ruhepause und zuerst dachte ich, dass mein Platz nun endgültig bei euch sein müsse. Doch nach einiger Zeit spürte ich, dass eure Lebensweise nicht die meine bis zum Ende meiner Tage sein konnte. Für euch steht euer Hotel im Vordergrund und der stetige Kampf, euch an der Spitze zu behaupten. Ich verstehe es, aber dennoch ist es nicht meine Welt. Die meiste Zeit meines Lebens habe ich bescheiden, wenn nicht armselig, gelebt und, wie Du weißt, eine lange Zeit damit verbracht, meiner Sucht Herr zu werden.

Mit Deinen aufmerksamen Augen hast Du bestimmt wahrgenommen, dass in mir eine Flamme erloschen ist. Keiner, auch Du nicht, konnte sie wieder anzünden. In mir blieb es Nacht, und die erhoffte Freude, die ich in diesem neuen Leben zu finden glaubte, stellte sich nicht ein.

Natürlich hing dies auch mit meinem körperlichen Zustand zusammen. Ich fühlte mich mit jedem Tag müder und müder. In der letzten Zeit war es besonders schlimm, sodass ich eines Tages zu einem Arzt ging. Ihr solltet euch keine Sorgen machen, deshalb habe ich es vor euch verheimlicht. Man untersuchte mich sehr gründlich und stellte letztendlich das fest, was ich bereits vermutet hatte: Meine Leber war immer mehr geschrumpft und arbeitet nur noch sehr eingeschränkt. Außerdem hat man einen verwachsenen Tumor in ihr festgestellt, der inoperabel ist.

Liebe Bambina, glaube mir, dass ich über diese Diagnose gar nicht erschrocken war. Fast erschien sie mir wie eine Befreiung, denn es gibt nichts mehr, was ich mir vom Leben erhoffe. Der Arzt teilte mir mit, dass meine Lebenserwartung ungefähr noch ein Jahr betrage. Ich werde dieses letzte Jahr mit Leben füllen müssen, ganz gleich wie.
So verabschiede ich mich nun von Dir, liebe Beschützerin meines Lebens. Du hast so viel für mich getan und alles mit mir getragen, ganz gleich, wie schwer und schrecklich es auch war. Weine nicht um mich, bald werde ich Vater und Mutter sehen und dies ist für mich das Allerwichtigste. Meine Schuld wird dann endlich getilgt sein, dies sollte Dein Herz beruhigen. Denke in Liebe und Freude an mich, nicht mit dem Schmerz vergangener Leiden.
Das Geld, das ich von dir auf meinem Konto zur Verfügung hatte, habe ich abgehoben und mitgenommen. Ich weiß, dass es Dir recht ist und Dich auch ein wenig beruhigt. Es soll mir dieses letzte Jahr meines Lebens erleichtern. Mein Plan steht fest, wohin ich nun gehe. Verzeihe mir, dass ich es Dir nicht sage. Unser Abschied soll unabänderlich sein, damit Du bereits heute daran arbeiten kannst, meine Entscheidung zu akzeptieren.
Sei versichert, dass Du mir eine schöne Zeit geschenkt hast, an die ich nun jeden Tag mit großer Freude denken werde. Glaube nicht, dass ich jetzt verzagt bin – das Gegenteil ist der Fall. Ich freue mich auf die letzten Monate und auf dieses wunderbare Leben danach. Nimm Deine Erdentage nun in Deine Hände und suche Dir endlich einen Lebenspartner. Du erschienst mir noch immer paralysiert von diesem schrecklichen Peter Lohmeier. Auch er wird seine Strafe zur rechten Zeit erhalten. Ich hoffe, dass er mit unserem Geschenk endlich zufrieden gestellt werden konnte. Wir haben beide das Beste gewollt.

Bitte, liebe Bambina, lasse die Vergangenheit endlich ruhen und blicke frei und froh in die Zukunft. Du hast so viel gearbeitet und bist aus einem besonders tiefen Tal emporgestiegen. Ich habe so große Hochachtung vor Dir und bin auf meine Schwester sehr stolz,

auch wenn ich es niemals gezeigt habe. Ich wünschte mir, Vater und Mutter könnten Dich sehen. Wie sehr würden sie sich freuen!
Als Letztes wünsche ich mir, dass Du eines Tages wieder mit Teresa zusammen sein kannst. Ich weiß nun, dass Du eine wunderbare Tochter hast und bin dem Schicksal dankbar, dass es dieses Kind gerettet hat. Leider habe ich Teresa nicht mehr sehen können, aber ich denke, dass sie Dir sehr ähnlich ist. Vater hat sich in euch fortgepflanzt.

Liebe Schwester, nun habe ich alles gesagt. Weine nicht, denn es ist vergeblich. Alles ist im rechten Lot. Für jeden kommt der Tag des Abschieds von den geliebten Menschen und der Erde überhaupt. Wir sind wie Pflanzen im Wind und gehören in den ewigen Kreislauf des Kommens und Vergehens. Aber dennoch vergehen wir nicht wirklich, sondern sehen uns wieder. Ein gnädiger Gott wird uns zu irgendeiner Zeit wieder die Gunst des Lebens schenken. Und sollte es vielleicht nicht so sein, so wissen wir, dass wir dennoch in Frieden ruhen dürfen.

In inniger Liebe,

Dein Bruder Pietro«

Ich legte mit tränenüberströmtem Gesicht Pietros Zeilen zur Seite und blickte in das Dunkel der Nacht. Alles, was er schrieb, war wahr und voller Trost. Ich musste ihm die Freiheit gönnen wie einem kleinen Vogel, den man endlich aus seiner Gefangenschaft befreit. Für ihn war dieses eine letzte Jahr so ungeheuer wichtig, und vielleicht würde es sogar das schönste werden. Ich wusste, dass mein Bruder seinen Weg und sein Ziel kannte. Es beruhigte mich wirklich, dass er über genügend Geld verfügte und somit keine Not leiden musste. Irgendwo würde er sich zum Sterben hinbegeben und sich ganz bestimmt den richtigen Platz ausgewählt haben. Ich wischte mir die Tränen ab und legte mich mit meinen Kleidern auf das Bett.

Am kommenden Morgen erwachte ich und sah, dass ich noch vollkommen angezogen war. Ich fühlte mich ausgeruht, und in meinem Innern war ich voller Frieden. Ich nahm Pietros Brief und ging in unser Esszimmer. Onkel Friedel saß schon an seinem Platz und blickte mir mit sorgenvoller Miene entgegen. Ich lächelte meinen alten Freund an und reichte ihm Pietros Brief. Still las er ihn und als er aufblickte, sagte er, dass ich Pietros Wunsch achten solle. Es gäbe nichts Größeres als die Freiheit auf dieser Erde. Dazu gehöre auch die Befreiung aus einer Liebe und einem Versorgtsein. Nicht immer sei das Gute auch wirklich gut und nicht immer sei die Sorglosigkeit des Lebens auch gleichzeitig das Brot des Lebens.

Pietro sei, so sagte Onkel Friedel, ein besonderer Mensch, das habe er vom ersten Tag an gespürt. Er habe ihn als einen Mann mit »Tiefgang« kennen gelernt und ihn für unendlich wertvoll befunden. Bei diesen Worten liefen dem alten Mann wieder die Tränen über die Wangen. Ich war so dankbar, dass auch er Pietro geliebt hatte. So konnten wir gemeinsam jene Lücke, die er hinterließ, mit unserem Schmerz und unserer Trauer füllen.

Schweigend frühstückten wir und fuhren dann zusammen in unser Hotel. Ich stürzte mich in meine Arbeit und setzte alles daran, meinen Kummer im Rahmen zu halten. Die nächste Zeit war sehr schwer für mich. Frau Martens hatte Pietros Einliegerwohnung gründlich geputzt und abgeschlossen. Niemals mehr würde ich einen Schritt dort hinein tun, das schwor ich mir. Am liebsten hätte ich das ganze Haus verkauft. Ich fühlte plötzlich keine Freude mehr daran. Onkel Friedel konnte ich davon nichts sagen. Immerhin war es einmal sein Haus gewesen, in dem er mit seiner Frau so glücklich gelebt hatte. Ich blieb also täglich sehr lange im Hotel und verließ morgens überaus früh das Haus. Onkel Friedel fragte mich nicht, warum dies so war. Er spürte meinen Schmerz und meine Flucht. Ich musste mich nun wieder einmal auf das Prinzip verlassen, dass die Zeit alle Wunden heilt. Und tatsächlich konnte ich in den nächsten Monaten wieder an Pietro denken, ohne sofort in Tränen ausbrechen zu müssen.

Immer wieder dachte ich darüber nach, welchen Plan er wohl hatte. Meine letzte Hoffnung, etwas davon zu erfahren, war sein Hausarzt. Vielleicht wusste dieser mehr. Ich suchte deshalb eines Tages Doktor Percher auf, der ganz in unserer Nähe praktizierte. Ich kannte ihn nicht, doch als ich ihn sah, war ich mir sicher, dass nur er für Pietro als der Arzt seines Vertrauens in Frage gekommen war. Er strömte Wärme und Verständnis aus. In seinen Augen lag echtes Interesse an den Menschen und ihren Sorgen. Er blickte mich so freundlich an, als wären wir alte Bekannte.

Doktor Percher klärte mich eingehend über Pietros Leiden auf. Ich hatte ihm im Vorfeld meine Problematik geschildert. Leider wusste er nicht, dass mein Bruder weggehen wollte. Er war vielmehr der Meinung, dass er noch bei uns sei und hatte sich deshalb schon gewundert, ihn nicht mehr in seiner Praxis zu sehen. Ich hatte das Bedürfnis, Doktor Percher Pietros Brief zu zeigen. Aufmerksam las er die Zeilen, und in seinen Augen erkannte ich ein tiefes Bedauern für mich. Er war der Ansicht, dass es für Pietro wichtig war, in der Fremde zu sterben, denn manchmal sei es auch für einen Sterbenden sehr belastend, den Kummer seiner geliebten Menschen mit ansehen zu müssen. Ich solle es als ein Stück Liebe und Rücksichtnahme meines Bruders sehen und dankbar sein. Wie Recht hatte der Arzt mit seiner Einschätzung! Ich war froh, mit ihm gesprochen zu haben. Seine Worte waren Balsam für meine kranke Seele.

Liebe und Tod

Obwohl ich in vielen Stunden noch sehr traurig war und an meinen Bruder dachte, erlebte ich wiederum auch schöne Zeiten. Wir schwammen mit unserem »Albergo Bambina« auf einer Erfolgswelle und errangen einen Preis nach dem anderen. Mittlerweile war damit bereits eine ganze Wand unseres Büros bedeckt. Wir hatten mehr Gäste, als wir unterbringen konnten und ein Anbau wäre auf längere Sicht sicher sinnvoll gewesen. Allerdings war dies aufgrund der im Verlaufe von Jahrhunderten gewachsenen engen Stadtstruktur völlig unmöglich. Es gab nahezu keinen Zentimeter unbebauten Raumes zwischen den hohen Bürgerhäusern.

Onkel Friedel meinte, dass dies wiederum auch einen Vorteil habe. Es zahle sich oftmals nicht aus, ins Uferlose zu bauen. Auch in unserem Geschäft könne man sich nicht darauf verlassen, dass alles auf diesem hohen Niveau bleibe. Es könne durchaus sein, dass uns in ein oder zwei Jahren ein anderer diesen Spitzenplatz mit völlig neuen Ideen und Strategien streitig mache. Er hatte damit sicher Recht, und wir vergaben die Plätze in unserem Restaurant nur noch nach vorheriger Anmeldung. Mit der Zeit hatten sich die Menschen daran gewöhnt und reservierten im Vorfeld telefonisch ihre Tische. Wir waren mit unserem Hotel überschaubar geblieben. Die Lebenserfahrung Onkel Friedels machte sich in vielen Dingen bezahlt und ganz besonders dann, wenn ich als junger Heißsporn ins kalte Wasser springen wollte. Ich sah, dass ich noch lange nicht über sein Know-how verfügte.

Onkel Friedel war nun schon ein etwas älterer Herr und dennoch bewegte er sich noch flott. Er sah mit seinem eisgrauen, lockigen Haar und dem eleganten Oberlippenbart wie ein Filmstar der alten Garde aus. Sein Geist war noch so beweglich wie ehedem. Ich konnte nicht glauben, wie lange wir nun schon zusammen waren und es kam mir vor, als hätten wir uns einstmals gesucht und gefunden. Wir liefen die gleichen Schritte und hatten oftmals die gleichen Gedanken. Ich betete zum Himmel, dass Onkel Friedel noch ganz lange bei mir bleiben möge. Die Lücke nach dem Tode meiner Eltern hatte er ganz ohne Zweifel ausgefüllt. Ohne ihn würde alles nicht mehr dasselbe sein. Ich fror bei dieser schrecklichen Vorstellung. Ich wusste nur zu gut, dass eine derart lange und tiefe Freundschaft ein Riesengeschenk des Lebens war, und wenn ich darüber nachdachte, dass mein alter Freund und Gönner plötzlich niemals mehr unser Hotel betreten würde, trieb es mir augenblicklich die Tränen in die Augen. Onkel Friedel hatte mittlerweile alle verfügbaren freien Plätze in meinem Herzen eingenommen. Ein gütiges Geschick musste es gefügt haben, dass ich damals den Weg in dieses »Hotel Gerdi« fand. Onkel Friedel hat mich mehr beschenkt, als es je ein Vater tun könnte. Er war das Licht meines Lebens. Für mich bewahrte er alle Liebe und Fürsorge, die er in sich trug. So schlecht konnte also mein Leben gar nicht gewesen sein. Nach all dem Schlimmen, was ich einst erlebt hatte, war er für mich zum Arzt für Leib und Seele geworden.

Oft habe ich mir darüber Gedanken gemacht, dass Häuser vielleicht auch eine Seele haben. Je nachdem, wo ein Mensch seinen Platz zum Leben sucht, würde man dies, sofern man für derlei Dinge offen ist, feststellen können. Ich hatte es bereits einmal erlebt, und ich glaube an dieses Mysterium zwischen Menschen und Häusern. Das Böse besitzt die ewige Kraft, alles auf dieser Erde in Besitz nehmen zu können. Der Ungeist hat es nicht nötig, mit dem guten Geist zu streiten, denn er ist sich seines Gewinnes längst bewusst. Immer dann, wenn ich an unseren Hof, mein Elternhaus, dachte, waren die schönen Erinnerungen wie weggewischt. Vor meinem geistigen Auge sah ich stets nur Elli und Peter, so als hätten Vater und Mutter dort niemals existiert. Das

Böse zeigt einfach die grelleren Farben, so kraftvoll, wie es seine Art ist. Vorher musste es wohl auch für meine Eltern keine gute Bleibe gewesen sein. Dennoch war ihre Liebe so stark, dass sie alles andere niederdrücken konnte. Was allerdings in diesem Haus noch viel früher geschehen war, würde für immer im Nebel der Vergangenheit verschwunden bleiben.

Als ich in bester Absicht vor Monaten dort die Türe wieder öffnete, war alles wie immer. Das nicht greifbare Dunkle lauerte in den Ecken des Hauses und nahm Peter und mich wie einst gefangen. Ganz leise schmerzte es mich, dass kein Frieden zwischen uns entstanden war, stattdessen nur pure Gewalt. Keiner Menschenseele würde ich dies je anvertrauen. Onkel Friedel wartete auf meine Scheidung, und ich konnte ihm nicht die Wahrheit sagen. Deswegen gab ich stets nur ausweichende Antworten und hoffte, dass er nicht mehr danach fragen würde. Er meinte es so gut mit mir und hoffte inbrünstig, dass ich noch einmal die richtige, tiefe Liebe finden würde.

In den vergangenen Jahren hatte ich jede Menge gut aussehende und gut situierte Männer kennen gelernt, die an meiner Person großes Interesse zeigten. Ich hatte im Laufe dieser Zeit ein Meer von Blumen erhalten. Fast so groß war auch der Anteil der Körbe, die ich an meine Verehrer verteilte. Alle Männer sahen mich stets mit dem gleichen, erwartungsfrohen Blick an. Der erste Weg, das wusste ich, würde ins Bett führen. Danach hatte ich aber am allerwenigsten Sehnsucht. Am liebsten wäre mir ein Mann gewesen, für den dies ebenfalls ganz zuletzt kam. Aber wo gab es den? Ich brauchte allem voran einen Partner für Herz und Seele. Das andere würde ich dann vielleicht auch ertragen. Außerdem war ich sehr argwöhnisch, was die eigentlichen Beweggründe meiner Liebesanwärter anging. Schließlich konnte ich von mir behaupten, eine außerordentlich gute Partie zu sein. Ich wusste, welchen Stellenwert Geld und Gut auf dieser Welt haben.

Ich musste mir in stillen Stunden eingestehen, dass ich immer noch nach jener Liebe suchte, die ich aus meinen Groschenromanen kannte. In dieser Hinsicht war ich in der Tat ein Kind geblieben. Onkel Friedel hatte dies längst erkannt und sagte immer lächelnd, es sei an der Zeit, dass ich aus meinem Elfenbeinturm steige. Ich wäre nicht Rapunzel und auch nicht Dornröschen. Wie Recht er doch hatte!

Dann dachte ich plötzlich wieder an Gerd. Ich stellte mir vor, wieder in seinen Armen zu liegen und es erregte mich tatsächlich. Er würde also ohne Frage wieder mein Prinz sein, um mich neu zu erwecken. Längst konnte ich dies nicht mehr von der Hand weisen. Dennoch hatte ich mir vorgenommen, ihn nicht mehr zu sehen, denn räumlicher Abstand würde das beste Heilmittel sein.

Aber das Schicksal hatte es anders vor. Ich konnte ihm nicht entwischen, so sehr ich mich auch bemühte. Eines Tages kam Onkel Friedel zu mir in die Küche. Er machte einen erschrockenen Eindruck, und seine Augen blickten etwas zu ernst. So kannte ich ihn nur bei besonderen Vorkommnissen. Ich war gerade dabei, eine Portion Pasta herzustellen, und meine Hände und Arme waren mehlbestäubt. Mein elegantes Kleid unter der Schütze hatte auch etwas abbekommen.

Onkel Friedel gestikulierte wortlos, was mir sagte, dass ich mir die Hände waschen und die Schürze ablegen sollte. Ich tat dies und sah ihn fragend an. Es musste ein besonderer Gast gekommen sein, der mich vielleicht einmal sehen wollte. Das gab es fast an jedem Tag. Onkel Friedel sagte, ein Herr habe nach Monika Jakobi gefragt. Er wusste genau, welcher Herr das sein musste, und mir fiel es natürlich auch sofort ein. Auf der einen Seite freute ich mich über den Besuch von Gerd Förster, auf der anderen Seite wiederum nicht. Meine Seelenruhe würde wieder einmal empfindlich gestört werden. Onkel Friedel bemerkte abschließend, dass Teresa nicht mit dabei sei. Darüber war ich sehr enttäuscht.

Ich musste mich nun wohl oder übel etwas herrichten und in die Höhle des Löwen begeben. Für Gerd Förster würde es eine große Überraschung sein, ausgerechnet mich vor sich zu sehen. Damals, als wir uns während seiner Blindheit wieder trafen, war ich Monika Jakobi gewesen und nicht Anna-Maria Perti. Meine Hände zitterten etwas, und ich begann plötzlich, wie stets in besonderen Situationen, über alle Maßen zu schwitzen. Eine riesige Aufregung nahm mich gefangen. Ich schminkte mich sorgfältig und steckte meine Haare zu einer eleganten Hochfrisur zusammen, was ich nur zu besonderen Anlässen tat. Alles in allem sah mir im Spiegel eine schöne, rassige Italienerin entgegen.

Mit etwas unsicheren Schritten trat ich in unser Restaurant und schaute mich um. Onkel Friedel gab mir einen dezenten Wink. Ganz hinten am Ende unseres wunderschönen Wintergartens saß Gerd Förster zusammen mit einem anderen Herrn. Dass keine Frau dabei war, ließ mich regelrecht aufatmen. Selbstbewusst ging ich auf den Tisch zu. Gerd und sein Begleiter sahen mir entgegen. Die Augen von Gerd werde ich wohl mein Leben lang nicht mehr vergessen. Sie lagen voller Erschrecken und gleichzeitigem Staunen auf mir. In diesem einen Moment des Erkennens war ich endlich einmal die Stärkere und befand mich auf der Überholspur. Ein großes Selbstbewusstsein überflutete mich, und ich lächelte meine Gäste freundlich an.

Innerlich lachte ich, denn er war mir heute wie eine Spinne ins Netz gegangen. Ich vermutete, dass er ähnlich empfand. Es würde für ihn eine winzigkleine Schmach bedeuten. Ich reichte ihm förmlich die Hand und vermittelte im Übrigen einen gleichgültigen Eindruck. Er war aufgestanden und begrüßte mich mit einem formvollendeten Handkuss. Ob es ihm schwer fiel, konnte ich nicht ergründen. Immerhin war er ausgesucht höflich. Ich erinnerte mich in diesem Moment daran, dass er mich zu einer anderen Zeit wesentlich herablassender behandelt hatte. Mit den Augen der Liebe hatte ich dies damals nicht erkannt. Für Gerd Förster musste es in diesem Augenblick ein kaum zu bewältigender Spagat zwischen Gestern und Heute gewesen sein.

Er stellte mir seinen Begleiter vor. Herr Doktor Merscheid war sein langjähriger Sozius in seiner Praxis. Dieser war einige Jahre älter als Gerd und trug einen Ehering. Dennoch sah er mich mit den gleichen beglückten Kuhaugen an, wie es die meisten Männer taten. Gerd musterte mich von der Seite, und in seinem Blick glomm jene Flamme, die mich damals im Hotel »Zur Linde« so machtvoll zu ihm hingezogen hatte. Auch heute fühlte ich diesen Strom an Bewunderung und Begehren.

Ich setzte mich an den Tisch und fragte geschäftsmäßig, ob alles zur Zufriedenheit der Herren sei. Nur Herr Doktor Merscheid antwortete mir auf meine Frage. Gerd Förster schien jedoch in seinen Gefühlen und Eindrücken gefangen. Es war plötzlich irgendwie schwierig, eine geordnete Unterhaltung zu beginnen. Doktor Merscheid bewies ein gewisses Einfühlungsvermögen, indem er anscheinend bemerkte, dass zwischen Gerd und mir eine Anspannung lag, die außergewöhnlich war. So verabschiedete er sich plötzlich mit einer kleinen Ausrede und ließ uns allein. Gerd Förster lächelte ihn dankbar an.

Nun saßen wir uns wortlos gegenüber. Gerd war etwas blass und musste sich mehrmals räuspern, bis er sprechen konnte. Er sagte Dinge, die in diesem Moment so banal klangen und unserer Situation in keinerlei Hinsicht gerecht wurden. Diese Art, über unser Wiedersehen zu sprechen, verärgerte mich in gewisser Weise. Aber als ich dann den Aufruhr in seinen Augen und das unmerkliche Zittern seiner Hände bemerkte, erkannte ich, dass er nicht anders konnte. Ich saß – wenn auch innerlich sehr nervös – ruhig und gelassen auf meinem Stuhl und war sehr stolz darauf, als ich meine Hände ohne jegliche Bewegung auf dem Tisch liegen sah. Die Jahre meines Lebens hatten mich stark gemacht.

Nach einiger Zeit der Regeneration auf diesen Schrecken sagte Gerd, dass er schon damals anlässlich meines Besuches in seinem Hause ständig an mich erinnert worden sei. Die erstaunliche Ähnlichkeit der Stimme von Monika Jakobi und Anna-Maria Perti habe ihn nachdenklich gemacht. Aber da er damals überhaupt nichts sehen konnte und Teresa von einer blonden Frau gesprochen habe, habe er sich zufrieden gegeben. Gerd sah mir unentwegt in die Augen, als ob er prüfen wollte, was ich in diesem Moment fühlte. Ich gab mich entspannt und antwortete, wenn auch etwas zurückhaltend, auf seine Fragen. Er schien fasziniert von meinem Werdegang und meinem Status als Inhaberin des »Albergo Bambina«. Endlich stand ich auf einer gesellschaftlichen Stufe mit ihm, und er hätte wohl zu gerne gewusst, wie mir dieser grandiose Aufstieg gelungen war.

Ich war gespannt, wie er sich nun weiter verhalten würde und hatte plötzlich das Gefühl, neben mir zu stehen oder einen Film auf einer großen Leinwand zu sehen. Die Hauptdarstellerin war aber meine Person, und ich war diejenige, die ihre Reaktionen sorgsam abwägen musste. Auf jeden Fall wollte ich die Fäden in der Hand behalten. Mit einer entsprechenden Handbewegung, wie es in unserem Hause bei besonderen Gästen gehandhabt wurde, bestellte ich eine Flasche Champagner. Onkel Friedel beobachtete uns aus sicherer Entfernung, und ich wusste, dass er im Stillen bei mir war. Gerd dachte sicher, dass meine Großzügigkeit ausschließlich mit ihm zu tun habe, und er gab plötzlich seine große Freude darüber zum Ausdruck, indem er über den Tisch nach meiner Hand fasste. Dies fand ich allerdings nun doch etwas zu intim. Was dachte er eigentlich? Hoffte er, dass wir wieder dort beginnen konnten, wo wir aufgehört hatten? Sicher wäre es ihm heute sehr recht, denn aus der kleinen, schäbigen Anna-Maria Perti war die elegante Inhaberin eines Nobelhotels geworden. Ein verstecktes Waldhaus wäre jetzt nicht mehr notwendig. Aber so leicht sollte er es nicht haben.

Ich wusste, dass ich ihn noch immer liebte, aber ich schwor mir, ihn hinreichend zu erproben. Er sollte zappeln wie ein Fisch an der Angel. Nur ein einziges Mal wollte ich die Oberhand haben und den Weg bestimmen. Ich fragte nach Teresa und sah, wie seine Augen in zärtlicher Liebe zu leuchten begannen. Teresa sei in Paris sehr glücklich und werde in der nächsten Zeit nicht zurückkommen, erklärte er mir.

Dankbar sah er mich an, als er sagte, ich hätte ihm eine wunderbare Tochter geschenkt. Dies würde uns ewig miteinander verbinden. Auf diese Dinge antwortete ich ihm nicht, sondern sah ihn nur prüfend an. In meinem Leben hatte ich gelernt, dass die

Worte des Sagens oftmals nicht mit den Worten des Denkens identisch sind. Die schönsten Worte konnten letztendlich nur Schall und Rauch sein. Sie gehörten zur Manipulation der Menschen. Den stummen Worten des Denkens galt jedoch meine Sympathie, weil sie ehrlich waren. Ich kannte diese Unterschiede, denn auch ich war diesem System unterworfen.
Irgendwie fehlten mir die Worte. Ich konnte mich plötzlich nicht in der mir eigenen, lebhaften Weise artikulieren. Es war mir, als versage meine Zunge ihren Dienst. Dabei musste ich so sehr an Pietro denken, der mir damals seine eigene Sprachlosigkeit zu erklären versucht hatte. Ich wusste mit einem Mal, dass ein jeder in eine derartige Situation kommen kann.
Gerd bemerkte meine Unruhe und machte Anstalten, sich zu verabschieden. Es war für meine Begriffe ein eher seltsames Wiedersehen, und unsere Unterhaltung war fast nicht der Rede wert. Sie war ein Stückwerk von Allgemeinplätzen und peinlichen Schweigeminuten. Dennoch nahm sich Gerd ein Herz und fragte, ob wir uns nicht wieder sehen könnten. Es gäbe doch wegen Teresa einiges zu besprechen.
Ich dachte in diesem Moment an meine noch immer nicht erteilte Einwilligung zur Adoption. Diese Sache hatte für mich überhaupt keine Priorität. Teresa würde meine Erbin sein, und alles andere interessierte mich nicht. Teresa konnte sich nicht mehr an mich erinnern, nachdem ich sie vor langen Jahren in jenem Kinderheim zurückgelassen hatte. Sie war damals noch sehr klein gewesen und hatte sich so vehement gegen meine Liebe gewehrt. Es war für ihre kleine Kinderseele kein großer Verlust, mich gänzlich aus ihrem Leben und ihrer Erinnerung zu streichen. An diese Zeit dachte ich oft mit Trauer und einem Gefühl des Versagens zurück. Dennoch war ich Gerd dankbar, dass er unsere Tochter ohne Widerstreben allein großgezogen hatte. Was er in Wirklichkeit dafür von mir erwartete, würde die Zukunft zeigen. Die Frage, ob ich noch einmal Teresas reale Mutter in diesem Leben sein durfte, konnte ich mir nicht beantworten. Meine Tochter war zurzeit so weit weg, und ihre Ferien verbrachte sie stets

bei ihren neuen Freunden am Mittelmeer. Anscheinend zog sie nichts zurück nach Maiberg. Vielleicht war sie auch verliebt? Ich machte mir im Übrigen darüber keine Gedanken.

Zum Abschied reichte ich Gerd Förster meine Hand, und wieder bekam ich einen artigen Handkuss. Ich mochte diese Art der Wertschätzung nicht. In seinen Augen erkannte ich, dass er auf meine Antwort wartete. Ich sagte ihm, dass ich sehr beschäftigt sei und mir für private Dinge einfach die Zeit fehle. Er nickte nur stumm, und ich setzte als kleines Bonbon noch hinzu, dass es vielleicht in absehbarer Zeit eine Möglichkeit gäbe, dass wir uns einmal treffen könnten. Nun lächelte er etwas und ging ohne jedes weitere Wort aus dem Restaurant. Ich sah ihm nach und lief hinüber zu Onkel Friedel. In unserem Büro erzählte ich ihm von unserem sonderbaren Wiedersehen. Er hörte mir ruhig zu und ich hätte so gerne gewusst, was er dachte. Ich fragte Onkel Friedel, wie ich mich am besten verhalten solle. Er blickte mich an und sagte, ich solle ganz einfach auf mein Herz hören, auch auf die Gefahr hin, dass es sich wieder irrte. Ich nickte und wir sprachen nun von den Dingen, die mir wirklich wichtig waren. Onkel Friedel sah an diesem Abend sehr blass aus, und er wirkte sonderbar still. Ich kannte ihn nur als lebhaften, aufgeschlossenen Menschen. Sein markantes Gesicht erschien mir plötzlich so eigenartig schmal. Ich fragte, ob ihm etwas fehle, er sei so anders. Onkel Friedel schüttelte aber nur den Kopf und meinte, dass er sich etwas abgeschlagen fühle. Er werde demnächst ein paar Tage ausspannen. Dies fand ich eine hervorragende Idee und redete ihm sofort zu. Aber wie ich Onkel Friedel kannte, wusste ich sofort, dass er für jeden Tag, an dem er frei machen wollte, eine andere Ausrede fand, warum dies nicht möglich sein konnte. Das »Albergo Bambina« war wie ein Magnet für ihn. Er konnte sich einfach nicht lösen und dachte stets, dass er mich nicht allein lassen dürfe. Aber mittlerweile war ich in diesem Geschäft so versiert, dass ich gut ohne Onkel Friedel alles steuern konnte.

An eigene Ferien hatte ich in den letzten Jahren keinen Gedanken verschwendet. Auch bei mir machte sich eine gewisse Abgespanntheit bemerkbar. Noch konnte ich alles im Rahmen meiner jugendlichen Kraft abfangen, aber ich war mir darüber im Klaren, dass ich künftig etwas mehr für mich tun musste. Immerhin lag noch ein halbes Leben vor mir, das jede Menge Arbeit und Anstrengung bringen würde. Dennoch schob ich den Gedanken an eine Ruhepause erst einmal zur Seite. Ich freute mich darüber, dass ich mich im Moment so gut mit mir selbst im Gleichklang befand. Die traurigen Gedanken an Pietro waren einer gewissen Realitätsbezogenheit gewichen. Ich konnte sein Weggehen akzeptieren, weil ich endlich verstanden hatte, wie wichtig ihm diese letzte Zeit in der Ferne war.

In den kommenden Wochen und Monaten hörte ich von Gerd Förster nichts mehr und eigentlich war ich etwas enttäuscht darüber. Ich vermutete, dass er über meine damalige kühle Haltung verletzt war und an einem weiteren Zusammentreffen kein Interesse hatte. Hart gegen meine Gefühle entschloss ich mich, keinen Gedanken mehr an diesen Mann zu verschwenden. Viel zu lange war Gerd Förster ein bleibender Gast in meinen Tag- und Nachtträumen gewesen. Nun aber schien er plötzlich wieder in gefährliche Nähe gerückt zu sein, und ich hatte den Eindruck, dass ich mich von ihm wahrscheinlich erst in der Stunde meines Todes lösen könnte.
Onkel Friedel hatte, so unglaublich es mir erschien, tatsächlich ein paar Tage Urlaub genommen. Aber statt in den Süden oder Norden zu fahren, war er zu Hause geblieben. Er wolle sein altes Haus genießen, solange er noch die Möglichkeit habe, erklärte er mir. Ich konnte ihn gut verstehen und wusste, dass er einige Tage ausschließlich mit seinen Erinnerungen leben wollte. Er sagte, diese Tage seien eine Reise in die Vergangenheit, er erlebe Glück, Leid und Freude noch einmal. Ich wusste genau, wie sie aussieht, diese spezielle Reise in ein bekanntes, aber schon so fernes Land. Was mich betraf, so vergaß ich manchmal alles, was sich ereignet hatte. Ein anderes Mal war die Rückbesinnung aber so machtvoll, dass sie mich im Hier und Heute total durcheinander brachte.

Die Ruhe, die in der letzten Zeit von mir auf eine so wunderbare Weise Besitz ergriffen hatte, sollte jedoch nicht lange anhalten. Es geschah etwas, das mein Leben und mein Herz zutiefst erschütterte. Als ich mich eines Abends nach einem anstrengenden Küchendienst, den ich mir selbst nach Jahren nicht nehmen ließ und welcher zu meinen geliebten Hobbys gehörte, auf einen gemütlichen Plausch in unserem Büro freute, sah ich, dass Onkel Friedel ganz ruhig in seinem Schreibtischsessel saß und scheinbar schlief. Da es sich um einen voluminösen Ohrensessel handelte, lag sein Kopf ganz sanft im Dreieck der oberen Lehne. Es war eigentlich sehr ungewöhnlich, denn Onkel Friedel hätte sich ein Schläfchen auf diese Art an seinem Schreibtisch niemals durchgehen lassen.

Ich lächelte zuerst, aber als ich näher kam, sah ich, dass Onkel Friedels Gesicht leichenblass war und sich seine Brust nicht mehr hob und senkte. Er hatte die Augen geschlossen, und ich ging vorsichtig auf ihn zu und strich ihm über die Wangen. Seine Haut war eiskalt, und ich erschrak in diesem Moment bis ins Mark. Ich ahnte, dass er tot war. Still und ohne Abschied hatte er mich ganz einfach verlassen. Ich meinte plötzlich, in einem tiefen Loch zu versinken. Voller Panik lief ich zur Rezeption und bat darum, dass man umgehend einen Arzt herbeirufen solle.

Dieser kam sehr schnell und stellte, wie ich vermutet hatte, den Tod des alten Mannes fest. Aller Wahrscheinlichkeit nach war Onkel Friedel an Herzversagen gestorben. Ein Sekundentod sei es gewesen, erklärte mir der Arzt und meinte, in diesem hohen Alter sei dies wahrhaftig eine Gnade. Ich hörte die Worte und fand es dennoch absurd. Was konnte denn daran so gnädig sein, dass man mir meinen väterlichen Freund genommen hatte! In diesen schrecklichen Minuten dachte ich voller Egoismus nur an den großen Verlust, der mich getroffen hatte. Ich war einfach nicht bereit, Onkel Friedel diesen schnellen und friedlichen Tod zu gönnen.

Außerdem war es uns nicht mehr möglich gewesen, noch einmal miteinander zu sprechen. Ich hätte ihm noch so viel sagen

müssen. Es war schon wahr, was der Arzt sagte: Onkel Friedel wurde das im Tode zuteil, wovon wir anderen eigentlich lebenslänglich träumen, nämlich einfach so einzuschlafen, ohne Siechtum und der Freudlosigkeit einer langen Sterbezeit.
Ich saß neben dem Toten auf einem Stuhl und weinte ununterbrochen. Mein Körper zitterte vor Kummer und Aufregung, und ich war nicht mehr in der Lage, irgendwelche Anweisungen zu geben, geschweige denn, nochmals von Onkel Friedel ein paar Minuten Abschied zu nehmen. Der junge Arzt sah sich in Anbetracht meines Zustandes genötigt, mir eine Spritze zur Beruhigung zu verabreichen. Diese machte mich so müde, dass ich mich auf die Couch legen musste und plötzlich einschlief. Ich bemerkte nicht, wie man Onkel Friedel von der Pietät abholen ließ. Alles was nun veranlasst werden musste, erledigten meine lieben Freunde aus der Küche.
Als ich erwachte, war es fast schon Morgen. Ich hatte wie in tiefer Bewusstlosigkeit geschlafen und sah nun, dass Onkel Friedel nicht mehr in seinem Sessel saß. Die Vorgänge am Abend kamen mir wie ein Traum vor und ich redete mir ein, dass er noch leben müsse. Aber dennoch wusste ich, dass das Unabänderliche stattgefunden hatte. Ich war allein für alle Zeiten. Meine Stütze und der Halt meines ganzen Lebens waren mir durch den Tod genommen worden. Plötzlich taten sich Abgründe vor mir auf. Es gab keinen, der mich nun trösten würde, wie es Onkel Friedel immer getan hatte. Ein halbes Leben waren wir wie eine verschworene Gemeinschaft einträchtig durch dick und dünn gegangen. Alles hatte nur in Gemeinsamkeit Spaß gemacht und jeder Tag war erst schön gewesen, wenn wir unsere Erfolge miteinander teilen konnten.
Nach meinen geliebten Eltern und meinem Bruder war Onkel Friedel der Mensch gewesen, dem ich vertraute und der mir Vertrauen geschenkt hatte. Darüber hinaus hatte er mir sein Herz zu Füßen gelegt und ich ihm das meine. Es war eine Liebe weit über das hinaus, was Menschen für Liebe halten. Onkel Friedel war die beste Erfahrung und das größte Glück meines Lebens

gewesen. Alles andere trat dabei zurück, sogar der Gedanke an mein eigenes Kind. Ich liebte Teresa zwar, fühlte mich aber stets von dem Gedanken bedroht, irgendwann wieder von ihr abgewiesen zu werden. Unter dieser Erfahrung habe ich sehr lange gelitten.

Die Lücke, die Onkel Friedel in meinem Herzen hinterließ, würde kein anderer Mensch mehr schließen können. In den kommenden Tagen beerdigte ich meinen Freund mit aller Würde, die ihm gebührte. Es war eine festliche Beisetzung inmitten einer riesigen Trauergemeinde. Ich stand still und gefasst am Grab und warf nach den obligatorischen drei Schaufeln Erde einen großen Strauß blutroter Rosen auf den Sarg. Auf der Schleife meines Kranzes standen die Worte »Arrivederci amore«. Es waren italienische Abschiedsworte, denn Onkel Friedel hatte Italien aus tiefstem Herzen geliebt. Eine unendliche Kette von Menschen kondolierten mir, doch ich konnte mich im Nachhinein an keinen einzigen erinnern. Auch Gerd Förster schritt an mir vorüber und reichte mir die Hand. Gleichgültig nahm ich ihn wahr. In diesen Stunden verkümmerte er für mich zu einem Nichts.

Ich lud die Trauergemeinde in unser »Albergo Bambina« zu einem Tröster ein. Diesen Tröster hatte ich im Geiste von Onkel Friedel gestaltet. Die Räume waren mit roten und weißen Blumen aus dem Süden Italiens dekoriert, und wir reichten italienischen Kuchen und Gebäck. So hatte es sich einst Onkel Friedel gewünscht. Eigentlich war ich darüber sehr traurig, dass Onkel Friedel Italien in seiner Schönheit niemals wirklich kennen gelernt hatte. Warum, fragte ich mich, waren wir nicht einmal gemeinsam in den Süden gefahren? Doch ich wusste, wir hätten uns nicht von unserer Arbeit lösen können. Immer hätten wir beide irgendwelche Ausreden gefunden. In allem waren wir verwandte Seelen. Ich hatte für ihn Italien verkörpert, mit meinem Aussehen, meiner Fröhlichkeit und meinem warmen Herzen.

Fast schien es, als befände er sich während des Trösters unter uns. Alle sprachen mit großer Achtung von ihm und lobten ihn als einen besonderen Menschen. Unsere Angestellten schlichen mit verweinten Augen durch die Räume. Auch sie hatten ihn geliebt. In einer kurzen Rede nahm ich noch einmal ganz persönlich und öffentlich von meinem Freund und Gönner Abschied. Die Menschen in unserem Restaurant lauschten gebannt meinen Worten. Ich sagte ihnen, wie sehr Onkel Friedel der Sprache des Herzens mächtig gewesen sei. Vor langen Jahren habe er mich als einstmals heimatlos umherirrende junge Frau aufgenommen und ohne zu fragen, wer ich war und woher ich kam, an sein Herz gedrückt. Ohne ihn wäre ich wahrscheinlich verloren gewesen. Er habe mir vertraut, mich gefördert und mir Mut gemacht, einen eigenen Weg zu gehen. Die Liebe meines Lebens sei er gewesen – wenn auch nicht in jenem Sinne, den man vielleicht vermuten könnte. Bei diesen Worten hatte ich in die Runde geblickt, und meine Augen machten an der Türe halt. Dort stand Gerd Förster, der mir ernst zuhörte.

Nun hatte ich es ihm gesagt, ohne dass ich es wollte, wer wirklich die Liebe meines Lebens war. Onkel Friedel hatte mich nie mit irgendwelchen zweideutigen Dingen belästigt, obwohl er damals, als ich in sein Hotel kam, noch immer ein Mann in den besten Jahren war. Er respektierte mich als Frau und schenkte mir dadurch die nötige Ruhe, um zu dem zu werden, was ich heute darstellte. Ich beendete meine Rede und erhielt lang anhaltenden Beifall. Die Presse hatte ich ebenfalls eingeladen, da diese in all den vergangenen Jahren stets sehr freundlich über unser »Albergo Bambina« berichtet hatte. Es wurden jede Menge Bilder geschossen, und immer war ich der schwarz gekleidete Mittelpunkt.

Gegen Abend fuhr ich nach Hause, und einsam weinend nahm ich mein Abendbrot ein. So würde es nun immer sein, dachte ich. Es waren keine frohen Gedanken, und als plötzlich die Klingel der Haustüre schrillte, erschrak ich zutiefst. Frau Martens öffnete, und ich hörte undeutlich eine Männerstimme. Dann öffnete sich die Türe unseres Esszimmers, und mein Herz machte einen verrückten Satz, als Gerd Förster eintrat. Er sagte höflich:

»Guten Abend«, und entschuldigte sich für den Überfall. Aber er habe gesehen, wie traurig ich gewesen sei und er wolle mir ein wenig Trost spenden. Ich hörte seine Worte und war eigentlich keinesfalls davon überzeugt, dass ausgerechnet er mir an diesem Tag gut tat.
Dennoch bat ich ihn, abzulegen und Platz zu nehmen. Frau Martens legte sofort noch ein Gedeck auf. Er nahm diese unausgesprochene Einladung ohne ein Wort an, und wir saßen uns eine Zeitlang schweigend gegenüber. Eigentlich hatte ich überhaupt keine Lust, mit irgendeinem Menschen zu sprechen. Aber da er nun vor mir saß, musste ich höflich ein Gespräch in Gang bringen. Seine Augen ruhten unverwandt auf meinem verheulten Gesicht. Aber dies war mir heute ganz gleich. Er sollte ruhig wissen, mit wem ich bisher mein Leben geteilt hatte und wie wichtig mir dieser Mensch gewesen war. Ich wusste nicht, was er über das Verhältnis zwischen mir und Onkel Friedel dachte. Vielleicht meinte er, dass wir Liebende gewesen seien. Gerds Mutmaßungen waren mir gleichgültig. Ich wusste nur eines, dass er mich wieder durcheinander bringen würde, so wie jedes Mal, wenn wir uns trafen. Auch jetzt klopfte mein Herz wieder unruhig, und unsere Augen blickten sich irgendwie atemlos an, als könnten sie sich niemals mehr loslassen. Ich sah trotz meiner Trauer seinen lockenden Blick, dem ich schon damals machtlos ausgeliefert gewesen war.
Still aßen wir und Frau Martens räumte später diskret den Tisch ab. Ich bat ihn, da ich nicht wusste, wie lange er seinen Besuch auszudehnen gedachte, in unser Wohnzimmer. Wir setzten uns an den Kamin und tranken ein Glas Rotwein. Der Wein schoss mir augenblicklich in den Kopf und verwirrte mich weitaus mehr als bei anderen Gelegenheiten. War es der Mann neben mir oder waren es die Aufregungen dieses Tages?
Gerd Förster erzählte plötzlich von Teresa, von ihrer Zeit in Paris und ihren Reisen an die Côte d'Azur. Ich fragte, ob sie nicht Sehnsucht nach ihrem Vater habe und warum sie gar nicht mehr nach Maiberg komme. Gerd lachte dazu und meinte, dass er sie

ermuntert habe, die Zeit in der Fremde zu genießen. Zu Hause könne sie noch lange genug sein. Gerne hätte ich erfahren, ob unsere Tochter wusste, dass Monika Jakobi, die sie einmal kennen gelernt und besucht hatte, ihre leibliche Mutter war. Fast so, als habe er meine Frage erahnt, schnitt er dieses Thema an und ließ mich so nebenbei wissen, dass er Teresa über ihre Herkunft zu einem späteren Zeitpunkt aufklären werde. Auf meine Frage, ob sie niemals nach ihrer Mutter geforscht habe, sagte er, dass er sich nicht daran erinnern könne. Auch in späteren Jahren habe ihn Teresa darauf nicht angesprochen.

Ich wusste intuitiv, dass dies eine Lüge war. Ich konnte mir nicht vorstellen, dass bei einem Kind oder einer jungen Frau die eigene Mutter derart in Vergessenheit geraten konnte. Zu gerne hätte ich erfahren, was Gerd Teresa damals erzählt hatte. Irgendwann, dessen war ich mir sicher, würde ich es hören. Das Thema einer Adoption erwähnte Gerd dieses Mal nicht und auch später nicht mehr. Es war so, als sei dies niemals zwischen uns zur Sprache gekommen. Die Gründe hierfür konnten meines Erachtens vielschichtig sein.

Später schweiften wir aber von diesen Dingen ab, und Gerd erzählte von seiner Praxis und seinen Patienten. Immer wieder fragte er mich, wie ich es geschafft habe, dieses wunderbare Unternehmen auf die Beine zu stellen. Ich antwortete ihm, dass der Grundstock von Onkel Friedel stamme. Alles andere sei durch unsere jahrelange gemeinsame Arbeit entstanden. Nun konnte ich etwas befreiter sprechen, denn es war ein für mich vertrautes Metier und ich freute mich sogar über Gerds Interesse.

Er fragte, für meine Begriffe etwas zu neugierig, wie die Besitzverhältnisse nun nach dem Tode meines Teilhabers seien. Ich antwortete ihm darauf, dass ich es nicht wisse. Man müsse die Testamentseröffnung abwarten. Es würde allerdings gar keine stattfinden, denn Onkel Friedel hatte zwischenzeitlich noch einmal seine Hinterlassenschaft geändert und sich dazu entschlossen, mir alles bereits zu Lebzeiten zu schenken. Ich erachtete es nicht für notwendig, Gerd über meine persönlichen Angelegenheiten zu informieren. Schließlich hatten wir uns lange aus den Augen verloren und ich fühlte mich keineswegs mit ihm befreundet. Als Psychologe merkte er ganz bestimmt, dass er noch einiges tun musste, um mein Vertrauen zu erringen. Ein klein wenig schämte ich mich für mein Misstrauen und meine Vorbehalte. Onkel Friedel hatte immer wieder gesagt, man müsse sich Vertrauen erst verdienen. Es sei kein X-Ypsilon-Geschenk, das man so einfach überreichte.

Meine besten Vorsätze gerieten in dem Maß ins Wanken, je mehr sich die Flasche leerte. Gerd sagte plötzlich, dass er diesen Besuch nicht so lange ausdehnen wolle. Er stand vor mir, und ich spürte auf einmal, dass mir meine Beine versagten und hielt mich unsicher am nächstbesten Sessel fest. Gerd nahm plötzlich meinen Arm, und ehe ich mich versah, hielt er meinen Körper fest umschlungen. Er blickte mir tief in die Augen. Eine unglaubliche Schwäche durchflutete meinen Körper, denn sein Lächeln verzauberte mich augenblicklich. Am liebsten hätte ich mich befreit, aber je näher sein Mund kam, desto größer war mein Wunsch, ihn zu spüren. Er küsste mich zuerst sehr zart, und ich erwiderte seinen Kuss. Alles in meinem Körper befand sich in Aufruhr, und seit langen Jahren begehrte ich endlich wieder einen Mann. Seine Küsse wurden fordernder und meine gleichermaßen.

Er ging zur Wohnzimmertüre und drehte den von innen steckenden Schlüssel um. Es wäre nicht notwendig gewesen, denn Frau Martens musste schon lange das Haus verlassen haben. Er kam zu mir zurück, und ich spürte seine und meine Erregung. Er legte mich auf die Couch und kam in Sekundenschnelle zu mir. Wir vereinigten uns, so als habe es niemals eine Trennung gegeben. Atemlos lagen wir danach beieinander, und ich legte meinen Kopf auf seine behaarte Brust. Es war wie damals im Waldhaus, und es gab keine Zeit dazwischen. Nun war wieder das alte Feuer entzündet, und ich fürchtete mich plötzlich vor dem Brand. Gerd sah mich an und ich hoffte wieder in meiner kindlichen Seele, er würde mir sagen, dass er mich liebt. Aber

er sagte nichts, sondern nahm nur meine langen, schwarzen Haare in seine Hände. Ich tröstete mich mit dem Gedanken, dass Männer nun einmal so waren.
Nach einiger Zeit zog er sich an, und ich begleitete ihn zur Türe. Dort küsste er mich noch einmal und sagte: »Auf Wiedersehen.« Ich war nun etwas ernüchtert, denn ich hatte erwartet, er würde über den nächsten Tag, unser nächstes Zusammentreffen sprechen. Aber er sagte darüber kein Wort. Vielleicht wollte er mich auch überraschen. Immer wieder suchte ich in meiner Naivität, die ich in Liebesdingen wohl nie verlieren würde, stets nur das Gute. Onkel Friedel hätte über meine Gefühle wahrscheinlich die Hände über dem Kopf zusammengeschlagen. Er kannte meine mädchenhafte Unverdorbenheit, denn ich hatte ihm alles aus meinem Leben erzählt, auch die intimeren Passagen. Ich lief noch immer einem Traum hinterher und wollte, dass er sich endlich erfüllte. In dieser Hinsicht war ich nicht zu heilen.
Als ich in mein Bett ging, beschloss ich, positiv zu denken und darauf zu vertrauen, dass Gerd und ich vielleicht doch noch endgültig zusammenfinden würden. Ich hatte nun einiges zu bieten und für ihn, der auf diese Dinge mehr sah als auf ein liebendes Herz, musste ich eine gute Partie sein. In meiner Vorstellung standen wir vor dem Traualtar, und Teresa reichte uns die Ringe. Ich aalte mich in diesen Hoffnungen und Wünschen, obwohl ich noch vor kurzem eine weitere Ehe vollkommen ausgeschlossen hatte. Dann dachte ich mit Erschrecken daran, dass ich ja noch immer mit Peter Lohmeier verheiratet war! Da ich bisher keine Notwendigkeit für eine Scheidung gesehen hatte, hatte ich diese auch in der Vergangenheit nicht betrieben. Ich beschloss, mich nun unverzüglich darum zu kümmern.
Am kommenden Morgen stand ich schon früh und voller Erwartung auf. Obwohl ich um Onkel Friedel sehr trauerte, freute ich mich auf den neuen Tag. Vielleicht sah ich Gerd wieder, und wir würden einen weiteren gemütlichen Abend verbringen. Aber diesem Tag folgten viele andere, ohne dass ich von Gerd Förster etwas hörte. Selbst telefonisch nahm er mit mir keinen Kon-

takt auf. Ich aber bewahrte mit Mühe meinen Stolz und verbot mir deshalb, bei ihm anzurufen. Es gab für mich den Grundsatz, keinem Mann nachzulaufen. Aber in meinem Herzen wühlte eine große Sehnsucht. Sie hatte die gleiche Qualität und Intensität wie damals, als ich tagtäglich zum Haus im Wald gelaufen war. Der Kreis hatte sich wie das Ei des Kolumbus geschlossen. Ich bereute es ein ganz klein wenig, dass ich mich selbst verraten hatte und rückfällig geworden war. Schon damals hatte ich eine Liebe erlebt, die mit Leiden geendet hatte. Wer gab mir die Garantie, dass dies nicht wieder eintreten würde? Vielleicht war es bereits jetzt schon vorüber, bevor es überhaupt wieder richtig angefangen hatte?

Ich vergrub mich in meine Arbeit und in die Abwicklung von Onkel Friedels Sterbefall. Seine Räume in unserem gemeinsamen Haus ließ ich vorläufig so wie sie waren. Oftmals wanderte ich einsam durch diese Wohnung, und aus allen Ecken und Winkeln sprang mir Onkel Friedel entgegen. In diesen kurzen Minuten tankte ich seltsamerweise Kraft und Energie, als sei dieser Bereich des Hauses ein besonders spiritueller Ort. Hier war mein alter Freund noch ganz real. Sein Tod hatte sich in diesen Räumen noch nicht manifestiert. In einer kleinen Kassette hatte ich irgendwann einmal einen Abschiedsbrief für mich gefunden. Es war aber nicht so, dass Onkel Friedel seinen Tod vorhergesehen hätte, denn dieser Brief trug ein viel früheres Datum. Vorausschauend, wie er stets gehandelt hatte, wollte er mir noch etwas für mein weiteres Leben mitgeben, was ihm wichtig erschienen war.
So erzählte er in diesem Brief von Dingen, die zwischen uns niemals zur Sprache gekommen waren. Er zeichnete mir ein Bild seiner Jugend und seiner Ehe, sodass ich nun meinen Freund kannte wie meinen eigenen Vater. Es gab keine Geheimnisse mehr. Er hatte mir alles anvertraut, das Gute und auch das Böse in seinem Leben. Diesen Brief hatte ich in meinem Tresor verwahrt. Er war mir mehr als heilig. Die schönen Schmuckstücke seiner

Ehefrau hatte mir Onkel Friedel schon vor Jahren geschenkt. Es waren sehr wertvolle Teile, denn seine Frau Thekla entstammte einer alten Adelsfamilie aus dem Bayerischen. Onkel Friedel hatte keine weiteren Verwandten besessen. Alle waren zum Teil im Krieg umgekommen oder ebenfalls schon längst ohne Nachkommen verstorben.

Ciao Amore

Es waren lange Wochen vergangen, in denen ich mich vor Sehnsucht nach Gerd nicht wieder erkannte. Mein Körper war zu neuem Leben erwacht und begehrte sein Recht. Mehrmals hatte ich in seiner Praxis angerufen, aber als die Sprechstundenhilfe durchstellen wollte, legte ich auf. Gerd kannte meine Handy-Nummer nicht, deshalb konnte ich es wagen anzurufen. Dann wieder entschloss ich mich, heimlich bei Nacht einmal zu Gerds Haus zu fahren. Ich wollte ihm wenigstens auf diese Weise nahe sein. Ich musste in dieser Sache meine ganze Vernunft aufbieten, um stark zu bleiben.
Doch irgendwann hielt ich es nicht mehr aus und rief mutig in seiner Privatwohnung an. Ich fragte seine Haushälterin nach Teresas Anschrift in Paris. Die Frau am anderen Ende des Telefons sagte, sie kenne die Anschrift nicht und wollte ganz genau wissen, wer ich sei. Ich sagte ihr meinen Namen, und sie verband mich sofort mit Gerd. Überrascht hörte ich in Sekundenschnelle seine Stimme. Ich meldete mich und er schien sehr erfreut. Belanglos fragte er, wie es mir ginge. Ich dankte und antwortete kühl, dass alles zum Besten sei. Tränen drückten in meinen Augen. Dann rang ich mich durch, ihn nach der Anschrift von Teresa zu fragen. Er sagte, dass sie sich derzeit mit ihren Freunden wieder auf einer Kreuzfahrt im Mittelmeer befinde. Im Übrigen wisse er nicht, wann und wo dieses Schiff in den jeweiligen Häfen anlege. Er sei der Ansicht, dass man Teresa diese Wochen in Ruhe genießen lassen sollte. Gerds Worte klagen sehr geschäftsmäßig und unbeteiligt. Ich konnte mich des Gefühls nicht erwehren, dass er mich, warum auch immer, von Teresa

fernhalten wollte. Mit keinem Wort erwähnte er unsere Liebesnacht, so als habe sie nie stattgefunden.

Dieses nichts sagende Gespräch war für mich so enttäuschend, dass ich mich kurzerhand verabschiedete und den Hörer auflegte. Nachdem wir uns wieder so nahe gekommen waren, hatte ich mir eingebildet, dass wir ganz anders miteinander sprechen müssten, und ich ärgerte mich über meine Gefühlsduselei. Wann würde ich es endgültig lernen, Männer zu verstehen? Ich hatte aber leider keine anderen Erfahrungen als die mit Gerd und meinem Ehemann. Onkel Friedel schied aus, wenngleich ich nicht wusste, wie er sich in der Liebe verhalten hätte. Darüber mochte ich aber im Andenken an ihn nicht spekulieren.

Nun war mein Seelenzustand noch desolater, denn ich verspürte einerseits Sehnsucht nach Gerd, doch andererseits war ich fest entschlossen, mich nie mehr überrumpeln zu lassen. Noch am selben Abend stand Gerd plötzlich vor meiner Türe. Es war schon weit nach elf Uhr abends, und ich war gerade aus dem Hotel in meinem Haus angekommen. Er hatte eine Flasche Champagner unter seinem Arm und lächelte mich zärtlich an. Schon an der Türe küsste er mich und ich ihn. Alle Sorgen waren plötzlich wie weggewischt, und ich wollte nur noch mit ihm in mein Schlafzimmer. Später lag ich wieder glücklich in seinem Arm. Ich roch seinen Schweiß, und er küsste meine Brüste und liebkoste meinen Bauch. Eine ganze Nacht schenkte er mir dieses Mal, aber am kommenden Morgen, als ich erwachte, war er schon wieder weg. Verliebt suchte ich nach einem Abschiedsgruß. Aber es gab keinen. Nur die Erinnerung an unsere Liebesstunden nahm ich mit in den neuen Tag.

Wieder begannen die grausamen Stunden des Wartens. Gerd ließ mich auch dieses Mal an der langen Leine zappeln. Ich hörte wieder tagelang nichts von ihm, bis er unerwartet auftauchte. Sein Verhalten erschien mir äußerst seltsam. Es hatte etwas überaus Unzuverlässiges. Wenn er mich liebte, sagte ich mir, konnte er mir doch sagen, wann er wiederkommen würde. Ich war bereit,

alles zu verstehen. Dennoch wagte ich es nicht, ihn in unseren gemeinsamen Stunden danach zu fragen.
Ich erwartete so viel und eigentlich erhielt ich nichts. Er machte mir keine Hoffnungen auf eine gemeinsame Zukunft, und es gab auch keine Liebesschwüre. Alles lief nach dem gleichen Schema ab wie damals. Ich war mir schon lange darüber im Klaren, dass ich mich gegenüber diesem Mann in einer gewissen Abhängigkeit befand, und so lange ich lebte würde ich diese nicht ablegen können. Über derartige Dinge hatte ich einige Bücher gelesen. In der Hoffnung, dass mit Teresas Rückkehr eines Tages eine Änderung einträte, lebte ich zwischen Glück und Sehnsucht. Für diese Liebe vernachlässigte ich so manches Mal meine Arbeit im Hotel. Meine Freunde sahen, dass ich nicht vollkommen glücklich war. Aber ich konnte und wollte meine Zweisamkeit mit Gerd nicht preisgeben. Es sollte keiner wissen, wie sonderbar diese Liebe war.
Ich verfluchte die Minuten, in denen ich mich wieder in Gerds Hände begeben hatte. Meine Erfahrungen schienen vergessen. Es war mir längst nicht mehr unverständlich, warum viele Frauen unter solchen Bedingungen irgendwann zugrunde gehen. Ich suchte Geborgenheit, das Wissen um das gegenseitige Zueinanderstehen und wollte darüber hinaus auch meinen Körper glücklich machen. Es wäre die einfachste Sache der Welt gewesen. Eigentlich wusste ich überhaupt nicht, was Gerd dachte und fühlte. Er nahm mich mit Leidenschaft und ließ mich mit der gleichen Leidenschaft einfach im Ungewissen. Ich dachte immer, wenn sich zwei Menschen lieben, hätten sie nur den einen Wunsch, jede Stunde und jeden Tag zusammen zu verleben. Wäre dies zwischen uns Menschen nicht gelebte Wirklichkeit, so blieben die Standesämter wohl leer. Ich wusste, dass ich an die falschen Männer geraten war. Beide zeigten in dieser Hinsicht eine gewisse Gefühlskälte, nur dass der eine wesentlich besser zu durchschauen war als der andere.
Vor langer Zeit hatte Onkel Friedel mir einmal im Zusammenhang mit Gerd Förster gesagt, er kenne keinen Psychologen oder

Psychiater, der nicht selbst ein wenig verrückt sei. Diese Menschen würden sich wahrscheinlich mit der Zeit schon durch ihren Beruf in ihrer Gefühlswelt verändern. Daran dachte ich nun und hatte den vagen Verdacht, dass dies ohne Zweifel so sein konnte. Ich wartete also weiterhin auf den heiß ersehnten Tag »X«. Festhalten konnte ich Gerd jedoch nicht. Manchmal kam er zwei Tage hintereinander und ich dachte, dass endlich das Eis gebrochen sei. Dann ließ er mich wieder drei Wochen schmoren. Langsam verlor ich meine Selbstachtung und nahm mir vor, mit ihm demnächst über unsere Zukunft zu sprechen. Auch diese Unterredung konnte ein Sprung ins kalte Wasser sein. Vielleicht würde daraus unsere endgültige Trennung hervorgehen.
Fortan hatte ich nur noch Gerd im Sinn. Alles andere trat in den Hintergrund. Selbst die Trauer um Onkel Friedel und der Kummer um das Verschwinden von Pietro nahmen eine weit entfernte Gestalt an. Tag und Nacht dachte ich an meinen Geliebten. Das nächste Mal, als er kam, war ich fest entschlossen, das für mich so notwendige Gespräch mit ihm zu führen. Ich musste unter allen Umständen wissen, wie es mit uns weitergehen sollte.
Wir liebten uns und anschließend tranken wir am Kamin Champagner. Gerd Förster saß mir gelöst und gut gelaunt gegenüber. Ich betrachtete ihn und kam zu dem Schluss, dass er noch immer ein wirklich schöner, begehrenswerter Mann war. Nur besaß ich ihn nicht in der Form, in der ich es mir wünschte. Ich suchte ständig in seinen Augen nach einem Indiz, das erkennen ließ, was er für mich empfand. Aber ich sah im Geiste nur seine Augen, wenn sie schwarz vor Leidenschaft waren. Kurz darauf erlosch jedoch auch dieses Licht. Ich fragte mich, was ich eigentlich wollte. Richtig wäre es, alles so zu nehmen wie es kam. In vielerlei Hinsicht war ich auf keinen Mann angewiesen. Frei und ungebunden konnte ich leben und lieben, wen ich wollte. Aber so einfach war es nicht. Ich hatte nämlich nur einen Wunsch, nämlich diesen einen Mann mit Haut und Haaren zu besitzen. Es musste wohl zu viel sein, wie ich bald feststellen sollte.

Zaghaft wandte ich mich ihm später zu und fragte mit dem Mut der Verzweiflung, wie es mit uns weitergehen würde. Erstaunt blickte er mich an und sagte, es könne so, wie es sei, bleiben. Wir verbrächten doch schöne Stunden miteinander und hätten unseren Spaß. Als ich dieses Wort »Spaß« hörte, brannte es wie Feuer in mir. Ärger und Verletztheit krochen in mir hoch. Ich sagte zu Gerd, dass ich keine Frau sei, die man nach Lust und Laune einfach aus der Schublade ziehe. Im Übrigen passe das Wort »Spaß« doch eher zu einer Gespielin aus gewissen Etablissements.
Gerd lachte und meinte, ich solle nicht alles so tragisch nehmen. Er sagte, dass er gerne mit mir zusammen sei, aber deswegen müssten wir uns doch nicht täglich auf die Nerven gehen. Ich sah ihn wie erwachend an und fragte, ob seine Worte etwas mit Liebe zu tun hätten. Wieder lachte er und antwortete, Liebe sei relativ. Selbst die Tatsache, dass Teresa unsere Tochter sei, begründe keine Zweisamkeit für alle Zeiten. Meine Hochzeit mit Gerd, die ich mir vor meinem geistigen Auge vorgestellt hatte, fiel also aus.
Ich wollte meine Würde nicht verlieren und versuchte, so ruhig wie möglich zu bleiben. Er sollte nicht merken, wie verletzt ich war. In der Vergangenheit hatte er mich benutzt und ausgetrickst und es schien, als täte er es nun wieder. Ich sagte ihm mit einer gespielten Ruhe in der Stimme, dass ich ihn damals geliebt hätte und auch noch heute liebe. Dies sei ein Geschenk und ich wolle als erwachsene Frau nicht wie ein Spielzeug behandelt werden, welches man beliebig austauschen könne.
Gerd sprang auf und kam auf mich zu. Er nahm mich in den Arm und streichelte über meine Haare. Etwas in mir sträubte sich gegen diese Berührung. Er spürte meine Abwehr und sagte dann, kalt auf mich herabsehend, wenn ich die Wahrheit so genau wissen wolle, so werde er sie mir sagen. Unser Liebesverhältnis habe er immer unter dem Aspekt des beiderseitigen Unterhaltungswertes verstanden. Dass ich so darauf erpicht sei, für alle Ewigkeiten einen Mann zu bekommen, verstehe er nicht. Schließlich sei ich eine reiche Frau, die sich den Luxus

eines Liebhabers ohne Tiefgang leisten könne. Ich brauche doch keinen Partner, der mich ernähre. So habe er mich eigentlich in den letzten Monaten gesehen. Er könne mir keine Hoffnung auf eine Verbindung machen, noch nicht einmal um unserer gemeinsamen Tochter willen.

Die Worte prasselten wie Eisschauer auf mich herab. Aber Gerd war noch nicht zu Ende. Er sprach weiter und sagte mir, dass er in einer Woche heiraten werde. Es sei die Tochter seines Partners, die er in Anbetracht der gemeinschaftlichen Praxis ehelichen müsse. Im Übrigen hätte dies mit uns nichts zu tun. Wir könnten uns auch weiterhin sehen. Ich wisse doch, wie sehr er mich schätze. Er sagte einfach »schätze«, nicht »liebe«. Margarita sei eine schöne junge Frau, mit der er auch noch einmal Kinder haben wolle. Jedes einzelne Wort war ein Schnitt in meine lebendige Seele. Er hatte mich also wieder verraten und ausgenutzt! Mit Aufbietung meiner letzten Kräfte fragte ich noch, ohne mir meinen Kummer anmerken zu lassen, was dann mit Teresa geschehen würde. In diesem Augenblick war es mir sehr wichtig, dies zu erfahren. Er sagte, Teresa könne später ihren Beruf ausüben und ihr eigenes Geld verdienen. Alle Liebe, die ich ihr nicht geben konnte, habe er ihr geschenkt. Im Übrigen könne er Teresa auf keinen Fall sagen, dass ich ihre Mutter sei. Um dieses Thema ein für allemal aus der Welt zu schaffen, habe er mich damals der Einfachheit halber sterben lassen. Damit hatte sich Teresa dann zufrieden gegeben.

Ich konnte diese Worte nicht glauben. Für meine Tochter war ich tot, und gleichzeitig hatte ich mich so nahe an einer endgültigen Wiedervereinigung mit ihrem Vater gewähnt! Es war einfach unglaublich. Ein grenzenloser Hass stieg in mir auf. Hätte ich in diesem Moment eine Pistole zur Hand gehabt, so wäre Gerd Förster wahrscheinlich ein toter Mann gewesen. Stattdessen stand er noch immer ohne ein schlechtes Gewissen vor mir, so als habe er mir gerade eine völlig unwichtige Kleinigkeit mitgeteilt. Seine männliche Schönheit zerrann plötzlich vor meinen Augen, und sein Gesicht nahm für mich scheußliche Züge an.

Ich stand nun ebenfalls auf und blickte in sein herausfordernd lächelndes Gesicht. Ehe ich mich versah, landete meine Hand mit einem lauten Klatschen auf seiner Wange. Darüber war er sehr erschrocken und blickte mich verwundert an. Ich sagte nur noch das Wort »hinaus« und riss die Türe des Zimmers weit auf. Dabei liefen plötzlich Tränen aus meinen Augen. Er ging Schulter zuckend und grinsend an mir vorbei aus dem Haus. Ich knallte hinter ihm die Türe zu und warf mich auf mein Bett. Eine Nacht und einen halben Tag weinte ich über meine Erniedigung. Im Hotel meldete ich mich krank. Meine Seele war zutiefst verletzt, und ich war drauf und dran, mich einfach umzubringen. Wie sehr sehnte ich mich in diesen Tagen nach Onkel Friedels Trost! Stattdessen lag ich verzweifelt und alleine in meinem Bett, das noch das After Shave von Gerd Förster ausströmte. Voller Ekel riss ich die Bettwäsche herunter und bezog alles neu. Danach legte ich mich wieder hin. Erst am Abend zwang ich mich aufzustehen, um etwas zu essen. Viele Male hatte das Hotel angerufen, aber ich war nicht in der Lage mich zu melden. Sie würden sich sicher große Sorgen machen.

Die kommende Zeit war sehr schlimm für mich. Ich musste leben, aber es fiel mir so unsäglich schwer. Den Kummer, den ich still und verzweifelt trug, konnte man mir zwischenzeitlich ansehen. Ich nahm jeden Tag etwas mehr ab, und meine Züge wirkten auf eine groteske Art verhärmt. Die prüfenden Blicke meiner Mitarbeiter sprachen Bände. Aber keiner wagte es, mich auf meine Probleme anzusprechen.
Nach einer langen Zeit des Nachdenkens, wobei ich Vergangenheit und Zukunft aufarbeitete, kam ich eines Tages zu der Erkenntnis, dass ich, genau wie mein Bruder Pietro, weggehen sollte. Ich hatte genügend Geld, um bis zu meinem Lebensende sorgenfrei leben zu können. Vielleicht wäre es gut, nach dem ganzen Leid und allen Enttäuschungen an irgendeiner anderen Stelle dieser Erde einen Neuanfang zu wagen. Hinsichtlich dieses Gedankens war ich nun hin und her gerissen. Einerseits schalt ich

mich der Treulosigkeit gegenüber Onkel Friedel, wenn ich sein Lebenswerk so einfach um des Geldes und meiner persönlichen Befindlichkeiten willen verkaufte. Dann wiederum dachte ich, vielleicht hätte er mir aber auch dazu geraten, und im Übrigen war es zu einem großen Teil mein eigenes Lebenswerk. Onkel Friedels Charakter hatte in vielen Dingen eine enorme Makellosigkeit ausgezeichnet. Allein schon deswegen, weil er keinen Egoismus gekannt und Geld für ihn erst weit nach den Menschen rangiert hatte. Ich wusste, diese Sache hatte ich ganz allein zu entscheiden. Onkel Friedel war tot und würde nie mehr wiederkommen, was sollten also meine Skrupel?

Dann dachte ich wieder an Teresa. Sie wäre meine Erbin, und ich würde ihr vielleicht am Ende nicht mehr viel hinterlassen. Voller Schmerz machte ich mir klar, wenn ich schon niemals mehr ihre Mutter in diesem Leben sein durfte und sie denken musste, dass ich längst gestorben sei, so konnte ich auch ganz ruhig in diesem Sinne handeln. Ich würde alles was ich besaß verkaufen und was nach meinem Tode übrig bliebe, sollte Teresa erhalten. Es schien mir plötzlich der einfachste und beste Weg. Ich war nicht mehr bereit, auf irgendein Wunder zu warten. Ich musste mir ganz einfach mein Wunder selbst schaffen. Meine bedingungslose Aufopferungsbereitschaft hatte als Einziger nur Onkel Friedel anerkannt, mein Bruder Pietro wiederum nicht, wie ich in diesem Zusammenhang mit Bitternis feststellen musste. Jeder richtete sich nach seinen Wünschen ein und tat was ihm beliebte. Ich aber schaute immer nur nach den anderen und nahm nur deren Ansprüche ernst. Ich verleugnete meine Wünsche und Hoffnungen, indem ich im »dienen« den Sinn des Lebens suchte. Nun aber war ich entschlossen, dass dies aufhören musste. Ab heute würde ich nur noch selbst im Mittelpunkt stehen.

Diese Gedanken befreiten mich plötzlich von dem festen Eisenring, der um mein Herz lag. Dennoch war der Schmerz nicht vergangen, er hatte sich nur in eine hintere Ecke verkrochen. Ich ging nun mit Elan daran, alle meine Vorhaben auf den Weg zu bringen. In einer kleinen Betriebsversammlung hatte ich meinen

Angestellten meine Pläne mitgeteilt. Ich versprach ihnen nach meinem Ausscheiden eine gute Abfindung. Dies war mein persönliches Abschiedsgeschenk. Außerdem wollte ich alles daran setzen, meinem Nachfolger auch die Übernahme des lebenden Inventars schmackhaft zu machen. Ich bemerkte die Trauer meiner Kolleginnen und Kollegen und es schmerzte mich.

Ich hatte mich an einen Immobilienmakler gewandt und ihn mit dem Verkauf des Hotels, meines Wohnhauses und den diversen Grundstücken, die mir Onkel Friedel ebenfalls hinterlassen hatte, beauftragt. Es dauerte wider Erwarten gar nicht lange, und ich bekam die Möglichkeit, mit einigen Interessenten in Verkaufsverhandlungen einzutreten. Ich konnte einiges fordern, denn schließlich gehörten wir zu den Spitzenhotels und waren sehr gut eingeführt. Am Ende hatte ich bei meinen Verkäufen den bestmöglichen Preis herausgeschlagen und konnte nicht glauben, wie reich ich nun war. Immer wieder überraschte es mich, wie schnell und komplikationslos die Auflösung meines Lebensmittelpunktes in Frankfurt vonstatten ging. Ich sah dies als ein gutes Omen an. Aber dennoch waren es Tage der Wehmut. Es würde ein Abschied für alle Zeiten sein, und ich fürchtete mich am Ende doch ein wenig vor diesem neuen Leben, das ich plante.

Für das Know-how unseres individuellen und besonderen Services und der berühmten Küche meines Unternehmens erhielt ich nochmals einen fürstlichen Preis. Mein Wohnhaus kaufte ein leitender Angestellter eines großen Kaufhauses. Es waren noch junge Leute, die an den schönen, alten Möbeln von Onkel Friedel wenig Interesse zeigten. Schweren Herzens veräußerte ich diese an ein bekanntes Antiquitätengeschäft. Am Tage der Abholung weinte ich bitterlich und glaubte, Onkel Friedel wiederum verraten zu haben. Alle Dinge, die er geliebt hatte, verstreute ich in alle Winde. Was dabei herauskam war Geld, das er zu Lebzeiten zwar verdienen musste, es aber dennoch nicht zu seinen Göttern gezählt hatte. Einige besonders schöne und wertvolle Stücke hatte ich jedoch für mich behalten. Sie sollten mein neues Zuhause zieren und mir am Anfang ein Stück Heimat schenken.

Nun begann ich zu planen, wohin mein Weg mich führen sollte. Ich musste mich beeilen und war dennoch seltsam unschlüssig. Die Übernahme meines Hauses durch die neuen Besitzer würde nicht mehr allzu lange auf sich warten lassen. Ich wohnte noch in meiner Wohnung, deren Möbel so nach und nach abgeholt wurden. Eines Tages kam mir endlich die zündende Idee und ich fragte mich, warum ich nicht schon viel früher darauf gekommen war: Ich würde nach Portienza, der Heimat meines Vaters, gehen. Dort unten, im sonnigen Süden am Mittelmeer, konnte meine kranke Seele heilen und alles Schreckliche vergessen. Dieser Gedanke beflügelte mich ungeheuer und erfüllte mich mit neuem Leben.

Von Gerd Förster hatte ich nur noch eine Zeitungsanzeige gelesen, in der er seine Hochzeit mit Margarita Merscheid ankündigte. Ich trauerte ihm nicht mehr nach, sondern hasste ihn nun aus tiefstem Herzen. Er stand jetzt für mich in derselben Reihe wie Peter Lohmeier. Weh tat mir allerdings der Gedanke an Teresa, die ich wohl niemals mehr wieder sehen würde. Dies war der einzige Abschied, der mich bis an die Grenze des Erträglichen schmerzte. Ich hatte vor langer Zeit ein Kind geboren und es auf irgendeine seltsame Art und Weise verloren. In Gedanken spielte ich immer wieder mein Leben durch und überlegte, wie es wohl verlaufen wäre, wenn man Teresa damals nicht in jenes Kinderheim gebracht hätte. Ich wollte nicht egoistisch denken, denn immerhin hatte sich Gerd Förster um Teresa gekümmert. Aber ein klein wenig sah ich mich als die Betrogene, denn man hatte meine Wehrlosigkeit ausgenutzt. Ich war die Schwächere in diesem Spiel gewesen und genauso hatten mich alle behandelt. Dann dachte ich wieder an meinen Bruder. Wo würde er seine neue Heimat gefunden haben? Vielleicht lag er schon längst in einem kühlen Grab? Mit Trauer dachte ich an unsere kurze, gemeinsame Zeit. Er hatte ganz einfach nicht mehr mit mir leben können. Aber so einfach war es wiederum auch nicht. Ich fühlte neben meinem Schmerz um Pietro gleichzeitig auch Hader, denn er hatte das gleiche Muster an Egoismus gezeigt, das Menschen für sich in Anspruch nehmen, die niemals Verantwortung tragen mussten. Sobald ich ihn wieder in die Arme geschlossen hatte, nahm ich sein Leben in die Hand, und er ließ es widerspruchslos geschehen. Ich hatte ihm alles gegeben, was mir möglich gewesen war. Das waren Liebe, Verständnis, ein Zuhause und Geld. Pietro wiederum machte sich keine Mühe, an meinem Leben Anteil zu nehmen. Er strafte mich mit Desinteresse und ließ unsere innerliche Trennung zu. Aber er würde in meinem Herzen weiterleben, so wie er damals war, als wir uns an jenem schicksalhaften Tag nach Portienza aufmachten.

Portienza

So kam nach langen Monaten der Tag, an dem ich, nur mit einer Reisetasche als Gepäck, im Flughafen Frankfurt auf die Ankündigung meines Fluges in den Süden wartete. Meine Gelder hatte ich bereits nach Italien auf eine große bekannte Bank in der Nähe meines neuen Wohnortes transferiert. Es zahlte sich nun aus, dass ich so hervorragend Italienisch sprach. Ich hatte in der Vergangenheit die Sprache meines Vaters immer wieder auffrischen können, denn wir hatten im Hotel in all den Jahren viele italienische Gäste gehabt. Mein Geld war also im sicheren Hafen gelandet. Immerhin war es ein großes Vermögen. Ich würde künftig keine Sorgen mehr haben.
Möbel, Geschirr, Kleider und sonstige Dinge waren bereits vor einer Woche mittels einer Umzugsfirma nach Portienza gebracht worden. Ich flog nun als Frau Lohmeier nach Italien. Es war mir gleichgültig. Eine Heirat käme sowieso niemals mehr für mich in Frage. Wehmut überkam mich, als sich das Flugzeug über Frankfurt erhob und ich noch einmal in Richtung des »Albergo Bambina« blickte. Ich kämpfte mit den Tränen und schloss vor Verzweiflung die Augen. Doch in meinem Leben hatte ich so vieles überwunden, sodass ich dieses nun auch noch schaffen würde, dachte ich, hob trotzig den Kopf und blickte in die Wolken.
In der Nähe von Portienza hatte mir meine neue Bank vor einiger Zeit einen Immobilienmakler genannt, den ich kurz darauf mit der eiligen Suche nach einem geeigneten Haus beauftragt hatte. Es sollte sich außerhalb der Stadt befinden und vor allen Dingen dort, wo viel Grün war. Vielleicht sogar am Meer. In diese neue Heimat legte ich meine ganze Fantasie. Im Geiste sah ich schon

mein Traumhaus vor mir, umrahmt von blühenden Blumen und Sträuchern aller Art. Dennoch würde ich einsam und allein sein. Nun stünde mir mehr Freizeit zur Verfügung, als für mich gut sein konnte. Schließlich hatte ich täglich bis zum Umfallen gearbeitet, denn unser »Albergo Bambina« hatte für mich letztendlich die Erfüllung meines Lebens bedeutet. Wie würde ich mit diesem Vakuum umgehen können? Das Einrichten des Hauses wäre am Anfang meine einzige und ausschließliche Aufgabe. Ich entschied mich zu warten, was das Schicksal mir auftragen würde. Mein Leben war noch lange nicht zu Ende, und irgendwie überflutete mich plötzlich eine große, freudige Neugierde.

Nach vier Stunden Flug landete ich auf dem Flughafen Reggio di Calabria, der Portienza am nächsten lag und ließ mich umgehend mit einer Taxe zu meinem endgültigen Ziel bringen. Es überraschte mich, dass wir nun doch noch eine recht lange Strecke zu fahren hatten. Mit steifen Gliedern stieg ich Stunden später aus dem Fahrzeug und sah mit Staunen, dass aus dem kleinen dörflichen Städtchen Portienza eine moderne Stadt geworden war. Nichts erinnerte mich mehr an frühere Zeiten. Es gab anscheinend auch Fremdenverkehr, denn dies konnte man an den fotografierenden Touristen erkennen. Alle Sprachen, darunter auch Deutsch, waren zu hören. Ich sah schöne Geschäfte, Hotels und Lokale. Es gefiel mir sehr, doch vor allem genoss ich die warme, südliche Sonne. Portienza lag nur wenige Kilometer vom Meer entfernt, und man konnte diesen unvergleichlichen Geruch bereits in der Nase spüren. Überall blühte es in verschwenderischer Fülle, und mich umfing dieses wunderbare, einmalige Licht des Südens wie ein zärtlicher Geliebter. Es tat meinem Körper und meiner Seele gut.
Zuerst führte mein Weg in ein elegantes Hotel, in dem ich bis zum endgültigen Einzug in mein neues Haus wohnen wollte. Freundliche Menschen nahmen mich hier in Empfang, so ganz anders als zu Hause. Die Wärme meines Vaters umfasste mich plötzlich und das Gefühl, endlich heimgekommen zu sein. Lange Jahre

voller Kummer und Arbeit waren inzwischen an mir vorübergerauscht. Ich hatte den Eindruck, als ob zwischen unserer verhängnisvollen Reise von damals bis heute die Zeit einfach stehen geblieben wäre. Ich fühlte mich wie Vaters junge Bambina, und mein Herz machte einen aufgeregten Sprung. Dennoch gab es so viele Erinnerungen, und ich konnte dieses Mädchen von einst in seiner Ursprünglichkeit nicht mehr zurückholen.

Ich ging durch den strahlenden Sonnenschein und suchte mein Bankinstitut auf. Alles war zu meiner Zufriedenheit geordnet, und auch der von mir beauftragte Immobilienmakler hatte bereits etliche Häuser zur Besichtigung parat. Meine Einrichtung und alles, was ich für mein Haus benötigte, war in Portienza zwischengelagert. Ich besorgte mir vorerst einmal einen kleinen, wendigen Mietwagen und nahm mir vor, mit Signore Partucci am nächsten Tag die Häuser der Reihe nach anzusehen. Darauf freute ich mich ungemein.

Es waren durchweg wunderbare, alte Anwesen. Sie standen zum Verkauf, weil die Menschen in die großen Städte auswanderten oder ganz und gar im Ausland lebten. Hier unten im tiefen Süden gab es zwar längst einen blühenden Tourismus, aber im Übrigen ernährten sich noch viele Menschen von der Landwirtschaft, dem Wein- und Dattelanbau oder sie arbeiteten in ihren Olivenhainen. Alles in allem war es ein bescheidenes Leben. Ich brauchte daran nicht teilzunehmen, denn ich gehörte in Portienza und Umgebung zu den so genannten reichen Ausländern. So entschied ich mich kurz entschlossen für ein altes Haus, das unter Denkmalschutz stand und einstmals einem verarmten Adeligen gehört hatte. Dieser suchte schon lange händeringend einen potenten Käufer. Signore Partucci war eine derartige Eile, wie ich sie an den Tag legte, nicht gewohnt. Er wurde von Stunde zu Stunde nervöser und seine Sprache immer schneller, sodass ich am Ende meine Mühe hatte, ihn noch zu verstehen. Letztendlich konnten wir mit dem Verkäufer des Hauses einen moderaten Preis aushandeln und hatten in kürzester Zeit den Kaufvertrag unter Dach und Fach. Signore Partucci war mir auch weiterhin sehr behilflich, denn ich begann unverzüglich damit, die Renovierung des Hauses zu planen. Um das nötige Geld musste ich mich nicht sorgen.

Die Handwerker kamen sehr gerne zu mir, denn es hatte sich herumgesprochen, dass ihre Auftraggeberin eine reiche Deutsche war. Sie begannen sich gegenseitig den Rang abzulaufen, und die Arbeiten liefen wie am Schnürchen. Meine neue Bleibe war für eine Person viel zu groß. Selbst Onkel Friedels Haus konnte mit diesem nicht konkurrieren. Es war eine weitläufige Villa mit einem großen Garten. Das Haus schmiegte sich an einen Hügel, und ich konnte von hier aus die wunderbare ländliche Umgebung überblicken. Ganz in der Ferne sah ich bei gutem Wetter sogar das Meer glitzern. Ich hatte den Platz an der Sonne gefunden und dachte mit tiefer Wehmut an meine Eltern, die niemals dieses gute Leben hatten kosten können.

Am Ende hatte ich einen großen Batzen Geld ausgegeben, aber es sollte eine Anlage für den Rest meines Lebens sein. Dieses Haus war nun die letzte Bastion meiner Tage. Von Amts wegen war ich gehalten, den ursprünglichen Stil dieser Villa nicht zu verändern. Ich hielt mich daran und ließ alles sorgfältig aufarbeiten, ganz gleich, ob es sich um die alten Fliesen oder um die Stuckarbeiten handelte. Später besorgte ich mir die passenden Möbel und musste feststellen, dass ich noch niemals ein so schönes Heim besessen hatte. Es war ein eindrucksvolles Haus, und es schenkte mir ein Gefühl von Frieden und Geborgenheit. Dankbar wanderte ich durch die Räume, und nichts konnte meine unbändige Freude schmälern.

Ich hatte nur wenige Nachbarn. Zumeist waren es Bauern, die sich nicht um mich kümmerten. Auch ich war froh, nun endlich fernab der Menschen zu sein. Ich musste erst mit mir ins Reine kommen und unter einige Dinge einen Schlussstrich ziehen. Ich wusste, dass es keine leichte Aufgabe sein würde. Das Heimweh nach meinem geliebten »Albergo Bambina« nagte nämlich immer stärker an mir. Aber ich musste es überwinden, denn es gab keinen Weg zurück. Was würde es mir auch bringen? Eines

Tages würde ich vielleicht wie Onkel Friedel tot an meinem Schreibtisch sitzen. Das wäre es dann gewesen! Fest war ich davon überzeugt – zumindest redete ich es mir unentwegt ein –, dass ich alles daran setzen müsse, ein wirklich anderes Leben zu beginnen, mit neuen Aufgaben und neuen Ideen. Ich nahm mir vor, darauf zu achten, dass ich nicht wieder in die alten Verhaltsmuster zurückfiel. Ich kannte mich und ahnte, wie viel Überwindung es mich kosten würde.

Als letzte größere Anschaffung leistete ich mir einen Landrover, der mir für meine Zwecke am geeignetsten erschien. In Portienza kaufte ich einmal in der Woche ein und besorgte mir dabei stets alle deutschen Zeitungen, die ich erhalten konnte. Selbst eine internationale Hotelzeitschrift abonnierte ich. Das war das einzige Zugeständnis an mein altes Leben.

Keiner Menschenseele hatte ich meine neue Anschrift hinterlassen, selbst auf die Gefahr hin, dass viele meiner Bekannten und meine ehemaligen Angestellten darüber pikiert wären. Ich hatte meine Zelte in Deutschland mit größter Akribie abgebrochen, sodass ich als Person und Geschäftsinhaberin regelrecht gelöscht war. Bei den Behörden machte ich damals keine Angaben über meine Auswanderung nach Italien. Es war nicht ganz so einfach, meine Pläne zu verschweigen. Ich unterließ es sogar, mich ordnungsgemäß abzumelden. Außerdem unternahm ich alles, damit die Presse mir nicht auf die Schliche kam. Es müsste also mit dem Teufel zugehen, wenn man meinen Aufenthaltsort in absehbarer Zeit herausfinden würde. Außer Onkel Friedel hatte niemand von Portienza gewusst. Mein inneres Gleichgewicht, das ich noch lange nicht gefunden hatte, durfte unter keinen Umständen durch irgendwelche Nachrichten gestört werden.

Gerd Förster hatte mir sozusagen den Todesstoß versetzt, denn nur durch diesen Schock hatte ich mich von meinem Lebenswerk trennen können. Je länger ich nun in Italien lebte, desto mehr kam ich zu der Überzeugung, dass alles so, wie es geschehen war, seine Richtigkeit hatte. Der Vorsehung unterlaufen keine Fehler, das erkannte ich nun glasklar. Ich hatte die Reise nach Portienza, die damals so grausam unterbrochen worden war, einfach nur unter anderen Umständen und in einer anderen Zeit fortgesetzt. Dieses Mal war ich jedoch angekommen, und so allmählich erfasste mich eine unbändige Freude darüber. Bambina war heimgekehrt und mein Vater würde, sofern er es erlebt hätte, darüber unendlich glücklich sein.

Das warme Klima tat mir sehr gut und aufgrund meines italienischen Erbes vertrug ich die heiße, südliche Sonne ausgezeichnet. Stolz wanderte ich durch mein Haus und blickte jeden Morgen zum weit in der Ferne glitzernden Mittelmeer. Wenn ich auf meine Terrasse trat, dann umgab mich der süße Duft unzähliger Blüten, die an den Büschen rund um das Haus herum verschwenderisch blühten. Im Paradies hätte es nicht schöner sein können. Aber mein Herz konnte noch immer nicht mit der Sehnsucht nach Gerd, Teresa und Pietro umgehen. Doch meine Enttäuschung über Gerds Betrug und seine kalten, unbarmherzigen Worte nahm nach und nach sanftere Züge an. Ich wollte meine Liebe am Ende nicht mehr in graue und schmutzige Gedanken hüllen.

Nachdem ich mich sehr gut eingelebt hatte, kam mir die Idee, nun doch einmal nach meinen Verwandten zu forschen. Ich hatte gedacht, mich noch recht gut an die alten Häuser in Portienza erinnern zu können. Nun aber sah ich, dass nichts mehr wie früher war. Das Viertel, in dem mein Vater aufgewachsen war, hatte einer modernen Wohnsiedlung weichen müssen. Sie bestand aus sterilen, eintönigen Hochhäusern, von deren Balkonen die Wäsche der Bewohner wie tausend bunte Fahnen winkte. Ich fragte nach der kleinen Gasse, in der ich das Haus meiner Großeltern vermutete. Man zeigte mir stattdessen eine breite Straße, an deren Rand ebenfalls viele neue Häuser errichtet waren. Ich parkte meinen Wagen, stieg aus und lief ganz langsam den Gehsteig entlang. Alles erschien mir fremd und wenig italienisch. Ich vermisste die kleinen, weißgetünchten Lehmhäu-

ser, das fröhliche Leben davor und die vielen schnatternden Menschen. Die neue Zeit hatte hier nichts schöner gemacht.
Im Telefonbuch hatte ich den Namen Perti gefunden. Aber es gab nur zwei Anschriften unter diesem Namen, deren Vornamen mir jedoch fremd erschienen. Ich vermutete, dass sie mit meiner Familie nichts zu tun hatten. In den Briefen aus Portienza, die mir Großmutter Lotte damals unterschlagen hatte, war immer wieder die Rede davon gewesen, dass fast alle jungen Männer mit ihren Familien nach Deutschland gegangen waren. Die alten Leute, die zurückgeblieben waren, würden mittlerweile verstorben sein. Ich rechnete nach so langer Zeit nicht mehr damit, Verwandte anzutreffen. Auch in Vaters Heimat gab es keine Menschen mehr, die ich kannte und die mich kannten.
Ganz am Ende dieser langen Straße sah ich ein flaches, weißes Gebäude mit einer Pergola davor, die über und über mit grünem Weinlaub bedeckt war. Tische und Stühle standen einladend inmitten von alten Platanen. Ich konnte meine Überraschung nicht verbergen, denn dieses Anwesen nahm sich nahezu unwirklich schön neben den modernen Gebäuden aus. Es war jenes Stück Italien, das ich immer im Herzen getragen und nun wieder gefunden hatte. Mit seiner überraschenden Romantik zog es mich in seinen Bann.
Mit großer Freude marschierte ich darauf zu und nahm an einem der Tische Platz. Über dem Eingang zum Haus thronte ein großes Schild mit der Aufschrift »Trattoria Perti«. Mein Herz macht vor Freude einen Satz, als ich meinen Namen las. Vielleicht würde ich hier mehr über meine Familie erfahren?
Nachdem ich mich einige Minuten interessiert umgeschaut hatte, stand plötzlich eine ältere, korpulente Frau vor mir, die mich fröhlich anlachte. Sie fragte nach meinen Wünschen. Ich sagte, dass ich gerne ein Glas Wein aus der hiesigen Gegend trinken wolle. Die Frau nickte und ging davon. Als sie mir mein Getränk servierte, fragte ich, ob sie sich an einen Massimo Perti erinnern könne, der im Jahre 1965 nach Deutschland ausgewandert sei. Sie setzte sich auf den Stuhl mir gegenüber und über-

legte angestrengt. Dann meinte sie, nach dieser langen Zeit fiele es ihr ehrlich gesagt sehr schwer. Sie wisse nur, dass ein Zweig der Familie Perti fast vollständig ins Ausland gegangen sei. Die zurückgebliebenen alten Leute seien dann nach Jahren verstorben. An sie könne sie sich noch gut erinnern. An einen Massimo Perti jedoch nicht. Ich nannte ihr noch weitere Namen, aber auch die waren ihr unbekannt. Demzufolge waren meine Familie und die Pertis der Trattoria wohl nicht miteinander verwandt.

Mein Gegenüber war eine typische Süditalienerin, die alle Leidenschaft ihrer Kultur in ihre Sprache legte. Plötzlich wurde ich wieder die kleine Bambina, und ich fand immer mehr Freude an unserer Unterhaltung. Mein Italienisch floss mir nur so über die Lippen. Von einer Minute auf die andere kannte ich wieder alle Ausdrücke dieser Region, und meine Gesprächspartnerin strahlte mich fröhlich und überwältigt an.

Nun begann ich ganz einfach zu erzählen. Perella, wie sie sich mir vorstellte, holte auch für sich ein Glas und gleichzeitig die ganze Karaffe mit dem herrlichen, rot glänzenden Wein. Wir stießen an und blickten uns voller Sympathie in die Augen. Mein ganzes Leben legte ich dieser fremden Frau plötzlich zu Füßen, und meine eigene Vergangenheit zog mich so in ihren Bann, dass ich nur noch unter Tränen erzählen konnte. Perella nahm mich in den Arm, und wir saßen eng wie Schwestern beieinander. Sie tröstete mich und bat mich, sie bald wieder zu besuchen. Abends sei es hier sehr schön und es gebe so viel fröhliches Leben. Ich trocknete meine Tränen, lachte Perella an und versprach, wiederzukommen. Es war für mich eine Begegnung wie im Traum. Diese fremde Frau hatte sich alle Zeit der Welt für eine Unbekannte genommen, hatte dieser für Stunden ihr Ohr geliehen und nicht eine Minute danach gefragt, ob dies alles für sie selbst wichtig war oder nicht. Außer Onkel Friedel hatte sich in Deutschland kein Mensch um meine Tränen und Sorgen geschert. Hier jedoch, tief im Süden, gingen die Uhren noch anders. Es gab noch Herzlichkeit und menschliche Wärme. Nicht umsonst fühlte ich mich vom ersten Tage an als eine wahr-

haftige Heimkehrerin. Lange saßen Perella und ich noch beieinander, denn auch ich wollte unbedingt alles von ihr wissen. Es waren für uns beide sehr seltsame und emotionale Stunden, die man in seinem Leben vielleicht nur einmal erlebt. Plötzlich erzählte Perella von einem Mann, der über ein halbes Jahr bei ihr logiert habe. Lachend sagte sie, ihre Trattoria ziehe anscheinend die Deutschen magisch an. Ich fragte nur der Höflichkeit halber und weniger aus tieferem Interesse, woher dieser Mann gekommen und warum er so lange geblieben sei.
Perellas Augen nahmen nun einen traurigen Ausdruck an. Sie sagte, dass er sehr krank gewesen und wohl nur zum Sterben hergekommen sei. Plötzlich erwachte ich wie aus einem Traum und dachte an Pietro. Warum konnte es nicht sein, dass auch sein Ziel Portienza gewesen war? Warum war mir das niemals eingefallen? Ich schaute Perella aufgeregt an und fragte nun nach dem Namen des Mannes. Sie lachte und sagte, dass er seltsamerweise ebenfalls Perti hieß. Damals habe er von seinem italienischen Vater gesprochen. Im Übrigen sei er ein sehr verschlossener Mensch gewesen. Jetzt erinnere sie sich aber ganz genau, dass auch er den Namen Massimo Perti genannt habe. Mein Herz klopfte mir bis zum Hals und ich wollte nun wissen, wie er ausgesehen habe. Perella sprang sofort auf und holte ein kleines Polaroidbild, auf dem ihr Mann und jener Gast zu sehen waren. Sie sagte, das Bild sei nur deswegen entstanden, weil sie ihre neue Kamera habe ausprobieren wollen.

Nun hatte ich meinen Bruder gefunden, und wieder schloss sich der Kreis ein wenig mehr. Perella erkannte, dass mich etwas sehr bewegte und blickte erschrocken in mein Gesicht. Ich aber stand auf und nahm sie fest in meine Arme. Dann sagte ich ihr, dass ich soeben meinen Bruder wieder gefunden hätte. Perella sah mich überrascht an, und wir beide konnten diesen unglaublichen Zufall nicht fassen. Warum hattte ich diese Trattoria betreten? Wer hatte mich dort hingeschickt?
Mein Herz war übervoll und Perella nahm mich mit hinauf in

Pietros einstmaliges Zimmer. Aus dem alten Schrank holte sie eine Tasche hervor und ließ sie mich öffnen. Heraus quollen Pietros Kleidung und alle anderen Dinge, mit denen er einstmals losgefahren war. Seine Papiere lagen säuberlich in einem Mäppchen. Perella sagte mir, dass sie es nicht übers Herz gebracht habe, diese Tasche samt Inhalt auf den Müll zu werfen. Pietro sei ein besonderer Mensch gewesen, der sein Leiden still und ohne Klage hingenommen habe. Sie, Perella, habe erkannt, dass er ein schweres Leben gehabt hatte und habe seine Sehnsucht verstehen können, endlich erlöst zu werden.
Ich fragte sie, ob er auch von seiner Schwester erzählt habe. Traurig schüttelte sie den Kopf und antwortete, dass Pietros Vergangenheit kein Gesprächsthema gewesen sei. Er habe lange Spaziergänge unternommen und später, als es ihm immer schlechter gegangen sei, fast nur im Bett gelegen. Zu den Mahlzeiten habe er sich mühselig aufgerafft, ohne jedoch viel essen zu können. Erst ganz zuletzt sei er damit einverstanden gewesen, ins Krankenhaus von Portienza eingeliefert zu werden. Seine Schmerzen waren zu groß geworden, und die herkömmlichen Medikamente hätten nicht mehr geholfen. Das Geld, welches er noch zur Verfügung hatte, habe er ihr gegeben, um die Kosten für das Krankenhaus und sein Begräbnis zu decken. Ich fragte voller Schrecken, ob es überhaupt gereicht habe. Perella nickte und sagte, es sei noch so viel übrig geblieben, dass sie sogar eine kleine Marmorplatte mit seinem Namen auf das Grab legen konnte. Voller Dankbarkeit nahm ich ihre Hand. Ich hatte plötzlich das Gefühl, im Austausch für meinen Bruder nun eine Schwester gefunden zu haben. Immer wieder kam Pietro zu mir zurück. Niemals mehr würden wir uns in die Arme nehmen können, genauso wie unser Gesprächsfaden schon seit langer Zeit abgerissen war. Endlich würde ich Frieden finden, denn alle meine Lieben befanden sich gemeinsam an einem wunderbaren Ort.
Später fuhr ich zum Friedhof von Portienza und suchte Pietros Grab. Ich fand es und kniete mit einer Rose nieder. Meine Tränen benetzten sie wie der Tau eines Sommermorgens. Dennoch war

mein Herz voller Freude, doch noch mit Pietro in Vaters Heimat vereint zu sein. Ich hatte nun einen Platz gefunden, an dem ich ihm alles sagen und ihn alles fragen konnte. Hier an diesem Grab würde es immer eine Antwort geben, und alle Fremdheit des Lebens, die uns zuletzt so schmerzlich getrennt hatte, wäre mit einem Male verschwunden. Wie köstlich doch das Leben sein konnte, dachte ich und blickte auf die vielen Zypressen, die zwischen den Gräbern standen.

Mit Perella verband mich seit diesem denkwürdigen Tag eine enge, liebevolle Freundschaft. Sie sagte so oft, dass sie endlich die Schwester gefunden habe, die ihr ein Leben lang fehlte. Perella hatte nämlich im Alter von zwölf Jahren ihre Zwillingsschwester Mariella durch einen Unfall verloren. Ich trat nun nach einer für Perella sehr langen Zeit in diese Lücke ein und es machte uns beide glücklich. Da ich von der Gastronomie etwas verstand, half ich immer wieder bei Festen aus. Für die Pertis wurde ich so etwas wie das zweite Standbein in ihrer Trattoria, und Perellas Ehemann Alessandro nannte mich stets nur »Schwester Bambi«. Ich gehörte zur Familie, und auch alle anderen Verwandten behandelten mich mit großer Achtung. Oftmals lud ich Perella und Alessandro zu mir in mein Haus ein und verwöhnte beide nach Strich und Faden. Auch als es einmal mit dem Geld sehr knapp wurde, zögerte ich nicht, den beiden zu helfen. Sie hatten alles daran gesetzt, ihre Sorgen vor mir geheim zu halten, aber ich kam dennoch dahinter. Plötzlich hatte ich eine neue Familie gefunden, die auch noch meinen Mädchennamen trug. So sind nun einmal die seltsamen Spiele des Lebens.

Bereits zwei Jahre war ich nun in Portienza, und die Zeit war wie im Fluge verstrichen. Von Frankfurt und all jenen Menschen, die ich dort kannte, hatte ich nichts mehr gehört. In stillen Nächten dachte ich voller Sehnsucht an Teresa. Sie war der Stachel in meinem Fleisch. Alles hatte sich so wunderbar gefügt. Der Schmerz wegen Gerd, die Trauer um Onkel Friedel und mein geliebtes »Albergo Bambina« waren zu einem winzigen Haufen geschmolzen, denn ich lebte nun wirklich ein neues Leben. Das alles war auch Perellas Verdienst, die immer wieder sagte, man solle jeden Tag neu gestalten und verwalten, denn die Vergangenheit sei nur totes Kapital. Wie die Verstorbenen auf den Friedhöfen würde auch sie nicht mehr wiederkehren. Sie hatte so Recht und ich konnte mich darauf einlassen.

Aber dennoch war in meinem Leben noch alles möglich. An manchen Tagen fühlte ich eine solche Kraft in mir, dass ich daran dachte, einfach nach Frankfurt zu fliegen, um nach Teresa zu sehen. Ich wähnte mich in der untrüglichen Sicherheit, dass dieses Wiedersehen mit den vertrauten Stätten meiner Vergangenheit keinen Schaden in meinem Herzen anrichten würde. Das Gefühl, Klarheit darüber zu erhalten, was mit meiner Tochter zwischenzeitlich geschehen war, wurde mit jedem Tag stärker. Es war wie eine fixe Idee und es verging fast kein Tag, an dem ich nicht wieder Pläne machte. Ich kannte mich und wusste, dass ich sie irgendwann einmal in die Tat umsetzen würde.

Dennoch vergingen wieder viele Monate, sogar mehr noch als ein Jahr. Ich konnte mich entgegen meiner sonstigen Energie noch immer nicht zu diesem Flug durchringen. Es gab in mir keine Erkenntnis, warum dies so war.

Später gab es eine einfache Erklärung dafür. Etwas hatte mich zurückgehalten, da dieser Flug unnötig gewesen wäre. Meine Gedanken und meine Sorge um Teresa waren in der Zwischenzeit jedoch nicht verflogen. Ich dachte an Gerds damalige Ankündigung seiner Heirat und die Tatsache, dass er weitere Kinder haben wollte. Wahrscheinlich war er nun bereits Vater. Für Teresa würde es vielleicht kein gutes Leben sein. So gerne hätte ich mehr erfahren, aber ich wollte nicht von Portienza aus recherchieren. Um nichts in der Welt würde ich meinen Aufenthaltsort preisgeben. Alle Menschen, die einstmals zu mir gehört hatten und die ich liebte, hatte ich unwiederbringlich bereits an den Tod verloren. Außer meiner neuen Familie Perti legte ich keinen Wert auf alte Bekannte aus meinem vorherigen Leben. Was hätte es mir gebracht, wenn ständig Besucher in meinem Haus ein- und ausgegangen wären? Ich wollte keine Unruhe mehr und keine wie auch immer gearteten Auseinandersetzungen. Meine einzige Bastion war die Trattoria Perti, auf die ich niemals verzichten würde.

Eines Tages, als Perella wieder einmal ein rauschendes Fest für einen Nachbarn ausrichten musste, war ich wie selbstverständlich sofort zur Hilfe geeilt. Voller Freude war sie mir entgegengelaufen und hatte mich mit ihrer stürmischen italienischen Liebe überschüttet. Mein Herz schmolz dahin, und ich fühlte mich wieder einmal auf eine besondere Art willkommen und angenommen, so wie niemals zuvor in meinem Leben. Perella war im wahrsten Sinne des Wortes die Sonne meiner Tage. Ich hatte mein Herz an diese Familie Perti verloren, so wie ich es einstmals Onkel Friedel mit der gleichen Intensität geschenkt hatte. Ich hatte längst erkannt, dass man gar nicht blutsverwandt sein muss, um ein enges, menschliches Band zu knüpfen. Es ist einzig und allein wichtig, dass die Seelen zueinander passen.

Nach diesem fröhlichen, lauten Fest fuhr ich spät nachts mit schmerzenden Beinen und Füßen zu meinem Haus. Ich sehnte mich nach einer Dusche und nach meinem herrlich weichen Bett. Mein Wagen fuhr fast wie von selbst in die Garage, und ich wäre am liebsten gleich hinter dem Lenkrad eingeschlafen. Dennoch musste ich wohl oder übel aussteigen. Draußen meinte ich auf einmal in der Ferne das Rauschen des Meeres zu hören und spürte den warmen Südwind auf meiner Haut. Plötzlich aber vernahm ich ein leises Räuspern und erschrak im ersten Moment. Wer konnte sich zu so später Stunde zu meinem einsamen Haus verlaufen haben? Ich hatte nichts zur Hand, um einen Einbrecher abwehren zu können. Voller Angst dachte ich daran, dass mein Leben nicht auf diese Art ein Ende finden dürfe. Ich verschloss die Garage und wandte mich um. Im diffusen, blassen Außenlicht meines Hauses, welches sich automatisch einschaltete, wenn man den Hof betrat, erblickte ich eine große und eine kleine Gestalt. Ich wusste in diesem Augenblick nicht, wer es war.

Vertreibung aus dem Paradies

Ich ging auf meine unerwarteten Besucher zu und sah nun, dass es sich um eine Frau und um ein kleines Kind handelte. Die Frau hatte an der einen Hand das Kind, und in der anderen trug sie einen großen, schweren Koffer. Ich konnte mir nicht denken, wer mich besuchen sollte. Außerdem waren nunmehr fast vier Jahre vergangen, seit ich italienischen Boden betreten hatte. Man musste mich längst vergessen haben. Aber das Unvorhersehbare lauerte noch immer für mich im Hinterhalt.
Je näher ich kam, desto stärker klopfte mein Herz, denn ich hatte meine Tochter Teresa erkannt. Das kleine Mädchen, welches sich scheu und ängstlich an seine Begleiterin schmiegte, erschien mir fremd. Vielleicht war es am Ende meine eigene Enkeltochter? Die Erinnerung an Teresa hatte ein anderes Gesicht als jene junge Frau, die nun vor mir stand. Es war ohne Zweifel meine Tochter. Allerdings wirkte sie um einiges älter, als ich sie in Erinnerung hatte, und sehr gestresst. In ihren Augen las ich eine stumme Frage, auf die ich im Moment aber noch keine Antwort wusste. Es war mir nicht möglich, Teresa in den Arm zu nehmen. Ich gab ihr freundlich meine Hand und reichte sie auch dem Kind. Etwas versteifte sich in mir, und ich fühlte zu meinem Erschrecken keinerlei Freude über diesen unverhofften Besuch. War die Liebe zu meiner Tochter am Ende mit den Jahren gestorben? Gab es so etwas überhaupt? Dies fragte ich mich, doch ich wusste keine Antwort darauf. In all meinen Gedanken war Teresa immer präsent gewesen. Nun erschrak ich über meine innere Leere.
Teresa sagte mit vor Erregung zitternder Stimme in die Stille der Nacht hinein nur das Wort »Mutter«. Überrascht schaute ich in

ihre Augen und wusste nichts darauf zu sagen. Meine Tochter erkannte meine Verstörung und begann zu sprechen. Sie bat um Entschuldigung, dass sie und die kleine Iris, so nannte sie das Kind, ohne Voranmeldung gekommen seien. Aber sie habe keine andere Möglichkeit gesehen. Ich nahm ihr wortlos den Koffer ab und schob beide auf den Eingang meines Hauses zu. Teresa schaute sich interessiert um und ich bemerkte, als sie meinem Salon betrat, dass sie sehr überrascht war. Ich fragte, ob sie und das Kind etwas essen wollten. Beide nickten und ich begann auf die Schnelle eine kleine Mahlzeit zu zaubern. Teresa und Iris aßen mit gutem Appetit. Iris sah aus wie einstmals die kleine Teresa, und ich war mir sicher, dass es nur ihre Tochter sein konnte. Das Kind blickte mich mit seinen schwarzen Augen aufmerksam an. Es musste ungefähr drei Jahre alt sein. In meinem Kopf rotierten die Gedanken, und ich konnte es noch immer nicht glauben, dass nun auch Teresa in Portienza angekommen war. Dennoch war es ein seltsames Wiedersehen und hatte nichts mehr von der einstigen Herzlichkeit, die uns damals bei Teresas Besuch im »Albergo Bambina« umfangen gehalten hatte. Plötzlich war mir meine Tochter fremd und alles, was ich mir je für unser Wiedersehen erträumt hatte, wurde zu Schall und Rauch. Selbst meine Erinnerungen an ihre Geburt und an unser gemeinsames Leben auf dem Hof konnten nichts bewirken. Ich schob es einerseits auf die Aufregung des Abends und andererseits auf meine grenzenlose körperliche Erschöpfung nach den vielen Stunden in Perellas Küche. Wie nahe war mir Perella im Gegensatz zu Teresa! Was ich schon lange wusste, wurde mir nun endgültig klar. Wir Menschen sind durch Erziehung und Kultur so geprägt, dass die so genannten »Blutsbande« für uns an erster Stelle zu stehen haben. Ich aber schwor nach den Erfahrungen meines Lebens nur noch auf die »Seelenbande«. Sie hatten nämlich nichts Auferlegtes, sondern waren echte Liebes- und Sympathieträger.
Es war zwar spät in der Nacht, dennoch forderte ich Teresa nach dem Essen auf, mir Näheres zu erzählen, was sie mit dem Kind zu dieser Reise bewogen hatte. Teresa bat um eine Zigarette und

begann mit leiser Stimme die letzten Jahre zu schildern. Sie sprach von ihrer Zeit in Paris, ihrem Kunststudium und von ihrer ersten Arbeitsstelle in einem Frankfurter Museum. Sie sagte mir, dass sie erst nach ihrer Rückkehr aus Paris durch Zufall erfahren habe, dass das »Albergo Bambina« mittlerweile an einen anderen Besitzer übergegangen sei. Keiner wusste so recht, wo jene Bambina abgeblieben war, die sie so gerne wieder einmal besucht hätte. Damit habe sie sich also zufrieden geben müssen.

Bei ihrem Vater hatten sich ebenfalls Änderungen ergeben. Nach seiner Heirat hatten sie zu dritt in seinem Haus gelebt, doch Margarita Merscheid war diejenige gewesen, die über alles bestimmte. Teresa erzählte, dass sie dennoch mit Margarita recht gut ausgekommen sei. Ihr Vater habe diese Frau wirklich geliebt. Dieser Satz war für mich wie ein Stich in mein Herz. Wahrscheinlich war Gerd bereits mit Margarita zusammen, als er auch zu mir kam. Worauf hatte ich mich mit diesem Mann eingelassen? Selbst nach Jahren musste ich mir immer wieder diese Frage stellen.

Teresa erinnerte sich weiter, dass Margarita bereits nach kurzer Zeit schwanger wurde und Iris zur Welt kam. Aber die Aufgaben einer Ehefrau und Mutter waren nicht ihr Ding. Sie gierte nach Leben und Luxus. Ihr Vater habe ein Vermögen an sie verschwendet, berichtete Teresa weiter, und er musste offenen Auges zusehen, wie sie ihr Leben ohne ihn gestaltete. Er sah, dass andere Männer im Spiel waren, die von seiner Ehefrau mit seinem Geld regelrecht ausgehalten wurden. Alles was er verdiente, musste er mit diesen Liebhabern teilen. Margarita tendierte zu weitaus jüngeren Männern und war bereit, dafür jeden Preis zu zahlen. Selbst vor dem ehelichen Schlafzimmer habe sie nicht Halt gemacht. Eines Tages sei ihr Vater, so erzählte Teresa weiter, unverhofft einen Tag früher von einem Kongress zurückgekommen und habe Margarita mit einem Fremden im gemeinsamen Ehebett angetroffen. Der darauf folgende Streit sei fürchterlich gewesen, aber Margarita hätte es verstanden, ihren Mann wieder versöhnlich zu stimmen.

Gerd musste also von dieser Frau auf irgendeine Art und Weise so abhängig gewesen sein, wie ich es seinerzeit von ihm war. Ich hätte mich freuen sollen, dass ihm eine andere das heimzahlte, was er mir angetan hatte. Aber ich fühlte weder Freude noch Bedauern, es war mir einfach gleichgültig. Die Sonne meiner südlichen Heimat hatte mir so vieles aus meinem Gehirn gebrannt. Gutes wie Schlechtes gleichermaßen und ich war sehr froh darüber.
Still lauschte ich den Erzählungen meiner Tochter. Ich unterbrach sie mit keinem Wort. Iris wurde von einer Kinderfrau großgezogen, denn ihre Mutter hatte keine Zeit für das Mädchen. Gerd, der Iris sehr liebte, litt unter diesen traurigen Zuständen in seinem Haus. Teresa erzählte, dass Margarita ihn völlig ausgelaugt habe. Nächtelang hätte er, am Fenster stehend, auf ihre Rückkehr gewartet. War sie dann da, strafte sie ihren Mann mit Ablehnung und Nichtachtung. Gerd habe, so erzählte Teresa, oftmals auf Knien um die Liebe von Margarita gebettelt. Nach jeder Liebesnacht, die sie ihrem Ehemann ab und zu einmal gestattete, seien ihre Forderungen ins Unermessliche gestiegen. Die Einkünfte der Praxis hätten diesen Lebensstil auf Dauer nicht mehr abdecken können. Gerd habe einen großen Kredit auf das Haus aufnehmen müssen.
Margaritas Vater, der Sozius von Gerd, war in dieser Zeit durch einen Verkehrsunfall umgekommen. Gerd musste von nun an die Praxis allein führen, sodass ihm die Arbeit mit der Zeit über den Kopf wuchs. Ganze Nächte habe er durchgearbeitet, bis hin zur völligen physischen und psychischen Erschöpfung. Während Teresa von diesen Dingen sprach, kämpfte sie mit den Tränen. Ich sah, wie sehr sie ihren Vater liebte und bedauerte. Was aber trug sie für mich heute in ihrem Herzen? Ihre Ablehnung aus Kindertagen hatte mich wie eine Krankheit all die Jahre verfolgt. Nun war dieses Gefühl plötzlich umso lebendiger. Vielleicht würden wir uns immer fremd bleiben. Ich mochte in diesen Minuten keine Prognose für die kommende Zeit stellen. Ich wusste nur das eine, dass ich für meine Tochter eine Fremde sein musste.

Selbst jene Monika Jakobi aus dem feinen »Albergo Bambina« war ich nun nicht mehr. Die Unbegreiflichkeit der Geschichte von Teresa und mir, von Liebe und Verweigerung, kannte nur ich. Für Teresa lag sie in einer undurchdringlichen Vergangenheit. Ich hatte es aufgegeben, darüber nachzudenken, weil es mir sinnlos erschienen war. So wusste ich auch nicht, warum Teresa nun mit ihrer kleinen Schwester zu mir gekommen war. Es fiel mir kein Grund dafür ein. Auf jeden Fall musste es Gerd Förster gewesen sein, der meiner Tochter den Weg ins südliche Italien gewiesen hatte.
So sagte mir Teresa auch, dass ihr Vater eines Tages von ihrer Mutter gesprochen habe und davon, dass sie lebe. Er hatte ihr seine so genannte Notlüge gebeichtet und sie sei darüber nicht wenig erstaunt gewesen. Dennoch habe sie sich gefreut, dass gerade ich ihre leibliche Mutter sei. Auf ihre Erzählungen sagte ich nur wenig. Meistens nickte ich kurz und blickte sie unverwandt an. Aus dem fröhlichen, lebensbejahenden Mädchen war eine junge Frau geworden, die ich mir im Geiste ganz anders vorgestellt hatte. Zwar sah sie nach wie vor dunkel und rassig aus, aber ich vermisste an ihr mein italienisches Temperament. Teresa wirkte irgendwie behäbig. Dabei dachte ich insgeheim an meine Mutter. Ich bemerkte nun auf einmal, dass sich beide sehr ähnlich waren. Während unserer kurzen Begegnungen war mir dies verborgen geblieben. Für meine Begriffe musste Teresa mir allerdings nicht gleichen. Ich war der Auffassung, dass jeder Mensch seine eigenen Merkmale tragen sollte, so auch Mütter und Töchter. Als besonders unerfreulich empfinde ich es stets, wenn nahe Verwandte ständig miteinander verglichen werden. Letztendlich sind wir alle einmalig, und jeder sollte sich des anderen Respekt nur um seiner selbst willen sicher sein.
Obwohl Teresa mit ihrem Bericht noch nicht am Ende war, mussten wir alles auf den kommenden Tag verschieben, denn Iris war auf ihrem Stuhl eingenickt. Ich richtete also ein Gästezimmer her, denn Teresa wollte mit Iris zusammen in einem Bett schlafen. Dies hielt ich in Anbetracht der fremden Umgebung ebenfalls für

sehr angebracht. Ich freute mich nun auf meine Ruhe und war trotz aller Aufregung in Sekundenschnelle eingeschlafen.

Am kommenden Morgen erwachte ich zu meiner Überraschung bereits sehr früh. Konstantina, meine Haushälterin, die jeden Tag für sechs Stunden in mein Haus kam, werkelte schon fröhlich singend in der Küche. Ich roch den würzigen Duft von Kaffee und ging deshalb hinüber zu Konstantina. Ich erzählte ihr, was mir in der vergangenen Nacht widerfahren war und wen wir nun zu Gast hatten. Sie freute sich überschwänglich und ganz besonders über das kleine Mädchen, das nun durch unser Haus hüpfen würde. Auch jetzt fühlte ich noch immer keinen besonderen Enthusiasmus über meinen Besuch.
Was war es nur, das mir die Freude nahm? Es würde auf jeden Fall kein gutes Zeichen sein, denn immer, wenn meine spontane Art durch ein besonderes Gefühl gestoppt wurde, war etwas im Busch. Ganz tief in mir gibt es eine besondere Stelle, die über meine Gefühle und Anwandlungen wacht. Diese innere Stimme ist für mich das Barometer meines Lebens. Natürlich war ich bereit, Teresa und Iris, wenn sie es wünschten, für längere Zeit aufzunehmen. Ich würde meiner Tochter immer helfen, und ich nahm mir vor, ihr mit Geduld meine Liebe zu zeigen.

Konstantina servierte uns das Frühstück auf der Terrasse. Ein wunderbarer Tag hatte wieder begonnen. Dennoch konnte ich mich heute nicht an dem strahlend blauen Himmel und den duftenden Blumen freuen. Etwas in mir drückte mich auf die Erde – eine Ahnung, dass der Besuch von Teresa und Iris nicht problemlos verlaufen würde. Ich war plötzlich böse auf mich, weil ich in dieser Angelegenheit nur mit pessimistischen Gedanken umging. So entschied ich mich, entgegen der Vorbehalte, die ich so massiv fühlte, dankbar und froh über meine Gäste zu sein. Schließlich saß heute meine Tochter an meinem Tisch. Wie oft hatte ich mir dies in den vergangenen Jahren gewünscht! Nun aber spürte ich nur Unbehagen.
Teresa saß mir stumm und mit einem seltsam gleichgültigen

Blick gegenüber. Die Schönheit um sie herum schien sie nicht zu berühren, auch nicht der von Konstantina liebevoll gedeckte Frühstückstisch. Meine Anwesenheit würdigte sie nur mit einem müden Lächeln. Ihre Hände lagen verkrampft auf der Serviette und ich erkannte, dass sie mit etwas beschäftigt war. Es war eine beklemmende Situation. Auch das kleine Mädchen saß verstört auf seinem Stuhl und wollte nichts essen. Ängstlich blickte es mich an, und ich empfand für dieses kleine Wesen plötzlich tiefes Mitleid. Warum hatte dieses Kind nicht zu Hause in seiner gewohnten Umgebung bleiben können? Ich empfand Teresas Verhalten ihm gegenüber verantwortungslos. Am Ende konnte Konstantina durch ihre liebevoll Art Iris ein wenig ablenken. Wir begannen, weiterhin schweigend, zu frühstücken.

Ich war sehr überrascht, dass Teresa nach dem Frühstück darauf bestand, mir nach einer schier endlosen Zeit des Schweigens ihre Geschichte zu Ende erzählen zu dürfen. Zu diesem Zweck setzten wir uns anschließend in meine kühle Veranda. Iris kuschelte sich weiter ängstlich an Teresa und sah mich unverwandt mit einem forschenden Blick an. Ich lächelte zu dem Kind hinüber, aber es wirkte nicht. Iris blieb ernst und angespannt. Nun wartete ich mit einiger Nervosität, was meine Tochter mir noch eröffnen würde. Ich war nicht in der Lage, meine innerliche Ausgeglichenheit wieder zu finden.

Teresa sagte, dass ihr Vater unter dem Verhalten seiner Frau sehr gelitten habe. In seiner Praxis seien ihm in Abständen immer wieder Fehler unterlaufen, die er anfangs jedoch noch vertuschen konnte. Später sei Margarita ganz verschwunden und habe nur einen kurzen Abschiedsbrief hinterlassen. Im Übrigen war es ihr gelungen, noch einen erklecklichen Betrag von Gerds Konto abzuheben. Nun stand dieser vor der endgültigen Pleite. Er entließ Personal im Haus und in der Praxis. Auch der Verkauf seines Ferienhauses auf Ibiza habe nicht viel gebracht. Er kam von seinem Schuldenberg nicht mehr herunter. Er habe unter dem Fortgehen von Margarita grausam gelitten. Deswegen sei es eines Tages passiert, dass er einem Patienten ein falsches

Medikament verordnet habe. Nach einiger Zeit habe der Mann einen lebensbedrohenden Kollaps erlitten und war in die zuständige Universitätsklinik verlegt worden. Nach genauen Recherchen war man dahinter gekommen, dass Doktor Förster an dem schlimmen Zustand des Mannes Schuld trug. Am Ende sei dieser Patient gestorben. Teresa sagte, dass dessen Familie Schadensersatzansprüche in einer nicht unerheblichen Größenordnung an ihren Vater gestellt habe. Außerdem sei gegen ihn ein Strafverfahren eingeleitet worden.
Die Strafe habe man schließlich in eine Geldstrafe umgewandelt, die Gerd Förster jedoch nicht zahlen konnte, denn mittlerweile waren Haus und Praxis zwangsversteigert worden. Es gab nun weder eine Wohnung noch Geld für den Lebensunterhalt. Gerd Förster, Teresa und Iris seien von der Stadt in eine Obdachlosenwohnung eingewiesen worden. Teresa begann plötzlich zu weinen und erzählte, dass es ihrem Vater die letzte Kraft gekostet habe, Sozialhilfe zu beantragen. Mit gesenktem Kopf sei er stets durch Maiberg gelaufen, denn ein Fahrzeug stand nicht mehr zur Verfügung. In den Geschäften habe man sie schief angesehen, sodass sie nur noch abends kurz vor Ladenschluss zum Einkaufen gegangen sei.
Nachdem sie geendet hatte, blickte mich meine Tochter erwartungsvoll an. Ich erkannte ihre innere Anspannung, doch wusste eigentlich nicht so genau, was sie nun von mir erwartete. Misstrauisch, wie es eben meine Art war, dachte ich sofort an Geld und war überzeugt, dass ich mich nicht irrte.
Über alles, was sie mir erzählt hatte, war ich nicht wenig erstaunt. Gerds Fall war ein Fall in die tiefsten Tiefen. Dennoch empfand ich keine Genugtuung, aber auch kein Bedauern. Ich staunte, wie hart ich doch geworden war und erkannte, dass ich meine Lektion gelernt hatte. Teresa sagte, dass ihr Vater Tag für Tag unterwegs gewesen sei, um eine Arbeit zu finden. Man hatte ihm seine Approbation als Arzt entzogen, und so war es für ihn sehr schwierig, eine andere Arbeit zu finden. Es gab keinen, der sich seiner erbarmte. Selbst die angeblich guten alten Freunde hätten sich

abgewandt und jeden Kontakt mit der Familie gemieden. Teresa sagte, dass die Leute nur Häme für sie übrig gehabt hätten. Mit ihrem kleinen Gehalt habe sie die Familie einige Monate über die Runden gebracht. Ihr Vater sei jedoch ein gebrochener Mann. Von Margarita sei niemals mehr eine Nachricht gekommen. Auch Iris sei derzeit von diesen Vorfällen traumatisiert.

Teresa hatte aufgehört zu erzählen und blickte wieder mit vom Weinen verschwollenen Augen in die Ferne. Doch ich konnte sie einfach nicht in die Arme schließen und trösten. Ein körperlicher Kontakt mit meiner Tochter war mir auch nach dieser langen Zeit noch nicht möglich. Immer wieder schob sich das Bild des ablehnenden kleinen Mädchens vor mein geistiges Auge, und ich durchlebte noch einmal jenen Schmerz. Ich wagte nicht zu fragen, warum Teresa nun mit dem Kind zu mir gekommen war.

Es musste einen besonderen Grund geben, warum sie so viel Geld in einen Flug nach Süditalien investiert hatte. Ich fragte sie, wer von meinem Aufenthaltsort wusste und sie antwortete, dass ihr Vater von Portienza gesprochen habe. Schwach erinnerte ich mich daran, dass ich ihm damals bei unseren Treffen im Waldhaus von meines Vaters Heimat vorgeschwärmt hatte. In meiner Verliebtheit musste ich wohl sehr mitteilsam gewesen sein. Ich bereute es nun, denn ich wollte, dass mich keine Menschenseele mehr fand, auch nicht meine Tochter. Es hatte mich ein halbes Leben gekostet, dieses Thema aus meinen Gedanken zu streichen. Nun aber holten mich die Geister der Vergangenheit wieder ein. Meine Ruhe war dahin und ich ahnte, dass ich mich erst am Anfang von irgendwelchen Schwierigkeiten befand. Konstantina sah mir meinen Gemütszustand an und strich mir tröstend über die Hand.

Teresa sah mich plötzlich wieder an und fragte in die Stille hinein, ob es mir überhaupt recht wäre, dass sie so einfach mit Iris in mein Haus hereingeschneit sei. Ich antwortete, dass ich in der Tat niemals damit gerechnet hätte und meinte, dass sie mir faireret Weise nun sagen müsse, was sie eigentlich plane. Ich hatte dies in einem recht kühlen, geschäftsmäßigen Ton gesagt und erkannte, wie erschrocken Teresa daraufhin reagierte. Was hatte sie eigentlich erwartet? Ich sollte wohl von einer Stunde auf die andere zur liebenden Mutter werden, nachdem ich mir diesen Status schon lange aus meinem wunden Herzen hatte reißen müssen. Kaum dass ich dies geschafft hatte, mutete man mir einfach die Rolle rückwärts zu. Ich entschloss mich zur Ruhe und war plötzlich entschieden dagegen, mich wieder selbst unter Druck zu setzen.

Da ich von Teresa auf meine Frage keine eindeutige Antwort erhielt, sagte ich, dass sie mit Iris so lange bei mir bleiben könne, wie sie möge. Sie schaute still auf ihre Schuhspitzen und sagte zu diesem Angebot kein Wort. Ich empfand dieses Verhalten äußerst seltsam, das darauf schließen ließ, dass sie noch etwas anderes mit sich herumtrug. Ich drängte sie nicht und fragte mit keinem Wort nach Gerd. Ich ließ ihn bewusst außen vor, denn er ging mich schon lange nichts mehr an.

So vergingen einige Tage, und wir drei vertrugen uns zwischenzeitlich recht gut. Iris taute etwas auf und ich sah, dass sie wirklich eine kleine Bambina war, wie Konstantina sie ständig nannte. Iris war ein außerordentlich warmherziges Kind. Ich bemerkte, dass sie gute und freundliche Augen hatte. So langsam entwickelte sich in meinem Herzen gegenüber diesem kleinen Mädchen ein warmes Gefühl. Darüber war ich sehr glücklich, denn nun spürte ich, dass ich noch lebte. Leider verstummte mein Herz bei Teresa. Wir kamen einfach nicht richtig zusammen. Jeder von uns bemühte sich um Höflichkeit und Freundlichkeit, aber wir vermieden nach wie vor jegliche Berührung, so als würden wir uns aneinander verbrennen.

Ich fuhr mit den beiden durch unsere schöne Umgebung, doch das Ergebnis war, dass Teresa daran überhaupt kein Interesse zeigte. Sie schaute in die Ferne und nahm das Nahe gar nicht wahr. Auch Konstantinas wunderbares Essen konnte diese Situation nicht ändern. Umso mehr lobte ich die Speisen und nahm Konstantina, wenn sie traurig auf unseren Tisch blickte, jedes Mal liebevoll in den Arm. Teresa schien nichts zu berühren, was mich und mein Haus betraf. Nur wenn Iris unglücklich war, sorgte sie sich sehr und bemühte sich um das Kind. Ich war dankbar, dass sie ihre kleine Schwester so liebte.

Eines Tages schlug Teresa mir vor, dass sie einmal in Portienza in jenem schönen Hotel auf der Piazza mit mir und Iris Kaffee trinken möchte. Dieser Vorschlag verwunderte mich zwar etwas, aber ich wollte ihr diesen Wunsch nur zu gerne erfüllen. Das Verhalten meiner Tochter war nach wie vor nicht zu durchschauen. Auch Konstantina, die durch mich nun recht gut Deutsch sprach, konnte sich keinen Reim darauf machen. Wir waren beide ratlos und mussten abwarten, was weiter geschehen würde.

In der Zwischenzeit hatte ich festgestellt, dass Teresa oftmals während meiner Abwesenheit telefonierte und immer dann, wenn ich unerwartet den Raum betrat, erschrocken den Hörer auflegte. Betroffen schaute sie mich an und ich tat stets so, als habe ich nichts bemerkt. Mit wem telefonierte Teresa? Ich wollte dies um meines eigenen Seelenfriedens willen eigentlich gar nicht wissen. Trotzdem fand ich derartige Geheimnisse in meinem privaten Umfeld so etwas wie Verrat. Wer mein Gast sein wollte, von dem erwartete ich Ehrlichkeit und Offenheit. Ich musste Teresa gegenüber deutlicher werden und ihr meinen Standpunkt darlegen. Sie war mein Gast, doch sie verheimlichte mir einige wichtige Dinge, die wahrscheinlich auch mich betrafen.

Eines Nachmittags machten wir uns also auf den Weg nach Portienza. Wir parkten auf der Piazza Foriso. Inmitten dieses Platzes thronte recht eindrucksvoll das Hotel Meridian. Es war das beste der Stadt und hatte eine alte Geschichte. Ein reicher Großgrundbesitzer aus der Gegend hatte es vor Jahren aus seinem Dornröschenschlaf erweckt und mit viel Geld und ebenso viel Geschmack zu einer besonderen Adresse gemacht. Ich wusste, was dies bedeutet und hatte große Achtung vor dieser Leistung. Alles in allem gefiel mir dieses Hotel. Die Cafeteria war durch kleine Blumenparavents abgeteilt. Es waren jeweils aneinander

gesetzte Rankhölzer, an denen sich wilder Wein und die wunderbaren Blumen des Südens entlang schlängelten. Man saß dort wie in kleinen Buchten, und all dies vermittelte den Eindruck, als ob man sich mutterseelenallein inmitten einer verschwenderischen Natur befände. Wer sich dies ausgedacht hatte musste ein kreativer Mensch sein, dachte ich mir. So etwas hätte Onkel Friedel sicher auch gefallen. Als ich an ihn dachte, strömte es warm zu meinem Herzen, und ich war traurig, dass sich dieses Gefühl Teresa gegenüber nicht einstellen wollte.
So nahmen Teresa, Iris und ich in einer dieser kleinen Nischen Platz. Das Café war nur mäßig besetzt. Jeder von uns bestellte sich das, wonach er Lust hatte. Iris liebäugelte schelmisch mit einem großen Eisbecher, wie ihn der Ober zuvor an einen Nachbartisch gebracht hatte. Dadurch konnten Teresa und ich uns unterhalten. Ich bemerkte an meiner Tochter eine besondere Unruhe. Ihre Augen irrten wie Schmetterlinge durch den Raum, und ihre schlanken Hände spielten nervös mit der Tischdekoration. Unumwunden fragte ich, warum sie so nervös sei. Überrascht blickte sie mich an und sagte mit leiser Stimme, indem sie den Kopf senkte, dass sie mir noch etwas sagen oder besser gesagt, mich etwas fragen müsse. Verwundert überlegte ich, was dies sein könnte. Auf jeden Fall würde ich nun aber wohl den wahren Grund ihres Aufenthaltes erfahren. Mein Herz klopfte aufgeregt, warum auch immer.
Unvermittelt schaute mich Teresa ernst an und begann, wahrscheinlich mit dem Mut der Verzweiflung, unter mehrmaligem Räuspern zu sprechen. Sie sagte, dass sie und Iris nicht alleine nach Portienza gekommen seien. Sie habe auch ihren Vater mitgebracht, der in der Stadt wohne. Mit allem hatte ich gerechnet, aber niemals mit so etwas. Ich war nicht nur erstaunt, sondern zutiefst erschrocken. Gerd Förster war also in meiner Nähe! Noch vor Jahren hätte eine derartige Tatsache für mich das Glück meines Lebens bedeutet. Dafür wäre ich zu allem bereit gewesen. Nun aber spürte ich nur noch Widerstand in mir. Ich war mit einem Male auf Teresa böse, weil sie mir meine Ruhe raubte

mit Dingen, die mich nichts mehr angingen, und eine Vergangenheit heraufbeschwor, an deren Überwindung ich jahrelang gearbeitet hatte.
Wieder wurde ich angreifbar, und meine vermeintliche Sicherheit hatte sich in Luft aufgelöst. Plötzlich fielen mir keine Worte mehr ein, und Teresa bemerkte es. Sie legte vorsichtig ihre Hand auf die meine. Es war die erste Berührung seit ihrer Ankunft. Ich zog instinktiv meine Hand zurück, und meiner Tochter traten Tränen in die Augen. Es tat mir Leid, aber ich war plötzlich müde und deprimiert. Noch immer hatte sie mir nicht gesagt, wie ihre Pläne aussahen. Ich erkannte, dass Gerd über Teresa als Vermittlerin mit mir in Verbindung treten wollte. Sie sollte das Feld bereiten und mich in einen barmherzigen Zustand versetzen. Um mich selbst ging es nicht, sondern nur um mein Geld. Ich war in diesem Spiel unwichtig. Ein Leben lang war ich ein hilfsbereiter, mitleidiger Mensch gewesen. Von mir konnte man alles haben, wenn ich spürte, dass man mich nicht hinterhältig behandelte. Mir fielen augenblicklich alle Stationen meines Lebens ein, die mit Gerd Förster in Zusammenhang zu bringen waren. Die wenigen glücklichen Stunden, die ich mit ihm erlebt hatte, waren kaum der Rede wert. Der Kummer, den er mir bescherte, hatte ein weitaus größeres Gewicht. Warum sollte ich also gnädig sein?
Teresa fragte leise, ob ich bereit wäre, Gerd zu verzeihen und sie alle drei für einige Zeit aufzunehmen. Sie wisse, sprach sie weiter, dass dies für mich eine große Zumutung sei, aber sie appelliere an mein gutes Herz. Ihr Vater habe immer wieder gesagt, dass ich einen anständigen Charakter hätte. Niemals würde ich Menschen in Not verlassen. Es war mir unerklärlich, woher Gerd Förster diese Einschätzung nahm. Mit Unglauben hörte ich Teresas Worte, und ich empfand sie in diesem Moment als ein Stück Heuchelei. Ich durchschaute das Spiel, denn einzig und allein mein Geld war der Punkt ihrer Begehrlichkeit. Im anderen Falle hätten sich weder Teresa noch ihr Vater ein Jota um mich geschert. Ich glaubte nämlich nicht, dass meine Tochter mich unter anderen

Voraussetzungen jemals besucht hätte. Selbst dann nicht, wenn man ihr viel früher gesagt hätte, dass ich ihre leibliche Mutter bin. Dann wieder schämte ich mich für meine negative Einstellung gegenüber Teresa. Aber meine Gefühle waren in dieser Hinsicht sehr gespalten.

Was also sollte ich nun antworten? Es fiel mir schwer, mich zu sammeln, denn Teresa sah mich Antwort heischend an. Ich spürte, dass sie jetzt sofort etwas Positives von mir hören wollte und geradezu danach fieberte. Da ich nun wusste, dass sich Gerd Förster in finanzieller Not befand, dachte ich auf einmal an die vielen Dinge, die er mir in menschlicher Hinsicht vorenthalten hatte. Vor meinem geistigen Auge sah ich plötzlich eine Waage, und ich legte in Gedanken Teile meines Lebens darauf, die nur uns beide betrafen. Der eine Teller der Waage sackte tief hinab, während ich auf den anderen seine Sorge um unsere gemeinsame Tochter packte. Dann hob sich der abgedriftete Teil der Waage wieder etwas. Aber nachdem ich auf den anderen Teller meine Sehnsucht nach Teresa legte, nachdem man mir sie einfach genommen hatte, bewegte sich die Waage wieder etwas nach unten. Meine tiefe und ehrliche Liebe zu ihm brachte nun endgültig das eindeutige Ergebnis. Gerd Förster hatte mir stets mehr genommen als gegeben. Ich war für ihn nur ein Spielball gewesen, sein Amüsement für gewisse Stunden. Für ihn hatte alles einen Selbstzweck. So war es auch heute.

Ich sah Teresa an, während Iris noch immer ihr Eis löffelte und scheinbar an unserem Gespräch kein Interesse zeigte. Mit fester Stimme sagte ich, dass ich sie und Iris sehr gerne für immer bei mir behalten würde. Sie sei schließlich meine Tochter und Iris ein unschuldiges kleines Mädchen, das ein gutes Leben verdient habe. Aber für ihren Vater könne ich leider nichts tun. Es höre sich zwar grausam an, aber ich sei nach Italien ausgewandert, um endlich Ruhe und Frieden zu finden. Ich ließ Teresa wissen, dass ich als einziges Zugeständnis bereit wäre, ihrem Vater mit Geld auszuhelfen. Zum besseren Verständnis meiner Haltung sagte ich ihr, dass auch meine Lebensgeschichte für sie von Interesse sein könnte. Wenn sie wolle, wäre ich bereit, ihr diese noch heute zu erzählen. Man müsse um der Vollständigkeit willen stets auch die Version des anderen Menschen hören. Dann erst sei ein gerechtes Urteil möglich. Auch in meinem und ihres Vaters Falle wäre dies für sie sicher hilfreich. Er sei vor langen Jahren der Auslöser dafür gewesen, dass ich voller Verzweiflung mein »Albergo Bambina« verkauft habe und hier im Süden meine Liebe zu ihm vergessen wollte. Die Zeit der Liebe sei aber vorüber und nichts könne sie mehr zum Leben erwecken.

Nach meinen Worten war Stille eingetreten, und nur das laute Umfallen eines Stuhles am Nachbartisch hinter einem Paravent ließ mich erschrecken. Ohne mir darüber Gedanken zu machen, sah ich einen Mann wie gejagt aus der Cafeteria rennen. Teresa blickte ihm erschrocken nach und ihre Nervosität steigerte sich, wie ich sehen konnte. Dennoch fiel mir zu diesem Vorkommnis, das banal und alltäglich war, nichts ein.
Dann aber begann Teresa plötzlich hysterisch zu schluchzen. Iris rutschte von ihrem Stuhl und wollte ihre Schwester trösten. Ich konnte mich meinerseits in diesem Moment zu keiner wie auch immer gearteten Gefühlsregung aufraffen und ließ meine Tochter einfach weinen. Was ich zu sagen hatte, war nun gesagt. Teresa konnte mein Angebot annehmen oder auch abschlagen. Ich wartete, aber sie sprach kein Wort. Ich bezahlte unsere Rechnung beim Ober, und wir brachen nach Hause auf. Während der Fahrt waren wir sehr schweigsam. Ich wusste, dass meine Entscheidung zwischen uns stand und deshalb eine Belastung für unser sowieso schon etwas gestörtes Verhältnis war. Dennoch war ich froh, endlich einmal nur in meinem eigenen Interesse entschieden zu haben.
Ich legte mich nach diesem anstrengenden und aufregenden Nachmittag ein wenig zur Ruhe. Dennoch hörte ich, wie Teresa wieder telefonierte. Nun war meine Neugierde geweckt, und ich schlich mit nackten Füßen zur Balustrade vor meinem Zimmer im oberen Stock. Von hier aus konnte ich direkt hinab in meinen

großen Salon und auf meinen Schreibtisch, auf dem das Telefon stand, blicken. Teresa sprach sehr leise und stand mit dem Rücken zu mir, sodass sie meine Anwesenheit hoch oben nicht bemerkte. Ich hoffte sehr, dass Iris nicht stören würde, die im Garten mit einem Ball spielte. Teresa war gerade im Begriff, über unseren Besuch im Hotel Meridian zu sprechen. Vor allen Dingen erzählte sie von meiner Antwort auf ihre Frage. Dabei weinte sie plötzlich wieder und ich hörte, dass sie den Teilnehmer am anderen Ende der Leitung mit Papa ansprach. Nun war es klar. Gerd Förster wurde meine Antwort mitgeteilt. Bis jetzt hatte ich nicht gewusst, wo er eigentlich in Portienza untergekommen war. Doch dann fiel es mir wie Schuppen von den Augen: Er wohnte natürlich im Meridian, wie hatte ich daran nicht denken können! Selbstverständlich hatte er unser Gespräch belauscht, denn diese Cafeteria eignete sich für derartige Dinge geradezu perfekt. Der umgestoßene Stuhl und jener Mann, der wie ein Verfolgter davonrannte – das war er gewesen.

Obwohl Gerd Förster angeblich ohne jegliche Mittel war, logierte er im ersten Haus am Platze. Also musste doch noch etwas an Geld vorhanden sein. Ich sah, dass Sparen nicht sein Ding war. Mit großer Geste würde er zugrunde gehen. Noch immer konnte er sich nicht bescheiden, obwohl er dort gelandet war, wo auch ich mich einstmals befunden hatte. Nun war ich erleichtert über meine Entscheidung, denn zwischenzeitlich hatten mich wieder einmal die alten Skrupel gequält. Ich ging leise in mein Zimmer zurück, denn ich hatte plötzlich keine Lust mehr, dem Telefonat zu lauschen. Mein Vorschlag stand – sie konnten ihn annehmen oder es auch lassen. Ich war im Übrigen lediglich meiner Tochter verpflichtet. Auch das kleine Mädchen ging mich nichts an. Dennoch würde ich für Teresa und Iris sorgen, wenn man es wünschte.

Gegen Abend läutete Konstantina zum Essen. Teresa kam mit verweinten Augen an den Tisch, während Iris mit roten Wangen und leuchtenden Augen auftauchte. Sie hatte die Bekanntschaft einer kleinen Katze gemacht, die scheinbar herrenlos schon

einige Zeit um das Grundstück herumstrich. Am liebsten hätte Iris mich in den Garten gezerrt, um mir das Tierchen zu zeigen. Ich versprach, gleich am nächsten Morgen mit ihr die Katze zu suchen. Iris schwang sich auf meinen Schoß und legte ihre kleinen Ärmchen zärtlich um meinen Hals. Sie küsste mich auf die Wangen und schmiegte sich eng in meine Arme. Diese Geste rührte mich zutiefst, und ich kämpfte mit den Tränen.
Teresa blickte uns ausdruckslos an, und ihre Miene blieb ernst und verschlossen. Bisher hatte sie kein Wort gesprochen. Ich ahnte, dass sie von mir sehr enttäuscht war. Insgeheim verglich ich sie mit jener Teresa, die ich damals auf dem Parkplatz in Maiberg kennen gelernt hatte. Statt dieses schönen, lebensfrohen Mädchens saß heute eine ernste und frustrierte junge Frau vor mir. Ihre rassige Schönheit leuchtete nicht mehr, sondern war, durch was auch immer, verblasst. Ich sagte mir zum Trost, dass alle Menschen sich mit der Zeit veränderten. Die einen zum Vorteil, die anderen zum Nachteil. In Teresas Alter hatte ich bereits viel Schweres hinter mir und darüber hinaus noch einmal neu begonnen, mein Leben zu gestalten. Aber dennoch hatte ich gerade in dieser Zeit zu blühen begonnen wie eine Rose in der Sonne. Es wurde mir immer wieder auf den vielen Fotos, die ich besaß, bestätigt. Bei Teresa war es anders. Sie bewegte sich rückwärts und stand sich wohl selbst im Wege. Ob sie unter meinen Fittichen vielleicht anders geworden wäre? Ich wusste, es war sinnlos, darüber nachzudenken. Es war vorbei und nichts konnte mehr korrigiert werden. Vielleicht ist dies so richtig und gut. Vergangenheit bedeutet gelebte Zeit, die wir nicht festhalten können und deren Inhalt an anderer Stelle gespeichert wird.
Schweigend aßen wir also unser Abendbrot. Danach sagte mir Teresa, dass sie noch einen Spaziergang machen wolle. Ich fand, dass dies eine sehr gute Idee war und ließ sie gehen. Iris wollte mit, aber Teresa wehrte sie böse ab. Ich bemerkte, dass sie einen bestimmten Plan hatte und ich vermutete, dass sie sich mit Gerd treffen wollte. Wo aber sollte das sein? Portienza war einige Kilometer weit entfernt und dazwischen war Einöde. Vielleicht

würde sich Gerd mit einem Taxi in meine Nähe fahren lassen. Außerdem war ich überzeugt, dass er bereits mein Anwesen in gebührendem Abstand inspiziert hatte. Wie musste er mich nun beneiden, jenes kleine, naive Mädchen von damals, welches er, der große, angesehene Arzt, nach Lust und Laune benutzt hatte! So ändern sich die Zeiten, dachte ich und war froh über mein fest gefügtes Leben in Vaters Heimat.

Am nächsten Morgen erschien meine Tochter nicht zum Frühstück. Konstantina und ich machten uns große Sorgen. Wir überlegten, was wir tun sollten. Vielleicht war ihr etwas passiert? Ich rief in meiner Not im Hotel Meridian an und fragte dort nach, ob Signore Förster da sei. Nach einer längeren Pause sagte man mir, dass Signore Förster bereits am gestrigen Tage das Hotel verlassen hätte. Er habe am späten Abend seine Rechnung bezahlt und sich verabschiedet. Nun war ich plötzlich noch ratloser. Im ersten Moment fühlte ich mich wie von einer Last befreit, aber dann warnte mich meine innere Stimme, dass dies nicht alles gewesen sein konnte. Es musste noch etwas anderes passiert sein.
Konstantina und ich warteten den ganzen Vormittag über auf Teresa. Ich war nervös und angespannt wie selten in meinem Leben. Iris wiederum vermisste ihre Schwester in keiner Weise. Ich hatte ihr erlaubt, das kleine Kätzchen mit ins Haus zu bringen. Beide spielten fröhlich auf der Terrasse, und das Kind hatte alles andere um sich herum vergessen. Als ich einmal kurz zu Iris trat, sprang sie auf und umfasste mich liebevoll. Sie nahm meine Hand und führte mich zu dem kleinen Mini-Tiger, um mir zu zeigen, was er konnte. Das Kätzchen lief eilig hinter der Schnur her, die Iris über die Platten zog. Iris lachte und blickte mich mit leuchtenden Augen an. Mit ihr war alles so ganz anders als seinerzeit mit Teresa. Trotzdem war sie nun einmal Gerd Försters Tochter.
Mir machte dieser Tatbestand letztendlich nichts aus, denn ich war zeitlebens in der Lage gewesen, andere Menschen spontan anzunehmen und ihnen Liebe entgegenzubringen. Für mich war

es gleichgültig, wer sie waren und woher sie kamen. In ihren Augen konnte ich erkennen, ob sie mir gut taten oder nicht. So hatte ich einstmals auch Onkel Friedel erobert, der mir Vater und Mutter gleichermaßen ersetzte.
Auch nach dem Mittagessen war Teresa nicht erschienen, und ich machte mich gemeinsam mit meiner treuen Konstantina auf den Weg in die Stadt. Wir gingen ins Hotel Meridian und fragten nach Teresa. Aber keiner schien sie gesehen zu haben. Der Nachtportier wusste vielleicht mehr, aber dieser war schon längst nach Hause gegangen. Nun war guter Rat teuer. Teresa würde doch niemals ohne ihre Schwester mit ihrem Vater zurück nach Deutschland fliegen! Etwas stimmte nicht und ich fühlte mich vor lauter Sorge elend und krank. Wo sollten wir Teresa suchen? Vielleicht wusste Perella Rat? So fuhren wir zur Trattoria.
Perella kam uns strahlend vor Freude entgegen, und wir schlossen uns liebevoll in die Arme. Dann blickte sie in mein angstvolles Gesicht und fragte, was geschehen sei. Konstantina antwortete an meiner Stelle, denn ich begann zu weinen. Plötzlich schämte ich mich über meine Härte gegenüber meiner Tochter. Was war nur in mich gefahren? Ich begab mich von einem Extrem in das andere. Das Auftauchen von Gerd, Teresa und Iris hatte mich aus meinem seelischen Gleichgewicht gerissen.
Perella überlegte eine Weile und hatte dann die Idee, dass wir uns einmal bei den Taxis umschauen sollten. Vielleicht war Teresa dort gesehen worden. Sie bestand darauf, mit uns zu kommen, und so fuhren wir zurück zum Taxidepot. Teresa hatte mir vor einigen Tagen ein kleines Foto von sich geschenkt, welches ich nun bei mir trug. Wir stiegen aus und gingen zu den wartenden Taxis. Ich fragte einen Fahrer nach dem anderen, ob sie die junge Frau auf dem Bild gesehen hätten. Die Meisten schüttelten den Kopf, aber der Letzte sagte, dass er sie zum Meer gefahren habe. Wir sahen uns erschrocken an, ich bedankte mich und bat den Fahrer, Konstantina, Perella und mich zu der Stelle zu fahren, an der er Teresa abgesetzt hatte.
Mein Herz klopfte wie wild gegen meine Rippen. Teresa würde

sich doch nichts angetan haben? Am Ende wäre es vielleicht meine Schuld? Dann wieder schalt ich mich und sagte mir, dass ich nichts Unrechtes getan hatte. Ich konnte Gerd Förster nach allem was geschehen war, einfach nicht mehr unter meine Fittiche nehmen. Es wäre mir nicht gut bekommen. Aber ich hatte ihm Geld angeboten und Teresa gemeinsam mit Iris ein Zuhause in Aussicht gestellt. Das war mehr, als man erwarten konnte.

Wir fuhren nun dem Meer und dem Strand entgegen. An der Uferpromenade eines kleinen Fischerdorfes, das mittlerweile auch viele Touristen beherbergte, hielt der Fahrer und wir stiegen aus. Hier habe er Teresa abgesetzt und sie sei hinunter zum Meer gelaufen. Der weiße Sandstrand zog sich endlos an der Bucht entlang. Ich bezahlte den Fahrer, und wir drei machten uns auf den Weg zum Meer. Wir zogen unsere Schuhe aus und liefen in der heißen Sonne an den plätschernden Wellen entlang. Angestrengt sahen wir uns die Menschen an, nur von dem Wunsch beseelt, irgendwo Teresa zu entdecken. Wir gingen weiter und weiter, bis wir keine Leute mehr trafen. Der Strand wurde nun immer dürftiger, und überall lagen große Steine in der Nähe des Wassers. Für Sonnenanbeter war dies keine besonders gute Ecke. Trotzdem bestand ich darauf, immer noch weiterzugehen. Zwischendurch setzten wir uns einmal auf die Steine und hätten ein Königreich für einen Schluck Wasser gegeben.

Nachdem wir uns etwas ausgeruht hatten, liefen wir weiter und weiter. Es wurde schon allmählich kühler, und ein kleiner, frischer Abendwind strich wohltuend über unsere von der Sonne verbrannten Gesichter und Körper. Vor Sorge um Teresa hatten wir alles unterlassen, das man unter der südlichen Sonne beachten sollte. Ich bemerkte, dass mein Kopf zu hämmern anfing, und auch Konstantina und Perella sahen keineswegs mehr frisch aus. Als wir uns dann doch endlich dazu entschieden, den weiten Weg wieder zurückzugehen, meinte ich plötzlich, aus den Augenwinkeln heraus etwas zu sehen, das nicht zum Strand gehörte. Ich erblickte einen hellen Punkt hinter einem großen Stein und lief zu dieser Stelle. Dort lag regungslos Teresa.

Ihre Sandalen lagen neben ihr, und ihre Atmung war kaum noch feststellbar. Das Gesicht meiner Tochter war von der Sonne total verbrannt. Rote, entzündete Beulen hatten sich auf jeder unbedeckten Hautstelle gebildet. Sie musste sich an dieser versteckten Stelle der Sonne total ausgeliefert haben. Wollte sie etwa sterben oder was war geschehen?
Es war uns klar, dass wir sofort eine Ambulanz bestellen mussten. Ich hatte mein Handy dabei und versuchte nun, über die Telefonauskunft deren Nummer zu erfragen. Es gelang mir und ich erklärte lang und breit, wo wir uns befanden. Perella machte sich auf den Weg, dem Wagen entgegenzulaufen, der wohl oder übel am Strand entlangfahren musste. Dies war zwar streng verboten, aber in diesem Falle würde man sicher eine Ausnahme machen. Wir zogen Teresa zu einem schattigen Platz, und ich legte ihren Kopf auf meinen Schoß. Mein Herz weinte in diesen Minuten um mein Kind und um all die verlorenen Jahre für uns beide. Ich trauerte um die innige Verbindung zwischen Mutter und Tochter, die uns nie gelungen war. Konstantina legte ihren Arm um mich, und ich fühlte mich irgendwie geborgen.
Nach einer endlos langen Zeit hörten wir ein Motorengeräusch und sahen die Ambulanz mit Perella langsam heranfahren. Ein Arzt und ein junger Sanitäter sprangen mit ihrem Notfallkoffer sofort aus dem Wagen. Unverzüglich verfrachteten sie Teresa auf eine Bahre und schoben sie in das Fahrzeug. Der Arzt machte eine bedenkliche Miene und sprach davon, dass Teresa viel zu lange in der prallen Sonne gelegen habe. Sie wurde nun sofort versorgt und wir drei baten den Fahrer, mitfahren zu dürfen. Den Rückweg hätten wir zu Fuß wahrscheinlich gar nicht mehr geschafft.
Im Krankenhaus von Portienza angekommen, engagierte ich für Konstantina und Perella wiederum eine Taxe, damit diese endlich nach Hause kamen. Ich wollte erst sehen, was mit Teresa geschah. Müde und schmutzig saß ich lange Zeit vor dem Untersuchungsraum. Dann trat ein Arzt heraus und sprach mit mir. Er sagte, dass Teresa noch immer bewusstlos sei und schwere Verbrennungen von der langen, intensiven Sonnenbestrahlung

davongetragen habe. Man werde am nächsten Tag mehr wissen. Ich verabschiedete mich und ging langsam aus dem Krankenhaus. Nach einem weiteren längeren Fußmarsch zum Hotel Meridian konnte ich endlich wieder in meinen Wagen steigen und nach Hause fahren. Iris hatten wir leichtsinniger Weise in ihrem Zimmer eingeschlossen und ihr gesagt, dass wir bald wieder kämen. Nun waren lange Stunden vergangen, und ich hatte ein sehr schlechtes Gewissen. Als ich das Zimmer aufschloss, befand sich Iris schlafend in ihrem Bett. Zu meinem größten Erstaunen lag das kleine Kätzchen bei ihr. Es musste durch das Gitter des Fensters geschlüpft sein. Noch war es so klein und schmal, dass dies ohne Probleme möglich war. Iris lächelte im Schlaf, und ich ging zufrieden unter die Dusche.

Danach machte ich uns etwas zum Essen. Iris freute sich, als sie mich sah und ich sagte ihr, dass sie nun das Kätzchen behalten dürfe. So viel Dankbarkeit und Liebe hatte ich in Kinderaugen lange nicht mehr gesehen. Ihre Ärmchen wollten mich nicht mehr loslassen und sie küsste mich unentwegt. Ich umschloss den kleinen Mädchenkörper mit einer solchen Liebe, dass ich glaubte, mein Herz müsste in tausend Splitter zerspringen.

Später rief ich nochmals im Krankenhaus an und man sagte mir, der Zustand meiner Tochter habe sich noch nicht verändert. Traurig legte ich den Hörer auf. Konstantina war am Vorabend direkt zu ihrer Familie nach Hause gefahren. Am nächsten Morgen stand sie wie immer mit dem Frühstück vor mir und ich sah mit Erschrecken, dass ihr Gesicht, der Ausschnitt und die Arme mit großen Sonnenbrandblasen bedeckt waren. Es hatte sie weitaus schlimmer als mich getroffen, denn sie besaß von Natur aus einen hellen, empfindlichen Teint. Ich nahm ihre Hände, dankte ihr und versprach, alles wieder gutzumachen. Konstantina aber lachte und sagte, wichtig sei doch, dass wir Erfolg gehabt hätten und Teresa sich nun in guten Händen befände.

Wo aber war Gerd Förster? Ich hatte mir die Mühe gemacht und den Flughafen angerufen. Dort war ein Doktor Förster nicht bekannt. Er hatte also seinen Flug nach Deutschland nicht angetreten. So blieb die Frage offen, was er mit nur wenig Geld ansonsten tun konnte. Vielleicht war ihm etwas Unvorhersehbares geschehen. Ich musste einfach wissen, wo er sich befand. Vielleicht brächte dies einen Hinweis auf seine weiteren Pläne. Sogar die Krankenhäuser in unserer Region rief ich der Reihe nach an, jedoch ohne Ergebnis. Auf eine Sache, die ich ihm niemals zugetraut hätte, kam ich ganz einfach nicht. Erst durch meine Tageszeitung konnte ich diese Spur aufnehmen.

Täglich las ich die Rubrik über besondere Vorfälle in und um Portienza. So fiel mir ein Artikel ins Auge, der davon berichtete, dass an einem weiter entfernten Strandabschnitt eine männliche Leiche aus dem Meer herangespült worden sei. Es handele sich bei diesem Mann um den Deutschen Gerd Förster. Man habe seine Papiere in seiner Hosentasche gefunden. Der hinzugezogene Arzt sei von Selbstmord ausgegangen, denn im Blut des Toten habe man eine erhebliche Menge Barbiturate festgestellt.

Ich ließ die Zeitung sinken, und meine Hände begannen unkontrolliert zu zittern. Diese Nachricht erregte mich über alle Maßen. Schuldgefühle und Schmerz überfluteten mich. Wie schlecht musste es ihm in Wirklichkeit gegangen sein! Teresa hatte also in ihrem Bericht nicht übertrieben. Für einen Mann wie ihn war dies der letzte Ausweg, nachdem ich ihn nicht über meine Schwelle gelassen hatte. Dann sagte ich mir energisch, dass ich bereit gewesen war zu helfen, allerdings zu meinen Konditionen. Gerds tiefen Fall hatte ich nicht zu verantworten. Mit meinem Geld hätte er ein neues Leben beginnen können. Aber er hatte zu lange im Wohlleben geschwelgt, sodass er niemals die Kraft für einen Neuanfang aufgebracht hätte.

Nun wurde mir klar, was Teresa am Meer gesucht hatte. Sie wusste, dass sich ihr Vater mit Selbstmordgedanken trug und konnte ihn nicht finden. Also wollte auch sie sterben. Ich sah nun, wie tief die Bindung zwischen Vater und Tochter war. Ich würde für Teresa immer nur ein kläglicher Ersatz bleiben. Sie brauchte ihren Vater, aber keine Mutter, und ich musste mich damit abfinden.

Im Krankenhaus fand ich Teresa wach vor. Sie blickte mir ruhig und emotionslos entgegen. Sie fragte nur, ob man ihren Vater gefunden habe. Ich nickte und sie bat mich, seine Leiche nach Maiberg überführen zu lassen. Es sei das Letzte, was sie von mir verlange. Seine Asche möge dort im Grab seiner Eltern beigesetzt werden. Ich versprach meiner Tochter, dass ich alles veranlassen und regeln würde.

Zufrieden schloss Teresa danach wieder ihre Augen. Mit keinem Wort erwähnte sie den Selbstmord ihres Vaters. Sie schwieg mich während der Zeit, in der ich an ihrem Bett saß, einfach nur an. Ich schien für sie nicht vorhanden zu sein. Ihre Schwester Iris erwähnte sie ebenfalls nicht. Ich dachte deprimiert, dass uns nun noch weniger verband als zuvor. Man hatte mich als Notnagel ausgesucht, weil man sich bei mir den größten Nutzen erhofft hatte. Ich war trotz allem plötzlich froh, dass ich es erkannt hatte. Traurig verließ ich das Krankenzimmer. Als ich mich noch einmal umdrehte, sah ich, dass mir Teresa den Rücken zukehrte.

Ich entschloss mich, erst am übernächsten Tag wiederzukommen, denn ich sah keinen Sinn in diesem unschönen, wortlosen Spiel zwischen uns. Doch es war das letzte Mal gewesen, dass Teresa und ich uns sahen, denn als ich wieder im Krankenhaus eintraf, sagte mir der Stationsarzt aufgeregt, dass die Patientin plötzlich nicht mehr in ihrem Zimmer aufgefunden worden sei. Nach einiger Zeit habe man im ganzen Haus nach ihr gesucht, jedoch vergeblich. Teresa hatte in weiser Voraussicht am Tag ihres Verschwindens bereits ihre Papiere und ihre ganze Barschaft mitgenommen. Ihre Tasche und ihr Koffer standen noch immer in meinem Haus. Niemals hätte ich damit gerechnet, dass Teresa ihre kleine Schwester verlassen würde.

Dies war wieder einmal eine meiner Fehleinschätzungen. Sie musste alles sorgfältig geplant haben und wäre wohl auch ihrem Vater ins Ungewisse gefolgt. Dieser hatte aber das Problem auf seine Art gelöst. Ob Teresa von seinem Vorhaben geahnt hatte, konnte ich nicht einschätzen. Ich tröstete mich damit, dass sie beruflich abgesichert war und am Ende auch noch von meinem Vermögen profitieren würde.

Nach ihrem plötzlichen Verschwinden aus dem Krankenhaus entschied ich, nicht mehr nachzuforschen, wohin sie gegangen war. Die unangenehmen Dinge erfuhr man sowieso. Ich vermutete, dass sie nach Deutschland zurückgeflogen war, denn sie verfügte durch mich über die notwendigen Geldmittel. Wahrscheinlich konnte sie nach allem, was geschehen war, mit mir nicht mehr unter einem Dach leben. Ich bedauerte es, dass sie keinen Wert darauf gelegt hatte, die Geschichte meines Lebens aus meinem Munde zu hören. Andererseits verstand ich es, denn sie hatte ihre eigenen Sorgen und Probleme. Teresa verließ ihre kleine Schwester aus Liebe, denn Iris hätte Teresas künftiges Leben sehr eingeschränkt. Für beide wäre es auf die Dauer kein gutes Leben gewesen. Ich konnte Teresas Entscheidung in dieser Hinsicht akzeptieren, jedoch nicht, ohne ein wenig egoistisch zu sein. Iris brachte Sonne und Fröhlichkeit in mein Haus. Teresa hatte mir Iris also gelassen, und das kleine Mädchen tat mir auf einmal zutiefst Leid. Es erlitt plötzlich das gleiche Schicksal wie seinerzeit Teresa, nur dass diese wenigstens zu ihrem leiblichen Vater gekommen war. Ich war für das Kind vor einigen Tagen noch eine gänzlich fremde Frau gewesen.

Ich fuhr müde nach Hause, doch als ich in meinen blütenumrahmten Hof fuhr und mein wunderbares Haus sah, übermannte mich eine derartig tiefe Freude, dass ich am liebsten laut gejauchzt hätte. Hier war meine Burg und meine Heimat, und alles was noch kommen würde, konnte ich ertragen. Teresa hatte ich zwar verloren, aber dafür eine neue Bambina erhalten, die ich niemals wieder hergeben würde. Was meine Tochter mir nicht sein konnte, war mir die kleine Iris heute schon, doch vor allen Dingen beruhte unsere Liebe auf Gegenseitigkeit. Gerd hatte sich aus dem Staube gemacht, und er fehlte uns nicht. Wenn ich trauerte, dann nur um meine verlorene Liebe.

Ich musste auch mit diesem letzten Abschnitt fertig werden. Teilweise war mein Leben von Tragik überschattet, aber ich machte mir darüber schon lange keine Gedanken mehr. Ein guter Gott wachte wahrhaftig über mir. Nun musste ich Iris den Verlust ihrer Schwester auf irgendeine Weise erklären. Ich hatte wieder für einen Menschen Verantwortung zu tragen, und ich tat es in diesem Falle sehr gerne.

Spät am Abend saß ich mit Konstantina und Perella auf meiner blütenschwangeren Terrasse. Die Sterne funkelten von einem schwarzblauen Himmel, und mein Herz zog sich plötzlich vor Wehmut zusammen. Jeder einzelne dieser Sterne konnte einer meiner Lieben sein, die ich bereits an den Tod verloren hatte. Vielleicht war auch Gerd dabei. Ich erhoffte mir nur noch Ruhe und Frieden.

Iris nahm den Weggang ihrer Schwester ohne größeren Kummer auf. Ich erzählte ihr, dass sie wieder nach Deutschland musste, um zu arbeiten. Sicher würde sie irgendwann einmal abgeholt werden. Iris hörte mir mit großen Augen zu und nickte, als habe sie alles verstanden. Sie setzte sich auf meinen Schoß, was sie ein paar Mal am Tage tat und blickte zu mir hoch. Mit ihrer kleinen, dünnen Stimme sagte sie, dass sie nicht abgeholt werden wolle. Sie würde so gerne zu mir Mama sagen, so wie alle anderen Kinder, die sie kannte. Ich drückte sie an mich, wiegte sie ganz sanft in meinen Armen und sagte ihr, dass ich ab heute ihre Mama sei und sie mich so nennen dürfe. Nun waren wir Mutter und Tochter und wir liebten uns. Iris' kleiner Mund lächelte mich glücklich an. Wir beide hatten gemeinsam die Fronten geklärt und würden für immer zusammengehören. Konstantina und ich nannten fortan Iris nur noch Bambina, sodass sie diesen Namen auch all jenen sagte, die sie danach fragten.

Ich dachte an meinen geliebten Vater, dessen Kosename nun wieder einem kleinen Mädchen gehörte. Es war ein Kind, das ihm sicher sehr gefallen hätte. Iris machte mir nur Freude, und wir hingen unendlich aneinander. Gerd hatte mir als Wiedergutmachung seine zweite Tochter überlassen, und ich empfand für ihn plötzlich wieder eine zaghafte Zuneigung. Iris war kein kärglicher Ableger meiner einstmals großen Liebe. Sie war viel mehr, fast ein Himmelsgeschenk. Ich wunderte mich darüber, wie viel sich verändern und was letztendlich aus Liebe werden kann. Der Wind des Lebens hatte die tiefen Spuren verwischt, und alles schien wieder glatt und eben.

An Teresa dachte ich oft und wartete immer wieder auf ein Lebenszeichen. Dieses Lebenszeichen traf eines Tages in Form eines Briefes ein. Der Poststempel trug die Aufschrift von Maiberg. Der Absender war Teresa Lohmeier. Ich konnte das Kuvert gar nicht schnell genug aufreißen. Teresa hatte viele Blätter beschrieben, und ich war begierig, alles zu lesen. Ihre Zeilen begannen mit der Anrede »Mutter« und ich war davon überwältigt. Sie schrieb:

»Liebe Mutter,

bitte entschuldige, dass ich Dir erst nach einer so langen Zeit schreibe. Aber ich musste zur Ruhe kommen und alles, was ich erlebt hatte, aufarbeiten. Es war nicht einfach für mich. Aber dennoch weiß ich heute, dass ich den richtigen Weg gewählt habe, als ich so plötzlich aus Portienza verschwand. Ich flog nach Deutschland und fuhr geradewegs nach Maiberg. In meinem Herzen fühlte ich eine große Sehnsucht nach unserem überschaubaren Städtchen, denn schließlich war es meine und auch Deine Heimat. Alles, was mein Vater einstmals besessen hatte, war für mich verloren und auch für dessen Frau Margarita, die letztendlich ebenfalls nur vor Trümmern stand. Ich hatte meinerseits sowieso nichts zu erwarten, denn von Rechts wegen war jener Peter Lohmeier mein Vater. Eigentlich hat mich dies aber niemals gestört.
Ich suchte mir eine kleine Wohnung und machte mich daran, eine Arbeit zu finden. Seltsamerweise hatte ich großes Glück, denn im neu eröffneten Maiberger Heimatmuseum wurde eine Allroundkraft gesucht, die darüber hinaus auch fachliche Kompetenz mitbrachte. Ich konnte dank meines Studiums und meiner Berufserfahrung in

diese Lücke stoßen. Mein Verdienst ist zwar nicht ganz so gut wie seinerzeit in Frankfurt, aber ich komme mit dem Geld aus.

Ich möchte Dir danken, dass Du alles mit der Überführung und der Beisetzung meines Vaters so großartig geregelt hast. Als ich im Friedhofsamt und bei der Pietät nachfragte, sagte man mir, dass bereits alles bezahlt und erledigt sei. Sogar den Grabstein meiner Großeltern hast Du neu gestalten und mit Vaters Namen und Daten versehen lassen. Das Grab sieht sehr gepflegt aus, und ich habe von der Friedhofsgärtnerei erfahren, dass Du die Kosten für die Pflege des Grabes übernommen hast. Alle Achtung, das ist sehr großzügig und eine wirkliche Leistung, diese Dinge von Italien aus zu regeln. Danke, Mama.

Ich denke oft an Dich und habe längst erkannt, dass Du ein guter Mensch bist und ich es Dir nie so richtig gedankt habe. Vielleicht hätte ich Deine Geschichte anhören sollen. Ich schäme mich sehr für meine Ablehnung. Ich weiß, dass Vater kein Heiliger war, denn schließlich habe ich so lange Jahre mit ihm gelebt. Aber in Margarita hatte er seinen Meister gefunden. Trotz allem war er mir stets ein wahrer, liebevoller Vater, auch dann, als Margarita schon bei uns wohnte. Er war nun einmal die Bezugsperson meines Lebens. Da er mir Deine Existenz verschwiegen hatte, gab es für mich keinen anderen Menschen. Beziehungen müssen wachsen, vielleicht wurden wir ein wenig zu früh voneinander getrennt. Später ist es schwer, Erwartungen und Fremdheit in Liebe und Zuneigung umzuwandeln. Dazu braucht man Jahre, wenn nicht ein ganzes Leben. Ich danke Dir, dass Du Iris aufgenommen hast. Bei Dir weiß ich meine kleine Schwester so sicher wie in Abrahams Schoß Das Kind lag Dir schon in den ersten Tagen regelrecht zu Füßen. Es schenkte Dir seine bedingungslose Liebe. Ich hatte dies erkannt und war darauf zuerst ein wenig eifersüchtig. Aber nachdem sich dieses Gefühl der Vernunft beugte, war ich über den Fortgang der Dinge sehr zufrieden. Ich hätte Iris nicht ordentlich großziehen können, das wir mir klar. Bei Dir wird sie alles haben, was ein Kind braucht. Allem voran jedoch Liebe und Verständnis. Sei Du bitte ihre Mutter mit allem, was dazu gehört.

Ihre eigene Mutter hat keine Besitzansprüche auf sie angemeldet. Ich hatte sie aufgesucht und Margarita war sehr erfreut, dass Du Iris übernommen hast. Nebenbei machte sie sogar den Vorschlag, dass sie einer Adoption durch Dich nicht abgeneigt sei. Wenn Du also gerne Iris adoptieren möchtest, könnte dies ohne Komplikationen über die Bühne gehen. Ich würde gerne als Zwischenträger fungieren. Allerdings hieße dann Iris ebenfalls Lohmeier. Mittlerweile sehe ich diese Dinge gelassen. Was ist schon ein Name? Ist nicht einer so gut wie der andere? Wichtig sind nur die Menschen, die sich dahinter verbergen. Iris Lohmeier klingt eigentlich gar nicht hässlich. Wir wären dann drei Lohmeiers. Wenn Du mir nicht mehr allzu böse bist, dann antworte auf diesen Brief und teile mir auch wegen der Adoption Deine Entscheidung mit. Für Iris' weiteres Leben wären geregelte Verhältnisse gut. Das wirst Du sicher auch so sehen. Sie wüsste dann wenigstens, wohin sie gehört. Ich habe es oftmals nicht gewusst, weil ich Vaters Namen nicht tragen durfte.

Zum Abschluss gibt es für Dich noch eine große Überraschung. Es ist etwas geschehen, an das Du nicht denken wirst. Fast kommt es mir vor, als habe sich der Kreis des Lebens geschlossen.
Eines Tages erhielt ich einen Brief vom zuständigen Nachlassgericht. Ich konnte mir nicht denken, was darin stand. Man teilte mir mit, dass mein Vater, Peter Lohmeier, verstorben sei und man mich zur Testamentseröffnung erwarte. Meinen so genannten Namensvater habe ich auch später niemals gesehen, und ich konnte mich im Übrigen auch nicht mehr an ihn erinnern. Alles, was in meinen ersten Lebensjahren auf dem Lohmeierhof geschah, liegt bei mir hinter einem undurchdringlichen Schleier. Ich wusste nur von meinem richtigen Vater, dass Peter Lohmeier einen abgelegenen Bauernhof, der einstmals meiner Mutter gehört habe, bewirtschafte. Es sei ein sehr altes Gehöft mit viel Grund und Boden drum herum. Keiner wusste so recht, auch mein Vater nicht, wie das Leben dieses Peter Lohmeier aussah. Mein Vater kannte ihn aus früheren Zeiten, später waren sie sich jedoch nicht mehr begegnet.

Nun hörte ich also vom zuständigen Notar, dass ich die alleinige Erbin des Peter Lohmeier bin. Bei der Gelegenheit kam zutage, dass dieser Hof eigentlich Dir und Deinem Bruder gehört hatte. Vor langen Jahren habt ihr das Anwesen Peter Lohmeier geschenkt. Ich muss sagen, dass dies für meine Begriffe eine tolle Sache ist. Ich weiß so wenig von Dir und bin traurig, dass ich erst heute spüre, wie wichtig es ist, alles über seine eigenen Wurzeln zu erfahren. Aber so nach und nach setzen sich die Puzzleteile zusammen. Peter Lohmeier muss ein sehr fleißiger und bescheidener Mann gewesen sein, denn er hinterließ mir nicht nur den Hof und das Land, sondern auch sehr viel Geld, das er bei einer Sparkasse angelegt hatte. Ich war also die Universalerbin, da Du damals bereits von allen Ansprüchen gegen Deinen Ehemann zurückgetreten warst. Ich bin nun unerwartet eine wohlhabende Frau geworden und habe schon oft das Grab von Peter Lohmeier besucht. Es gibt aber noch ein altes Grab, auf dem die Namen Lotte Jakobi, Massimo und Monika Perti stehen. Ich weiß nun, dass hier mein italienischer Großvater aus Portienza, meine Großmutter Monika Jakobi und meine Urgroßmutter Lotte Jakobi ruhen. Niemals hätte ich gedacht, dass Familiengeschichte so spannend sein kann. Man sagte mir, dass Du auch dieses Grab versorgen lässt. Da ich nun genug Geld habe, frage ich Dich, ob es Dir recht ist, wenn ich Vaters Grab und das meiner Großeltern nun selbst pflege. Es liegt mir sehr viel daran. Peter Lohmeiers Urne wurde bei seinen eigenen Eltern beigesetzt. Sollte sich auch hier niemand darum kümmern, werde ich es tun. Du siehst, so schlecht bin ich doch nicht. Vielleicht haben wir mehr gemeinsam, als wir auf den ersten Blick feststellen konnten. Ich hatte Dir zuletzt gesagt, dass wir uns nicht mehr wieder sehen würden. Ich nehme diesen Satz mit tiefstem Bedauern zurück. Natürlich möchte ich Dich und Iris wieder sehen. Es ist mein größter und innigster Wunsch. Erst dann kann ich mein unverhofftes Glück genießen. Ich weiß ganz genau, dass wir uns verstehen werden und dann will ich, nein, dann muss ich Deine Geschichte hören, weil es eigentlich auch meine Geschichte ist. Sie wird für mich mit jedem Tag wichtiger. Gebe es Gott, dass wir den Weg zueinander finden! Ich glaube daran.

Mittlerweile habe ich den Hof deiner und meiner Vorfahren besichtigt. Es ist ein altes Haus mit einem besonderen Charme. Ich werde es nicht verkaufen, sondern renovieren und modernisieren lassen. Ich träume davon, aus ihm ein kleines Hotel zu machen, das ich selbst führe. Was meinst Du dazu? Natürlich wird es niemals ein »Albergo Bambina« werden, aber ich habe da so meine Vorstellungen.

Du könntest mir in der heißen Umbauphase eigentlich ein wenig helfen. Deutschland ist gar nicht so weit, und dein geliebtes Portienza wird Dir sowieso bleiben. Also, was sagst Du? In zwei Monaten, genau zum Frühlingsanfang, werde ich mit dem Umbau beginnen, und wenn alles gut geht könnte ich bereits im Sommer so weit sein, das Innere des Hauses umzugestalten. Es wäre schön, wenn Du mit Iris dann bei mir wohnen würdest. Das Leben kommt mir plötzlich so wunderbar vor, und ich kenne mich nicht wieder. Alles was ich fühle, kannst du am besten verstehen. Wenn ich an Deine Leistungen denke, so kann ich mich nur ehrfürchtig davor verbeugen. Deswegen wärst Du der beste Ratgeber, den ich je bekommen könnte. Bitte, mache es möglich und komm mit Iris her, so schnell Du kannst! Ich erwarte Dich sehnlichst. Bis bald.

In Liebe Deine Tochter Teresa«

Nach diesen Zeilen schüttelte mich ein Weinkrampf. Aber es war keine Trauer in mir, sondern eine tiefe, beglückende Freude. Teresa schrieb mir Zeilen, wie sie nur eine liebende Tochter formulieren kann. In ihren Worten lag alles, was ich so lange vermisst hatte. Meine Gebete waren erhört worden. Teresa brauchte mich in ihrem Leben. Selig nahm ich Iris in die Arme und erzählte ihr von unserer Reise, die wir sehr bald unternehmen würden.

Ich käme zurück in meine Heimat, in das Haus meiner Qualen und dennoch könnte kein böser Geist mich jemals wieder bedrohen. Teresa würde diesem alten Hof seine Würde wieder zurückgeben, und die Schreie der Gepeinigten in seinen Mauern würden für alle Zeiten verhallen. Der Bann wäre ein für allemal gebrochen. Und würden diesem Haus noch Ewigkeiten vergönnt sein, so stünde es alle Zeit aufrecht, so wie die Menschen, die es bewohnen.

Ende

Ebenfalls bei TRIGA – Der Verlag erschienen

Renate M. Zimmermann

Wings of the morning

Wings of the morning

Mit zahlreichen Fotos

Dies ist die Geschichte der Familie Brockmann. Die Gutsherrenjahre auf dem Landsitz Rissen bei Hamburg enden durch die Inflation nach dem Ersten Weltkrieg. In Südostasien wagen sie einen Neubeginn. Indonesien, China, Japan, Singapur und die Philippinen sind die Stationen erlebnisreicher, aufregender Zeiten in fremden, doch faszinierenden Kulturen asiatischer Völker.

Der Zweite Weltkrieg zwingt auch die Familie Brockmann, Asien zu verlassen und die Rückkehr über Japan, via Sibirien nach Berlin anzutreten. Hier trifft sie die ganze Härte des Krieges – und wieder heißt es, von vorne anzufangen ...

Dieser mit vielen Fotos ausgestattete Schicksalsroman zeichnet ein spannendes und lebendiges Zeitbild sowohl des Fernen Ostens als auch der deutschen Vergangenheit.

16,50 €. 29,40 SFr. 656 Seiten. Pb. ISBN 3-89774-418-X

Andrea Hoch

Raues Land im Westen

Lebensgeschichte einer starken Frau im Amerika des 19. Jahrhunderts

1860 wandert die 12-jährige Miriam mit ihrer Familie von Schottland nach Amerika aus. Die Mutter stirbt auf dem Treck nach Oregon, der Vater verschenkt das Mädchen an einen fahrenden Händler ... Beginn einer höchst spannenden (Lebens-)Reise durch die Wildnis.

Miriam lernt das raue Leben im mittleren Westen kennen, in Boston geht sie einige Jahre zur Schule. Als selbstbewusste junge Frau, die sogar mit heimtückischen Schurken fertig wird, kehrt sie in die Wildnis zurück und findet dort ihre große Liebe.

11,50 €. 20,70 SFr. 224 Seiten. Pb. ISBN 3-89774-395-7

TRIGA – Der Verlag
Herzbachweg 2 · 63571 Gelnhausen · Tel.: 06051/53000 · Fax: 06051/53037
e-mail: triga@triga-der-verlag.de · www.triga-der-verlag.de